내가
그림 ❶

ⓒ 김계중, 2025

초판 1쇄 발행 2025년 7월 1일

지은이	김계중
펴낸이	이기봉
편집	좋은땅 편집팀
펴낸곳	도서출판 좋은땅
주소	서울특별시 마포구 양화로12길 26 지월드빌딩 (서교동 395-7)
전화	02)374-8616~7
팩스	02)374-8614
이메일	gworldbook@naver.com
홈페이지	www.g-world.co.kr

ISBN 979-11-388-4430-7 (03810)

- 가격은 뒤표지에 있습니다.
- 이 책은 저작권법에 의하여 보호를 받는 저작물이므로 무단 전재와 복제를 금합니다.
- 파본은 구입하신 서점에서 교환해 드립니다.

용산리둔치

합강정

악양루

김계중 장편소설

남강 ①

좋은땅

목차

1. 철수의 일본 생활 ⋯ 8
2. 철수의 성장기 ⋯ 12
3. 철수의 피난길 ⋯ 17
4. 전쟁 후 철수의 생활 ⋯ 23
5. 말숙이 집안의 유래 ⋯ 29
6. 말숙의 큰아버지 ⋯ 34
7. 말숙 일가의 피난 ⋯ 38
8. 여장부 말숙의 할머니 ⋯ 44
9. 만석이 할아버지의 고난 ⋯ 50
10. 철수의 결혼 ⋯ 60
11. 숙자의 신혼 생활 ⋯ 66
12. 대가족 속의 철수와 숙자 ⋯ 73
13. 숙자의 임신 ⋯ 77
14. 숙자의 임신 초기 ⋯ 82
15. 숙자의 임신 중기 ⋯ 88
16. 숙자의 임신 말기 ⋯ 94
17. 만석의 탄생 ⋯ 98
18. 만석의 목 부상 ⋯ 102

19. 만석 할아버지의 죽음 … 107
20. 경수의 머슴살이와 입대 … 111
21. 만수의 가출 … 116
22. 철수와 토마토 … 121
23. 철수의 토마토 밭 … 127
24. 철수의 상경 … 132
25. 철수의 동대문 살이 … 137
26. 철수와 만수의 형제애 … 142
27. 철수의 방앗간 매매 … 149
28. 만석의 이사 … 155
29. 정미소를 잘못 샀다 … 160
30. 방앗간의 또 다른 위기 … 165
31. '7분도'로 하시오 … 173
32. 경부고속도로 개통 … 178
33. 새마을 운동 … 183
34. 수박 농사의 시작 … 189
35. 수박이 자리를 잡다 … 194
36. 오토바이의 등장 … 199
37. 수박 하우스가 들판을 덮다 … 205
38. 말숙이 아버지 … 210
39. 말숙의 탄생 … 219
40. 말숙의 오빠들 … 223
41. 말숙의 이유식 … 231

42. 말숙이 집 굿하기 ··· 236
43. 60년대 아이들의 놀이 ··· 240
44. 말숙이 집의 화재 ··· 247
45. 말숙이의 기차놀이 ··· 254
46. 말숙의 나무 타기 ··· 257
47. 말숙과 술 ··· 262
48. 말숙 할머니의 뽕나무 심기 ··· 267
49. 번데기 먹기 ··· 272
50. 뽕밭 ··· 277
51. 누에와 담배 ··· 283
52. 자전거포와 재일 ··· 289
53. 말숙 아버지의 죽음 ··· 296
54. 청년 가장 재일이 ··· 304
55. 이만호의 신발 공장 ··· 310
56. 반공 ··· 316
57. 장포를 떠나다 ··· 321
58. 새로운 보금자리 ··· 326
59. 만수의 군 입대 ··· 331
60. 탈영의 끝 ··· 339
61. 만수의 제대 ··· 346
62. 철수의 누나, 영애 ··· 352
63. 경수의 월남전 참전 ··· 356
64. 전쟁미망인의 삶 ··· 365

65. 경수의 귀국 ··· 371
66. 영애가 사랑을 하게 된다 ··· 376
67. 마산에 살고 싶다 ··· 382
68. 경운기의 등장 ··· 388
69. 경운기가 가져온 변화 ··· 394
70. 만수와 방앗간 ··· 400
71. 돼지 구이 집 탄생 ··· 410
72. 철수가 오토바이를 사다 ··· 416
73. 철수와 영희 ··· 422
74. 철수는 그때부터였다 ··· 428
75. 만석이 아버지의 무관심 ··· 434
76. 배수자 선생님 ··· 440
77. 미자와 재일이의 첫 만남 ··· 448
78. 재일이 양식을 먹다 ··· 456
79. 까만 밤의 미자 ··· 463
80. 말숙이의 입학 ··· 470
81. 말숙의 1학년 생활 ··· 476
82. 말숙이 짝꿍 봉헌이 ··· 486
83. 2학년 말숙 ··· 492
84. 한글 배우기 ··· 498
85. 말숙이 소풍 준비 ··· 506
86. 봉헌과 말숙이의 소풍 ··· 513
87. 봉헌과 말숙의 첫 키스 ··· 520

1. 철수의 일본 생활

만석의 아버지, 김철수는 일본에서 태어났다. 1939년, 그곳은 아직도 전쟁의 그림자가 짙게 드리워진 시대였다. 일본에 살던 조선인들로, 전쟁이 끝나고 해방이 된 이듬해 고향인 새터로 돌아왔다.

철수는 5살까지 일본서 있었기에 그곳에서의 생활은 자신의 인생에 있어서 큰 영향을 미쳤다. 일본어는 그에게 가장 친숙한 언어였고, 일본의 문화와 풍습도 일상처럼 스며들었다.

부산항에 도착했을 때, 기대와 설렘 속에서 새로운 시작을 맞이했지만, 몇 년 지나 철수가 학교에 입학 하자마자 겪게 된 현실은 예상보다 가혹했다. 국민학교에 들어간 첫날, 자신이 다른 아이들과 너무 다른 존재라는 것을 느꼈다. 한국말을 제대로 할 수 없었던 그는 학교에서 적응하기란 여간 힘든 일이 아니었다.

일본에서의 기억은 여전히 선명했고, 그곳에서 배운 일본어와 일본식 사고방식이 그를 괴롭혔다.

아이들은 그의 일본어 억양을 비웃었다. 그가 대화할 때마다 친구들은 말을 따라 하며 놀리거나, 모르는 척 무시했다.

철수는 그들의 시선 속에서 점점 더 움츠러들었다. 그는 매일 학교에 가는 것이 두려웠고, 시간이 갈수록 점점 더 말이 없고 고독한 아이가 되어 갔다.

"니는 와 한국말을 그렇게 못 하노?"

한 아이가 물었다. 그는 대답하지 못했다. 그저 고개를 숙일 뿐이었다.

시간이 지나면서 철수는 한국어를 조금씩 익혀 갔다. 하지만 그가 받았던 따돌림과 외로움은 쉽게 잊히지 않았다.

학교에서의 괴롭힘은 그의 마음에 깊은 상처를 남겼고, 그는 집으로 돌아가며 부모에게 하소연하였다.

"움마, 나 한국말을 더 잘하고 싶다."

부모는 그를 다독였지만, 부모의 위로도 철수의 상처를 완전히 치유할 수는 없었다.

그의 고통은 단지 언어의 문제만이 아니었다. 그는 자신이 한국인임을 잊을 수 없었다. 일본에서 태어난 그에게 한국은 마치 낯선 땅처럼 느껴졌다.

거리에서 만나는 낯선 사람들, 그들이 하는 말, 그들의 표정까지도 모두 그에게는 불편한 것이었다.

어느 날, 철수는 집에서 부모님과 이야기를 나누고 있었다.

"아부지, 나는 왜 이리 다른기요? 다시 일본으로 돌아가입시더?"

그 질문은 그가 늘 마음속에 품고 있던 답을 구하려는 것이었다. 아버지는 잠시 생각하다가 이렇게 대답했다.

"니는 어디에서 태어났든지, 어떤 말을 쓰든지 상관없다이. 고향에 돌아왔고 고향서 열심히 살아가면 되는기라."

"한국은 아부지 고향이지 지 고향임꺼? 고마 일본에 가서 사입시더."

철수는 시간이 흘러, 그는 점차 한국말을 유창하게 구사하게 되었다. 하지만 그가 겪었던 어려움은 결코 잊을 수 없었다.

한국의 학교에서, 그리고 사람들 속에서 겪었던 따돌림은 그가 성장하는 데 중요한 교훈이 되었고, 그는 그 시절을 떠올리고 싶지 않았다.

세월이 흘러 만석의 아버지가 된 철수는, 자신이 겪었던 어려움과 아픔을 아들에게 이야기할 때마다 그 당시의 외로움을 다시 떠올렸다.

하지만 그는 아들에게 그 모든 것을 견뎌 낼 수 있는 힘을 주고자 했다.

"니가 어떤 어려움을 겪더라도, 결국 니는 니 자신이 되어야 된다이. 그리고 니만은 이 세상이 널 따돌리지 않게 해 줄 끼다."

철수가 국민학교 5학년 때 6.25사변이 일어났다. 여항산이 있는 이곳은 낙동강 전선으로 전쟁의 격전지로 인민군과 치열한 전투가 벌어진 곳이다. 제트전투기가 처음 등장한 이 전쟁에서 유엔연합군이 처음에는 고전했으나 제공권만은 쥐고 있었다. 전쟁이 한창인 8월 어느 날 철수는 피난촌에서 집으로 옷가지와 물건을 챙기는 대로 길을 떠났다.

집으로 향하던 중 하늘에서 날카로운 제트기 소리를 들었다. 고요한 들판길을 가로지르는 그 소리에 순간 철수의 심장은 쿵쾅거렸다. 전쟁이 그의 어린 마음에 얼마나 깊이 자리 잡았는지는 알 수 없지만, 그 소리는 그에게 전쟁이 무엇인지, 얼마나 잔인한 것인지를 상기시켰다.

길을 가던 철수는 갑자기 무엇인가 하늘에서 빠르게 떨어지는 것을 봤다. 순간, 그 물체가 무엇인지 알아내기 위해 하늘을 올려다보았다. 작은 아이의 눈에는 그것이 제트기인지, 아니면 무언가가 떨어지는 것인지 분명하지 않았다.

철수는 고개를 갸웃하며 그 물체를 쳐다보았다. 그러다 그가 눈을 떼지 않고 하늘을 올려다보자, 하늘에서 내려오는 전투기의 그늘이 그의 작은 몸에 드리웠다.

　전투기는 급격히 하강하며 철수의 눈앞에 모습을 드러냈다. 그 전투기의 조종사는 철수가 어린아이인 것을 알아채지 못했다. 그는 적군인지, 아군인지 식별하기 위해 급강하한 것이다. 철수는 순간, 자신이 조종사의 표적이 된 것 같은 두려움에 휩싸였다. 어린 마음에 그는 목덜미에 맺힌 땀을 느끼며 그저 하늘을 바라볼 수밖에 없었다.

　하지만 그 순간, 철수는 자신의 머리 위로 날아가는 모자가 날아가는 것을 느꼈다. 손을 뻗어 모자를 잡으려 했고, 모자를 꼭 쥐고 하늘을 계속 쳐다보았다. 그때, 제트기 조종사와 철수의 눈이 마주쳤다. 아마도 조종사는 철수의 모습을 보고, 어린아이일 거라 생각하며 그에게 총을 겨누거나 폭탄을 떨어뜨리지 않았을 것이다.

　철수는 하늘을 올려다보며 자신의 존재가 너무나 작고 연약하다는 것을 느꼈다. 만약 그때 제트기 조종사가 폭탄을 던지거나 기관총을 발사했다면, 철수는 그 자리에서 목숨을 잃었을 것이고, 그가 죽었다면, 만석은 태어나지 않았을 것이다. 만석이 태어나지 않았다면, 그와 함께하는 수많은 이야기도 존재하지 않았을 것이다.

　전투기는 철수의 존재를 식별한 뒤, 그의 머리 위를 지나쳐 자신의 임무 지역으로 향했다. 철수는 그때, 자신이 아직 살아 있다는 사실을 실감하며 한숨을 내쉬었다. 하늘을 넘어 제트기가 떠나가고, 고요함 속에 철수는 잠시 그 자리에 넋 나간 사람처럼 멈춰 서 있었다. 전쟁의 와중에서 우연히도 그는 죽음을 피한 것이었다.

　전쟁으로 수많은 사람들이 목숨을 잃었지만 새터 사람들은 다행히 피난을 가서 다치거나 죽은 이는 없었다.

1. 철수의 일본 생활

2. 철수의 성장기

만석의 아버지 철수는 형제들 중 위에 누나가 있었지만 맏아들이었다. 그의 가족은 아버지가 독자라 자식에 대한 욕심이 많다 보니, 5남 6녀, 총 열한 명의 아이들이 한 집안에서 태어나고 자랐다. 그러나 그들 모두가 다 자랄 수 있었던 것은 아니었다.

가장 먼저 태어난 아이는 세 살도 채 되지 않아 세상을 떠났다. 그 아이는 어른들이 늘 "강한 아기로 자랄 것"이라며 기대했던 첫아이였다. 그러나 아픈 몸으로 태어난 아이는 시름시름 앓다 결국 짧은 생을 마감했다.

정곡장 옆 짚동에서 태어난 또 다른 아이는 만석의 아버지가 아직 어린 소년이었을 때의 일이었다. 태어나면서부터 울음소리가 약했던 그 아이는, 추운 겨울밤을 버티지 못하고 세상을 떠났다. 할머니는 "그 아이는 태어날 때부터 고생이 많았제"라며 눈물을 짓곤 했다.

하지만 만석의 집안에 비극만 있었던 것은 아니었다. 만석의 할아버지가 결혼 후 일본에서 낳은 1남 2녀는 비교적 별문제 없이 잘 자랐다.

"일본에서 난 아이들은 정말 운이 좋았다."

할머니는 늘 그렇게 말했다. 고향에서는 가난과 질병으로 인해 아이들이 자라기 어려웠지만, 일본에서 태어난 아이들은 비교적 풍족한 환경에서 자랄 수 있었다.

결국 열 명 중 온전히 성장한 것은 4남 4녀, 여덟 명이었다. 잃어버린 아이들에 대한 그리움은 여전히 마음속 깊이 자리 잡고 있었지만, 건강히 자란 아이들은 부모에게 크나큰 위안이 되었다.

만석의 아버지는 집안의 맏이로서 부모의 뜻을 이어 가족을 이끌었다. 동생들과 함께 농사일을 돕고, 그늘 아래서 점심을 먹으며 웃음소리를 나누었다. 가끔 할머니는 잃어버린 아이들에 대한 이야기를 꺼낼 때마다 먼 산을 바라보았다.

철수의 두 번째 동생 만수는 어릴 적부터 문제아로 손꼽혔다. 그는 항상 말썽을 피우며 가족들에게 걱정을 안겨 주었다. 동네에서는 그의 이름이 자주 거론되었고, 학교에서도 선생님들에게 지적받는 일이 잦았다.

만수는 작은 다툼에도 주먹이 먼저 나갔다. 말다툼이 벌어지기만 하면 그는 주먹을 휘둘렀고, 이는 곧 큰 소동으로 번지기 일쑤였다. 그의 다혈질적인 성격은 종종 동네 어른들 사이에서도 화젯거리였다.

"저놈의 새끼 또 무슨 일을 벌인노?"

철수는 동생의 문제를 해결하러 경찰서로 향할 때마다 한숨을 내쉬었다. 만수는 매번 반성보다는 변명으로 일관했다.

"형님, 내가 먼저 때린 게 아입미더! 그놈이 나를 먼저 건드렸다고!"

고함을 질렀다.

철수는 동생을 혼내면서도 한편으로는 가슴이 아팠다. 어쩌다 이렇게 된 걸까? 형제자매 모두가 부모의 사랑이란 것을 모르고 자랐는데, 유독 왜 둘째 동생 만수만 이렇게 반항적으로 변한 걸까? 철수는 답을 찾을 수 없었다.

만수의 문제 행동은 시간이 지나도 멈추지 않았다. 그는 중학교를 자퇴하고 방황하기 시작했다. 동네에서는 그의 행동을 비난하는 목소리가 커졌고, 철수의 가족은 점점 더 큰 부담을 느꼈다. 하지만 철수는 포기하지 않았다.

"니가 이렇게 살면 안 된다이. 니가 바뀌어야 우리 가족 모두가 잘 살 수 있다이."

철수의 진심 어린 조언에도 만수는 귀를 닫았다.

그러던 어느 날, 큰 사건이 벌어졌다. 동생이 또다시 싸움에 휘말려 크게 다쳤고, 경찰은 이번 사건을 훈방으로 그치는 것이 아니라 심각하게 받아들였다. 더 큰 문제는 동생이 때린 상대방과의 합의를 위해 가족이 피땀 흘려 마련했던 토지를 팔아야 했다는 것이다.

"들판에 있는 땅을 팔자. 너희 형제를 위해 평생 모은 재산이지만, 동생을 지키는 게 더 중요하지 않것나."

철수는 부모님의 말을 듣고 가슴이 무너졌다. 그 땅은 단순한 토지가 아니었다. 가족의 땀과 희생이 서린 땅이었다. 그러나 동생을 지키기 위해 어쩔 수 없이 결단을 내려야 했다. 그 돈으로 만수는 겨우 교도소를 면할 수 있었다.

하지만 땅을 잃은 후, 철수의 부모님 눈빛은 예전 같지 않았다. 허허로운 들판을 바라보는 그들의 눈에선 깊은 상실감이 묻어났다. 철수는 그날 이후로 마음속에 무거운 죄책감을 안고 살아가고 있었다.

동생은 그 사건 이후로 뉘우치고 새사람이 되는 듯 보였다. 하지만 어느 날, 젊은 아낙이 아이를 품에 안고 철수의 집 앞에 섰다. 초겨울의 칼

바람이 그녀의 붉게 상기된 얼굴을 더욱 도드라지게 했다. 그 집 대문 앞에서 몇 번을 망설이던 그녀는 결국 문을 두드렸다. 문이 열리자마자 그녀는 단도직입적으로 말했다.

"이 아는 만수 얼라입니더. 언자 이 집에서 책임지이소."

철수는 그 자리에서 굳어 버렸다. 그 말의 무게를 감당할 준비가 되어 있지 않았다. '만수의 아이'라는 말은 너무 갑작스럽고 황당했다. 어머니는 놀란 얼굴로 아낙을 바라보았고, 아버지는 아무 말도 없이 한숨만 내쉬었다. 집 안은 순식간에 정적에 휩싸였다.

"그게 무슨 소리고? 우리 둘째가 어디 있는지도 모른 지 몇 달이 됐는데…"

철수가 입을 떼며 말했다.

아낙은 눈길을 피하며 아이를 꼭 끌어안았다.

"그렇다고 제가 혼자 이 아이를 키울 수는 없다 아이미꺼. 이 집에서 책임져야지예. 아이 아버지가 만수인 건 맞으니까에."

만수가 아직 어려서 결혼을 할 수 있을 리도, 가정을 꾸려 잘 살 수 있을 리도 없었다.

"모친, 어떻게 해야 합니꺼?"

철수가 어머니를 향해 물었지만, 어머니는 아무 대답도 하지 못했다. 그녀는 단지 젊은 아낙과 아기를 바라볼 뿐이었다.

아버지가 무겁게 입을 열었다.

"만수가 돌아올 때까지 기다리는 수밖에 없다. 그런데 그놈이 돌아온다고 해서 이 아이와 저 아낙을 책임질 수 있것나?"

아낙은 갑작스런 눈물에 목소리가 떨렸다.

"지도 이렇게까지 하고 싶지는 않았습니더. 하지만 이 아이를 생각하면… 제가 혼자 어떻게 해야 할지 모르겠습미더. 저도 아직 어린아이인데."

아낙은 그렇게 말하고 아이를 남겨 두고 혼자 갔다. 그 뒤 그 아이는 철수가 안고 가야 할 짐이 되었다.

만수가 사고를 칠 때마다 철수 집안의 땅은 조금씩 다른 이들의 손에 넘어갔다.

'나중에는 아무것도 남지 않겠네…'

철수는 속으로 중얼거렸다. 그의 손끝에서 먼지처럼 흩어지는 땅을 바라보며, 그동안의 선택들이 모두 자신을 벼랑 끝으로 몰고 왔음을 깨달았다. 이제 남은 건 몇 마지기 안 되는 땅뿐이었다.

철수는 양파농사로 벌어들인 돈으로 산 토지도 팔았다. 토지의 절반 이상을 넘겨 주며, 철수는 마치 자신의 손목에 묶인 굵은 끈을 풀어 가는 듯한 기분이 들었다. 그 땅은 그가 농사로 고생하며 얻은 땀의 결실이었고, 그의 삶의 터전이었다.

어머니의 생선장사로 모은 땅도 차츰차츰 사라졌다. 철수는 그 땅들이 차례차례 사라지는 것을 보며 자신이 얼마나 무력한지 깨달았다. 땅을 팔아도 동생이 사고 치는 것은 나아지지 않았다. 하지만 철수는 다른 선택을 할 수 없었다.

그러나 그는 후회하지 않았다. 동생을 위해, 어머니를 위해, 그는 무언가를 희생할 수밖에 없었다. 그가 팔았던 땅은 동생에게 돌아갔고, 철수는 또다시 그의 손에 쥐어진 것을 지탱하기 위해 앞으로 나아갔다.

어쩌면 철수는 이제 땅 없이 살아가야 할지도 모른다.

3. 철수의 피난길

　1950년 9월 15일, 인천 상륙작전의 성공 소식은 순식간에 온 마을에 퍼졌다. 인민군이 퇴각하고 난 뒤 장포리와 새터는 전쟁이 3년간 이어지는 동안에도 그곳은 전쟁과 다른 세상으로 피해를 입지 않았다. 낙동강 전선의 치열한 전투를 경험한 그들이었지만 인민군 퇴각 이후에 남부지방이라 단 한 번도 후방까지 내려오지 않았다.
　철수도 피난길에 올랐던 사람 중 하나였다. 그는 전쟁이 시작되자 가족을 데리고 고향을 떠나야 했다. 그러나 인천 상륙작전 이후 전선이 물러가고 평화가 찾아오리라는 희망이 커지자, 그는 다시 고향으로 돌아왔다. 낡은 농기구를 정비하고, 엉켜 있는 밭을 손질하며 농사를 준비했다.
　가을이 깊어 갈수록 새터의 들판은 고요하면서도 생기가 돌았다. 비록 전쟁은 끝나지 않았지만, 사람들은 다시 삶을 이어 가야 한다는 걸 알고 있었다. 철수는 아버지 곁에서 호미를 들고 밭에 서 있었다. 전쟁의 상흔은 보이지 않았지만, 마을 사람들의 마음에는 긴장의 그림자가 여전히 드리워져 있었다.
　"철수야, 봄에는 콩을 심어야 것다이. 올해는 땅이 다 회복되지 못했으니, 쉬운 작물이 좋을기라."
　아버지의 낮고 단단한 목소리가 귓가에 울렸다. 철수는 고개를 끄덕이며 호미를 땅에 찔러 넣었다. 그들은 지금, 일상의 씨앗을 다시 뿌리고 있었다.

남들은 기름진 논밭에서 벼와 보리를 수확할 때, 철수의 가족은 제방 밖 강변에 있는 모래사장을 일구었다. 그 척박한 땅은 아무 작물이나 받아들이지 않았다. 오직 땅콩만이 그 거친 환경에서도 뿌리를 내리고 열매를 맺었다.

"아버지, 왜 하필 땅콩임미꺼? 다른 걸 심어 보면 안 되는기요?"

어느 날, 만석의 아버지 철수는 삽을 멈추고 물었다. 어릴 적부터 늘 그랬다. 강바람이 세차게 몰아치는 모래밭에서 가족과 함께 땅을 고르고 씨를 뿌렸다.

"땅콩이 제일 잘 자란다 아이가."

담담하게 대답했다. 아버지의 말에 반항하려다 이내 고개를 떨구었다. 그 말이 틀린 건 아니었다. 모래가 많은 그 땅에서는 물 빠짐이 좋은 땅콩이 유일하게 잘 자라는 작물이었다. 하지만 그건 비가 적당히 내릴 때의 이야기였다.

비가 많이 내리는 해에는 상황이 달라졌다. 강물이 불어나면 모래사장은 순식간에 누런 황토물에 잠겼다. 몇 날 며칠 동안 땅은 물에 감겨 무력하게 떠다녔다. 뿌리째 뽑혀 흘러가는 땅콩 줄기를 바라보며, 철수는 속으로 생각했다.

'우리는 왜 항상 이렇게 버텨야만 하는 기고?'

그럼에도 매년 같은 자리로 돌아왔다. 강물이 빠지면 흙탕물이 남긴 흔적 위로 다시 씨를 뿌렸다. 그는 말없이 삽질을 하며 다짐하듯 중얼거렸다.

"여서 땅콩이 자라는 한, 우리도 살아갈 수 있다. 그러나 이렇게는 안 되는 기라."

철수는 아버지의 손을 가만히 바라보았다. 그 손은 거칠고 갈라져 있었지만, 강물에 휩쓸려도 버티는 힘이 있었다. 언젠가 자신도 아버지처럼 그 손으로 흙을 일구며 살아가게 될지 모른다는 생각이 스쳤다.

전쟁이 끝날 날을 기약하며, 새터 사람들은 서로를 위로하고 격려했다. 마을에는 희망과 불안이 얽혀 있었지만, 그들은 여전히 살아가고 있었다.

그 무렵, 마을은 하루가 다르게 가난과 굶주림으로 고통받고 있었다.

만석의 할머니는 손을 놓고 있을 수 없었다. 굶주린 아이들의 얼굴이 떠오를 때마다 그녀는 가슴 한구석이 무너져 내리는 것 같았다.

만석의 할머니는 자신의 삶에 큰 굴곡을 남긴 사건을 회상하며 깊은 한숨을 내쉬었다. 그녀는 일본에서의 젊은 시절, 희망과 절망이 교차하던 그 시절을 떠올렸다. 고향을 떠나 먼 타국에서 돈을 모은다는 것은 결코 쉬운 일이 아니었다. 가족을 위해, 더 나은 삶을 위해 한 푼 한 푼 아껴 가며 모은 그 돈은 그녀의 자부심이자 생존의 증거였다.

하지만 그녀와 남편은 어렵게 모은 돈을 친정오빠에게 맡겼다. 오빠는 토지를 사 주겠다고 약속했지만, 시간이 지나도 땅은커녕 돈조차 돌려받지 못했다. 오빠의 약속은 허공에 흩어진 말이 되었고, 그녀와 남편은 점점 더 곤궁한 처지에 놓이게 되었다.

남편에게 이 사실을 고백해야 했던 날, 그녀는 죄인이 된 듯한 심정으로 고개를 숙였다. 남편은 그녀를 탓하지 않았지만, 그녀의 마음속에는 깊은 자책감이 자리 잡았다.

'내가 왜 그랬을까? 돈은 나중에 주어야 했는데 왜 그 돈을 지키지 못했을까?'

라는 후회가 밤마다 그녀를 잠식했다.

그 사건 이후, 그녀는 남편 앞에서 점점 더 작아지는 자신을 느꼈다. 예전에는 당당했던 그녀가 이제는 남편의 눈치를 보며 살아야 했다. 그럴수록 그녀의 마음속에는 상처와 슬픔이 켜켜이 쌓여 갔다. 그녀의 인생에서 가장 큰 후회는 아마도 그날, 그 돈을 맡긴 선택일 것이다.

친정오빠와의 기억은 잊히지 않았지만, 그녀는 이제 그것을 자신의 일부분으로 받아들이며 살아가고 있었다.

'이러고만 있을 순 없다이. 이라다가는 산 입에 거미줄 치것다.'

그날도 이른 새벽, 할머니는 머리에 보따리를 이고 산고개를 넘어 마산 어시장으로 향했다. 가파른 언덕과 험난한 길을 왕복 60리나 걸어야 했지만, 그녀에게는 선택지가 없었다. 신발 바닥이 닳아지고 발이 부르터도 포기할 수 없는 길이었다.

어시장에 도착한 할머니는 생선 몇 마리를 조심스레 보따리에 담았다. 겨우겨우 흥정을 하고 돌아오는 길, 그녀는 고단한 몸을 이끌며 속으로 다짐했다.

'이 생선 몇 마리가 우리 아이들을 살릴 끼라. 꼭 팔아야 한다이.'

하지만 현실은 냉혹했다. 전쟁의 참화 속에 사람들은 생선을 살 여유조차 없었다. 동네를 돌며 생선을 머리에 이고 다니는 할머니를 바라보는 사람들의 눈빛은 차가웠다.

"지금 생선을 사 먹을 형편이 어디 있노."

"미안합니더, 다음에 팔아 주꾸마."

거절이 이어졌지만, 할머니는 포기하지 않았다. 해가 저물고 달빛이 비칠 무렵에도 그녀는 마을 이곳저곳을 돌며 생선을 팔았다. 손에 쥐어진 돈은 얼마 되지 않았지만, 그것마저도 그녀에게는 소중한 희망의 끈이었다.

집으로 돌아온 할머니는 부엌 구석에 모인 아이들을 바라보며 웃음을 지어 보였다. 손에 쥔 몇 개의 동전과 생선 한 마리를 보며, 그날 그녀는 비로소 안도했다.

'이렇게 장사하면 아이들 배는 굶지 않것다이. 내일도 가야 한다이.' 다짐한다.

다음 날도, 그다음 날도 할머니의 발걸음은 멈추지 않았다. 그녀의 하루하루는 고단했지만, 아이들을 향한 사랑은 그녀를 버티게 했다. 그렇게 전쟁의 폭풍 속에서도 할머니는 묵묵히 삶을 이어 갔다.

만석의 할머니는 운이 좋은 날이면 새터로 가는 트럭을 탈 수 있었다. 트럭 뒤 짐칸에 몸을 싣는 일이었지만, 그마저도 공짜는 아니었다. 5원의 요금을 내야 했기에, 그 금액이 부담스러운 날엔 걷는 수밖에 없었다.

'올은 트럭 올까?'

할머니는 늘 그렇게 혼잣말을 하며 어시장 길가에 서 있곤 했다.

먼지가 휘날리는 어시장 끝에서 트럭이 모습을 드러내면, 할머니의 눈빛은 그 순간만큼은 소녀처럼 반짝였다. 트럭 운전수는 늘 똑같은 얼굴이었고, 무뚝뚝한 표정으로 고개를 끄덕이며 멈춰 섰다.

"새터 가는기요?"

"야, 오늘은 차 좀 타고 가야것소."

복주머니처럼 생긴 줌치를 더듬어 5원을 꺼냈다. 비록 작은 금액이었지만, 그것은 그녀에게 작은 사치와도 같았다.

뒤짐 칸으로 올라타는 동안, 그녀의 입가에는 희미한 미소가 스며들었다.

트럭이 덜컹거리며 자갈길을 달리자, 할머니는 손수건으로 얼굴을 가렸다. 바람에 실린 먼지가 온몸에 달라붙었지만, 그 정도쯤은 개의치 않았다. 중요한 것은 오늘 새터에 무사히 닿을 수 있다는 사실이었다.

그녀의 작은 여정은 언제나 이렇게 시작되고 끝났다. 하지만 그 속에는 그녀만이 아는 삶의 무게와 희망이 담겨 있었다.

4. 전쟁 후 철수의 생활

 아직 전쟁의 흔적은 여기저기 많이 남아 있었지만, 만석의 아버지는 새벽부터 하루를 시작했다. 아버지와 함께 논밭을 돌보며 농사일을 도맡는 그의 손은 늘 거칠었고, 얼굴은 언제나 흙먼지와 땀으로 얼룩져 있었다.
 해가 질 무렵, 농기구를 정리하며 한숨 돌릴 때쯤이면 또 다른 하루가 그를 기다리고 있었다.
 밤이면 만석은 야학으로 향했다. 중학교 과정이라고는 하지만 정식 학교는 아니었다. 면소재지에는 아직 중학교가 개교하지 않았고, 더구나 만석의 가정 형편으로는 도시로 유학을 떠날 엄두조차 낼 수 없었다. 그럼에도 만석은 배움을 포기할 수 없었다. 집에서 허름한 공책을 챙겨 낡은 지붕 아래에서 시작되는 야학 수업에 나서는 발걸음은 묵직했지만 희망으로 가득했다.
 "철수, 니 오늘도 왔나?"
 야학 선생님의 목소리가 밝게 울렸다. 열댓 명 남짓의 아이들이 모인 작은 방에서 철수는 또래 친구들과 함께 책을 펼쳤다. 그의 눈은 피로에 가득 차 있었지만, 손끝은 진지하게 연필을 쥐고 있었다.
 "농사일도 하고 공부도 하려니 힘들지 않나?"

선생님이 물었다.

"힘들지예. 하지만 영어도 수학도 배우고 싶습미더."

만석은 조용히 대답했다.

철수를 걱정하지 않은 것은 아니었다. 그러나 아들의 의지를 꺾을 수는 없었다. 그날 밤, 등잔불 아래에서 공책을 펼쳐든 철수를 보며 아버지는 조용히 말했다.

"철수야, 내일 일할라쿠모 쉬거라이. 몸 상한다."

그렇게 철수의 청년 시절이 다가오고 있었다.

철수의 어머니는 요즘 제법 바빠졌다. 몇 년 전, 머리에 이고 다니며 생선장사로 생계를 이어가던 그녀가 시간이 지나면서, 생선장사는 그저 장사가 아니라 하나의 이야기가 되었다.

대산장, 석무장, 그리고 강 건너 정곡장까지. 이 세 곳은 이제 그녀의 주 무대다. 5일 장날이면 새벽같이 집을 나섰다. 손수레에는 싱싱한 생선을 담고, 허리에는 직접 만든 전대를 챙겼다. 대산장에서는 좁은 골목의 한쪽에, 석무장에서는 중앙 길목에, 정곡장에서는 다리 근처에 늘 자리를 잡았다.

처음에는 사람들이 그녀를 알아보지 못했다. 그러나 그녀의 좌판에 늘어놓은 생선은 금세 주목받기 시작했다. 그 이유는 간단했다. 신선하고, 가격이 적당하며, 무엇보다도 그녀의 정이 깃들어 있었기 때문이다. 생선을 고르는 손님들에게 그녀는 늘 이렇게 말했다.

"이놈 보소. 아침에 바로 잡은 기요. 우리 집 아~들도 이거 먹고 아주 튼튼한기라."

이 한마디에 사람들은 웃음을 터뜨리며 지갑을 열었다. 대산장에서 그녀를 기억하던 손님이 석무장에서 다시 그녀를 찾았고, 정곡장에서는 이미 그녀를 아는 사람이 기다리고 있었다.

어느 날, 강 건너 정곡장에서 한 농부가 다가왔다.

"아지매요, 이거 좀 깎아 주소."

농부의 얼굴에는 어딘가 쑥스러운 기색이 어렸다. 그녀는 그를 한참 바라보다가 생선을 골라 손에 쥐여 주며 말했다.

"돈 걱정 마소. 배부르게 먹이고, 농사일 잘하면 그게 보람 아잉기요?"

그날 이후로 정곡장에서 그녀를 '생선 아지매'라 부르기 시작했다. 그녀의 좌판은 단순히 생선을 사고파는 장소가 아니라, 정과 이야기가 오가는 작은 쉼터가 되었다.

아이들은 병치레 없이 잘 자라고 있었고, 장사도 무척 잘되고 있었다. 그러나 행복도 잠시였다.

그날도 마산 어장에서 생선을 사고 트럭에 실은 후, 집으로 돌아오는 길이었다. 길고 험한 신당고개를 넘는 중에 예기치 못한 일이 벌어졌다. 트럭이 미끄러지더니, 차체가 한쪽으로 기울면서 결국 도로 아래로 굴러떨어졌다.

그 사고로 몇몇은 생명을 잃는 안타까운 일이 있었지만, 만석의 할머니는 다행히 왼쪽 종아리에 큰 상처를 입는 선에서 목숨을 건졌다. 병원으로 실려 가는 동안에도 사고의 충격과 생존에 대한 감사함이 뒤섞여 혼란스러웠다.

읍내 작은 병원의 창백한 조명 아래에서 상처 부위를 봉합하고 돈이 아까워 깁스는 하지 못했다. 그리고 절룩거리며 집으로 왔다.

상처 난 다리를 하고, 그녀는 한 푼이라도 벌기 위해 그 다리로 손수레를 끌며 5일장을 향해 걸어가고 있었다. 발목을 감싼 붕대는 세월의 흔적처럼 더러워졌고, 그 아래로 피가 스며들어 있었다. 하지만 그는 그것이 상처인지, 혹은 지나간 날들의 아픔인지 구분할 수 없었다. 그저 살아야 한다는 생각만이 머릿속을 채웠다. 손수레의 바퀴는 헐거운 나무로 만들어져 삐걱거렸고, 그 소리가 그의 마음을 더욱 움츠러들게 했다.

날씨는 차가운 바람과 함께 흐릿했다. 구름이 하늘을 가득 채우고, 바람은 한 번씩 그를 스쳐 가며 모래와 먼지를 날려 보냈다. 그는 아랑곳하지 않았다. 손수레의 짐은 많지 않았지만, 한 걸음 한 걸음 내딛을 때마다 그 짐은 더욱 무겁게 느껴졌다.

장이 가까워지자, 사람들의 소리가 멀리서 들려오기 시작했다. 그 소리에는 북적거리는 시장의 분위기가 배어 있었다. 그는 힘없이 발을 내딛으며 그 소리의 방향으로 향했다. 시장은 여전히 분주하고, 사람들은 물건을 사고팔며 각자의 하루를 보내고 있었다. 하지만 그는 그들의 웃음소리 속에서 자신이 존재하지 않는 듯한 느낌을 받았다. 마치 지나가는 바람처럼, 누구에게도 특별한 의미 없이 그저 한 사람의 삶이 그렇게 흘러가고 있는 것 같았다.

그는 잠시 멈춰서 손수레를 살펴보았다. 그가 끌고 있던 물건들 중 가장 중요한 것은, 사실, 그의 마음속의 무거운 짐이었다. 상처뿐만 아니라 삶의 깊은 상처들이 그를 지치게 만들었지만, 그는 멈추지 않았다. 그는 고개를 들고, 지나가는 사람들의 모습을 바라보았다. 그들 중 누구도 그의 아픔을 이해하지 못할 것이다. 그저 지나칠 뿐이었다. 그럼에도 그는 계속해서 그 길을 걸어갔다. 삶이 그에게 던지는 고통 속에서, 그는 아직도 한 푼이라도 벌기 위해, 그리고 더 나아가 살아가기 위해 그 손수레를 끌고 있었다.

철수의 아버지는 3대 독자라 자식에 대한 집착이 강했다. 그래서 자식이 생기면 그저 낳기만 하면,
"지 먹을 것은 지가 챙겨 나온다."
그런 생각은 가난한 집안에서 자식들이 우글거리는 현실을 만들어 냈다. 집안의 형편은 넉넉지 않았고, 철수 아버지의 자식들이 태어날 때마다 그 집의 일상은 더욱 분주해졌다. 그는 아이들이 많아질수록 자신의 책임이 더 커지는 것이 아니라, 그저 그들만큼 더 일을 시킬 방법을 생각했다.

어느 날, 철수 어머니는 5일장에 가는 길에 손수레를 끌고 있었다. 옷은 낡고, 손수레는 무겁고, 배는 자꾸 아파 오기 시작했다. 그날, 만석의 할머니는 예기치 못한 심한 통증에 움찔하며 길 위에서 그대로 주저앉을 수밖에 없었다.

숨을 헐떡이며 고통에 몸을 움츠린 그녀에게 사람들이 놀라 달려왔지만, 그 자리는 곧 혼란으로 변했다. 그녀는 비틀거리며 숨을 몰아쉬더니, 겨우 힘을 내어 말했다.

"아를 낳았소."

사람들은 급히 주변을 둘러보며, 근처에 있던 벼짚동에 할머니와 갓 태어난 아이를 두고, 집으로 달려가 사람들을 찾았다. 그러나 만석의 할아버지는 어디론가 가고, 집에는 아이들만 남아 있었다. 사람들은 어쩔 수 없이 근처의 장에서 일하는 이웃에게 부탁하여, 아이와 산모를 손수

레에 실어 집으로 데려갔다.

집에 돌아온 사람들은 그녀를 돕기 위해 분주히 움직였다. 3대 독자라 친척은 없었지만, 다행히 철수의 할머니는 생존해 계셔서 상황을 맡았다. 그녀는 곧장 미역국을 끓이고, 군불을 지펴 철수의 어머니를 따뜻하게 돌보았다.

한밤중이 되자, 고주망태가 된 철수의 아버지가 비틀거리며 돌아왔다. 아기가 태어났다는 소식에 그는 아무런 놀람도 없이 마치 그 일이 자신에게 너무나 자연스러운 일인 것처럼 말했다.

"그렇구나."

그의 목소리엔 감정의 기복이 없었고, 그저 일상적인 한 장면처럼 흘러갔다.

5. 말숙이 집안의 유래

말숙의 집안은 단순한 농촌 가정이 아니었다. 군내에서 그들의 이름을 모르는 이는 없었다. 그 중심에는 그녀의 할아버지가 있었다. 할아버지는 왜정 시대에 남포 기술자로 일했다.

남포, 즉 다이너마이트를 다루는 그의 기술은 해방 이후에도 귀중한 자산으로 여겨졌다. 터널을 뚫고, 산을 가르고, 도로를 닦아내는 기술을 그는 손에 쥐고 있었다. 해방 후 혼란스러운 시기에도 그의 기술은 시대를 앞서갔다.

해방이 되고 나서 나라가 다시 일어서기 시작할 때, 터널을 뚫거나 도로를 건설하는 과정에서 암반을 폭파해야 할 일이 많았다.

하지만 그 당시에 이러한 기술을 다룰 줄 아는 전문가는 매우 드물었다. 말숙의 할아버지는 그 공백을 메우며 독보적인 존재로 떠올랐다.

그가 작업한 현장은 전국 각지에 퍼져 있었고, 그의 기술은 누구도 대체할 수 없는 것이었다.

그는 자연스럽게 지역 사회에서 중요한 위치를 차지하며 막대한 부를 축적하게 되었다.

군내에서 그들의 집안을 대부호라 부르는 것은 과장이 아니었다. 장포주변 사방 십 리 안에서는 말숙의 집 땅을 지나지 않고서는 어디로도 갈 수 없을 정도였다.

　마을 어귀에 들어서면 제일 먼저 보이는 것은 그녀의 집이었다. 큰 대문 옆으로 가지런히 놓인 장독대, 너른 마당에 서 있는 감나무와 은행나무가 한눈에 들어왔다. 마을 사람들은 이 집을 지나며 고개를 들어 올리곤 했다.

　남강의 물길이 굽이쳐 흐르는 하류에 자리 잡은 작은 마을, 장포리. 평화롭고 조용한 이 마을은 일제의 억압에서 벗어난 해방 이후, 잠시나마 숨을 고를 수 있었다. 강물은 여전히 변함없이 흘렀고, 마을 사람들은 고된 시절을 뒤로하고 새로운 삶을 꿈꾸었다.

　그때, 마을 중심에 자리한 말숙의 집안도 평온한 날들을 보내고 있었다. 장포리의 젊은 남녀는 해가 지면 남강으로 나가 붉게 물든 하늘을 바라보며 꿈을 꾸곤 했다. 언젠가는 강물 너머 더 넓은 세상을 보리라던, 작고 단단한 희망이었다.

　하지만, 그 평온은 오래가지 못했다. 1950년 7월 말의 남강의 물소리 사이로 총성과 폭음이 퍼져 나갔다. 전쟁이었다. 북에서 내려온 군대가 마을을 지나며 불길을 퍼뜨렸고, 평화로웠던 장포리는 단숨에 지옥으로 변했다.

　장포리는 낙동강과 남강이 만나는 넓은 곳이라 전투가 벌어지는 격전지였다. 그래서 피해가 많았다. 폭격과 총탄이 오가는 전쟁터에서 그들의 집도 예외는 아니었다. 어느 날, 전투기의 굉음이 머리 위를 지나갔고 곧이어 집 안에 기관총 세례가 쏟아졌다. 장독이 산산조각 나고, 벽은 총탄에 구멍이 뚫렸다.

그 날, 말숙의 17살 된 사촌언니는 피난을 가지 못했다. 집안에서 피할 새도 없이 총탄에 배를 맞았다. 고통스러운 신음소리가 집 안을 메웠다. 전투기가 떠나고 난 뒤, 그들의 집은 폐허가 되었고, 사촌언니는 피투성이가 된 채 바닥에 쓰러져 있었다. 하지만 그녀의 눈은 아직 생명이 남아 있음을 말하고 있었다.

동네의 한 오빠가 달려왔다. 그는 손을 덜덜 떨며 사촌언니를 살리기 위해 어떻게든 응급처치를 하려 했다. 하지만 배를 가로지른 총탄은 그녀의 창자를 터뜨렸고, 그런 상처는 그의 능력으로는 감당할 수 없었다. 오빠는 망연자실한 얼굴로 그녀의 창자를 손으로 배 안에 넣으려 했지만, 그것은 헛된 몸부림이었다.

사촌언니는 숨이 끊어지기 전, 희미하게 웃으며 말했다.

"괴안타… 모두들… 살아남아…."

그 말을 끝으로 그녀는 생을 마감했다. 모두들 그 광경을 눈물로 지켜볼 수밖에 없었다.

낙동강과 같은 거대한 강을 방어선으로 설정하고, 강 양쪽의 개활지에서 북한군이 도하를 시도할 때마다 압도적인 화력으로 저지하는 것이 효과적일 것으로 판단하여 방어선을 구축하기 시작했다. 이 방어선이 바로 '낙동강 방어선' 또는 '낙동강 전선'이다.

그러나 낙동강의 흐름 특성상, 미군이 담당했던 서부 전선, 특히 칠곡에서 함안을 남북으로 잇는 구간에서는 낙동강과 그 지류를 방어선으로 활용할 수 있었지만, 남강과 합류하는 지점인 합강정부터는 강을 방어선으로 삼기에는 위치와 방향이 모두 불리했다. 따라서 그 지점부터 남해안까지는 주요 고지를 중심으로 한 산악 방어선을 형성해야 했으며, 마산-대구 도로와 같은 중요한 교통로를 보호하기 위해 마산 전투(여항산 전투)처럼 산악전도 치러졌다.

전쟁이 벌어지면 막대한 군수 물자가 필요하지만, 특히 포탄이나 총알처럼 무게가 많이 나가는 물자는 군인들만으로 운반하기에 한계가 있다.

6.25 전쟁 당시에는 도시화가 진행되지 않아 도로가 없었다. 특히 산악 지형이 많은 우리나라의 특성상 고지전이 불가피했다.

이로 인해 인민군과 국군 모두 전투 지역으로 군수 물자를 운반하기 위해 민간인의 도움이 절실했으며, 많은 민간인이 지게를 지고 물자를 나르는 역할을 맡았다. 특히 인민군을 위해 이러한 일을 했던 사람들을 '부역자'라고 불렀다.

말숙의 5촌 아재인 민수는 중학생이었다. 키가 작아 인민군들이 군인으로 징집하지 못했고, 대신 부역을 강요받고 있었다. 그의 나날은 고된 노동과 두려움 속에서 흘러갔다. 하지만 그보다도 더 큰 공포는 인천상륙작전 이후 인민군이 후퇴하며 주민들을 끌고 북쪽으로 떠나는 것이었다.

어느 날, 그 공포는 현실이 되었다. 민수는 여러 사람들과 함께 강제로 줄을 맞춰 끌려가고 있었다. 피난을 가지 못한 그의 가족은 이미 사방으로 흩어졌고, 그는 오로지 스스로 살아남아야 한다는 생각뿐이었다.

민수는 줄을 서며 신음 소리를 삼켰다. 배의 고통이 점점 심해지는 참을 수 없는 시늉을 했다. 그는 배를 움켜쥐며 조심스럽게 말했다.

"동무, 배가 너무 아파 움직일 수 없습미더."

민수는 설사병이 걸렸다고 연기를 했다.

인민군 병사는 그를 매섭게 노려보며 총부리를 들이댔다.

"종갓나 새끼 거짓말하지 마라우! 어디서 꾀병을 부려?"

민수는 급히 손에 침을 묻혔다. 그리고 엉덩이를 비빈 뒤, 그 손을 병사의 코앞에 들이댔다. 병사는 코를 찡그리며 뒤로 물러섰다.

"이 녀석, 정말 설사병이군."

병사는 얼굴을 찌푸리며 민수를 감시병과 함께 멀리 떨어진 곳으로 보냈다.

"저기 가서 똥이나 누고 오라우. 도망가려고 하면 바로 쏜다!"

민수는 간신히 고개를 끄덕이며 숲속으로 들어갔다. 감시병이 뒤따라오며 그를 지켜보았지만, 민수는 기지를 발휘했다. 바위와 나무 뒤에 몸을 숨기며 조금씩 멀어지기 시작했다. 숲의 어둠이 그를 감싸는 순간, 그는 재빨리 도망쳤다.

등 뒤에서 총소리가 들렸지만 민수는 온 힘을 다해 달렸다. 죽음에 대한 두려움을 뒤로한 채 오직 살아야 한다는 본능으로 숲속을 헤쳐 나갔다. 얼마 지나지 않아 총소리가 멀리서 들렸지만, 그는 멈추지 않았다.

밤이 깊어지고 숲은 점점 조용해졌다. 민수는 숨을 고르며 나무 밑에 웅크리고 앉았다. 그는 탈출에 성공했다는 사실을 믿을 수 없었다.

다음 날 새벽, 민수는 남쪽으로 향하는 길을 찾기 시작했다. 그의 발걸음은 비틀거렸지만, 마음속에는 살아남겠다는 의지가 불타올랐다. 전쟁의 소용돌이 속에서도 그는 스스로의 힘으로 생존의 길을 찾아가고 있었다.

6. 말숙의 큰아버지

말숙의 큰아버지는 그의 얼굴조차 기억되지 않는, 가족에게조차 잊힌 인물이었다. 그는 결혼을 하고 가정을 이루며 평범한 삶을 사는 듯했으나, 내면 깊숙이에서는 볼셰비키 혁명을 꿈꾸고 있었다. 경성제국대학을 졸업한 수재로, 누구보다도 똑똑하고 앞날이 창창했던 그는, 해방 후의 혼란한 시기에서 좌익과 우익의 갈등 속에 스스로의 이상을 찾아 헤맸다. 어쩌면 그는 그 갈등의 희생양이었을지도 모른다.

장포리에 있는 집에서조차 등사기를 돌려가며 삐라를 만들어 뿌리는 작업을 주도했다. 부르주아 계급 출신의 부잣집 도련님이 어째서 프롤레타리아의 세상을 꿈꿨는지 이해가 되지 않는다. 그의 삶은 겉으로는 안정적이고 번듯했지만, 내면은 사회적 불평등에 대한 저항과 혁명에 대한 열망으로 불타고 있었다.

삐라가 뿌려지는 날이면, 그 고요는 깨지고 긴장감이 감돌았다. 어김없이 경찰서에서 나온 형사들이 장포리 집으로 들이닥쳤다.

형사들이 들어오는 순간, 집안은 아수라장이 되었다.

"등사기와 조오는 어디 숨겼노?"

한 형사가 소리쳤다. 이미 익숙한 일이었다. 그럴 때마다 가족들은 집 뒤에 구덩이를 파고 모든 증거물을 묻었다. 그리곤 아무렇지 않은 듯 행동하려 했지만, 형사들의 눈을 속이기란 쉽지 않았다.

"큰아들은 어디 있느냐?"

형사는 날카로운 눈빛으로 할머니를 쏘아보며 물었다. 할머니는 입술을 깨물며 대답했다.

"모르네. 여긴 없다이."

그 말이 끝나기가 무섭게, 형사는 주먹을 휘둘렀다.

"모른다고? 그딴 말이 통할 끼라 생각했나?"

구타는 끝이 없었다. 할머니와 할아버지는 물론이고, 말숙이와 아버지까지 모두 그들의 폭력 앞에 무력했다. 형사들은 가족들의 비명과 신음 소리를 무시한 채, 더욱 거칠게 몰아붙였다. 아무리 진실을 이야기해도 그들에게는 들리지 않았다. 그들에게 중요한 건 단지 빨갱이를 잡는 것이었다.

큰아버지가 실제로 어디에 있는지는 아무도 몰랐다. 그럼에도 불구하고, 그들은 피가 터지고 머리가 깨져야만 구타를 멈췄다. 할머니와 할아버지는 눈가에 고인 눈물이 마를 날이 없었다. 그 눈물은 단순한 고통의 표현이 아니었다. 그것은 지켜야 할 가족과 잃어서는 안 되는 존엄성에 대한 애끓는 외침이었다.

밤이 되면 가족들은 서로의 상처를 살피며 조용히 눈물을 삼켰다. 하지만 그 와중에도 할아버지는 손을 잡으며 말했다.

"자식이 아무리 똑똑해도 대학 공부는 가르치지 말자이."

그 말을 하고 있지만 작은아버지는 성장하여 연세대학교를 다니게 된다.

말숙의 큰아버지가 꿈꿨던 공산사회는 만인이 평등하고 모두가 똑같이 잘사는 이상적인 세상이었다. 그러나 그의 야망은 6.25 사변이라는 거대한 역사적 격변 속에서 산산조각 나고 말았다.

전쟁이 나자 인민군이 무섭게 진격하여 장포리까지 내려오게 되었다.

빨간 완장을 찬 머슴들은 마을 곳곳을 헤집으며 권력을 휘두르며 잔혹함을 서슴지 않으며 미쳐 날뛰고 있었다.

말숙의 큰아버지는 볼셰비키혁명의 학자였다. 인민군은 이를 가만히 두지 않았다. 매일같이 말숙의 집으로 찾아와 큰아버지를 내놓으라며 소리를 질렀다.

사실, 그 누구도 큰아버지가 어디로 사라졌는지 알지 못했다. 큰아버지는 어느 날 밤 아무 말도 없이 자취를 감춰 버렸다.

인민군의 지배가 몇 달간 이어졌다. 그러던 어느 날, 국군의 반격으로 인민군이 급히 북쪽으로 철수하게 되었다. 장포리는 해방되었고 마을에는 평화가 찾아오는 듯했다. 그러나 이제 국군이 적색분자를 색출하겠다며 조사를 시작했다.

"누구든 공산당과 연루된 자는 가차 없이 처벌될 것이다!"

국군의 소리가 장포리에 울려 퍼졌다. 그때도 말숙의 큰아버지는 여전히 실종 상태였다.

세월이 흘러, 1990년대에 이르러 북한 이산가족 상봉 행사가 열렸다. 말숙의 가족은 그동안 감춰둔 기대를 안고 큰아버지를 찾기 위해 신청서를 제출했다.

"혹시라도 살아 계시다면 만날 수 있을지도 몰라…."

말숙의 큰어머니는 눈물로 밤을 지새우며 그리움을 품었다. 하지만 돌아온 답변은 냉혹했다. "찾을 수 없음." 큰아버지의 이름은 북한 어디에서도 확인되지 않았다.

큰아버지는 인민군이 철수할 때 그들과 함께 강제로 끌려간 게 아닐까? 하지만 또 다른 가능성도 떠올랐다. 그가 김일성 체제가 본격화되기 전, 정치적 숙청의 희생양이 되었을 수도 있었다. 또는 전쟁의 혼란 속에서 허무하게 목숨을 잃었을 수도 있었다.

사라진 큰아버지의 진실은 끝내 밝혀지지 않았다.

큰아버지가 꿈꾸던 세상은 실현되지 않았고, 그는 결국 역사의 뒤안길로 사라졌다.

그의 삶은 말숙이 자란 장포리에서도 전설처럼 내려오곤 했다. 사람들이 수군거리며 떠올리는 큰아버지의 모습은 실체 없는 신화처럼 희미했지만, 한 가지는 분명했다. 그는 시대를 앞서가고자 했고, 자신의 이상을 위해 모든 것을 걸었던 사람이었다. 비록 그의 꿈이 좌절되었을지라도, 그의 신념과 열정은 가족과 마을 사람들의 기억 속에서 묵묵히 남아있었다.

7. 말숙 일가의 피난

  6.25 전쟁이 한창이던 1950년대 초, 한반도는 혼란과 고통의 소용돌이에 휩싸여 있었다. 물가는 16배나 폭등했고, 생존을 위한 몸부림이 곳곳에서 이어졌다. 피난민들의 삶은 그야말로 하루하루를 버티기 위한 투쟁이었다.
  말숙의 일가는 함안역에서 기차를 타고 김해의 한 지역에 도착했다. 지금은 부산이 팽창하여 낙동강 건너까지 부산시이지만 그때는 사상구나 사하구도 김해 지역이었다.
  전쟁으로 모든 것이 불확실한 상황에서, 기차는 이곳저곳에 멈춰 피난민들을 내려놓았다. 그들이 발을 디딘 곳은 이름조차 알 수 없는 작은 마을이었다. 가족은 초라한 짐을 들고 근처 논두렁에 자리를 잡았다. 어디로 가야 할지, 무엇을 해야 할지 막막한 상황이었다.
  말숙의 할머니는 곧장 근처의 농가를 찾아갔다.
  "혹시 먹을 것을 조금 나눠 주실 수 있능기요? 저희는 기차에서 내려 막 도착한 피난민들이미더."
  농가 주인은 전쟁으로 인해 풍족하지 않았지만, 쌀 한 줌과 고구마 몇 개를 건네주었다. 그 소중한 음식을 들고 돌아온 할머니를 보고, 아이들은 울음을 터뜨렸다.

"움마, 이걸로 우리 모두가 먹을 수 있겠능기요?"

"조금씩 나눠 묵자. 조금만 버티자 아부지가 쌀을 구해 올끼다."

그날 밤, 말숙의 일가는 나뭇가지로 불을 피우고 작은 냄비에 고구마를 삶아 먹었다. 배고픔은 여전히 가시지 않았지만, 따뜻한 음식은 그들에게 작은 위로가 되었다.

다음 날부터 말숙의 아버지는 동생들과 함께 마을을 돌아다니며 도울 일을 찾았다. 마을 사람들의 허드렛일을 돕는 대가로 밥을 얻기도 했고, 산나물이나 뿌리를 캐 왔다. 피난민으로서의 삶은 고단하고 굴욕적이었지만, 그들은 서로를 의지하며 하루하루를 견뎌 냈다.

어느 날, 말숙의 할아버지는 근처의 임시시장에 다녀왔다. 시장에서는 쌀 한 되가 금값처럼 비쌌다. 전쟁으로 인해 물가가 폭등했기 때문이다. 아버지는 몸에 지닌 장신구를 팔아 겨우 쌀을 조금 구해 왔다.

그렇게 몇 달이 지나자, 인민군이 퇴각했다는 이야기가 들렸다. 피난민들의 삶은 비참하고 고달팠지만, 그 속에서도 희망과 사랑이 있었다.

말숙의 일가는 인민군이 떠난 후 피난에서 집으로 돌아올 수 있었다. 집 앞에 다다르자 말숙의 할머니는 숨을 삼켰다. 한때 마을에서 가장 크고 번듯했던 그 집은 이제 처참하게 망가져 있었.

대문은 한쪽이 떨어져 열린 채 삐걱거렸고, 곡간마다 문이 활짝 열려 있었다. 안으로 들어서자마자 보이는 대청마루에는 어지럽혀진 물건들과 바닥에 흩어진 종이들, 그리고 누군가 무언가를 찾으려 몸부림쳤던 흔적들이 가득했다.

"이게 다 뭐꼬…"

말숙의 할머니가 입을 틀어막고 숨죽이며 말했다.

부엌으로 들어가 보니, 그릇장은 비어 있었고, 쌀둑 항아리는 아예 흔적조차 없다. 장독대도 온통 뒤집혀 있었고, 귀중한 장신구와 돈은 피난 가면서 챙겼지만, 부잣집이라는 소문이 난 탓에 약탈이 더 심했던 것이다.

말숙의 할아버지는 무겁게 한숨을 내쉬며 골방으로 들어갔다. 그곳은 평소 집안의 중요한 물건들을 숨겨 두던 곳이었다. 그러나 이미 누군가 그곳을 뒤진 지 오래였다. 바닥에는 흙먼지와 함께 부서진 나무 조각들만 널브러져 있었다.

"그래도 몸 성히 왔으니 이만하길 다행이라 생각하자이."

말숙의 할아버지가 이를 악물며 중얼거렸다.

말숙의 할머니는 그 말을 들으며 집 안 이곳저곳을 둘러보았다. 그곳에는 예전의 따뜻함도, 안락함도, 가족의 웃음소리도 남아 있지 않았다. 오직 전쟁의 상흔과 부서진 흔적들만이 가득했다. 그녀는 그 자리에 굳어 서서 한참을 움직이지 못했다.

1950년 7월의 태양은 유독 뜨거웠다. 그날도 어김없이 마을 사람들은 논에 모여 모내기를 했다. 모두의 얼굴엔 희망이 담겨 있었다. 벼가 무럭무럭 자라 여름이 지나면 풍년이 올 거라는 기대였다. 하지만 전쟁은 사람들의 모든 희망을 집어삼켰다.

사람들은 논과 집을 뒤로한 채 서둘러 피난길에 올랐다. 남겨진 논에는 발길이 끊기고, 푸르던 논바닥은 점차 잡초가 뒤덮기 시작했다.

아직 농약이나 비료가 없던 시절이라 모내기 이후 풀이 올라오면 머슴들이 전부 뽑아 주어야 했다.

시간이 흘러, 한여름의 폭염과 소나기가 논을 지나갔다. 잡초는 어지럽게 자라났지만, 신기하게도 벼는 그 속에서도 힘차게 자라났다. 사람 없는 논이었지만 자연은 스스로 길을 찾아갔다.

가을이 가까워질 무렵, 마침내 피난길에서 돌아온 가족들이 논을 찾았다. 예상했던 황폐한 광경과는 달리, 벼는 고개를 숙인 채 황금빛으로 물들어 있었다. 마치 이 모든 시간을 견디며 자신들의 역할을 다했다는 듯, 논은 묵묵히 풍요로운 모습을 드러냈다.

"올해 양식은 걱정 없겠다이."

할아버지가 깊게 숨을 들이쉬며 말했다. 가족들은 서로의 손을 잡고 논을 바라보았다. 벼가 전하는 고요한 위로 속에서, 그들은 다시 살아갈 힘을 얻었다.

논의 벼는 말을 하지 않았지만, 그 고요한 흔들림은 마치 이렇게 말하는 듯했다. 삶은 어떠한 폭풍 속에서도 자라나는 법이다.

마을의 분위기는 이전과 사뭇 달랐다. 인민군이 물러간 후, 모두들 잔뜩 움츠러든 모습이었다. 거칠게 날뛰던 머슴들은 언제 그랬냐는 듯 다시 고개를 숙이고 있었다.

인민군이 마을에 들어섰을 땐 모든 것이 바뀌는 듯했다. 머슴들은 마치 세상이 뒤집어진 것처럼 기세등등했다. 그들은 말을 듣지 않았고, 때로는 주인들을 비웃었다.

"이제야 우리 같은 사람이 세상의 주인이 되는 기지!"

한 머슴은 겁 없이 외쳤다. 그리고 말숙의 할아버지 집안사람들에게는 해코지를 안 했지만 다른 지주에게는 죽창을 들고 온 마을을 헤집고 다녔다.

하지만, 그들의 '세상'은 오래가지 못했다. 인민군이 퇴각하자, 머슴들은 겁에 질린 모습으로 말숙의 집 문을 두드렸다.

"주인 어르신, 죄송합미더. 그땐 그만 어리석은 짓을 했습미더. 용서하이소."

그중 한 머슴이 고개를 조아리며 간절히 말했다.

"다시는 그런 일 없을 겁미더. 품삯은 안 주셔도 제발 먹여만 주시면 다시 열심히 일하겠습미더."

말숙의 할아버지는 그들을 한참 동안 바라보았다. 머슴들의 얼굴에는 배고픔과 두려움이 서려 있었다. 말숙의 할머니는 천천히 한숨을 내쉬고 말했다.

"밥은 먹어야 사람이지. 다시는 그런 말 못 하게 할 테니, 모두 정지방으로 가래이. 내일부터 다시 일해라."

머슴들은 고개를 몇 번이고 숙이며 부엌방으로 향했다. 그날 밤, 말숙의 아버지가 할머니에게 물었다.

"왜 저 사람들을 받아 주시미꺼? 우리를 배신했던 사람들이다 아이미꺼."

어머니는 허리를 펴며 대답했다.

"저 사람들도 살려면 어쩔 수 없을 끼다. 우리도 서로 돕지 않으면 더 큰 화를 입게 될 끼다. 사람은 때로 양도 되고, 때로는 이리도 되는 법인기라. 그러니 나쁜 시절에 했던 일만으로 사람을 다 판단할 순 없는기라."

말숙의 아버지는 어머니의 얼굴을 바라보며 조용히 고개를 끄덕였다. 창밖으로 고요한 밤하늘이 내려다보고 있었다. 세상이 뒤집힌 듯 보였던 날들은 지나가고, 마을은 다시 익숙한 일상으로 돌아가는 듯했다.

8. 여장부 말숙의 할머니

장포리 말숙의 집안은 6.25 전쟁 이후 어수선했으나 다시 평온을 되찾았다. 말숙의 할아버지는 세상을 떠났고, 이제는 말숙의 할머니가 집안의 대소사를 도맡아 챙기고 있었다. 할머니는 연로했지만 여전히 강인한 모습을 보이며 집안의 중심을 잡고 있었다.

말숙의 집안은 많은 토지를 머슴들이 관리하고 있었다. 머슴들은 성실하게 일하며 토지에서 풍성한 수확을 내고 있었고, 그 결과 집안의 경제는 안정적이었다. 말숙의 할머니는 농사를 짓는 머슴들을 잘 챙기며, 공평하게 대우하려고 애썼다. 이로 인해 머슴들은 할머니를 존경하며 따랐다.

말숙의 아버지 형제들은 부모님의 든든한 지원을 받아 모두 도시에서 성공적으로 자리 잡았다. 각자 집을 마련하고, 안정된 삶을 꾸리며 잘 지내고 있었다. 그중 말숙의 큰아버지는 사업가로 성공해 넉넉한 삶을 살았고, 작은아버지는 학문에 뜻을 두어 대학 교수로 일하며 명망을 쌓아가고 있었다. 말숙의 아버지는 젊은 시절 사진관을 운영하며 가족의 생계를 책임졌으나, 몇 해 전 사진관을 폐업한 뒤로는 한동안 무위도식하며 지냈다.

사진관 문을 닫은 뒤, 말숙의 아버지는 매일 아침 늦게 일어나 멍하니 마을을 거닐곤 했다. 처음에는 허탈한 모습이었으나, 점차 그의 얼굴에 새로운 결심이 엿보이기 시작했다. 그는 다시 삶의 의욕을 되찾기 위해 할머니와 자주 대화를 나누며 집안일에 관심을 갖기 시작했다.

"우리 집안이 이만큼 평온을 되찾은 데에는 어머니의 힘이 컸지예. 저도 이제 집안에 도움이 되고 싶습미더."

말숙의 아버지는 어느 날 할머니에게 이렇게 말했다. 할머니는 미소를 지으며 아무 말이 없었다.

해방 후 한동안은 말숙의 집안에만 자전거가 있었다. 그 시절, 자전거는 단순한 이동 수단 그 이상의 의미를 가졌다. 그것은 부의 상징이었고, 동시에 장포리 사람들의 꿈과 동경을 담은 대상이었다. 사람들은 말숙의 집 앞을 지날 때마다 자전거를 힐끗 바라보곤 했다.

'저걸 타면 얼마나 좋을까?'

하는 부러움과 동경이 담긴 눈빛이었다.

그러나 세월이 흘러, 이제는 장포리뿐만 아니라 다른 동네에서도 자전거를 쉽게 볼 수 있게 되었다. 한 가구에 한 대씩은 아니더라도, 마을에 몇 대씩은 있는 풍경이 자연스러워졌다. 장포리 근교에는 버스가 제대로 다니지 않아서 더욱 자전거가 많아졌는지도 모른다. 자전거는 어느새 부유한 사람들 중산층의 발이 되어 가고 있었다.

자전거의 증가와 함께 사람들의 표정에도 변화가 생겼다. 발걸음 대신 바퀴로 달리는 자유로움은 사람들에게 새로운 기운을 불어넣었다.

더 이상 말숙의 자전거만 바라보던 동경의 시선은, 이젠 자기 손에 쥔 핸들에서 느껴지는 자신감으로 바뀌었다.

자전거가 점점 흔해질수록 말숙의 집 자전거는 사람들의 기억 속에서 차츰 잊혀 갔다. 그것은 더 이상 특별하지 않았고, 누군가의 자랑거리도 되지 않았다.

자전거는 대중화되었지만, 읍내에만 자전거포가 있을 뿐 다른 지역에는 아직 자전거포가 자리 잡지 못했다. 사람들은 자전거를 고치거나 살려면 먼 읍내까지 가야 했다.
특히 펑크가 나거나 체인에 이상이 있는 자전거를 고치려고 읍내까지 끌고 가는 것은 정말 고역이 아닐 수 없었다.
말숙의 아버지는 이런 상황을 유심히 지켜보았다. 그는 대산장 근처에 자전거포를 열어 볼까 생각했지만, 사진관도 대산에서 문을 닫아서 다시 그곳에다 자전포를 열기 싫었다. 대신 그는 석무장 근처를 주목했다. 석무장은 의령이나 근처 마을에서 사람들이 모여드는 중심지였고, 장날이면 발 디딜 틈이 없을 정도로 붐볐다. 그곳이라면 자전거포를 열기에 딱 좋은 장소라고 판단했다.
"보소, 석무장 근처에 가게를 내면 어떻소?"
말숙의 아버지가 아내에게 의견을 물었다.
"석무장이라… 사람도 많고, 자전거를 사거나 고치러 오는 사람도 많을 것 같습미더. 하지만 점빵을 열려면 비용이 꽤 들겠지예?"
그는 고개를 끄덕이며 말했다.
"맞구마, 모친한데 의논해야 하지만 아마 허락하지 않을까? 빈둥거리고 놀고 있는 내를 보기 싫어서."
그는 늘 어머니의 손바닥 안에 있었다. 재산 관리뿐만 아니라 큰돈이 오가는 일은 모두 어머니가 관장했다. 그러다 보니 무언가를 사거나, 특히 자전거포 같은 큰 금액은 반드시 어머니의 승낙을 얻어야만 했다.

그날도 마찬가지였다. 자전포를 하겠다고 결심했을 때, 그는 어머니의 방 문턱에서 머뭇거리고 있었다. 어머니는 언제나처럼 계산기를 두드리며 장부를 정리하고 계셨다.

"모친, 말씀 좀 드릴 게 있습미더."

어머니는 눈길만 한 번 들며 대답했다.

"뭐꼬?"

"지가에 자전포를 하나 하려고 합미더…"

말을 끝내기도 전에 어머니는 손을 멈추고 아들을 바라보았다.

"자전포? 그게 뭔데 니 또 문 닫는 거 아이가?"

그는 고개를 들 수 없었다. 그러나 어머니 앞에서는 그저 조용히 설득할 수밖에 없었다.

어머니는 천천히 장부를 덮고 안경을 벗었다.

"자전거포를 열려면 돈은 얼마나 드노?"

그는 준비한 금액을 조심스레 말씀드렸다. 어머니는 한숨을 내쉬며 내 얼굴을 뚫어져라 쳐다봤다.

"다른 형제들은 아무도 움마한테 돈을 달라고 누가 하더노? 그라고 니는 기술도 없는데 자전포는 우찌할라꼬 그라노?"

그 순간, 어머니의 물음에 그는 잠시 멈칫했다. 단순히 자전포를 하고 싶다는 마음만으로는 부족했다. 다시금 어머니를 바라보며 진지하게 대답했다.

"자전거 고치는 사람은 구하면 되고예. 그렇다고 맨날 무위도식할 수는 없다 아이미꺼."

어머니는 잠시 침묵하더니,

"좋다. 한번 해 봐라. 머슴마가 집 안에서 빈둥거리는 것은 참말로 못 보것다."

어머니의 지지를 얻은 그는 재빨리 준비에 나섰다. 석무장 근처의 작은 가게를 임대하고, 읍내 자전거포에서 경험이 많은 기술자를 초빙해 가게를 꾸렸다. 가게 간판에는 큼지막한 글씨로 '장포 자전거포'라고 적혀 있었다. 초기에는 사람들이 낯설어했지만, 점차 장날에 들러 자전거를 구경하거나 타이어를 고치는 사람들이 늘어나기 시작했다.

말숙의 아버지도 가게 일을 도우며 자전거 기술을 배우기 시작했다. 그는 기술자를 대신해 자전거를 시연하기도 했고, 이웃 아이들에게 자전거 타는 법을 알려 주며 인기를 끌었다. 석무 자전거포는 점점 번창했고, 이제는 석무장을 찾는 사람들 사이에서 없어서는 안 될 존재가 되었다.

몇 년 후, 말숙의 아버지는 대산에 자전거포를 하나 더 열었다. 이제는 본래의 가게뿐만 아니라 새로운 가게까지 운영하게 되면서, 그의 하루는 더욱 바빠졌다. 대산의 자전거포 역시 금세 동네 사람들에게 사랑받는 장소가 되었다.

새로운 자전거포를 열게 된 계기는 간단했다. 대산 지역에서도 자전거를 수리하거나 구매하려는 사람들이 늘어나고 있었지만, 근처에는 마땅한 가게가 없었다. 말숙의 아버지는 이 기회를 놓치지 않고 과감히 확장을 결심했다.

새 가게를 열면서 아버지 자신도 자전거 수리에 더욱 능숙해졌다. 예전에는 기술자가 없으면 해결하지 못했던 고장도, 이제는 스스로 고칠 수 있을 만큼 경험이 쌓였다. 그러나 그 당시 자전거 수리는 지금처럼 부품이 고장 나면 다시 갈아끼우는 것이 아니라 용접을 하거나 다른 대체품으로 갈아 끼워야 해서 지금의 기술자와는 차원이 달랐다. 그의 목공소에서 나무를 깎아서 만들듯이 자전거 부품을 직접 만들어야 해서 산소 용접 기술이 필수였다. 당시에는 전기용접기나 산소통과 프로판 가스로 용접하는 그런 용접기는 아직 발명되기 전이라 카바이트를 물속에 넣고 쇠통을 거꾸로 씌워서 거기서 나오는 산소기체로 용접을 하였다.

그래서 보통의 눈썹미로는 부속을 용접을 하는 것은 어렵고 또 맞지 않는 부속을 자전거에 맞추어 가는 것도 상당한 기술력이 있어야만 되었다.

말숙의 아버지는 자전거 수리에 조금씩 기술이 쌓이고 있었다. 그것은 그가 새로운 세상의 주인공이 될 수 있다는 가능성을 보이고 있었다.

9. 만석이 할아버지의 고난

만석의 할아버지는 항상 어깨에 힘이 들어간 사람이었다. 한때는 동네에서도 꽤 잘나가던 사람이라, 술 한잔 들어가면 옛날이야기를 하느라 밤을 지새우기 일쑤였다. 하지만 그런 시절도 이제는 과거가 되고, 증조할머니의 꾸지람에 정신을 차릴 수밖에 없었다.

"이제 엉가이 하라이! 나이 들어서 애들 보기 부끄럽지도 않더나?"

증조할머니의 한마디는 비수처럼 날아들었다. 할아버지는 처음에는 꿋꿋이 버텼지만, 결국 고개를 떨구고 말았다.

그날 이후, 할아버지는 절주를 하기로 결심했다. 술잔을 내려놓은 그의 손에는 손수레 손잡이가 들렸다. 그 손수레에는 장에 내다 팔 생선들이 실렸다. 할아버지는 만석의 할머니와 함께 오일장을 돌아다니며, 일상이 달라진 자신을 받아들였다.

장터로 향하는 길은 언제나 분주했다. 아침 햇살이 눈부신 날, 할아버지는 손수레를 끌며 걸음을 재촉했다.

"이리 주소. 나도 좀 끌게."

만석의 할머니가 말하며 손수레를 잡았다.

"됐다마. 내가 하꾸마. 당신은 천천히 따라오기나 하소."

할머니는 웃으며 고개를 끄덕였다. 예전에는 술에 찌들어 있던 할아버지가 이렇게 성실하게 바뀐 모습을 보니, 마음 한켠이 뭉클했다.

장터에 도착하면 둘은 각자 역할을 나눠 움직였다. 할아버지는 목청 높여 물건을 팔고, 할머니는 손님들을 응대하며 틈틈이 계산을 챙겼다. 가끔 손님들과 흥정을 하느라 목소리가 높아지면, 할머니가 살짝 옆구리를 찔렀다.

"목소리 좀 낮추소. 애들 보기 부끄럽다 아이요."

그 말에 할아버지는 머쓱해하며 웃었다.

장터 사람들은 그런 두 사람을 보며 웃음 짓곤 했다.

"할배요, 요새는 술 안 합니꺼?"

"에이, 이제 다 호랭이 담배 피던 이야기다이."

만석의 할아버지는 이제 손수레를 끌고 장을 따라다니는 일이 더없이 즐거웠다.

전쟁이 끝난 후, 겉보기에는 평온을 되찾은 듯했지만, 보이지 않는 불안감이 사람들의 일상 속에 스며들어 있었다. 가장 큰 문제는 물가 폭등이었다. 생필품의 가격은 하늘 높은 줄 모르고 치솟았고, 사람들은 기본적인 먹거리조차 구하기 어려운 상황에 처했다. 정부는 이를 통제하기 위해 생필품의 가격을 엄격히 지정하고, 특히 쌀에 대해서는 강도 높은 단속을 시작했다.

"이번 장날에 단속반이 온다는 소문이 돌았어."

장터의 한 구석, 허름한 찻집에서 중년 남자들이 모여 낮은 목소리로 이야기를 나누고 있었다. 그들의 표정에는 불안함과 피로가 서려 있었다. 쌀을 정부가 지정한 미전(米廛)에서만 거래해야 한다는 규정이 있었지만, 사람들은 종종 그 규정을 무시하고 몰래 쌀을 사고팔았다. 정부에서 정한 가격으로는 쌀을 생산하거나 거래하는 사람들 모두 손해를 보기 때문이었다.

5일장이 열리는 날, 시장은 이른 새벽부터 분주했다. 하지만 어디선가 불어오는 긴장감이 사람들의 움직임을 묵직하게 만들었다. 미전 한쪽에는 정부의 단속반이 눈에 불을 켜고 서 있었다. 단속반원들은 한눈에 봐도 험상궂은 표정을 하고 있었고, 그들 앞을 지나치는 상인들과 주민들은 고개를 푹 숙인 채 발걸음을 재촉했다.

만석의 할아버지는 늘 5일장을 따라다닌다. 어느 날, 만석 할아버지는 으슥한 구석에서 쌀을 거래하고 있었다. 이곳은 장터는 아니었지만 사람들은 자주 오고 가는 곳이었다.

그러던 중, 어둠이 내려앉을 무렵, 단속반이 나타났다. 그들은 항상 눈에 띄지 않게 다가와서 불법 거래를 찾아내는 일이 일상처럼 되었다. 만석 할아버지는 그들의 접근을 전혀 몰랐다. 단속반이 가까이 다가왔을 때, 할아버지는 여전히 거래 중이었다. 그러나 순간적으로 뭔가 이상한 느낌이 들었다. 그의 머릿속을 스치던 그 느낌은 예감처럼 정확했다.

"당신! 불법 거래를 하고 있는 걸 알고 있나?"

단속반의 목소리가 쨍하게 들려왔다.

만석 할아버지는 순간 멈칫했다. 그래도 얼굴에선 침착함을 잃지 않으려 했다.

"불법이라니, 무슨 소리 하는기고. 난 그냥 사람들에게 쌀을 보여 주고 있다이."

"미전이 아닌 곳에서 쌀을 거래하는 것은 법에 위반이요. 따라오소."

그 말을 듣자마자 할아버지는 순간적으로 그 상황을 받아들이기 어려웠다. 그 당시만 해도 불법 거래에 대한 처벌은 무서운 것이었고, 지금처럼 벌금으로 끝나는 일이 아니었다. 단속반은 그를 손쉽게 붙잡아 형무소로 끌고 갔다. '형무소'라는 단어는 그에게 단순히 공포의 상징이었고, 그 순간 그는 가슴속에서 무엇인가 차가운 감정을 느꼈다.

"그때 그 일은 아직도 잊을 수 없다이."

만석 할아버지는 종종 그렇게 말했다.

"장터에서 쌀을 팔고, 형무소에 끌려간 그 순간까지도… 그냥 그저 설마 아무 일 없을 낀 줄 알았다이."

형무소에 갔을 때, 만석 할아버지는 그의 거래 방식이 부당한 것이라는 생각을 하게 되었다. 물론 그가 거래한 방식이 작은 이익을 가져다주긴 했지만, 그로 인해 그는 감옥에 갇혔다. 그 시절의 법과 질서는 엄격했으며, 그 당시에는 아무리 작은 거래라도 위반된 법이라면 큰 대가를 치렀다.

형무소에서 여섯 달을 보낸 후, 만석 할아버지는 풀려날 수 있었다.

할아버지는 자신이 할머니를 돕겠다고 나선 결과, 할머니에게만 더 큰 부담을 지우고 말았다. 할머니는 자신을 도와준 할아버지의 모습에 눈물을 흘렸다. 그저 조금이라도 더 나아질 수 있기를 바랐을 뿐인데, 상황은 점점 더 악화되고 있었다. 할머니는 이 상황에서 더욱 고단해졌고, 할아버지는 자신이 겪은 죄책감에 빠져 있었다.

만석의 아버지 철수는 언제나 땀으로 얼룩진 옷을 입고 다녔다. 열아홉의 청년 철수는 어린 시절부터 흙과 바람, 그리고 그 속에서의 투쟁을 몸으로 배웠다. 고향 마을에서 면소재지 야학에서 중학교 과정을 겨우 마쳤다. 야학은 삶의 변화를 일으킬 수 있는 첫걸음이었다.

철수의 어머니는 생선 장사를 하며 두 팔로 가족의 생계를 붙잡았다. 새벽이면 장터로 나가고, 밤이 되어서야 돌아오는 그녀의 손에는 언제나 생선 비린내가 배어 있었다. 그러나 그녀의 눈빛은 언제나 강인했다. 그런 어머니를 보며 철수는 배웠다. 땅을 사고 집을 지으며 꿈을 키우는 법을.

마침내, 어머니의 피와 땀이 서린 돈으로 제방 안쪽에 위치한 논밭을 조금 구입할 수 있었다. 그날 어머니는 장터에서 돌아오던 길에 이 기쁜 소식을 철수에게 전했다.

그녀의 손에 쥔 낡은 서류 뭉치는 마치 보물처럼 빛났다. 철수는 그 논밭을 바라보며 입술을 꾹 다물었다. 그곳에서 자라날 곡식과 가능성의 씨앗들을 상상하며 마음속으로 다짐했다.

이듬해 어느 날 집 옆 작은 땅을 매입했다. 그 땅 위에 그는 땀과 손끝으로 아래채를 지었다. 이전에는 세 칸짜리 초가집이 전부였던 그들의 터전이 이제는 새롭게 확장되었다. 손수 흙벽을 바르고, 지붕 위에 얹힌 초가를 고정시키며 철수는 자랑스러움을 느꼈다.

집은 단순한 건축물이 아니었다. 그에게는 어머니와 자신의 노력, 그리고 가족의 꿈을 품는 그릇이었다.

아래채가 완성되던 날, 철수와 어머니는 나란히 앉아 지는 해를 바라보았다. 집 뒤로는 논밭이, 앞마당에는 막 자리를 잡은 새 집이 서 있었다. 어머니는 말없이 철수의 손을 꼭 잡았다. 그의 손바닥에는 굳은살이 박여 있었지만, 그 속에는 더 나은 내일을 위한 다짐과 희망이 가득 차 있었다.

"내가 장가가면 신방은 있어야 되지 않겠습니꺼?" 철수는 어머니를 돌아보며 말했다. 그녀는 미소 지으며 고개를 끄덕였다.

그들의 눈앞에는 아직도 풀어야 할 과제가 산더미처럼 쌓여 있었지만, 철수는 알고 있었다. 제방 너머의 논밭처럼, 그들의 삶도 그렇게 천천히, 그러나 분명히 넓어질 것이라는 것을.

남강 하류의 자리한 새터마을은 제법 넓은 강이 흐르고, 그 강을 따라 길게 뻗은 제방 너머에는 드문드문 논밭이 자리하고 있었다. 그곳은 여름 장마철만 되면 물이 불어나 온통 잠기기 일쑤였고, 그래서 대부분의 사람들은 그 땅에 큰 관심을 두지 않았다. 하지만 철수의 눈에는 그 땅이 달리 보였다.

어느 날 저녁, 철수는 어머니에게 말했다.

"움마, 제방 넘어 있는 땅을 더 사면 좋겠습미더."

"아니, 장마철마다 물에 잠기는 땅을 뭐 할라꼬?"

철수는 잠시 말을 고르며 창밖을 바라보았다. 강물은 잔잔했지만 그의 눈에는 무언가 살아 숨 쉬는 것처럼 느껴졌다.

"저 땅이 잠기는 건 잠깐입미더. 물이 빠지고 나면 얼마나 기름진 땅인지 알미꺼? 그 땅을 잘 활용하면 우리가 충분히 살림을 일으킬 수 있습미더."

어머니는 고개를 저으며 한숨을 쉬었다.

"철수야, 그 땅이 그렇게 좋아 보이면 왜 다른 사람들은 안 사고 버려 두것노? 괜히 돈 들였다가 애꿎은 고생만 하지 말고, 지금 있는 밭이나 잘 가까자."

하지만 철수의 마음은 이미 굳어 있었다. 그는 어머니를 설득하기 위해 더 이상 말을 늘어놓지 않았다. 대신, 혼자서 밤마다 작은 수첩에 무언가를 열심히 적기 시작했다. 그의 수첩에는 제방 넘어 땅의 지형과 장마철 물이 빠지는 시기, 강물의 흐름, 그리고 자신만의 새로운 농법에 대한 구체적인 계획이 빼곡히 적혀 있었다.

며칠 후, 철수는 또다시 어머니를 찾아가 간청했다.

"옴마, 저를 믿고 한 번만 도와주이소. 이번 기회가 아니면 저 땅은 다른 사람에게 넘어갈끼미더. 나는 분명히 할 수 있슴미더."

어머니는 깊은 한숨을 쉬며 잠시 생각에 잠겼다. 철수의 눈 속에는 확신과 열정이 가득했다. 결국 어머니는 마지못해 고개를 끄덕이며 말했다.

"그래, 니가 그렇게까지 원한다면 한번 해 보자이. 하지만 결과가 좋지 않으면 그만두겠다고 약속해라."

철수는 힘껏 고개를 끄덕이며 어머니의 손을 붙잡았다. 그의 눈빛은 더 이상 소년이 아니었다. 그는 새로운 가능성을 향해 한 발 내딛는 청년의 눈빛을 하고 있었다.

그리하여 철수는 제방 너머 땅을 사들였다. 장마철이 찾아왔고, 예상대로 땅은 물에 잠겼다. 마을 사람들은 고개를 절레절레 저으며 비웃었다.

"저 봐라, 애꿎은 돈만 날아가네."

하지만 장마가 지나고 물이 빠지자, 철수는 바로 땅을 일구기 시작했다. 그것을 가을까지 계속하였다.

철수는 일제강점기 시절, 일본에서 태어났다. 그의 어린 시절은 일본에서 시작되었고, 그 영향으로 그는 아직도 일본어를 능숙하게 구사할 수 있었다.

당시의 한국은 여전히 척박하고 자급자족에 의존하였지만 미국의 구호물자로 겨우 살아가는 사회였다. 농작물 역시 제한적이었다. 예를 들어, 한국에서 재배되는 양파는 모두 토종 양파였는데, 크기가 탁구공만 했다.

하지만 일본은 달랐다. 일본에서는 이미 개량된 어른 주먹만 한 크기의 양파가 재배되고 있었다. 철수는 일본에서 자란 덕에 이러한 다마네기의 존재를 알고 있었다. 그는 한국에서도 이 양파를 재배할 수 있다면 큰돈을 벌 수 있다고 생각했다.

철수는 부산항에서 일본으로 가는 배를 타고 직접 종자를 구입하기로 했다. 일본에 도착한 그는 여러 농장을 방문하며 품질 좋은 다마네기 종자를 골랐다. 종자를 손에 넣은 철수는 다시 배를 타고 고향으로 돌아왔다.

장마철이 지나고 가을까지 만든 제방 넘어 있는 땅에 다마네기 종자를 심었다. 마을 사람들은 그가 생소한 일본 양파를 심는 것을 보고 의아해했지만, 철수는 묵묵히 자신의 일을 계속했다.

시간이 지나고, 다마네기 싹이 올라오기 시작했다. 처음에는 조심스럽게 땅 위로 모습을 드러내던 싹들이 점점 자라나더니, 결국 어른 주먹만 한 크기의 양파로 성장했다. 마을 사람들은 그 큰 양파를 보고 놀라움을 감추지 못했다.

5월의 햇살이 들판에 가득 차오르면, 다마네기의 수확이 시작되었다. 아침 일찍부터 땀을 흘리며 땅을 일구고, 푸른 잎 사이로 고개를 내미는 다마네기를 손수 하나하나 걷어 올린다. 그렇게 시작한 수확은 6월이 되면 대부분 끝이 난다. 장마가 오기 전에 추수가 끝이 나는 것이다 그리고 장마와 여름의 장대비가 제방 넘어 토지는 물에 잠기기 시작한다. 물이 차오르면 땅은 다시 한번 숨을 고르며, 거름이 부족해도 스스로 비옥해진다.

"이 땅은 참 신기하지."
"거름도 안 줬는데, 다마네기는 이렇게 잘 자란단 말이야."
철수가 정성껏 기른 양파는 크기도 크고 단단하여 그 명성이 주변 시장에까지 퍼져 있었다.

1960년대, 부산은 아직 본격적인 산업화 이전의 모습을 하고 있었다. 도시 인구는 지금처럼 많지 않았고, 사람들은 여전히 농사와 바다를 삶의 터전으로 삼고 있었지만 미군이 주둔하고 정부의 기능이 아직 부산에 많이 남아 있어서 인구가 많았다. 철수는 수확한 양파를 트럭에다 실어서 상인에게 팔았다.

"이거 철수네 양파 맞제? 올해도 참 잘되었네!"
"어이, 나부터 주라! 이거 다 가져갈꾸마!"
"아니지, 내가 먼저 왔어. 철수야, 이거 얼마면 되노?"
상인들 사이에 은근한 신경전이 벌어졌다. 철수는 특유의 수줍은 미소를 지으며 이리저리 밀려다니다가도 곧 상황을 정리했다. 양파 한 자루씩 손에 들고 뿔뿔이 흩어지는 상인들의 얼굴에는 만족감이 가득했다.

"도시 사람들이 많지 않다지만, 내 양파가 이렇게 인기 있는 걸 보면 참 신기하다니까."

철수는 시장에서 돌아오는 버스 안에서 그는 작은 소망 하나를 품었다. "언젠가 내 양파가 부산뿐 아니라 더 멀리, 더 많은 사람들에게 알려졌으면 좋겠다이."

그의 손길이 닿은 땅에서는 또다시 크고 단단한 양파가 자라고 있었다.

10. 철수의 결혼

애먹이는 만수는 집안의 큰 골칫거리였다. 하루라도 편안한 적이 없었다. 동네뿐 아니라 다른 동네 사람들도 만수가 보이면 다른 길로 돌아갈 정도였다. 만석의 부모님은 이런 만수를 두고 늘 한숨을 내쉬며, 그가 조금이라도 철이 들기를 바랐다.

하지만 만석의 집안은 더 이상 기다릴 여유가 없었다. 재산은 만수의 행동 때문에 점점 축이 나고 있었고, 집안은 서서히 기울고 있었다.

결국 24살이 된 만수의 형 철수는 이 모든 상황을 바로잡기 위해 중요한 결단을 내리기로 했다. 결혼을 서두르기로 한 것이다.

철수는 결혼을 통해 집안에 새로운 활력을 불어넣고, 만수로 인한 문제를 해결할 기회를 만들고자 했다. 그는 이 결혼이 단순히 집안의 명예를 지키기 위한 것이 아니라, 더 나은 미래를 위한 첫걸음이라 믿었다. 여러 중매인을 통해 적합한 신부를 물색하던 철수는, 새터에서 30리쯤 떨어진 악양에 있는 최씨 집안의 셋째 딸과 혼담이 오갔다.

결혼 준비는 빠르게 진행되었다. 상견례는 철수의 집에서 이루어졌는데, 모든 것이 순조롭게 진행되는 듯했다. 그러나 만수가 술에 만취하여 고래고래 고함을 지르고 행패를 부리는 사건이 벌어졌다. 상견례 자리는 순식간에 난장판이 되었고, 철수는 깊은 낙담과 수치를 느꼈다.

만석의 집안은 경제적으로나 사회적으로 안정감을 되찾을 수 있기를 간절히 바라며, 이번 결혼을 계기로 모든 것이 나아지기를 꿈꿨다. 그러나 만수는 여전히 집안의 기대와는 거리가 먼 태도를 보이며, 결혼 준비 과정에서도 말썽을 부리곤 했다.

김철수와 최숙자의 혼례가 있기 며칠 전, 마을은 이미 분주했다. 마당 한켠에서 손질한 비단 보자기에 싸인 함이 곱게 준비되었다. 함 속에는 신부의 사주단자와 예물, 그리고 붉고 푸른 비단이 담겨 있었다. 함의 주인공은 함진아비, 즉 함을 지고 갈 청년이었다.

결혼 전날 저녁, 함진아비가 몇몇 친구들과 함께 신부 댁으로 향했다. 그들은 흥을 돋우기 위해 꽹과리와 북을 치며 함을 머리에 이고 나타났다.

"함 들어갑미더!"

함진아비가 우렁찬 목소리로 외치자 신부댁 마당에 있던 사람들이 모두 모여들었다. 함을 이고 신부댁으로 들어오는 모습은 마을에서 큰 구경거리였다. 함진아비는 일부러 장난스럽게 천천히 걷기도 하고, 몸을 흔들며 사람들을 웃기기도 했다. 마당에는 환한 웃음소리가 가득했다.

"아이고, 함진아비 잘한다!"

"아직 멀었다! 함자비 더 불러라!"

신부 쪽 친지들은 함진아비에게 돈 봉투를 던지며 장난스럽게 소리를 질렀다. 함진아비는 일부러 한 번 더 소리쳤다.

"함 들어가려면 돈 더 내어 놓아라! 안 그럼 다른 집에 가서 팔아뻘란다!"

그제야 신부 댁 어른들이 웃으며 함진아비에게 돈 봉투를 건넸다. 함진아비는 그제야 비단을 머리에 이고 정중히 신부 댁 대문 안으로 들어갔다. 신부 댁 마당에서는 함을 내려놓고, 모든 이들이 둘러싼 가운데 함을 열었다.

함 속에는 신부의 사주단자가 적힌 비단과 함께 신랑이 보내는 정성이 가득 담겨 있었다. 사주단자를 펼치며 어른들은 신랑과 신부의 운명을 확인하는 듯한 표정으로 고개를 끄덕였다.

"참 잘 어울리는 한 쌍이다이. 이제 혼례만 잘 치르면 되겠다이!"

이날 함을 보내는 절차는 마을 사람들에게 축제와도 같았다. 모두가 함께 웃고 떠들며 즐기던 가운데, 철수와 숙자는 각자의 집에서 두근거리는 마음으로 혼례를 기다리고 있었다.

김철수는 스물넷의 나이에 5월 드디어 장가를 가게 되었다. 마을 어귀부터 들려오는 꽹과리와 장구 소리에 마음이 들뜨면서도, 긴장이 스며들었다. 그는 아침 일찍부터 신랑의 예복인 검정 두루마기와 갓을 쓰고 단정히 준비를 마쳤다. 아버지의 말씀이 떠올랐다.

"철수야, 오늘은 니 인생에서 가장 중요한 날이다이. 너무 떨지 말고."

최숙자는 스무 살, 풋풋한 나이에 첫 혼례를 맞이했다. 그녀는 새빨간 족두리를 쓰고 한복 치마저고리를 단정히 입었다. 그녀의 마음도 설레면서도 두려웠다. 어머니는 그녀의 손을 꼭 잡고 말했다.

"숙자야, 오늘부로 니는 철수의 각시가 된다. 잘 섬기고, 서로 우애 있게 살거라."

마당 한가운데에 마련된 혼례상 앞에는 붉은 천이 드리워져 있었고, 그 위로는 청사초롱이 곱게 걸려 있었다.

친지들과 이웃들이 모두 모여 신랑과 신부의 만남을 축하하고 있었다. 가마에 타고 도착한 숙자는 신부의 모습을 첫 대면하는 신랑과 조심스레 눈길을 주고받았다.

신랑이 신부 집에 들어 갈 때 짚단에 불을 붙이고 그곳을 넘어가는 것으로 혼례가 시작된다.

"신랑, 신부, 맞절!"

혼례를 진행하는 이의 목소리가 울려 퍼졌다. 김철수와 최숙자는 서로를 바라보며 천천히 고개를 숙여 절을 올렸다. 붉은 비단 위에 놓인 기러기 한 쌍이 마치 그들의 앞날을 축복하는 듯 보였다.

다음은 청혼례였다. 신랑은 신부에게 술잔을 건네었다.

숙자는 조심스레 술잔을 받아들며 부끄러운 미소를 띠었다. 그녀의 볼은 붉게 상기되었고, 주변 사람들의 축하 소리가 점점 더 커져갔다.

혼례가 끝나자 '장포사진관'의 말숙의 아버지는 사진을 찍을 준비를 하고

"신랑, 신부, 요로 보이소."

외쳤다.

사진에는 신랑, 신부의 결혼 예물로 해 온 작은 경대, 닭 두 마리 혼인서약서와 길게 자른 색종이를 감아서 촬영을 했다.

사진을 찍고 나서 모두가 함께 웃고 떠들며 잔치를 즐겼다. 시골 잔치는 장구 하나만 있어도 장구 장단에 노래를 부르며 춤을 추며 논다. 아낙들은 떡과 한과를 나눠 주며 아이들에게도 쥐어 주었다. 잔치를 할 때 특히 결혼식 때는 중부지방에는 국수를 먹지만 이곳은 제법 많은 음식을

준비하여 손님을 치른다. 특히 잡채와 돼지를 잡아서 마련한 돼지국밥은 최고의 음식의 음식이었다.

그 시절 1년에 한두 번 육고기를 먹을 수 있었는데 혼례가 있으면 그날은 남녀노소가 잔뜩 기대하게 된다.

물론 자주 먹지 않은 기름기 있는 음식이라 배탈이 나서 고생하는 사람, 술이 취해 몸을 가누지 못하는 사람들이 많았다.

철수는 조심스레 방 안으로 들어섰다. 숙자가 족두리를 쓴 채 단정히 앉아 있었다. 그녀의 얼굴은 살짝 숙여져 있었지만, 고운 볼이 붉게 물든 것이 불빛 아래서도 뚜렷하게 보였다.

철수는 긴장한 듯 잠시 망설이다가 작은 방은 그들 둘만의 숨소리와 호롱불의 미세한 흔들림으로 가득했다.

"숙자야…"

철수가 낮게 부르자, 숙자는 조용히 고개를 들었다. 눈길이 마주치자 둘 사이엔 말로 표현할 수 없는 어색함과 설렘이 흘렀다.

하지만 방 밖은 전혀 딴 세상이었다. 동네사람들은 하나둘씩 신방 주위로 몰려들어 웅성거렸다. 누군가가 창호지에 작은 구멍을 내더니, 눈을 바짝 대고 방 안을 들여다보았다.

"봐라, 봐라! 이제 뭐 하는지 보이냐?"

"쉿! 조용히 안 하면 들킨다!"

호기심에 가득 찬 동네 사람들의 숨죽인 속삭임은 점점 더 커졌다. 어떤 이들은 어린아이들까지 안고 나와 신기한 구경거리처럼 바라보았.

숙자의 손끝이 살짝 떨리는 것을 본 철수는 부드럽게 말했다.

"내가 서툴러도… 니캉 같이 있으면 뭐든 잘 해낼 수 있을 끼다."

그 말에 숙자는 살며시 미소 지으며 고개를 끄덕였다. 그러자 호롱불 빛이 그녀의 얼굴을 환하게 비추며, 그녀의 수줍은 미소를 더욱 돋보이게 만들었다.

방 밖에서 지켜보던 이들은 그 순간 더욱 초조하게 창호지 구멍을 통해 안을 들여다보았다. 그들이 상상했던 드라마틱한 상황은 일어나지 않았지만, 신부와 신랑이 서로를 바라보는 그 순간의 묘한 분위기만큼은 창호지를 뚫고 나올 듯한 긴장감을 안겼다.

"저기, 지금 뭐 하는 거 같노?"

"그랑께. 그냥 마주 보고 있는 거 아이가?"

동네사람들은 더 이상 참지 못하고 웃음을 터뜨리며 뒤로 물러났다. 그들의 웃음소리가 밤하늘로 퍼지며, 신방의 작은 창문을 흔들었다.

철수와 숙자는 그 소리에 잠시 고개를 돌렸지만, 곧 다시 눈을 마주쳤다. 그리고 그제야 서로에게 더 가까이 다가가며, 첫날밤의 시작을 조용히 맞이했다.

11. 숙자의 신혼 생활

　1963년, 새터 마을. 갓 결혼한 새색시는 시댁에서 새로운 삶을 시작했다. 신혼의 설렘은 잠시, 그녀는 곧 복잡하고 험난한 현실과 마주해야 했다.
　그녀의 시댁은 대가족이었다. 8명의 어린 시동생과 시누이, 나이가 든 시부모와 시할머니까지 모두 한 지붕 아래에서 살고 있었다. 막내 시동생은 겨우 네 살이었고, 시누이들은 여섯 살과 여덟 살. 17살의 불량기가 다분한 만수와 스무 살이 된 시동생까지 있었다. 그야말로 북적이는 집이었다.
　새색시는 요리를 비롯한 살림살이에 서툴렀다. 부모님 밑에서 자라면서 밥을 겨우 짓는 정도의 경험밖에 없던 그녀에게, 이런 대가족을 돌보는 일은 너무나 벅찼다. 시어머니와 시할머니는 그녀를 곧잘 지켜보며 이것저것 가르쳤지만, 때로는 날카로운 말로 꾸짖기도 했다.
　"이 많은 사람들 밥을 이렇게 조금 짓는 게 오대 있노? 밥솥에 보리쌀을 더 넣어야지!"
　시어머니의 목소리는 부엌을 울렸다. 새색시는 얼른 보리쌀을 더 퍼넣으며 얼굴이 붉어졌다.
　"젊어서 배울 때 잘 배워야 되는기라, 그래야 나중에 시댁 식구들 밥 안 굶긴다."

시할머니는 느릿느릿하지만 날카롭게 말했다.

네 살짜리 막내 시동생은 그녀의 치맛자락을 붙잡고 놓아 주질 않았고, 여섯 살과 여덟 살 시누이들은 서로 다투기 일쑤였다. 그런가 하면 17살의 만수는 말 한 마디에도 투덜대며 방문을 쾅 닫아 버리곤 했다. 스무 살 시동생은 종종 새색시를 도와주려 했지만, 아무것도 모르는 신부 숙자에게는 도와주어도 표가 나질 않았다.

하지만 이 모든 상황 속에서도 그녀는 포기하지 않았다. 처음엔 불안했던 손놀림도 시간이 지나며 점점 익숙해졌다. 밥 짓는 법, 반찬 만드는 법, 빨래하는 법, 심지어 아이들을 달래는 법까지 하나하나 배워 나갔다. 시어머니의 꾸지람 속에서도 그녀는 틈틈이 배우며 성장했다.

그러나 매서운 시집살이가 숙자를 반기고 있었다. 귀머거리 삼 년, 벙어리 삼 년이라는 옛말이 딱 들어맞는 순간이다. 이제 시집 온 지 일 년도 되지 않는 새댁을 옛 어른들이 입버릇처럼 말하던

"시집살이란 원래 그런 기다."

라는 문장이 머릿속에서 떠나지 않았다.

첫날부터 집안일은 산더미처럼 쌓여 있었다. 새벽부터 일어나 아침을 준비하고, 설거지하며, 마당을 쓸고, 그 사이 틈틈이 시어머니의 심부름까지. 잠시라도 멍하니 있으면 곧바로 한마디가 떨어졌다.

"요즘 젊은 것들은 참 작발도 못쓰겠다. 내가 네 나이 땐 말이다…"

아무리 바쁘게 움직여도 모자랐다. 시어머니의 눈에 들기란 하늘의 별 따기와 같았다. 남편은 농사일로 아침에 나가서 밤늦게 들어왔다. 그래서 새색시 숙자는 혼자 모든 것을 감당해야 했다.

이 집에서 가장 힘든 것은 말이다. 말을 해도, 말을 하지 않아도 문제였다. 시어머니의 눈치를 보며 말을 아끼면,

"와 대답을 안 하노. 내 말이 말 같지 않나? 시집와서 말하는 것을 잊어쁜나?"

라며 핀잔을 들었다. 하지만 솔직히 내 생각을 말하면,

"감히 네가 뭘 안다 어른을 가르칠라꾸노?"

라며 또 꾸중을 들었다. 그래서 그녀는 결국 '벙어리 삼 년'의 법칙을 따르기로 했다. 입을 닫고 고개만 끄덕이는 연습을 했다.

귀머거리 삼 년의 시련도 있었다. 시어머니와 동네 어르신들이 모여 앉아 자신을 두고 하는 이야기를 들으며 못 들은 척해야 했다.

"그 집 아가, 참 어리숙해 보이더만. 저런 애가 이 집 며느리가 돼서 괜찮것나?"

라는 말에 마음이 아팠지만, 그저 웃으며 넘겨야 했다. 귀를 막고, 마음을 다스리는 것이 생존의 지혜였다.

"엥가요, 4살짜리 동상한테 반말하면 안 되는 거 모르는기요?"

8살 시누이는 양팔을 허리에 올리고 의젓하게 말했다. 숙자는 할 말을 잃었다.

'아니, 니가 나한테 반말 하는 건 괜찮고?'

속으로만 삼켰다. 그런데 8살짜리 시누가 그걸로 끝낼 리 없었다.

"엄마아아! 새엉가가 만덕이한테 반말했다! 시동생한테 이럴 수 있는 기가?"

순자의 고자질이 끝나자마자, 시어머니의 목소리가 안방에서 울려 나왔다.

"며느라, 반말하면 안 된다이. 엄연히 촌수가 있는긴데!"

숙자는 억울함에 치를 떨었지만, 아직 시작일 뿐이었다.

그날 오후, 17살 시동생 만수가 방문을 벌컥 열고 들어왔다.

"형수! 내 나팔바지 어디 갔는기요?"

숙자는 놀라서 되물었다.

"나팔바지? 난 본 적도 없는데에…"

"아니, 어제 내가 빨래통에 넣어놨거든예? 그러니까 찾아 주소, 당장!"

만수는 손가락으로 바닥을 툭툭 찍으며 성을 냈다. 숙자는 눈앞이 깜깜했다. 겨우 나팔바지 한 벌로 이렇게 큰일이 나는 걸까? 하필이면 그때 시어머니가 등장했다.

"며느아가, 신혼이라고 네 것만 챙기면 되것나? 집안 식구들 신경 좀 씨라."

'아… 이게 신혼인가…'

숙자는 머리를 감싸 쥐었다.

결혼한 지 겨우 한 달. 숙자는 평생 해 온 참을성이 이렇게 빠르게 한계에 다다를 줄은 몰랐다. 그녀의 신혼은 평온하고 따뜻하기는커녕 매일 전쟁터 같았다.

그러나 가끔 남편의 한 마디에 버터 낼 힘을 얻곤 했다.

"숙자야, 고생 많제? 내가 더 잘할게."

새색시 숙자는 자신도 모르는 사이에 시동생, 시누이, 시어머니 때문에 점점 화병에 걸려 가고 있었다.

한밤중에 잠을 이루지 못하고 누운 숙자는 창밖의 달빛을 바라보며 속으로 삼켰던 눈물을 흘렸다. 화병이란 말을 들어 본 적은 있었지만, 그 감정이 자신의 마음속에서 점점 자라나고 있다는 것을 깨닫는 데는 오랜 시간이 걸리지 않았다. 매일 견디기 힘든 날의 연속이었다.

다음 날 아침, 시어머니는 아침상을 차리며 숙자를 불렀다.
"며늘아가, 오늘은 장에 가서 제사에 쓸 괴기 좀 봐 온나. 그리고 오는 길에 밭에 들러 고치하고 호박도 좀 따 오고."
잠결에 던져진 말이었지만, 그녀의 머릿속에선 단박에 떠올랐다. 장터. 북적거리는 사람들 사이를 헤치며 물건을 고르고, 흥정을 하고, 그 사이사이 코끝을 스치는 기름진 냄새들. 시골살이에 지쳐 있던 그녀에게 장터는 늘 다른 세상처럼 느껴졌다.
"네, 어머이. 다녀오겠습미더."
짧은 대답 속에 담긴 감정은 시어머니가 알 리 없었다.
호미 나루터에는 바람이 거칠게 불고 있었다. 숙자는 강 건너 사공을 크게 불렀다. 사공은 강 건너에서 혼자서 아무리 불러도 고개 내밀지 않다가 몇 사람이 모이면 그때야 천천히 노를 저어 배를 몰고 왔다. 배가 출발하자, 물살은 노의 움직임에 따라 부서지며 반짝이는 물보라를 만들어 냈다. 숙자는 물결 소리에 귀를 기울이며 생각에 잠겼다. 물살은 깊고 어두웠으며, 강 건너의 희미한 풍경이 그녀의 마음을 더욱 무겁게 했다.
"여서 정곡장까지 울매나 걸리는기요?"
숙자는 뱃사공에게 물었다. 뱃사공은 나이 지긋한 남자로, 햇볕에 그을린 얼굴이 딱딱한 나무껍질처럼 보였다. 그는 천천히 노를 준비하면서 대답했다.

"새댁이 걸음으로는 한 시간쯤 걸릴끼요."

숙자는 고개를 끄덕이고 배의 한쪽에 앉았다. 그녀는 짐을 간단히 꾸렸지만, 마음속 무거운 짐은 내려놓을 수 없었다.

그녀의 어린 시절은 강가에서 시작되었고, 이 강은 그녀의 삶의 많은 순간들을 함께했다.

바람은 점점 거세졌고, 하늘은 회색빛으로 물들었다. 뱃사공은 노를 멈추고 잠시 쉬면서 말했다.

"비가 올지도 모르것소. 조금 더 서두러 갑미더."

그는 노를 더욱 힘차게 저었다. 숙자는 그의 굵은 손과 물결을 바라보고 있었다.

배가 나루터에 닿자, 숙자는 천천히 일어섰다. 뱃사공이 손을 내밀어 그녀를 도왔고, 그녀는 가볍게 고개를 숙이며 고마움을 표했다.

호미 나루터에서 정곡장까지는 또 한참을 걸어가야 했다. 정곡장의 사람들은 이미 장터를 준비하며 분주히 움직이고 있었다. 숙자는 깊은 숨을 들이쉬고 한 걸음 내디뎠다. 이곳은 그녀에게 낯설면서도 친숙한 곳이었다. 시집가기 전에 친정 엄마 따라 몇 번 왔던 곳이다.

그녀는 장에 갈 때마다 은근한 기대감에 들떴다. 장터에 도착하면 다소곳한 며느리의 얼굴을 벗어던지고, 북적이는 인파 속에 섞여 자유를 느꼈다.

장터의 입구에 들어서자 그녀는 한순간 다른 세상에 온 것 같았다. 사람들의 떠들썩한 소리, 쉴 새 없이 오르내리는 상인의 목소리, 그리고 휘몰아치는 바람마저 그녀의 어깨를 가볍게 두드렸다.

"식구들을 보지 않고 이렇게 장터에 바람을 쐬러 나오니 사람 살 것 같다…"

그녀는 혼잣말처럼 중얼거리며 미소를 지었다.

장을 보는 척 이리저리 둘러보는 동안, 그녀는 그제야 자신이 왜 이곳을 좋아하는지 깨달았다. 여기선 며느리도, 아내도, 누군가의 '며늘아가'도 아닌 그저 자신으로 있을 수 있었기 때문이다.

밭으로 가는 길목에서 그녀는 발길을 잠시 멈췄다. 호박 넝쿨 사이로 고개를 내민 어린 호박들이 초록빛으로 반짝이고 있었다. 하나, 둘 조심스레 손에 들고 다시 발걸음을 옮겼다. 그리고 고추도 한 움큼 따서 집으로 향했다. 그날따라 마음이 더 가벼웠다.

12. 대가족 속의 철수와 숙자

철수와 숙자는 별채에서 살고 있었다. 다마네기 농사로 돈을 벌어서 지은 새로운 집이지만 정지와 마루를 제외하면 방이 두 칸으로 나뉜 방에는 각기 다른 가족들이 머물렀다. 왼쪽 방에는 사춘기 아들 만수와 스무 살의 시동생이 거처를 잡고 있었다.

밤일을 하기 전에 최소한의 뒷물을 하는 것조차도 다른 가족들 때문에 쉽지 않았다.

밤이 되면 가족들 모두 저마다의 방으로 들어간 뒤 조심스레 정지에 들어가 문에 숟가락을 꽂은 후에 겨우 할 수 있었다.

우리의 예전의 집은 부부관계를 하기 위해서는 수많은 많은 난관을 넘어야 했다. 그 시절의 그들은 젊고 뜨거웠다.

서로를 향한 갈망은 강렬하고 억누를 수 없는 것이었다. 그러나 방음이라고는 없는 집, 그래서 그들은 결국 밖으로 나갈 수밖에 없었다. 그래서 차라리 봄이면 보리밭 사이에서 여름이면 캄캄한 둑방이나 원두막을 찾아가서 마음껏 관계를 가졌다.

키가 어느 정도 자란 보리밭은 섹스를 하기엔 정말 완벽한 장소였다. 초록의 물결은 시야를 가리기에 충분했고, 살랑거리는 바람 소리는 그들의 움직임을 은밀히 감춰 주었다. 그곳은 세상과 단절된 작은 우주와도 같았다.

　보릿대 사이로 들어설 때면 발끝으로 전해지는 부드러운 흙의 감촉과 코끝을 간지럽히는 보리의 향기가 그들을 감쌌다. 한 발짝 한 발짝 안쪽으로 들어갈수록 마음은 점점 더 들뜨고, 온 세상이 자신들의 것인 듯한 자유로움이 몰려왔다. 키 큰 보리들이 만든 초록빛 장막은 그들을 온전히 감싸 주었다. 그곳에선 눈치도, 걱정도 없었다.

　바람이 살며시 불어 보릿대가 흔들리면, 그것은 마치 자연이 그들의 비밀을 지켜 주겠다는 약속처럼 느껴졌다. 그 장막 안에서 서로를 끌어안고 나눴던 온기는 아무리 오래되어도 선명히 기억에 남아 있다. 그 순간의 모든 것이 완벽했다. 숨소리, 손끝에서 느껴지는 온기, 그리고 눈앞에서 흔들리던 초록빛. 보리밭에서의 봄날은 단순히 젊음의 순간이나 충동 이상의 것이었다. 그것은 그들만의 특별한 의식이었고, 서로에게 더 깊이 스며들기 위한 은밀한 공간이었다.

　초가집은 이웃한 벽 너머에서 들려오는 작은 소리조차 서로의 일상을 엿볼 수 있게 만들었다. 특히 만수는 사춘기의 예민한 감각으로 형의 움직임 하나하나를 의식하는 듯했다.

　숙자가 이부자리에 누우며 조심스럽게 속삭였다.

　"오늘은 고마 그냥 자는 게 좋겠미더. 만수 시동생이 밤마다 깨어 있는 것 같아서 도저히 안 되겠습미더."

　철수는 한숨을 쉬며 그녀를 바라보았다.

　"그래도… 내보고 우찌 참 아라 꾸노? 너무 참아라꼬 하모 나는 우짜꼬."

　숙자는 고개를 끄덕였지만, 걱정스러운 표정은 지워지지 않았다.

"시동생도 이제 다 컸으니, 혹시나 눈치라도 채면 어떡합미꺼?"

철수는 잠시 생각에 잠기더니 작은 웃음을 지으며 말했다.

"내가 기척도 없이 살살 해 볼꾸마. 이불 둘러쓰고 해 보자마."

그들은 천천히 숨소리를 죽이며 서로에게 다가갔다. 침묵 속에서 느껴지는 체온은 말없이 서로를 위로했다. 벽 너머의 존재가 신경 쓰였지만, 그들은 소리 없는 몸짓으로 서로의 마음을 확인했다.

철수는 가야에 있는 금성소리사에 들러 라디오를 하나 사야겠다고 마음먹었다. 밤에 사랑을 나눌 때 라디오를 틀어 놓으면 라디오 소리에 묻혀 무슨 일을 하는지 모를 테니. 철수는 장날까지 기다릴 수가 없었다. 그는 그날 오후 금성소리사로 달려갔다. 읍내 중심가에서도 가장 번화한 곳에 자리 잡고 있었다. 유리문을 열고 들어서자, 각양각색의 라디오가 진열장에 빼곡히 놓여 있었다. 철수는 곧장 점원에게 다가가 말했다.

"일제 소니 라디오, 그거 있는기요?"

점원이 웃으며 대답했다.

"그라모요, 이 모델이 진공관 중 최신형이에요. 소리도 맑고 밧데리도 오래 갑미더."

아직 트랜지스터라디오가 보급되기 전이라 진공관 라디오도 쌀을 몇 가마니를 팔아야만 장만할 수 있었다.

철수는 한참을 들여다보더니 망설임 없이 지갑을 열었다. 빳빳한 지폐 한 뭉치를 건네지자 점원은 능숙한 손놀림으로 라디오를 포장했다.

"이거 하나면 어디서든 잘 들릴 깁미더. 혹시 잘 안 나오면 안테나선을 높이 다이소."

"아입미더. 잘 아나오도 됩미더. 지지 소리만 나도 됩미더."

절수는 라디오를 품에 안고 가게를 나섰다. 그의 얼굴에는 기분 좋은 만족감이 가득했다. 집에 돌아와 라디오를 켜자 제대로 소리가 나올 리 만무하다. 아직 방송국도 제대로 없어서 지지 소리만 들리고 한 번씩 일본 방송이 나오기도 한다.

철수가 라디오를 이렇게 빨리 산 데에는 단 한 가지 이유밖에 없다. 그래서 라디오가 나오든 안 나오든 아무런 문제가 되지 않았다.

오직 그는 두 사람의 사랑을 들키지 않으려는 것이다. 라디오 소리가 적당히 주변의 소음을 덮어 주어, 그들만의 작은 비밀을 지켜 줄 수 있었다.

옆방에 있는 동생들이 이제는 눈치채지 못 할 것이다. 그는 라디오에서 흘러나오는 소음은 마치 그들의 마음을 대변하듯 은은하게 방 안을 채웠다. 두 사람은 서로를 향한 진심을 숨길 필요 없는 순간을 즐겼다.

"라디오 사길 참 잘했네."

그날 이후, 라디오는 철수의 일상에서 없어서는 안 될 동반자가 되었다. 금성소리사에서의 그 선택이 철수의 하루를, 아니 그의 삶을 조금 더 풍요롭게 만들어 주었다.

가족이 많아도, 사는 곳이 좁아도, 그들의 사랑은 이렇게 조용히 피어나고 있었다. 아무리 조심스러워야 해도, 그것은 두 사람만의 소중한 순간이었다.

13. 숙자의 임신

 양파를 수확한 뒤 5월의 강가 쪽 농토는 고요했다. 더 이상 할 일도, 신경 쓸 일도 없는 텅 빈 들판이 되어 버렸다. 만수의 사고 뒤처리를 위해 많은 토지를 팔고 난 뒤 그 일대를 더욱 적막하게 만들었다. 둑방 안쪽에 있는 몇 마지기 남짓한 농토가 식구들 식량 정도 할 수 있을 정도였다.
 "올은 농사일도 없는데, 바람이라도 좀 쐬러 나갈까예?"
 숙자가 뒷마당에서 한숨을 쉬며 말했다. 손에 쥔 밀짚모자를 부채 삼아 얼굴을 가리며, 하늘을 멍하니 올려다봤다. 맑게 갠 하늘과 짙게 드리운 나무들의 그림자가 어우러져 있었지만, 숙자의 마음은 그리 가볍지 않았다.
 철수는 집 안에서 닭장을 고치고 있었다. 손에는 망치와 못이 들려 있었고, 얼굴엔 땀이 송골송골 맺혀 있었다. 그녀의 말을 들은 철수는 잠시 멈추더니 고개를 돌려 숙자를 바라봤다.
 "나가자고? 어디로?"
 "어딜 꼭 정해야 합미꺼? 그냥 마을 어귀까지라도. 여기서 조금만 나가도 됩미더."
 숙자는 반쯤 체념한 듯한 표정으로 말했다. 평소라면 나가자는 말에 더 큰 열정을 보였을 텐데, 오늘은 그저 잠시라도 답답함을 떨쳐내고 싶었다.

철수는 공구를 내려놓고 손을 털며 다가왔다.

"그래 보자, 집에 있으면 뭐 할끼고."

그들은 오래된 자전거 한 대를 끌고 나섰다. 주먹밥과 막걸리가 담긴 보자기를 손에 들고 뒤에 탔다. 마을을 벗어나 자전거를 세우고 그들은 산으로 올라갔다. 5월의 맑은 하늘과 새파랗게 올라오는 삐삐를 뽑아 먹으며 나무 그늘에 밑에 자리를 잡았다.

"이렇게 나오길 잘했네."

숙자가 뒤를 돌아 철수에게 웃어 보였다. 남편은 바구니를 들고 뒤따랐지만, 얼굴에는 희미한 미소가 떠올랐다.

바람은 두 사람의 어깨를 스치고, 먼 곳에서 익숙한 들꽃 향기가 풍겨왔다. 힘들고 고된 농사일과 숙자의 시집살이를 잠시나마 그들 곁을 떠난 순간이었다.

철수는 손에 들린 막걸리 병을 조심스레 내려놓으며 주먹밥 바구니 뚜껑을 열었다. 옆에 앉은 숙자는 조용히 그를 바라보며 미소를 지었다. 숲 가장자리, 나뭇잎 사이로 비치는 햇살 아래 두 사람은 말없이 서로의 존재를 느끼고 있었다.

"막걸리 한잔하까예?"

숙자가 바구니에서 꺼낸 작은 잔을 철수에게 건네며 물었다.

"좋지."

철수는 고개를 끄덕이며 잔을 받았다. 서로의 잔에 막걸리가 채워지고, 두 사람은 천천히 잔을 들어 입에 가져갔다. 쌀 향이 은은히 퍼지는 막걸리는 목으로 넘어가며 그들의 긴장을 풀어 주는 듯했다.

주먹밥을 하나씩 집어 들고 먹던 그들은 어느새 자연스럽게 숲속을 바라보고 있었다. 나무 사이로 드문드문 보이는 햇빛과 바람에 흔들리는 잎사귀들은 그들을 조용히 초대하는 듯했다.

철수와 숙자는 누구랄 것도 없이 동시에 일어섰다. 말없이 서로를 바라보다가 그들은 마치 오래된 약속이라도 있는 듯 숲속으로 발걸음을 옮겼다. 바구니는 나뭇가지에 걸쳐 둔 채, 두 사람은 빽빽한 나무들 사이로 걸어 들어갔다.

걸음을 옮길수록 숲은 점점 더 깊어졌고, 바람 소리와 새소리가 그들을 감싸 안았다. 말 한마디 없이 이어지는 침묵 속에서도 두 사람은 서로의 숨결과 발소리를 느낄 수 있었다.

숙자가 조용히 속삭이듯 말했다.
"여 괴안네예. 여서 쉬고 가입시더?"

철수는 고개를 끄덕이며 그녀의 손을 살며시 잡았다. 숲의 깊은 고요 속에서, 그들은 서로의 온기를 나누며 잠시 멈춰 섰다.

철수와 숙자는 서로를 바라보며 숨죽이고 있었다. 숙자의 눈동자는 떨림 속에서 묘한 결의를 담고 있었고, 철수는 그 눈빛에 빨려 들어갔다. 두 사람 사이의 공기는 뜨겁고도 부드럽게 흔들렸다.

철수는 서서히 얼굴을 가까이 가져갔다. 그들의 입술이 닿는 순간, 온 세상이 멈춘 듯했다. 입맞춤은 처음에는 조심스럽고도 섬세했지만, 점점 더 진하게 변했다. 두 사람은 서로의 존재를 확인하듯 간절히 서로를 끌어안았다.

철수의 손이 숙자의 어깨를 타고 천천히 내려갔다. 그리고 그녀의 젖무덤을 탐닉했다. 그리고 숙자의 작은 신음 소리와 함께 철수는 그녀의 바지와 팬티를 벗기고 그곳을 혀끝으로 애무를 시작했다. 숙자의 강렬한 신음으로

"빨리빨리."

말하며 철수를 소중이를 손으로 애무한다.

그들은 절정의 거친 숨소리를 흩뿌리며 서로를 원하고 있었다. 마치 이 세계는 현실과 꿈 사이 어딘가에 존재하는 듯했다.

서로의 피부를 느끼는 순간, 모든 소리가 멀어지고, 시간이 멈추는 듯했다. 육체의 온도가 조금씩 올라가면서, 땀이 범벅이 되고 강렬하게 서로를 탐하고 있었다. 그들은 단순히 육체가 아닌 영혼이 서로 얽혀들어 가는 경험을 하고 있었다. 손끝에서 느껴지는 떨림, 숨결이 스치는 목덜미의 온기, 그리고 눈빛으로 전해지는 침묵의 대화는 말로 설명할 수 없는 깊이를 담고 있었다.

"좋아예?"

그녀가 속삭였다. 그 물음은 단순한 대화라기보단, 그 순간의 본질을 탐구하는 철학적 질문처럼 들렸다. 그는 대답 대신 그녀의 손을 잡아 가슴에 올려놓으며, 자신의 심장이 뛰는 박자를 느끼게 했다.

강렬하고 짜릿한 봄소풍을 다녀오고 난 뒤 숙자는 처음에는 그저 약간의 피로감 정도로 여겼다. 하지만 시간이 지날수록, 그녀의 몸은 점점 더 무겁고 불편해졌다. 속이 메슥거리며, 간헐적으로 입안에서 쓴맛이 돌았다. 자꾸만 몸을 일으켜야 할 때마다 구역질이 올라왔고, 그 기분을

이겨 내기 위한 의지가 자꾸만 사라져 갔다.

"아… 이기 뭐꼬?"

숙자는 누워 천장을 바라보며 중얼거렸다. 머릿속이 어지럽고, 몸의 피로는 어느새 고통으로 변해 있었다. 그녀는 마치 몸의 속도와 마음이 따로 노는 것처럼, 바닥에 발을 딛고 서 있기조차 힘들었다. 임신이었다.

"아기가 자꾸 나를 괴롭히는 것 같아."

숙자는 그 말을 하며 손으로 배를 가볍게 쓸었다. 배 안에서 무언가 조용히 움직이는 듯한 느낌이 있었다. 그게 바로 그녀의 아기였지만, 지금의 숙자에게는 그 작은 생명도 무겁고 짐처럼 느껴졌다.

입덧은 단순한 신체적인 증상이 아니었다. 그것은 그녀의 감정을 휘저으며, 한쪽에서는 기쁨을, 또 한쪽에서는 불안을 일으켰다.

그녀는 아기가 태어나면 행복할 것이라는 생각에 가슴이 따뜻해지면서도, 그 불편한 현상이 점점 더 강하게 그녀를 휘어잡고 있다는 사실이 마음을 무겁게 만들었다.

숙자는 물 한 모금, 밥 한 숟갈이라도 먹으면 나아질 것 같았지만, 그것은 모두 허사였다. 작은 손톱만 한 구역질이 그녀를 옥죄며, 음식이 입 안에서 비틀어지기만 했다.

"우짜든지, 견뎌야 해."

그녀는 그렇게 속으로 되뇌었다. 그 무엇보다 중요한 것은 아기의 건강과 행복이었다. 이 모든 불편을 지나면, 결국은 따뜻한 손길로 아기를 맞이할 날이 올 것이다. 그날을 기다리며, 숙자는 잠시나마 눈을 감았다.

14. 숙자의 임신 초기

숙자는 새벽녘부터 몸이 무거웠다. 속이 미식거리는 날이었지만, 그 날따라 유난히 허리가 뻐근하고 한 걸음마다 온몸이 천근 같았다. 그러나 누구 하나 그녀의 상태를 눈치채는 사람은 없었다. 가족들 모두 새참 준비와 농사일로 바빴고, 숙자 역시 할 일이 태산이었다.

"아가, 물 좀 떠오이라!"

시어머니의 목소리가 대문 밖까지 울려 퍼졌다. 아랫배가 당기는 느낌에 잠시 주저앉고 싶었지만, 그럴 새도 없었다.

새터는 강가에 위치했지만 물이 귀한 편이라 우물까지는 상당히 멀리 떨어져 있었다.

우물가에서 물을 길어 오던 중, 동네 아주머니들이 그녀의 걸음걸이를 보며 한마디 한다.

"요즘 것들은 참 유난이야. 우리 때는 밭에서 풀 뽑다가도 애 낳고, 장터에서 장사하다가도 낳고 했다이."

"그러게 말이야. 임신한 것이 무슨 벼슬이가."

말숙은 아무 말 없이 물동이를 이고 다시 걸음을 옮겼다. 어르신들의 말에 반박할 힘조차 없었다. 그녀의 고된 하루는 누구에게도 특별한 일이 아니었고, 임신 초기의 고통은 그저 '유난'으로 치부되기 일쑤였다.

집으로 돌아와 정지에 물동이를 내려놓자, 이미 시어머니는 다른 일로 바쁘게 움직이고 있었다.

"물은 왜 이리 늦게 가지고 오노?"

말숙은 머리를 조아리며 "죄송합미더"라는 말만 반복했다.

그날 저녁, 온몸이 무너지는 듯한 피로감을 느끼며 겨우 누웠다.

숙자는 밤이 되면 불안했다. 임신 초기의 몸은 매 순간 피곤에 젖어 있었고, 작은 움직임조차 힘겹게 느껴졌다. 하지만 철수는 그런 그녀를 이해하지 못했다.

"여보, 나 너무 피곤합미더. 제발 오늘은 그냥…"

숙자는 힘없이 말끝을 흐렸다.

"뭐가 그렇게 힘드노?"

철수는 베개에 기대앉은 채로 그녀를 내려다보았다

"내가 뭘 얼마나 바라겠다고 그라노. 움마가 그라는데 별로 하는 일도 없다면서."

그의 말은 숙자의 가슴을 아프게 후벼 팠다. 배 속의 아이를 위해 매일 온 힘을 다해 버티는 그녀의 고통은 철수에게는 그저 보이지 않는 일이었다.

철수는 그녀의 곁으로 다가오더니 손을 뻗어 그녀의 어깨를 잡았다. 숙자는 몸을 움츠리며 그를 밀어내려 했다.

"나 진짜 힘들다 안카요. 지금은 안 돼미더."

그러나 철수는 그녀의 말을 듣지 않았다. 그는 억지로 숙자를 끌어안으며 자신의 욕구를 채우려 했다. 그녀는 더 이상 반항할 기운조차 없었다. 온몸이 지쳤고, 마음은 더 깊이 무너졌다.

그 밤, 숙자는 배 속의 아이에게 속삭였다.

"미안해, 우리 아가…."

아직도 남성 우월주의가 남아 있었고 여자는 오로지 남자를 위해서 존재할 뿐이었다.

다음 날 아침, 숙자는 거울 속에 비친 자신을 보며 멍하니 섰다. 창백한 얼굴, 초점 없는 눈. 그녀는 생각했다.

'이대로 살아갈 수 있을까? 이 사람이 내 곁에 있는 한, 우리 아가는 안전할까?'

철수는 그런 그녀를 신경 쓰지 않았다. 농사일을 준비하며 그는 태연히 말했다.

"아, 오늘 아침밥은 좀 일찍 차려 주라. 논에 일이 많다."

숙자는 아무 대답도 하지 않았다. 대답할 힘조차 남아 있지 않았다. 그녀는 무겁게 한숨을 쉬며 정지로 향했다.

그 시대에는 '산아제한'이란 말조차 생소했다. 많은 아이를 낳는 것이 자연스러운 일이었고, 여자는 그저 생명의 바다처럼 존재해야 한다고 여겨졌다. 누군가 숙자의 어깨를 토닥이며 "괜찮다"고 말해 주는 따스함은 사치였다.

어느 날, 시아버지가 땀을 훔치며 웃었다.

"우리 며느리는 아기 낳는 선수 될 테니 걱정할 거 없다이."

그 말을 들은 숙자는 울컥하는 감정을 삼키며 조용히 땅만 바라보았다. 그녀는 아기를 기다리는 기쁨도, 두려움도, 고통도 혼자 감내해야 했다.

숙자는 밭머리에서 걸음을 멈추고 잠시 허리를 폈다. 먼 산 위로 해가 뉘엿뉘엿 내려앉고 있었다. 그녀의 손끝에 묻은 흙은 단순히 노동의 결과가 아니었다. 그것은 자신의 삶, 그리고 새로 태어날 생명을 위해 쌓아가는 눈물겨운 증거였다.

그 시대의 여성들은 아기 낳는 '선수'라 불릴 만큼 강인했을지 모른다. 그러나 그 강인함은 외롭고 고된 침묵 속에서 만들어진 것이었다.

1960년대 한국 사회에서 여성들의 삶은 전통적인 성리학적 유교 가치관에 깊이 뿌리박고 있었다. 당시 여성은 가정 내에서 남편을 섬기고 자식을 돌보는 역할을 주로 맡았으며, 그들의 사회적 역할은 거의 가족 내에서의 역할에 국한되었다. 성리학적 유교 사상은 여성의 역할을 '효'와 '순종'을 중심으로 정의했고, 이는 여성에게 남편과 시댁을 섬기며, 자식을 많이 낳아 가계를 이어 가는 것이 중요한 의무로 여겨지게 했다.

여성의 교육도 제한적이었고, 숙자 역시 남자 형제는 학교를 다 갔어도 여성들은 학교조차도 보내지 않았다. 사회적, 경제적 자유는 거의 없었다.

사회적인 인정이나 권리보다는 가정 내에서의 지위와 역할에 집중되었고, 자식을 많이 낳는 것이 여성의 큰 가치로 여겨졌다. 이러한 사회적 규범은 여성의 개인적인 꿈이나 목표를 제약하고, 남성을 위한 존재로서의 삶을 강요하는 분위기였다.

여성들은 결혼 후, 출산을 통해 가계를 이어 가야 하는 책임을 지고, 자식들의 교육과 가사에 온 힘을 기울여야 했다. 이 시기의 사회는 여성을 '아기 만드는 기계' 정도로 취급했고, 그들의 주요 역할은 남편을 돕고 자식을 많이 낳는 것에 맞춰졌다.

숙자의 친정집은 가난했지만, 그녀는 어머니의 사랑과 지혜로 자라났다. 어머니는 숙자에게 살아가는 법, 그리고 사람들과 어떻게 관계를 맺어야 하는지 가르쳤다. 그러나 학교에 다니지 못한 숙자는 외부 세계와의 접촉이 거의 없었다. 그저 동네 친구들이 전해 주는 이야기들만이 그녀의 지식의 대부분을 차지했다.

유교문화의 잔재 때문에 그 당시 성에 대해 이야기하는 것을 거의 금기시했다.

"그런 것은 시집가면 알게 된다."

이라며 숙자의 어머니는 그 주제에 대해 말을 꺼내지 않으셨다. 숙자는 성에 대한 어떤 지식도 없이 자라났고, 그저 궁금증을 마음속에 묻어 두었다.

결혼은 낭만이나 특별한 기대보다는 그저 당연한 절차로 받아들여졌다. 결혼이란 한 남자와 여자가 아이를 낳고 가정을 이루는 과정, 그 이상도 이하도 아니었다.

그 시절, 성에 대해 배우는 것은 매우 금기시되었고, 임신이나 성생활에 대한 제대로 된 교육은 어디에서도 받을 수 없었다.

성에 관한 대화는 부끄러운 것이었고, 그것을 논한다는 것은 가정을 부끄럽게 만드는 일처럼 여겨졌다. 철수 역시 그 점에서는 숙자와 별반 다르지 않았다. 그저 본능과 관습에 의존한 채, 서로를 이해하려는 노력보다는 충동에 충실했다.

철수는 임신이라는 것이 어떤 의미인지 깊이 이해하지 못했다. 숙자가 임신 초기라는 사실도 어렴풋이 알 뿐, 그에 따른 조심이나 배려에 대해선 생각해 본 적이 없었다. 그의 머릿속을 지배한 것은 자신만의 욕구였다. '결혼했으니 이제 내 여자니까'라는 단순한 사고는 숙자의 몸 상태나 마음을 살피는 데까지 생각이 미치지 못했다.

1960년대의 남녀는 그렇게 살아갔다.

15. 숙자의 임신 중기

　숙자는 어느덧 임신 6개월 차에 접어들었다. 배는 제법 불렀지만, 그녀의 하루는 여전히 바쁘고 분주하다. 임신했다고 해서 특별히 과일을 먹는다거나 고기를 챙겨 먹는 일은 없었다. 그 시절, 모두가 빈곤하여 그것이 당연하게 여겨졌다. 특별한 일도 아니었다. 누구 하나 풍족하지 않았고, 배고픔은 일상의 일부였다.
　고기를 먹을 수 있는 날은 손꼽아 기다리는 명절이나 특별한 날뿐이었다. 그나마도 일 년에 한두 번에 지나지 않았다. 그래서인지 고기는 먹는 것 자체로도 신기한 맛을 느끼게 했지만, 자주 먹지 못하던 기름기 많은 고기는 우리의 위장을 쉽게 놀라게 했다. 고기를 먹은 날이면 어김없이 배탈이 났고, 설사로 하루를 보내는 일이 다반사였다.
　고기를 먹고 설사를 하며 힘들어하는 몸은 왜 그런지 알 수 없었지만, 그래도 고기는 특별한 날의 상징이었다.
　"설사할 걸 알면서도, 고기라니."
　어른들의 말 속에는 어쩌면 그 가난 속에서도 작은 기쁨을 놓치고 싶지 않은 마음이 담겨 있었는지도 모른다.
　가난은 삶의 일부였고, 그 속에서도 웃고 떠들며 서로를 다독이며 살아가는 것이 그때 우리 가족의 방식이었다.

시골에서 흔히 그렇듯, 평소와 다름없는 밥상에서 그녀는 소박한 음식을 먹으며 하루를 시작했다.

이른 아침부터 숙자는 논과 밭으로 나갔다. 햇볕이 따갑게 내리쬐는 날에도, 바람이 차갑게 불어오는 날에도 그녀는 농사일을 멈추지 않았다. 김을 매고, 고랑을 정리하며, 흙 속에 뿌려진 씨앗들을 돌보는 일이 그녀의 손에서 이루어졌다. 흙냄새와 풀냄새가 뒤섞인 밭에서 숙자는 한참 동안 허리를 굽히고 일했다. 배가 점점 무거워져도 그녀는 묵묵히 하루하루를 살아냈다. 새터의 들판은 강가의 둑방을 따라 만들어져 비교적 넓은 평야지였다. 그러나 그 넓은 들판에는 나무 그늘이나 쉼터와 같은 안식처가 전혀 없었다. 농사철이 되면 뜨거운 태양 아래서 하루 종일 일해야 했고, 잠시 쉬고 싶어도 피할 곳 없는 땡볕 속에서 몸을 식혀야 했다.

밀짚모자 하나 없이 일하는 농부들의 모습은 익숙한 풍경이었다. 여름이 깊어질수록 그들의 얼굴은 햇볕에 그을려 흑빛을 띠었다. 햇살은 사정없이 내리쬐었고, 일손을 멈출 수 없는 숙자는 그 태양 아래서도 묵묵히 자신들의 일을 이어 갔다. 흙냄새와 땀냄새가 뒤섞인 들판은 생동감 넘치는 삶의 공간이었지만, 그곳에 서려 있는 고단함은 누구도 부인할 수 없었다.

이 들판은 농부들에게 단순한 일터 이상의 의미를 지녔다. 비록 그늘 하나 없는 곳에서의 노동은 고단했지만, 그 땅에서 얻는 수확은 그들에게 삶의 기쁨이자 보람이었다.

농사일을 마치고 집으로 돌아오면 숙자를 기다리고 있는 것은 또 다른 일들이었다. 남편과 가족을 위해 밥을 짓고, 빨랫감을 한 아름 풀어 헹구는 일은 숙자의 몫이었다. 집 안 곳곳을 정리하며 먼지를 털어 내는 손길에는 지친 기색이 엿보였지만, 그녀는 멈추지 않았다. 하루의 피로를 느낄 새도 없이 그녀는 해야 할 일을 해 나갔다.

가끔 주변에서

"임신했으면 좀 쉬엄쉬엄하라"는 말을 듣기도 했다. 그러나 숙자는 그럴 수 없었다. 그녀는 책임감과 성실함으로 하루를 채웠고, 가족을 위해 몸을 움직이는 것이 당연하다고 여겼다.

시댁에 시집온 지 벌써 두 해가 되어 가건만, 숙자는 여전히 자신의 자리에서 마음 편히 숨 쉴 수 없는 나날을 보내고 있다. 아침이면 시어머니의 날카로운 목소리가 들려오고, 저녁이면 남편의 끊임없는 요구가 그녀의 지친 몸을 더 무겁게 만든다. 하지만 진정으로 그녀를 괴롭게 하는 건 이 두 가지가 아니다.

시누이들은 여전히 어린아이 같지만, 그들의 시누이 노릇과 요구는 숙자에게 작은 전쟁과도 같다. 학교에서 돌아오면 신발도 제대로 벗지 않은 채 집안을 뛰어다니며 소란을 피우고, 숙자가 설거지를 하고 있으면 그녀의 곁에서 끊임없이

"새응가, 이거 해 주이소! 저거 해 주이소!"

라며 소리친다. 숙자가 잠시 앉아 숨을 고르려 하면 두 아이는 마치 약속이라도 한 듯, 두 사람은 싸움을 벌인다.

"가서나야, 내가 먼지다!"

"미친나. 씨할년아, 직이삘라. 내가 먼지다!"

하며 목소리를 높이는 그 순간, 숙자는 자신이 어디에도 속하지 못하는 사람처럼 느껴진다.

그뿐만이 아니다. 숙자가 만든 음식에 대해선 끝없는 불평이 쏟아진다.

"새웅가, 이건 너무 짜고!"

"이건 맛이 이상합미더!"

그녀는 이를 악물고 참으며, 다음번엔 더 나은 음식을 만들겠다고 다짐하지만, 시누이들은 결코 만족할 줄 모른다.

숙자는 종종 밤이 깊어 모두가 잠든 뒤에야 비로소 자신의 마음을 들여다볼 수 있다. 설거지를 마치고, 혼자 불을 끈 부엌에서 창밖의 달을 바라보며 생각한다.

'이 아이들도 힘들것지. 어리니 어쩔 수 없것지. 하지만 내는 언제쯤 내 마음의 평화를 찾을 수 있것노?'

그녀는 자신도 모르게 한숨을 내쉬며, 내일 또다시 반복될 하루를 준비한다.

시어머니의 잔소리와 남편의 요구는 어쩌면 숙자가 감당할 수 있는 범위 안에 있을지도 모른다. 그러나 시누이들의 끊임없는 요구와 불만은 그녀의 인내심을 시험하고, 그녀를 점점 더 지치게 만든다.

숙자는 여느 날처럼 분주한 하루를 보낸 뒤, 저녁 준비를 마치고 조용히 창밖을 내다보았다. 부엌에 퍼지는 된장찌개의 구수한 향 속에서도 그녀의 마음 한편에는 늘 같은 소망이 자리하고 있었다. 시부모님과 시누이, 그리고 시동생이 함께 사는 이 복잡한 집에서 벗어나, 남편과 단둘이 오순도순 살아갈 그날을 손꼽아 기다리는 것이다.

"어머이, 식사하이소."

숙자가 부드럽게 부르는 소리에 시어머니는 무뚝뚝한 대답을 했다. 밥상에 둘러앉은 가족들 사이에서 숙자의 존재는 늘 보이지 않는 그림자 같았다. 그녀는 남편의 어깨너머로 시부모님을 살피고, 시누이가 좋아하는 반찬을 챙기며, 시동생의 짐투성이 방을 청소하는 것이 당연한 일상이었다.

그러나 그런 날들의 끝에, 그녀는 늘 하나의 상상을 떠올렸다. 그 상상 속에서 숙자는 아침이면 남편과 오순도순 식사를 하고, 늦은 오후에는 동네를 산책하며 사소한 이야기를 나눴다. 저녁엔 둘이서 좋아하는 라디오드라마를 듣고, 잠자리에 나란히 누워 하루의 소소한 이야기를 주고받는 모습. 그런 단순한 행복이 지금의 소란스러운 일상 속에서 그녀를 지탱해 주었다.

"설거지는 내일 해도 되지 않것나?"

남편의 목소리에 숙자는 고개를 들었다. 피곤한 얼굴로 숙자를 바라보는 남편은 그녀를 향한 미안함이 가득했다. 숙자는 살며시 웃으며 고개를 저었다.

"그냥 해야지예. 안 그러면 어머님이 뭐라 하실 낀데예."

남편은 더 이상 말을 잇지 못한 채 방으로 들어갔다. 숙자는 설거지를 마친 뒤에도 부엌에 남아, 남편과 함께 단둘이 살아갈 날들을 떠올리며 작은 한숨을 내쉬었다.

그날이 오면 어떤 삶일까? 소란스러운 대화도, 참아내야 할 침묵도 없는 그날들. 숙자는 상상만으로도 미소를 지었다. 그녀는 비로소 남편과 온전히 사랑할 수 있는 삶을 살아갈 자신이 있었다.

숙자는 부엌 창문을 닫고 방으로 돌아왔다. 남편은 이미 잠들어 있었다. 그녀는 그의 옆에 조용히 누우며 혼잣말처럼 속삭였다.

"그날이 오면, 정말 오손도손 살아갈 수 있것제?"

어두운 방 안에서 숙자의 마음속에는 따뜻한 희망이 피어올랐다. 언젠가 올 그날을 기다리며, 그녀는 다시 하루를 마무리했다.

16. 숙자의 임신 말기

숙자는 이제 임신 9개월이 되었다. 배는 무겁고, 걸음마저 느려졌다. 밤이면 배 속에서 아기가 꿈틀대는 게 느껴져 마음이 기쁘기도 했지만, 한편으로는 출산이 가까워질수록 걱정도 늘어 갔다. 그럴 때마다 친정 어머니가 해 준 말이 떠올랐다.

'이 세상에서 가장 중요한 건 밥인기라.'

어머니는 늘 밥을 챙기면서, 그것이 어떤 형태의 밥이라도 힘이 된다고 말했다.

그 시절, 보리밥 한 그릇에 김치라도 있으면 다행이었다. 숙자의 집도 예외는 아니었다. 대다수의 날들은 보리밥과 김치가 전부였다. 그 시절 먹을거리는 늘 부족했고, 먹을 수 있다는 것만으로도 감사하게 여겨야 했다. 숙자의 남편, 철수는 농사일에 지친 얼굴로 어둑해지면 집으로 왔다.

"밥도."

경상도의 무뚝뚝함이 배어나는 이 말은 보통의 경상도 가정에서 하는 말이다.

만약 서울 사람들이라면

"임신하고 힘들 텐데 집안일 하느라 고생이 많았지."

이렇게 다정한 말로 임신한 아내와 대화를 했을 것이다.

가끔은 너무 퍽퍽하고 단조로운 대화에 답답함을 느낄 때도 있었지만, 어찌 됐든 경상도 남자들은 그것이 당연한 듯 말하고 있다.

경상도 남자는 말이 적다. 말이 없으면 외로움을 느끼는 사람들이 있는 반면, 그 침묵 속에서 안정감을 찾는 이도 있다. 경상도의 아버지들은 항상 묵묵히 일하셨고, 식탁에선
"밥 묵자."
라는 짧은 말로 하루의 끝을 알리곤 했다. 그 외에는 별다른 대화가 없었다. 그런 아버지의 모습은 어린 아이에게는 어쩌면 무심하게 느껴졌을지도 모른다. 그런데 아이들이 아버지가 되고 나면, 그때의 아버지가 어떤 마음으로 그렇게 말이 없었는지를 대강은 알게 된다.
그래서 결혼 후, 아이를 두고 살게 되면, 그리고 아이들에게 자연스럽게 배운 대로 말을 적게 하게 된다.
"너거 아버지가 어떻게 살아왔는지 알제?"
라는 말보다는 그냥 묵묵히 아이들에게 좋은 본보기가 되어야 한다고 생각해서 자신의 아이들에게도 어릴 때부터 말을 많이 하지 않게 된다. 밥을 먹을 때, 그저 서로 눈을 마주치고 조용히 먹는 게 일상이다.
"밥 묵자."
라는 내 말을 아이들은 당연히 받아들이게 되고, 말이 많으면 어딘지 모르게 어색한 분위기가 형성되었다. 아버지처럼, 말 없는 일상이 아이들에게는 자연스러웠다.
그런 모습이 대대로 내려온 경상도에서는 말을 많이 하지 않는 것이 자연스러운 것이다.

철수가 생활하고 있는 방은 열악했다. 숙자와 겨우 누워야 할 정도로 공간은 좁았고, 그들의 생활은 늘 궁핍했다. 숙자는 항상 그 상황을 받아들이며 묵묵히 살아갔다. 하지만 이제 아기가 태어난다면 어떻게 해야 할지 걱정이 이만저만이 아니었다. 작은 공간에 아기까지 있으면 그 좁은 방에서 셋이서 어떻게 살아갈 수 있을지 상상이 가지 않았다.

특히 겨울이면 상황은 더욱 심각해진다. 작은 창문 틈새로 차가운 바람이 스며들어 방 안을 휩쓸었다. 그럴 때마다 숙자는 늘 고요히 누워서 이불을 더 끌어당겼다. 비록 추위가 스며든다고 해도, 그녀는 절대 불평하지 않았다. 매서운 바람이 방을 가로지르고, 차가운 공기가 얼굴을 스칠 때도 그녀는 '이 또한 지나가리라'는 말을 속으로 되뇌며 마음을 다잡았다.

"이 또한 지나가리라."

그 말을 입 밖으로 꺼낼 때마다 그녀의 마음은 조금 더 강해졌고, 조금 더 차분해졌다. 그 말에는 세상 모든 고통이 지나갈 것이라는 믿음이 담겨 있었다. 그녀는 그 믿음으로 하루하루를 견뎌 냈다.

철수는 그런 숙자의 마음을 알았다. 하지만 그는 그저 자신도 모르게 그녀에게 힘이 되어 주고 싶었고, 언제나 그런 그녀를 바라보며 자신의 무능함에 한숨을 쉬었다. 그러나 숙자는 그 어떤 것도 불평하지 않았다. 그것이 그녀의 방식이었다. 그녀는 철수에게도 그런 모습을 기대했고, 때로는 그가 조금 더 힘을 낼 수 있도록 그가 있는 곳에서 자신의 따뜻한 존재를 내보였다.

아기가 태어난다면, 그 작은 방은 더 좁아 저도, 그들은 아마도 또 그렇게 살아갈 것이다.

겨울의 차가운 바람을 뚫고, 숙자는 배추 밭으로 걸어갔다. 겨울나기 용으로 남겨 두었던 배추가 눈 내린 뒷마당 한켠에 고요히 자리를 잡고 있었다. 배추의 잎사귀는 차가운 공기 속에서도 여전히 푸르고 굳건했다. 숙자는 그 배추들을 하나씩 조심스럽게 꺼내어 부엌으로 가져왔다. 손이 차가워질 때마다, 그녀는 잠시 멈춰 서서 깊은 숨을 들이켰다. 그리고 다시 한 번 마음을 다잡고, 그 차가운 손끝을 부딪치며 배추를 정성스럽게 다듬었다.

모든 것이 힘들게 느껴졌지만, 이런 작은 일들이 그녀에게는 한 줄기 위안이 되었다. 배추쌈을 준비하는 손끝은 이제 차가운 바람과는 상관없이 더욱 신중하고 정성스럽게 움직였다. 그녀는 마음속으로 한 가지 다짐을 했다. 겨울이 지나고 봄이 오면, 다시 한 번 더 따뜻한 날들이 찾아올 것이라고.

그녀는 그토록 간절히 바랐다. 변변한 음식을 먹지 못해도, 이 작은 집에서 남편과 함께 살아가는 것, 그리고 아기가 건강하게 태어날 수만 있다면 그게 전부였다. 배가 불러도, 배가 고파도, 중요한 건 가족이 함께하는 시간이었다.

"보리밥에 김치라도 배만 부르면 되지."

김치가 가득 담긴 그 한 그릇의 보리밥은 그들에게 가장 큰 위로였고, 그 어떤 진수성찬보다 더 소중했다.

17. 만석의 탄생

1964년 12월 5일. 겨울이라지만 남부지방의 새터마을은 따뜻한 바람이 불고 있었다. 논과 밭이 펼쳐진 들판 너머로 해가 석양의 붉은빛이 마을을 감쌌다.

방 한가운데엔 뜨거운 김이 피어오르는 대야와 깨끗한 헝겊들이 가지런히 놓여 있었다. 방 안은 긴장과 기대가 엉켜 묘한 공기가 감돌았다.

"아가 힘주라이, 힘!"

할머니의 단호한 목소리가 방 안에 울렸다. 이웃 아주머니 두 명이 옆에서 산모의 팔과 허리를 붙들고 있었다. 산모는 온 힘을 다해 눈을 질끈 감으며 고개를 떨구고 신음을 터뜨렸다.

"아이고, 조금만 더, 조금만 더! 머리가 보일라 칸다!"

할머니는 숨을 고르며 말했지만, 목소리는 점점 떨리고 있었다. 아이를 받아 보는 경험이 많은 그녀였지만, 새 생명이 태어나는 순간은 언제나 두근거리고 조심스러웠다.

산모는 땀에 젖은 머리칼이 얼굴에 들러붙었지만, 그걸 신경 쓸 겨를도 없었다. 숨이 턱에 차오르고 온몸이 뜨겁게 타올랐다. 부엌에서 물을 데우고 있던 철수는 방 안을 초조하게 왔다 갔다 하며 할머니의 지시에 따라 손을 놀렸다.

"물 좀 더 떠 오이라! 그라고 수건 더 주 봐라!"

철수는 손이 떨리는 것을 느끼며 아랫목에 쌓여 있던 헝겊을 재빨리 건네주었다.

"됐다이, 됐다! 힘, 한 번만 더 줘 봐라!"

할머니의 목소리와 함께 산모가 마지막으로 온 힘을 짜냈다. 그 순간, 방 안에 작은 울음소리가 울려 퍼졌다.

"응아, 응아."

"왔구나! 드디어 왔어!"

할머니가 떨리는 손으로 아기를 조심스럽게 받아 들었다. 갓 태어난 아기는 온몸이 붉게 물들어 있었고, 몸엔 양수가 번들거렸다. 아이는 연약한 팔을 허우적거리며 생의 첫 울음을 터뜨렸다.

"아이고야, 이놈이 참 잘생겼네! 장군감이네. 고추다!"

할머니는 얼굴 가득 웃음을 띠며 아기의 탯줄을 정성스레 묶었다. 이웃 아주머니가 준비해 둔 따뜻한 물로 아이를 씻기기 시작했다. 헝겊으로 아기의 몸을 감싸자, 아이의 울음소리가 한층 더 크게 울려 퍼졌다.

산모는 눈을 반쯤 뜬 채 가쁜 숨을 몰아쉬며 방바닥에 몸을 뉘었다. 땀에 젖은 그녀의 얼굴은 지쳤지만 환한 미소가 떠올라 있었다.

"아기… 잘… 잘 태어났는기요. 눈, 코, 입 제대로 붙어 있고예?"

산모의 힘없는 목소리에 할머니는 고개를 끄덕이며 말했다.

"그라모 잘났지. 이렇게 건강한 아들은 백 년에 한 번 나올까 말까인 기라."

철수는 벌떡 일어나 아기를 받아 들고, 말없이 작은 손을 바라보았다. 거칠고 해진 그의 손바닥 위에 올라온 아이의 손은 너무도 작고 여렸다.

떨리는 손으로 아기를 안으며

"아가…"

그는 처음으로 아이를 부르며 깊게 한숨을 쉬었다. 울음인지 웃음인지 모를 숨소리가 섞여 나왔다.

방 밖에는 어느새 닭이 울기 시작했고, 새벽빛이 창문 틈으로 스며들고 있었다. 만석의 첫 울음은 방 안에 있던 모두의 가슴에 오래도록 남을 감동을 새기고 있었다.

"아이구야, 이 집안에 큰 경사가 났쁜네!"

이웃 아주머니가 새빨간 얼굴로 울어 대는 아기를 받아 들며 환히 웃었다.

그날 태어난 아기는 만석이었다. 이름 그대로 가문에 금이 가득 찬 듯한 날이었다. 만석은 3대 독자인 할아버지의 평생 염원이 담긴 손주였다. 이미 은발이 성성한 할아버지는 눈물을 삼키며 말없이 아기를 바라보았다. 눈 속에 얼음처럼 빛나던 눈물이 그의 깊은 주름 속으로 사라졌다.

"이놈의 이름은 만석이다. 우리 집안의 만석."

할아버지는 굽은 손으로 아기의 작은 손을 잡았다. 손끝이 따뜻했다. 그는 더 이상 말할 수 없었다. 목이 메어 왔다.

금줄 위에 고추 두 개를 정성스레 꽂으며 할아버지는 연신 싱글벙글 웃었다. 주름진 얼굴에는 기쁨이 넘쳐흘렀고, 손놀림에도 활기가 느껴졌다. 금줄을 대문 앞에 단단히 걸어 놓은 그는 뒷걸음질로 한 발짝 물러서더니, 작품을 감상하듯 뿌듯한 표정으로 고개를 끄덕였다.

"만석이가 나왔다이, 우리 집 대를 이을 든든한 장군감이다이!"

할아버지의 목소리가 마당을 가득 채웠다. 그 말소리를 들은 동네 사람들이 하나둘 고개를 내밀었다. 지나가는 마을 어르신도 멈춰 서서 금줄을 한참 들여다봤다.

"아!, 아들 낳은 가베에! 축하드립미더!"

"축하합미더, 어르신! 손주가 복덩이라더니 이제 이 집에도 경사가 났습미더."

마을 사람들의 축하가 쏟아졌고, 할아버지는 연신 머리를 끄덕이며 답례를 했다. 그의 눈가에는 자랑스러움과 감격의 빛이 서려 있었다. 마치 온 마을에 대고

"우리 집에 손주가 났다!"

며 외치는 듯했다.

금줄 위 고추는 바람에 살랑살랑 흔들렸고, 그 아래 할아버지는 잠시 두 손을 모아 기도하듯 고개를 숙였다.

"지앙님예, 우리 집 대주 만석이를 축복해 주고예. 건강하게 잘 자라게 해 주이소."

그날 저녁, 마을 점빵에는 잔치가 벌어졌다. 만석이의 탄생을 축하하며 마을 사람들이 모여들었고, 할아버지는 술잔을 기울이며 몇 번이고 같은 말을 반복했다.

"우리 집 만석이가 태어났구만은. 언자 아무 걱정도 없다이!"

대문에 걸린 금줄은 달빛 아래서도 은은히 빛났고, 집안 가득한 웃음소리와 함께 만석이의 첫날 밤은 그렇게 평화롭게 흘러갔다.

18. 만석의 목 부상

만석이 두 살 때의 여름은 유난히 뜨거웠다. 아직 동생들이 태어나지 않았던 그 시절, 만석은 삼촌과 고모들, 총 4남 4녀와 함께 북적이는 집에서 생활해야 했다. 집은 크지 않았고, 가족들이 많다 보니 공간은 늘 부족했다. 여름밤마다 집 안은 찜통처럼 더워졌다. 결국 가족들은 집 밖에서 더위를 피해 잠을 청하곤 했다.

집 앞마당에는 커다란 평상이 있었고, 조금 떨어진 곳에는 나무로 엮어 만든 원두막이 있었다. 어른들은 평상에서, 아이들은 원두막에서 잠을 자는 것이 그 여름의 일상이었다. 그러나 그때는 우리나라는 플라스틱 모기장이 흔하지 않던 시절이었다. 여름밤마다 날아드는 모기 떼는 모두에게 악몽이었다.

어느 날 밤, 어린 만석은 원두막에서 잠을 청하고 있었다. 밤공기가 차갑지는 않았지만, 여기저기에서 들리는 모기의 윙윙거리는 소리가 아이들을 괴롭혔다.
만석은 몸을 이리저리 뒤척이며 간신히 잠이 들었지만, 모기에게 물리는 고통에 다시 깨어났다. 작은 손으로 몸을 긁으며 짜증스럽게 몸을 뒤척이다가 그만 원두막 끝자락에서 굴러떨어지고 말았다.

'쿵!' 하는 소리와 함께 만석의 작은 몸이 땅바닥에 내리꽂혔다. 그 순간의 충격으로 만석은 울음을 터뜨렸고, 가족들이 놀라 달려왔다. 그러나 그 밤에는 큰 이상이 없는 것처럼 보였다. 어린아이라 금방 울음을 멈추고 다시 잠들어버렸기 때문이다.

"얼라 괴안것나?"

철수가 숙자에게 말한다.

"피 나는 데 없고 오데 뿔라지모 아파서 마이 올긴데 안 우는 거 보니 괴안아 보입미더."

"맥지 외막에서 자자캐가 얼라 큰일날 뻔했다이."

"언자 외막에서 안 자야겠습미더."

"그라자. 날 새모 자세히 한번 보소. 장남이 몸에 이상 생기모 우리 집안 큰일 난다."

"그리할께에. 강 의사한데 한번 비봐야겠습미더."

다음 날 옆동네 약방에 만석이를 데리고 가서 어떤가 보였다. 그 당시에는 군대 시절 의무병을 했던 사람이 3~4동네에 한 곳 정도 약방을 했는데 그곳에서 상처 치료도 하고 감기약이나 소화제 정도 지어 먹었다.

"강 의사님요, 얼라가 어제 외막에서 널찌는데 어떤지 한번 봐 주이소."

약방의 주인은 아이의 상처가 있는지 살펴보고 다리와 팔을 흔들어 보기도 하고 배도 눌러 보았다. 만석은 아프지가 않은지 아무런 반응이 없었다.

"아짐매 괴안은 거 같십미더. 그래도 혹시 모르니 가야에 회성의원에 가서 진찰 한번 받아 보이소."

"아예 얼라가 이상이 있으모 가 볼께에. 욕보시소."

며칠 지나고부터 만석의 상태가 조금씩 이상해지기 시작했다. 목을 움직일 때마다 "탁탁" 하는 소리가 났다. 처음엔 가족들도 대수롭지 않게 여겼지만, 시간이 지나도 소리가 사라지지 않자 걱정이 깊어졌다. 하지만 시골에서는 병원을 쉽게 갈 수 있는 형편도 아니었고, 어른들은 결국 시간이 지나면 괜찮아질 것이라며 별다른 조치를 취하지 않았다.

만석은 점점 자라면서도 그 탁탁 소리를 품고 살아갔다. 목을 움직일 때마다 울리던 그 소리는 만석의 어린 시절을 떠올리게 하는 하나의 흔적이 되었다. 그리고 뜨거운 여름밤 원두막에서의 기억은, 단순히 더위와 모기와의 싸움이 아니라, 가족과 함께했던 한 장면으로 남아 그의 마음 한구석에 자리 잡았다.

만석은 어릴 적부터 목을 움직일 때마다 이상한 소리를 들었다. 누군가 책장을 넘길 때 나는 소리처럼, 탁탁, 딱딱. 처음에는 신경 쓰지 않았다.

'뼈가 크는 소리일 끼다.'

할머니가 그렇게 말했으니까.

하지만 그 소리는 몇 년 동안 그의 곁을 떠나지 않았다. 목을 돌릴 때마다 규칙적으로 울렸다. 그 소리는 학교 복도에서도, 축구를 할 때도, 심지어 침대에 누워 고요히 잠들기 직전까지도 계속됐다.

어느 날, 그 소리가 사라졌다. 언제부터였는지 정확히 기억나지는 않지만, 만석은 이제 목을 돌릴 때마다 나던 탁탁 소리가 더는 들리지 않는다는 것을 깨달았다.

처음에는 후련했다. 하지만 곧 다른 이상한 점이 느껴졌다. 그는 걸을 때마다 머리가 약간 한쪽으로 돌아갔다. 사람들은 별로 신경 쓰지 않는 듯했지만, 만석은 사진을 찍을 때마다 사진사가

"고개를 조금만 바로 하이소."

라고 말하는 것을 듣게 되었다.

만석은 항상 사진을 찍을 때 고개가 왼쪽으로 약간 기울어 있었다. 그는 의식적으로 고개를 바로 세우려 노력했지만, 무의식적으로 다시 돌아가곤 했다. 사진사가 고개를 바로 세우라고 할 때마다 얼굴이 붉어졌지만, 정작 사진을 보면 크게 이상한 점은 없었다. 아니, 다른 사람들은 전혀 눈치채지 못했다. 그의 가족도, 친구들도, 심지어 오랜 시간 함께한 동료들조차 "그게 뭐가 문제고?"라는 반응을 보였다.

만석은 때때로 거울을 보며 스스로를 관찰했다. 아주 미세하게 기울어진 머리를 바로 세우려 노력하다 보면 목이 조금 뻣뻣해지는 느낌이 들었다. 그래도 그의 모습은 여전히 정상이었고, 걷는 모습도 누가 보더라도 특별히 이상하지 않았다. 그럼에도 불구하고 그는 자신의 작은 기울기를 누구보다도 예민하게 느끼며 살았다. 그것이 자라면서 자신의 핸디캡이 되어 앞에 매사에 소극적인 어른으로 성장하게 된 계기가 되었다.

목이 왼쪽으로 살짝 기울어진 것뿐이었다. 남들이 보기에 그다지 큰 결함도 아니었다. 하지만 만석은 그것이 자신을 세상에서 가장 작은 사람으로 느끼게 했다. 목의 기울어짐은 단지 신체적인 문제로 끝나지 않았다. 그것은 마치 만석의 내면 깊숙이 박힌 카메라 렌즈처럼 작동하기

시작했다. 모든 상황에서, 모든 사람들 앞에서 그의 시선은 항상 자기 자신에게로 향했다.

'내가 지금 웃고 있는 게 이상해 보이나? 목이 더 기울어져 보이지는 않것제.'

'사람들이 나를 어떻게 보것노?'

그의 머릿속엔 이런 생각들로 가득 찼고, 행동 하나하나가 신중하고 조심스러워졌다.

중학교에 올라가면서, 만석은 점점 더 말수가 줄어들었다. 친구들과의 대화에 끼어드는 대신, 한 발짝 뒤로 물러나 상황을 관찰하는 버릇이 생겼다.

그의 목은 점점 더 무거워졌고, 시선은 땅으로 향하는 일이 많아졌다. 그러다 보니 그는 자연스럽게 '조용한 아이'로 불리게 되었고, 그 별명은 청년기를 지나며 그의 정체성처럼 굳어졌다.

만석이 성인이 되었을 때, 그는 이미 매사에 소극적인 어른이 되어 있었다. 다른 사람들과 대화를 나눌 때도, 그는 여전히 자신만의 '핸디캡'으로 모든 상황을 기록했다. 상대방이 자신을 어떻게 바라보는지, 어떤 표정을 짓는지, 그리고 그들이 자신의 기울어진 목을 눈치챘는지.

19. 만석 할아버지의 죽음

만석의 할아버지는 그해 추석이 지나고 4일 있다가 돌아가셨다. 그래서 만석의 기억 속에는 그분의 모습이 남아 있지 않다. 어른들이 하시는 이야기로, 할배는 술 좋아하고 친구 좋아하는 사람이었다. 하지만 세 살의 만석에게 그분은 단지 노인의 형상일 뿐이었다.

그런데, 그 일이 일어난 것은 다섯 살쯤 되던 어느 늦가을 밤이었다. 그날 밤은 유난히 어두웠고, 초가집 창밖으로는 흐릿한 달빛만이 스며들고 있었다.

집 안에는 적막이 흘렀고, 만석은 깊은 잠에 빠져 있었다. 갑작스럽게 눈이 떠졌다. 주변은 온통 정적에 휩싸여 있었지만, 마음 한구석이 묘하게 불안했다. 무심코 이불을 걷고 창가로 다가갔다. 그때였다. 창밖에서 이상한 광경이 눈에 들어왔다.

검은 옷을 입은 사람들이 긴 줄을 이루고 있었다. 줄의 맨 앞에는 화려한 상여가 있었다. 상여 위에는 꽃과 색색의 천이 장식되어 있었는데, 그 위에 누워 있는 사람이 바로 만석의 할배였다.

"이기… 뭐꼬?"

스스로에게 물으며 창문에 더 가까이 다가갔다. 상여를 든 이들은 천천히 걸음을 옮기고 있었고, 그 뒤를 따르는 사람들은 낮은 목소리로 무언가를 읊조리고 있었다.

그 장례 행렬은 마치 꿈결처럼 비현실적이었지만, 동시에 너무도 또렷했다. 마치 홀린 사람처럼 그 모습을 멍하니 바라보았다.

그때, 상여 위에 누워 있던 할배가 갑자기 몸을 일으켰다. 눈이 마주쳤다. 그 순간, 내 심장은 얼어붙을 듯 멎을 뻔했다.

할배는 가만히 바라보며 무언가를 말하려는 듯 입을 움직였지만, 아무 소리도 들리지 않았다. 그러나 그 표정은 이상하리만치 평온하고 따뜻했다.

그 모습에 만석은 창을 열고 외쳤다.

"할배!"

그 소리가 울려 퍼지자마자 장례 행렬은 흔적도 없이 사라져버렸다. 다시 적막만이 내 주변을 감쌌다.

한동안 창문 앞에 서서 멍하니 서 있었다. 방금 본 것이 꿈인지, 아니면 실제인지 알 수 없었다. 하지만 이상하게도 두렵지 않았다. 오히려 마음이 차분해졌고, 어떤 위로를 받은 기분이 들었다.

다음 날 아침, 어른들에게 이 이야기를 털어놓았다. 어머니는 잠시 말을 잇지 못하더니, 한숨을 내쉬며 말했다.

"아마 만석 할배가 마지막으로 너를 보러 오셨는갑다. 네가 그분을 잘 기억하지 못하니, 꿈속에서라도 얼굴을 보여 줄라 했는갑다."

그 이야기를 들은 이후로 그날 밤의 일을 함부로 잊지 않으려 했다. 그것은 단순한 환상일 수도, 아니면 정말로 할배의 영혼이 나를 찾아온 것일 수도 있다. 분명한 것은, 그 밤이 어린 만석에게 남긴 따스한 기억이었다.

만석의 할배 이야기는 더 길고도 가혹했다. 할배는 스무 살의 나이에 결혼하고, 곧 일본으로 떠나 지금의 우리나라에 있는 외국인 노동자처럼 일본에서 살았다. 그곳에서 농가 일을 하며 어렵게 생계를 이어 갔고, 그 사이 만석의 아버지와 고모 등 세 남매를 낳았다. 1945년 해방이 되던 해, 할배는 가족과 함께 고국으로 돌아왔다.

문제는 그 뒤에 일어났다. 할배는 3대 독자로 형제나 친척이 없었기에 믿을 사람이라곤 처남뿐이었다. 그는 일본에서 번 돈을 처남에게 맡기며 농토를 사 달라고 부탁했다. 그러나 처남은 그 돈을 착복했고, 할배의 믿음은 배신으로 돌아왔다. 남은 것은 맨주먹과 가족뿐이었다.

그 후 할배는 남의 집을 전전하며 농사를 지어야 했다. 할머니는 고기 장사를 하며 근근이 생계를 이어 갔다. 그 시절 이야기를 들으면, 가난과 배신, 그리고 버텨 내야 했던 나날들이 눈앞에 그려지는 듯하다.

만석이 성장한 뒤, 어른들에게 간간히 들은 이야기들을 종합해 보면 그의 할아버지는 참으로 특별한 사람이었다. 하지만 그 삶의 끝은 너무도 안타깝고 가슴 아픈 선택으로 마무리되었다.

만석의 할아버지는 퉁소를 부는 데에 일가견이 있었다. 그가 퉁소를 불 때면 마을 아낙들은 일을 멈추고 그의 연주에 귀를 기울이곤 했다. 그의 퉁소 소리는 마치 산속에서 흐르는 맑은 시냇물처럼 청아하고, 때로는 저녁노을처럼 깊은 울림을 주었다.

마을의 아이들은 그의 연주를 따라하며 흉내 내곤 했고, 어른들은 그에게 음악적 재능이 있다고 칭찬을 아끼지 않았다. 어떤 이는 그가 도시로 나가면 이름을 떨칠 것이라고도 말했다. 그러나 그는 늘 고개를 저으며 말했다.

"내 음악은 이곳 강과 들, 그리고 사람들을 위한 것이지. 어디 멀리 갈 필요는 없지."

일본에서 고생을 하며 살아왔기에 다시는 고향을 떠나지 않겠다고 다짐한다. 그렇게 고요하고도 평온한 마을의 한 부분처럼 지내던 그였지만, 한 가지 아픈 사연이 있었다.

그는 그의 처남이 배신하고 큰돈을 가로채이고 난 뒤, 또 다른 돈거래에서도 돈을 받을 수 없게 되면서 그는 큰 충격과 절망에 빠졌다.

그 돈은 그의 전 재산이나 다름없었다. 그의 얼굴에는 그날부터 어두운 그림자가 드리워지기 시작했다. 마을 사람들은 그에게 위로의 말을 건넸지만, 그는 그저 희미하게 웃으며 "괜찮다"고만 대답했다.

하지만 그의 마음은 점점 병들어 갔다. 아무리 통소를 불어도 그 소리가 예전처럼 맑게 울리지 않았다. 그는 밤낮으로 고민하다 결국 극단적인 선택을 하고 말았다. 그의 마지막 모습은 마을 근처 숲속에서 발견되었고, 그 소식은 마을 전체를 충격과 슬픔에 빠뜨렸다.

만석은 어린 시절 이 이야기를 전혀 알지 못했다. 그는 단지 할아버지가 통소를 잘 부는 따뜻한 분이었다고 이야기만 전해 들었을 뿐이다.

20. 경수의 머슴살이와 입대

 만석 아버지의 둘째 동생 경수는 형 철수와는 다르게 조용하고 내성적인 성격이었다. 새댁인 형수와 작은 집에서 생활하는 것이 부담스러워, 경수는 겨울이 깊어 가는 어느 날, 얇은 보자기에 옷가지 몇 개를 싸 들고 고향 집을 떠났다. 새벽안개가 자욱한 시골길을 걷는 동안, 그의 발걸음은 무거웠고 마음은 복잡했다.
 "내 손으로 뭔가를 해내야지. 이렇게 집에서 눈치만 보고 있다가는 죽도 밥도 안 되겠다이."
 스스로를 다독였지만, 아버지 모습을 떠올리면 마음 한편이 저릿했다.
 머슴살이를 시작한 곳은 경수의 고향 마을에서 십 리쯤 떨어진 대지주의 집이었다. 흙담으로 둘러싸인 넓은 마당과 크고 작은 곡간, 그리고 다섯 칸짜리 기와집이 있는 집이었다. 경수가 처음으로 이 집 문턱을 넘었을 때, 그는 차가운 공기 속에서도 자신의 얼굴을 매섭게 훑는 집주인 안 씨 어른의 눈빛을 느꼈다.
 "일 좀 하나?"
 안 씨 어른의 목소리는 날카로웠다. 경수는 힘껏 고개를 끄덕였다.
 "하모예. 다른 것은 몰라도 농사짓는 것은 자신 있습미더."
 그날부터 경수의 머슴살이는 시작되었다. 새벽닭이 울기도 전에 일어나 마당을 쓸고 우물에서 물을 길어 오는 것이 그의 하루의 시작이었다. 눈이 얼어붙어 있는 겨울 아침, 차가운 물이 손등을 스치면 경수의 손은 얼얼해졌지만, 그는 잠시도 쉬지 않고 일을 했다. 닭장 청소, 소여물 주기, 아궁이에 불 지피기까지 할 일이 끝없이 이어졌다.

어느 날은 겨울 들판에서 나무를 해 오라는 했다. 꽁꽁 언 땅을 헤치고 도끼질을 하다 보면, 땀이 등줄기를 타고 흘렀다. 손바닥에는 물집이 잡혔고, 찬바람에 얼굴이 얼얼했다. 그러나 경수는 이를 악물고 나무를 지게에 얹어 날랐다.

밤이 되면 다 쓰러질 듯한 몸을 이끌고 방 한 칸 구석에 누웠다. 그곳은 차갑고 눅눅했지만, 집에서 보았던 어머니의 눈물을 떠올리며 잠을 청했다.

'여서 이겨 내야 한다. 그래야 집에 돈을 보낼 수 있다이.'

그렇게 생각하며 경수는 자신의 작은 꿈을 다잡곤 했다.

하지만 머슴살이가 그저 육체적인 고됨만 있는 것은 아니었다. 주인의 자식들이 자신을 얕잡아 보며 던지는 비웃음과 멸시의 시선은 경수를 더욱 힘들게 했다. 한번은 주인의 큰아들이 경수가 들고 가던 곡식 자루를 발로 차며 빈정댔다.

"머슴 주제에 와 이리 꾸물대노?"

경수는 주먹을 꽉 쥐었지만, 결국 아무 말도 하지 못했다. 참아야 했다. 머슴살이를 하기로 한 이상, 이런 수모쯤은 감내해야 한다고 스스로를 설득했다.

그러나 경수의 삶에도 작은 희망이 있었다. 안씨 집안의 부엌일을 돕던 순이가 그를 몰래 챙겨 주곤 했다. 어느 추운 밤, 일을 마치고 돌아온 경수에게 순이는 따뜻한 고구마 한 덩이를 건넸다.

"이거, 저녁에 남은 기다. 니 무라."

경수는 순이의 눈치를 보며 고구마를 받아 들었다. 따뜻한 고구마의 단맛이 혀끝에 퍼질 때, 경수는 눈물이 날 뻔했다.

"고맙다이."

그 한마디를 남기고 고구마를 먹으며, 그는 마음속으로 결심했다.

'언젠가는 이곳을 떠나, 내 힘으로 살아갈끼다.'

경수의 머슴살이는 그렇게 고단하면서도 작은 희망과 함께 이어졌다. 그의 몸은 점점 지치고 거칠어졌지만, 그 마음속에는 집으로 돌아가 더 나은 삶을 이루겠다는 의지가 더욱 단단해지고 있었다.

경수는 21살이 되던 해, 갑작스레 징집 통지서를 받았다. 그 통지서를 처음 본 순간, 그의 심장은 마치 금속 조각처럼 차갑게 식어버렸다. 한참 동안 그 종이를 들고 아무것도 할 수 없었다. 군대에 가야 한다는 사실은 그에게 커다란 두려움이었기 때문이다.

그 당시, 군대는 아직도 구타와 폭력, 불합리한 규율로 유명했다. 자주 들려오는 군대 내 사고들은 경수의 마음을 더욱 불안하게 만들었다. 군대에서 사망하거나, 심각한 장애를 입고 돌아오는 이들의 이야기는 그가 군 생활을 상상할 때마다 머릿속을 떠나지 않았다. 그저 군대에 가야 한다는 이유로 그렇게 위험한 곳에 갔던 이들이 왜 그토록 많은 고통을 겪었는지, 경수는 이해할 수 없었다.

처음에는 그저 두려웠다. 자신이 군대에 가서 어떻게 살아남을 수 있을지, 심지어 생존할 수 있을지 걱정되었다. 주변의 친구들 역시 모두 비숱한 생각을 했다. 다들 군대에 가는 게 두려워서 어떻게든 가고 싶지 않다고 했지만, 결국 모두 다 가야 하는 길이었다.

훈련소에 입소한 경수는 다른 신병들과 함께 기초 군사 훈련을 받았다. 낯설고 힘든 훈련 속에서도 그는 언제나 묵묵히 최선을 다했다. 그의 성실함과 책임감은 교관들의 눈에 되어 그는 후반기 교육 주특기로 운전 교육을 받을 기회를 얻게 되었다.
"군대는 줄이고, 빽이야!"
라는 소리는 수없이 들었던 경수는 시골 촌뜨기 머슴살이만 하였던 그가 인생의 새로운 판로가 만들어지는 순간이었다. 그러나 교육 과정은 결코 쉽지 않았다. 그는 단 한 번도 기계에 대한 공부나 경험을 하지 않았기 때문에 엔진의 구조부터 차량 조작법까지 모든 것을 익히는 데 많은 노력이 필요했다. 하지만 경수는 포기하지 않고 꾸준히 노력하며 실력을 쌓았다.
결국, 경수는 운전수로 선발되어 수송부에 배치되었다. 그의 임무는 부대의 물자와 병력을 안전하게 운송하는 것이었다. 그는 처음으로 운전석에 앉아 시동을 걸던 날의 설렘을 아직도 잊을 수 없었다. 핸들을 잡은 그의 손은 떨렸지만, 동시에 새로운 시작에 대한 희망으로 가득 차 있었다.
수송부에서의 생활은 바쁘고 고단했지만, 경수는 만족했다. 이제 그는 단순히 남의 집 머슴이 아닌, 자신의 힘으로 길을 개척해 나가는 한 사람으로서 당당히 서 있었다.

1960년대 한국에서 운전기사는 사회적으로 독특한 위치에 있었다. 당시 자동차가 대중화되지 않았고, 차를 소유한 사람도 많지 않았기 때문에 운전기사는 비교적 드문 기술직이었으며, 이는 그들의 역할을 어느 정도 특별하게 만들었다.

운전 기술은 당시 고급 기술로, 면허를 취득하는 것이 쉽지 않았고, 자동차를 다루는 일 자체가 상당히 기술적인 작업으로 간주되었다.

일반 노동자보다는 조금 높은 수준이었지만, 부유한 가정의 운전기사는 생활비 이상의 여유를 갖는 경우도 있었다.

그 당시 사회 분위기는 한편으로는 기술직으로서 존중받았지만, 다른 한편으로는 고용주의 하인으로 여겨지기도 했다. 특히 농촌 출신이 많아 도시로 이주한 노동자의 전형적인 직업으로도 간주되었다.

많은 사람들은 운전기사를 단순히 생계 수단으로 삼기보다는 차후 독립하거나 사업을 시작하는 발판으로 삼고자 했다.

시골의 머슴에서 제대를 하게 되면 운전수로 새로운 삶을 살 수 있는 발판이 되었다.

21. 만수의 가출

철수의 셋째 동생 만수는 이제 열아홉 살이 되었다. 그러나 그는 농사일에 손을 대 본 적이 없었다. 그렇다고 경수 형처럼 머슴살이를 하며 돈을 벌겠다는 생각도 전혀 없었다. 만수의 관심은 오로지 친구들과 어울려 노는 데 있었다. 그는 하루 종일 친구들과 돌아다니며 웃고 떠들었다. 때로는 싸움에 휘말리기도 했고, 여전히 철수와 부모님은 그의 사고 처리로 동분서주해야 했다.

어찌된 일인지 만수는 아가씨들에게 인기가 많았다. 때로는 그 아가씨들이 만수를 보기 위해 그의 집까지 찾아오기도 했다. 그럴 때면 만수는 대수롭지 않게 웃으며 집 앞에서 그들을 맞았다. 부모님은 그런 만수를 보며 한숨을 쉬었지만, 그는 자신이 무엇을 잘못하고 있는지조차 알지 못했다.

만수는 늘 말쑥하게 빗은 머리에, 헐렁한 셔츠와 좁은 바지로 1960년대의 자유분방한 청년 이미지를 풍겼다. 한 손에는 담배를, 다른 손에는 낡아빠진 기타를 들고 골목길을 거닐 때면, 그의 주위에는 항상 사람들의 시선이 따라붙었다.

"왜 그리 여자들이 만수를 좋아하는 기고?"

"그랑께, 나도 잘 모르겠다. 싸움질이나 하는 새끼인데."

하지만 그런 질문을 던지는 소년조차 속으로는 만수가 부러웠다.

아가씨들은 왜 만수를 좋아했을까? 그 이유는 여러 가지가 있었겠지만, 가장 큰 이유는 그의 자유로운 영혼과 거친 매력이었다. 당시의 청년들이 대부분 부모의 뜻에 얽매여 착실하게 공부하거나 논밭에서 땀 흘릴 때, 만수는 골목길을 떠돌며 기타를 치고 동네를 어슬렁거렸다. 그의 태도에는 규칙을 벗어나고 싶은 젊음의 욕망이 고스란히 드러나 있었다.

만수는 싸움에서 지는 법이 없었다. 그의 주먹은 강했고, 그의 눈빛은 날카로웠다. 하지만 그는 단순히 폭력적인 사람이 아니었다. 만수는 동네 사람들이 억울한 일을 당하면 가만히 있지 않았다. 시장에서 행패를 부리는 상인을 혼내 주기도 했고, 이웃집 아이가 괴롭힘을 당하면 망설임 없이 나섰다. 그의 이런 행동은 여자들의 마음을 흔들었다.

"만수는 더러븐 머슴마 아이다."

마을 아가씨들 중 하나가 말했다.

"글마가 겉으로는 그렇게 보일 뿐이다. 찐짜로 속이 땃땃한 뜨거번 머슴마 아이가."

그 시절, 1960년대의 여자들에게는 만수 같은 사람이 낭만적이게 느껴졌다. 사회의 틀 안에서 얌전히 살아가는 것만이 정답인 것처럼 여겨졌던 시대에, 만수는 규칙을 깨고 자신의 길을 가는 모습을 보여 주었다. 그의 삶은 위험하고 불안정해 보였지만, 바로 그 점이 오히려 사람들의 마음을 사로잡았다. 아가씨들에게 만수는 금지된 것을 향한 동경을 상징하는 인물이었다.

그의 세상은 농사와 머슴살이 같은 현실적인 문제들과는 거리가 멀었다. 만수는 언제나 자유롭고 싶은 청춘이었다. 그의 눈에는 농사일로 가득 찬 밭이나 머슴살이의 땀방울보다도 친구들과의 웃음소리와 아가씨들의 관심이 더 빛나 보였다. 하지만 그런 만수를 바라보는 철수의 마음은 복잡했다. 형으로서 그는 동생의 자유로움을 이해하려 했지만, 동시에 만수의 미래를 걱정하지 않을 수 없었다.

"만수야, 니도 이제 생각 좀 하고 살아야 안 되것나?"

철수가 조심스레 말을 꺼냈다.

"성요, 난 지금이 좋소. 왜 자꾸 내게 뭐를 하라 샷지 마소. 내 일은 내가 알아서 하요."

만수는 화를 내며 대꾸했다. 그에게는 자신감과 함께 어딘가 모르게 불안함이 섞여 있었다.

어느 날, 만수는 소리 소문 없이 집을 나갔다. 그의 가출은 가족들에게 충격이었지만, 한편으로는 사고뭉치가 눈앞에 보이지 않아서 속이 시원한 것도 있었다. 그가 살던 작은 시골 마을은 그의 꿈을 담기에 너무 작았다. 도시로의 길은 불확실했지만, 그는 새로운 세계를 향한 갈망에 이끌려 떠났다.

도시는 여전히 산업화가 더디게 진행되고 있었고, 많은 사람들이 마땅한 일자리를 찾지 못해 방황하고 있었다. 만수가 발을 내디딘 곳도 예외는 아니었다. 그는 낯선 거리에서 하루하루를 보내며 먹고살 방법을 찾아야 했다. 도시에서 그에게 열려 있는 선택지는 많지 않았다. 조폭의 조직에 들어가 주먹질을 하거나, 술집 웨이터로 일하는 정도였다.

처음에는 술집에서 일을 시작했다. 좁고 어두운 공간, 담배 연기와 술 냄새가 가득 찬 그곳은 결코 이상적인 직장이 아니었지만, 만수는 생계를 위해 참아야 했다. 그때는 차라리 새터에서 부모님 밑에 있던 때가 그리울 때가 많았다. 그는 손님들의 비위를 맞추고, 싸움이 일어나면 중재하기도 했다. 하루의 일이 끝나고 밤이 깊어지면, 그는 항상 자신에게 물었다.

'이 길이 정말 내가 원하던 삶인가?'

하지만 그의 마음 한구석에는 자신도 알 수 없는 끌림이 있었다. 주먹질로 이름을 날리는 동네 조폭들의 삶은 거칠지만 묘한 매력을 풍기고 있었다. 만수는 그들과 몇 번 마주쳤고, 그들은 그를 눈여겨보기 시작했다.

"봐라. 동상 네가 여서 시간 낭비할 필요 없는 기라. 우리와 함께하면 더 많은 돈도 벌고, 더 높은 곳으로 올라가 뼈가 번쩍하게 살아 보자."

건달들이 속삭였다.

만수는 갈림길에 섰다. 자신의 신념과 도시에서 살아남기 위한 현실 사이에서 그는 점점 더 혼란스러워졌다. 술집에서 일하며 얻은 돈은 겨우 입에 풀칠할 정도였고, 조폭들과 어울리는 삶은 위험하지만 그 만큼의 유혹을 내포하고 있었다. 결국 그는 그들이 제안한 모임에 나가 보기로 했다.

그날 밤, 만수는 도시의 한 구석진 창고에 들어섰다. 어두운 조명 아래, 수많은 사람들이 모여 있었다. 그들은 그를 반갑게 맞이했지만, 동시에 그들의 눈빛은 무언가를 시험하고 있는 듯했다. 그곳에서 만수는 자신의 능력을 증명해야 했다. 그는 처음으로 주먹을 쥐고 상대와 대면했다. 그의 심장은 요동쳤고, 머릿속에는 수많은 생각이 교차했지만, 그는 주저하지 않았다.

  만수의 선택은 그의 인생을 완전히 바꿔 놓았다. 도시의 어두운 이면 속에서 그는 점차 자신만의 길을 만들어 갔다. 하지만 그의 마음 한구석에는 언제나 고향에서의 평온했던 나날들과 가족들의 얼굴이 떠올랐다. 그는 도시에서의 삶이 자신이 원했던 것인지, 아니면 단지 선택할 수밖에 없었던 결과물인지 스스로 묻곤 했다.

  그렇게 만수의 이야기는 도시의 밤 속에서 계속되었다. 희망과 절망, 선택과 후회의 끝없는 반복 속에서 그는 자신만의 답을 찾아가고 있었다.

22. 철수와 토마토

 몇 년이 지나자, 철수의 양파는 강가를 뒤덮을 만큼 잘 자라고 양도 많이 수확했다.
 하지만 마을 사람들은 여전히 철수의 양파 농사를 따라 하지 않았다. 그들은 철수가 단지 운이 좋았을 뿐이라고 여겼다.
 "젊은 아가 소 뒷걸음치다가 우짜다가 농사가 잘된기라."
 "비 오모 물에 잠기는데 우찌 농사 되노?"
 그러나 철수는 강가에서 홀로 농사를 짓는 것에 만족했다. 그는 누구의 인정을 바라지 않았다. 양파를 키우는 동안 그는 땅과 자연의 이야기를 배웠고, 그것이 그의 삶을 더욱 풍요롭게 만들어 주었다.
 어느 날, 마을에 큰 가뭄이 들었다. 많은 농부들이 작물을 제대로 키우지 못해 어려움을 겪었다. 하지만 철수의 양파는 강가의 물 덕분에 무사히 자랄 수 있었다. 가뭄 속에서도 그의 양파는 여전히 신선하고 달콤했다. 이번엔 마을 사람들이 철수의 양파를 주목하기 시작했다.
 "철수처럼 강가에서 다마네기 농사 한번 지어 볼까?"
 "와 우린 그동안 저걸 무시했쁜노?"
 조심스럽게 한두 명이 철수를 찾아와 물었다.
 "철수야! 우리도 강가에서 농사를 지어 보고 싶은데, 쪼매 가르치 주라."

철수는 잠시 생각에 잠겼다. 그는 마을 사람들의 무관심과 비웃음을 잊지 않았다. 하지만 결국 그는 웃으며 말했다.

"땅은 인간들처럼 돌봐주는 사람을 배신 안 한다. 강가는 양파에 딱 좋아. 필요한 건 정성과 시간뿐인기라."

그렇게 새터의 강가에 양파밭이 하나둘 늘어나기 시작했다. 철수가 오랜 시간 혼자 지켜 온 양파 농사는 이제 마을의 새로운 희망이 되었다. 그래서 사람들은 늘 기억했다.

"양파는 철수의 손에서 시작된 기라. 그가 아니었다면 아무도 이런 걸 꿈꾸지 못했겠지."

그러나 너도 나도 많은 사람들이 양파 농사를 하게 되어서 양파 값을 제대로 받지 못하게 되었다.

철수는 다마네기를 개량종을 처음 도입할 때처럼 유년 시절 일본에서 보낸 장점을 살려 다시 일본의 후쿠오카로 떠난다. 부산항의 새벽 공기는 차가웠지만, 철수의 마음은 그것보다 더 묵직했다. 그는 배에 오르며 지난 몇 해를 떠올렸다. 한때 마을을 일으켰던 양파 농사는 더 이상 희망이 되지 않았다. 양파 가격은 끝없이 추락했고, 농사에 대한 사람들의 기대도 무너져 내렸다.

'다시 시작해야 한다이.'

철수는 배 난간을 잡으며 말했다.

그는 새로운 길을 찾기 위해 일본의 몇몇 농가를 방문하기로 결심했다. 이번 여행의 목적은 단순한 견학이 아니었다. 그는 한국의 토질과 기후에 적합하면서도 유망한 작물을 찾아내어 침체되어 있는 자신에게 새로운 활기를 불어넣고 싶었다.

 철수가 처음 방문한 곳은 일본 시코쿠 지방의 한 유자 농장이었다. 유자 향이 짙게 배어든 바람이 코끝을 스쳤다. 농장 주인은 철수에게 유자의 재배 과정을 보여 주며 말했다.
 "유자는 일본에서도 오래된 전통 작물이지만, 요즈음 인기가 많습니다. 특히 기후가 따뜻하고 토양이 산성에 가까운 지역에서 잘 자라죠. 한국 남부라면 충분히 가능성이 있을 겁니다."
 그러나 새터는 겨울에 영하 10도 이상 내려가는 곳이었다.
 '좋쿠만은 우리 동네는 애럽겠네.'
 철수는 중얼거렸다. 다음으로 철수가 찾은 곳은 나가노의 단감 농장이었다. 가지마다 탐스럽게 열린 단감 열매가 주렁주렁 달려 있었다. 농장 주인은 자랑스럽게 말했다.
 "단감은 요즈음 일본에서 주목받는 작물입니다. 초기 투자 비용이 들고 기간이 오래 걸리지만, 수익성은 굉장히 높죠. 한국의 남부 지방도 단감 재배에 적합할 겁니다. 다만, 관리 기술이 중요합니다."
 철수는 단감을 손에 들고 생각했다.
 '단감이 정말 한국에서도 잘 자랄 수 있을까?'
 그는 고심 끝에 단감 재배법을 꼼꼼히 메모했다.
 마지막으로 그는 홋카이도의 프리미엄 토마토 농장을 방문했다. 이곳의 농부는 토마토를 단순히 재배하는 데 그치지 않고, 프리미엄 품종을 개발해 요리와 가공식품용으로 판매하고 있었다.
 "토마토라면 한국에서도 흔한 작물 아니겠습미꺼?"

철수가 물었다. 농부는 웃으며 대답했다.

"그렇지만 품종에 따라 다릅니다. 고급 레스토랑에 납품할 정도로 품질이 뛰어난 토마토를 만들어 낸다면, 어디에서든 성공할 수 있어요."

그곳의 토마토는 어른 주먹만 한 것이 있었다. 한국에서는 아이 주먹보다 작은 토마토뿐이었다.

며칠간의 여정을 마친 철수는 일본에서 배운 모든 것을 정리했다. 유자, 단감, 프리미엄 토마토… 각각 장단점이 뚜렷한 작물이었다. 하지만 한국의 토질, 기후, 그리고 시장의 흐름을 고려했을 때 무엇이 가장 적합할지 결정하는 건 쉽지 않았다.

'한 가지만 고르기보다는 차근차근 시도해 보자.'

햇살이 부드럽게 내리쬐던 오후, 철수는 다시 농장의 길을 걸었다. 지난번 이곳을 떠나며 결심했던 것이 머릿속에 선명히 떠올랐다. 유자의 노란 열매와 단감나무의 풍성한 가지가 아름답긴 했지만, 그 둘은 너무 멀게 느껴졌다. 유자는 우리나라의 기후와 맞지 않고, 단감은 수확까지 많은 시간이 필요했다.

하지만 그날, 농부의 밭 한쪽에서 보았던 토마토는 철수에게 현실적인 희망을 심어 주었다. 농부가 건네던 한마디가 아직도 귀에 생생했다.

'토마토는 땅과 농사 기술만 잘 맞으면 몇 달 안에 열매를 맺어요. 정성만 들이면 충분히 가능하죠.'

그 말은 마치 철수의 마음에 작은 불씨를 심어 준 것 같았다. 이번에는 비닐하우스 대신 농부의 토마토 밭이 눈앞에 펼쳐져 있었다. 땅 위로 튼튼히 뻗은 줄기들이 서로의 무게를 받치며, 붉게 익은 열매들을 자랑

하듯 내보이고 있었다. 농부는 땀에 젖은 이마를 닦으며 철수를 반갑게 맞았다.

"오, 다시 오셨군요! 토마토를 해 보시겠다고 하셨죠?"

철수는 고개를 끄덕이며 물었다.

"비닐하우스가 없는 상황에서, 이런 토마토를 키우는 건 어렵지 않을까예?"

한국은 아직은 비닐하우스가 보급되기 전이고 아무도 그런 농사를 지어 보지 못했다.

농부는 미소를 지으며 말했다.

"물론 비닐하우스가 있으면 더 편리하겠지만, 충분히 가능합니다. 적절한 땅을 고르고, 흙을 관리하고, 바람과 비를 잘 막아주는 울타리만 쳐도 토마토는 잘 자라요. 기후에 따라 조금은 시간이 더 걸릴 수 있겠지만요."

그는 땅을 가리키며 설명을 이어 갔다.

"여기 보세요. 땅의 배수를 잘 만들어 놓고, 토마토가 햇빛을 충분히 받을 위치에 심으면 비닐하우스 없이도 이렇게 튼튼히 자랍니다. 물론 비바람이 심할 때는 가지를 잘 묶어 줘야 하고, 병충해를 막기 위해 자주 돌봐야 하죠. 하지만 이런 수고로움이 곧 결실로 돌아옵니다."

철수는 농부의 말을 하나하나 새기며, 씨앗을 고르는 법과 땅을 준비하는 방법을 배웠다. 그는 마지막으로 철수의 손에 작은 종이봉투를 쥐어 주며 말했다.

"이 안에 토마토 씨앗이 들어 있어요. 이걸 심어 보세요. 처음엔 시행착오가 있겠지만, 노력하다 보면 어느 순간 붉게 익은 열매들이 당신을 반겨 줄 겁니다."

철수는 종이봉투를 꼭 쥐고 감사의 인사를 건넸다. 배를 타고 한국으로 돌아오는 길, 철수의 가슴엔 묘한 설렘과 기대가 자리 잡았다. 비닐하우스가 없더라도, 그가 키운 토마토가 빨갛게 익어갈 날이 머지않았을 것만 같았다.

이제 시작이었다. 작은 씨앗 하나가 커다란 희망의 나무로 자라날 시간이.

23. 철수의 토마토 밭

　양파는 강변의 선물이었고, 땅의 보답이었다. 매년 장마철에 강물이 범람하면 농부들의 걱정은 자연스럽게 사라졌다. 떠내려온 진흙과 유기물이 비옥한 비료가 되어 땅에 깔리면 가을에 씨를 뿌리면 양파는 스스로 싹을 틔우고, 뿌리를 내리고, 농부들의 손길이 거의 닿지 않아도 잘 자랐다.
　"이 모든 것이 자연을 이용하여 농사를 하는 기라."
　철수는 모자를 벗어 이마의 땀을 닦으며 늘 그렇게 말했다. 그 말대로였다. 강물은 끊임없이 양파를 위한 자양분을 실어 나르고 있었으니까. 철수는 땅의 색을 보고 웃으며 흙을 부드럽게 고르기만 하면 되었다.
　하지만 토마토는 달랐다. 토마토는 단순히 심고 물을 주는 것으로는 자라지 않았다. 그것은 하나의 생명을 예술처럼 다뤄야 하는 작물이었다.
　둑방 안쪽의 논은 식량 정도 할수 있는 토지만 있었다. 사고뭉치 만수가 일을 벌인 이후로 상황이 달라졌다. 그의 무책임한 행동으로 인해 둑방 안의 소중한 땅 대부분을 팔아야만 했다. 남은 것은 둑방 안쪽, 물난리에 취약한 토지뿐이었다.
　결국 철수는 논을 임대해야만 했다. 다른 사람의 땅에서 농사를 짓는다는 것은 쉬운 일이 아니었다. 특히 대부분의 사람들이 농사로 생계를 이어 가던 그 시절에는 더더욱 그랬다. 남의 땅을 빌려 쓰는 일은 단순히 돈으로 해결할 수 있는 문제가 아니었다. 땅 주인의 신뢰를 얻는 것이 중요했고, 종종 그 과정에서 자존심을 꺾어야 할 때도 있었다.

논을 빌린 첫해, 철수는 땅 주인의 요구에 따라 농사를 지어야 했다. 원하는 작물을 심고 싶어도 주인의 허락 없이는 불가능했다. 게다가 수확의 일정 부분을 주인에게 바치는 것이 관례였다. 그런 상황에서도 철수는 묵묵히 일했다. 강변의 땅은 우기와 겹쳐 있어서 임대한 논에 토마토를 심었다.

남의 논을 빌려 겨우 생계를 유지하는 처지가 된 철수는 마을 내에서도 약자에 속했다. 그럼에도 불구하고 철수는 그 모든 어려움을 견뎌 냈다.

숙자는 부엌에서 중참을 준비하며 잠시 하늘을 올려다보았다. 멀리서 들려오는 까치 소리가 오늘 하루도 무탈하리라는 기분 좋은 예감을 전했다. 작은 소반에 보리밥과 된장국, 김치 몇 조각, 그리고 보리밥 위에 작은 종지를 얹어 만든 계란찜을 보니, 그저 소박한 한 끼였지만 철수에게는 어느 진수성찬 못지않게 든든할 것이다.

"만석아, 아부지 보러 가자이. 까꿍."

만석이는 엄마의 까꿍 소리에 연신 웃고 있다.

숙자는 아장아장 걷는 만석이를 등에 업었다. 아직 두 발로 걷는 시간이 짧은 아이라 걸음은 느리고 흔들렸지만, 등에 업히면 마냥 세상이 편안해 보이는지 만석은 곧장 곤히 잠들었다.

중참 다라이를 머리에 이고, 등에 아이를 업은 숙자는 밭길을 따라 걸었다. 푸른 들판 사이로 뻗은 길은 고요했고, 이따금 부는 바람이 숙자의 뺨을 스치며 이마의 땀방울을 식혀 주었다.

철수가 일하는 밭에 다다랐을 때, 숙자는 잠시 걸음을 멈추고 남편을 바라보았다. 땀에 흠뻑 젖은 셔츠를 입은 철수는 괭이를 들고 고랑을 정리하고 있었다. 그 모습은 고단했지만, 어쩐지 힘이 느껴졌다. 땅을 일구는 손길에는 삶을 이어 가려는 의지가 담겨 있었다.

"중참 잡숙고 하이소."

숙자가 조용히 말했다.

철수가 얼굴을 들고 웃으며 다가왔다.

"만석이는 또 업혀 왔네."

"금방 잠들었다 아잉미꺼. 당신 보니까 더 편안해지는 갔습미더."

철수는 숙자의 손에서 소반을 받아 들며 잠든 만석의 얼굴을 잠시 들여다보았다. 어린 아들의 고운 얼굴에 어쩐지 가슴이 뭉클해졌다.

"그래, 이렇게 열심히 살다 보면 이 녀석도 우리보다 나은 세상에서 안 살겠나?"

철수가 작게 말했다.

숙자는 철수의 옆에 앉아 중참을 함께 나누며 토마토 밭을 둘러보았다. 푸른 하늘 아래 펼쳐진 땅은 삶의 터전이자 희망이었다.

철수는 농사를 천직으로 여겨 온 농부였다. 하지만 '토마토'라는 작물은 그의 농사 경력에서 새로운 도전이었다. 철수는 별다른 토마토 재배 기술이 없었기에, 일본에서 배운 기술과 지금껏 농사를 지으며 쌓아 온 경험에 의지할 수밖에 없었다.

처음으로 토마토 농사를 시작한 철수는 매 순간이 새로운 배움이었다. 이웃 농부들조차 토마토를 재배하지 않았기에, 물어볼 상대조차 없었다. 철수는 자신만의 방식으로 해답을 찾아야 했다. 토마토 모종을 심는 것에서부터 병충해 관리까지 모든 과정이 낯설었다. 그는 일본에서 사 온 책을 찾아보고, 일본에서 배운 것을 기억해 내며 농사를 지었다.

노지에서 자라는 토마토는 마치 살아 있는 아이처럼 철수의 손길을 기다렸다. 그는 매일 새벽 해가 뜨기 전부터 밭으로 나가 토마토 잎사귀를 살피고, 뿌리가 잘 내리고 있는지 확인했다. 비가 너무 많이 오거나 너무 적게 오지는 않을까, 해충이 토마토를 망치지는 않을까, 부족한 손길이 어린 식물들에게 해가 되지는 않을까 하는 생각들이 머릿속을 떠나지 않았다. 하지만 봄부터 여름까지 매일같이 물을 주고, 흙을 고르고, 잡초를 뽑아 주는 동안 어느새 작고 연약했던 토마토 줄기가 점점 굵어지고, 초록빛 잎이 무성해지는 모습을 보았다.

그렇게 맞이한 여름의 어느 날, 마침내 토마토가 열리기 시작했다. 처음엔 손톱만한 작은 열매들이 매달렸고, 시간이 지나면서 그 크기가 점점 커졌다. 이윽고 어른 주먹만 한 크기의 토마토들이 가지마다 주렁주렁 매달린 모습을 보게 되었을 때, 철수는 믿기지 않는 마음으로 그 앞에 멈춰 서 있었다. 무겁게 늘어진 가지들이 주는 묵직한 느낌은 한여름 태양 아래 흘린 땀방울들이 보답받는 순간이었다.

철수는 따스한 햇살이 내리쬐는 밭 한가운데서 조심스럽게 토마토 하나를 따 손에 올려놓았다. 매끈한 표면에 손끝이 닿자마자 느껴지는 단단하면서도 부드러운 무게감이 그의 마음을 차분하게 했다. 토마토를 코끝에 가져가 가만히 향을 맡아보니, 여름의 기운을 담은 듯한 은은한 향기가 코끝을 스쳤다.

"만석이 움마, 이리 오이라."

철수는 손짓으로 숙자를 불렀다. 그녀가 다가오자, 철수는 큰 것은 아까워 따지 못하고 그중 작은 것을 따서 손에 들고 있던 토마토를 반으로 갈랐다. 빨간 속살이 드러나면서 즙이 살짝 흐르자, 숙자가 놀란 얼굴로 웃었다.

철수는 조심스럽게 토마토 반쪽을 들고 한 입 베어 물었다. 새콤하면서도 달콤한 맛이 혀끝을 감싸며 온몸으로 여름을 느끼는 듯했다. "정말 맛있네예." 그는 감탄하며 남은 반쪽을 숙자의 입 가까이 가져갔다. 숙자는 천천히 입을 벌리고 토마토를 받아들였다. 그녀의 눈이 감기며 미소가 번졌다.

"당신도 좀 잡수소."

철수는 옆에 있던 어린 아들 만석이를 보며 웃었다. 만석이는 호기심 어린 눈빛으로 아버지를 바라보고 있었다. 철수는 토마토 하나를 다시 집어 들고 숟가락으로 조심스럽게 즙을 떠 만석이 입에 넣어 주었다. 만석이는 처음엔 낯선 맛에 눈을 깜빡였지만, 곧 입가에 미소를 지으며 작게 웃었다.

바람이 살랑거리며 지나갔다. 햇살 아래, 세 사람의 모습은 토마토밭의 싱그러운 초록과 붉은 열매의 색채 속에 조화롭게 어우러졌다. 철수는 그 순간을 가만히 음미하며 생각했다. 이 맛과 향, 그리고 지금 이 순간의 따스함이야말로 진정한 행복이라고.

24. 철수의 상경

첫해의 토마토 재배는 그야말로 성공적이었다. 병충해는 전혀 찾아오지 않았고, 토마토는 싱그럽고 붉은 열매를 맺으며 철수의 손길에 감사라도 하듯 풍성하게 자라났다. 땀을 흘리며 흙을 갈고, 첫 수확의 기쁨을 만끽했던 기억은 그에게 크나큰 보람을 안겨주었다. 이 모든 것이 너무나 자연스럽고 순조로웠기에, 토마토 재배가 원래 이렇게 쉬운 일인가 하는 착각마저 들었다.

그래서 큰 희망을 가지고 계속 이렇게만 토마토 농사를 지으면 만수 때문에 팔았던 농토를 다시 다 사들일 수 있을 거라 생각했다.

그러나 이듬해는 전혀 다른 결과가 시작했다. 철수는 전년도보다 더 많은 정성을 들였다. 퇴비를 넉넉히 준비했고, 물을 매일같이 주며 땅이 마르지 않게 보살폈다. 아침, 저녁으로 토마토 농장에 살다시피 하며 잡초도 제거하고 식물의 상태를 점검하며 병충해가 나타날 틈을 주지 않으려 애썼다. 그러나 이상하게도, 토마토는 시름시름 앓는 듯한 모습으로 자라나지 못했다. 잎은 시들고, 꽃은 피자마자 떨어졌으며, 열매는 몇 개 맺히지도 않은 채 푸른 상태로 멈춰 버렸다.

철수는 이유를 알 수 없었다.

'무엇이 문제였을까? 퇴비가 너무 많았던 걸까? 아니면 물이 너무 많

았던 걸까?'

한 해 동안 들인 노력과 정성이 무색하게, 토마토 농장은 쓸쓸히 실패의 그림자를 드리우고 있었다.

많은 시간이 지나, 뒤늦게 그 원인을 알게 되는데 토마토가 자라면서 흡수한 영양분을 보충해 주지 않았기 때문이었다. 땅속의 영양분은 한정되어 있었고, 토마토는 첫해 자신이 필요로 하는 성분을 이미 모두 소모한 상태였다. 하지만 당시에는 이를 알 방법이 없었다. 1960년대의 농업 기술은 지금처럼 발달하지 않았고, 토양 분석이나 비료의 성분을 체계적으로 조정하는 방법은 상상조차 어려운 일이었다.

그 시절 철수는, 그리고 우리 모두는, 땅이 주는 대로 농사를 지었다. 자연이 허락하는 만큼 수확을 얻었고, 부족한 지식 속에서도 최선을 다해 농작물을 돌봤다.

수백 년 동안 대대로 이어져 내려온 토종 작물들은 우리 땅에 뿌리를 내리고, 그 땅의 품성과 기후에 완벽히 적응하며 스스로 양분을 흡수할 줄 아는 생명력을 지녔다. 그들은 아무도 특별히 손을 쓰지 않아도, 제철에 맞춰 싹을 틔우고 열매를 맺으며 자연과 조화를 이루었다.

그런데, 이런 자연의 순리에 익숙해진 농부들에게 신품종의 등장, 이를테면 토마토 같은 작물은 낯설고 버거운 도전이 아닐 수 없다. 토마토는 생김새부터가 이국적이었다. 매끈하고 단단한 붉은 껍질, 단맛과 산미가 어우러진 그 맛. 그러나 그 화려함 뒤에는 농민들의 땀과 고단함이 배어 있었다.

'토마토는 땅만 고르면 알아서 잘 자라는 게 아니다.'

라는 것을 철수는 뼈저리게 경험했다.

토종 작물들은 겨울에 찬바람을 맞아도, 여름 장마에 비에 젖어도 끈질기게 살아남았다. 반면, 토마토는 너무 덥거나 습하면 잎이 말라붙고, 기온이 약간만 차가우면 뿌리부터 얼어 버렸다. 흡사 온실 속 화초 같은 존재였다.

"저놈이 돈이 되는 건 알겠거만은, 우찌하면 잘 키우는지 알 길이 없네."

철수는 밭머리에 주저앉고 만다.

한숨을 쉬며 텅 빈 밭을 바라보았다.

"이제 더 이상 안 되것다. 농사는 나하고 안 맞는갑다."

그는 속으로 중얼거렸다. 이웃들의 위로도 소용없었다. 실패에 대한 무력감은 그의 자신감을 무너뜨렸다. 고향의 하늘 아래서 그는 더 이상 희망을 찾을 수 없었다.

몇 날 며칠을 고민하던 철수는 결국 결심을 내렸다.

"서울로 갔삐자. 여서 이렇게 무기력하게 살 순 없다이. 등짐을 지더라도 지금 보다야 낫것지."

그는 오래된 여행 가방 하나에 몇 벌의 옷과 고향의 흙이 묻은 신발을 챙겼다.

"보소, 내가 서울 가서 기반 잡으모 올라오소."

숙자에게 말한다. 서울은 철수에게 낯설고도 커다란 세계였다. 수많은 사람들과 빌딩 숲 사이에서 그는 작은 존재처럼 느껴졌다. 하지만 그는 마음을 다잡았다. 여기서라면 새롭게 시작할 수 있을 것 같았다. 그는 시장에서 잡일을 시작하며 도시 생활에 적응해 나갔다. 땀을 흘리며 무거운 짐을 나를 때마다, 고향에서의 실패가 떠올랐지만 그럴 때마다 그는 이를 악물고 마음속으로 되뇌었다.

'이제 다시는 실패하지 않을 기라.'

서울에서의 생활은 만만치 않았지만, 철수는 조금씩 적응해 나갔다. 고향에서의 실패가 그를 넘어뜨렸지만, 그 실패는 동시에 그에게 새로운 시작을 할 용기를 주었다. 비록 등짐을 지며 시작한 삶이었지만, 철수는 점차 희망을 되찾아갔다. 도시의 밤하늘 아래, 그는 새로운 꿈을 꾸기 시작했다.

'삭월세 방이라도 구해야 마누라와 자식들을 데리고 올낀데 와 이리 돈이 안모이노?'

철수는 합숙소 같은 곳에서 잠을 자며 힘든 노동의 나날 속에서 한 푼 두 푼 악착같이 돈을 모았다. 점심을 굶는 일도 다반사였고, 날마다 지게를 지고 땀을 흘리며 일했다. 그가 그렇게 모은 돈은 달동네에 작은 방 한 칸을 마련하는 데 쓰였다. 부엌 딸린 그 방은 비록 초라했지만, 철수에게는 꿈같은 보금자리였다. 이제 그는 그곳에 숙자를 맞이할 준비를 하고 있었다.

철수는 우체국에 들러 전보를 보냈다.

'3월 23일 서울역 5시 도착 기차 타고 급히 상경.'

그 짧은 문장이 철수의 간절함을 담고 있었다. 숙자는 만석이가 2살 밑에 경미가 태어나 걸음마를 할 정도였다. 그의 삶의 모든 고난과 고생은 어차피 같이 하기로 한 이상 그는 철수의 소식만 기다리고 있었다.

3월 23일, 철수는 새벽부터 분주히 움직였다. 방 한구석에 쌓여 있던 짐들을 정리하고, 깨끗하게 방을 닦았다. 시장에 가서 숙자가 좋아하는 간단한 반찬거리와 쌀을 샀다. 모든 준비를 마친 뒤, 그는 서울역으로 향했다.

오후 두 시, 아직 기차가 도착하려면 세 시간이 남았지만 철수는 이미 서울역 대합실에 앉아 있었다. 그러나 5시가 넘어도 함안역에서 아침 5시에 출발한 기차는 오지 않고 있다.

역 안은 사람들이 오고 가는 소음으로 가득했지만 철수의 귀에는 아무 소리도 들어오지 않았다. 그는 오직 숙자가 타고 올 기차만을 기다리고 있었다. 시계 초침 소리가 그의 가슴을 두근거리게 만들었다. 시간이 갈수록 철수의 긴장감은 점점 높아졌다.

드디어 오후 5시 50분, 안내 방송이 기차 도착을 알렸다. 철수는 자리에서 벌떡 일어나 플랫폼으로 나갔다. 그의 눈은 기차가 들어오는 방향을 향해 고정되었다. 멀리서 기적 소리가 들려왔고, 철수의 가슴이 요동쳤다.

기차가 서서히 멈추고, 사람들이 내리기 시작했다. 철수는 사람들 사이를 헤치며 숙자를 찾아 두리번거렸다. 그리고 마침내, 하얀 옷차림의 숙자가 머리에는 보따리를 이고 만석이는 걸리고 경미는 업고 플랫폼에 서 있는 것을 발견했다. 그녀는 철수를 보며 환하게 웃었다. 철수는 그녀에게로 달려가 만석이를 덥석 안았다.

"만석이 옴마, 정말 고생 많았제. 이제 내가 당신과 아이들 보살피꾸마."

숙자는 조용히 고개를 끄덕이며 철수의 손을 꼭 잡았다. 두 사람은 그날 서울역에서 새로운 시작을 다짐하며 작은 방으로 향했다.

25. 철수의 동대문 살이

철수는 매일 아침 일찍 일어나 집을 나섰다. 서울의 아침은 이미 북적이며 사람들로 가득했다. 그도 그럴 것이, 그는 특별한 기술이나 학벌 없이, 오직 자신의 몸뚱어리 하나로 살아가고 있었기 때문이다. 그는 동대문에서 물건을 지고 나르며 한 번에 몇 백 원씩 벌고, 그렇게 번 돈으로 겨우 아내와 두 아이를 먹여 살려야 했다.

하루에도 몇 번씩 지게를 짓고 나면, 그는 몇 백 원을 손에 쥐고는 시장의 한구석에서 잠시 쉬었다.

그가 일하는 동대문시장은 항상 사람들로 북적였다. 고즈넉한 골목을 지나면, 길가에 늘어선 상점들, 물건들이 가득한 포장마차, 분주히 움직이는 사람들 속에서 그의 지게는 묵묵히 그 자리를 지켰다. 비가 오지 않으면 늘 바쁘게 움직여야 했다. 무거운 짐을 지고 온갖 물건을 나르는 상인들이 그의 지게를 필요로 했기 때문이다.

그러나 비 오는 날이 되면 상황은 달라졌다. 시장은 한산해지고, 사람들은 대개 우산을 쓴 채 천천히 걸어 다녔다. 상인들도 짐을 나르지 않아 그가 할 일이 없어졌다. 그래서 그는 고요한 시장 한복판에 홀로 서서 가만히 비를 맞으며 시간을 보냈다. 그럴 때면 그는 자신이 지어야 할 지게가 아닌, 그저 시간을 어떻게든 채워야 하는 상황에 놓인 듯한 느낌을 받았다. 하루가 그렇게 지나가면, 그의 손에는 몇 백 원조차도 벌지 못했다. 특히 장마철이 되면 그가 쉬는 날이 더 많아 먹을 양식조차도 떨어지는 날이 많았다.

철수는 학문을 배우거나, 기술을 익힌 적이 없다. 평범한 시골 마을 새터에서 자라나 농사 짓는 것 말고는 해 본 것이 없는 그가 도시로 올라와 서울의 거리에서 살아가는 법을 배우고 있다. 사람들은 그를 보고 가끔은 한심하다고 생각하겠지만, 철수는 신경 쓰지 않았다. 그리고 그때에는 고학력이 되어도 변변한 일자리가 없어 실업자들이 목에 일자리 구함이라는 팻말을 목에 걸고 길가에 서 있는 사람들도 있었다. 철수는 그 사람들보다야 지게를 지고 묵묵히 일하는 자신이 낫다고 여긴다.

그는 오늘도 물건을 지고 몇백 원이라도 더 벌어야만 했다. 이른 아침부터 밤늦게까지 동대문시장을 누비며 힘겹게 물건을 날랐다. 거친 숨을 몰아쉬며, 그는 늘 묵묵히 일했다.

하지만 그의 마음 한켠에는 언제나 불안이 있었다. 과연 내일도 이런 일들이 계속될 수 있을까? 혹여 몸이 아프거나, 더 이상 힘을 낼 수 없을 때는 어떻게 될까? 철수는 그런 생각을 떨쳐버리려 했지만, 그럴 때마다 가슴속에서 억눌린 두려움이 밀려왔다.

그날도 힘겹게 일을 마친 후, 집으로 돌아갔다. 집 앞에 도착하자 아내가 아이들을 데리고 나와 반갑게 맞이했다. 아이들은 철수의 지친 모습을 보며

"아버지에 욕봤습니다."

라고 했다. 그들의 맑은 얼굴을 보고 있자니, 철수는 다시 한번 힘을 내야겠다는 결심을 했다.

'그래, 나는 할 수 있다.'

철수는 다시 힘차게 내일을 준비하며 속으로 다짐했다. 그는 어떤 일이든, 끝까지 포기하지 않고 가족을 지킬 수 있는 방법을 찾아내야 했다. 그리고 그렇게 살아가는 것이, 그가 이 세상에서 할 수 있는 유일한 일이었다.

장마철이 되어 비가 오락가락했지만, 그는 어김없이 장터의 북적거리는 사람들 사이로 지게를 지고 이동하고 있었다. 사람들은 비를 피하려고 어디론가 서둘러 가고, 상인들은 비가 내려도 장사를 멈추지 않았다. 철수는 지게에 가득 실린 무거운 상자들을 고쳐 짊어지며, 손에 묻은 빗방울을 훔쳐 냈다.

하늘은 점점 어두워지고, 비는 세차게 쏟아졌다. 철수는 비에 젖을 대로 젖은 채, 고개를 숙인 채로 길을 재촉했다. 비가 오는 날이면 늘 그렇듯, 몸은 지쳐 갔다. 지게는 점점 더 무겁게 느껴졌고, 피곤함이 온몸을 휘감았다. 그런데 그때, 철수는 문득 고향 마을 새터의 풍경이 떠올랐다. 어린 시절, 어머니의 품에서 느꼈던 따뜻한 온기와, 해 질 무렵에 아버지와 함께 마을 앞산을 바라보던 기억들이 주마등처럼 스쳐 지나갔다.

'굶어 디지도 새터로 가삐가?'

철수는 속으로 중얼거렸다.

그의 생각을 끊어 놓은 것은 갑작스러운 소나기였다. 비는 더 강해졌고, 시장 거리는 점점 혼잡해졌고, 사람들은 급히 피할 곳을 찾으려 했다. 철수는 앞을 보지 못한 채 발걸음을 내디뎠고, 그 순간 그는 발이 미끄러져 넘어진다. 지게가 그의 몸 위로 쏟아지며, 철수는 그만 땅에 쓰러지고 말았다.

그가 몸을 일으키기 전, 머릿속엔 다시 고향이 떠올랐다. 모친과 함께 들판을 거닐던 기억, 친구들과 소리 지르며 놀던 골목길이 눈에 선했다. 하지만 현실은 그와 거리가 멀었다. 철수는 몸이 떨리며 일어섰고, 손끝에 느껴지는 차가운 빗물이 더 이상 그를 막지 못하게 했다.

그는 다시 일어나 지게를 들었다. 비가 그치지 않았지만, 이제 더 이상 그를 막을 수는 없었다. 소나기는 계속 내리고 있었고, 동대문 시장의 거리도 여전히 분주했지만, 그의 발걸음 속에는 무엇보다 고향을 향한 그리움이 묻어났다. 그리고 철수는 또다시 무거운 지게를 짊어지고 발걸음을 옮겼다.

새터를 떠나온 지 일 년이 되어 가니 이제는 고향에 대한 그리움이 가득 차 있다. 더 이상 이렇게 등짐이나 지며 무모하게 살아갈 수 없다 생각에 잠긴다.

만수는 고향을 떠나 서울로 올라갔다는 소문만 들었을 뿐, 더 이상 어디에 있는지 무엇을 하는지 알 수가 없었다.

철수는 일상에 지친 몸과 마음은 어느새 만수를 찾고 있었다. 생각해 보니, 그토록 싸움질이나 했던 만수가 이제 어떻게 살고 있을까? 궁금했지만 찾을 길은 없었다.

어쩌면 잘못된 길을 걷고 있는지 모른다. 서울의 뒷골목에서 어떤 삶을 살고 있을지, 알 수 없지만 철수는 그가 다시 한번 앞에 나타나, 함께 웃고 떠들며 지냈던 시절로 돌아가길 바라는 마음이 간절했다.

'만수야, 니는 어디서 무얼 하고 살고 있노?'

그 말을 마음속으로만 반복하며, 다시 지게를 짊어졌다. 어렵고 힘들 때는 피붙이만큼 소중한 존재가 없다는 것을 철수는 새삼 느끼게 된다.

26. 철수와 만수의 형제애

철수는 여느 때와 다름없이 동대문 시장에서 날품팔이를 하고 있다. 상인들의 호객 소리, 물건을 고르는 사람들의 분주한 모습, 그리고 시장 어디에서나 풍겨 오는 다양한 냄새가 이제는 적응이 되어 가고 있다.

누군가

"행님아!"

하는 소리가 들린다. 서울 하늘 아래에 자신을 부른다고 생각하지 않았던 철수는 자신을 부른다 생각 못 하고 고개를 푹 숙이고 지게를 지고 갔다.

또 한 번

"행님아!"

소리에 고개를 들자 그 앞에는 말썽꾸러기 만수가 서 있었다. 백바지에 머리에는 포마드 기름을 발라서 올백을 하고 옆구리에는 조그만 가방을 끼고 있었다.

"행님, 촌에서 농사 안 짓고 여서 뭐 하는 기요?"

철수는 깜짝 놀라며

"이기 누고? 만수 아이가?"

순간 철수는 그동안 고생했던 생각에 자신도 모르게 북받쳐 만수를 붙들고 엉엉 소리 내어 울고 말았다.

철수는 마음을 진정시키고

"만수야, 니는 뭐 하는데 이리 잘 챙겨 입고 다니노? 삐까번쩍하네. 내 동생 서울서 출세했뻰네."

"행님, 우찌 된 일인지 한번 이야기해 보이소."

"그라모, 이 짐 갖다주고 나서 이야기해 줄꾸마. 오데 있을레?"

"옆 건물 2층 다방으로 오이소."

철수는 동대문 시장을 하루에도 몇 번을 왕래해도 거기에 다방이 있는 줄도 몰랐다.

"몰골이 이래 갔고 다방에는 못 들어간다이."

"행님요, 괴안십미더. 걱정 말고 올라오이소."

철수는 짐을 배달하고 다시 가게로 가서

"올은 고만 배달할라미더. 시장에서 친동생을 만나서예."

철수는 지게를 가게 옆에 두고 만수가 기다리는 다방으로 갔다.

만수는 말보로 양담배를 물고 다방 레지와 이야기를 하고 있었다.

"우리 행님이다. 너거 잘 모시라. 행님, 이리 오이소."

아가씨가

"선생님, 안녕하세요."

상냥하게 말한다.

"나요 선상 아니라요. 지게꾼인데예."

"형님, 우찌된 일인데예. 와 형님이 서울에 있는기요?"

"동상 이야기할라 꾸모 길다."

그러면서 토마토 농사가 첫해는 잘되었는데 다음 해는 되지 않았던 것과 아이들과 가족이 다 올라와 있다는 것까지 만수에게 말했다.

"니는 뭐 하는데?"

철수가 만수에게 물어본다.

"행님, 저는 일수놀이 하는데 수금하고 있습미더."

"뭐~ 그런 거 주먹재이들이 하는 거 아이가?"

"행님 그래도 보수도 좋고에. 나도 여서는 제법 알아줌미더."

"맞나. 뭐를 하든지 사부작거리지 말고 열심히 해라. 그래야 높은 데 올라가지."

"형수하고 조카들 오데 있는데에."

"여서 가찹다."

"행님, 그라모 올은 그만 일하고 지하고 거 같이 가 보입시더."

"안 그래도 동생 만나서 더 이상 일 못 한다 카고 나왔다."

만수는 식육점에서 돼지고기 두 근과 미전에 가서 쌀 3되, 조카들을 위해 과자를 몇 가지 사서 한 아름 안고 판자촌 삭월세방으로 갔다.

"행수요!"

"이기 누고. 대름 아잉기요, 우리 사는 게 이렀습미더. 어서 들어오이소."

만수는 문을 열고 들어선 순간, 그는 조카 둘의 앙상한 모습과 형수의 초췌한 얼굴을 보았다. 좁고 어두운 방 한구석에는 낡은 이불이 무더기로 쌓여 있었고, 한쪽에서는 바람이 새어 들어오고 있었다. 차갑고 퀴퀴한 공기 속에서 그는 가슴이 아려 왔다.

"형수요…"

그가 떨리는 목소리로 불렀지만 숙자는 마른 손으로 아이들의 등을 쓰다듬으며 미소를 지어 보였다.

"여기까지 오느라 고생했습미더. 뭐 하러 이런 거 사 온다꼬."

형수는 낡은 주전자로 뜨거운 물을 끓이고 있다.

"형수요, 방금 커피 마시고 왔심더."

숙자는 애써 웃어 보이며

"대름 우리 이리 사는 거 괴안심더."

그녀의 말은 다정했지만, 손끝은 떨리고 있었다. 그가 괜찮다는 말과는 정반대의 모습이었다. 아이들의 해맑은 눈빛 뒤에 가려진 배고픔, 형님과 형수의 굳어진 얼굴엔 깊은 피로가 새겨져 있었다.

"형수요, 괜찮긴 뭐가 괜찮습미꺼. 이래 가꼬 우찌 살미꺼."

그는 한숨을 내쉬며 말하곤 두 손으로 얼굴을 감쌌다. 마음이 찢어질 것 같았다.

만수는 한겨울인데도 이리 차가운 집에서 이들이 살아가고 있다는 사실이 그를 절망하게 만들었다. 눈물이 천천히 손가락 사이로 떨어졌.

철수는 그런 그를 조용히 바라보다가 한숨을 쉬며 말했다.

"그래도 우리는 가족이 함께 있다 아이가. 아이들도 이렇게 건강하게 잘 있고. 이만하면 된기라."

만수는 그 말을 듣고도 아무런 위안이 되지 않았다.

이곳에서 하루하루를 버텨 내는 것이 어떤 고통일지, 이들은 매 순간 얼마나 힘들지 상상조차 할 수 없었다. 하지만 형님은, 형수는, 그리고 아이들은 이곳에서 나름의 희망을 찾으려 애쓰고 있었다.

만수는 다짐했다. 어떻게든 이들을 도와야겠다고. 이 척박한 삶 속에서도 가족을 지키려 애쓰는 형님과 형수를 위해, 그리고 조카들을 위해 그는 무엇이든 해야 했다. 눈물로 얼룩진 얼굴을 닦아 내며 그는 조용히 마음을 다잡았다.

만수는 서울 변두리의 낡은 사무실에서 일하고 있었다. 그의 일터는 깡패들이 운영하는 사금융회사였다. 겉으로는 '신속 대출 서비스'라는 이름을 내걸었지만, 실상은 돈이 필요한 사람들의 절박함을 이용하는 곳이었다. 만수의 월급은 없었다. 대신 그가 직접 수금한 금액의 20%를 커미션으로 받는 구조였다. 커미션을 그 정도 준다는 것은 이자가 몇백 %될 정도였다. 수금이 잘되면 한 달 수입이 꽤 괜찮았지만, 그렇지 않을 때는 끼니를 걱정해야 했다.

사금융을 찾는 사람들은 은행에서 돈을 빌리지 못하는 이들이 대부분이었다. 신용 등급이 낮거나, 이미 빚에 허덕이던 사람들이었다. 그래서 돈을 빌려주기는 쉬웠지만, 갚는 사람은 많지 않았다. 만수는 매일같이 고객 명단을 들고 서울 구석구석을 돌아다녔다. 전화를 걸어 약속을 잡고, 때로는 무작정 찾아가기도 했다.

"이번 달 이자라도 내소."

하고 부드럽게 말을 꺼내다가, 돈을 내놓지 않으면 목소리가 점점 거칠어졌다.

만수는 매일 고객들에게 폭언이나 위협을 하며 살아간다. 하지만 상사들은 그를 압박했고, 동료들은 실적이 저조하면 조롱했다.

"야, 네가 그렇게 착하게 굴어서 돈이 나와? 저 인간들이 우리를 사람으로 봐줄 것 같아?"

동료 중 한 명이 말하며 비웃었다.

그렇게 해서 만수는 점점 그들의 방식에 물들어 갔다. 돈을 내놓지 않는 고객에게는 욕설을 퍼붓고, 심지어 가벼운 폭행도 불사했다. 그럴 때마다 그의 손은 떨렸지만, 그는 애써 외면하려 했다.

"나도 먹고 살아야 될 거 아이가."

라는 자기 합리화가 그의 유일한 방패였다.

어느 날, 만수는 시장에 사는 한 청년을 찾아갔다. 그는 대학을 졸업했지만 취업에 실패해 빚을 지게 된 사람이었다. 방 안은 담배 냄새와 곰팡이 냄새로 가득 차 있었다. 청년은 만수가 들이민 수금 장부를 보고 고개를 떨궜다.

"죄송합니다. 이번 달도 못 갚을 것 같아요."

만수는 한숨을 쉬며 말했다.

"그럼 이자라도 내소. 안 그러면 원금도 더 불어날 낀데."

청년은 얼굴을 찡그리며 한참을 침묵하다가 말했다.

"제발 좀 봐주세요. 저도 곧 취직하면 갚을게요."

그 말을 들은 만수는 한순간 흔들렸다. 자신도 한때는 이 청년처럼 미래를 꿈꾸던 시절이 있었다. 하지만 상사의 목소리가 머릿속을 때렸다.

"봐주는 순간 네 실적은 0이야. 그런 거 누가 알아줘?"

결국 만수는 눈을 감고 한 손으로 청년의 어깨를 거칠게 밀쳤다.

"너, 우리 회사를 장난으로 아는 거 아니제? 갚을 때까지 매일 올 길께 그리 알아라."

만수는 형님과 형수, 그리고 조카들을 위해 악착같이 수금을 하였다. 그 당시 직장인들의 월급은 고작 5천 원 정도였다. 만수는 마침내 10만

원이라는 큰돈을 모았다.

그 돈을 형님에게 주면서

"행님요, 내가 쪼깨늘 때부터 사고도 많이 치고 해서 우리 집 살림도 많이 축내었지요. 이거 가지고 내려가서 다시 농사지어소."

"동상 니도 서울서 살라 꾸모 돈이 있어야 할 거 아이가. 이 돈으로 집이라도 한 칸 마련해서 살거라."

"행님요, 행님은 서울서 못 삽미더. 여는 가만히 있으면 코 베어 가는 곳이 여기라예. 아무 소리 마시고 살림살이도 별로 없는데 형수하고 조카들 엉가이 고생시키고 내리 가이소마."

철수와 숙자는 사고뭉치 만수가 형님을 위해서 돈을 마련해 주는 것이 너무 기특했다.

철수가 서울에서 할 수 있는 일이라곤 잡역부 아니면 지게 지는 일밖에 없다.

차라리 고향인 새터로 내려가 다시 한번 농사를 지어 볼 각오로 서울역으로 보따리와 아이들 손을 잡고 함안역으로 가는 기차에 올랐다.

27. 철수의 방앗간 매매

　만수가 마련한 10만 원이면 다섯 마지기 논을 살 수 있는 돈이었지만 그 돈으로 토지를 사서 농사를 지어 보았자 결국 양식 정도밖에 되지 않았다. 그리고 조금 남는 쌀을 장에 가서 팔아 보았자 아직 학교 다니고 있는 동생들 학비도 제대로 주지 못한다.
　철수는 새터마을로 내려왔지만, 막상 눈앞에 펼쳐진 현실은 기대했던 것보다 훨씬 더 막막했다.
　아직 비닐하우스도 보급되지 않아 농사를 짓는다고 해도 쌀과 보리농사 정도였다. 그것만으로는 겨우 먹고살기 바빴다.
　철수는 장사를 해 볼 수도 없었다. 평생 농사만 지어 온 사람이 어디 가서 가게를 차린다는 말인가.
　철수는 고민이 깊어졌다. 동생이 마련한 돈으로 새로운 삶을 시작하게 할 수 있을까?
　그때, 마을 어귀에서 익숙한 목소리가 들렸다.
　"철수야."
　고개를 돌리니 마을 이장이 서 있었다. 그는 철수를 보며 반갑게 웃었다.
　"니 서울 갔다 꾸더만은 언제 내려왔노?"

"아, 예. 아재, 아침 잡사습미꺼."

"그래, 니 여서 뭐 하노. 무슨 걱정 있나? 강새이 새끼 똥 누고 싶은 거 면기로 와 갔다 해 샀노?"

"걱정은 무신 걱정. 아이라예."

이장은 철수의 어깨를 두드리며 말했다.

"요즘 읍내 장터에서 고추방앗간이 장사가 잘된다 카더라. 말린 고추이나 곡식을 손질해서 팔면 돈이 된다고 하데. 니 별다른 거 할 거 없시모 그런 거 한번 생각해 봐라. 언자는 땅만 파서 우찌 살 것노."

철수는 순간 예전의 지게 지던 것이 떠올렸다. 도시에서 몸을 혹사하며 버텨 온 그가 이제는 몸을 써서 일하는 것보다는 다른 방법을 찾아야 했다.

"그거… 하모 돈이 좀 될랑가예?"

"처음부터 잘하는 사람이 있것나. 하나씩 해 보는 기지."

철수는 이장의 말을 곱씹으며 생각에 잠긴다.

"부모님하고 집사람한테 의논해 보고 결정할께예."

"나도 농사만 짓던 사람이라 어떤는지 잘 모린다. 철수 니가 잘 알아보고 결정해라."

철수는 자전거를 타고 덜컹거리며 읍내로 향했다. 손에는 돈 가방이 들려 있었고, 마음은 설렘과 긴장으로 가득했다. 새터마을에서 오랫동안 꿈꿔 온 방앗간을 매매하기 위해 멀리 읍내까지 나선 길이었다.

읍내의 고추방앗간은 소문대로 깔끔하고 규모도 컸다. 문을 열고 들어서자 매캐한 고춧가루 냄새가 코끝을 찔렀다. 커다란 기계들이 윙윙거리며 돌아가고, 사람들은 바삐 움직였다. 이제 주인을 만날 차례였다.

장날도 아닌데도 사람들이 제법 있었다. 고춧가루도 만들고 참기름도 짜는 곳이었다.

주인한테 직접 물어보았다.

"아재요, 법수 새터이장님이 방앗간 내어 놓았다 캐서 왔심미더."

"아~ 잠시만 있었소이. 바쁜 거 좀 일해 놓고 이바구하입시더."

철수는 고춧가루 가는 것을 유심히 보고 있다. 큰 기술이 필요 없는 것 같고 참기름 짜는 것 역시 별 기술이 없어 보였다.

'이 정도면 나도 할 수 있것다.'

속으로 생각했다. 두시간 정도 시간이 흐르고 사람들이 모두 가고 난 뒤 고추방앗간 주인은 철수와 본격적이 매매 협상을 하게 된다.

"새터 이장이 방앗간 이거 얼마라 꾸던기요?"

"지는 다른 것은 듣지 못했고예. 아재가 파신다 소리만 들었심더."

"장터 입구이고 땅도 평수 좀 됩미더. 건물 포함 기계 전부 해서 20만 원 주이소."

"예? 이십만 원이라꼬예?"

철수는 자신도 모르게 눈이 휘둥그레졌다.

순간 귀를 의심했다. 새터에서 들었던 가격보다 두 배는 더 비쌌다.

"진짜로 이십만 원입미꺼?"

조심스레 물었지만, 주인은 당연하다는 듯 고개를 끄덕였다. 오랫동안 꿈꿔 왔던 방앗간이었지만, 터무니없는 가격에 갑자기 서러움이 밀려왔다. 마을에서 가져온 푼돈으로는 어림도 없는 액수였다.

"와예? 25만 원에 내어 놓았다가 안 팔려서 5만 원 내린 긴데 그 정도도 생각 안 했으모 가소. 맥지 시간만 빼앗샀네."

27. 철수의 방앗간 매매 151

고추방앗간 주인은

"이상한 사람 다 보겠네."

하며 투덜거린다. 철수는 괜히 미안해서

"미안심미더."

를하며 방앗간을 나왔다.

결국 매매를 포기하고 방앗간을 나섰다. 생각했던 것과 너무 다른 현실에 허탈한 기분이 들었지만, 선택의 여지가 없었다. 자전거를 타고 힘없이 새터로 출발했다. 마을에 도착하면 어머니와 집사람한데는 뭐라고 말해야 할까. 아쉬움이 밀려왔지만, 그래도 다음 기회가 있지 않겠는가. 나는 한숨을 내쉬고, 다시 마음을 다잡았다.

며칠 후, 친구가

"백사정에 정미소가 하나 나왔는데, 8만 원이면 살 수 있다고 칸다. 한번 가 볼래?"

"참말가. 그라모 니하고 한번 가 보자."

"밑져 봐야 본전 아이가. 전차 타고 내하고 살살 가 보자."

믿기 어려운 가격이었다. 호기심이 동해 친구를 따라 사정리로 향했다. 방앗간은 초가집이었다. 낡은 발동기 한 대가 덩그러니 놓여 있었고, 안으로 들어서니 벼 도정기와 보리 도정기가 나란히 자리 잡고 있었다.

공간은 크지 않았지만 방앗간 옆에는 방 두 칸이 있어 살림을 하기에도 충분해 보였다. 꼭 필요한 것만 갖춘 소박한 공간이었다.

'이곳에서 다시 한번 시작해삐까?'

철수는 커다란 발동기를 바라보며 생각에 잠겼다. 동네 중간쯤 자리하고 있어서 좋았지만 가격이 싼 것은 이유가 있을 것인데 철수는 앞뒤 가릴 처지가 아니었다.

친구가 말했다.

"어떤노? 방앗간을 아무나 하나. 부자들만 하는긴데."

철수는 대답 대신 천천히 방앗간을 한 바퀴 더 둘러보았다. 이곳에서의 삶이 머릿속에 그려지기 시작했다.

1960년대, 방앗간집은 마을에서 부의 상징이었다. 거대한 발동기가 돌아가는 소리는 곡식이 풍요롭게 갈리는 소리였고, 방앗간 주인의 얼굴엔 언제나 여유로운 미소가 떠올라 있었다.

마을 한가운데 자리 잡은 정미소는 동네에서 가장 큰 집이었다. 사정리 방앗간 주인 박진호 씨는 아버지 대부터 내려온 방앗간을 운영하고 있었다.

가을이면 수확한 벼와 보리를 도정하기 위해 먼 마을에서도 손수레에 실어서 사람들이 찾아왔고, 박씨네 방앗간 앞마당은 늘 사람들로 붐볐다.

1967년 늦가을, 황금빛 들판이 저물어 가는 어느 날이었다. 마을 입구 느티나무 아래에서 박 노인은 깊은 한숨을 내쉬었다. 집안 사정이 어려워 오랫동안 운영해 온 방앗간을 팔아야 했기 때문이다.

"아제요, 그 방앗간 정말 팔라쿠요?"

이장 김 씨가 조심스럽게 물었다.

박 노인은 고개를 끄덕였다.

"인자 나이도 있고 자식놈들이 할라쿠는 아도 없고 해서, 언자 편안히 살아야지."

"그라모 새터에 있는 철수가 살라 하는데 적당한 사람 없이모 그리 넝가소."

그렇게 해서 며칠 뒤, 박 노인과 이장 그리고 철수는 면서기 방에서 마주 앉았다.

"이 방앗간을 팔만 오천 원에 팔꾸마."

박 노인이 말했다.

철수가 머뭇거리며 대꾸했다.

"팔만오천 원은 좀 비싸네예, 팔만 원에 해 주이소. 지금 칠만 원 드리고 나무제비 만 원은 가을추수철 방아 찧어서 갚을깨예."

면서기가 중간에서 중재하며 고개를 끄덕였다.

"좋습미더. 증인은 저와 이장님이 될 테니, 두 분은 여 증서에 지장 찍어삐소."

그렇게 해서 방앗간은 철수의 것이 되었다. 거래는 간단했다. 등기를 할 필요도 없었다. 동네에서 모두 알고 있으니, 이장과 면서기가 증인으로 서면 그것으로 충분했다.

며칠 후, 박 노인은 철수의 집에서 나락 한 가마니를 더 받고

"언자는 방앗간도 없으니 마산 나가 살아야것다"고 말했다. 1960년대의 시골 부동산 거래는 그렇게 정이 오가던 과정이었다.

28. 만석의 이사

조금 남은 토지는 그대로 두고, 만석이 다섯 살 되던 해에 새터에서 사정리로 이사를 하게 되었다. 세간살이는 많지 않았지만, 생선장사를 하시던 만석의 할머니와 만석이, 그리고 그의 여동생 둘까지 함께 움직이는 일이었다. 그 귀한 화물차를 불러 이삿짐을 옮겨야 했다.

이사하는 날 아침, 마을 어귀까지 와 있는 화물차를 바라보며 만석이는 묘한 기분이 들었다. 집 안의 익숙한 물건들이 하나둘씩 차에 실릴 때마다 설렘과 아쉬움이 교차했다. 낡았지만 정든 장롱과 부엌 찬장, 커다란 가마솥까지도 차곡차곡 쌓였다. 만석 아버지 철수는 짐들 사이를 다니며 이것저것 확인하느라 정신이 없었다.

만석의 할머니는 마지막으로 집 마당을 한 번 둘러보더니 만감이 교차하며 눈물을 쏟는다.

방 안은 텅 비어 있었다. 낡고 바랜 벽지, 군데군데 벗겨진 마룻바닥, 한쪽 구석에 남아 있는 부엌 찬장까지…. 모두가 세월의 흔적을 간직하고 있었다.

그녀는 문 앞에 서서 방 안을 천천히 둘러보았다. 이 집에서 보낸 세월이 파노라마처럼 스쳐 지나갔다.

해방이 되던 해, 그녀는 남편과 아이들을 데리고 일본에서 한국으로 돌아왔다. 고향 땅을 밟았을 때, 처음에는 모든 것이 희망으로 가득 차 있었다. 이제 다시 시작하면 된다고, 가족과 함께라면 뭐든 해낼 수 있다고 믿었다.

하지만 현실은 가혹했다. 가지고 온 돈은 친정 오빠에게 토지를 사 달라고 맡겼지만, 돈은 어디에 갔는지 온데간데없고, 하루아침에 빈털터리가 된 그녀는 망연자실할 틈도 없이 먹고살 길을 찾아야 했다.

그때부터 장날마다 생선을 팔러 다녔다. 손끝이 갈라지고 비린내가 몸에 밸 정도로 고된 일이었지만, 아이들을 먹여 살리려면 다른 선택지는 없었다. 그렇게 버티던 어느 날, 남편은 1966년 추석이 지나고 5일 만에 극단적인 선택을 하였다.

그녀는 그날을 잊을 수 없었다. 삶에 지친 얼굴, 마지막까지 아무 말 없이 누워 있던 그의 모습.

'조금만 더 참아 보지… 우리가 여기까지 왔는데…'

아무리 애타게 불러도 대답 없는 남편을 붙잡고 오열했다.

남편을 잃은 후, 그녀의 삶은 더욱 가혹해졌다. 셋째 만수는 아버지의 부재를 견디지 못하고 방황하기 시작했다. 그녀는 어떻게든 붙잡으려 했지만, 만수는 점점 거리를 두더니 결국 집을 나가 버렸다.

그녀가 끝내 감당할 수 없었던 것은 자식들의 죽음이었다. 전쟁으로, 병으로, 배고픔으로 하나둘 떠나보낼 때마다 그녀의 가슴도 함께 무너져 내렸다. 아이들의 작은 손을 잡고 마지막 인사를 건넬 때마다, 그녀의 심장은 갈기갈기 찢겼다. 그녀는 눈을 감고 깊이 숨을 들이마셨다.

이 집은 그녀가 절망 속에서도 버텨 낸 곳이었다. 수많은 이별과 눈물, 하지만 그 속에서도 삶을 이어 갔던 곳.

이삿짐 트럭이 골목 어귀에서 기다리고 있었다. 그녀는 조용히 문을 닫았다. 그리고 아주 오랫동안, 문고리를 잡고 서 있었다.

손때 묻은 곳곳이 이제는 추억이 될 터였다. 그녀는 눈물을 훔치며 말했다.

"얼자, 가자."

할머니의 목소리에 가족들은 화물차 짐칸에 올랐다.

만석이는 처음 타보는 큰 차에 신이 나서 창가에 바짝 붙었다. 만석이 어른이 된 후에도 4살이었던 이사 가는 트럭에 있는 그때를 기억하고 있다.

길은 울퉁불퉁했고, 먼지는 자욱했다. 그러나 새터를 벗어나 점점 멀어지는 길을 보면서도 만석이는 속으로 기대감을 품었다. 사정리에는 어떤 친구들이 있을까? 새집은 얼마나 클까? 할머니가 가끔 해 주시던 맛있는 고기반찬도 더 자주 먹을 수 있을까?

차가 사정리 어귀에 다다랐다. 도로는 점차 좁아지고, 굽이굽이 돌아가는 길을 따라 흙먼지가 일었다. 차창 밖으로 보이는 풍경은 점점 더 고요하고 아늑해 보였다. 이 마을의 모습은 어딘가 낯설지만, 동시에 친숙하게 다가올 것이다.

오래된 담벼락이 보이기 시작했다. 그 담벼락은 마치 시간이 멈춘 듯, 그 위로 덩굴이 무성하게 자라 있었다. 담벼락 너머로, 마을 사람들의 모습이 서서히 드러났다. 그중 한 사람이 얼굴을 내밀었다. 깊은 주름이 가득한 얼굴이었지만, 눈은 여전히 반짝였고, 그 눈빛에는 무엇인가 단단한 결단력이 담겨 있었다. 그는 천천히 고개를 끄덕이며 차를 맞이했다.

"새터에서 이사 오는가베."

"아이구야, 소 구르마로 안 오고 짐차로 이사를 하네."

동네 사람들이 한두 사람들이 나오기 시작한다. 시골마을이라 이사를 하는 사람이 별로 없었다. 그래서 아주 좋아하는 사람도 있고, 아니면 적대적으로 대하는 사람도 있다.

씨족집단이 함께 모여 사는 경우가 많아서 한 동네에는 대부분 일가 친척들이다. 그래서 1960년대 도시가 아닌 시골에서 뿌리를 내리고 살기란 보통 일이 아니었다.

만석의 경우 할아버지가 3대 독자라 친인척이 없어서 험난한 시골 생활이 기다리고 있다.

"이사하느라 욕보요."

옆집 할아버지가 인사를 하신다. 할머니는

"고생은 뭐 젊은 사람들이 하는기지 지는 그냥 따라만 왔심더. 할배가 앞으로 마이 거들어 주이소예."

"지가 무신 힘이 있다고 그리샃소."

"그래도 동네 어른 같으신데에."

"올해 칠십인데 뭐 우리 동네에서 나보다 나이 많은 사람은 별로 없는 맞소."

"아이고, 그리 마이 잡사 십미크 지는 인자 환갑 지났나 생각 했거마는."

"이 아짐매가 누구를 얼라 취급하네."

요즈음은 젊어 보인다는 말이 칭찬이지만 그 당시만 해도 나이가 어리다고 하면 싫어했었다. 그래서 상대와 대화를 무조건 나이를 많이 불러 주어야만 상대가 좋아했다.

짐을 하나씩 내리기 시작했다. 큰 상자부터 작은 가방까지, 하나하나가 새로운 시작을 알리는 듯했다. 손끝에 닿은 나무 상자의 거친 질감과 바람 속에서 느껴지는 냄새는 마치 새로운 터전에서의 삶을 온몸으로 맞이하는 순간처럼 느껴졌다. 그동안 떠나 있던 곳을 떠나, 이제는 여기가 자신들의 집이자, 새로운 삶의 시작이라는 생각이 스쳐 갔다.

철수는 짐을 내려놓고는 잠시 숨을 고른 후, 천천히 말을 이었다.

"여서 다시 시작해 보자. 모든 게 처음 하는 것이니 애려울 끼다. 하지만 천천히 하나씩 익혀 나가면 되지 처음부터 배워서 나오는 사람이 어데 있노."

옆에서 듣고 있던 만석이 엄마 숙자는

"당신은 항상 새로운 것에 도전했다 아입미꺼. 성공할 때도 있고 실패할 때도 있는기라예."

"그래도 당신이 나 때문에 고생이 많소. 방앗간은 모두가 부러워하는 곳이니 잘될끼다."

"하모예, 잘되어야지예."

그 말에, 마치 새롭게 펼쳐진 삶의 페이지가 차례차례 넘겨지는 듯한 기분이 들었다.

29. 정미소를 잘못 샀다

철수는 비교적 싼 가격에 방앗간을 인수했다. 오랜 세월 지역 주민들의 곡식을 찧어 주던 정미소였고, 전 주인은 '아직 튼튼한 기계들이니 걱정 말라'고 자신 있게 말했다. 철수는 그의 말을 믿었고, 새로운 출발에 대한 기대감으로 가족과 함께 이사를 마쳤다.

처음 며칠은 바쁘게 흘러갔다. 전 주인에게 기계 작동법을 배우고 사람들에게 인사를 하느라 정신이 없었다. 그러던 어느 날, 본격적으로 방앗간을 가동하려 했을 때 문제가 생겼다. 가장 중요한 발동기가 쉽게 시동이 걸리지 않았다.

'이게 왜 와 이라노? 내가 잘못 건들였나?'

철수는 땀을 뻘뻘 흘리며 크랭크를 돌렸다. 한 번, 두 번, 열 번, 스무 번… 그러나 발동기는 요지부동이었다. 겨우겨우 시동을 걸어도 얼마 지나지 않아 꺼지기 일쑤였다. 처음에는 자신이 기계를 다룰 줄 몰라서 그런 거라 생각했다. 하지만 여러 번 시도해도 문제는 해결되지 않았다.

방앗간을 인수할 때는 여름이라 시동이 잘 걸렸는데 겨울이 되어 가니 그런 것 같기도 하고 발동기가 요지부동이다.

그는 다른 동네에서 오랫동안 정미소를 해서 기계를 잘 아는 정미소 주인에게 도움을 청했다. 발동기를 이리저리 살펴보더니 한숨을 쉬었다.

"철수야, 이거 수명이 다 된기라. 헤드가 나가서 물이 샌다. 발동기에 물을 떨라서 그렇다. 그라모 시동이 걸리도 이라고 힘이 없다. 발동기 바꾸는 게 낫다."

철수에게는 청천벽력(靑天霹靂) 같은 소리다.

"아재요, 제가 그만한 돈이 오데 인능기요. 다른 방법이 없어예?"

"그라모 헤드를 사서 니가 직접 고치라. 그라모 돈도 별로 안 들고 당분간은 애를 먹이지 않을끼다."

"기계라면 양파농사 지을 때 물 퍼는 발동기밖에 모르는데에. 이리 큰 발동기를 우찌 제가 수리합미꺼."

"원리는 똑같다. 단지 크기만 쪼매 크서 그렇치 한번 해 봐라. 내가 거들어 주꾸마."

발동기 고장이라는 말에 철수의 가슴을 철렁 내려앉게 했다. 정미소를 사면서 기계 상태를 꼼꼼히 확인하지 않은 게 후회됐다.

"하기사 꼼꼼히 본다고 해도 내가 기계 속까지 우찌 아노. 아이고, 이 일을 우짜면 좋노?"

전 주인의 말을 믿었던 자신이 어리석게 느껴졌다. 그는 순간, 이 방앗간을 인수한 것이 잘못된 선택이었을지도 모른다는 생각이 들었다.

그러나 좌절하고 있을 시간은 없었다. 그는 다시 마음을 다잡고 해결책을 찾기 시작했다.

먼저 마산에 가는 버스에 올랐다. 발동기 제작소로 찾아가서 발동기 헤드와 벨브 등 부품을 구매하러 갔다. 수리 부품을 구하는 데만 상당한 돈이 들 것이라는 답이 돌아왔다. 결국 그는 중고 발동기를 사거나 새 기계를 들이는 방법을 고민해야 했다. 하지만 이미 방앗간을 사는 데 돈을 거의 써 버린 터라, 선택의 폭은 좁았다.

방앗간은 이미 벌려 놓았고 무조건 발동기를 고쳐야만 했다.

발동기 헤드를 사 온 순간부터 새로운 문제가 시작되었다. 기대했던 것과 달리, 그 당시 우리나라의 기술력은 형편없어서, 같은 회사의 제품이라 하더라도 정확히 맞아떨어지지 않는 경우가 많았다.

흡배기 밸브는 밀착되지 않아 압력이 쉽게 새어 나갔고, 헤드와 몸체의 나사 구멍조차도 맞지 않았다. 철수는 포기할 수 없었다. 그저 안 맞는다고 좌절하기보다는 어떻게든 해결책을 찾아야 했다.

밸브 문제를 해결하기 위해 모래와 기름을 섞어 계속해서 갈아내기 시작했다.

"아부지, 지도 한번 해 보께예."

모래로 갈고 있는 밸브를 보며 만석이 말한다.

"니가 할 수 있것나. 그라모 한번 해 봐라."

5살 만석은 아버지에게 넘겨받은 공구를 야무지게 잡고 돌리기 시작했다. 그러나 아이라 금방 지치게 된다. 그래도 고집스럽게 다시 시도한다.

"아이고, 우리 아들 다음에 커서 기계 고치는 기술자 되것다. 언자 아부지가 할게. 니는 옆에서 구경해라."

철수는 밸브를 계속 갈아내고 있다. 마치 시간과의 싸움 같았다. 한 번 두 번, 끊임없이 손을 놀려 가며 조금씩 맞춰 나갔다. 정밀한 작업이었고, 인내심이 필요한 일이었지만, 점점 밸브가 자리를 잡아 갔다.

나사 구멍 역시 큰 난관이었다. 기존의 구멍이 맞지 않으니 손으로 돌리는 드릴을 이용해 하나씩 조심스럽게 가공해 나갔다. 잘못하면 더 큰 문제가 생길 수도 있었기에, 숨을 죽이고 며칠을 계속해야 했다.

철수는 손에 묻은 기름을 헝겊으로 닦아 내며 깊은 한숨을 내쉬었다. 그 한숨에는 안도와 희열이 섞여 있었다. 발동기는 이제 아무 문제 없이 경쾌한 소리를 내며 돌아가고 있었다. 그는 몇 번이고 기계를 점검하며 이상이 없는지 확인했다. 모든 것이 완벽했다.

토마토 농사의 실패는 철수를 깊이 움츠러들게 했다. 비록 최선을 다했지만, 기술력 부족과 예기치 못한 기후 변화와 병충해 앞에서 그의 노력은 무력했다. 애써 키운 작물이 썩어 갈 때마다, 그리고 수확할 게 없어진 밭을 바라볼 때마다 가슴 한구석이 무너지는 기분이었다. 마을 사람들의 걱정 어린 시선도, 가족들의 안쓰러운 위로도 철수에게는 큰 위안이 되지 못했다. 그는 실패를 인정하고 싶지 않았고, 다시 일어설 용기가 나지 않았다. 그래서 자포자기하는 심정으로 서울 동대문 시장에서 지게를 지었던 것이 주마등처럼 지나간다.

하지만 그는 포기하지 않았다. 어릴 때부터 기계를 만지는 걸 좋아했던 철수는 정미소를 다시 시작하기 전에, 점검을 한다고 했는데 연식이 너무 오래된 발동기를 몇 년 동안 제대로 관리하지 않아 고장이 났던 것이다. 처음에는 어디서부터 손을 대야 할지도 몰라 막막했지만, 밤낮으로 매달려 가며 하나씩 문제를 해결해 나갔다.

헤드가 맞지 않아서 엔진을 분해하고 조립하기를 반복했다. 손끝이 거칠어지고, 온몸이 기름때로 범벅이 되는 날들이 이어졌다. 그러나 포기하지 않았다. 마침내 마지막 조정을 마친 순간, 그는 숨을 죽이며 시동을 걸었다. 그리고 힘찬 굉음과 함께 발동기가 다시 살아났다.

기계가 힘차게 돌아가는 모습을 보며 철수는 가슴속 깊은 곳에서부터 벅찬 감정을 느꼈다. 토마토 농사의 실패로 인해 무너졌던 자신감이 다시 회복되는 기분이었다. 비록 작은 일이었지만, 자신의 힘으로 문제를 해결했다는 성취감이 그를 감싸고 있었다.

철수는 힘껏 두 주먹을 쥐었다.

'인자, 다시 시작해 보는기라.'

옆에서 보고 있던 숙자도 역시 기분이 좋았다.

"발동기 소리가 억수로 좋네에. 저번에는 바람 빠지는 소리 나더마는."

발동기 소리는 교향악단의 연주 소리보다도 더 듣기 좋았다.

그는 더 이상 실패를 두려워하지 않기로 했다. 이번에는 더 철저히 준비하고, 더 단단한 마음가짐으로 농사에 도전할 것이다. 발동기의 굉음이 마치 그를 응원하는 듯 힘차게 울려 퍼졌다.

30. 방앗간의 또 다른 위기

철수는 정미소에서 홀로 기계를 살펴보고 있었다. 얼마 전까지만 해도, 정미소의 고장이 잦아 힘든 나날을 보냈지만, 이제는 모든 것이 안정적이었다. 벨트들은 부드럽게 잘 돌아갔고, 낡은 나무 벽이 가끔씩 삐걱대기는 했지만, 익숙한 소리였다.

그러나 마을 입구에 걸어서 오 분 거리에 새 정미소가 세워지면서, 철수의 정미소는 새로운 위기를 맞이했다. 새 정미소는 그 당시로는 첨단 자동화 시스템을 갖추고 있었다. 깨끗한 흰 벽, 번쩍이는 철문, 그리고 최신 기계들은 마을 사람들의 관심을 사로잡았다.

무엇보다 정미 과정이 빨랐고, 가격도 조금 더 저렴했다. 하나둘씩 단골손님들이 떠났고, 철수의 정미소는 점점 더 조용해졌.

그날도 철수는 익숙한 작업복을 입고 기계를 점검하고 있었다. 방문을 여는 소리에 고개를 돌리자, 마을에서 가장 오랫동안 단골이었던 박노인이 들어섰다.

"철수야, 자네 정미소는 여전히 옛날 그대로는 밑에 방앗간하고 경쟁이 되겄나."

철수는 씁쓸한 미소를 지었다.

"네, 오시는 분들이 많이 줄어드네예."

박 노인은 고개를 끄덕이며 말했다.

"그래도 난 자네 정미소가 좋구만은. 기계가 아무리 좋아도 정미소에서 나오는 쌀의 맛이 다 똑같을 거 아이가?"

"맞습미더. 밑에 방앗간은 쌀에다 참기름 바르지도 않는데 다르모 울메나 차이나겠습미꺼."

철수는 그의 말을 곱씹었다. 사람들은 새로운 기술을 원하지만, 정미소를 닫아야 할까? 아니면, 또 빚을 내어 기계를 바꾸어야 하나 철수는 한동안 고민했다.

'이대로는 버틸 수는 없다이.'

그는 마을 사람들의 불편함을 생각했다. 아직도 많은 이들이 손수레에 벼를 싣고 정미소까지 가야 했고, 무거운 쌀가마를 다시 싣고 돌아와야 했다. 한참을 고민하던 철수는 번뜩이는 아이디어를 떠올렸다.

'만약 정미소가 직접 벼를 수거하고 쌀을 배달해 준다면?'

철수는 남은 돈을 탈탈 털어 말을 샀다.

말을 이용해 직접 벼를 수거하고, 정미 후 다시 집까지 배달해 주기로 했다. 처음에는 사람들의 반응이 반신반의했다.

"아무래도 직접 가져가는 게 낫지 않을가이?"

"괜히 돈을 더 받으려는 수작 아이가?"

그러나 철수는 추가 비용 없이 이 서비스를 제공했다. 힘겹게 벼를 싣고 다니던 노인들은 점점 철수의 서비스를 이용하기 시작했다.

"이거 참 편하네. 이제 무거운 쌀 나를 필요가 없다 아이가!"

소문은 빠르게 퍼졌다. 정미소에 직접 오지 않아도 되는 편리함에 사람들은 하나둘 철수의 정미소를 다시 찾기 시작했다.

새로운 정미소가 더 좋은 기계를 가졌을지는 몰라도, 철수의 정미소는 더 나은 서비스를 제공하고 있었다.

몇 달 후, 철수의 정미소 앞은 다시 활기를 띠었다. 마을 사람들은 더 이상 무거운 짐을 나를 필요 없이 편하게 정미를 맡길 수 있었고, 철수는 자신의 정미소를 지켜 낼 수 있었다.

그렇게 철수는 기계가 아닌 사람을 생각하는 방식으로 경쟁에서 살아남았다.

"아재요, 우리 집에 방아거리 가지로 오랐미더."

"알것다. 너거 집이 새미골이제?"

"맞심더."

"알것다. 빨리 갈꾸마."

만석은 아버지가 마치 그 집 머슴처럼 보이는 것이 싫었다. 아버지는 말을 끌고 다른 집으로 가서 나락을 지고 와 정미를 하고 다시 그 집으로 갖다주었다. 그 모습이 만석의 눈에는 너무도 서글프게 비쳤다.

"아부지요, 얼라들이 내보고 방앗간집 아들놈이라 흉본다 아입니꺼? 정미소 그만하면 안 됩니꺼?"

아버지는 힘겹게 짐을 내려놓고는 한숨을 내쉬었다. 거친 손으로 이마의 땀을 훔치며 아들을 바라보았다.

"니는 와 니 아부지가 너거들 키울라꼬 얼마나 고생하는지 생각도 안 하고, 남의 말 듣기가 싫나?"

"그게 아니고에…. 아부지가… 아부지가 남의 집 머슴 같아서 그렇다 아입미꺼."

만석은 결국 울음을 터뜨리고 말았다. 눈물이 뺨을 타고 흘러내렸다.

"썰때없이 머슴마가 짤고 지랄이고, 안 그치나!"

그때 철수가 버럭 소리쳤다. 아버지의 친구이자 방앗간에서 함께 일하던 사람이 만석의 어깨를 툭툭 치며 말했다.

"아부지는 머슴이 아이라, 살림 일구는 가장인기라. 니도 어서 철이 들어야제. 이런 소리 함부로 하면 안 된다이."

만석은 그 말을 듣고도 속상한 마음이 풀리지 않았다.

그러나 말을 데리고 둑방으로 나갈 때만큼은 달랐다. 그 순간만큼은 마을 아이들의 선망의 대상이 되었다.

둑방길을 따라 천천히 걸어가면, 아이들이 하나둘 모여들었다. 그들 대부분은 말을 처음 보는 터라, 호기심 어린 눈빛으로 만석과 그의 말을 바라보았다.

그때마다 만석은 은근한 자부심을 느꼈다. 말고삐를 단단히 쥔 손에 힘이 들어가고, 아이들의 반짝이는 눈망울에 어깨가 절로 으쓱해졌다.

"만석아, 말 한 번 만져 봐도 되나?"

아이들이 조심스레 다가와 묻곤 했다.

"너거 잘못하면 뒷발질 당하면 창자 터진다이. 뒤로는 가지 마라."

"알것다. 앞에서 살살 만져 볼꾸마."

만석은 시원하게 웃으며 고개를 끄덕였다

"그라모 너거 줄서라. 사람들이 마이 모이모 놀랜다. 천천히 다가오이라."

아이들은 조심스럽게 손을 내밀어 말을 쓰다듬었다. 부드러운 갈기를 손끝으로 느끼며 환호성을 내질렀다. 그 순간, 말은 코를 훌쩍이며 고개를 살짝 숙였고, 아이들은 더욱 신기해하며 좋아했다.

둑방에 집집마다 소를 데리고 나와 소 풀을 먹이고 있을 때 만석은 말을 데리고 나가서 먹였다. 해 질 녘, 아이들은 하나둘 집으로 돌아가면서도 쉽게 자리를 뜨지 못했다. 만석과 말의 모습은 그들에게 한낱 신비로운 꿈처럼 남았다.

다른 소들은 아이들이 이끄는 대로 움직였지만 말을 풀을 뜯다가 배가 어느 정도 차면 걸어가는 것이 아니라 뛰어갔다.

만석을 말이 도망갈까 봐 고삐를 잡고 힘껏 버티었지만 말은 순식간에 만석을 질질 끌며 힘차게 달아났다.

말이 도망갔다며 집에 가면 아버지한데 혼날 것이라 생각하고 마음 단단히 먹고 집에 갔더니 말은 마구간에 조용히 저 혼자 아무 일 없듯이 서 있었다.

그날 밤, 만석은 부모에게 흥분 가득한 목소리로 낮에 있었던 일을 떠들어 댔고, 따뜻한 저녁밥을 먹으며 미소를 지었다.

어느 날 방앗간에서 함께 일하는 성만 아재가 저녁 늦게까지도 돌아오지 않았다. 평소라면 쌀을 갖다주고 한참 전에 돌아왔어야 할 시간인데도 소식이 없었다.

아버지는 초조한 목소리로 말했다.

"성만 아재가 아직 안 온다. 무슨 일 있는지 만석이 니가 살살 나가 봐라."

만석은 호롱불을 챙겨 들고 길을 따라 내려갔다. 밤공기는 차가웠고, 발밑에서 바스락거리는 낙엽 소리가 고요한 밤을 가로질렀다. 얼마 가지 않아, 집에서 삼백 미터도 되지 않는 곳에서 성만 아재가 말 구르마가 꼼짝도 하지 않은 채 서 있는 것이 보였다.

"아재요! 아버지가 우찌 된 긴가 물어보는데예?"

성만 아재는 깊은 한숨을 내쉬며 대답했다.

"이야… 이기 버티고 서서 몇 시간을 꼼짝도 안 한다."

만석은 호롱을 들어 말의 얼굴을 비춰 보았다. 말의 눈은 마치 무언가를 응시하듯 멍하니 먼 곳을 보고 있었다. 풀 한 포기 흔들리지 않는 이 밤, 마른 바람만이 조용히 불어오고 있었다.

"이거 뭔가 잘못된 거 아이가. 만석이 너거 아부지 오시라 캐라."

만석은 등골이 서늘해짐을 느끼며 아버지를 부르러 갔다. 아버지가 와서 둘이서 아무리 당겨도 말은 꼼짝을 하지 않는다.

"말이 안 움직이면 정미소로 와서 같이 해결해야지 니 혼자 뭐 하고 있노."

"내가 가고 나면 말이 지 혼자 어디 내 빼모 우짜라꼬요?"

"맞내."

"그란데 말이 와 이리 고집이 쌔노. 형님 닮았는가베예."

"니 지금 농담이 나오나. 라이타 가지고 있제? 엉덩이에 불을 붙여 봐라. 그라모 지가 뜨거버서 날뛰것지."

성만은 처음에는 혹시 날뛸까 봐 엉덩이 근처에 가까이해도 꼼짝을 안 해서 고기 굽는 냄새가 날 정도로 갖다대어도 정말 말은 꼼짝을 하지 않는다. 만석은 말이 이렇게 고집이 세다는 것을 6살 때 기억이 평생을 간직하고 있었다.

밤 10시가 되어 갈 무렵,

"이레가 안 되것다. 성만아! 니 방앗간에 가서 니야가 끌고 온나. 쌀을 다시 방앗간에 갖다두고 구르마는 말에서 떼어 내자."

철수가 짐이 실린 구르마를 떼어 내고 안장도 내려놓았다.

"야, 이제 됐다. 편히 있어라."

말은 꼼짝도 하지 않고 그대로 서 있었다.

"이놈 참, 고집 세네. 이런 줄 알았으면 말을 안 사고 소 구르마로 할 낀데 이리저리 와 이리 어렵노."

"성질대로 한다면 그 자리서 때려죽이고 싶지만 돈이 없어서 참는다."

구르마 주위에 있던 세 사람이 자리를 떠났다. 호롱불을 밝히고 방앗간을 정리하고 마구간으로 가 보니 천연덕스럽게 말은 말죽을 먹고 있다.

"저 말이 아까는 왜 가만히 있었던 것인데예?"

만석이가 웃으며 말했다.

"그게 저놈 방식이지. 하고 싶을 때만 일하고 일하기 싫으면 절대로 움직이지 않는 기지."

"나도 저런 놈인지 몰랐다."

말은 여전히 무심한 얼굴로 말죽을 우물거리고 있었다.

그해 겨울은 매서웠다. 말을 바깥 말뚝에다 묶어 두고 깜박하고 마구간으로 옮기지 않았다. 아침에 나가 보니 말이 서 있는 것이 아니라 추운 땅바닥에 누워 있었다.

바람을 막아 줄 곳 없이 외부에 묶어 둔 탓에 말은 혹독한 추위를 견디지 못하고 심한 감기에 걸렸다. 강 의사 약방에 찾아가 약을 지어 와 먹여 보기도 했고, 누가 뜨거운 물로 말을 목욕시키면 낫는다고 해서 가마솥에 물을 끓여 목욕을 시키고, 짚으로 엮어서 이불처럼 만들어 몸에 감아 두고 해도 아무런 효과가 없었다.

말은 점점 상태가 나빠졌다.

"만석아! 말 숨 쉬는지 가 봐라."

"숨을 안 쉬는 것 같은데예."

말이 죽었다는 소식이 퍼지자 동네 사람들이 모여들었다. 고기가 귀했던 시절, 사람들은 먹을 것을 찾아 눈빛을 반짝였다.

"이거, 그냥 버리면 아깝고 잡아묵지 그래?"

한 노인이 조심스럽게 물었다.

철수는 복잡한 심정이었다. 정 붙이고 살던 말이었지만, 이미 떠나 버린 생명이었다. 결국, 사람들은 하나둘씩 칼과 그릇을 들고 모였다. 말고기를 가져가기 위해 줄을 선 사람들의 얼굴에는 기대로 가득했다.

그날 저녁, 동네 곳곳에서는 기름진 말고기 냄새가 피어올랐다. 사람들은 소금에 절여 국을 끓이기도 하고, 불에 직접 구워 먹기도 했다.

철수는 멀리서 연기를 바라보며 쓸쓸한 미소를 지었다. 그의 말은 이제 사람들의 식탁 위에서 사라져 가고 있었다.

정미소에서 일했던 성만이는 내장을 전부 챙겨 갔다. 그는 내장을 손질하며 흡족한 표정을 지었다.

"이 정도모 한동안 반찬 걱정은 안 해도 되겠다이."

그의 손길은 능숙했다. 내장을 깨끗이 씻고, 절여 두었다가 나중에 요리할 생각이었다.

그렇게, 한때 만석의 곁에서 함께 들판을 달리던 말은 결국 사람들의 배 속으로 들어갔다. 겨울밤, 바람은 여전히 차가웠지만, 동네 사람들의 집에서는 온기가 흘러나오고 있었다.

31. '7분도'로 하시오

　철수는 정미소를 운영하며 돼지를 기르는 생활을 이어 가고 있었다. 그의 정미소는 그런대로 운영되고 있었다. 나락이나 보리를 사들여 도정을 한 후, 미전에 내다 팔고 있었는데, 이는 동네 주민들의 도정을 대신해 일정량의 쌀을 받는 것보다 훨씬 더 많은 이익을 남겼다. 무엇보다 경쟁 상대인 방앗간과 불필요한 경쟁을 할 필요가 없다는 점이 마음에 들었다.
　1970년대 이후 우리나라는 산업화와 경제성장으로 인해 쌀소비가 늘어났다. 아직 통일벼가 나오지 않았던 시절이라 갑자기 늘어난 쌀 소비를 줄이기 위해 정부는 분식, 혼식 먹기와 쌀을 7분도로 도정하여 먹도록 하는 운동을 펼쳤다.
　모든 사람이 백미(100% 도정)를 주로 먹던 사람들이 7분도(70% 도정)를 먹으려고 하지 않았다. 그래서 정부는 특단의 대책을 세웠는데 쌀을 파는 미전이나 정미소를 단속하는 것이었다.
　1970년대 초, 우리나라의 경제는 급격히 성장하고 있었지만, 그와 동시에 새로운 문제도 생겨났다. 산업화와 도시화로 인해 쌀 소비가 급증하였고, 쌀이 부족해지면서 가격이 오르기 시작했다.
　쌀 소비의 급증을 어떻게 해결할 것인가 하는 문제였다. 그중 하나가 '7분도정'을 통한 쌀을 늘리는 것이었다.

당시 국민들은 백미, 즉 100% 도정된 쌀을 주로 먹고 있었다. 흰 쌀밥은 그 시대의 상징과도 같았다. 고깃국과 흰쌀밥은 수천 년 동안 부의 상징이었다. 그런데 뜬금없이 정부는 백미의 소비를 줄이기 위해 쌀을 7분도로 도정하여 판매하도록 강요했다.

7분도정은 70%만 도정하여 섬유질과 영양분이 더 많이 남아 있는 쌀이었다. 그럼에도 불구하고 백미에 익숙한 사람들은 7분도정을 꺼렸다.

지금이야 건강식이라고 일부러 현미를 먹는 사람들이 있지만 그때는 모든 국민이 백미를 선호하였다. 그래서 7분도는 입맛에 맞지 않았고, 처음 접하는 쌀의 거칠고 다소 누린내 나는 맛은 불편했다.

정부는 이러한 상황을 해결하기 위해 여러 가지 방법을 강구했다. 그 중 가장 단호했던 방법은 미전과 정미소를 단속하는 일이었다.

그 당시 정부는 7분도정 된 쌀을 강제로 팔도록 하고, 백미를 팔던 미전과 정미소들을 단속하여 이를 준수하게 만들었다. 정미소에서 7분도를 도정하는 것은 생각보다 큰 논란을 일으켰다.

"백미를 도정하면 법을 어기는기라꼬?"

"인제 좀 살 만해서 쌀밥 좀 무 볼라깐깨 나라에서 와 이 지랄이고?"

시골의 주민들은 대부분 불만을 표출했다. 그러나 그들은 알았다. 군사독재 시절이었던 그때 이 상황을 거스를 수 없었다. 쌀이 부족한 정부에서는 정부의 의도는 분명했다.

정부는 급격히 늘어난 쌀 소비를 해결하기 위해 생산량을 즉시 늘리기 어려운 상황에서, 궁여지책으로 '7분도정'을 도입하였을 것이다.

아마 백미보다 7분도를 도정한다고 양이 늘어나는 것보다 밥맛이 없으니 자연스럽게 쌀을 적게 먹게 하기 위한 수단이 아닐까? 물론 수치상으로는 깎아버리는 쌀겨 양만큼 늘어나기는 할 것이다.

　쌀 생산량을 급격하게 증가시키는 것은 현실적으로 시간이 많이 걸리고, 농업의 생산성 향상이나 새로운 품종 개발이 빠르게 이루어지지 않던 시기였기 때문에, 대신 기존의 쌀을 효율적으로 활용하기 위한 방안으로 7분도정이 제시된 것이다.

　철수의 정미소에는 미와 7분도미를 비교하는 샘플이 걸려 있었다. 정부에서 쌀을 비교하여 도정하라고 쌀이 나오는 곳에 걸려 있었다. 하지만 마을 사람들은 대부분 백미를 원했다.
　"이 촌에까지 단속하러 나오것나? 그냥 백미로 찧어 주소."
　옆집 노인이 퉁명스럽게 말했다. 마을 사람들에게 익숙한 도정 방식은 오랜 세월 동안 변하지 않았다. 철수는 난처한 표정으로 고개를 저었다.
　"안 되는데예. 군에서 단속 나온다고 편지 왔습미더."
　"고마 백미로 찧어 주소. 그것들이 뭐를 안다고! 7분도로 찧으면 쌀이 얼마나 더 남는고?"
　다른 사람들도 거들었다. 누구 하나 7분도미에 관심을 두지 않았다. 철수는 깊은 한숨을 내쉬었다.
　"지도 잘 모르겠습미더. 군에서 하라 쿠는데, 시키는 대로 해야지예."
　"그라모 밑에 방앗간으로 갈란다. 그 집에는 백미로 해 준다 쿠더만은."
　그 말에 철수는 한동안 고민하다가 마침내 고개를 끄덕였다.
　"알겠심더. 백미로 찧어 줄께에."
　그렇게 철수의 정미소에서도 예전처럼 백미 도정이 이어졌다. 정책이 무엇이든 간에, 결국 마을 사람들의 요구가 현실을 결정짓는 법이었다.

한창 쌀을 가마니에 담고 있을 때였다. 바깥에서 갑자기 와자지껄한 소리가 들리더니, 단속반이 들이닥쳤다. 방앗간 주인인 철수는 순간 움찔했다. 단속반원들은 날카로운 눈빛으로 주변을 훑더니, 곧장 쌀가마니를 헤집어 보았다.

"이게 전부 몇 가마나 되는기요?"

철수는 불안한 얼굴로 대답했다.

"그, 그거야 오늘 아침부터 찧던 거라서…"

단속반원들은 말도 끝나기 전에 방앗간 기계를 샅샅이 확인했다. 곧 발동기에 빨간 줄이 두 개 그려진 종이를 붙였다. 다른 기계에도 큼지막한 딱지가 붙었다.

"6개월 동안 기계 돌리면 벌금 50만 원이요. 발동기 소리 나모 안 됩미더."

단속반장이 단호하게 말했다.

철수의 얼굴이 순식간에 일그러졌다.

"아니, 내가 뭐를 잘못했는데예? 나는 7분도만 찧어 주려고 했는데, 사람들이 찾아와서 백미를 찧어 달라 하는데 우짜겠습미꺼?"

단속반원 중 한 명이 말했다.

"아무리 그래도 나라에서 정미소 단속하라는데, 우리는 우짠미꺼?"

순간 방앗간 안에 있던 동네 사람들이 웅성거리기 시작했다. 쌀을 맡기러 온 주민들은 화가 난 얼굴로 항의했다.

"이 사람들아, 이 방앗간이 안 하모 우리 같은 농민은 어디 가서 쌀을 찧나?"

"예전에야 집에서 절구질이라도 했지, 요즘 세상에 무슨 수로 직접 찧겠나!"

그러나 단속반은 흔들리지 않았다. 한동안 실랑이가 이어졌지만, 결국 마을 사람들은 씁쓸한 표정으로 철수했다.

남겨진 철수는 깊은 한숨을 내쉬며 붉은 딱지가 붙은 기계를 바라보았다. 방앗간 안에는 무겁고도 씁쓸한 침묵이 감돌았다.

그러나 딱지를 붙이고 10여 일 후에 철수는 방앗간을 돌리기 시작했다. 처음에는 딱지를 잘 떼어서 다시 붙여 놓으려고 했으나 하루 이틀 방앗간을 돌리고 나니 나중에는 딱지도 어디 사라졌는지 없었다.

마치 애초에 붙어 있지도 않았던 것처럼. 그렇게 시간이 흘렀다. 사람들은 여전히 쌀을 도정하러 몰려왔고, 철수는 방앗간을 돌렸다. 하지만 단속반은 두 번 다시 찾아오지 않았다.

미전에도 단속이 심해서 쌀을 팔러 가는 것은 당분간 중단하였다.

지금 같았으면 어땠을까? 아마 옆에서 영업정지 중인데 기계를 돌린다고 주민들이 신고했을 것이다. 하지만 그때는 전화도 없었고, 누군가 군청까지 일부러 찾아가 신고하는 일은 드물었다. 크게 원수진 사이가 아닌 이상, 일부러 신고하러 갈 이유도 없었다.

그리고 얼마 지나지 않아 쌀 도정을 7분도로 하라는 규정도 흐지부지되었다. 아무리 군사정권이라 해도 국민들의 반감이 심하면 정책을 밀어붙일 수 없었을 것이다.

철수는 방앗간 한쪽에서 기계가 돌아가는 소리를 들으며 씁쓸한 미소를 지었다. 법이란 건 결국 사람들이 따라야만 의미가 있는 것. 억지로 누르려 해도, 삶이 그것을 거부하면 조용히 사라질 수밖에 없는 것이었다.

32. 경부고속도로 개통

1969년, 대한민국은 변혁의 시기를 지나고 있었다. 박정희 대통령이 취임한 지 6년째 되던 해, 여섯 살이 된 말숙이는 조용한 시골 마을에서 자라고 있었다.

당시의 아이들은 텔레비전이나 각종 미디어를 접할 기회가 거의 없어 성장 속도가 지금과는 사뭇 달랐다.

말숙이는 해가 뜨면 동네 한가운데 있는 백구 마당에 동네 아이들과 뛰어놀았다.

넓은 들판을 달리며 잠자리를 잡거나, 냇가에서 작은 물고기를 잡으며 하루를 보냈다. 어른들이 논밭에서 일하는 동안, 아이들은 나무 그늘 아래 앉아 맨손으로 흙장난을 하거나 돌멩이로 공기놀이를 했다. 그런 날들이 이어지면서 그녀는 자연 속에서 서서히 자라나고 있었다.

집에서의 삶도 단출했다. 호롱불이 희미하게 비추는 작은 방에서 가족들은 둘러앉아 저녁을 먹었다. 어머니는 손수 지은 누런 보리밥에 된장국을 말아 주셨고, 할머니는 식사 후 조용히 밖을 바라보았다.

마을에서 들려오는 소식들은 사람들의 입을 통해 전해졌지만, 어린 말숙이에게는 알쏭달쏭한 이야기일 뿐이었다. 그녀는 그저 따뜻한 집안의 분위기가 좋았고, 아랫목에 기대어 있는 시간이 편안했다.

그렇게 1969년은 말숙이의 기억 속에 따뜻한 햇살과 흙냄새, 그리고 가족들의 웃음소리로 남아 있었다. 성장 속도는 느릴지 몰라도, 그녀의 마음속에는 세상을 알아 가는 즐거움과 작은 행복이 가득 차 있었다.

서울과 부산을 잇는 길이 열린다는 소식이 전해졌다. 장포에서 서울로 가려면 부산까지 내려가야 했지만, 그것만으로도 큰 변화였다. 마을 사람들은 처음엔 실감하지 못했다. 그러나 점점 현실로 다가오고 있음을 깨닫기 시작했다.

김 노인은 마을 어귀에서 오래된 담배를 물고 하늘을 올려다보았다.

"서울까지 가는 질이 생겼다쿠네."

"서울 가는 길이야 문경세재 추풍령 고개 넘어가 가는 질이 있는데 뭐하러 다시 만드노?"

"아스팔도라고 질이 새까만 게 억수로 좋다쿠덴데."

"질도 억수로 늘고 쪽 발라서 들컹 기리지도 않는단다."

"옴마야, 그리 좋은 질을 차도 없는데 뭐 하러 만드노?"

"부산서 서울 가는긴데 우리 동네는 아무 관계도 없다."

경부고속도로가 뚫리면서 전국이 빠르게 변화하고 있었다. 산업화의 물결은 대도시뿐만 아니라 중·소도시에도 영향을 미치기 시작했다. 하지만 장포는 아직도 그 변화에서 한 발짝 비켜 서 있었다.

마을 입구에 들어서면 한적한 들판과 구불구불한 흙길이 펼쳐졌다. 이곳에서 살아가는 사람들은 대대로 농사를 지으며 소박한 삶을 이어 갔다. 장포의 노인들은 서울에서 들려오는 산업화의 소식을 들으며 고개를 저었다.

"고속도로가 생기면 뭐 하노? 우리한텐 아무 상관 없는데."
"그라모 우리 동네에도 고속도로가 나면 모를까."
"아재요, 뭐가 있어서 우리 동네에 고속도로가 나겠습미꺼."

아스팔트라는 것이 무엇인지 알지도 못한 채, 세상은 늘 그렇게 이어질 것만 같았다.

하지만 4년 뒤, 남해고속도로가 개통되면서 이야기가 달라졌다. 고속도로까지는 여전히 비포장도로를 달려야 했지만, 이제 장포 사람들도 마음만 먹으면 50분 만에 고속도로에 올라탈 수 있었다. 서울이라는 곳도, 부산이라는 도시도, 더 이상 먼 곳이 아니게 되었다. 그 길은 단순한 도로가 아니었다. 삶을 바꾸는 문이었다.

처음엔 마을 사람들 대부분이 그 길을 낯설어했다. 소가 끄는 수레 대신 자동차를 타야 했고, 먼지 대신 아스팔트 냄새가 코끝을 스쳤다. 하지만 점차 사람들은 변화를 받아들이기 시작했다. 자식을 도시로 보내는 부모들은 마음을 졸이며 버스에 태웠고, 읍내 장터에서 물건을 떼어오는 장사꾼들은 빠른 이동의 이점을 알게 되었다.

그러나 마을에서 고속도로까지 가는 길이 포장되기까지는 또다시 20년의 세월이 필요했다. 그동안 여전히 비포장도로를 오가는 사람들은 가끔씩 먼지 속에 눈살을 찌푸리기도 했지만, 먼 훗날 마을까지도 아스팔트길이 닿으리라는 희망을 품고 있었다.

고속도로가 개통이 되면서 마산에도 공장들이 들어서기 시작했다. 특히 마산 수출자유지역이 1970년에 만들어지면서 시골에 있는 청춘남녀를 블랙홀처럼 빨아들이게 된다.

"아버지, 저도 도시에 취직하려 갈라미더."

늦가을의 찬바람 속에서 이장집 아들 제일은 아버지 앞에 섰다. 아버지는 담배를 피우던 손을 멈추고 아들을 바라보았다. 마을에서 농사를 짓고 살길을 찾는 것도 쉽지 않았고, 다른 동네 친구들이 하나둘 떠나는 걸 보며 마음이 흔들릴 수밖에 없다는 걸 알았다.

"그래, 여서 땅 파 보았자 뭐 하것노. 니 마산 가면 있을 데는 있나? 오 데서 살끼고?"

"친구들이 자취하는 데 있어예. 그서 좀 있다가 월급 타모 달셋방 하나 얻을라 합미더."

"우짜든둥 잘 챙겨 묵고 친구들하고 싸우지 말고 술도 마이 묵지 마라이."

"알겠심더. 너무 걱정하지 마이소."

고향을 떠나는 날, 제일은 정든 흙길을 한참 바라보았다. 마을의 나지막한 지붕들, 들판을 가르는 작은 개울, 저녁이면 연기가 피어오르던 부엌의 굴뚝까지. 모든 것이 익숙했지만, 그의 발걸음은 이미 도시를 향하고 있었다.

도시에 도착하자마자 제일은 공장에 취직했다. 기계 소리가 가득한 작업장에서 그는 친구들과 함께 일하며 새로운 삶을 시작했다.

처음엔 힘들었지만 월급을 받아 부모님께 보내고, 작은 자취방을 얻었을 때의 뿌듯함은 이루 말할 수 없었다.

한때 활기가 넘쳤던 장포에서도 옛날에는 젊은이들만 도시로 나갔다. 더 나은 일자리와 새로운 삶을 찾아 떠나는 것이 당연한 듯 보였다. 하지만 이제는 그 흐름이 변했다. 아이들이 있는 장년층들도 하나둘 도시로 떠나고 있었다.

"석무뛰기 집에도 마산으로 이사 간다 쿠네. 우리도 그냥 있으모 되겠나?"

"공장서 일하는 거는 되는데 도시에 가서 집때가리라도 하나 장만할려면 우리 땅 다 팔아도 반도 안 된다. 얼라들 데리고 달세방 살끼가?"

그러나 시골에서 도시로 나간 사람 대부분은 도시 빈민가에서 살았다. 함안 사람들이 가장 많이 살았던 곳은 완월동, 해운동, 산호동이다.

집을 팔지 못하는 사람들은 그냥 빈집으로 두고 도시로 떠났다. 특히 시골의 집들은 땅과 집이 각각 주인이 다른 경우가 많아서 매매 자체가 안 되는 경우도 많았다.

텅 빈 집들은 늘어나기만 했다. 한때 아이들의 웃음소리가 가득했던 마당은 잡초로 뒤덮였고, 문간에는 지난 태풍이 날려 놓은 낙엽들이 쌓여 갔다. 철없는 개구쟁이들이 뛰어놀던 골목은 적막함만이 감돌았다.

더 심각한 문제는 농토였다. 예전에는 모든 논밭이 농사로 분주했지만, 이제는 골짜기 땅이나 천수답 같은 곳부터 하나둘씩 방치되기 시작했다. 물이 부족한 논은 쓸모없는 땅이 되었고, 산자락의 작은 밭들은 이미 잡초와 덤불에 덮여 있었다. 땅이 버려진다는 것은 곧 마을이 더 쇠락한다는 뜻이었다.

33. 새마을 운동

장포 마을에 새로운 바람이 불기 시작했다. 그것은 바로 새마을 운동이다.

마을 입구에서부터 변화가 감지되었다. 예전에는 손수레조차 들어가기 힘들었던 좁은 길이 넓어지고 있었다.

삽과 곡괭이를 들고 나와 돌을 골라내고 흙을 다지며 새로운 길을 닦았다. 흙먼지를 뒤집어쓰면서도 그들의 얼굴에는 희망이 어려 있었다.

그때만 해도 군사정권이라 사람들이 정부시책에 무엇 하라고 하면 무조건 따라 했다. 정부에 반항하는 사람은 대부분 없었다.

그래서인지 마을 길을 넓힌다고 하면 모두들 한 집에 한 명 씩은 나왔고 당시엔 젊은 사람들이 많아서 부역을 하는 사람 대부분은 젊은 사람들이었다.

그리고 도로 주변에 있던 땅들은 보상은 전혀 받지 못하고 도로에 수용되었다. 그것이 화근이 되어 최근 귀농한다고 외지인들이 땅을 사면 도로 부지가 개인으로 되어 있으면 무조건 도로를 울타리를 쳐서 차량이나 사람들의 왕래도 못 하게 막는 경우가 많다. 법적으로 개인소유로 남아 있어서 울타리를 쳐도 속수무책으로 아무런 대책이 없다. 그 당시에는 좋은 마음으로 개인 땅을 도로로 넣어 주었다.

"말숙이 할매요, 장포 들어오는 질이 좁아서 그라는데 논이 질로 좀 들어 가겠습미더."

이장의 말에

"나라에서 하는 일인데 당연히 내어 주어야지. 필요한 만큼 울메든지 질로 하소."

"고맙십더. 할매 덕분에 우리가 편안히 다닐 수 있게 되었습미다."

"우짜든둥 할 때 야무치게 해라이. 일한다고 힘들낀데 막걸리라도 한 잔하구로. 돈 좀 주꾸마. 목 추자 가면서 해라케라."

"아이구, 그리 안 해도 됩미더. 동민들에게 할매가 돈 주었다고 얘기 할께예."

그 당시에는 담배 피우는 사람들이 상당히 많았다. 일을 하다가도 담배를 입에 물고 하는 사람들이 많았다.

"봐라, 니 담배 한 대 주라."

몇 살 위인 사람이 이렇게 말하면 담배를 안 줄 수가 없었다.

그럼 필터가 없는 담배 두 개를 연결하여 볼펜처럼 보이게 해서 자기보다 위에 있는 사람이 담배를 달라고 하면

"이거 담배 아니고 볼펜인데예."

하고 말했다.

그럼 볼펜인 줄 알고 더 이상 담배 달라고 하지 않았다. 그래서 나이가 젊은 사람들은 볼펜처럼 만들어 담배를 피우는 것이 한때는 유행이었다.

이렇게 도로 공사를 하여 마을 안길까지 넓어지는 계기가 된 것은 새마을 운동 덕분이었다.

지붕도 마찬가지였다. 마을의 집들은 대부분 초가집이었다. 가을이 되면 마을 어귀에 이르면 볏짚 냄새가 코끝을 스쳤다. 들판에서 거둬들인 볏짚을 한데 모아 둔 채, 사람들은 손에 낫과 새끼줄을 쥔 채 바삐 움직였다. 매년 이맘때가 되면 마을 남녀노소가 한데 모여 초가지붕을 다시 이는 큰일을 치러야 했다. 혼자서는 엄두도 낼 수 없다. 매년 되풀이되는 일이었지만, 익숙해진다고 해서 힘든 노동이 덜한 것은 아니었다. 볏짚을 다듬어 새끼줄로 묶고, 기와처럼 차곡차곡 엮어 지붕 위로 올리는 작업. 허리가 휘도록 일해야 하는 고된 노동이었다.

집주인 최 서방은 직접 지붕 위에 올라 볏짚을 단단히 눌러 가며 엮었다. 아래에서는 아이들이 신기한 듯 바라보았고, 부녀자들은 마을 사람들에게 줄 참을 준비하며 와자지껄 이야기꽃을 피웠다.

"내년 이맘때까지 있을라 꾸모 잘해야 되겠제?"

"그라모, 작년에 헐겁게 했다가 눈이 쌓여 욕보고 여름에 태풍와가 집 때까리 날아갈 뻔했다 아이가."

"우리 집은 여름 장마철에 물이 새가 다라이 전부 받치고 난리가 났다 아이가."

"아무리 야무치기 해도 새끼줄이 풀리모 헛방인기라. 마무리 단단이 해라이."

"다 되어 간다. 모두 조심하고 작년에 최 씨 맨꾸로 떨어지가 다치지 말고."

"맞다, 최 씨 아직까지 지팡이 짚고 다니던데 조심하자이."

사람들은 서로 농담을 주고받기도 하고 서로 조심하여 손은 바삐 움직였다. 지붕을 새로 이는 일은 단순한 노동이 아니라, 마을 사람들의 협

력과 정이 담긴 행사였다. 혼자 살기 어려운 시절, 이렇게 서로 도우며 살아가는 것이 당연한 일이었다.

볏짚을 다 얹고 새끼줄로 단단히 고정한 뒤, 마지막으로 이엉을 덮고 나니, 드디어 한 채의 집이 한 해를 맞이할 준비를 마쳤다.

지붕에서 내려온 김 서방은 허리를 쭉 펴며 웃었다.

"다들 고생했심미더. 내일은 박 서방네 집 이아로 가입시더!"

그렇게 마을 사람들은 서로의 지붕을 이어 가며 하루를 보냈다. 해가 기울 무렵, 마을에는 새 볏짚의 향기가 가득했고, 초가지붕은 다시 한 해를 버틸 준비를 마쳤다.

새마을 운동이 시작되면서 장포에서는 가장 먼저 초가지붕을 슬레이트 지붕으로 바꾸기로 했다. 박노식 어른은 마을 사람들에게 말했다.

"언자 쓰레트로 지붕 이아면 매년 지붕 안 해도 되나?"

"아재요, 이기 만년구자라 카네예. 백 년이 가도 괴안타 카미더."

"그리 질기나? 그기 그리 좋은기모 와 언자 나온노? 그래도 내 죽기 전에 쓰레이트 지붕에서 살아 보것네. 조흔 세상이다."

사람들은 모여서 서로의 집을 도와 가며 지붕을 손봤다. 나무를 자르고 슬레이트를 올리고 못을 박는 손길이 분주했다. 몇 날 며칠을 매달려도 피곤한 기색 하나 없이, 마을 전체가 마치 하나의 가족처럼 움직였다.

처음엔 낯설고 어려웠지만, 변화는 빠르게 자리 잡아 갔다. 길이 넓어지니 수레를 끌고 가기가 한결 편해졌고, 지붕이 새지 않으니 빗소리에 밤잠을 설치는 일도 없어졌다. 사람들은 깨끗해진 마을을 둘러보며 만족스러운 미소를 지었다.

그러나 지붕 개량 사업에는 아주 큰 단점이 있다. 여름에는 지붕 위로 내리쬐는 태양은 집안을 용광로로 만들었다. 낮 동안 달궈진 공기는 밤이 되어도 식을 줄 몰랐고, 방 안은 마치 거대한 화로 같았다.

가만히 누워 있어도 등줄기로 땀이 흘러내렸고, 숨을 쉴 때마다 뜨거운 공기가 폐를 태우는 듯했다. 결국, 밤이 깊어질수록 가족들은 마당으로 쏟아져 나와 평상에 몸을 뉘었다. 모기장 하나를 간신히 걸친 채, 별을 보며 잠들 수밖에 없었다.

겨울은 또 다른 악몽이었다. 바람이 지붕 틈새를 파고들어 방 안을 헤집었다. 이불을 아무리 덮어도 소용없었다.

입김을 불면 하얀 김이 나올 정도고 새벽이면 물그릇은 꽁꽁 얼었고, 그 위로 성에가 피어났다. 어쩔 수 없이 군불을 많이 때어야 했다. 그러다 보니 장판에 시커먼 게 군데군데 생겨 있다.

슬레이트 집에 사는 동안, 계절은 언제나 극단이었다. 여름은 용광로였고, 겨울은 얼음골이었다. 그리고 그 모든 원인은 하나였다. 바로 단열이라고는 찾아볼 수 없는, 바람도 햇볕도 거리낌 없이 드나드는 그 슬레이트 지붕이었다.

"아이고야, 와 이리 덥노. 더버 디지겠다!"

홍규는 얇은 런닝셔츠만 입고도 연신 부채질을 했다. 하지만 뜨거운 바람만 얼굴을 후려칠 뿐, 도무지 시원해질 기미가 보이지 않았다. 방 안은 마치 찜통 같았고, 땀은 쉬지 않고 흘러내렸다.

"이노무 집은 와 이런노!"

"그랑깨."

아버지가 대청마루에 앉아 헛웃음을 지었다.

33. 새마을 운동

"이놈의 쓰레이트가 뭔가 하는 이거 때문 아이가? 해가 하루 종일 내리쬐면 방 안이 완전 가마솥이 맹구로 된다이."

어머니는 부채를 휘두르며 한숨을 내쉬었다.

"그라모 전부 다들 마당으로 나와서 자자. 방에서 잘라 쿠다가 송장 치것다."

결국 가족들은 마당에 돗자리를 깔고 모기장 하나에 모두 누웠다. 하늘에는 별이 총총했지만, 열기는 쉽게 가시지 않았다. 홍규는 모기장을 올려다보며 툴툴거렸다.

"일라다가 겨울 되면 또 얼어 디질 끼다."

그리고 그 예상은 틀리지 않았다.

겨울이 오자, 이번엔 반대로 집 안이 얼음창고가 되었다. 철수는 이불을 덮어도 추위를 피할 수 없었다. 새벽이면 물그릇이 꽁꽁 얼어 있고, 입김은 방 안에 하얀 안개처럼 퍼졌다.

"아이고, 치버라!"

어머니는 손을 호호 불며 말했다.

아버지는 장작을 더 넣으며 혀를 찼다.

"여름엔 가마솥, 겨울엔 만주벌판… 이놈의 지붕 밑에, 운제까지 이렇게 살아야 되노."

홍규는 이불 속에서 몸을 웅크리며 혼잣말처럼 중얼거렸다.

"아이고, 추버라. 지붕만 다른 거로 바꾸면 살 만할낀데…"

34. 수박 농사의 시작

고속도로가 만들어진 후, 세상은 빠르게 변해 갔다. 길은 곧 삶의 방향을 결정하는 힘이 되었고, 사람들은 더 나은 기회를 찾아 도시로 몰려들었다. 그 결과, 사람들의 삶의 모습도 점차 달라졌다. 한때는 자급자족하며 살아가던 사람들이 이제는 시장을 통해 생필품을 사야만 했다.

장포 마을의 말숙이 할머니도 그런 변화를 몸소 겪었다. 어느 날, 그녀는 강가의 논밭을 바라보며.

"강가 토지는 물 빠짐도 좋아서 땅콩보다는 수박 농사가 딱인데, 많이 지어 보았자 장에 가서 팔지도 못하고 우짜면 좋노? 땅콩 이거 맨날 해 보았자 돈도 별시리 되지 않고…"

옆에서 일을 하고 있던 머슴 삼렬이 아범이,

"타 동네에는 외부 상인들이 들어와서 밭떼기로 사 간다고 캅미더."

"그기 무신 소리고. 우리가 농사지은 것을 저거가 따 가지고 가서 장에 가서 판다는 말이가?"

"가야장에 가서 파는 게 아고예, 서울에 청과시장이라고 억수로 큰 장이 있다쿠대예. 그 가서 판다 합미더."

"알구지라. 그리하는 것도 있는가베."

1969년 아직은 남해고속도로가 개통되지 않았지만 마산까지만 트럭을 조심해서 몰고 가면 부산으로 가는 길이 포장되어 있었고, 그래서 중간 상인들이 하나둘 강가의 넓은 땅에 수박 농사를 지어서 서울로 보낼 궁리를 하였다. 그러다 보니 땅콩보다는 수박 농사를 중간 상인에게 팔기 위해 한두 집 농사를 시작하게 되었다.

말숙이 할머니는 아침부터 분주했다. 강가 근처, 비옥한 논에 올해는 수박을 심어 볼 생각이었다. 논은 작년에 벼를 수확한 후로 쉬고 있었으니, 땅심도 충분히 회복되었으리라. 예년 같았으면 보리를 심고 난 뒤 다시 벼를 심었겠지만, 올해는 새로운 도전을 해 보고 싶었다.

할머니는 상머슴 삼렬이 아범을 불렀다. 농사일은 물론 집안의 대소사를 모두 챙기고 있었다.

"삼렬이 아범, 올해 우리 논에는 나락 대신 수박을 심을 참이니, 중간 상인을 좀 알아봐라. 우리도 수박 농사 한번 해 보자."

상머슴은 할머니의 말을 듣고는 고개를 끄덕였다.

"알겠심더, 할매. 요즘 다른 동네 드나드는 중간 상인들이 몇 있는데, 그중에 믿을 만한 사람을 찾아 보겠심미더."

할머니는 논을 향해 걸어가며 마음속으로 계산했다. 수박은 벼보다 손이 많이 가는 작물이지만, 잘만 키우면 큰돈이 될 수도 있다. 수박 농사는 많이는 지어 보지 않았지만 집에서 먹을 만큼은 매년 하고 있어서 농사는 별 어려움이 없을 것이라 판단했다.

문제는 중간 상인이었다. 헐값에 사들이려는 상인들도 많으니, 미리 믿을 만한 사람을 알아 두는 게 중요했다.

며칠 후, 상머슴이,

"할매요, 중간 상인 중에 서울에서 내려온 박 씨라는 사람이 있는데, 월촌에 있는 사람도 그 사람에게 수박을 넘기는데. 가격도 후하게 쳐주고, 정직한 사람이라 카네예."

할머니는 상머슴의 말을 듣고는 흡족하게 고개를 끄덕였다.

"그라모 한번 만나 봐야 안 되것나. 대산 장날이 언제고? 그때 보자 캐라."

"내일 모레입미더, 할매."

할머니는 모레 장에 나갈 준비를 하며, 머릿속으로 수박 농사의 성공을 그려 보았다. 논을 갈고, 모종을 심고, 정성껏 물을 주고 가꾸다 보면, 여름이 한창일 무렵 탐스럽고 달콤한 수박이 주렁주렁 열릴 것이다. 그리고 그것을 좋은 가격에 팔 수 있다면, 올여름 농사는 대성공이 될 터였다.

할머니는 다시 한 번 논을 바라보았다. 저 비옥한 땅에서 올여름, 붉고 달콤한 수박이 가득 열릴 것을 생각하니 가슴이 뿌듯해졌다.

'올해 농사가 잘되면, 매년 수박 농사를 하면 되는데 중간 상인이 재작을 부리면 우짜노?'

말숙이 할머니는 새벽부터 분주했다. 오늘은 대산 장날 수박 농사의 운명이 결정될 중요한 날이었다.

이른 아침 장터에 도착한 할머니는 북적이는 인파 속에서 사고파는 사람들을 유심히 살폈다. 그녀의 관심을 끈 사람은 중간 상인으로 보이는 중년의 남자였다. 그는 환한 미소를 지으며 장사꾼들과 능숙하게 대화를 나누고 있었다.

할머니는 조심스레 다가가 인사를 건넸다.

"아이고, 사장님. 수박 장사 오래 했는가 보네."

남자는 환한 얼굴로 웃으며 대답했다.

"예, 어머니. 십 년 넘게 수박만 팔았습니다. 좋은 수박은 한눈에 알아보지요."

할머니는 그의 눈빛을 유심히 살폈다. 장사 속임수가 많은 세상이지만, 이 사람은 어딘가 믿음직스러웠다. 말이 서글서글하고 거짓이 없어 보였다. 그녀는 호기심 어린 눈길로 물었다.

"내가 올해 수박 농사를 해 볼까 하는데, 사장님 같은 분이 잘 사 주신다면야 힘내서 해 볼 낀데."

남자는 진지한 표정으로 고개를 끄덕였다.

"좋은 수박이면 언제든 환영이지요. 어머니가 정성 들여 키운 수박이라면 분명 맛도 좋을 겁니다. 그런데 예상하시는 수확량이 얼마나 됩니까? 저는 한 해 동안 일정량의 수박을 확보해야 해서 미리 조율해야 하거든요."

할머니는 잠시 생각에 잠겼다.

"아직 시작은 안 했지만, 내가 잘 키우면 몇백 개 수박은 나올 기라. 사장님이 앞으로 얼마나 사 줄 수 있는지예."

남자는 웃으며 답했다.

"어머니가 약속하신 만큼만 품질 좋게 키워 주시면 제가 다 사겠습니다. 저도 신뢰를 중요하게 여깁니다. 우리 서로 믿고 한번 해 보시죠."

할머니는 주름진 손을 내밀었다. 남자도 주저 없이 손을 맞잡았다. 그렇게 둘 사이에 묵직한 신뢰가 오갔다. 수박 농사를 시작하기로 한 순간, 할머니의 가슴속에는 오랜만에 희망이 차올랐다.

집으로 돌아오는 길, 그녀는 푸른 수박 밭이 눈앞에 펼쳐지는 상상을 하며 미소 지었다. 올해는 풍년이 들 것 같았다.

　남강이 휘돌아 흐르는 함안의 대평원, 그중에서도 군북면 월촌리와 대산면 장포리, 구혜리는 오랫동안 수박을 두고 자존심 싸움을 벌여 왔다. 어디가 더 맛있는지, 어디 수박이 더 달콤한지, 심지어 색깔이 더 곱게 익는지도 논쟁 거리였다.
　"수박 하모 월촌 아이가!"
　"뭐라샀노. 대산 수박도 크기도 크고 울메나 단대."
　하지만 이 모든 논쟁의 뿌리에는 한 사람이 있었다. 바로 장포의 말숙이 할머니.
　말숙이 할머니가 어릴 적부터 손에 익힌 것은 수박 씨앗을 고르는 일이었다. 그녀의 아버지가 그랬고, 그 아버지의 아버지도 그랬다.
　"씨앗이 곧 수박의 운명이다이. 씨를 잘 골라야 좋은 수박을 얻는기라."
　어린 시절부터 들은 말이었다.
　해마다 봄이 오면 말숙이 할머니는 작은 광주리에 씨앗을 가득 담고 논둑을 따라 걸었다. 그녀의 작은 손길이 지나간 자리마다 싹이 움텄고, 푸른 덩굴이 뻗어 나갔다.
　여름이 되면 그 덩굴 사이로 둥글고 단단한 수박이 맺혔다. 처음에는 손바닥만 했지만, 어느덧 달덩이만큼 커졌다. 말숙이 할머니는 두드려 보고, 살짝 들어 무게를 가늠하며 어느 것이 제대로 자랐는지 한눈에 알아보았다.
　집안사람들끼리 먹던 수박이 이제는 도시에 내다 파는 농사가 시작되고 있었다.

35. 수박이 자리를 잡다

 말숙이가 일곱 살이 되던 해, 장포의 들판은 수박 밭으로 가득 찼다. 처음에는 농부들이 손수 씨를 발아시켜 심었지만, 시간이 지나면서 박을 대목으로 사용하여 수박을 접붙이는 새로운 기술이 도입되었다. 이 방법 덕분에 수박의 뿌리는 병충해에 강해졌고, 열매는 더욱 크고 단단하게 자랄 수 있었다.
 그 시절, 아직 비닐이 대중적으로 사용되지 않았기에 농부들은 문종이에 기름을 먹여 삼각형 고깔을 만들어 모종 위에 씌우곤 했다. 이는 봄철 예기치 못한 추위로 인해 어린 모종이 얼어 죽는 것을 방지하는 지혜로운 방법이었다.
 장포의 농부들은 이런 방식으로 정성스럽게 수박을 키웠고, 여름이면 넓은 들판은 탐스럽게 익은 수박들로 가득 찼다.
 말숙이는 할머니와 함께 수박 밭에 나오면 들판을 뛰어다니며 수박이 자라는 모습을 지켜보는 것이 즐거웠다.
 어린 손으로 수박 덩굴을 만져 보기도 하고, 바람에 흔들리는 고깔을 신기한 듯 바라보기도 했다. 장포의 여름은 뜨겁고도 눈부셨지만, 그 안에는 농부들의 땀과 정성이 배어 있었다.
 어느 날, 말숙이는 할머니와 함께 들판을 돌며 수박을 살펴보았다. 커다란 손으로 수박을 두드리며 소리를 들어 보니, 통통하는 맑은 소리가 났다.

"언자 무도 되겠다이."

하고 말했다.

말숙이 어린 시절, 간식거리가 마땅치 않던 시절이었다. 하지만 그녀가 자란 고장은 수박의 주산지였기에, 수박만큼은 실컷 먹을 수 있었다.

여름이 오면 온 마을이 초록빛과 붉은빛으로 물들었다. 논두렁과 밭두렁 어디서나 수박이 굴러다녔고, 아이들은 마치 그것이 세상의 전부인 듯 깨물고 또 깨물었다.

수확철이 되면 마을은 그야말로 북새통이었다. 아침부터 동네 어귀에는 트럭들이 길게 줄을 섰다. 하나둘씩 들어오는 낡은 트럭들은 먼지를 일으키며 마을 둑방을 가득 채웠다.

운전사들과 중간 상인들은 모자를 눌러쓰고 연신 담배를 문 채, 농부들과 값을 흥정했다. 짙은 여름 볕 아래 수박을 나르는 손길은 분주했고, 커다란 수박이 트럭 적재함 위로 척척 올라가는 모습이 장관을 이루었다.

한 줄로 길게 줄을 서서 한 덩이씩 전달하며 실었는데 적재함에 싣는 사람은 수박을 밟고 싣는데도 하나도 깨지지 않고 어떻게 높이 싣는지 지금도 신기하다.

어린 말숙은 할머니를 따라 밭으로 나가 수박을 두드려 보며 배운 대로 여물었는지 확인했다. 어느 날, 커다란 수박 하나를 골라 칼로 쩍 갈랐을 때, 그 속살이 새빨갛게 물든 것을 보고 그녀는 신이 나서 소리쳤다.

"할매, 이거 완전히 잘 익었다이!"

할머니는 웃으며 수박 한 조각을 내밀었다.

"그라모, 니부터 무 봐라."

"맨날 묵는 수박 맛없다이."

"그라모 그 큰 놈을 와 자르노. 애 터지게 농사지은 것을 니가 들고나 온나."

말숙은 할머니의 호통에 아무 소리 못 하고 수박을 들고나오다 넘어져 수박은 완전 박살 나고 옷은 수박물에 들어서 벌겋게 되었다.

"이 수박이 입에 들어가기까지 울메나 일을 마이 했것노."

할머니 소리에 말숙은 울음을 터트리고 만다.

한여름 무더운 오후, 뙤약볕 아래서 뛰어놀던 아이들은 어김없이 마당 한구석에 자리 잡은 커다란 수박을 기다렸다. 어른들은 우물가에서 시원하게 식힌 수박을 커다란 칼로 쩍 하고 갈라 주었고, 아이들은 그 붉은 속살을 보자마자 환호성을 질렀다.

"우와! 진짜 달다이!"

말숙의 둘째 오빠 재규는 두 손으로 수박을 들고 한입 크게 베어 물었다. 시원한 단물이 입안 가득 퍼졌고, 그는 연신 감탄하며 수박을 먹어 댔다. 어린 말숙도 마찬가지였다. 씨를 퉤퉤 뱉으며 수박을 흡입하는 아이들의 얼굴에는 행복이 가득했다.

그날 저녁, 재규는 평소보다 일찍 잠이 들었다. 낮에 너무 신나게 놀아 피곤했던 터였다.

재규는 한밤중에 갑자기 깨어났다. 속옷과 이불이 축축했다. 깜짝 놀란 그는 얼른 손을 뻗어 이불을 들춰 보았다. 그리고 더 이상 부정할 수 없었다.

저녁에 너무 많이 먹었던 수박 때문인지, 자신도 모르게 실수를 하고만 것이다. 얼굴이 화끈 달아올랐다. 국민학교 4학년이 된 이후로는 단 한 번도 이런 일이 없었는데!

창피함과 당혹스러움이 동시에 밀려왔다. 만약 엄마가 이 사실을 알면 어떻게 될까? 그리고 동생이 이를 알게 된다면, 아침마다 자신을 놀려 대며 입도 쉴 새 없이 움직일 것이 뻔했다. 이대로 둘 수는 없었다. 재규는 침착하게 수습 방법을 고민하기 시작했다.

문득 옆에서 새근새근 잠들어 있는 어린 동생이 눈에 들어왔다. 재규의 머릿속에서 한 가지 묘책이 떠올랐다. 그는 조심스럽게 몸을 일으켜 이불과 동생의 위치를 살짝 바꿨다. 그리고 자신의 젖은 속옷을 조용히 벗어 던지고, 동생이 덮고 있던 마른 이불을 슬쩍 끌어당겨 몸을 감쌌다. 마지막으로 동생의 다리를 젖은 자리로 옮기고, 이불을 다시 덮어 주었다.

완벽했다. 이제 아침이 되면 동생이 스스로 저지른 실수라고 믿게 될 것이다. 재규는 마음을 놓으며 다시 누웠다.

하지만 흥분된 심장 박동은 쉽게 가라앉지 않았다. 어쩌면 동생이 억울해할 수도 있겠지만, 재규는 지금 당장 자신의 체면을 지키는 것이 더 중요했다.

다음 날 아침, 엄마의 날카로운 외침이 방 안을 울렸다.

"아니, 또 이불에 오줌 쌌나? 내가 못 산다!"

재규는 잠이 덜 깬 척하며 느릿하게 몸을 일으켰다. 동생은 당황한 얼굴로 깨어나더니, 상황을 파악하지 못한 채 눈을 비볐다.

"나, 나 아이다!"

동생이 억울한 듯 변명했지만, 엄마는 이미 이불을 들춰 보며 한숨을 쉬고 있었다.

"또 아닌 척하기는. 니는 언제쯤 가리끼고?"

"미안합미더. 앞으로 조심할께예."

재규는 입을 꾹 다물고 모른 척했다. 속으로는 미안하면서도 안도감이 밀려왔다.

그날 저녁, 재규는 다시는 수박을 많이 먹지 않기로 결심했다. 그리고 무엇보다, 동생에게 너무 미안한 마음이 들었다.

하지만 이미 벌어진 일. 동생이 조금만 더 크면 이 사건을 기억조차 못 할 테니, 그때쯤이면 장난스럽게 말해 줘도 되겠지. 재규는 그런 생각을 하며 슬쩍 웃었다.

36. 오토바이의 등장

　장포 마을에도 이제 오토바이가 한두 대씩 보이기 시작한다. 오랫동안 이곳에서 이동수단이라 하면 걷는 것 아니면 자전거가 전부였고, 가끔씩 우마차를 이용하는 집도 있었다. 그러나 오토바이라는 물건은 자전거와는 차원이 다른 혁신이었다.
　처음 마을 어귀에서 엔진 소리가 들려왔을 때, 사람들은 마치 새로운 시대가 열리는 것처럼 웅성거렸다.
　바퀴 두 개라는 점에서는 자전거와 같았지만, 속도와 힘에서 비교가 불가능했다. 페달을 밟아야 앞으로 나아가는 자전거와 달리, 오토바이는 스로틀을 돌리기만 하면 바람을 가르며 앞으로 질주했다.
　그 첫 번째 오토바이의 주인은 재일이었다. 늘 마을에서 가장 앞선 선택을 하던 아버지의 영향으로 재일이도 새로운 문물에 관심이 많았다.
　오토바이를 타고 가는 모습을 보고 마을 사람들은 아무도 그의 결정에 놀라지 않았다.
　장터까지 가는 길이 한결 수월해진 것도 그가 오토바이를 탄 후부터였다. 예전 같으면 두 시간은 족히 걸렸을 길을, 그는 겨우 삼십 분 만에 다녀올 수 있었다.
　"재일아! 자전차가 와 이리 씨끄럽노?"

말숙이 할머니가 처음 보는 오토바이에 대한 반응이었다.

"할매, 이것은 자전차가 아니고 오토바이라 카는 기미더."

"뭐라, 오또바이?"

"예, 할매. 이게 잔차 맹꾸로 생긴 것은 같아도 가만이 앉자 있어도 저절로 갑미더."

"요상타. 그라모 할매 태아가 장에 한번 가 보자."

"그라모예. 이번 장날에 할매 모시고 장에 갈께예."

대산 장날 말숙이 할머니는 재일이 오토바이 뒤에 타게 된다.

"할매, 꼭 잡으소예. 널지면 큰일 나예."

"내 걱정은 말거라. 니나 잘 몰아라."

오토바이는 장포에서 대산장으로 출발한다.

"문디손아! 천천히 좀 가라. 와 이리 둘구 뛰노. 할매 어지러버 죽것다."

"할매, 지금 천천히 가는 깁미더. 10키로도 안 되예."

"더 천천히 가라. 이라다가 할매 구불어지것다."

"할매, 그라모 여서부터 걸어서 집으로 가시소. 지가 편해기 장에 가서 할매 필요한 거 사 가지고 올깨예."

"정신이 없어서 내가 뭐 사러 가는 것도 까자 묵었다. 가만있어 바라. 정신이 없네. 재일아, 고마 다음 장에 가서 살란다. 니는 니 볼일 봐라. 나는 집에 걸어갈구마."

"할매, 살펴 가시소. 지는 점빵으로 갑미더."

"아이고, 십급했다이. 두 번 다시 오토바이 안 탈란다."

말숙이 할머니의 난생처음 오토바이 타기는 이렇게 마무리되었다.

변화는 언제나 환영받는 것만은 아니었다. 동네 사람들은 엔진 소리가 너무 시끄럽다며 타박했고, 아이들은 겁에 질려 오토바이가 다가오면 길가로 몸을 피했다.

한편 젊은이들은 오토바이에 대한 동경을 감추지 못했다.

"재일아! 오토바이 한번 타 보면 안 되나?"

"뭐라샷노. 이기 얼마짜리인데 끝바모 너거 재산 다 팔아도 안 된다이."

"그라모 시동 걸지 말고 한번 앉아 보면 안 되것나?"

"그리해라. 핸들이 흔들지 마라이. 타이야 달깐다."

재일이 친구는 자전거 안장만 생각하고 오토바이에 올랐는데 폭신한 의자와 소파가 있어서 타이어와 몸체가 따로 움직이는 것을 보고.

"우와, 자갈길 쌔리빼도 궁디 하나도 안 아프겠네. 직이네. 재일아, 다음에 한번 태야 주라."

"알것다. 자전빵 문 닫고 나면 나중에 한번 오이라."

재일이 친구는 오토바이에 푹 빠졌다.

"요즈음 수박 농사도 좀 하고 해서 그까짓것 나도 마음만 무면 안 사것나."

재일이 친구처럼 돈을 모아 자신들만의 오토바이를 마련하겠다고 결심하는 사람이 주변에 많았다.

시간이 지나면서 마을에는 한 대, 두 대, 오토바이가 늘어 갔다. 이제는 자전거보다 오토바이를 타는 이들이 더 많아졌고, 마을의 풍경도 변해 갔다.

먼지를 날리며 지나가는 오토바이 소리는 더 이상 낯설지 않았고, 예전처럼 느릿느릿 움직이던 생활 리듬도 한층 빨라졌다.

변화란 그런 것이었다. 처음엔 낯설고 어색했지만, 시간이 지나면 어느덧 당연한 것이 된다. 장포도 그렇게 오토바이와 함께 새로운 시대를 맞이하고 있었다.

재일이의 자전거포 앞으로도 요즈음 들어 오토바이가 간간이 지나가고 있다. 그는 펑크 난 바퀴를 수리하고 삐걱거리는 체인을 조이며 하루하루를 보냈다. 하지만 어느 날부터인가 그의 관심은 자전거를 넘어 오토바이로 향하기 시작했다.

가게 근처에는 하루에도 몇 번씩 오토바이가 쌩쌩 지나갔다. 엔진 소리가 울릴 때마다 재일이는 가슴이 뛰었다. 바퀴 두 개라는 점에서 자전거와 같았지만, 오토바이는 훨씬 더 빠르고 강렬했다. 핸들을 움켜쥐고 바람을 가르며 도로 위를 질주하는 모습은 젊은이들을 사로잡기에 충분했다.

재일이는 오토바이를 직접 고쳐 본 적도 없고, 배울 기회도 마땅치 않았다. 재일이는 가게 문을 닫은 후 혼자 책과 잡지를 찾아보며 오토바이 구조를 공부하기 시작했다. 그는 도서관을 찾아가 오토바이 정비와 관련된 책을 빌려 읽었다. 엔진이 어떻게 작동하는지, 기어 변속은 어떻게 하는지, 심지어 정비 방법까지 하나하나 익혔다.

그러던 어느 날, 가게 단골손님인 성구 아저씨가 낡은 오토바이를 끌고 왔다.

"이거 좀 고칠 수 있것나? 오래돼서 탈 수 있을지 모르것다. 내가 싼 맛에 샀는데 읍내 오토바이 센터에서는 잘되더마는 집이 가까이 오깨네 고마 시동이 끄지 뻔다."

"아재요, 제가 할 수 있을랑가 모르겠는데 지도 요새 오토바이 공부 열심히 하고 있섬미더."

"그라모 허퍼 삼아 니가 한번 고쳐 봐라."

"아재, 알겠습미더. 지가예 열심히 고쳐 볼깨예."

재일이는 가슴이 두근거렸다. 고장 난 오토바이를 직접 만져 볼 수 있는 기회였다.

그는 조심스럽게 오토바이를 살펴보았다. 엔진은 녹슬어 있었고 체인은 늘어져 있었다. 하지만 기본 구조는 그대로였다. 재일이는 그동안 공부한 내용을 떠올리며 하나하나 손을 보기 시작했다.

'시동이 안 걸리는 것은 연료계통부터 확인하자.'

'지름은 카브레타까지 잘 들어가네.'

'그라모 다음에는 뭐 봐야 되노?'

'뭐가 이리 복잡노. 책 본깨네 별거 아니더만은.'

'다시 책을 봐야겠다.'

'그라모 뿌라꾸를 열어서 불꽃이 튀는가 봐야것네.'

점화플러그를 풀고 시동을 걸어 보니 작은 불꽃이 튀고 있다.

'뿌라꾸도 정상이고 그라모 노크 났는갑다.'

예전의 엔진들은 연료 분사량이 많으면 노킹 현상이 간간이 일어나서 시동이 안 걸리는 경우가 많았다.

재일이는 노킹 원인을 알기 위해 며칠 밤을 새워 가며 책을 보며 연구를 하고 밥도 먹지 않고 오로지 오토바이에 매달렸다.

마침내 시동이 걸렸다. 둥둥거리는 엔진 소리가 그의 가슴을 울렸다. 성구 아저씨는 재일이의 어깨를 툭 쳤다.

"야, 니 이제 오토바이 고치도 되겠다."

그날 이후, 재일이의 자전거포에는 자전거는 점점 사라지고 자연스럽게 오토바이 수리로 넘어가게 된다.

37. 수박 하우스가 들판을 덮다

독산, 사정 들판에 변화의 바람이 불기 시작했다. 한때 넓은 보리밭이 었던 그곳에는 이제 비닐하우스들이 하나둘 생겨나기 시작했다. 농촌의 풍경을 바꾸는 이 변화는 어느 누구도 예상하지 못했다. 하지만 그 변화는 서서히, 자연스럽게 그 지역에 스며들고 있었다.

예전에는 들판을 가득 메운 보리밭이 초여름의 바람에 흔들리며 아름다운 파란 물결을 이루었지만, 이제 그 자리는 흰 비닐로 덮인 새로운 세상의 일부가 되었다.

둑방이 있는 악양이나 사정은 물 빠짐이 좋은 모래땅 사질도 토양이라 수박농사에는 제격이었다.

가을이 되면 봄철 모판을 하듯이 수박 모종하우스를 집집마다 했다. 먼저 박씨와 수박씨를 길러서 박과 수박을 접을 붙이고 한 달 이상 모종을 길러서 비닐하우스에 정식을 했다.

"호식이 양반 우리 집에 내일 접 좀 붙이러 오이소."

"안 되는데. 만영이 집에 접을 먼저 붙여 주기 했습미더."

"그라모 그 집하고 우리 집에도 꼭 좀 해 주이소."

"그리하지예."

수박 접을 붙이는 것은 그 당시 상당한 기술이 있어야 했다. 잘못 접을 붙이면 박만 자라고 수박은 자라지 않았다.

　김호식은 사정들에서 접을 잘 붙이기로 소문이 나 있었다. 지금이야 모종을 키우는 육묘상에서 구매를 해서 정식을 한다.

　수박 비닐하우스가 가능하게 된 것은 울산의 화학 공단이 조성되어 대량으로 비닐을 생산하게 되면서 저렴한 가격의 비닐이 보급되었기 때문이다.

　대나무 기둥을 양쪽에 꽂고, 그것들을 활처럼 휘게 하여 길고 좁은 터널을 만들었다. 큰 대나무는 함안에서는 자라지 않아서 지리산이 있는 하동에서 생산된 대나무를 가을이면 5톤 트럭에 뒤쪽 땅에 닿을 정도의 긴 대나무를 실고 왔다.

　비닐하우스의 시초는 김해의 박해수(1926년생)로부터 시작되었다. 그는 1960년부터 비닐하우를 시작했다고 하나 함안군에 본격적으로 보급되기 시작한 것은 1973년경부터이다.

　1970년대 겨울 야채류 70%가 김해에서 생산될 정도로 김해는 비닐하우스 천국이었다.

　그러다 보니 김해와 가까운 함안군의 대산의 구혜리, 법수의 백산, 악양 군북의 월촌리 등에서도 수박 비닐하우스는 빠르게 보급 되었다.

　함안 지역은 경남의 다른 곳과 달리 겨울은 김해와 비교하여 4~5도 낮다. 그래서 이중 비닐 터널과 수박이 어느 정도 자랄 때까지 작은 비닐터널을 양쪽으로 만들어 밤이면 가마니 이엉을 덮어서 보온을 해야 했다.

　말숙이 할머니는 지금은 마산으로 이사를 갔지만, 한때 마을에서 가장 유명한 수박 농사꾼이었다. 오랜 세월, 한 해가 다르게 쑥쑥 자라나는 수박을 가꾸며 그녀의 농장은 마을 사람들의 자랑이었고, 그 수박의 맛은 누구나 칭찬을 아끼지 않았다.

그러나 그 동안의 수박농사는 손이 많이 가고, 날씨에 따라 수확량도 달라 농사짓는 게 그리 만만하지 않았다.

그러던 중, 획기적인 수박 농사법이 등장했다. 이제 수박은 비닐하우스에서 대량 생산이 가능해졌고, 그 생산량과 품질이 더욱 뛰어나게 되었다. 예전의 농사법은 힘들고 시간이 많이 걸렸던 반면, 이제는 효율적이고 빠르게 수확할 수 있는 방법이 마련된 것이다. 수박 농사로 인해 이제 더욱 수익성이 높아졌다.

변화는 경제적 이득뿐만 아니라 마을의 분위기에도 큰 영향을 미쳤다. 농한기가 되면 마을 사람들은 대개 사랑방에 모여서 시간을 보냈다. 그곳은 예전부터 마을 사람들끼리 소소한 이야기를 나누고, 때로는 남은 술잔을 기울이며 화투를 치거나 윷놀이를 하던 곳이었다. 그렇게 몇몇 사람들은 밤마다 모여서 돈을 걸고 노름판을 벌이곤 했다.

하지만 수박 비닐하우스가 본격적으로 운영되면서 농사일은 낮 동안에 몰리게 되었다. 이제 농부들은 대량 생산을 위해 오전부터 오후까지 비닐하우스 안에서 땀을 흘리며 일해야 했고, 피곤함이 쌓여 밤에는 집으로 돌아가기 바빴다.

예전처럼 사랑방에서 모여서 시간을 보내는 일이 줄어들었다. 특히 노름판은 눈에 띄게 사라지기 시작했다.

물론 노름이 완전히 없어지지는 않았다. 여전히 술집이나 다른 곳에서 소규모의 노름판은 종종 열리기도 했다. 그러나 대다수의 사람들이 농사일에 피곤해지면서 자연스럽게 밤에 나가서 노름을 할 사람이 줄어든 것이다. 그리고 마을 사람들끼리 모이는 일이 줄어들면서, 사랑방은 조금씩 변화를 겪었다.

"장포뛰기! 아들 육성회비 주라꼬 카는데 다음 장에 갚을깨 돈 좀 빌리주소. 가악중에 책 보따리 매고 돈 달라 카네."
"그래예, 빌리줄깨예. 울메미꺼?"
"350원이라 카네예."
"아들 육성회비가 와 자꾸 오르노?"
"그랑깨요. 얼라들 뒷바라지하다가 밥도 굶것네."
예전에는 학생들의 학비나 돈이 없으면 이웃집에 가서 돈을 빌려서 사용했다. 그랬던 것이 비닐하우스로 수박농사를 하고난 뒤에는 자연스럽게 남의 집에 돈을 빌리러 가는 일이 줄어들었다.

또 한 가지 변화는 몇 해 전만 해도, 사람들이 땅을 갈고 씨앗을 심는데 소를 이용했기에 오랜 시간이 걸리고, 농사에 필요한 수고가 많았다.
그래서 많은 이들이 농사에 대한 열정을 잃어 갔었다. 그래서 도시로 많이 이주하게 되었는데 하지만 비닐하우스 수박이라는 새로운 농작물은 사람들의 마음에 다시 희망이 싹트기 시작했다.
그런데 모든 일이 그렇듯, 손으로 하는 것만으로는 한계가 있었다. 땅을 갈고 씨앗을 심는 일은 고되고, 시간이 많이 걸렸다.
그러다 보니 자연스럽게 마을에 경운기를 들여왔다. 수박농사를 시작하면서 얻은 첫 번째 투자였다. 처음에는 마을 사람들이 그것을 신기하게 바라보았다.

"저게 뭐꼬? 소를 대신해서 기계로 밭을 갈고 로타리도 친다 카네."

"경운기로 논을 갈면 소가 하는 일을 곱배기로 한단다."

"뭐라샷노. 곱빼기가 뭐꼬. 세 꼽은 한다쿠더만은."

사람들은 의구심을 가지며 논갈이하는 경운기를 바라봤다.

그러나 시간이 지나면서 그 효율성에 놀라지 않을 수 없었다. 경운기는 넓은 밭을 빠르게 갈아엎을 수 있었고, 땅을 더 고르게 만들 수 있었다.

농사일이 그만큼 줄어들자 농부들은 몸이 덜 피곤하고, 더 많은 시간을 다른 일에 쓸 수 있었다.

모두들 "우리도 이제 경운기를 써야겠다."고 입을 모았다.

수박 농사로 돈을 벌기 시작한 사람들은 그 번 돈을 다시 농사에 투자했다. 경운기를 비롯해 다양한 기계들이 마을에 들어오기 시작했고, 그 기계들은 이제 농사의 일손을 덜어 주는 든든한 동반자가 되었다.

경운기의 보급은 오토바이 센터를 하는 재일에게도 정미소를 하는 철수에게도 새로운 시련과 활로가 되고 있었다.

38. 말숙이 아버지

말숙의 아버지는 어린 시절부터 늘 형제들과 비교당하곤 했다. 그는 공부를 못하는 아이는 아니었다. 오히려 시험 성적은 중 상위권에 속했고, 선생님들로부터 성실하다는 평가도 받았다. 하지만 집안에서는 그의 성적이 빛을 발하기 어려웠다. 그의 형제들은 하나같이 학교를 휩쓸 정도로 뛰어났기 때문이다.

첫째 형은 이미 고등학교 시절부터 전국적인 행사에 상을 휩쓸었고, 경성제국대학에서는 장학금을 받으며 유학을 떠났다. 둘째 동생은 공부뿐 아니라 예체능에도 소질이 뛰어나 전국 문예대회에서 최우수상을 받았고 연세대를 다녔다.

그 사이에 낀 말숙의 아버지는 늘 그들의 그림자 속에 갇혀 있었다. 그는 시험을 잘 쳐도

"형제들에 비하면 조금 부족하네."

라는 말을 들어야 했고, 학교에서 상장을 받아 와도 부모님의 반응은 늘 미적지근했다.

'형제들처럼 뛰어나지 않으면 우리 집에서는 성공할 수 없는 건가?'

그는 종종 혼자 속으로 되뇌었다.

어느 날, 그는 깨달았다. 자신이 형제들과 같은 길을 따라가려고 애쓰

는 대신 자신만의 길을 찾아야 한다는 것을. 공부는 그의 흥미를 끌지 못했고, 억지로 매달리는 것에 지쳐 가고 있었다.

그는 형제들과는 다른 길을 걷고 있었다. 그것은 '못한' 길이 아니라 '다른' 길이었다.

그래서 어린 시절부터 책을 펼쳐 보는 것보다는 들판에서 뛰어노는 것이 더 즐거웠던 그였다.

어릴 적 부모님의 말씀을 귀담아 듣지 않았던 것도 그런 이유였다.

하지만 농사일도 그에게는 무관심한 부분이 있었다. 말숙의 아버지는 가끔씩 농사일에 대한 책임을 떠맡고 싶어 했지만, 곧이어 그것을 아버지와 상머슴이 모두 맡고 있다는 것을 알게 되었다. 아버지는 항상 일이 많아 보였고, 상머슴은 언제나 바쁘게 일하며 농사의 모든 것을 관리했다. 그래서 말숙의 아버지는 자연스럽게 그들의 일을 지켜보며, 자신은 딱히 해야 할 일이 없어졌다.

그는 대개 하루를 빈둥거리며 보내곤 했다. 아침이 되면 일어나서 멍하니 창밖을 바라보며 담배를 한 대 피우고, 점심 시간이 되면 그저 밥을 먹고 나서 다시 소파에 누워 쉬었다. 그는 종종 하늘을 바라보며 자신의 삶을 되돌아보기도 했지만, 그 속에서 큰 변화나 새로운 목표를 찾는 일은 없었다.

말숙의 어머니는 그를 걱정하며,

"빈둥거리지 말고 농사일이라도 좀 거들어라. 뭐라도 해야 될 거 아이가."

라고 잔소리를 했지만, 그는 그저 웃으며

"알것소. 내 일은 내가 알아서 할꾸마."

라고 대답할 뿐이었다. 그러나 아무리 시간을 보내고, 아무리 시간이 지나도 그는 여전히 자신이 해야 할 일이나 목표를 찾지 못했다.

그렇게 시간은 흘렀고, 말숙의 아버지는 점점 더 자신만의 세상에 갇혀 갔다. 그는 세상의 변화에 둔감했고, 주변 사람들이 어떻게 살아가고 있는지, 무엇을 추구하는지에 대해 큰 관심을 두지 않았다. 그냥 하루하루를 살아가는 것에 만족했다.

그 시절, 도시에는 점점 새로운 것들이 들어오기 시작했다. 바쁘게 돌아가는 삶 속에서 사람들은 조금씩 여유를 찾기 시작했고, 그중 하나가 바로 사진이었다. 사람들이 자신들의 모습이나 가족의 모습을 사진으로 남기기 시작하면서 사진관은 하나의 유행이 되었다. 그런 변화를 목격한 말숙의 아버지, 이제 38살이 되었지만 여전히 젊은 시절의 자유로움을 벗지 못한 채 지내고 있었다.

하지만 그 또한 알았다. 이대로만 살 수는 없다는 걸. 항상 취미처럼 떠도는 삶을 살았던 그는, 이제 뭔가를 시작해야 할 때가 왔다고 느꼈다. 그리하여 그의 선택은 사진관이었다. 그가 선택한 이유는 간단했다. 사람들은 이제 사진을 찍는 것을 좋아한다는 것을 알았고, 또 주변에 사진관이 없었기 때문에, 손님이 많이 올 것이라 믿었다.

하지만 말숙의 아버지는 사람들이 많이 지나다니는 큰 거리나 번화가를 선택하지 않았다. 그가 선택한 곳은 대산장의 한 귀퉁이, 구석진 자리였다. 그의 결정은 다소 이상하게 보였지만, 말숙의 아버지는 나름 이유가 있었다. 사람들이 붐비는 곳보다는, 조용히 시간을 보내며 특별한 경험을 원하는 사람들에게 자신의 사진관을 찾게 만들고 싶었다. 그곳은 어딘가 고요하고, 때로는 낯설기까지 했지만, 그만의 공간이 되리라 믿었다.

　사진관의 첫날, 말숙의 아버지는 긴장한 표정으로 작은 간판을 걸었다. '장포 사진관'. 말숙의 아버지는 웃으며 말했다.

　"이제 놀기만 할 수는 없지. 이곳에서 사람들이 기억을 남길 수 있도록 돕고 싶다."

　사진관을 열고 얼마 지나지 않아, 정말로 사람들이 찾아오기 시작했다. 처음에는 동네 사람들뿐이었지만, 점차 장에 온 사람들이나 지나가던 의령 사람들도 발길을 멈췄다.

　고요한 대산장 귀퉁이에서 찍은 사진은 뭔가 특별했다. 시간의 흐름 속에서 한 컷의 사진이 사람들에게 깊은 의미를 남기기 시작했다.

　면소재지인 대산은 5일 장이 서지 않을 때는 고요하고 평화로운 마을이었다. 장터 주변은 사람들이 모여드는 장소였지만, 그마저도 한가롭게 지나가는 일상 속에서 특별할 것 없는 모습이었다. 하지만 칠원중학교 대산분교가 개교한 후, 모든 것이 조금씩 달라지기 시작했다. 학교가 문을 열자, 근처에 사는 학생들이 대산장의 버스 정류장을 중심으로 모이기 시작했다. 그들 덕분에 장터는 어느새 활기를 띠었고, 주변은 점차 붐비기 시작했다.

　학생들은 매일 정해진 시간에 버스를 타기 위해 정류장에 모였다.

　그런 변화 속에서, 대산의 '장포사진관'도 변화의 물결을 타게 되었다. 처음에는 말숙의 아버지 사진관만이 유일하게 그 자리에 있었다. 말숙의 아버지는 그 사진관을 운영하며, 사람들의 중요한 순간을 담아내는 일을 해 왔다.

때로는 사진관을 비우고 출장길에 나서기도 했다. 졸업식이나 혼례 같은 큰 행사가 있을 때면, 그는 큰 카메라 가방을 자전거에 싣고 이른 새벽에 출발했다. 자전거의 바퀴가 자갈길을 지나가며 덜컹거리며 찾아갔다.

시골 마을에서 혼례는 그 어떤 행사보다도 중요한 날이었다. 온 마을 사람들이 모여 신랑과 신부의 새로운 시작을 축하했고, 그 순간을 기록하는 일은 단순한 의식이 아니라, 가족의 역사에 한 페이지를 더하는 일이었다.

말숙의 아버지가 운영하는 사진관은 아직은 면소재지에서 유일한 사진관이었다. 그곳에서 찍은 사진은 평생 간직할 보물이었다. 그리고 그 날, 사진을 찍으러 온 말숙의 아버지는 평소와 다름없이 준비물을 챙기고, 그의 카메라 가방을 들고 혼례가 열리는 집으로 향했다.

조용히 카메라를 꺼내 들고, 큰 삼각대를 펼쳤다. 그 삼각대는 나무로 만들어져 있었다.

"신랑, 신부는 자리를 잡으소."

그의 목소리가 집 안을 가득 채웠다.

예전에는 양가부모나 친척을 모여 사진을 촬영하는 것이 아니라 신랑, 신부만 찍었다.

사진 촬영의 준비가 시작됐다. 카메라는 무겁고 컸다. 카메라 뒤쪽에서 말숙이 아버지는 검정 천을 쓰고 렌즈를 조정하며 신랑과 신부의 초점을 맞추기 시작했다. 그리고 카바이터 후레쉬는 밝은 빛을 뿜으며, 작은 연기를 뿜어내며 번쩍였다.

"하나, 둘, 셋!"

말숙의 아버지가 큰 소리로 외치자, 갑자기 플래시 불빛이 터지며 연기가 퍼졌다. 그 순간, 모든 것이 멈춘 듯한 느낌이 들었다.

플래시의 빛이 주위를 비추며 신랑, 신부의 얼굴을 더욱 선명하게 만들었고, 순간을 담기 위해 모두가 숨을 멈춘 듯 조용해졌다.

"좋아요!"

말숙의 아버지가 말을 하자, 마을 사람들은 다시 숨을 내쉬며 웃음을 지었다. 그들의 표정은 그 자체로 따뜻한 기억이 되어 사진 속에 고스란히 담겨졌다. 그 당시 사람들에게 사진 촬영은 단순히 한 장의 이미지가 아니라, 신기한 구경거리였다. 평소에 볼 수 없던 큰 카메라와 불빛, 연기와 소리—그 모든 것이 마법처럼 다가왔다.

신랑과 신부는 생전 처음 찍어 보는 사진이라 긴장한 표정을 짓고 있었지만, 말숙의 아버지는 그런 그들을 안심시키며 웃어 보였다.

"걱정하지 마이소. 사진은 특별한 순간을 담는 기니까."

그날 찍은 혼례 사진은 신랑 신부에게 가장 소중한 보물이었고, 그들의 아이들에게도 대대손손 전해져 갔다.

국민학교 졸업 사진은 중요한 행사로 졸업식 전에 미리 찍었다. 운동장에 교실에 있는 걸상을 가지고 나와 앞을 아이들은 걸상에 앉고 두 번째 줄은 걸상 없이 서고 세 번째 줄은 걸상 위에 올라가 서서 촬영하게 되는데 시골의 학생 수는 두 반 정도로 한 반에 50여 명이 되었다. 그 아이들을 모두 한 장에 사진을 담는 것은 눈을 감는 아이, 다른 곳을 쳐다보는 아이 등 처음 사진을 찍어 보는 아이들이 많아서 상당한 기술이 필요했다.

그 당시에는 졸업앨범 같은 것도 없었다. 졸업생들이 손에 쥘 수 있는 유일한 졸업의 기념은 단 한 장의 단체 사진이었다. 그 사진 한 장이 아이들에게는 평생을 간직할 추억이었고, 세월이 지나면 그 시절을 돌아볼 수 있는 유일한 기록이 되었다.

아이들은 하나둘씩 학교 운동장에 모였다. 교실에서 나와 정렬된 아이들의 얼굴에는 고운 미소와 함께, 긴장이 가득했다. 단체 사진은 그들의 가장 큰 기회였다. 아이들은 '내가 주인공이 될 순간'을 기다리며 똑바로 서 있었다.

"자, 모두들 모여서!"

말숙의 아버지가 큰 목소리로 말하며 아이들을 하나로 모았다. 그는 카메라 렌즈를 조정하며 아이들의 모습을 담을 준비를 했다. 아이들은 모두 각기 다른 표정을 지었지만, 그들 모두의 마음속에는 이 순간을 기록으로 남기고 싶다는 바람이 가득했다.

"하나, 둘, 셋!"

그와 함께 플래시 불빛이 번쩍이며 순간이 멈춘 듯했다.

그날 찍은 단체 사진은 결국 아이들에게 졸업의 의미를 온전히 전해 주었다. 그 사진 한 장이 시간이 지나면서, 아이들에게는 하나의 보물이 되었다. 각자 다른 길을 가게 되었지만, 그 사진 속의 얼굴들은 언제나 같은 소중함을 지니고 있었다. 사진을 바라볼 때마다, 그들은 그때의 순수한 감정과 함께 다시 어린 시절로 돌아간 듯한 기분을 느꼈다.

어느 날, 대산장 한편에 새로운 사진관이 또 생겼다. '스튜디오 모던'이라는 간판 아래, 세련된 인테리어와 최신식 장비를 갖춘 그 사진관은 도시의 감각을 마을로 가져왔다. 거기서 찍은 사진은 마치 화보처럼 멋졌고, 사진사도 젊은 사람이었다. 사람들이 하나둘 장포사진관 대신 그곳으로 발걸음을 옮기기 시작했다.

처음에는 손님이 줄어드는 것을 대수롭지 않게 여겼다. 말숙의 아버지는

"사람들이 새로 생긴 곳에 관심이 가는 건 당연한 일."

이라며 금방 돌아올 것이라 믿었다. 하지만 시간이 흐를수록 손님은 점점 더 줄어들었고, 하루에 한 명도 찾아오지 않는 날도 생겼다. 한때 밝게 웃으며 사진을 찍던 그의 손은 점점 무거워졌고, 카메라 렌즈에 먼지가 쌓여 갔다.

"사진관 문 닫으실 끼요?"

말숙의 어머니 물음에

아버지는 아무 대답도 하지 않고 창밖을 바라보았다. 외로운 가로등 아래로 스튜디오 모던의 네온 간판이 반짝였다.

결국, 말숙의 아버지는 장포사진관의 문을 닫기로 결심했다. 마지막 날, 그는 사진관 구석에 쌓여 있던 오래된 사진첩들을 정리하며 혼잣말을 했다.

"이 사진들을 찍을 땐 모두 행복했는데…"

말숙 어머니는 그런 아버지를 조용히 바라보았다. 손끝에 닿을 듯한 아버지의 상념과 회한이 그녀의 마음을 짓눌렀다.

장포사진관은 그렇게 조용히 역사의 한 페이지가 되었다.

39. 말숙의 탄생

1964년, 겨울이 끝나갈 무렵, 3월 말숙은 장포에서 태어났다.

서운한은 마당 한편에 앉아 깊은 한숨을 내쉬고 있었다. 집 안은 조용한 가운데, 산파가 전해 주는 아기의 첫 울음소리만이 울려 퍼졌다.

"딸입미더."

산파가 나지막이 말하자, 서운한의 얼굴은 더욱 어두워졌다. 그의 이름처럼 서운함이 온몸에 가득 차올랐다.

그러나 어머니는 달랐다. 갓 태어난 말숙이를 품에 안고 미소를 지으며 속삭였다.

"우리 딸, 참 예쁘다."

그녀의 말은 아버지의 어두운 기운을 지우진 못했지만, 적어도 아기의 첫 순간을 따뜻하게 만들었다.

전통에 따라 서운함을 뒤로하고 마지못해 금줄을 치러 나갔다. 금줄은 집안의 안녕과 아기의 건강을 기원하는 상징이었지만, 이번 금줄에는 고추를 달 수 없다는 사실이 그를 더욱 무겁게 만들었다. 그는 금줄을 걸며 잠시 멈춰 섰다. 대문 위에 걸린 줄을 바라보며 속으로 중얼거렸다.

'내가 바라던 건 아들이었는데….'

금줄이 걸리면 그 순간부터 집은 외부와의 단절을 선언한 것이나 다름없었다. 금줄은 단순한 상징이 아니었다. 삼칠일 즉 21일 동안 외부 사람들의 출입이 금지되었고, 집안사람들조차 외부의 결혼식이나 초상 같은 행사에 참석할 수 없었다. 스님이나 거지들도 시주를 위해 그 집에 얼씬할 수 없었으며, 이는 단순히 주술적인 의미에서 비롯된 것이 아니었다. 잡귀를 쫓는 전통적인 의미를 넘어, 현대 과학으로 보아도 이는 병균을 접근시키지 않으려는 지혜로운 방법이었다.

말숙이의 탄생은 비록 서운한에게 실망을 안겼지만, 그날 이후 서서히 그의 마음은 변화하기 시작했다. 시간이 지나면서 말숙이는 아버지에게도 특별한 존재가 되어 갔다. 금줄에 달린 고추 대신, 그녀는 자신의 웃음과 사랑으로 집안을 채워 나갔다.

그 시절, 대한민국은 아직 산업화의 물결이 일기 전이었다. 대부분의 사람들은 농업에 의존해 살아가고 있었고, 그들의 삶은 어렵고 고달팠다. 특히 봄철이 되면, 농작물이 자라지 않은 시기였던 춘궁기인 '보릿고개'가 찾아왔다. 이 시기, 사람들은 먹을 것이 부족해져 삶이 더욱 힘겨워졌고, 가난은 더욱 깊어졌다.

말숙이 태어난 집은 그런 시기와는 거리가 멀었다. 그녀의 할아버지가 이룬 재산 덕분에, 그녀는 어려운 시절 속에서도 부유하게 자랐다. 할아버지가 일구어 놓은 자산은 마을에서도 손꼽히는 규모였고, 할머니는 이를 철저하게 관리하며 가정을 지키고 있었다. 할머니는 재산을 다루는 데 있어 매우 신중하고 체계적이었으며, 사람들과의 관계에서 그 재산을 어떻게 나누어야 하는지에 대해서도 깊이 생각했다.

하지만 그럼에도 말숙이 자란 세상은 여전히 불안정했다. 춘궁기에는 굶주림에 시달리는 사람들이 산으로 들로 풀뿌리 나물을 캐서 연명하였고, 마을을 돌아다니는 거지들은 동냥을 하며 살아갔다. 그들의 발길이 지나가는 길목에서, 말숙은 종종 그들의 모습을 보았다. 그들은 얼굴에 굶주림과 고통을 담고 있었고, 그 자리를 지나칠 때마다 말숙은 마음이 아팠다.

어린 말숙은 그저 즐겁고 편안한 삶을 누리며 자랐지만, 그 속에서도 보릿고개를 넘어가는 사람들의 얼굴은 그녀에게 강한 인상을 남겼다.

1962년, 정부는 '제1차 경제개발 5개년계획'을 발표했다. 남강하루 장포리와 같은 시골 마을 사람들에게 그 계획은 먼 도시의 이야기처럼 들렸다. 그들은 농사일이 바쁘고, 자식들을 키우며 가족을 부양하는 일에 집중했기 때문이다. 도시에서는 거대한 변화가 일어나고 있었고, 그 변화를 알리려는 다양한 사람들이 있었지만, 장포리의 사람들은 그저 매일같이 일터로 나가고 저녁이면 한자리에 모여 밥을 먹는 일상에 익숙했다.

그날도 어김없이 장포리의 농부들은 일찍 일어나 논에 나갔다. 강한 햇살이 떠오르며 하루가 시작되었지만, 이곳 사람들은 그저 묵묵히 일했다.

정구, 동규, 해남, 그리고 상호는 올해 새로 공급된 비료를 이용해 논을 갈고 있었다. 마을에서 제일 부유한 말숙의 집은 농사를 더욱 잘 짓기 위해, 농촌지도소에서 온 기술자에게 농업기술을 배우고 있었지만, 일을 하고 있던 머슴들은 그다지 관심이 없었다.

"이기 다 뭐 하는 기고? 비료도 주고 농약도 치라쿠모 일자무식꾼인

우리 보고 우찌 농사지라 말이고?"

말숙의 머슴들은 새로운 농업 방식에 대해 불안감을 드러내며 말했다. 그러나 그의 아들들은 그렇게 쉽게 낙담하지 않았다. 새로운 기술을 통해 나아갈 길을 열 수 있을 것이라 믿고 있었다. 장포리의 사람들에게 농사는 그저 생계 수단만이 아니라, 가족과 공동체를 지탱하는 중요한 일이었기 때문이다.

시간이 지나면서, 정부의 경제개발계획은 이 마을에도 영향을 미쳤다. 도시에서 가져온 기술로 농사에 변화를 일으킨 사람들도 있었고, 그 변화가 조금씩 마을 사람들에게 전파되기 시작했다. 하지만 여전히 많은 사람들이 그저 전통적인 방식으로 농사를 짓고 있었다. 그들에게는 큰 변화가 아닌, 조금 더 나은 생산량을 얻는 것이 중요했다.

장포리의 하루는 이렇게 반복됐다. 강을 따라 흐르는 물소리, 바람에 실려 오는 풀 향기, 그리고 때로는 도시에서 온 사람들의 이야기가 마을 사람들의 귀에 스쳐 갔다.

하지만 그들 대부분은 그러한 변화보다는 자신이 알고 있던 방식대로, 또 가족을 위해, 또 마을을 위해 하루를 살아갔다.

농업이 조금씩 변해 가는 가운데, 마을 사람들은 여전히 소박한 삶을 살고 있었다. 그들에게 '경제개발'이란 그저 먼 도시에서 벌어지는 일, 그들의 세계와는 크게 관련이 없다고 느꼈다. 그러나 시간은 흘러갔고, 작은 변화를 체감한 사람들은 조금씩 그 흐름에 맞춰 나아가고 있었다.

40. 말숙의 오빠들

　말숙은 세 명의 오빠들 틈에서 자랐다. 큰오빠는 말숙보다 13살 위였다. 둘째 오빠는 6살 위, 셋째 오빠는 4살 위였다. 어린 시절, 그들은 모두 한 방에서 생활했다. 마치 탁아소를 방불케 하는 풍경이었다.

　말숙이 갓난아기였을 때, 방 안은 늘 부산스러웠다. 둘째 오빠는 가장 큰 형답게 책임감이 강했지만 아무래도 어린애가 얼마나 어른이겠는가? 자신이 놀고 싶어 하는 마음을 숨길 수 없었다. 셋째 오빠는 어중간한 위치에서 때로는 둘째를 따라 하기도 하고, 때로는 셋째와 티격태격하며 하루를 보냈다. 셋째 오빠는 아직 어린 마음에 자신이 형들만큼 주목받고 싶어 말숙의 옆에서 떠나지 않곤 했다.

　말숙은 그런 오빠들의 사이에서 자랐다. 오빠들의 자상한 손길이 있을 때도 있었지만 장난감처럼 놀림감이 될 때도 있었다. 셋째 오빠의 질투 어린 눈빛이 그녀의 유년을 채웠다. 오빠들은 말숙을 마치 살아 있는 인형처럼 다루곤 했는데, 첫째는 그녀를 안아 올리며 자장가를 불렀고, 셋째는 종종 그녀에게 자기 이야기를 들려주며 자신만의 비밀 친구처럼 여겼다.

　말숙은 첫돌을 맞은 날, 세상에서 가장 예쁜 아기였다. 그녀의 작은 얼굴에는 부드러운 피부와 맑은 눈빛이 반짝였고, 주변의 모든 이들이 그녀를 보면 미소를 지었다.

첫돌을 지나며, 말숙은 아장아장 걸음마를 시작했다. 처음에는 불안한 듯한 발걸음이었지만, 곧 그녀의 두 발은 점점 더 안정된 리듬을 찾았다. 마치 세상의 모든 발자국이 그녀를 기다리고 있는 듯, 그녀의 걸음은 그렇게 점차 아름다워져 갔다.

그녀가 걸을 때마다 주변은 온통 경탄의 목소리로 가득 찼다. 말숙의 미모는 걸음마다 그 빛을 더했고, 이제 그녀는 아기일 때보다 더 눈부시게 빛나는 존재가 되었다. 그녀의 긴 속눈썹은 햇살을 받아 더욱 빛났고, 미소를 지을 때마다 얼굴의 작은 주름이 깊어지며, 마치 세상에서 가장 아름다운 꽃이 피어난 듯했다.

사람들은 그녀가 아직 아기인데도 왜 이렇게 아름다울까 싶어 했고, 그 매력은 시간이 지나도 변하지 않았다.

한 살이 된 그녀는 이제 걷는 법을 배웠고, 그 작은 몸짓 하나하나가 그녀를 둘러싼 모든 것을 환하게 만들었다. 마치 그녀가 세상의 주인공인 듯, 모든 시선이 그녀에게 집중되었다.

그렇게 첫돌을 맞은 말숙은 이제, 아장아장 걷는 그 작은 발걸음으로 세상의 아름다움을 처음으로 밟아 나가는 중이었다. 사람들은 그녀의 미소를 기억하고, 그녀가 걸어갈 길에 행복과 기쁨이 함께할 것임을 확신했다.

머슴들이 있었지만 바쁜 농번기에는 어른들이 전부 들판에 일하러 나갔다. 그럴 때면 둘째 오빠가 남은 아이들을 돌보는 역할을 맡았지만, 사실상 방치나 다름없었다. 둘째 오빠는 자신의 어린 동생들을 돌보려고 애썼지만, 어린아이들에게는 여전히 손이 부족했다. 방 안은 더욱 어수선해졌고, 동생들은 서로를 의지하며 스스로 시간을 보내야 했다. 물론 인형이나 장난감은 구경도 할 수 없는 시절이었다.

말숙은 아직 기저귀를 차고 있었다. 그녀의 작은 몸짓은 귀여웠지만, 가끔은 기저귀가 제 역할을 다하지 못해 방 안이 엉망이 되곤 했다. 변이 기저귀 밖으로 흘러나와 이불과 바닥을 더럽히는 날이면, 집안은 그야말로 아수라장이 되었다.

그런 날이면 말숙은 천진난만하게 그것을 손으로 만지작거리며 입으로 가져가려 했다.

"말숙아, 뭐 하노! 하지 마라!"

오빠들이 소리쳤지만, 그녀는 그런 외침에 전혀 개의치 않았다. 오히려 작고 빠른 손놀림으로 그들의 애를 태웠다.

"이비! 이비!"

오빠들은 서로 눈치만 보다가 허둥지둥 움직이며 사태를 수습하려 애썼다. 한 명은 더러워진 기저귀를 벗기고, 다른 한 명은 바닥을 닦아내며 어쩔 줄 몰라 했다. 하지만 아직 어린 그들에게는 버거운 일이었다.

결국 둘째 오빠가 지친 손을 늘어뜨리고는 울음을 터트렸다. 그의 어깨가 들썩이며 흐느낄 때, 말숙은 그저 해맑은 웃음을 지어 보였다. 그녀의 웃음소리가 방 안을 가득 채웠지만, 그 웃음은 오히려 오빠의 흐느낌을 더 크게 만들 뿐이었다.

"엄마는 와 안 오노…"

오빠는 작은 목소리로 중얼거리며 눈물을 훔쳤다. 어쩌지 못하는 답

40. 말숙의 오빠들

답함과 무력감이 그의 작은 가슴을 가득 채웠다. 하지만 울면서도 그는 손을 멈추지 않았다. 기저귀를 치우고, 더러워진 바닥을 닦아 내는 그의 손길은 서툴렀지만, 그 속엔 말숙을 향한 깊은 애정이 담겨 있었다.

혼란과 눈물 속에서도 말숙은 천진난만하게 웃었다. 그녀의 웃음은 오빠들의 마음을 복잡하게 만들었지만, 어쩌면 그 웃음이 이 난장판 속에서 가장 큰 위로였는지도 모른다.

과거의 6살 아이들은 지금의 6살 아이들과 비교하면 마치 어른 같았다. 그들은 어린 나이임에도 불구하고 자신만의 역할과 책임을 가지고, 생활 속에서 자연스럽게 서로를 돕고 살아가는 법을 익혔다.

예컨대, 아침이면 가장 먼저 일어나 물을 길으러 가는 일도 아이들의 몫이었다. 산에 가서 나뭇가지를 줍거나 소풀 먹이러 가는 것도 마찬가지였다. 누군가는 밭에서 풀을 뽑고, 또 누군가는 동생을 업고 어머니를 도왔다. 어린 손으로 하는 일이 어른들의 눈에는 부족해 보일지라도, 그 작은 손들이 모여 가족의 삶을 지탱했다.

그들은 놀이마저도 일의 연장선상에서 이루어졌다. 가마솥을 닮은 돌멩이로 밥을 짓는 흉내를 내거나, 나뭇가지를 엮어 집을 만드는 놀이는 그들 나름의 현실을 담고 있었다. 때로는 손바닥만 한 논바닥을 만들어 물을 끌어넣고, 손으로 농사를 흉내 내며 시간을 보냈다. 이런 놀이를 통해 그들은 단순히 시간을 보내는 것 이상으로, 생활의 지혜와 기술을 자연스럽게 익혔다.

그 시절 아이들은 오글거리며 서로 부대끼며 자랐다. 동네 아이들은 형제나 다름없었다. 함께 울고 웃으며, 때로는 다투고 금세 화해했다. 눈앞의 사소한 갈등은 오래 가지 않았다. 그저 다음 순간 함께 나무 밑에 앉아 달콤한 열매를 나누는 일이 더 중요했기 때문이다.

지금의 6살 아이들은 그 시절의 아이들처럼 생계를 돕거나 삶의 중심에서 활동하지는 않는다. 대신 그들은 보호받고, 풍요로운 환경 속에서 자라는 일이 일반적이다. 과거의 아이들이 자라며 자연스럽게 익혔던 많은 것들은 지금은 가르침과 배움의 영역으로 옮겨졌다. 하지만 그 시절의 아이들이 보여 준 자립심과 공동체 속에서의 협력은 오늘날에도 귀감이 될 만하다.

어쩌면, 서로의 몸과 마음을 부대끼며 자라는 과정에서 만들어진 그 단단한 연대감이야말로 과거 6살 아이들이 진정으로 가지고 있던 어른스러움이었을 것이다.

부잣집 막내딸인 말숙이가 방치될 정도로 어린 시절을 보냈다면 다른 집의 아이들의 생활환경은 이루 말할 수 없었다.

부모는 늘 바쁘거나 외면했고, 아이를 돌보는 사람은 늘 한숨만 쉬며 일에 쫓겼다.

다른 집의 아이들은 대부분 비슷한 모습이었다. 해진 옷은 마치 먼지의 일부처럼 보였고, 맨발로 뛰어다니는 그들의 발은 굳은살과 흙으로 단단히 덮여 있었다. 목욕은 일 년에 두 번 정도 하는 사치였고, 씻을 틈도 없이 하루 종일 들과 밭을 뛰어다니다 보면 몸은 늘 땀과 흙투성이가 되었다.

몸속에는 기생충이 우글거렸다. 늘 배를 움켜쥐고 아프다고 울부짖는 아이도 있었지만, 그것은 모두가 겪는 일이었다. 배고픔과 싸우며 그저 하루하루를 버티는 것이 더 중요한 시절이었다. 아이들의 머리카락과 몸 안에는 이가 가득했다. 그 작은 벌레들은 끊임없이 움직이며 가려움을 만들어 냈고, 결국 아이들의 두피는 긁힌 자국과 부스럼투성이가 되었다.

부스럼은 단순히 그들의 몸에만 머무는 것이 아니었다. 그들은 살아가는 환경 자체가 하나의 부스럼이었다. 부모들이 농사일에 매달려 돌아오지 않는 동안, 아이들은 마치 흙과 하나가 된 듯 뛰어놀고 쓰러지고, 그렇게 하루를 버텼다.

말숙이는 부스럼 난 아이들과 한 번도 어울린 적이 없었다. 하지만 말숙이도, 그 아이들도 각자 다른 모습으로 방치되어 있었음을 어느 누구도 깨닫지 못했다.

몸속에 기생하던 미세한 생명체들과 머리카락 속, 그리고 옷 속에 숨어 있던 '이'는 오랫동안 인간과 공존해 왔다. 하지만 역설적이게도, 인간이 개발한 농약과 화학물질들이 우리의 삶 속에 깊숙이 스며들면서, 이들은 점차 우리 곁에서 자취를 감추기 시작했다.

농약이 60년대 말부터 보급되기 시작했고 말숙의 세대와 같이 이어왔다.

농약의 개발 초기에는 그저 농작물의 병충해를 막기 위한 도구로 여겨졌다. 그러나 시간이 지나면서, 농약은 우리의 생활환경 곳곳에 퍼져 나갔고, 이 과정에서 인간의 몸속에 축적되기 시작했다. 매일 섭취하는 음식물과 물, 그리고 호흡을 통해 들어오는 미세먼지로 인해 농약은 우리 체내에 쌓여 갔다.

기생충들은 인간의 몸을 터전으로 삼아 살아가던 생명체였다. 그러나 농약의 독성이 그들의 생존을 어렵게 만들었다. 그들은 점점 약해졌고, 더 이상 우리 몸속에서 살아남을 수 없게 되었다. 머리카락 속을 기어다니던 '이'들도 마찬가지였다. 농약이 우리 생활 곳곳에 잔재하며, 그들에게는 치명적인 환경을 만들어 냈다. 이들은 더 이상 인간과 함께 살아갈 수 없었고, 결국 우리 눈앞에서 사라졌다.

아이러니하게도, 농약은 인간에게 질병을 예방하는 데 기여했지만, 동시에 우리 몸속에 새로운 문제를 야기했다. 체내에 축적된 화학물질은 우리의 건강을 서서히 위협하며, 보이지 않는 방식으로 우리 삶을 잠식하고 있었다. 인간은 기생충의 부재를 환영했지만, 그 이면에 숨겨진 대가는 결코 가볍지 않았다.

한편, 인간은 자신도 모르게 새로운 생태계를 만들어 가고 있었다. 몸속 기생충과 이는 사라졌지만, 그 자리를 채우는 것은 예상치 못한 방식으로 등장하는 또 다른 문제들이었다. 인간과 자연, 그리고 기술의 발전이 만들어 낸 역설적인 관계를 다시금 돌아보게 만든다.

불결하고 비위생적인 환경에서 자란 그들이 산업화의 역군이 될 줄은 아직은 아무도 몰랐다. 그들이 바로 베이비붐 세대였다.

가난과 결핍의 시대였다. 전쟁으로 모든 것이 파괴되고, 재건의 첫 삽이 겨우 뜨이던 시기였다. 물과 전기는 당연하지 않았고, 양식은 늘 부족했다. 비위생적인 환경 속에서 아이들은 늘 병치레를 했고, 제대로 된 의료 혜택조차 받기 힘들었다. 그럼에도 불구하고, 그들은 웃으며 자라났다. 놀랍게도, 그런 환경이 그들에게 강인한 생명력을 심어 주었다.

세월이 흘러, 그들이 성인이 되었을 때는 이미 시대가 변화하고 있었다. 나라를 일으켜 세워야 한다는 강박과도 같은 책임감이 사회 전반에 퍼져 있었다. 그들은 그 책임을 기꺼이 떠안았다. 밤낮없이 공장에서 일했고, 농촌에서 땀 흘려 일했다. 손에는 굳은살이 박였고, 어깨는 짓눌렸지만, 그들은 주저하지 않았다. 자신들이 받은 삶의 무게를 미래 세대에게 물려주지 않겠다는 결심은 굳건했다.

산업화가 진행되며 나라 곳곳에 공장이 세워지고, 도로가 뚫렸다. 도시로 몰려든 그들은 새로운 세상을 맞이했다. 그들은 노동자였고, 동시에 소비자였다. 그들의 땀과 노력으로 경제는 성장했고, 세상은 조금씩 바뀌어 갔다. 그들의 희생 덕분에 다음 세대는 더 나은 환경에서 자랄 수 있었다.

말숙과 만석이가 그들이 살아온 세월의 이야기가 이제 시작되고 있다.

41. 말숙의 이유식

말숙은 이제 세 살이 되었다. 그녀는 여전히 두 명의 오빠들과 함께 놀며 집 안을 활기차게 채우고 있었다. 막내라는 이유만으로도 그녀는 가족들의 사랑을 독차지하며 자라고 있었다.

부모님은 막내딸 말숙을 특별히 아끼셨다. 형제들 사이에서도 그녀는 늘 웃음과 기쁨의 중심이었다.

오빠들은 장난스럽게 그녀를 놀리기도 했지만, 그들의 장난은 언제나 애정이 깃들어 있었다. 오히려 말숙이 울거나 기분이 상하면 가장 먼저 달려와 달래 주곤 했던 것도 바로 오빠들이었다.

말숙은 가족들의 사랑 속에서 밝고 호기심 많은 아이로 자랐다. 그녀의 작은 손으로 그림을 그리거나, 장난감을 들고 뛰어다니는 모습은 집 안의 분위기를 한층 더 따뜻하게 만들었다.

특히 말숙의 웃음소리는 마치 봄날의 종소리처럼 가족들의 마음을 간질였다. 그녀가

"오빠야! 같이 놀자!"

라고 외치며 손을 내밀 때마다 오빠들은 새끼줄을 몸에 두르고 기차놀이를 하며 그녀를 따라다녔다. 말숙은 때로는 자신이 오빠들을 이끄는 대장이 된 것처럼 어깨를 으쓱이기도 했다.

그녀는 아직 어린아이였지만, 가족들에게는 없어서는 안 될 특별한 존재였다. 집안의 막내라는 위치는 단순한 순서 이상의 의미를 가지고 있었다. 말숙은 가족 모두에게 기쁨을 주는 존재였고, 그녀를 바라보는 모두의 눈에는 따뜻한 사랑이 가득했다.

말숙은 아직도 엄마의 젖을 떼지 못하고 있다. 요즘처럼 특별한 이유식이 있는 시대도 아니고, 밥을 먹이는 것도 그리 쉬운 일이 아니었다. 엄마는 젖을 물리는 것이 편했고, 말숙이 역시 그 따스한 시간에 익숙해져 있었다.
하루의 끝자락, 말숙이는 엄마의 무릎에 앉아 얌전히 젖을 빠는 것이 가장 행복한 순간이었다. 엄마의 품은 말숙이를 위한 작은 세상이었고, 그곳에서 느끼는 안정감은 말로 다 표현할 수 없는 것이었다.
"말숙아, 이제는 젖 그만 묵고 밥을 무야지."
라고 아버지가 종종 말했지만, 엄마는 말숙이를 품에 안고 조용히 웃을 뿐이었다.
"아직은 괜찮소. 말숙이도 곧 스스로 떨어질 질기요 저거 언니는 학교 1학년이 되어서도 묵언는데."
엄마의 말처럼 시간이 지나면 자연스럽게 젖을 뗄 날이 오겠지만, 그날까지는 말숙이와 엄마의 작은 의식은 계속될 터였다. 따스한 젖 내음과 엄마의 품속에서 말숙이는 세상의 걱정과 먼지를 잠시나마 잊을 수 있었다.
어쩌면, 그 시절 말숙이가 느꼈던 엄마의 사랑은 단순히 젖을 물리는 행위 그 이상이었을지도 모른다.

아주 오래전, 사람들은 자연과 함께 살았다. 기술이나 편리한 도구가 없던 시절, 부모들은 그저 본능과 지혜로 자식을 키워야 했다. 그리고 그 본능은 때로는 생존의 지혜로, 때로는 깊은 사랑의 표현으로 이어졌다.

그 시절 아이들에게 주어진 첫 번째 음식, 이른바 '이유식'은 오늘날처럼 상자에 담긴 곱게 간 가루나, 병에 담긴 퓌레가 아니었다. 그것은 어머니의 손과 입에서 시작되었다. 갓 걸음마를 배우던 아이가 젖을 떼고, 조금씩 다른 음식을 받아들일 준비가 되면, 어머니는 밥상을 차리며 특별한 일을 시작했다.

어머니는 갓 지은 밥 한 숟갈을 조심스레 입에 넣었다. 그리고 부드럽게 씹었다. 입안에서 밥알이 부드럽게 으깨지고, 그녀의 침이 곡식을 감싸며 말랑한 죽처럼 변했다. 침에는 소화를 돕는 효소가 들어 있어 아이의 여린 위장이 음식을 쉽게 받아들일 수 있도록 해 주었다. 그건 단순히 음식을 준비하는 과정이 아니라, 어머니의 몸과 마음을 그대로 나누는 행위였다.

어머니는 씹은 밥을 손끝으로 조금씩 떼어 아이의 작은 입에 넣어 주었다. 아이는 처음엔 낯선 질감에 놀라 눈을 크게 떴지만, 곧 어머니의 손길과 따뜻한 음식에 안심하며 천천히 삼켰다. 그러다 이윽고 맛을 깨달은 아이는 입을 오물거리며 웃었다. 그 모습에 어머니의 얼굴도 밝아졌다.

이유식을 준비하는 일은 단순히 먹이는 것을 넘어 어머니와 아이 사이의 교감이었다. 어머니의 숨결과 온기가 담긴 음식은 아이의 몸을 키우고, 둘 사이의 사랑을 깊게 만들어 주었다.

오늘날, 과학과 기술은 이유식이라는 과정을 편리하게 만들어 주었다. 병에 담긴 이유식, 전용 도구, 그리고 완벽하게 균형 잡힌 영양소. 어쩌면 그런 변화는 삶을 조금 더 효율적으로 만들었을지도 모른다. 하지만, 오래전 어머니가 자신의 입에서 우물거리며 만든 이유식에는 그 이상의 것이 담겨 있었다. 그것은 사랑이었다.

사랑은 가장 본능적이고도 자연스러운 형태로 그렇게 아이들에게 전해졌다. 손에서 입으로, 입에서 입으로 이어진 그 과정은 단순한 음식 이상의 의미를 담고 있었다. 그것은 생명을 잇는 다리였고, 세대를 이어 가는 사랑의 언어였다.

그러나 이 행위의 배경에는 깊은 과학적 이야기가 숨어 있었다. 엄마의 입에서 나온 타액에는 수없이 많은 미생물들이 서식하고 있었다. 그 중에는 아이의 장내 균형을 도와줄 수 있는 유익한 균도 있었고, 잠재적으로 해로울 수 있는 균도 있었다. 엄마는 이를 의도적으로 전해 줌으로써 아이의 면역 체계를 단련하고, 다양한 균에 대한 저항성을 키워 주려는 생각이었다. 마치 자연이 설계한 일종의 백신과도 같은 것이었다.

엄마는 밥을 씹어서 다시 꺼내어 아이의 입에 조심스럽게 넣어 주었다. 아이는 낯선 맛을 느끼며 천천히 씹었다. 이 작은 밥알에는 단순한 음식 이상의 의미가 담겨 있었다. 엄마와 아이가 공유하는 미생물은 마치 유전적 연결고리처럼 그들을 더욱 단단히 이어 주는 듯했다.

그날 저녁, 말숙이 엄마는 아이를 품에 안고 따뜻한 이불 속에서 속삭였다.

"네가 건강하게 자라려면 이렇게 조금씩 많은 것들을 경험해야 한다이."

엄마의 목소리에는 사랑과 지혜가 담겨 있었다. 아이는 그 말을 이해하지 못했지만, 엄마의 체온과 숨결 속에서 편안함을 느끼며 잠들었다.

그리고 그 순간, 아이의 몸속에서는 새로운 세계가 열리고 있었다. 엄마의 입에서 전달된 균들이 아이의 장 속에서 자리를 잡고, 아이의 면역 체계를 교육하며, 새로운 균형을 만들어 가고 있었다. 이 모든 과정은 보이지 않는 곳에서 일어나는 엄마의 사랑 표현이었다.

42. 말숙이 집 굿하기

1960년대는 지금과는 전혀 다른 세계였다. 흡사 아프리카 어느 지역과도 같이 평균 수명 연령은 남성 51세, 여성 53세에 불과했다. 물론, 이 평균조차 도시와 시골 간의 차이가 많이 났다. 특히 시골에서는 위생과 의료 시설의 낙후로 인해 40대에 생을 마감하는 이들도 적지 않았다. 삶은 화려함과는 거리가 멀었고, 단순하고도 험난했다.

논과 밭이 주를 이루었고, 초가지붕 아래 작은 집들이 모여 있었다. 마을 어귀에는 공동 우물이 있었고, 이곳은 물을 긷는 아낙네들의 이야기 소리로 활기가 돌았다. 그러나 그 활기에도 불구하고 삶은 항상 고단했다. 위생 상태는 형편없었고, 전염병이 흔했다. 어린아이가 감기에 걸려도 약품을 구하기 어려웠고, 병이 깊어지면 그저 운에 맡길 수밖에 없었다.

의료 시설은 읍내에 나가야 있었고, 치료를 받으려면 좁은 산길을 따라 몇 시간을 걸어가야 했다. 그마저도 간단한 약이나 주사를 받을 수 있는 수준에 불과했다. 심각한 질병에 걸린 사람들은 대개 손쓸 도리가 없었다. 병에 걸리지 않기 위해 사람들은 전통적인 민간요법에 의존하거나 무당의 굿을 하는 것이 전부였다. 나뭇잎을 끓인 물을 약이라 믿고 마시거나, 부적을 써서 몸에 지니는 일도 흔했다.

장포 같은 강가 마을의 밤은 유독 어둡다. 달도 별도 구름 뒤에 숨고, 오직 칠흑 같은 어둠만이 산등성이를 덮고 있다. 그런 밤이면 마을 사람들은 불안한 얼굴로 서로의 집을 오가며 속삭였다.

"이번에 또 저 아래 정 씨네에서 병자가 있다 카네."

"귀신이 붙어서 그런기라. 무당을 불러서 귀신을 달래야지."

마을에서 가장 오래된 고목 아래, 너른 마당에 자리를 잡은 무당은 얼굴을 반쯤 가린 긴 치마저고리 차림으로 서 있었다. 나무에 걸린 등잔불이 흔들릴 때마다 그녀의 그림자가 길게 늘어졌다.

마을에서 가장 경험 많은 무당으로, 귀신과 사람 사이를 잇는 매개자로 여겨졌다. 그녀가 손에 든 칼과 부채는 한순간에 다른 세상을 여는 열쇠였다. 무당은 천천히 칼춤을 추며 낮은 목소리로 주문을 읊조렸다.

"아라리요, 이승의 한과 저승의 한이 맞닿아 서로를 씻으소서…"

주문 소리에 마을 사람들의 어깨가 움찔거렸다. 몇몇은 눈을 감고 두 손을 모았다. 북소리가 점점 커지고, 무당의 목소리는 점점 날카로워졌다. 무당은 갑자기 부채를 펼쳐 흔들며 춤을 추기 시작했다. 그 동작은 마치 바람에 흔들리는 억새처럼 자연스러웠다.

그러나 그 춤은 단순한 춤이 아니었다. 무당은 귀신을 부르고 있었다. 그녀의 움직임 하나하나는 신과 귀신에게 보내는 메시지였다. 그러다 갑자기 무당이 멈췄다.

"누고! 니는 와 여 있노!"

무당의 목소리는 마치 천둥 같았다.

사람들 사이에서 웅성거림이 일었다. 마당의 구석에서 무언가가 움직였다. 무당은 그쪽으로 부채를 겨누며 휘파람을 불며 명령했다.

"내 말에 따라 이 집을 당장 떠나지 않으모, 니를 잡아 직일끼다!"

그 순간 바람이 불어 등잔불이 크게 흔들렸다. 고수는 북과 징을 세게 쳤다. 둥둥둥, 북소리는 마치 하늘을 울리는 듯했다. 그녀의 춤은 점점 격렬해졌고, 사람들은 숨을 죽였다.

한참 후, 무당은 북을 내려놓고 숨을 고르며 말했다.

"다 끝났다이. 귀신은 저멀리 도망가 삐다이."

병자의 가족들은 무릎 꿇은 채 한숨과 눈물을 쏟아 냈다.

창백한 얼굴, 힘없이 늘어진 손목. 그는 숨이 붙어 있는지조차 의심스러울 만큼 미동도 없는 병자. 무당은 갑자기 굿판의 중심에 멈춰 서더니, 쇳소리가 섞인 목소리로 외쳤다.

"신령님께서 응하셨다!"

그 말이 떨어지자마자 무당은 온몸을 뒤흔드는 듯 춤을 추기 시작했다. 그녀의 몸짓은 마치 세상의 어떤 법칙에도 얽매이지 않는 듯 자유로웠고, 그러면서도 그 안에 어떤 질서가 숨어 있는 것 같았다. 구경하던 사람들은 그녀의 동작 하나하나에 넋을 잃고 빠져들었다.

굿이 끝나자, 무당은 병자 쪽으로 다가갔다. 그녀는 그의 머리 위로 손을 올리며 간절한 목소리로 읊조렸다.

"신령님의 기운이 네 몸에 깃들었다. 이제 일어나 삐라."

순간, 기적이 일어났다. 병자는 숨을 크게 들이마시더니 천천히 눈을 떴다. 그는 마치 잠에서 깨어난 사람처럼 몸을 일으켰고, 주위 사람들은 놀라움을 감추지 못했다.

"정말 살났다! 신령님 고맙심더!"

병자의 얼굴은 여전히 창백했지만, 그의 눈빛엔 어느새 생기가 돌아왔다. 그 생기를 만들어 낸 건 정말 신령의 힘일까? 아니면 굿판의 열기와 사람들의 믿음, 그리고 간절함이 빚어낸 플라시보 효과일까?

기적이란 결국 우리가 얼마나 믿느냐에 달린 것은 아닐까.

43. 60년대 아이들의 놀이

1965년, 6.25 전쟁이 끝난 지 12년이 지났지만, 전쟁의 흔적은 여전히 곳곳에 남아 있었다.

'이상한 쇠붙이는 서로 주고받으며 가지고 놀지 말자.'라는 표어가 마을 입구의 낡은 나무판자에 크게 적혀 있었다. 전쟁 때 사용되었던 포탄이나 무기들이 여전히 완전히 수거되지 않은 채 산과 들, 강가에 흩어져 있었기 때문이다.

낙동강 근처에 위치한 작은 마을 장포는 특히 위험한 곳이었다. 전쟁 당시 이곳은 치열한 격전지였고, 그 결과 수많은 포탄과 지뢰가 땅속과 강바닥에 묻혀 있었다. 하지만 그런 위험에도 불구하고, 아이들에게는 딱히 가지고 놀 장난감이 없던 시절이었다. 아이들은 자연스럽게 강가나 들판에서 놀며 시간을 보냈다.

말숙이는 오빠한데
"올도 강가 갈끼가?"
팔을 잡아끌며 물었다.
"웅, 거기 모래 속에 이상한 쇠붙이들이 많다쿠네. 그거 엿 바꿔 먹을 수 있다이."
말숙 오빠는 눈을 반짝이며 대답했다.

아이들은 강가에서 나뭇가지를 들고 모래를 파헤쳤다. 곧 낡고 녹슨 쇠붙이가 여기저기에서 모습을 드러냈다. 그것이 전쟁의 잔해라는 것을 아이들은 전혀 알지 못했다. 그저 어른들이

"건드리지 마라."

라고 했던 말만 어렴풋이 기억할 뿐이었다. 하지만 배고픔과 호기심은 그 경고를 무색하게 만들었다.

"와, 이건 진짜 크다! 엿이 두 가락은 나오겠는데."

말숙이 오빠가 커다란 금속 조각을 들어 올리며 외쳤다. 다른 아이들도 그의 손에 들린 물건을 보고 신이 나서 환호성을 질렀다.

하지만 바로 그 순간, 마을 어귀의 노인이 급히 달려왔다.

"야들아! 그거 나 나라! 난리난다!"

노인은 헐떡이며 아이들 곁으로 다가왔다. 그의 얼굴은 창백했고, 손은 떨리고 있었다.

"와요, 할배요? 이거 가지고 엿 바꿔 먹으려고 했는데요."

말숙이 오빠가 순진하게 물었다.

노인은 아이의 손에서 그 금속 조각을 조심스럽게 받아들고는 한숨을 내쉬었다.

"이건 불발탄이다. 이거 터지면 다 디진다. 전쟁 때 여서 얼마나 많은 사람들이 죽었는지 아나?"

아이들은 노인의 말을 듣고서야 상황의 심각성을 조금 이해하는 듯했다. 하지만 배고픔은 여전히 아이들의 머릿속을 떠나지 않았다. 노인은 그런 아이들을 안쓰럽게 바라보다가 말했다.

"다시는 이런 걸 만지지 마래이. 대신, 내가 너희들에게 엿을 사 주꾸마."

그날 이후, 마을에서는 아이들이 강가에 가지 않도록 더 엄격히 단속했다. 하지만 전쟁의 상처는 쉽게 치유되지 않았다.

장포 마을 소년들은 여기저기를 뛰어다니며 쇠붙이를 주웠다. 저마다 손에는 녹슨 쇠붙이와 부러진 칼조각 같은 것들이 들려 있었다. 엿장수가 오면 그것들을 내밀며 달콤한 엿 한 조각을 얻어 낼 기대에 눈빛이 반짝였다. 그들의 웃음소리가 들판 가득 울려 퍼졌다.

하지만 여자아이들은 달랐다. 여전히 유교의 뿌리 깊은 전통이 마을을 감싸고 있었기에, 소녀들은 소년들처럼 자유롭게 뛰어다닐 수 없었다. 대신, 집 앞 마당이나 골목에 자리를 잡고 다소곳이 놀이를 즐겼다. 그들의 손에는 장난감이 아닌 베개나 천 조각 같은 집 안의 물건들이 들려 있었다. 소녀들은 종종 엄마들의 모습을 흉내 내곤 했다. 엄마들이 아기를 등에 업고 밭일을 하거나 바느질, 부엌일을 하는 장면은 그들에게 익숙한 풍경이었다.

"내는 움마야!"

한 소녀가 베개를 등에 업고 외쳤다. 그러자 다른 아이들이 웃음을 터뜨리며

"나도 움마다!"

하고 따라 했다. 작은 손으로 베개를 조심스럽게 쓰다듬는 모습이 마치 진짜 아기를 돌보는 어른 같았다.

말숙은 서울에서 공부하던 셋째 작은아버지를 기다리는 일이 마냥 즐거웠다. 작은아버지는 언제나 재미난 이야기를 들려주고, 한 번씩 선물

을 가져오곤 했다.

"할배, 이기 뭐꼬?"

"초콜릿이라는기다. 서울에서 공부하는 너거 삼촌이 보내 온거 아이가."

처음 초콜릿을 입에 넣었을 때의 달콤함을 말숙은 오랫동안 잊지 못했다. 마을 아이들은 고구마와 보리떡으로 허기를 채우던 시절, 말숙의 집에는 항상 쌀이 넘쳐났고, 명절마다 흰 떡이 가마솥에서 김을 내며 쌓여 갔다.

이번에는 작은아버지가 여자아이 모양의 저금통을 사 왔다. 플라스틱으로 만들어진 저금통은 꽤나 귀여웠다. 핑크빛 드레스를 입고, 양 갈래 머리를 한 인형 저금통은 작은아버지가 건네주는 순간부터 말숙의 마음을 단단히 사로잡았다.

"이거, 네 동전 넣어두는 저금통이야. 열심히 모아야 한다!" 작은아버지가 웃으며 말했다.

말숙은 저금통을 받아들고 고개를 끄덕였다. 그러고는 곧장 엄아에게 달려가 동전을 달라고 해서 저금통 속에 하나하나 넣었다. 동전이 가득 차니 인형 저금통은 점점 무거워졌다.

며칠 뒤, 동네 아이들이 골목에서 놀고 있었다. 다른 여자아이들은 커다란 베개를 안고 아기인 척하는 놀이를 하고 있었다. 말숙은 잠시 그 모습을 지켜보다가 번뜩 무언가 생각났다.

말숙은 급히 집으로 달려갔다. 그리고는 동전이 가득 찬 인형 저금통을 들고 돌아왔다. 그녀는 인형 저금통을 천 조각으로 묶어 등에 업었다.

"뭐꼬, 저거 진짜 얼라 같노?"

"우와, 말숙이가 얼라 데리고 온 것 같다이!"

동네 아이들은 입을 모아 놀라워했다. 진짜 아기인 줄 알고 다가와 보다가, 저금통이라는 것을 알고는 신기해했다. 하지만 말숙은 아무 상관 없었다. 아이들의 관심이 오롯이 자신에게 쏠려 있다는 사실이 그녀를 무척 기쁘게 했다.

"얘들아, 내 얼라 예쁘지? 작은아버지가 서울에서 사다 주신 기다!"

말숙은 어깨를 으쓱하며 자랑하기 바빴다. 그녀의 얼굴에는 자신감이 넘쳤고, 등에 업은 저금통은 그녀의 소중한 보물처럼 빛났다. 그날 오후 내내 말숙은 등에 저금통을 업고 동네를 돌아다녔다. 인형 저금통은 그저 플라스틱일 뿐이었지만, 말숙에게는 세상 무엇과도 바꿀 수 없는 특별한 친구였다.

"나 좀 업자."

"안 해." 단호하게 말했다.

하지만 소녀는 끈질겼다.

"한 번만! 한 번만! 진짜 재미있을 기다."

말숙은 더 이상 버티는 건 무리였다.

"그래, 한 번만이다."

"와, 진짜 내가 인형 업은 것 같아!"

소년이 활짝 웃으며 골목을 한 바퀴 돌았다.

문제는 그 순간부터였다.

"나도! 나도 한 번 업게 해 주라!"

"나 차례야! 나도 해 봐!"

"야, 줄 서! 먼저 내 차례야!"

동네 여자아이들이 몰려들었다. 마치 골목이 잔칫집처럼 소란스러워졌다. 하나둘씩 인형저금통을 업어 보겠다며 줄을 섰고, 바쁜 하루를 보내기 시작했다.

아이들은 골목에 모여서 인형을 두고 돌아가며 업어 주는 놀이에 푹 빠져 있었다. 하나같이 인형을 등에 업고는 어머니처럼 등을 두드리며

"잘 자라, 우리 아가야."

속삭이곤 했다. 해가 서서히 기울어가면서 놀이가 한창이었다.

"이번엔 내 차례다이!"

한 아이가 소리치자, 말숙이는 어쩔 수 없이 인형을 넘겨주었다.

아이들은 인형을 중심으로 시간 가는 줄도 모르고 웃고 떠들었다. 하지만 해가 점점 노을에 물들자, 하나둘씩 어머니의 부름을 받고 집으로 돌아갔다. 말숙이도 인형을 떠올릴 겨를도 없이

"말숙아…! 밥 무로 오이라."

엄마의 소리를 듣고 후다닥 집으로 들어갔다.

그날 저녁, 말숙이는 밥을 먹으며 문득 이상한 기분이 들었다. 마치 자신이 무언가 중요한 걸 잊고 있다는 느낌이었다. 그러나 어머니가 차려 준 달달한 고구마와 따뜻한 된장국에 그 느낌은 금세 잊혔다.

"니, 인형 우찌 했노?"

엄마의 목소리에 말숙은 화들짝 놀랐다.

말숙은 그제야 자신의 손이 허전하다는 것을 깨달았다. 인형을 챙기지 않았던 것이다. 그 인형은 단순한 장난감이 아니었다. 말숙은 눈물을 글썽이며

"몰라… 인형…"

하고 말을 잊지 못했다.

엄마는 바삐 골목길로 나섰다. 골목은 어두워지고, 잘 보이지 않았다. 엄마는 이곳저곳을 뒤졌다. 아이들이 뛰놀던 모퉁이 등을 꼼꼼히 살폈다.

그러다 한쪽 구석에서 무언가를 발견했다. 반쯤 해진 인형이었다. 입구가 찢어진 인형 속에는 소중히 담겨 있던 동전들이 절반도 남아 있지 않았다. 엄마는 인형을 집어 들며 탄식했다.

"이게 왜 여기… 누가 이런 짓 했노…"

말숙은 엄마의 손에 든 찢어진 인형을 보고 펑펑 울음을 터뜨렸다. 엄마는 조용히 딸을 안으며 말했다.

그때만 해도 아이들이 아직 순진하여 동전을 다 가지고 가지 못하고 조금만 훔쳐 갔다.

"괜찮다 작은아버지한데 새로 사 주라 할꾸마."

하지만 말숙은 그 말을 들으면서도 속이 쓰렸다. 어쩐지 자신이 잃어버린 것은 단순한 인형과 동전이 아니라, 어린 마음속에 품고 있던 어떤 작은 희망 같은 것이었다.

그날 밤, 말숙은 베개를 꼭 끌어안고 잠이 들었다. 꿈속에서 인형은 다시 동전으로 가득 찼고, 그녀는 아무 일도 없었던 것처럼 해맑게 웃고 있었다.

44. 말숙이 집의 화재

말숙이가 네 살이 되던 어느 겨울밤, 매서운 바람이 창문을 흔들고 있었다. 바깥세상은 온통 얼음장 같았지만, 집 안의 작은 방은 따스했다. 말숙이는 어머니와 함께 두꺼운 이불 속에 누워 있었다. 그녀의 어린 손은 어머니의 품을 꼭 붙잡고 있었고, 그 작은 손끝에서 어머니의 체온이 전해졌다.

어머니는 낮은 목소리로 노래를 흥얼거리고 있었다. 노랫말은 단순했지만, 그 음률은 말숙이에게 마법 같았다. 어머니의 손은 부드럽게 그녀의 머리카락을 쓰다듬고 있었고, 말숙이는 그 손길에 안도감을 느끼며 졸음이 몰려왔다.

"말숙아."

어머니가 조용히 속삭였다.

"세상에는 좋은 일도 있고, 힘든 일도 억수로 많다. 하지만 엄마는 네가 항상 행복하길 바란다이."

그녀의 말은 따뜻하고 조용했지만, 그 속에는 깊은 진심이 담겨 있었다.

말숙이는 어머니의 말을 완전히 이해할 수는 없었다. 하지만 그 음성에는 무언가 설명할 수 없는 안락함이 깃들어 있었다. 그녀는 고개를 끄덕이며 어머니를 바라보았다. 어머니의 눈빛은 촛불처럼 부드럽게 빛났고, 말숙이는 그 순간이 영원하길 바랐다.

바람이 창밖에서 울부짖었지만, 말숙이는 그 소리를 신경 쓰지 않았다. 그녀의 온 세상은 어머니의 품 안에 있었다. 이불 속에서 느껴지는 따뜻함, 어머니의 손길, 그리고 조용히 흘러나오는 노랫소리가 그녀에게는 전부였다. 말숙이는 눈을 감으며 살며시 미소 지었다.

그날 밤, 말숙이는 꿈속에서도 어머니의 목소리를 들었다. 세상은 여전히 춥고 어두웠지만, 그녀는 어머니의 사랑으로 모든 것이 괜찮다는 것을 느낄 수 있었다.

"말숙아, 니는 항상 강한 아이가 되어야 된다이."

말숙이의 어머니는 딸이 깊이 잠든 얼굴을 바라보며 그 말을 속삭였다. 바깥에서는 거친 바람이 창문을 두드리고 있었지만, 어머니의 품은 세상에서 가장 안전한 성벽 같았다. 말숙이는 아직 어린아이였다. 팔을 뻗으면 어머니의 품 안에서 모든 불안을 잊을 수 있었다. 어머니는 그 순간에도 딸의 미래를 생각하며 마음속으로 결심했다.

어머니의 목소리는 부드럽고 따뜻해서 거친 바람 소리조차도 멀게 느껴졌다.

"말숙아, 이 세상엔 참 많은 이야기가 있단다. 엄마 어렸을 때는 말이다…"

어머니는 어린 시절 경험한 일들을 풀어놓으며 딸에게 웃음을 주었다. 들판에서 뛰어놀던 이야기, 첫눈 오는 날 친구들과 눈싸움을 했던 이야기, 그리고 처음으로 감자를 수확했던 기억까지. 말숙이는 어머니의 이야기에 눈을 반짝이며 집중했다.

어머니는 가끔 옛이야기와 함께 자신이 상상으로 만들어 낸 이야기들도 들려주었다.

"옛날 옛적에, 저 높은 산 속에 커다란 호랭이가 살았다 아이가. 그란데 그 호랭이는 아주 착한 호랭이인기라. 어느 날…"

말숙이는 이야기가 끝날 때마다

"그라고 나중에 우찌 됐는데?"

라고 물으며 더 듣기를 원했다.

어머니의 이야기는 단순한 재미 이상이었다. 그 안에는 삶의 교훈과 희망이 담겨 있었다.

"어떤 일이 있어도 포기하지 말아야 한다."

"친구를 잘 챙겨야 한다."

같은 말들이 이야기 속에 자연스럽게 녹아들었다. 말숙이는 어머니의 이야기를 듣는 동안 세상의 넓이와 깊이를 조금씩 배워 나갔다.

겨울밤이 깊어지면 어머니와 말숙이는 두꺼운 이불 속에 나란히 누워 별빛이 비치는 창문을 바라보았다.

"저 별들은 엄마가 어릴 때도 있었단다. 너도 어른이 되면 저 별을 보면서 네 아이들에게 이야기를 들려주겠지?"

어머니의 말에 말숙이는 고개를 끄덕였다.

그날 밤 말숙이는 어머니의 품에서 잠들며 속으로 다짐했다.

'언젠가 나도 엄마처럼 멋진 이야기를 만들어 내 아이들에게 들려줄 거야.'

어머니는 여전히 건강했고, 말숙이와 함께 보낼 많은 겨울밤이 남아 있었다. 그들의 따뜻한 이야기는 그렇게 계속되었다.

말숙의 어머니는 바느질을 하느라 늦은 밤까지 깨어 있었다. 작은 호롱불이 어둠 속에서 깜박이며 옷을 꿰매는 어머니의 손을 비추고 있었다. 방 안에는 바늘이 천을 스칠 때마다 나는 사각거리는 소리와, 간간이 어머니의 숨소리만이 가득했다.

바느질은 단순한 일이 아니었다. 그것은 가족을 위한 작은 희생이자, 다음 날을 준비하는 그녀만의 방식이었다. 피곤함이 쌓일 대로 쌓인 몸을 느끼면서도, 그녀는 손에서 바늘을 놓지 않았다.

말숙이가 잠든 이부자리로 눈길을 돌린 어머니는 자신도 모르게 미소를 지었다. 곤히 잠들어 있는 말숙의 얼굴에는 천진난만함이 묻어 있었다.

어머니는 잠시 멈추고, 바느질을 내려놓았다. 고단한 몸을 이끌고 말숙의 옆자리에 눕자, 묘한 안도감이 밀려왔다.

호롱불은 여전히 방 안을 은은히 밝히고 있었다. 어머니는 그것을 끄지 않은 채 잠에 들었다. 그 불빛은 어둠을 비추는 작은 희망처럼, 말숙과 어머니의 꿈을 함께 지켜 주는 듯했다.

말숙은 어딘가 모르게 답답한 냄새에 눈을 떴다. 잠에서 덜 깬 상태였지만 코를 찌르는 냄새가 심상치 않았다. 주변을 둘러보니 방 안에 희미하게 매캐한 연기가 피어오르고 있었다.

"어?"

말숙은 순간 얼어붙었다. 가슴이 두근거리며 불길한 예감이 엄습했다.

정신이 번쩍 든 그녀는 곧장 연기의 근원지를 찾기 위해 몸을 일으켰다. 방구석에 있던 호롱불이 넘어져 있었다. 기름이 흘러나와 바닥에 퍼지고 있었고, 불꽃이 이불로 옮겨 붙어 작은 불길을 만들고 있었다. 순간적으로 공포와 당황스러움이 몰려왔지만, 말숙은 이내 이를 악물고 침착함을 되찾았다.

"옴마! 불났다!"

말숙은 어머니를 다급히 흔들었다. 어머니는 말숙의 목소리에 놀라 일어나 상황을 파악하더니, 곧바로 이불을 움켜잡고 불길을 끄기 시작했다.

다행히 불은 크지 않았다. 그들은 불붙은 이불을 방 한쪽으로 밀어냈고, 솜이불은 그을음만 남긴 채 스스로 꺼져 갔다.

어머니는 안도의 숨을 내쉬며 호롱불을 바라보았다. 넘어진 있던 호롱불 속에는 등유가 거의 바닥난 상태였다. 어머니는 손끝으로 호롱을 가리키며

"호롱에 기름이 없어 다행이다. 조금이라도 더 남아 있었으면 큰일 날 뻔했다이."

호롱에 등유가 더 많이 남아 있었다면 말숙과 어머니는 어떻게 되었을지 상상하며 가슴을 쓸어내렸다. 그을린 이불을 한 번 쓰다듬고는 말숙의 등을 가만히 어루만졌다.

"불은 조심해야 하지만, 오늘 일은 운이 좋았던 기라. 다음부턴 내가 더 신경 쓸꾸마."

그날 밤, 말숙은 놀란 마음이 진정이 되지 않아 쉽게 잠들지 못했다. 어머니가 장에 가서 호롱불의 기름을 사 오던 모습이 떠올랐다.

손때 묻은 작은 하얀색 사기 호롱은 어머니와의 일상 속 소중한 부분이었지만, 그날은 그것이 생명을 위협하는 것이 될 수 있다는 것을 처음으로 깨달았다.

겨울의 새벽 공기가 서늘하게 방 안을 스쳤다. 말숙은 그날의 일을 평생 잊지 못했다. 호롱불에 다 타지 않았던 그 우연은 단순한 행운이 아니라, 어머니와의 삶을 이어 준 기적처럼 느껴졌다.

"괴안타… 많이 놀랐제? 불은 껐으니 이제 걱정하지 않아도 된다이."

어머니는 말숙을 품에 꼭 안아 주며 다독였다.

말숙은 어머니의 체온에 스며드는 따뜻함 속에서 가슴이 조금씩 진정되는 것을 느꼈다. 하지만, 그날 밤은 그녀의 생애 처음으로 겪는 고난이었다.

호롱에서 시작된 작은 불길은 집 전체로 번질 뻔했다. 다행히도 말숙의 기지 때문에 빨리 진화되었지만, 그 순간 말숙의 어린 마음에 새겨진 공포는 쉽게 사라지지 않았다. 불길이 번질지도 모른다는 불안감, 그리고 가족과 집이 사라질지 모른다는 두려움은 그녀를 단단히 짓눌렀다.

차가운 겨울바람이 스며드는 새벽녘, 어머니는 떨리는 손으로 혼잣말처럼 중얼거렸다.

"호롱불을 두고 잠들지 말았어야 했는데, 내가 깜빡했네. 내가 노망이 들었나, 와 이라노…?"

말숙은 이불 속에서 어머니를 원망하지 않았다. 오히려 그날의 사건은 그녀로 하여금 어머니를 더욱 깊이 의지하게 만들었다. 어머니의 작은 실수에도 불구하고, 어머니는 늘 자신을 지켜 주고 있다고 느꼈기 때문이다.

그날 이후로 말숙은 밤마다 어머니가 잠들기 전에 불을 끄는지 확인하는 습관이 생겼다. 어머니는

"이젠 니가 다 컸다이."

라며 웃었지만, 말숙은 그 웃음 속에서 자신을 향한 어머니의 미안함을 읽을 수 있었다.

  어둠이 내린 집 안은 다시 고요해졌고, 두 모녀는 그날 밤을 지나며 서로에게 더욱 단단히 기댈 수 있는 존재가 되었다.

45. 말숙이의 기차놀이

말숙이 네 살이 된 어느 날이었다. 햇볕이 내리쬐는 오후 골목에는 아이들의 웃음소리가 가득했다. 말숙의 작은 오빠 재규는 흰색 셔츠를 입은 채 양팔을 뻗어 무언가를 지휘하듯 서 있었다. 아이들은 그의 명령에 귀를 기울이며 소란을 잠시 멈췄다.

"야들아, 기차놀이 하자!"

재규의 말에 아이들의 눈이 반짝였다. 기차놀이는 그들 사이에서 가장 신나는 놀이였다. 한 아이가 손을 들고 물었다.

"그럼 재규가 기관사야?"

"당연하지! 내가 기관사고, 경민이가 조수야."

경민은 고개를 끄덕이며 어깨를 으쓱했다. 그는 자신이 맡은 역할이 매우 중요한 일임을 알고 있었다. 재규는 한쪽에 있는 긴 새끼줄을 가져와 한쪽 끝을 단단히 붙잡았다.

"여기가 기관차고, 줄의 맨 끝은 마지막 기차 고배 인기라. 타고 싶은 사람은 여기 줄을 잡고서 안으로 들어오소."

아이들은 환호하며 줄 위에 차례대로 섰다. 긴 새끼줄은 순식간에 열차처럼 길게 이어졌다. 재규는 목소리를 높였다.

"올 기차는 대구행입미더! 모두 출발 준비됐제?"

"발차!"

아이들이 일제히 외쳤다.

재규는 두 팔을 앞으로 흔들며 외쳤다.

"칙칙! 폭폭! 기차 출발합미더!"

"뛰뛰 뿜뿜 뛰뛰 뿜뿜 애기기차 떠나간다. 어서어서 올라타라.

뛰뛰 뿜뿜 뛰뛰 뿜뿜 울타리를 한번 돌고

장독대를 한번 돌고 뛰뛰 뿜뿜 뛰뛰 뿜뿜

꼬마 손님 조심해라. 잘못하면 떨어진다."

줄을 쥔 아이들은 재규의 움직임에 맞춰 발을 맞추기 시작했다. "칙칙 폭폭"을 입으로 따라 하며 서로의 발을 의식적으로 맞췄다. 그 모습은 어른들이 보기엔 단순한 줄 서기 놀이처럼 보였겠지만, 아이들에게는 진짜 열차가 되어 가상의 세계를 여행하는 특별한 순간이었다.

골목을 가로지르며 재규는 계속해서 소리쳤다.

"대구역! 대구역입미더! 손님들, 타고 내리소!"

그러자 맨 뒤에 있던 한 아이가 손을 들었다.

"지요! 내릴깨에!"

아이들은 줄을 멈췄다. 그 아이는 허공에 가상의 짐을 꾸리는 시늉을 하며 줄에서 살짝 벗어났다. 다른 아이는 재빨리 그 자리를 차지하며 외쳤다.

"지는 부산 가는 손님입미더!"

재규는 웃으며 손짓했다.

"갑미더, 다음 역은 부산이요! 다시 출발! 빠앙!"

아이들은 다시 줄을 맞춰 발을 움직였다. 새끼줄 열차 안에서 서로 다른 목적지를 상상하며 이야기를 나눴다. 경민은 기관사의 조수답게 앞에서 줄을 잡고 아이들에게 돌아다니며 표 검사를 했다.

"표 보여 주이소! 표 안 사고 개구멍으로 타모 지서 잡아 갑미다!"

아이들은 웃으며 손을 들어 보였다. 어떤 아이는 손바닥에 동그라미를 그려 "표"라며 내밀었다. 경민은 고개를 끄덕이며

"다음 역은 부산!"

이라고 외쳤다.

놀이가 계속될수록 아이들은 더욱 몰입했다. 골목은 그들의 대륙이 되었고, 새끼줄은 진짜 기차로 변했다.

놀이가 끝날 무렵, 재규는 줄을 내려놓고 외쳤다.

"기차 종점 부산입미더! 모두 안전하게 내리시소!"

아이들은 박수 치며 환호했다. 가상의 세계에서 함께 웃고 뛰었던 시간이 그들에게는 현실보다 더 생생하고 즐거웠다.

해가 저물 무렵, 아이들은 서로에게 "다음엔 어디로 갈까?"를 묻고 있었다. 기차놀이는 끝났지만, 그들의 상상 속 열차는 여전히 어디론가를 향해 달리고 있었다.

말숙은 대장을 하는 오빠가 있어서 어깨를 으쓱이기도 했다.

46. 말숙의 나무 타기

그 시대 사람들은 대부분 삶의 여유는 거의 없었다. 하루의 대부분은 생계를 유지하기 위해 일하는 데 쓰였다. 농사철에는 새벽부터 밤늦게까지 밭일을 해야 했고, 농한기에는 땔감을 모으거나 겨울 준비에 바빴다. 그나마 즐거움이라면 명절에 가족과 이웃이 모여 나누는 조촐한 음식과 담소였다. 마을 잔치가 열리는 날은 모두가 잊을 수 없는 특별한 날이었다.

그러나 그 험난한 시절에도 사람들 사이에는 따뜻한 정이 있었다. 마을 사람들은 서로를 돌보고 의지했다. 아이를 낳으면 온 마을이 축하했고, 누군가 병에 걸리면 이웃이 약초를 찾아 주기도 했다. 그들의 삶은 단순했지만, 그 안에는 고된 일상 속에서도 나눌 수 있는 작은 기쁨들이 있었다.

이러한 시골의 삶은 현대인의 시선에서 보면 낯설고 고달프게 느껴질 수 있다. 하지만 당시 사람들에게 그것은 일상이었고, 생존을 위한 투쟁이었다. 그리고 그 속에서 묻어나는 인간애와 강인한 생명력은 1960년대 한국을 버티게 한 원동력이었다.

말숙이의 어머니는 그녀를 마흔 살의 늦은 나이에 낳았다. 그때 평균

연령대로 한다면 말숙이가 10살이 되기 전에 생을 마감해야 할 나에 출산을 하게 되었다. 그래서 아이를 향한 사랑과 희망만큼은 누구보다 강렬했다. 그녀의 탄생은 어머니에게 하나의 기적이나 다름이 없었다.

어머니는 말숙이를 품에 안고 매일 밤 이야기를 들려주었다. 그녀가 어릴 적 겪었던 일들, 고향 마을의 아름다웠던 풍경, 그리고 아직 말숙이가 보지 못한 세상의 이야기들로 가득 찬 밤이었다. 이야기를 끝낼 때면 어머니는 항상 같은 말을 덧붙였다.

"말숙아, 너는 나의 마지막 선물인기라. 너는 아주 소중한 보물이란다."

이 말은 말숙이의 마음 깊은 곳에 자리 잡았다. 어린 말숙이는 어머니의 이야기를 들으면서 스스로를 특별하고 소중한 존재로 느꼈다. 하지만 그녀는 시간이 지나면서 어머니의 눈가에 드리워진 주름과 손에 새겨진 세월의 흔적을 보며, 자신의 존재가 어머니에게 얼마나 큰 희생을 요구했는지를 깨닫기 시작했다.

어머니는 말숙이를 키우면서 모든 것을 쏟아부었다. 말숙이는 어머니가 전해 준 이야기를 통해 강한 의지와 따뜻한 마음을 배웠다.

오빠들과 함께 보내는 낮 시간은 그녀에게 익숙한 일상이었다. 오빠들은 그들만의 세계에서 온갖 장난을 치며 신나게 놀았고, 그 틈에 말숙도 자연스럽게 끼어들었다. 그녀는 이쁜 외모와는 달리 행동은 늘 거침이 없었고, 간혹 오빠들의 장난이 과격해져도 울거나 피하지 않았다. 오히려 "내가 해 볼래!" 하며 오빠들의 흉내를 내는 일이 더 많았다.

오빠들이 뒷동산의 나무에 올라가면,

"저 나무 꼭대기까지 누가 먼저 올라가는지 시합하자!"

오빠들의 목소리는 들뜬 호기심으로 가득 차 있었다. 말숙이는 그 말에 눈을 반짝이며 말했다.

"나도 할래!"

오빠들은 잠시 머뭇거렸다.

"말숙이는 어려서 안 돼. 위험하다 아이가."

하지만 말숙이는 이미 나무 기둥에 손을 얹고 있었다.

"나도 올라갈끼다!"

그녀의 작은 손이 나무껍질을 꼭 잡았다. 오빠들은 마지못해 그녀를 따라오라고 허락했다.

"그아모 천천히 올라오이라. 꼭 잡아야 한다이!"

라고 당부하며 먼저 나무를 타고 올라가기 시작했다.

말숙이는 짧은 다리로 기둥을 밟고, 힘껏 팔을 뻗어 오르기 시작했다. 작은 몸짓이었지만, 오빠들에게 뒤처지지 않으려 이를 악물고 올라갔다. 바람이 가지를 흔들 때마다 그녀는 잠시 멈추고 나무를 꽉 잡았지만, 포기하지 않았다.

"말숙아, 우찌 여기까지 올라왔노?"

위쪽에서 오빠가 내려다보며 놀란 목소리로 외쳤다. 말숙이는 땀에 젖은 얼굴로 미소를 지었다.

"나 더 높이 갈 끼다!"

오빠들과 함께 나무 꼭대기에 가까워졌을 때, 말숙은 그제야 바람이 조금 무섭게 느껴졌다.

말숙이는 결국 나무 꼭대기 가까이까지 올라갔다. 오빠들이 환호하며 손을 흔들었고, 그녀는 스스로도 대단한 일을 해냈다는 생각에 가슴이 두근거렸다. 하지만 흥분도 잠시, 아래를 내려다본 순간 그녀의 표정이 굳었다.

나무 아래로 보이는 세상은 멀고도 아찔했다. 말숙은 나뭇가지를 꼭 잡은 채로 움직이지 못했다. 손에 땀이 나기 시작했고, 심장이 빠르게 뛰었다.

"말숙아, 내려오이라!"

오빠들의 목소리가 들려왔지만, 그녀는 고개를 저었다.

"나… 무서버…"

말숙의 목소리는 금세 떨리기 시작했고, 이내 눈물이 터졌다. 나무 위에서 울음을 터트린 그녀의 모습에 오빠들은 깜짝 놀랐다.

"괴안타, 말숙아! 우리가 도와주꾸마!" 둘째 오빠가 조심스럽게 그녀에게 다가왔다.

하지만 말숙은 손을 뻗지 않았다.

"나무 꼭 잡고 있거라이!"

"오빠야 무서버!"

그녀는 나무 기둥을 더 꽉 껴안았다. 오빠들은 서로 얼굴을 마주 보며 어쩔 줄 몰라 했다.

"말숙아, 밑에서 받아 주꾸마! 뛰어애리삐라!"

작은오빠가 용기를 내어 말했다. 하지만 말숙은 더 크게 울면서 외쳤다.

"못 하것다! 무서버! 엉엉!"

결국, 동네 어른들이 나서야 했다. 나무 아래에 사람들이 모여들었고,

누군가 사다리를 가져왔다. 오빠들은 조금 창피해하면서도 걱정스러운 얼굴로 그녀를 바라봤다.

말숙은 사다리를 타고 어른의 품에 안겨 내려오면서도 계속 울고 있었다. 나무 아래로 내려온 뒤에도, 그녀는 한참을 오빠들 등 뒤로 숨어서 훌쩍거렸다.

"말숙아, 이제는 나무에 안 올라갈 기제?"

오빠가 물었지만, 말숙은 울먹이는 얼굴로 말했다.

"아이다. 다음에는 더 잘할 끼다!"

그녀의 말에 오빠들은 웃음을 터뜨렸다. 그 순간, 말숙의 용감한 모습이 다시 빛을 발했다.

47. 말숙과 술

말숙은 술과의 첫 만남은 그저 흐릿한 기억 속에서 포도주 지게미를 손가락으로 집어 먹던 장면만 어렴풋이 남아 있을 뿐이다. 어린 시절의 짧은 순간이, 그저 유년기의 별 의미 없는 장난에 불과했을지도 모를 순간이, 그녀의 삶에 깊은 흔적을 남기게 될 줄은 아무도 몰랐다.

말숙이 처음 술을 접한 건 네 살 무렵이었다. 당시 그녀는 어머니가 집 안 구석에 담가 둔 포도주 항아리 옆에서 놀고 있었다. 햇살이 부드럽게 내리쬐던 오후, 항아리 옆에 쌓여 있던 포도주 지게미는 어린 말숙의 눈에 그저 신기한 무언가로 보였다. 호기심이 이끄는 대로, 그녀는 작고 탐스러운 손가락으로 지게미를 집어 입안에 넣었다.

달콤하면서도 독특한 향이 혀끝을 감쌌다. 처음 맛보는 맛이었지만, 말숙은 그것이 무엇인지 전혀 알지 못했다. 그저 달짝지근한 맛에 이끌려 또 한 번, 그리고 또 한 번 손이 갔다. 그렇게 작은 입 속에는 점점 알코올의 기운이 스며들었다. 물론 그녀는 그것이 술이라는 것도, 그것이 어린아이에게 얼마나 낯설고 위험한 물질인지도 몰랐다.

그 행동이 말숙의 삶에 하나의 작은 씨앗을 심었다. 술과의 인연은 이후로도 그녀의 삶에 깊숙이 얽히게 되었다. 청소년 시절에는 친구들과의 모임에서 몰래 술잔을 기울이며, 성인이 된 후에는 삶의 고단함과 슬품을 술잔에 녹이며, 그녀는 끊임없이 술과 함께 시간을 보냈다.

그녀에게 술은 단순한 음료 이상의 것이었다. 때로는 위안이자 친구였고, 때로는 적이었다. 그녀는 술에 취해 웃었고, 술에 기대어 울었으며, 술 때문에 실수하기도 했고 술로 인해 새로운 인연을 만나기도 했다. 삶의 굴곡마다 술은 항상 그녀와 함께 있었다.

어느 늦은 여름 오후, 해는 이미 산 너머로 기울어 있었고, 마을은 나른한 평온에 잠겨 있었다. 그런데 그 적막을 깨트리는 작은 발자국 소리가 울렸다. 어린 말숙은 발을 비틀거리며 마을길을 걷고 있었다. 그녀의 두 뺨은 붉게 상기되어 있었고, 걸음은 엉성했다.

"저 얼라 와 저라는기교?"

골목에 있던 옆집 아주머니가 말했다. 말숙은 가끔 웃음소리를 터트리며 혼잣말을 하기도 하고, 쓰러질 듯 비틀거리다가도 금세 일어섰다. 그녀가 팔을 뻗어 지나가던 길가의 나무를 붙잡고 섰을 때, 한 아주머니가 그 모습을 보고 외쳤다.

"옴마야, 저아 술 취한 거 아이가?"

"에이, 설마. 저 얼라가 무슨 술이고?"

"아이다, 저거 저 봐라. 취한 거 같다이. 얼굴도 뻘갰고 걸음도 이상하다 아이가."

동네 어른들의 말소리가 커지며 집집마다 창문이 열렸다.

사실, 말숙은 술이 무엇인지조차 알지 못했다. 새콤달콤한 맛이 나는 포도를 발견했고 아이들이 그렇듯이 그냥 입에 넣은 것뿐이었다. 말숙은 그것을 한 모금, 또 한 모금 마시며 새로움을 탐닉했다. 그리고 얼마 지나지 않아 그녀의 작은 세상은 흔들리기 시작했다.

"말숙아! 니 여서 뭐 하고 있노?"

그 순간, 그녀의 어머니가 달려와 아이를 부축했다. 어머니의 얼굴에는 당황과 창피함이 섞여 있었다. 동네 사람들은 멀찍이 서서 고개를 저으며 웅성거렸다.

"아이구, 저 어린 것이 벌써부터 술맛을 알면 큰일인데. 나중에 우짤라꼬 저라노."

"집에서 얼라를 잘 좀 봐야지."

어머니는 말숙을 조용히 집으로 데려가며 눈물을 삼켰다. 그날 저녁, 마을은 다시 고요를 되찾았지만, 어린 말숙이 취한 채 길을 헤매던 일은 오래도록 이야기되었다.

그런 모습이 오늘날이었다면 아동학대로 큰일 날 일이겠지만, 그 시절에는 웃음거리로 넘겼다.

그날도 그녀는 동네 어귀에서 자잘한 돌멩이를 발로 차며 놀고 있었다. 갑자기 아랫목에 모여 있던 어른들 중 누군가가 그녀를 불렀다.

"말숙아, 니 이리 와 봐라!"

말숙은 재밌는 일이 생길 것 같은 기대에 어른들이 모인 쪽으로 뛰어갔다. 거기엔 큼지막한 대병 소주가 한가운데 놓여 있었다.

"한 모금만 무 봐라!"

어른들은 반쯤 농담처럼, 반쯤 진담처럼 그녀를 부추겼다. 말숙은 망설이다가 작게 한 모금을 입에 댔다. 술은 입안에서 맵고 독하게 돌았고, 그녀는 곧바로 얼굴을 찌푸리며 기침을 했다. 어른들은 배를 잡고 웃음을 터뜨렸다.

"거 봐라, 아이고, 잘한다! 한 모금 더 마셔 봐라!"

이쯤 되니 말숙도 이 상황이 우스웠다. 한 모금, 두 모금. 그렇게 조금씩 마신 말숙은 금세 얼굴이 빨개졌고, 비틀거리며 마당을 돌아다니기 시작했다.

"야야, 저 봐라. 춤추는 것 같다!"

어른들 사이에선 더 큰 웃음이 터졌다. 말숙은 흔들리는 발걸음으로 마당을 돌며 흐느적거렸다. 그 모습이 마치 어른들의 '춤'을 따라 하는 것처럼 보였다.

그 상황을 곁에서 지켜보던 바로 위 오빠는 어른들의 장난이 신기하기만 했다. 여동생이 술에 취한 모습이 우스꽝스럽게 보였던 모양이다. 어느 날, 오빠는 말숙에게 몰래 술을 먹였다. 그런데 어린 말숙은 너무 많은 양을 섭취하고 말았다.

그날, 말숙은 축 늘어진 채로 정신을 잃었다. 조그마한 몸이 바닥에 누운 채 꼼짝도 하지 않았다.

집안은 발칵 뒤집혔다. 부잣집 막내가 정신을 잃고 쓰러져 있으니 부모님은 눈물로 얼굴을 적시며 그녀의 머리에 물수건을 올려 주고 깨어나기를 간절히 기원했다. 긴 시간 끝에 말숙은 겨우 눈을 떴지만, 그 일이 집안에 남긴 충격은 오래도록 남았다.

그날 이후, 어른들은 더는 아이에게 술을 먹이지 않았고 어른들은 아이 앞에서 술을 먹이는 장난은 말숙이 어른이 될 때까지 하지 않았다.

그러나 그 사건은 말숙의 몸 어딘가에 술에 대한 묘한 친화력을 남겨 놓았다. 그녀는 자라면서 유독 술을 잘 마시는 여자가 되었다. 어느 날 문득 생각이 났다.

'내가 이렇게 술에 강한 이유가 그때부터였을까?'

말숙에게 술은 단순한 음료 이상의 존재였다. 처음에는 우연이었고, 그다음엔 장난이었다.

결국, 술은 어린 시절의 기억 한 자락을 깊게 적시며 그녀의 삶 속에 깊이 스며들었다. 어린 시절의 그녀는 몰랐겠지만, 그때의 경험은 그녀를 술과 묘한 동행자로 만들어 놓고 있었다.

비록 그 시작은 우연이었지만, 술은 그녀의 어린 시절과 이후 삶에 깊게 스며든 존재가 되었다.

48. 말숙 할머니의 뽕나무 심기

말숙의 집안은 아직도 할머니가 4명의 머슴들을 데리고 모든 농사일을 관장하신다. 할머니는 연로하셨지만, 여전히 기운이 넘치고 목소리가 크셨다. 새벽이면 마당에서 들려오는 호령 소리에 머슴들이 하나둘 일어나, 하루를 시작하는 모습은 집안의 일상이었다.

1960년대 중반, 농촌에도 작은 변화의 바람이 불고 있었다. 하지만 아직은 기계화나 도시로 떠나는 사람들은 없었다. 전통적인 농사방식이 유지되고 있었고, 말숙의 집안은 농약이나 비료가 조금 보급되고 있었지만 여전히 고루한 방식으로 농사를 짓고 있었다. 벼농사를 주력으로 삼고 있었어, 머슴들의 세경을 주고 나면 남는 것은 별로 없었다. 할머니는 농사일의 어려움 속에서도 절대 포기하지 않으셨다.

"우리 집은 늘 이 고장 제일의 농사를 했다이. 내가 살아 있는 한 이 명맥을 이어 갈끼다."

머슴들은 각자 맡은 일이 있었다. 김 씨는 논을 관리하며 물길을 살피는 데 능했고, 박 씨는 소들을 돌보며 밭농사를 보조했다. 이 씨와 최 씨는 힘쓰는 일에 주로 동원되었는데, 특히 이 씨는 수확철에 힘을 발휘하는 것으로 유명했다.

어느 날, 말숙은 할머니 손을 잡고 오빠와 함께 머슴들이 일하는 논에 나갔다. 오빠는 어린 마음에도 집안이 예전 같지 않다는 것을 느낀다.

"할매, 나락농사만 지어서 우리가 계속 살 수 있을 것 같습미꺼?"

라고 물었다. 할머니는 잠시 논물을 바라보더니, 단호한 목소리로 말했다.

"벼농사는 우리 뿌리다. 이 땅을 지키고 있는 것도, 조상들이 농사를 지으며 물려준 덕분인기라. 하지만 지금은 다른 길도 생각해야 할 때다. 나는 예전에 했던 누에치기를 시작해 볼끼다. 뽕나무만 잘 키우면 큰 수익을 낼 수 있고, 머슴들도 더 좋은 대우를 받을 수 있을 끼라."

할머니의 말에 말숙과 오빠는 고개를 끄덕이며 새로운 희망을 품었다.

할머니가 처음 뽕나무를 심기로 결심한 날은 봄의 끝자락, 산들바람이 꽃내음을 실어 나르는 그날, 합강정 아래로 펼쳐진 드넓은 벌판은 파릇파릇한 생기로 가득했다. 하지만 그녀의 눈은 야산 경사면에 머물렀다. 버려진 듯한 황토밭에서, 할머니는 머릿속으로 비단을 짜는 실을 상상했다.

저런 척박한 땅에서 뭐가 자라겠냐며 머슴들이 다 반대했다. 그러나 할머니 생각은 달랐다. 오히려 그런 땅이야말로 뽕나무가 뿌리를 깊이 내릴 수 있는 곳이라 믿었다.

할머니는 손수 삽을 들고 밭으로 나섰다. 발밑의 흙은 단단했고, 돌들이 군데군데 박혀 있어 삽질조차 쉽지 않았다. 머슴들도 마지못해 뒤따라 그녀를 도왔지만, 얼굴에는 불만이 가득했다. 그러나 할머니는 한번 결심한 일을 쉽게 포기하지 않았다. 한 삽, 또 한 삽. 흙을 파내고 돌을 치우는 작업은 며칠간 이어졌다.

그렇게 뽕나무 묘목이 심어진 야산은 처음에는 아무 변화가 없는 듯 보였다. 하지만 시간이 흐르자 작은 새싹들이 얼굴을 내밀었다. 머슴들은 조금씩 고개를 끄덕였고, 할머니는 한층 더 힘을 냈다. 비바람이 몰아치는 날에도, 그녀는 묘목 주변의 흙을 단단히 다지며 나무들이 쓰러지지 않도록 애썼다.

몇 년 되지 않아서 그 경사진 밭은 푸른 뽕나무 숲으로 변했다. 바람에 흔들리는 뽕잎은 햇빛을 받아 반짝였다.

"그게 다 그냥 뽕나무를 심어서 된 일이 아잉기라. 사람이나 나무나 관심을 가지고 열심히 돌보면 언젠가는 결실이 있는 긴기라."

할머니의 이야기는 단순히 뽕나무를 척박한 땅에서도 희망을 찾고, 끊임없이 노력하는 삶의 철학을 담고 있었다. 그녀가 심은 뽕나무 숲은 단순한 나무들이 아니라, 그녀의 꿈과 신념이 자라난 결과였다. 그리고 그 숲은 오랜 세월이 지나도 여전히 합강정 옆에 푸르게 자리하고 있었다.

1962년, 정부는 한국의 중요한 수출산업으로 잠사업을 육성하기 위한 5개년 계획을 발표했다. 이 계획은 농촌의 경제를 활성화하고, 새로운 일자리 창출을 목표로 했다. 정부는 잠업을 적극 장려하며, 특히 농민들에게 이를 실천할 수 있는 방법을 적극적으로 교육하고 지원했다. 이러한 분위기 속에서 말숙의 할머니는 희망을 품고 한 가지 결단을 내린다.

할머니는 젊은 시절, 부모님의 농사를 돕고, 마을 사람들과 함께 잠업을 하며 많은 경험을 쌓았다. 하지만 일제치하에서는 우리나라가 일본의 쌀 생산 기지가 되어서 다른 농사는 말살정책을 펼쳤고, 6.25 전쟁으로 더욱 쇠퇴하게 되었다. 그러다 보니 시간이 지나면서 잠업의 수익성은 점차 떨어지고, 다른 일들에 밀려 잠업은 점점 사라져 갔다. 그러나 정부의 새로운 5개년 계획에 따라 잠업이 다시 주목받자 할머니는 다시 한 번 누에치기를 결심했다.

말숙은 어린 시절부터 할머니와 함께 자주 마을의 논밭을 다녔고, 할머니의 꿈을 잘 알고 있었다. 할머니는 늘

"누에는 열심히 기르면 반드시 보답을 한다."

"말숙아, 우리 집안이 다시 일어설 수 있는 기회가 왔다이. 정부에서 잠업을 지원하니까, 이제 우리는 누에를 키우기 시작해야 돈을 버는기라. 누에가 자라서 고치를 만들면 그 값이 꽤 좋을 끼야. 그 돈으로 다른 일들을 할 수 있을 거고, 결국 집안이 다시 일어날끼다."

그날부터 할머니는 머슴들과 함께 누에를 키우기 위한 준비를 시작했다. 잠실을 마련하고, 누에에 필요한 뽕잎을 따기 위해 산과 들을 다니며 바쁘게 움직였다.

한 달이 지나고, 누에들이 자라 고치를 만들어 갔다. 말숙은 할머니의 얼굴에 미소가 번지는 것을 보았다. 할머니는 만족스러운 표정으로 고치들을 바라보며 말했다.

"이게 바로 우리가 기다린 순간이다. 이제 우리도 다시 일어날 수 있을 끼다."

정부의 잠업 증산 계획 덕분에 다시 한번 희망을 품고, 새로운 시작을 할 수 있었다. 잠업을 통해 그들의 삶은 조금씩 나아졌다.

그 시절, 논농사는 힘이 센 남자들이 해야 할 일이었다. 남자들은 논에 들어가 일하고, 땀을 흘리며 온몸을 써 가며 일을 했다. 하지만 누에치기는 달랐다. 누에고치를 채취하고, 뽕나무의 잎을 따 오는 일이었고, 잠실을 깨끗하게 청소하는 일이었다. 이 일은 힘보다는 섬세함이 요구

되었고, 무엇보다 아이들과 아녀자들도 할 수 있을 정도로 큰 노동이 아니었다.

그 시절에는 집안일은 주로 여성들의 몫이 되었다. 남자들은 논밭에서 땀을 흘리며 일을 마친 뒤 피로를 풀고 잠자리에 들었지만, 여자들은 집 안에서 쉴 틈 없이 일에 매달려야 했다. 아침이면 이른 시간부터 일어나 밥을 짓고, 빨래를 하고, 아이들을 돌봐야 했다. 그리고 누에치기 일이 시작되면, 뽕잎을 따고 잠실을 청소하며 하루를 보내야 했다.

아이들도 예외는 아니었다. 아직 어리지만, 일손을 돕는 것이 당연한 일이었다. 작은 손으로 뽕잎을 따서 머리에 이고 와 누에에게 먹이를 주며, 잠실을 쓸며 부모를 돕는 일은 그들에게도 하나의 의무였다. 이렇게 여성들과 아이들의 손길이 닿지 않은 곳은 없었다. 그들의 노동이야말로 가족이 살아가는 중요한 버팀목이었고, 그 덕에 모든 것이 돌아갔다 해도 과언이 아니었다.

그들은 하루 종일 쉼 없이 일하고, 손이 마를 틈이 없었다. 하루의 끝자락에서 그들의 손끝은 굳어지고, 몸은 피곤에 절었지만, 내일도 또 그렇게 살아가야 한다는 것을 알았다.

흡사 인도, 네팔, 스리랑카 같은 빈민가의 아동들과 비슷한 모습이 5~60년 전 우리나라의 모습이었다.

49. 번데기 먹기

장포마을, 계절의 바람이 불어올 때마다 삶의 작은 풍경들도 변화를 맞이했다. 봄이 지나고 가을이 찾아오면, 농부들은 다시금 누에치기를 시작했다.

하지만 가을의 누에치기는 봄처럼 많이 하지는 않았다. 봄철의 싱그러움이 가득한 부드러운 뽕잎이 가을에는 부족했기 때문이다. 뽕나무의 잎들은 여름의 뜨거운 햇볕 아래에서 조금씩 억세어졌고, 어린누에가 먹기에 적합한 잎을 찾는 일도 쉽지 않았다. 그래서 가을 누에치기는 봄철만큼 활발하게 진행되지는 않았지만, 여전히 말숙의 집안에는 손길이 닿는 곳곳에서 누에를 키우는 일은 이어졌다.

누에치기가 시작되는 계절이 오면, 말숙의 형제자매들은 나이에 상관없이 아침 일찍 깨워졌다. 아침 공기가 아직 차가운 시간에 모두 뽕밭으로 향했으며, 각자의 나이에 맞는 일을 맡아 바쁘게 움직였.

나이가 많은 형제들은 높은 뽕나무에 올라갔다. 그들의 손은 빠르게 움직이며 신선하고 푸른 뽕잎을 따냈다. 그리고 어린아이들은 나무 아래에 머물며 낮게 드리운 잎을 열심히 따 광주리에 담았다. 그들의 수다와 가끔씩 터지는 웃음소리는 뽕밭을 가득 채우며 힘든 노동 속에서 위안을 주었다.

어느 정도 뽕잎이 모이면 말숙의 오빠들은 무거운 광주리를 누에치기 방으로 날랐다. 잎으로 가득 찬 광주리에서는 신선한 뽕잎의 은은한 향이 풍겼다. 그럼 할머니와 어머니는 작은 누에에게는 부드러운 잎을 주고 령이 올라갈수록 억센 잎을 주는데 5령 정도 되면 뽕나무 가지째로 주기도 했다. 누에들이 잎을 먹는 소리가 잔잔한 배경음을 이루었다.

형제자매들은 묵묵히, 익숙한 손놀림으로 일했다. 어린아이들에게는 힘든 일이었지만, 모두가 누에가 자신들의 부지런함에 의존한다는 것을 알고 있었고, 그 누에가 가족의 생계를 책임진다는 사실도 이해하고 있었다.

시간이 흐르며 이 일상은 그들의 삶에 자연스레 스며들었다. 뽕밭은 그들의 놀이터가 되었고, 누에치기 방은 공유된 책임감의 공간이 되었다. 이러한 모든 과정 속에서 말숙의 가족은 서로의 노고를 나누며 끈끈한 유대감을 쌓아 갔고, 이는 마치 누에가 섬세한 실을 잣는 것처럼 그들의 삶을 단단히 엮어 주었다.

누에가 뽕잎을 먹고 자라 만든 고치는 집안의 생계와 직결된 중요한 수확물이었다. 고치의 등급은 실의 질과 형태에 따라 나뉘었다. 실이 고르고 타원형을 이루는 누에고치는 1등급으로 분류되었고, 가장 높은 금액으로 수매되었다. 하지만 등급이 낮을수록 가격은 급격히 떨어졌고, 등외품은 값어치를 거의 못 했다.

그러나 아이들에게는 이야기가 달랐다. 어른들이 등외품으로 분류한 고치 더미를 바라보는 아이들의 눈빛은 반짝였다. 간식거리가 드물었던 시절, 번데기는 그들에게 귀한 보물이자 별미였다.

"번데기 좀 실컷 무 봤으면 울메나 좋겠노."

는 아이들의 바람이었다.

말숙의 할머니와 어머니는 고치의 품질을 꼼꼼히 확인하며 한숨을 쉬었다.

"올해는 와 이리 등외품이 많노…."

그는 주름진 손으로 고치를 굴리며 중얼거렸다. 그 옆에서 막내아이 말숙이가 빤히 그를 쳐다봤다. 할머니는 기대 어린 눈빛을 눈치챘지만, 애써 모른 척하며 고치를 바구니에 담았다. 하지만 말숙의 마음은 이미 누에방 한구석에 쌓인 등외품으로 향해 있었다.

선별이 끝나고 마을 사람들은 고치를 수매소로 가져갔다. 1등급 고치를 받을 때마다 환한 웃음을 짓던 어른들도, 등급이 낮은 고치를 마주할 때면 짙은 아쉬움이 깃들었다.

어머니와 할머니는 언제나 부지런하셨다. 등외품 누에고치를 한가득 안고 들어오셨다.

"이번엔 등외품이 많아서 우짜노."

어머니는 마당에 자리를 잡고 앉아 커다란 가위를 들었다. 말숙이는 어머니 옆에 쪼그리고 앉아 가위질을 지켜보곤 했다. 누에고치의 단단한 겉껍질이 찢겨져 나가며, 안쪽의 번데기가 드러났다. 어머니는 껍질을 조심스럽게 벗겨내며 빛깔 좋은 번데기들을 바구니 모아서 솥에 옮겨 담으셨다.

"이건 소금 조금만 넣어야 돼. 너무 짜면 맛이 없다이."

어머니는 솥에 소금을 한 줌 넣으며 말하셨다. 말숙이는 두 손으로 턱을 괴고 고개를 끄덕였다. 작은 아궁이에 장작불이 타오르고, 솥뚜껑 위로 김이 피어오르기 시작했다. 잠시 후, 번데기 특유의 고소한 향이 공기 중에 퍼졌다.

냄새는 금세 온 동네로 번졌다. 바깥에서 놀던 언니, 오빠들이 하나둘 집 앞에 모여들었다.

"번데기 삶는가베?"

"우와, 맛있것다."

아이들은 서로 묻고 답하며 신이 나 있었다. 어머니는 웃으며 고개를 끄덕이셨다.

"야들아, 쪼메만 참아라. 금방 된다이."

김이 잦아들 무렵, 어머니는 솥뚜껑을 열었다. 금빛으로 반들거리는 번데기들이 모습을 드러냈다. 말숙이 오빠는 제일 먼저 손을 뻗어 뜨거운 번데기를 하나 집어 들었다. 입안에 넣자, 고소하고 묘한 맛이 혀끝에서 퍼졌다. 아이들은 서로 앞다투어 번데기를 받아들고는 입안에 넣으며 웃었다.

"이거 참말로 맛있다!"

모두가 감탄하며 번데기를 음미했다. 말숙이는 그 순간이 마치 꿈처럼 느껴졌다. 단순한 음식이지만, 이 고소한 맛과 함께 형제자매들이 웃음소리가 섞여 영원히 기억 속에 남을 것 같았다.

그날 저녁, 어머니는 나지막이 말씀하셨다.

"번데기는 힘들게 일한 누에들이 준 선물이다. 소중히 먹어야 한다이. 천천히 꼭꼭 씹어 묵고 그라고 너무 묵지 마라. 배탈 날라."

아이들은 그 말을 새기며 번데기의 마지막 한 알을 입에 넣었다. 따뜻하고 고소한 그 맛은 어린 시절의 가장 행복한 순간을 닮아 있었다.

"할매, 내년에도 등외품 많이 나오것지예?"

아이들의 물음에 할머니와 어머니는 허탈한 듯 웃음을 터뜨렸다.

"아이, 이놈의 손아, 등외품이 적게 나와야 좋은 기다."

그 말에 말숙이는 고개를 갸웃했지만, 이내 번데기를 한입 가득 물고 고소한 맛에 빠져들었다.

누에고치를 키우는 일은 고단했지만, 그 안에는 아이들의 소소한 행복과 농촌의 따스한 추억이 녹아 있었다. 등급의 높고 낮음을 떠나, 그 시절 누에고치 한 올 한 올에는 사람들의 삶과 정이 실려 있었다.

50. 뽕밭

뽕나무 밭은 세대와 상관없이 모두에게 각기 다른 추억을 남긴다. 뽕나무와 오디, 그리고 그 주변의 풍경은 한편으로는 동심의 상징이었고, 또 한편으로는 어른들만의 이야기를 담아냈다.

나도향 원작의 소설 「뽕」이 1985년 이두용 감독에 의해 영화화가 되어 1986년 극장에 걸렸다. 이미숙이 안협집 역으로 주연, 변강쇠로 유명한 이대근이 머슴 삼돌로, 이무정이 남편 삼보 역으로 출연했다.

그 영화로 인해 어른들에게는 때로는 금기시된 기억을 떠올리게 한다. 농익은 여름의 정취 속에서 펼쳐지는 낯 뜨거운 정사 장면들은 많은 사람들에게 강렬한 인상을 남겼다.

뽕나무 잎이 무성할 때면 보리밭은 금빛 물결로 출렁이고 있었다. 부드러운 바람이 지나가면 보리 이삭들이 서로 부딪혀 사박사박 노래를 불렀다. 보리 키가 크고 푸른빛이 돌 때는 젊은 청춘남녀가 그곳에 들어가 사랑을 나누었지만 누렇게 익어 가는 보리밭은 보리의 이삭의 끝이 뾰족하여 몸에 닿으면 도둑놈 풀처럼 옷에 붙기도 하고 그게 옷 속에 들어가기라도 하면 엄청난 가려움증을 동반해서 접근하기 어렵다.

하지만 그때쯤 뽕나무는 무성한 잎을 만들어 내어 남녀가 서로 사랑을 나누기에는 아주 좋은 장소가 된다.

특히 동네 아낙과 아재가 서로 눈이 맞는 경우가 있는데 그들이 갈 수 있는 곳은 그 시절에는 별로 없다.

"마이 기다렸나?"

낮은 음성이 뒤에서 들려왔다. 장포에 사는 아낙이 미소를 지으며 천천히 돌아섰다. 말숙이 집에 머슴살이하는 석규였다. 그의 이마에 흘러내린 머리카락 사이로 땀방울이 맺혀 있었다. 그는 종종걸음으로 달려온 듯 숨이 조금 가빴다.

"늦었다 아이가."

아낙이 애교 섞인 투정으로 말했다.

"말숙이 할매가 다른 일을 시켜서 그거 마치고 온다고 미안소. 아무리 늦어도 기다릴끼라 뛰왔다."

석규가 웃으며 말했다. 그가 아낙 쪽으로 한 걸음 다가섰다. 아낙의 손끝에 살짝 스친 그의 손이 새싹 뽕잎의 흔들림처럼 부드러웠다.

"들낄라. 더 안에 들어가자."

석규는 그녀의 손을 잡고 이끌었다.

뽕나무가 울창하게 우거진 작은 숲. 햇빛은 잎 사이로 겨우 한 줌 씩 비쳐 들어왔다. 새들의 지저귐이 간간이 들릴 뿐, 그곳은 세상과 단절된 듯한 고요 속에 있었다.

아낙은 그늘에 발을 들이며 주위를 둘러보았다. 뽕나무의 향긋한 냄새가 코끝을 간질였다. 그녀는 조심스럽게 뽕나무 그늘 풀밭에 앉았다. 석규도 그녀 옆에 자리 잡았다. 둘 사이에는 적당한 거리감이 있었지만, 그들의 시선은 한순간도 떨어지지 않았다.

"석규 총각은 여기 자주 오는가베?"

아낙이 물었다.

"아이라예. 올 처음 왔는데 그라고 요새는 얼라들도 여기까지는 잘 안 오는 곳이라서 좋다 아잉미꺼."

석규가 대답했다.

"그라모 니 내가 처음이제? 다른 아짐애들하고 이 짓 안 했제?"

아낙이 장난스레 웃었다.

"그런 것을 물어보지 말고예. 빨리 하입시더. 말숙이 할매 또 불러 제낄 수 있어예."

석규는 손을 내밀어 아낙의 머리카락을 쓰다듬으며 그녀의 입술에 포개어 본다. 그의 손길이 조심스럽게 스칠 때마다. 아낙의 눈이 커졌다가 이내 작게 떨렸다. 뽕나무 그늘 아래, 그들의 시선은 다시 맞닿았다.

아낙은 뽕나무를 잡고 허리를 수그리고 치마를 걷어 올려 엉덩이를 쑥 내민다. 석규는 바지춤을 내리고 아낙의 음부를 탐닉한다. 왕복운동을 할 때마다

"아아-"

아낙의 신음 소리가 저절로 나온다. 그들의 몸이 맞닿은 순간, 뽕나무가 흔들리며 오디가 우수수 아낙의 등 위에 떨어진다. 햇살이 파편처럼 흩어지며 둘 사이를 은은하게 감쌌다. 절정의 순간에 그들은 짧은 괴성 후 한동안 둘은 말이 없다가 아낙은 살짝 미소를 지으며 말했다.

"석규 총각, 니하고 같이 있었깨네 너무 좋다."

그는 대답 대신 그녀를 꼭 안았다. 그들의 사랑은 뽕나무 숲속의 그늘 속에서 찬란히 피어나고 있었다.

어른들의 사랑의 장소였다면 뽕나무 밭은 아이들에게 전혀 다른 의미였다. 아이들에게 뽕나무 밭은 자유로운 놀이터였다. 그곳에서는 시간의 제약도, 부모의 잔소리도 잊힌 채 자연과 어우러졌다. 특히 오디는 아이들에게 가장 큰 즐거움을 선사했다. 그 시절, 과일은 귀한 간식이었다. 하지만 뽕나무 밭에서는 누구의 허락도 필요 없이 오디를 따먹을 수 있었다.

오디를 손에 쥐고 입에 넣으면 달콤한 즙이 퍼졌다. 아이들은 서로 누가 더 많이 따고, 누가 더 붉은 입술을 가졌는지 경쟁하며 웃음꽃을 피웠다. 입가에 벌겋게 묻은 오디 물은 마치 어린 시절의 훈장이었다. 손과 옷은 빨갛고 보랏빛 얼룩으로 물들었지만, 누구도 그것을 탓하지 않았다. 그것은 아이들만의 특권이었기 때문이다.

6월의 햇살이 따가웠다. 학교에서 돌아온 아이들은 오후 내내 어떻게 놀까 궁리를 했다. 그날도 해가 중천에 떠오를 무렵, 합강정 기슭에 있는 말숙의 집 뽕밭으로 모여들었다. 굵은 줄기와 가지들이 하늘로 뻗어 있었고, 잎사귀 사이로 검은빛과 붉은빛을 띤 오디들이 주렁주렁 달려 있었다.

"우와, 마이 익었다!"

말숙이 오빠 재호가 외쳤다. 그는 가장 먼저 나무 위로 올라가려는 아이였다. 동네에서 재호처럼 나무를 잘 타는 아이는 없었다. 가끔씩 그가 나무에 올라가는 모습을 보면, 다람쥐처럼 빠르게 움직이는 게 신기할 따름이었다.

"오빠야, 천천히 올라가라. 떨어지면 우짤라고 그라노."

재호의 뒤를 바라보며 말숙이가 걱정스레 말했다. 하지만 그의 손은 이미 눈앞에 닿을 듯한 오디를 가리키고 있었다.

"걱정 말거레이! 내가 원숭이보다 나무는 잘 탄다!"

재호가 말하며 웃음을 터뜨렸다. 그 웃음이 아이들 사이로 퍼지자, 모두의 눈이 오디를 향했다.

오디나무 아래는 축제의 한 장면 같았다. 아이들은 서로
"이기 더 달네!"
"이보레, 저쪽에는 더 큰 게 있거마는!"

하며 소리쳤다. 나무 아래에서 오디를 따 먹는 아이들도 있었다. 그들은 손가락 끝이 까맣게 물드는 것도 신경 쓰지 않고 먹는 데 열중했다.

"참말로 다네! 우리 내일도 오들깨 따무로 오자."

미소가 가득한 말숙은 오디를 한입에 쏙 넣으며 말했다. 그녀의 손은 오디의 진한 보랏빛으로 물들어 있었고, 입가엔 작은 점처럼 남은 오디즙이 묻어 있었다.

나무 아래에서 가장 어린 말숙이는 조심스럽게 떨어진 오디를 줍고 있었다. 다른 아이들이 나무를 흔들면 잘 익은 오디들이 우수수 떨어졌고, 말숙이는 그것을 하나하나 주워 자신의 작은 주머니에 넣었다. 그는 가끔씩 한 알씩 입에 넣고는 눈을 꼭 감으며 그 맛을 음미했다.

"말숙아, 왜 그렇게 천천히 묵노?"

오빠는 말숙이를 보며 웃으며 물었다. 씩 웃으며 말했다.

"천천히 무야 더 맛있다. 오빠야도 그리해 보레이!"

한참을 놀고 나니 아이들은 손이며 입이며 온통 오디로 엉망이 되었다. 얼굴에 묻은 오디즙은 마치 전쟁이라도 치른 것처럼 보였다. 하지만 그 누구도 개의치 않았다. 오히려 아이들은 서로를 바라보며 깔깔 웃었다.

"야들아, 마이 무언나?"

재호가 마지막으로 나무에서 내려오며 물었다.

아이들은 한목소리로 대답했다.

"그라모! 오들깨가 계속 있었면 울메나 좋겠노!"

해가 점점 기울어 가고, 오디나무는 조용히 그들의 웃음소리를 품었다. 어린 시절의 달콤한 기억이 오디나무 아래서 익어 갔다.

51. 누에와 담배

말숙이 할머니는 나이 육십을 바라보지만, 손끝으로 누에의 상태를 살피는 감각은 여전히 예리했다. 그녀의 삶은 누에와 함께 시작해 누에와 함께 저물어 갔다.

하지만 요즘 들어 이상한 일이 벌어지고 있었다. 누에가 갑작스레 발작을 일으키며 죽어 나가기 시작한 것이다. 처음엔 몇 마리뿐이라 크게 신경 쓰지 않았지만, 그 수가 점점 늘어나 이제는 거의 반 이상이 죽어 나가고 있었다. 말숙이 할머니는 매일 아침 누에 상자를 열어 볼 때마다 무거운 한숨을 내쉬었다.

"야들이 와 이라노…? 와 자꾸 죽노?"

할머니는 누에를 쓰다듬으며 중얼거렸다. 누에를 치고 난 뒤 그녀의 삶의 동반자였다. 누에가 건강하게 자라야만 고운 명주실을 뽑아낼 수 있었고, 그것이 곧 생활을 이어 가는 힘이 되었다. 하지만 지금은 누에가 죽어 가고 있는 이유조차 알 수 없어 속이 까맣게 타들어 갔다.

그녀는 이웃들에게도 도움을 청해 보았다.

"우리 니비가 가악중에 발작을 일으키며 죽어 나가네. 너희 집 누에는 과안나?"

하지만 마을 사람들 중에서도 비슷한 일을 겪는 이들이 있었다. 어떤

이는 날씨 탓을 했고, 어떤 이는 먹이에 문제가 있는 것 같다고 했다. 누군가는 이 현상이 전염병 때문일지 모른다고 걱정했지만, 모두 추측일 뿐이었다. 정확한 원인을 아는 이는 아무도 없었다.

말숙이 할머니는 더 이상 참을 수 없었다. 그녀는 자전거를 타고 읍내의 농촌지도소를 찾아갔다.

"우리 니비가 자꾸 죽어 나가요. 뭐가 문제인지 좀 알아봐 주이소."

할머니의 간절한 목소리에 농업 기술사는 곧장 할머니의 이야기를 듣고 누에의 상태를 확인하기 위해 그녀의 집으로 갔다.

기술사는 누에를 자세히 관찰하고, 누에 상자 주변 환경도 꼼꼼히 살폈다. 그리고는 이렇게 말했다.

"할매, 이건 아마 누에질병의 일종인 '핵다각체병' 같습미더. 바이러스에 감염되면 누에가 발작을 일으키며 죽을 수 있는데예. 온도와 습도가 바이러스가 퍼지기에 딱 맞아 떨어진 것 같네에."

"핵다각체병…? 그게 무신데…"

할머니는 처음 듣는 병명에 당황스러웠지만, 곧 냉정을 되찾고 대책을 물었다.

기술사는 예방과 치료 방법을 설명해 주었다. 감염된 누에를 즉시 제거하고, 누에 상자를 깨끗이 소독하며, 앞으로는 온도와 습도를 철저히 관리해야 한다고 했다.

"할매 뽕나무 밭 근처에 혹시 담배 밭이 있습미꺼?"

"암만. 우리 뽕나무 밭 바로 밑에 전 씨가 담배 농사 짓고 있다 아이가."

"그래예. 그라모 담배밭에서 가차븐 뽕잎은 미지 마이소."

"와? 담배하고 니비가 죽는 기 무슨 상관인데?"

"할매요, 담배의 독성 때문에 누에에 해를 끼치거든에. 그래서 뽕나무밭에서 최소 100m 이상은 떨어져야 한다 아이미꺼."

"담배가 니비한데 안 좋다고. 그기 참말가."

"하모에. 누에뿐 아이고 양봉도 담배꽃에 벌들이 꿀 빨러 찾아오는데 벌이 꿀을 빨아 땡길 때 니코틴 성분이 섞여 쓴맛을 내는 꿀을 채집되는데 사람들한데 억수로 해롭심미더. 그래서 담배밭 근처에는 벌통도 있으면 잘못하면 사람 잡습미더. 조심하이소."

"담배가 그리 해롭나? 담배를 뿌우모 해로운지 알았더마는 그기 아이네."

"동네에 지금 담배 농사 마이 하지예. 저거 내년에는 다른 농사 못 합미더."

담배는 지력을 엄청나게 소비하는데, 다른 식물과 함께 재배하여 소모된 지력을 충당할 수 있는 옥수수 등의 작물과는 다르게 담배는 땅에 독성을 축적시키기까지 하므로 관리가 더욱 어렵다. 미국으로 이주한 유럽인들이 아메리카 원주민들을 학살하면서 서쪽으로 확장한 이유 중 하나가 담배농사였는데, 담배 재배로 인해 지력이 고갈되었을 뿐만 아니라 독성물질이 담배조차도 제대로 키울 수 없을 만큼 축적되어 땅을 황폐화시켜버렸다.

장포에서는 일제시대부터 담배 농사를 많이 하고 있었다. 농민들은 담배 농사가 그렇게 해로운지 모르고 있었다.

말숙이 할머니는

"김 주사, 전 씨 집의 얼라들이 담뱃잎을 따고 나면 어지럽다 한다 꾸더만은 그것은 와 그렇노?"

농촌지도소 기술사는

"담배 멀미'라 하는 긴데예. 담배와 접촉하다가 머리가 띵해지고 어질어질해집미더. 그기에 전초가 맹독성 식물이기 때문에 담배를 취급하다가 중독되는 사고도 일어나기도 하는데 담배를 수확할 때는 조심하지 않으면 통증에 시달릴 수 있습미더."

"그기 그리 독한긴데 그라모 담배 농사 하모 안 되지."

"우리도 골치 아파예. 하라 할 수도 없고, 하지 마라 하지도 못하고. 나라에서는 농민들 잘살게 할라꼬 담배 농사를 권장하는데 담배 그거 억수로 해롭습미더."

"그나저나 큰일이네. 전 씨 담배밭 옆에 뽕밭이 제일 큰데 그서 뽕잎파리 안 따오모 니비들 다 직이낀데."

"할매! 그래도 그 뽕잎파리 미지 마이소. 누에들 다 직이미더."

"내년에는 전 씨한데 이야기해서 그다가 담배 심지 마라 해야것다."

"그라모 지는 지도소에 들어가 볼깨예. 가다가 재일이 자전거빵에 잔차 찜줄 좀 봐 도라 해야겠습미더. 자꾸 벗겨지삿네예."

"할매가 이바구했다 함시롱. 여까지 온다 욕봤는데 그냥 고치고 가라, 김 주사."

"아입미더. 얼라가 하는데 어른이 돈도 안 주가면 됩미꺼. 말씀은 고맙습미더."

마을길을 따라 말숙이 할머니는 숨 가쁘게 걸음을 옮겼다. 눈에는 단호한 결심이 가득 차 있었다. 마을 사람들 사이에서는 이미 그녀가 전 씨를 만나러 간다는 소문이 퍼져 있었다.

전 씨의 집 앞에 다다르자, 그녀는 문턱을 힘껏 밟고 들어섰다.

"전 씨!"

그녀의 목소리가 집 안 가득 울렸다.

전 씨는 마루 끝에 앉아 담배를 말고 있다가 깜짝 놀라 고개를 들었다. 그의 손이 잠시 멈칫했다.

"어르신, 무슨 일이신데예?"

"내년부터는 뽕나무 옆에 있는 땅에 담배 농사 그만하소! 전 씨 애들이 자라나면서 담배 냄새를 맡으며 산다는 게 말이 되오? 얼라들 나중에 우짤라꼬 이라요! 큰일 나고 난 뒤 후회하지 말고."

전 씨는 어색하게 웃으며 말했다.

"아니, 할매예. 제가 담배 농사로 먹고사는 사람인데, 담배를 안 하면 무얼 합미꺼? 요즘 농사지을 것도 마땅치 않은데…"

"아니, 그 땅이 작긴 해도 무슨 곡식이든 될 땅이오! 옛날에는 우리도 그 땅에서 쌀이며 보리며 다 길렀소. 왜 하필 담배를 짓겠다 꾸노! 방금 지도소에 김 주사 왔다 갔는데 담배가 얼라들한테 그리 해롭다 안 꾸나."

전 씨는 말숙이 할머니의 기세에 눌려 고개를 숙였다. 마루 위에 놓인 담뱃잎들이 갑자기 무거운 짐처럼 느껴졌다. 그가 머뭇거리는 사이, 말숙이 할머니는 목소리를 낮췄다.

"내가 당신 자식들 학교 다닐 때 도시락도 싸 줬던 거 잊아뻔나? 이제는 그 아이들이 담배로 피해를 보지 않게 해 줘야 할 거 아니가."

전 씨는 한숨을 내쉬며 담뱃잎을 내려놓았다.

"알겠습미더, 어르신. 내년부터는 담배 농사를 접어 보도록 하겠습미더."

말숙이 할머니는 살짝 웃으며 고개를 끄덕였다.

"잘 생각했다이. 당신도, 마을도, 아이들도 모두 좋아질끼다."

그녀는 다시 길을 나섰고, 전 씨는 담뱃잎이 말라 가는 소리를 들으며 먼 산을 바라보았다.

'담배 농사 안 지어모 우리는 뭐 먹고 사노?'

전 씨는 넋두리하며 먼 산을 바라본다.

52. 자전거포와 재일

말숙이 아버지의 자전거포는 여전히 그 자리를 지키고 있었다. 몇 년 전만 해도 이 작은 가게는 동네 사람들의 발길로 분주했다. 자전거의 타이어가 펑크 나면, 바퀴가 삐걱거릴 때면, 아니면 단순히 기름칠을 하러 오는 사람들로 아침부터 저녁까지 끊임이 없었다.

말숙이 아버지도 처음에는 기술자가 필요했다. 하지만 시간이 지나면서 손끝에 익은 기술과 눈썰미로 그는 혼자서도 웬만한 자전거 수리는 거뜬히 해낼 수 있게 되었다.

"이제는 기술자 없이도 자전거포를 꾸려갈 수 있다."

는 말이 그의 입에서 자연스럽게 나올 정도였다.

그러나 세상은 변하고 있었다. 동네 곳곳에 새로운 자전거포들이 하나둘씩 들어섰다.

"예전의 사진관처럼 자전거포도 여기저기 생기 삐네…"

말숙이 아버지는 혼잣말을 하며 가게 앞에 놓인 자전거를 바라보곤 했다. 이전처럼 손님이 몰려들던 때와는 달리 요즘 가게는 비교적 한가했다. 그래도 아버지는 서두르지 않았다.

"자전거도 사람 마음이랑 비슷한 기라. 오래 두면 녹슬기도 하고 망가지기도 했뻔다. 그래도 잘 손보고 기름칠해 주면 다시 잘 달릴 수 있다이."

아버지가 수리를 마친 자전거를 한 번 더 살피며 말했다. 그의 말은 단순한 자전거 수리에 그치지 않고, 그의 삶을 향한 태도를 대변하는 듯했다.

가게가 한산해진 만큼 그는 더욱 꼼꼼히 자전거를 다루기 시작했다. 손님 한 명 한 명에게 더 신경을 쓰고, 고쳐야 할 부분은 작더라도 그냥 넘기지 않았다.

말숙이 큰오빠 재일은 어느덧 열세 살이 되었다. 그는 동네 아이들 사이에서도 유난히 호기심 많고 손재주가 좋은 아이로 소문이 자자했다. 아버지가 운영하는 자전거포는 그의 놀이터이자 배움터가 되었다.

학교를 마치면 또래 다른 아이들은 둑방에 소 먹이러 가거나 밭일을 하러 다녔지만 재일은 자전거포로 달려갔다. 자전거포의 문을 열면 들리는 금속 부딪히는 소리와 기름 냄새는 이제 재일에게 익숙하고도 친근한 풍경이었다. 그는 자전거를 고치는 아버지의 손길을 옆에서 지켜보며 배우는 것이 재미있었다.

"재일아, 이거 좀 잡아 보래이."

아버지가 건넨 스패너를 받아들고 작은 손으로 기어를 단단히 고정시켰다. 아버지의 손놀림을 따라 하며 익숙하지 않은 작업도 척척 해내는 재일의 모습에 아버지는 종종 흐뭇한 미소를 짓곤 했다.

어떤 사람이 펑크 난 자전거를 들고 자전거포로 찾아왔다. 아버지가 다른 일을 하고 있는 틈을 타 재일은 다가가 말했다.

"내가 고쳐 볼깨에!"

재일은 자전거를 세워 두고 튜브 조각을 찾아와 손수 타이어를 수리하기 시작했다. 꼼꼼히 구멍 난 부분을 찾아내고, 접착제를 바른 뒤 튜브 조각을 붙였다. 그리고 타이어 안에 손을 더듬어 펑크를 나게 한 것이 무엇이 꽂혀 있는지 꼼꼼히 살핀다.

"나무가시가 타이어에 찔린네예."

"됐다! 이제 바람만 넣으면 됩미더."

재일의 수리에 감동한 손님은 활짝 웃으며 고맙다고 인사했다. 그날 저녁, 아버지는 재일에게 말했다.

"우리 재일이, 이제 제법 어엿한 조수 같구나. 이렇게 열심히 배우다 보면 너도 언젠가 훌륭한 기술자가 될끼다."

아버지의 말에 재일은 두 주먹을 불끈 쥐고 씩 웃었다. 그 순간, 재일의 마음속엔 작지만 단단한 꿈이 싹트고 있었다. 언제나 자전거포에서, 그리고 아버지의 곁에서 배우고 성장하는 것이 그의 가장 큰 즐거움이었다.

몇 달 전부터 아버지는 예전만큼 활기차지 않았다. 자전거 수리를 하다가도 금세 중간에 멈추고 의자에 앉아 쉬는 일이 많아졌다. 기침 소리도 점점 더 자주 들렸다. 말숙의 어머니는 걱정스러운 마음에 조심스레 물었다.

"보소, 요즘 좀 쉬엄쉬엄 해야 되는 거 아잉기요? 어디 아픈 것이 아니지예?"

아버지는 손을 휘저으며 대수롭지 않다는 듯 웃어 보였다.

"괜찮구마. 그냥 나이가 들어서 그런기라. 일하는 게 재미도 있고, 손님들도 기다리는데 어찌 쉬기만 하것노."

하지만 말숙 아버지의 상태는 점점 나빠졌다. 기침은 마른 바람처럼 메마르고 깊어졌고, 체중은 눈에 띄게 줄었다. 그토록 좋아하시던 국밥 한 그릇도 이제는 반도 드시지 못했다. 말숙어머니는 참다못해 아버지를 병원으로 모시고 갔다.

"결핵입니다. 요즘은 약만 잘 드시면 완치될 수 있으니 걱정 마이소."

의사의 진단을 들은 말숙 어머니는 가슴이 철렁 내려앉았다. 결핵이라니. 1960년대에는 흔한 병이라고들 했지만, 가족에게 닥친 결핵은 결코 가벼운 일이 아니었다.

병원에서 돌아온 뒤에도 아버지는 자전거포를 닫지 않았다.

"약 잘 먹으면 괜찮아진다 안쿠나. 가게 닫으면 심심해서 안 된다."

아버지는 그렇게 말했지만, 자전거를 고치다가도 한참을 쉬는 날이 많아졌다. 의자에 앉아 먼 곳을 바라보는 아버지의 뒷모습은 예전과는 다르게 작아 보였다.

그날 이후, 재일이는 매일 가게로 나와 아버지를 도왔다. 가게 안에는 창문을 활짝 열어 환기를 시켰고, 손님들이 다녀간 뒤엔 소독도 빼놓지 않았다. 손님들에게도 아버지의 병을 조심스럽게 알렸다. 다들

"빨리 나으소."

라는 말을 건네며 응원을 보냈다.

하지만 말숙이 아버지는 몸이 자꾸 쇠약해져 갔다. 병원에서 결핵이라는 진단을 받은 후, 그는 자신이 오래 살지 못할 것이라는 예감을 지울 수 없었다. 그는 가족을 떠나기 전에 남겨야 할 것이 무엇인지 곰곰이 생각했다. 그리고는 자신이 해 온 자전거 수리 기술을 큰아들 재일에게 전

수하기로 결심했다.

작업대에 놓인 자전거는 녹슨 체인과 닳아 버린 타이어를 가진 채 말없이 그의 손길을 기다리고 있었다. 아버지는 재일이를 불러 세워 자전거를 고치는 모든 과정을 하나씩 설명하기 시작했다.

"이건 그냥 기술이 아니라, 사람의 삶을 고치는 일인기라. 자전거가 없으면 출퇴근도 어렵고, 농사일도 힘들어지지. 우리가 고쳐 주면 그들이 다시 움직일 수 있거든."

재일이는 고개를 끄덕이며 아버지의 손길을 주의 깊게 지켜보았다. 특히 아버지가 강조한 것은 '카바이트 용접'이었다. 아버지는 이 기술이 가장 어렵고도 중요한 것이라고 했다.

"용접은 섬세해야 해. 잘못하면 제대로 붙지 않고 금방 떨어진다. 그라고 이음새가 튼튼해야 자전거가 오래가거든. 손이 떨리면 안 되고, 눈도 정확해야 한다이."

아버지는 직접 카바이트를 불붙이는 과정부터 용접 불꽃을 다루는 요령까지 꼼꼼히 설명하며, 재일의 손을 잡고 함께 작업했다. 매캐한 연기가 작업장 안에 퍼지고, 불꽃이 튀어 올랐지만, 재일의 눈은 아버지의 손끝에서 떨어지지 않았다.

하루는 밤늦도록 작업을 하던 중, 아버지가 손을 멈추고 말했다.

"재일아, 나는 오래 못 살 거 같아. 네가 이 일을 이어서 해야 해. 이 기술은 네 동생들도, 너의 가족들도 먹여 살릴 수 있을 거야. 그러니까 끝까지 배우고, 절대 포기하지 마라."

그날 이후 재일이는 더 열심히 아버지를 따라 배우기 시작했다. 말숙이 아버지는 날이 갈수록 기력이 약해졌지만, 자신의 모든 것을 아들에게 쏟아붓는 데 망설임이 없었다.

말숙의 아버지는 결핵을 몇 년째 앓는 동안 그의 기력은 바닥으로 떨어졌고, 밤마다 울리는 기침 소리는 가족의 마음을 찢어 놓았다. 의사들은 약물 치료를 권했지만, 효과는 미미했다. 말숙의 어머니는 고민 끝에 전통적인 방법을 택하기로 했다.

"개고기라면 몸에 기운을 북돋아 줄 기라. 보신탕을 해야겠다."

이웃들의 권유도 한몫했다. 옛날부터 결핵에는 개고기가 효과적이라는 이야기가 돌았고, 어머니는 그것에 작은 희망을 걸었다. 처음 개를 구해 오던 날, 말숙은 그저 망설이는 어머니를 바라보았다. 그녀는 살고자 하는 마음과 미안함 사이에서 갈등하고 있었다. 하지만 결정을 내릴 수밖에 없었다.

첫 국물이 끓여진 날, 온 집 안에 진한 냄새가 가득 찼다. 국물을 아버지 앞에 놓자 그는 처음엔 고개를 돌렸다.

"이걸 꼭 무야 되나?"

어머니는 눈시울을 붉히며 대답했다.

"보소, 당신 살아야지. 나랑 자식들 옆에 있어야 합미더."

아버지는 마지못해 숟가락을 들어 국물을 한 모금 떠 넣었다. 따뜻한 국물이 식도 끝까지 퍼지며, 그는 잠시 뜨거운 숨을 내쉬었다. 그날 이후, 어머니는 정성껏 개고기를 요리하기 시작했다.

한 달이 지나자 작은 변화가 나타났다. 기침 소리가 눈에 띄게 줄어들었고, 자리에 눕는 시간이 줄어들었다. 아버지는 비로소 스스로 앉아 창밖을 바라보기도 했다.

"몸이 좀 나아지는 것 같다이."

아버지가 처음으로 그렇게 말했다.

말숙과 어머니는 서로를 바라보며 희망을 품었다. 물론 결핵은 여전히 아버지의 몸을 괴롭혔다. 그러나 개고기와 함께 시작된 그 작은 변화가 가족에게는 소중한 빛이었다.

동네 사람들은 소식을 듣고 찾아와 물었다.

"결핵에 개고기가 정말 효과가 있나 보네."

어머니는 고개를 끄덕이며 말했다.

"효과가 있든 없든, 내겐 이 방법밖에 없어예. 그저 한 끼라도 든든히 먹이는 게 중요함미더."

그렇게 말숙의 집에서는 매일 뜨거운 국물이 끓어올랐다. 냄비 속에서 피어오르는 김은 가족의 작은 희망과 간절한 기도를 품고 있었다. 아버지는 완전히 병을 이기지 못했지만, 국물 한 숟갈 한 숟갈이 그의 숨을 조금 더 이어 주었다.

그날 이후로 말숙은 작은 용기를 품었다.

"아버지가 조금이라도 오래 우리 곁에 계시모 좋겠다이."

가족은 희망이 담긴 국물로 하루하루를 버텼다.

53. 말숙 아버지의 죽음

　말숙의 아버지는 언제부터인가 기침 소리가 더욱 잦아졌고, 그 기침은 점점 더 깊어졌다. 이제는 보신탕을 약을 써도 소용이 없었다. 봄이 지나고 여름이 오자, 그의 얼굴은 점점 말라 갔다. 피부는 잿빛이 되고, 눈 밑은 움푹 꺼졌다. 읍내 의원에 다녀온 날, 어머니의 얼굴은 하얗게 질려 있었다.
　'약을 아무리 쓰고 좋은 거 마이 무도 점점 나빠지기만 하노.'
　그 말이 떨어지자 말숙은 순간 얼어붙었다. 결핵. 그 단어는 그녀의 어린 말숙이도 죽음을 떠올리게 했다. 결핵이 왜 하필 그녀의 아버지에게 찾아왔단 말인가?
　어머니는 부지런히 약을 챙기고, 매일같이 흰죽을 끓여 냈다. 하지만 시간이 지나면서 아버지는 점점 더 지쳐 갔다. 방에 누워 있는 시간이 길어졌고, 걸음을 옮기는 것조차 벅차 보였다. 말숙은 아버지의 늘어 가는 침묵 속에서 아버지가 자신에게 멀어져 가고 있음을 느꼈다.
　어느 날 밤, 아버지가 막내인 말숙을 불렀다. 그리 크지 않은 목소리였지만, 아버지의 힘겨움이 담겨 있는 것 같았다. 말숙은 아버지의 옆에 앉았다.
　"말숙아."

"와예, 아부지."

"내가 인자 오래 곁에 있어 주지 못할 것 같다. 그래도 네가 잘 자라길 바라는 마음은 변함없다. 알것제?"

그 말에 말숙의 눈가가 뜨거워졌다. 하지만 울음은 참고, 아버지의 말에 고개를 끄덕였다.

말숙이 오빠 재일은 16살이 되었다. 그는 이제 어린아이의 티를 벗고 어엿한 청년의 모습을 갖춰 가고 있었다. 아버지의 자전거 수리점은 그가 어릴 때부터 익숙한 장소였다. 방과 후나 방학 때는 아버지를 따라다니며 조금씩 배운 기술은 이제 정수의 손끝에서 제법 전문가다운 솜씨로 발현되기 시작했다.

아버지가 결핵을 앓기 시작한 뒤로 자전거 수리점의 풍경은 달라졌다. 전에는 늘 아버지가 중심에 서 있었지만, 이제는 재일이가 거의 모든 일을 도맡아 해야 했다. 처음에는 낯설고 두려운 마음도 있었지만, 그는 곧 이를 극복했다. 아버지의 오랜 손님들은 재일이의 성실함과 섬세한 손놀림을 보며 신뢰를 보내기 시작했다.

한겨울, 차가운 바람이 불어오는 날에도 재일이는 두툼한 외투를 입고 자전거 바퀴를 고치며 땀을 흘렸다.

"이거, 새로 갈아야 합미더."

그는 단골손님인 김 씨 아저씨에게 말하며 낡은 체인을 보여 주었다. 김 씨는 고개를 끄덕이며

"니가 고치면 틀림없다. 꼼꼼하게 해 봐라."

라고 말하며 미소 지었다. 그 말은 재일이에게 큰 힘이 되었다.

가게 안은 기름 냄새와 금속의 찰칵거리는 소리로 가득했다. 재일이는 자전거를 한 대 고칠 때마다 뿌듯함을 느꼈다. 손에 묻은 기름 자국과 상처는 그의 노력을 보여 주는 훈장이었다. 무엇보다도, 그는 아버지의 자리를 대신해 가게를 지킨다는 책임감으로 가슴이 뜨거워졌다.

어느 날 밤, 재일이는 아버지 옆에 앉아 말했다.

"아부지, 걱정 마이소예. 제가 잘하고 있으니꺼네."

아버지는 힘겹게 고개를 끄덕이며 재일이의 손을 꼭 잡았다.

아버지의 숨소리는 점점 가늘어졌다. 방 안은 고요했지만, 그 고요 속에는 무언가 깊고도 무거운 것이 스며 있었다. 창문 너머로 바람이 나뭇가지를 흔들며 흙냄새를 실어 날렸다. 어머니는 아버지의 곁에 무릎을 꿇고 앉아 그의 손을 꼭 잡고 있었다. 그 손은 이미 뼈만 남은 듯 말라 있었다.

"여보…."

떨리는 목소리로 그의 이름을 불렀다. 아버지는 간신히 고개를 끄덕이며 그녀를 보았다. 눈은 깊고 텅 빈 우물 같았지만, 그 안에는 아직 말하지 못한 무언가가 담겨 있었다.

"말숙이는… 잘 크겠제?"

아버지가 입술을 떨며 힘겹게 말했다. 목소리는 거의 속삭임에 가까웠다. 어머니는 고개를 끄덕이며 겨우 눈물을 삼켰다.

"그라모요. 걱정 마이소. 제가 잘 키울깨예."

아버지는 고개를 살짝 저었다.

"아니… 그애를 그냥 키우는 게 아니야. 사람답게… 크도록… 마음을 잘 살펴주라."

잠시 말을 멈춘 그는 숨을 몰아쉬며 벽을 응시했다.

"말숙이가… 자라면… 내 손 못 잡아도… 웃는 법은 잊지 말게 해 주라."

어머니는 그 말을 듣고 얼굴을 가리며 울음을 삼켰다. 아버지는 한쪽 손을 들어 어색하게 어머니의 머리를 쓰다듬었다. 그의 손은 너무 약해 곧 힘이 풀려 내려갔다.

그 순간, 문틈 사이로 말숙이가 조심스럽게 방으로 들어왔다. 작은 손으로 문을 밀어 열고, 말숙이는 한 발 한 발 천천히 다가왔다. 아버지는 희미하게 웃었다.

"말숙아, 아부지 손 좀 잡아 볼래?"

말숙이는 고사리 같은 손으로 아버지의 손을 꼭 잡았다.

"아부지, 아프지 마. 내가 약 사 올게."

아버지는 약간 웃다가 작게 기침을 했다.

"약은 이제 필요 없다이. 대신… 말숙아, 엄마 잘 도와드려. 네가… 우리 집의 햇살이야."

작은 말숙이는 그 말뜻을 제대로 이해하지 못했지만, 고개를 끄덕이며 아버지의 얼굴을 바라보았다. 아버지는 눈을 감으려는 듯 눈꺼풀이 무거워졌다.

마지막으로 한숨을 내쉬며 그는 중얼거렸다.

"여보, 내가 당신을 참… 사랑했어."

그의 목소리는 한순간 공기 속으로 흩어졌고, 아버지의 손이 조용히 풀렸다. 방 안은 다시 고요해졌지만, 그 고요는 더 깊어진 슬픔을 감쌌다.

말숙이는 아버지의 손을 여전히 꼭 잡은 채로 아무 말도 하지 않았다.

그녀의 눈망울이 반짝였다. 어머니는 고개를 숙이고 흐느끼며 두 손으로 얼굴을 감쌌다.

그날 밤, 말숙이는 아버지가 말했던 "햇살"이라는 말을 기억하며 속삭였다.

"아부지, 나 햇살처럼 살게."

그 말은 아무도 듣지 못했지만, 그녀의 목소리는 어두운 방 안을 살짝 밝히는 빛이 되었다.

"재일아…"

아버지는 힘겹게 그의 이름을 불렀다. 재일이는 고개를 끄덕이며 아버지의 얼굴을 바라보았다.

"네, 아부지."

그의 목소리는 떨렸지만 단단하게 들리게 노력했다.

"자전포… 네가 잘 지켜 줘야 한다이."

재일은 무겁게 느껴지는 그 부탁을 마음에 새겼다.

"알겠습미더, 아버지. 제가 잘할께예."

아버지는 약간의 안도감이 스친 얼굴로 고개를 끄덕였다.

"재일야, 네가 장남이다. 네 동생들… 특히 말숙이를 잘 챙겨 줘야 한다. 아직 너무 어리니까, 네가 아빠 대신이 되어야 해."

재일은 이마에 뜨거운 땀이 맺혔지만, 목소리를 떨지 않으려고 애썼다.

"네, 아버지. 걱정하지 마시소."

그 순간, 아버지의 시선이 말숙이에게로 돌아갔다. 아버지는 미소를 지으려 애썼지만, 얼굴 근육이 따라 주지 않았다. 대신 나지막한 목소리로 말했다.

"말숙아, 네 오빠가 잘 지켜 줄 끼다. 말숙이는 오빠 말을 잘 들어야 한다, 알것나?"

"응, 아부지. 내가 오빠 말 잘 들을게."

아버지는 마지막 남은 힘을 모아 재일이의 손을 붙잡았다.

"재일야, 말숙이랑 어머니… 잘 부탁한다. 네가 이 집의 기둥이다."

그 말을 끝으로, 아버지는 길게 한숨을 내쉬며 고개를 떨구었다. 손은 힘없이 풀렸고, 방 안에는 깊은 침묵이 내려앉았다.

재일은 아버지의 마지막 말을 마음에 새긴 채 눈물을 머금었다. 그의 곁에 앉아 있는 어린 말숙이는 아직 아버지가 떠났음을 이해하지 못한 듯, 아버지의 손을 흔들며 말했다.

"아부지, 잠들었어? 내가 깨워 줄까?"

그 순간, 재일는 스스로 다짐했다. 아버지의 유언을 지키겠다고, 자전포와 가족을 끝까지 지켜 내겠다고. 그의 가슴속에 불처럼 일어난 결의는 그 순간부터 그의 삶을 이끄는 힘이 되었다.

"재일야, 너거 아버지도 없는데 자전빵는 처분했뿌자."

할머니가 어느 날 말했다.

정수는 손에 든 드라이버를 내려놓으며 고개를 저었다.

"할매요, 전 학교보다 여기서 자전거 고치는 게 더 좋습미더. 차라리 고등학교는 안 갈라미더."

할머니는 잠시 말없이 재일을 바라보았다.

"니가 공부를 잘 못 하는 것도 아니고, 우리 집 형편도 넉넉한데 왜 안

할라 꾸노? 공부하면 너거 삼촌들 맹꾸로 도회지에서 더 넓은 세상을 볼 수 있을 낀데."

"할매요, 지는 넓은 세상이 뭔지 모르겠고예. 자전거 고치는 건 너무 재미있습미더. 지가 하고 싶은 거 하면서 살아가구로 해 주이소."

재일의 대답에 할머니는 한숨을 내쉬었다.

"그라모 참말로 잘해야 한다이. 대충 해서는 안 되는기라. 너거 아버지가 있을 때는 너거 아버지 그늘이 있어서 점빵이 돌아갔다. 너거 아비가 없이도 니가 혼자서 할 수 있것나?"

"하모예. 할매는 걱정하지 마시소."

재일은 환하게 웃으며 대답했다.

그날부터 재일은 본격적으로 가게 일을 혼자서 꾸려 나갔다. 단순히 바퀴에 바람을 넣는 일부터 시작해, 녹슨 체인을 갈고, 휘어진 핸들을 바로잡는 기술까지 모두 혼자서 해 나갔다. 처음에는 실수도 많았다. 고친다며 손댔다가 오히려 상태를 더 나쁘게 만든 적도 있었다.

"실수는 배움의 일부다. 대신 다시는 같은 실수를 하지 않도록 해라이."

할머니는 아버지 대신해서 자전거포에 자주 내려와 계신다.

재일은 할머니의 말대로 매번 실수에서 배웠다. 시간이 지나면서 그의 실력은 눈에 띄게 늘었다.

"재일야, 네 손이 참 야무지다이. 너거 아버지가 대단한 후계자를 만들었다이."

그 말을 들을 때마다 재일은 기뻤다. 가게에서 일하며 그는 단순히 자전거를 고치는 게 아니라, 사람들의 삶에 작은 도움을 준다는 보람을 느꼈다.

어느 날, 할머니가 재일이를 불렀다.

"제일야, 니가 고등학교에 안 간다고 했을 땐 솔직히 걱정이 많이 했다이. 하지만 지금은 네가 한 선택이 옳았다는 걸 느낀다. 니가 너거 아부지보다 가게를 훨씬 더 잘 꾸려 갈 것 같구나."

"할매, 전 아버지처럼 되고 싶습미더. 그라고 이 가게를 더 키워서 대산면, 법수면뿐만 아니라 의령에서도 찾아오는 가게로 만들고 싶습미더."

그날 이후로 재일은 자전거포에서 땀을 흘리며 보낸 시간은 그의 선택이 틀리지 않았음을 증명했다. 대산면에서 재일의 이름은 점점 더 많은 사람들에게 알려졌다.

54. 청년 가장 재일이

재일이는 이제 스물두 살이 되었다. 그는 어린 시절부터 손에 기름때를 묻히며 자전거 수리를 배우기 시작했다. 중학교를 졸업하자마자 아버지가 돌아가셔서 본격적으로 가게를 이어받아, 그 작은 자전거 수리점은 이제 오토바이센터로 성장해 있었다. 손놀림은 점점 능숙해졌고, 이제는 웬만한 고장은 눈으로만 봐도 어디가 문제인지 알아챌 정도였다.

어린 나이에 가장이 된 그의 삶은 녹록지 않았다. 아버지가 세상을 떠난 후, 위의 누나는 모두 시집을 가 버렸다. 남은 것은 어린 남동생 둘과 초등학교 1학년인 막내 여동생 말숙이, 그리고 어머니뿐이었다. 그들에게는 보호자가 필요했고, 자연스레 재일이가 그 역할을 맡게 되었다.

새벽이면 그는 가장 먼저 일어나 오토바이센터의 문을 열었다. 말숙이가 머리를 빗고 옷을 단정히 입는 동안, 남동생들은 부랴부랴 밥을 먹었다. 어머니는 여전히 깊은 한숨을 내쉬며 아이들을 챙겼고, 재일이는 동생들을 학교에 보낸 후, 곧장 가게로 나갔다.

벌써부터 동네 사람들이 오토바이를 끌고 와서 기다리고 있었다.

"재일아, 이거 또 시동이 안 걸린다. 한번 봐줘라."

"일찍이 오셨네예, 아재. 어제도 말씀드렸다 아이미꺼. 이 부속은 언자 나오지 않습미더. 새로 하나 사이소."

"총각 사장아! 수박철도 아인데 가악 중에 내가 돈이 오데 있노."

"혹시 모르깨내 가야에 있는지 알아볼깨에."

"고맙다. 이거 고치주모 좋은 가서나 하나 소개시켜 주꾸마. 재일 니 만나는 처이 있나?"

"제가 바빠서예 처이 만날 시간이 오데 있습미꺼. 그라고 중학교빼이 안 나왔는데 어떤 가서나가 나보고 좋다 합미꺼."

"뭐라 삿노. 재일이 니만큼 반듯한 총각이 오데 있노. 우리 집에 시집 안 간 딸이 있으모 니한데 보낸다이."

"말씀만 들어도 고맙습미더. 그라고 요새 처이들이 촌에 시집올라 까미꺼. 전시네 수돗물 무물라 하지예."

"그 말은 맞는데 나하고 제종 간인 형님이 칠북 내봉촌에 사는데 그 집 처이들이 착하고 이쁘다. 니하고 연배가 비슷한 질녀가 있는데 내가 다리 한번 놓아 볼까?"

"중이 지 머리 깎습미꺼. 아재가 해 주시면 오토바이는 공짜로 고쳐 줄께에."

"그라모 빨리 수리해라. 오토바이 타고 페내기 갔다 올꾸마."

"아재요, 기달려 보이소."

그는 익숙한 손놀림으로 엔진을 분해하고 부품을 점검했다. 그리고 다른 오토바이에서 필요한 부품을 분해서 고쳐 주었다.

"아재, 일단 다른 오토바이에서 부속 빼내가 고치습미더."

"앗따, 이 총각 보소. 새미 가서 숭늉 찾것다이. 성질 한번 화끈하게 좋네. 그라모 말이 나왓으니 내가 후차 갔다 올꾸마."

"아재요, 잘 부탁합미더."

이제 사람들은 하나둘 제일의 수리 실력을 인정하기 시작했고, 덕분에 가게는 점점 번창했다. 하지만 돈을 벌어도 마음이 가벼워지지는 않았다. 어린 동생들을 제대로 키워야 한다는 책임감이 그의 어깨를 무겁게 짓눌렀다.

어느 날, 저녁 늦게 가게 문을 닫고 집으로 돌아왔을 때였다. 어머니가 늦은 저녁을 먹고 있는 밥상에 앉아 조용히 생각에 잠겨 있었다. 재일이는 이상한 기운을 느끼고 다가갔다.

"무슨 일 있습미꺼?"

"재일아… 니가 너무 고생이 많다이. 말숙이가 아직 어린데, 니한테 부담이 너무 큰 것 같쿠마."

재일이는 순간 말문이 막혔다. 그는 무엇보다도 동생들이 안정된 환경에서 자라길 바랐다.

"걱정 마이소. 어떻게든 할 테니까에. 말숙이도 학교 열심히 다녀야지에. 우리 집에서도 삼촌들처럼 대학 가는 사람이 나와야 안 되겠습미꺼."

"재일아, 고맙다이."

어머니는 눈물을 참으며 고개를 끄덕였다. 재일이는 조용히 그녀의 손을 잡았다.

어머니는 자꾸만 살이 빠지고 밥맛도 없어서 밥도 먹는 둥 마는 둥 하고 계신다. 그녀는 남편을 먼저 보낸 뒤 자신이 오래 살아야 아이들을 돌볼 수 있다는 생각에 억지로라도 버티어야 한다며 다짐을 하고 있다.

그날 밤, 어머니는 가만히 하늘을 올려다보았다. 달빛이 조용히 그녀의 얼굴을 비췄다.

'재일이 아배요! 얼라들 시집, 장가갈 때까지 그때까지 지달려 주이

소. 말숙이는 언자 국민학교 들어갔는데 이기 새근이 들 때까지는 내가 보고 싶어도 쪼매만 참으소.'

그녀는 하늘을 올려보며 빌고 또 빈다.

칠북 내봉촌은 함안에서도 가장 오지로 손꼽히는 마을이었다. 그곳을 오가는 버스는 하루에 단 두 번, 종점인 그곳에는 저녁에 버스가 들어와서 자고 아침에 출발하는 것이 전부였다.

다른 지역에는 젊은이들이 도시로 떠나고 있었지만 그 동네 청년들은 유난히 시골에 많이 남아 있었는데, 저녁이 되면 버스 차장과 어떻게 한 번 해 볼려고 동실 옆을 기웃거렸다. 그렇게 해서 차장과 결혼한 사람들도 몇 명이 있었다.

마을로 들어가는 길은 온통 자갈길이었고, 비라도 오면 진창이 되어 발을 제대로 디디기도 어려웠다.

이곳에서 농사짓는 일은 그리 쉬운 일이 아니었다. 다른 지역에서는 수박이나 참외 같은 과일을 재배하기도 했지만, 내봉촌에서는 주변에 전부 산이라 논농사 외에는 할 수 있는 것이 없었다.

마을은 깊은 골짜기 안에 자리 잡고 있어, 넓은 평야를 찾아볼 수 없었다. 논도 계단식으로 만들어져 있었고, 봄이 되면 소를 몰고 비탈 밭을 가는 모습이 흔한 풍경이었다.

내봉촌 사람들은 소박하고도 강인한 사람들이었다. 새벽이면 닭 울음소리를 들으며 하루를 시작했고, 해가 뉘엿뉘엿 질 무렵이 되어서야 농기구를 내려놓았다.

여름이면 반쯤 걷어 올린 바짓가랑이를 한 채로 물꼬를 트고, 겨울이면 장작을 패며 추위를 견뎠다. 노인들은 마루에 걸터앉아 먼 산을 바라보며 한숨을 내쉬곤 했다.

그렇게 계절이 바뀌고 세월이 흘러도 내봉촌은 여전히 바뀌는 것은 없었다. 시간이 흐르면서 마을에도 변화가 찾아왔지만, 여전히 논에서는 벼가 자라고, 바람이 불면 나락 냄새가 골짜기 가득 퍼졌다.

칠북 내봉촌을 다녀온 동네 아저씨는 곧장 재일이 운영하는 오토바이 가게로 향했다. 재일이가 한 손으로 오토바이 핸들을 돌려가며 연료 탱크를 닦고 있었다.

"아재 오이소."

그가 문을 열고 들어서자 재일이가 반갑게 맞이했다. 가게 안은 기름 냄새와 금속 부딪히는 소리로 가득했다. 그는 헝겊으로 이마의 땀을 훔치며 재일이에게 다가갔다.

"그래. 근데, 니한테 소개해 줄 처이 말다."

재일이는 고개를 끄덕이며 활짝 웃었다.

"마산에 있다더라. 한일합섬 다닌다네. 아가씨는 내가 예전에 본 적이 있는데 괴안타."

그는 가볍게 끄덕였다. 기대 반, 설렘 반이었다. 오랫동안 일에만 매달려 살아오다 보니 연애는 먼 이야기처럼 느껴졌지만, 이번만큼은 달랐다. 친척이 직접 추천한 사람이니 믿어 볼 만했다.

"그래예. 그란데 운제 봐야 되는데에."

"내가 갔더만은 갱일이라고 마산서 내려와 있더라. 그래갖고 저거 아버지하고 밀어붙였다 아이가, 괜찮은 머슴마라고 꼭 만나보라 했더만은 못 이기는 척함시롱 다음 주 일요일, 마산 창동 거북다방에서 10시에 보자카네. 버스가 없어가 걸어서 아랫동네 와서 마산 가야 하는데 내가 태워 줌시롱. 니 이바구 마이 했다."

"아재 욕봤심더. 오토바이는 운제든지 가지고 오이소. 지가 쌔딱하이 고쳐 드릴깨예."

"아이다, 총각사장아! 될낀가 안 될낀가도 모르는데 그라모 안 되지. 혹시 아나 잘못되어서 니가 빠무때기 석 대 때릴랑가."

"아이고, 아재는 지가 우찌 아째한대 빠무때기를 때리미꺼."

거북다방. 젊은이들이 자주 모이는 곳이었다. 커피 한 잔을 사이에 두고 그녀와 어떤 이야기를 나누게 될까. 그의 마음이 미묘하게 들뜨기 시작했다. 창밖으로 석양이 기울고 있었다.

55. 이만호의 신발 공장

말숙이 작은아버지, 이만호는 연세대를 졸업한 수재였다. 한때는 외국 유학을 고민했지만, 그는 남들과 같은 길을 가는 것이 싫었다.

부유한 집안에서 태어난 만호는 부산으로 내려가 낡은 고무신 공장을 인수했다. 오래된 기계들은 삐걱거렸고, 바닥은 기름때로 얼룩져 있었지만, 그의 눈에는 가능성이 보였다. 그는 단순한 고무신 생산이 아닌, 현대적인 운동화 공장을 만들고자 했다.

한국 사회가 어느 정도 안정되면서 값싼 플라스틱 고무신이 시장을 장악하고 있었지만, 그는 여전히 신발의 가치가 있다고 믿었다. 그의 목표는 단순했다. 누구나 신고 싶어 하는 새로운 운동화를 만드는 것이었다.

처음에는 쉽지 않았다. 공장을 재정비하는 것부터 시작해서, 재료 조달과 유통망 구축까지, 모든 것이 그의 손을 거쳐야 했다.

말숙이 할머니는.

"고마 이병철이 회사 들어가라. 함안 사람하고 의령 사는 사람은 그냥 마이 뽑는다 쿠던데 니는 좋은 대학교 나왔고 해서 데베나 붙을낀데 와 사서 고상하노?"

하지만 그는 고집스러웠다. 대학 시절 경영학을 공부했던 그는, 새로운 디자인과 기능성을 가미하면 충분히 승산이 있다고 판단했다.

"오메요! 이병철이 회사 들어가 봤자 밀가리나 국시나 만들다가 언자 무역, 설탕, 비료 사업을 한다 하던데 지하고는 안맞습미더."

"머슴마가 고집은 세어 갔고 밀가리 공장이면 어떤노. 혹시 아나. 그 양반 일본 유학 갔다 왔다 쿠더만은 일제 데레비나 라디오 만드는 공장 지을랑가."

"오메 국시 만드는 인간이 우찌 데레비를 만든다고 그리 는기요. 그 인간 저도 학교 댕길 때 들었는데 사카리 갔고 장난도 치고 별로 안 좋습 미더."

"그라모 니가 비미 알아서 하겄나. 그란데 니 돈은 있나. 공장 할라쿠 모 돈이 만만치 않게 들낀데."

"오메요, 지는요 오메한데 손 안 벌림미더."

"그라모 공장은 우찌 살라꼬 하노. 맷지 은행에 이자 주지 말고 옴마가 좀 주꾸마."

"옴마는 무신 돈이 있습미꺼. 농토를 팔아서는 저는 안 할랐미더."

"옴마가 니비 좀 키았다 아이가. 그서 돈 좀 마이 만들어 놓았다. 은행 이자 30%씩 주고 나면 니가 아무리 고무신 마이 팔아봐라 은행에 전부 갖다주는 기라."

"오메요, 그 정도 이자는 지금 싼 이자입미더."

"내가 좀 보태 주꾸마. 나중에 니가 갚으면 될 거 아이가."

"그라모 갚을께예. 이자는 많이 못 주미더."

"알것다. 땅은 안 팔고 내가 모아 놓은 거 주꾸마."

"고맙심더. 지는 부산 내려가서 공장 시작할께예."

그는 전국을 돌아다니며 고무신 만드는 기술자들을 만났다. 몇몇은 그의 이야기를 듣고 고개를 저었지만, 몇몇은 가능성을 보고 손을 잡아주었다. 가볍고 편안한 운동화를 만들기 위한 연구가 계속됐다. 결국, 그는 과거의 투박한 고무신 대신, 세련된 디자인과 쿠션이 들어간 현대적인 운동화를 개발하는 데 성공했다.

그의 운동화는 입소문을 타기 시작했다. 처음에는 젊은이들 사이에서 유행했고, 이후 편안한 착용감을 찾는 장년층까지 고객층이 확대됐다. 방송에도 소개되면서 주문량이 폭발적으로 늘었다.

이제 공장은 더 이상 삐걱거리지 않는다. 낡고 고장이 잘 나던 기계들은 버리고 새로운 생산라인을 깔았다. 직원들도 늘었다. 하지만 그는 여전히 공장 한켠에서 손수 신발을 살펴보며 품질을 확인한다. 그는 단순히 신발을 만드는 것이 아니라, 자신의 혼이 들어가는 것을 만들기를 원했다.

말숙이는 가끔 작은아버지를 보며 생각한다.

'연세대까지 나온 사람이 왜 저렇게 힘든 길을 택했을까?'

하지만 어느 날, 빛바랜 운동화를 신고 먼 길을 걸어오는 할머니의 얼굴에서 작은아버지의 신념이 틀리지 않았음을 깨닫는다.

1960년의 대한민국은 막 전쟁의 상흔을 씻고 일어서려는 개도국이었다. 도로 위를 달리는 차량은 손에 꼽을 정도로 적었고, 마을마다 자동차라는 존재 자체가 생소할 정도였다.

서울 시내를 예로 들자면, 간혹 지나가는 승용차 한 대가 먼지를 일으키며 사라질 때마다 사람들은 신기한 듯 바라보았다. 당시 나라 전체에 승용차는 겨우 1,700여 대, 버스는 600여 대, 화물차는 1,350여 대, 오토바이는 고작 300여 대에 불과했다. 이 숫자는 지금의 작은 군(郡) 지역에서 운행되는 차량보다도 적은 수준이었다.

시골길을 따라 걸어가던 말숙이는 마을 어귀에서 처음 보는 자동차를 발견했다. 검은색 차체에 반짝이는 은색 라디에이터, 마치 세상에 없는 딴 세상에서 온 마차처럼 보였다.

"와, 저기 진짜 자동차인가베?"

그는 친구들과 함께 그 차가 지나가는 모습을 멍하니 바라보았다.

그런데 차가 말숙이 앞에 선다.

"말숙아! 니 오데 가노?"

"옴마야, 작은아버지 아잉기요. 친구들하고 놀러 갑미더."

"할매는 집에 계시나?"

"언지예 밭에 나갔심미더."

"그라모 니 타라. 할매한데 가 보구로."

"할매 인자 집에 올 시간 되었십미더. 고마 집에 가입시더."

집 앞 백구마당에 차를 주차를 하고 운전기사는 차에서 대기하고 작은아버지와 말숙이는 손잡고 집 앞으로 들어간다.

"김 기사, 드렁크에 있는 거 집으로 좀 가지고 온나."

"네, 사장님."

운전기사는 트렁크에 실린 소고기와 과일, 과자봉지를 몇 번에 걸쳐서 집 안으로 나른다.

"애비야, 니 우짤 일이고? 이 차는 뭐꼬? 니 괜히 폼 잡는다고 차 샀거 아이가?"

"내가 얼라도 아이고 폼 잡는다고 차를 사구로에. 차 값이 얼마인데

55. 이만호의 신발 공장 **313**

예. 일이 바빠 가지고 어쩔 수 없이 삿다아이미꺼."

"그런나. 우짜든지 야무지게 해라이. 괜히 겉멋만 들지 말고."

"알겠십미더. 오메 말씀 명심할께예. 오메요, 머슴들도 있는데 밭에 나가 일하지 마이소 마."

"머슴들이 밭일을 하나 내가 꼼지락거릴 수 있을 때 반찬거리라는 내 손으로 해야지."

"형수님은 어데 갔습미꺼?"

"너거 형수 재일이 자전거 빵에 얼라 밥 갖다주로 갔는가베, 형수도 너거 형님 죽고 난 뒤 마음고생이 많다. 인제 오십인데 긴 세월 독수공방 우찌할랑가 모르것다."

"형수 집에 질녀는 얼라 낳는가예?"

"뭐라샀노. 벌써 3살 아이가. 둘째도 시집가서 배가 불러 있다 아이가."

"형님은 손자, 손녀 재롱도 제대로 보지 못하고 일찍이 돌아가셨네예."

"그랑깨 재일이 애비만 생각하면 억장이 무너진다. 뭐시 그리 바빠서 빨리 갔는지, 애고."

할머니는 눈물을 훔친다. 그때 말숙이 엄마가 자전거를 타고 대문 앞에서 내린다.

"아이고, 대럼 오시는 기요? 동서하고 아이들은 별일 없지예."

"네, 형수님. 고생이 많지예."

"아입미더, 고생은예. 어머이가 잘해 주셔서 괴안십미더."

"괴기하고 얼라들 과자 좀 사 왔심미더."

"그냥 오시도 되는데 뭐 하러 이런 거 사 옴미꺼."

"오메 공장 하라고 주신 돈 다시 돌려드릴께예. 이자는 마이 못 넣었습미더."

그러면서 봉투에 든 돈뭉치를 말숙이 할머니에게 내민다.

"벌시로 그 돈을 벌인나? 고생했다이."

"그라모 저는 부산 공장에 다시 올라가 볼깨에. 형수님, 오메 건강하시소."

"작은아버지 가입시더."

"대럼 동서한테 안부 전해 주이소."

대문에 나온 식구들은 이만호의 차가 뽀얀 먼지를 일으키며 멀리 사라져 보이지 않을 때까지 처다보고 있다.

그때는 농촌에서 도시로 가는 길은 험난했고, 몇 시간씩 기다려도 버스를 탈 수 없던 날이 많았다.

화물차 역시 보기 어려웠다. 농부들은 여전히 소달구지에 의존했고, 쌀가마니를 등에 지고 먼 길을 걸어야 했다. 오토바이는 더욱 희귀했다. 간혹 시장에 가면 한두 대 보이긴 했지만, 그것을 소유한 사람은 마을에서 가장 부유한 축에 속했다.

그렇게 1960년대의 한국은 자동차 한 대가 마을을 지나가도 모두가 놀라운 구경거리로 여길 정도로 가난하고 어려운 시절이었다.

56. 반공

1960년대 후반, 남북의 체제 경쟁이 극에 달하던 시기. 장포 마을에도 예외는 아니었다. 마을 어귀의 담벼락과 창고 벽에는 큼지막한 붉은 글씨로

'자수하여 광명 찾자, 수상하면 신고하자'

같은 반공 표어가 도배되어 있었다.

라디오 한 대도 귀하던 시절, 사람들은 마을 회관에 모여 정부가 보내온 교육 영상을 시청하거나, 방송을 듣곤 했다. 수상한 사람이 마을에 들어왔다가는 금세 눈에 띄었고, 사람들 입에 오르내렸다.

그 장포에도 그런 일이 있었다. 가을이 깊어 가던 어느 날, 이름 모를 한 남자가 마을에 들어섰다. 낡은 군용 점퍼에 허름한 고무신을 신은 그는, 마을 초입의 우물가에서 목을 축였다. 아이들은 그를 힐끔거리며 바라보았고, 어른들은 그의 차림새를 유심히 살폈다.

"저 사람 누고. 처음 보는 사람인데??"

"간첩 아이가. 이상하게 생겼구만은."

"저 사람 어데 못 가구로 뒤를 살살 따라 당기라."

그렇게 말한 마을 이장은 곧장 지서로 향했다. 한 시간도 채 지나지 않아, 두 명의 경찰이 자전거를 타고 마을로 들어왔다.

남자는 어디로 갈 곳도 없이 마을회관으로 끌려갔다. 마을 사람들은 회관 바깥에 삼삼오오 모여 조용히 그의 이야기를 엿들었다.

"난 정말 아무것도 모릅미더. 그냥 먹고살려고 떠돌다 본깨 여기까지 왔을 뿐인데예."

그러나 경찰은 남자의 말을 믿지 않았다. 그의 손바닥과 발바닥을 살폈다. 노동의 흔적이 없는 부드러운 손이었다. 누군가 속삭였다.

"저 봐라. 손이, 그냥 농사짓는 사람 손이가? 간첩 맞네."

"아이고, 무시라."

이장은 회관 한편에서 긴 한숨을 내쉬었다. 그 순간, 밖에서 웅성거리는 소리가 들렸다. 말숙이 할머니가 헐레벌떡 뛰어오더니, 회관 안으로 들어섰다.

"이 사람, 내 조카다이! 도회지서 일을 하는… 우리 집안사람이다, 이 사람들아!"

마을 사람들은 얼굴을 마주 보았다. 경찰은 잠시 고민하더니, 결국 남자를 지서로 데려갔다.

그날 밤, 마을은 불안감으로 가득 찼다. 아이들은 어른들의 눈치를 살폈고, 젊은이들은 담배를 피우며 수군댔다.

며칠 뒤, 남자는 조사 끝에 풀려났고, 말숙의 가족으로 인정받아 다시 마을로 돌아왔다. 하지만 그 후로도 오랫동안, 마을 사람들은 그를 경계의 눈초리로 바라보곤 했다.

"사람이, 사람을 의심하며 살아야 하는 세상이 참 무섭다이…"

"그랑깨요. 낯선 사람만 보면 전시네 신고를 해사서 오데로 다니겠습미꺼."

외부인을 믿지 못하고 공포스런 사회가 된 것은 그만한 이유가 있었다.

1968년 1월의 칼바람이 한반도를 휩쓸고 있었다. 서울 한복판에서 불과 수백 미터 떨어진 곳, 청와대 근방까지 북한 특수부대 31명이 군사 분계선을 넘어 남하했다. 그들은 경복궁 인근까지 침투하여 대통령 관저를 습격하려 했으나, 운명의 장난인지 의문의 신고로 인해 그들의 계획은 저지당했다.

박정희 대통령은 즉각 군 수뇌부를 소집했다. 연이어 발생한 사건들, 특히 1.21 사건과 푸에블로호 납치 사건이 그의 분노를 극한으로 몰아넣었다. 북한의 끊임없는 도발과 침투에 대해 이제는 단호한 응징이 필요하다고 판단했다.

비밀리에 전개된 작전회의에서 군 관계자들은 다양한 보복 방안을 논의했다. 일부는 평양을 직접 타격하자는 주장을 했고, 일부는 특수부대를 보내 동일한 방식으로 보복하자는 의견을 내놓았다. 박정희는 묵묵히 이들의 논쟁을 듣고 있었다. 그의 눈빛은 결연 했으나, 정부는 쿠데타로 집권하고 있어서 미국의 눈치를 보지 않을 수 없었다.

주한미군 사령부는 즉각 개입해 전면전으로 확산될 위험성을 경고했다. 미국 국무부는 한국이 보복 작전에 나설 경우, 한반도 전체가 새로운 전쟁의 소용돌이에 빠질 수 있다고 우려했다. 결국, 미국의 강한 반대로 인해 보복 계획은 실행되지 못했다.

그럼에도 불구하고 박정희는 군의 사기를 높이고자 했다. 그는 즉각 특수부대 창설을 지시하고, 한국군의 기동성과 전투력을 강화하는 방향으로 군사 개혁을 단행했다. 그리고 내부적으로는 북한을 향한 철저한 대비태세를 갖추게 했다.

1969년, 말숙이는 아직 국민학교에 들어가기 전 여섯 살이었다. 그녀의 세상은 마당에서 뛰어놀고, 어머니가 끓여 주는 보리차를 마시며 따뜻한 햇살 아래 낮잠을 자는 것이 전부였다. 그러나 그녀가 자라는 세상은 그렇게 평온하지만은 않았다.

   그해, 박정희 대통령은 삼선 개헌을 통해 또다시 연임을 하게 되었다. 어머니와 재일이 오빠는 저녁마다 라디오에서 흘러나오는 뉴스 소리에 귀를 기울였고, 가끔씩 낮은 목소리로 무언가를 이야기하곤 했다. 말숙이는 무슨 이야기인지 알 수 없었지만, 그때마다 어머니는 걱정스러운 얼굴로 오빠를 바라보았다.

   마을 어귀에는 반공 포스터가 붙어 있었고, 어린이들에게도 '북괴의 간첩을 조심하라'는 말을 귀에 못이 박히도록 들려주었다.

   동네 어르신들은 누군가가 지서에 끌려갔다는 소문을 쉬쉬하며 이야기했다. 그럴 때마다 어머니는 말숙이를 품에 꼭 안으며 아무 말도 하지 않았다.

   어느 날, 마을에서 멀지 않은 곳에 사는 한 젊은 남자가 갑자기 사라졌다. 동네 사람들은 수군거렸지만, 아무도 그의 이름을 입 밖에 내지 않았다. 아이들이 혹여나 잘못 말할까 봐 부모들은 더욱 조심스러웠다. 말숙이는 그저 어른들의 낯선 긴장감 속에서 유년기를 보냈다.

   하지만 여섯 살의 세계는 여전히 신비로웠다. 말숙이는 어머니 품속에서 들려주는 옛이야기를 들으며 꿈나라로 빠져들었다. 그러던 어느 날, 가족들이 저녁을 먹고 있을 때였다. 마을 이장이 집집마다 다니며 내일 오전 일찍 면사무소 앞 광장에 모두 모이라는 소식을 전했다. 이유는 묻지 못했다. 모두가 그저 '나라의 일'이라며 순응해야 했다.

다음 날, 어른들은 단정한 옷을 입고 광장으로 향했다. 말숙이도 어머니 손을 잡고 따라갔다. 연단 위에서 누군가가 큰 소리로 애국을 외쳤고, 사람들은 마지못해 박수를 쳤다. 박정희 대통령의 사진이 걸려 있는 무대 앞에서 누군가가 반공 구호를 외쳤다. 말숙이는 어른들의 얼굴을 살폈다. 그러나 그들의 표정은 공허했다.

그렇게 1969년의 대한민국은 공포와 순응 속에서 흘러가고 있었다. 여섯 살 말숙이도 어렴풋이 그 시대의 무게를 느끼고 있었다.

57. 장포를 떠나다

    1970년 부산의 좁은 골목길 끝, 낡은 벽돌 건물에서 쉼 없이 기계 소리가 들려왔다. 말숙의 작은아버지 이만호가 운영하는 신발 공장이었다.
    공장 안으로 들어서자 기름때가 묻은 바닥과 켜켜이 쌓인 신발 원단이 어지럽게 널려 있었다. 노동자들은 땀을 흘리며 기계를 돌리고 있었지만, 기계는 자주 멈춰 섰다. 한숨이 여기저기서 터져 나왔다.
    "또 서삐나. 올 몇 번째고!"
    "이놈의 기계는 하루도 똑바로 돌아는 일이 없네!"
    공장장은 잔뜩 찌푸린 얼굴로 기계를 살펴보았지만, 이미 낡을 대로 낡은 설비는 쉽게 말을 듣지 않았다.
    저임금 노동력 덕분에 공장은 외형적으로는 번창하는 듯 보였지만, 현실은 달랐다.
    좁은 공간에서 일하는 노동자들은 부딪히고 넘어지기 일쑤였다. 한 젊은 노동자가 바삐 움직이다가 원단 더미에 걸려 넘어지며 손을 긁혔다. 그는 고통을 삼키며 대수롭지 않다는 듯 옷소매로 피를 훔쳤다.
    이만호는 초조했다. 공장의 자금 사정이 바닥을 드러낸 지 오래였다. 그는 책상 위에 쌓인 서류들을 뒤적이며 깊은 한숨을 내쉬었다. 은행 대출은 이미 한계에 다다랐고, 추가 대출은 불가능했다.

사채를 고려해 보았지만, 그조차도 쉽지 않았다. 높은 이자는 감안하더라도 공장의 운영권을 담보로 맡겨야 한다는 조건이 걸림돌이었다.

창밖을 바라보던 이만호는 고개를 떨구었다. 공장은 그가 대학 졸업 후 키워 온 자식 같은 존재였다. 그리고 직원들의 생계가 달린 문제이기도 했다. 주문량은 늘어나는데 무작정 지금처럼 생산할 수도 없는 노릇이었다. 하지만 지금 이대로라면 머지않아 공장은 포화 상태가 되어서 현상 유지도 어려울 것이다.

'우짜면 좋노. 그냥 주문을 적게 받고 생산할 수 없다고 바이어들에게 이야기할까?'

그러나 바이어를 한 번 만나기도 힘들지만 사업 파트너로 계속 유지한다는 것은 더 어려운 일이다. 바이어가 더 사겠다고 하는데 생산을 못 해 판매할 수 없다면 그는 기다려 주지 않고 바로 다른 곳으로 옮겨갈 것이다.

그는 지친 몸을 이끌고 공장 사무실에서 깊은 고민에 빠졌다. 모든 수단과 방법을 동원해 보았지만, 더 이상 손쓸 도리가 없었다. 이제 남은 것은 단 하나, 어머니에게 의지하는 것뿐이었다.

장포에 계신 어머니는 평생을 땅과 함께 살아온 분이었다. 새벽이면 호미를 들고 나가 논밭을 일구고, 해가 저물 때까지 쉬지 않고 일하셨다. 그에게도 그 땅은 단순한 재산이 아니라 어린 시절의 추억이 깃든 곳이었다. 하지만 지금은 절박했다. 그 땅을 팔지 않으면 그는 모든 것을 잃게 될 것이다.

다음 날 새벽, 그는 무거운 마음으로 경비실에서 대기하고 있는 김 기사를 불렀다.

"김 기사, 집으로 가자."

"퇴근하시는 깁미꺼."

"아니, 장포에 있는 모친한테 가자."

"아, 예. 그라모 출발합미더."

창밖으로 스쳐 가는 풍경을 바라보며, 어머니께 이 말을 어떻게 꺼내야 할지 수없이 고민했다. 만호는 다짜고짜

"모친요, 땅 좀 팔아 주이소."

"무신 소리고. 무신 땅?"

겨우 입 밖으로 내뱉었을 때, 어머니는 조용히 아들을 바라보았다. 깊은 주름이 새겨진 얼굴엔 놀람도, 분노도 없이 오직 담담함만이 서려 있었다. 한참을 말없이 바라보던 어머니가 이윽고 천천히 입을 열었다.

"그 땅은 네 너거 아버지가 남기고 간 기다. 그라고 죽은 재일이 아범네 나 그 위에 너거 형수는 6.25 때 행방불명되어 혼자서 고상해도 전금을 내어 주지 않았는데 니가 팔아 도라 하모 너거 형수들한데 뭐라 캐야 것노. 그라고 내가 죽어서 저승 가서 너거 아버지 만나면 뭐라꼬 이바구해야 되노?"

이만호는 숨을 삼켰다. 그는 문득 자신이 정말 마지막 수단으로 이곳을 찾은 것이었는지, 혹 어머니의 희생을 당연하게 여긴 것은 아닌지 돌아보게 되었다.

그날 밤, 그는 깊은 고민 끝에 결정을 내렸다.

다음 날 아침, 어머니 앞에 선 그는 단호한 목소리로 말했다.

"어머이, 죄송합미더. 그냥 다른 방법을 다시 찾아보겠심미더."

"아이다, 니도 공부도 한큼 한 사람인데 니가 내한데까지 내려온 것은 하다하다 안 돼서 내려온 거 아이가. 삼렬이 아범!"

상머슴을 부른다.

"땅하고 집하고 전부 팔아야 하께네 임자 있는지 한번 알아봐라."

"예?"

삼렬이 아버지는 깜짝 놀란다.

"뭐를 그리 놀라노. 다른 사람들도 농사 안 짓고 공장 간다고 전시네 땅 팔아 샀데. 나도 수돗물 좀 무 보자."

"어머이 그리 마이는 아니고에. 땅 몇 떠거리만 팔면 됩미더."

"만호야! 니만 자석가? 너거 큰 형수도, 너거 작은 형수도 이번 기회에 전금 내어 줄란다."

"어무이, 지가 잘못했심더. 지 문제는 지가 해결할께에. 고종하시소."

"아이다. 내가 살아 있을 때 재산 정리를 해 두어야 나중에 너거 형제간 원수 안 된다. 이번 참에 싹 다 정리해서 나나 뼈자."

"어무이, 생각이 그러하시면 알겠심미더."

"삼렬이 아범 뭐 하노. 후차가라."

"네, 알겠심미더. 나가 볼께에."

기와집의 지붕이 내려다보이는 그 기름진 땅을 탐내는 이들은 많았다. 앞마당에서 논으로 곧장 이어지는 평탄한 지형에, 계절마다 풍작을 약속하는 땅이었다. 기름진 흙을 움켜쥐고는 한참을 바라보던 사내가 있었다. 그는 망설임 없이 값을 치르고 그 땅을 차지했다.

풍수지리를 보아도 보기 드문 위치에 큰 기와집이라 집 역시 금방 임자가 나타난다.

하지만 합강정을 따라 경사진 뽕밭이나 강가 땅은 사려는 이가 없었다. 여름이면 범람하는 강물에 쉽게 잠기고, 가뭄이라도 들면 메마른 땅이 되어 버리는 곳이었다.

말숙이 할머니는 부산에 있는 만호와 형수 두 사람을 모이게 했다.

"재산이 어느 정도 정리되었으니 각자 하고 싶은 말 해 봐라."

이만호가 대답한다.

"어무이 처분대로 지는 따르겠심미더."

"알것다. 나는 마산서 쌀 장사하는 말숙이 고모 옆으로 갈란다. 그라고 재산은 삼 형제 똑같이 분배할끼다. 혼자 된 제일 큰 형수한데 마이 주어야 하지만 만호가 마이 짜치는 것 같은깨 그리할라칸다. 다들 할 말 있으모 해 봐라."

"어무이 본부대로 하겠습미더."

"지도예."

"지도 시키는 대로 할깨예."

"그라모 이 돈으로 우짤낀고. 큰애부터 이바구해 봐라."

"어무이, 지도 어머이 근처로 갈께예."

"재일이 움마, 니는 우짤끼고?"

"지는예, 재일이가 인자 오토바이센타도 하고 얼라들도 도시로 전학을 안 갈라 합미더. 그래서 재일이가 점빵하는 석무에 가든지 독산에 갈라쿠미더."

"아가 니는 그라모 촌에 있을끼가. 니라도 촌에 지키고 있다쿤게 서분한 게 쪼매 덜하네. 그라모 알것다. 잔금을 받으모 노나 주꾸마. 돈 지고 있다가 잊자 삐지 말고 법수농협이나 우체국에 꼭 넣어라. 도둑 들면 돈 잃고 사람 다친다이."

장포의 말숙이 할머니의 세상은 이렇게 마감한다.

58. 새로운 보금자리

장포에서 평생을 보낸 말숙이 할머니는 시골과 비슷한 곳을 찾고 싶었다. 그렇게 해서 도착한 곳이 마산 성호동이었다. 먼저 시골에서 올라온 딸이 그 동네에 살고 있는 것도 그곳에 정착하였던 이유 중에 하나다.

마산 성호동의 한적한 골목길을 거닐다 보니 할머니의 마음을 사로잡는 한 채의 집이 눈에 들어왔다. 오래되었지만 튼튼한 한옥이었다. 무엇보다 이 집은 방이 무려 열다섯 개나 됐다.

"옴마, 이 집 하이소. 방이 많아가 달세 놓으모 억수로 좋아예."

마산에서 쌀집 하는 말숙이 고모의 대답이다.

"집이 이리 크모 고장 나는 것도 많을 낀데 내가 우찌 건사하노?"

"움마 촌하고 달라가 여는 돈 주모 뭐든 다 해 줌미더."

"얄구지라. 와 돈을 들이노. 내가 배아가 내가 해 볼란다."

"옴마, 고마 마소. 도시에는 전부 그리 살미더. 그래야 집수리하는 사람들도 먹고 살지예."

"알것다. 여 법도라쿠모 그리 살아야지."

"그라모예. 얼마 전까지만 해도 나무짐 해서 불 때었지만 언자는 여도 연탄 부석 다 되었어예."

"살기 좋은 세상이네. 산에 나무를 안 해도 된다 쿠모."

"맞아예. 여는 어시장이 가차바서 장에 귀경하기도 좋고 사람들이 마이 모이다 보니 한 번씩 대산 사람들도 종종 만나예."

할머니는 방마다 세입자를 들였다. 동네 시장에서 장사하는 이들, 공장에서 일하는 젊은 노동자들, 고향을 떠나온 학생들까지 다양한 사람들이 모여들었다.

방마다 작은 나무문이 달렸고, 세입자들은 그 문을 드나들며 저마다의 하루를 살아갔다. 마당 한켠에는 장독대가 있었고, 할머니는 장을 보고 반찬을 만들어 세입자들과 나누기도 했다.

"할매, 올도 된장찌개 냄새가 끝내주네예."

세입자들이 인사를 건네면 할머니는 너털웃음을 지으며 한 국자 떠서 나눠 주곤 했다.

"총각아, 니 이것 좀 무 봐라."

고향 생각이 나서 철공소에서 일을 하고 있는 함안 총각에게 각별하게 신경이 쓰인다.

"고맙습미더."

"너거 방에서 메치 살고 있노."

"친구들 3명이서 살고 있어예."

"다른 형제는 없나."

"누나 둘하고 남동생들이 있습미더."

"누야하고 같이 살지 와 친구하고 있노. 그라모 누야가 밥도 해 주고 할낀데?"

"누야는 마산방직에 다니고 있어서 여서 멀어서 석전동에 저거 친구하고 살고 있어예."

"우짜든둥 야무치게 돈 모아라. 친구들하고 어불리가 술 묵지 말고."

"알것심미더."

말숙이 할머니의 집은 예전에 시골에서 농사를 짓던 시절보다 수입은 훨씬 나았다. 힘든 농사일을 하지 않아도 달마다 꼬박꼬박 들어오는 월세가 있었다. 덕분에 힘들게 농사를 지을 필요도 없고 가끔은 세입자들에게 작은 정성으로 음식을 나누는 여유도 생겼다.

마산의 집은 할머니에게 새로운 삶의 터전이 되었다. 농사 대신 사람들을 돌보며 살아가는 삶이었다. 도시 속 작은 마당이 있는 집에서, 할머니는 여전히 흙을 만지며 꽃을 가꾸었고, 사람들과 온기를 나누며 살아갔다. 그리고 그 온기는 시간이 흘러도 변함없이 마당 한구석에 머물러 있었다.

한편 말숙이네는 시골에 남기로 결심했지만, 정착할 집을 찾는 일은 쉽지 않았다. 여러 곳을 돌아다니며 집을 살펴보았으나, 그들의 기대에 부합하는 곳은 좀처럼 나타나지 않았다.

그들에게 가장 큰 걸림돌은 역시 돈이었다. 재일이는 자전거 수리점을 운영하고 있었지만, 앞으로는 오토바이 수리점으로 확장하고 싶어 했다. 이를 위해서는 지금보다 더 넓은 가게가 필요했고, 자연스럽게 비용 부담도 커졌다.

"그냥 지금 가게에서 자전거랑 오토바이를 같이 보면 안 되것나?"

어머니가 조심스럽게 물었다.

재일이는 고개를 저었다.

"오토바이는 자전거보다 부품도 크고 정비 공간도 많이 필요 합미더.

제대로 하려면 아예 지금보다 더 널찍해야 합미더. 그라고에 이번 기회에 좀 더 큰 점빵을 해야 사람들도 마이 옴미더."

어머니는 한숨을 내쉬며 먼 산을 바라보았다. 현실적인 문제는 그들의 의지만으로 해결되지 않았다.

그러던 어느 날, 마을 어귀에 오래된 창고가 있다는 이야기를 들었다. 원래는 곡식을 보관하던 곳이었지만, 오랫동안 방치된 채 빈 건물로 남아 있었다. 주인에게 연락해 보니, 헐값에라도 팔 의향이 있다고 했다.

재일이는 곧장 창고를 보러 갔다. 건물은 낡았지만, 개조하면 충분히 쓸 만해 보였다. 무엇보다도 지금보다 훨씬 넓은 공간이 좋았.

"당장 오토바이센터 하기에는 어렵겠지만, 살살 만들어 가면 되겠네에."

"마당도 넓직하고 귀안타."

"고치는 기계도 새로 사고 할라쿠모 여로 할랐미더."

"그리해라."

재일이 오토바이 가게는 아주 넓은 마당이 있어서 지금은 별로 사용되지 않았지만 앞으로 어떤 용도로 변모할지 지금은 아무도 몰랐다.

그렇게 해서 말숙이네는 재일이의 새로운 가게를 마련했다.

가게는 해결되었고 말숙이 엄마는 다음으로 아이들과 함께 편히 지낼 수 있는 집을 찾고 있었다. 장포의 대궐 같은 집에서 살다 보니 자신의 마음에 드는 집이 있을 수가 없었다.

그리고 재일이 운영하는 오토바이 가게 건물을 세를 얻는 것이 아니라 아예 구입하다 보니 예상보다 자금이 더 많이 필요하다는 현실과 마주했다.

그래서 가게와 가까운 석무가 아니라, 더 시골인 독산으로 눈을 돌릴 수밖에 없었다. 그 당시 석무는 대산과 마찬가지로 오일장이 있어 집을 살려고 하면 가격이 다른 지역보다는 비쌌다.

그러나 독산은 텃밭이 있는 집을 비교적 저렴한 가격에 구할 수 있었다. 말숙이 엄마는 결국 독산의 집을 계약했다. 조금은 낡고 오래된 집이었지만, 아이들과 함께 꾸미면 훌륭한 보금자리가 될 것이라는 희망이 있었다.

이사하는 날, 아이들은 생애 처음으로 자기들만의 방이 생긴다는 기대에 들떠 있었다. 엄마는 작은 텃밭을 가꿀 생각에 얼굴에 웃음이 번졌다.

집을 사고 조금 여유 있는 돈으로 논밭을 샀다. 시골에 살려면 농사를 지어야만 했다.

그렇게 말숙이 엄마는 새로운 삶을 시작했다. 힘들고 고된 하루하루가 계속되겠지만, 아이들이 웃으며 뛰어놀 수 있는 마당이 있는 집, 대가족이 살지 않고 아이들과 함께할 수 있다는 것이 그것이 그녀에게는 무엇보다 소중한 것이었다.

59. 만수의 군 입대

만수는 어느새 스물한 살이 되었다. 서울에서 사채 수금 일을 하며 나름대로 자리를 잡고 있었지만, 남자라면 반드시 가야 하는 군대는 아직 가지 않았다. 그는 늘 바쁘게 살았고, 이 생활이 익숙해지면서 점점 입대 문제를 외면하고 있었다.

그러던 어느 날, 철수는 방앗간까지 하게 해 준 동생이 군입대를 미루고 있어서 철수는 서울로 찾아갔다. 언제나 믿음직스러운 얼굴로 형 노릇을 하던 철수였지만, 이번만큼은 심각한 표정이었다. 그의 손에는 한 장의 종이가 들려 있었다.

"만수야, 니도 알제? 이제 더 이상 미룰 수가 없다이."

철수 형이 내민 것은 입대 통지서였다. 주소지가 사정리로 되어 있어, 면사무소에서 몇 번이나 연락을 했지만, 만수가 서울로 올라온 이후 몇 번 전보를 보내서 입대해야 한다고 했으나 연락이 없어서 결국 철수가 직접 군입대 통지서를 가져오게 된 것이었다.

만수는 통지서를 받아들고 잠시 아무 말도 하지 않았다. 그의 눈빛이 흔들렸다. 서울에서 쌓아 올린 생활, 하루하루가 긴장감 속에서 이루어지는 이 세계가 이제는 익숙해졌고, 그곳에서 자신만의 자리를 찾았다고 생각했다. 하지만 통지서 한 장이 그 모든 것을 단숨에 흔들어 놓았다.

철수는 한숨을 쉬며 말했다.

"네가 어떤 생각을 하는지 안다. 하지만 우짤끼고. 피한다고 해결될 일이 아이다 아이가? 우리 같은 놈들이 어디 도망칠 데가 있다고 생각하노? 피하면 더 깊이 빠지는 기다."

만수는 통지서를 천천히 접었다. 그리고 창밖을 바라보았다. 서울의 밤거리는 여전히 화려했다. 하지만 그 빛 속에서 그는 자신의 그림자가 점점 짙어지는 것을 느꼈다.

철수는 다시 입을 열었다.

"니 인제 결정해야 한다. 군대 갈 기냐, 아니면 더 깊이 숨을 거냐. 하지만 하나만 기억해라. 네가 어떤 선택을 하든, 네 과거가 너를 따라다닌다는 걸 군대를 안 가서 잡히면 징역살이하고 군대도 가야 한다."

만수는 조용히 숨을 들이쉬었다. 그리고 천천히 고개를 끄덕였다. 그의 마음속에서는 아직 치열한 갈등이 일고 있었지만, 이대로는 안 된다는 사실만큼은 분명했다.

"형님, 알겠습미더. 이번 입대해서 36개월 죽은 듯이 있다가 오겠심미더."

"잘 생각했다이. 피한다고 피해지면 좋겠지만 평생 동안 군대 문제는 따라다닌다이. 입대일이 다 되었다. 촌에 옴마한테 잘 갔다 오겠다고 인사하고 군대 가라. 어차피 해군이라 진해로 들어가네, 집에서 가 참고 해군이라 배를 타면 군 생활 편안하겠다."

"알겠습미더. 구라모 형님 내려갈 때 같이 가입시더. 하루만 더 계시소."

"안 된다. 방앗간을 맡겨 놓고 왔는데 너거 형수나 일하는 성만이가 아직 기계를 잘 모린다."

"그라모 정리하고 바로 내려갈께에."

만수는 군 생활에 대한 두려움과 불안감으로 입대를 미루고 있었지만, 결국 철수 형의 끈질긴 설득 끝에 군에 들어가게 되었다. 그러나 반복된 연기로 인해 그는 입대하자마자 관심병사로 분류되었다.

부대장은 만수를 보자마자 단호하게 말했다.

"이런 친구는 고생을 해야 정신을 차린다. 해병대로 보내라."

그렇게 만수는 해병대 훈련소로 배치되었다. 당시 해병대는 베트남 전쟁에서 큰 공을 세운 직후라 명성이 드높았고, '귀신 잡는 해병'이라는 별칭이 더더욱 강조되는 시기였다. 훈련은 가혹했고, 그 누구도 예외가 될 수 없었다. 특히 만수에게는 더욱 혹독한 시간이 기다리고 있었다.

첫날부터 지옥이 펼쳐졌다. 새벽 4시에 벌떡 일어나야 했고, 아침 점호를 마치자마자 강도 높은 PT가 이어졌다. 훈련장에서는 구보와 유격 훈련이 끝도 없이 이어졌고, 실탄 사격과 장애물 훈련에서는 탈진할 때까지 반복 연습이 이어졌다.

만수는 수없이 쓰러졌다. 그러나 교관들은 단 한순간도 봐주지 않았다.

"해병은 포기하지 않는다! 네가 포기하는 순간, 동료도 죽는다!"

교관의 고함이 훈련장을 가득 메웠다. 그는 매 순간 후회했다. 입대를 미루지 않았다면 덜 고생했을까? 철수 형의 말을 듣지 않았다면 지금쯤 편히 있었을까?

그러나 시간이 지나면서 만수는 조금씩 변하기 시작했다. 처음에는 겨우 버티는 것이 전부였지만, 어느새 그는 동기들과 함께 훈련을 이겨내고 있었다. 물집 잡힌 손으로 소총을 들고, 땀과 진흙으로 얼룩진 얼굴로 전우와 함께 달렸다. 그의 눈빛은 점점 달라지고 있었다.

마침내 수료식 날이 다가왔다. 그동안의 훈련을 이겨 낸 자신이 믿기지 않았다. 만수는 자신의 이름이 불릴 때 힘찬 목소리로 대답했다. 그의 어깨에는 이제 자랑스러운 해병대 마크가 붙어 있었다.

그날 밤, 철수 형에게 편지를 썼다.

'형님, 해병이 되었다. 처음에는 형님을 원망했지만, 지금은 형님에게 고맙다는 말을 하고 싶다. 해병은 한 번 해병이면 영원한 해병이라고 한다. 나도 이제 해병이다.'

만수는 훈련소에서의 지난 시간을 떠올렸다. 훈련소는 힘들었지만 규칙이 있었고, 그 규칙 속에서 하루하루를 버틸 수 있었다. 그러나 이제는 새로운 시작이었다. 자대 배치 통보를 받았을 때, 그는 김포라는 지명을 확인했다.

김포.

전방과는 거리가 있지만, 분위기가 살벌하다는 소문이 자자한 곳이었다. 전입 첫날, 만수는 선임들의 날카로운 눈초리를 받으며 내무반에 들어섰다. 짧은 환영 인사가 끝나기 무섭게 선임 하나가 그의 이름을 물었다.

"너, 신병이지?"

"예! 그렇습니다!"

"어디서 왔냐?"

"경남 함안 출신이고 서울에서 생활했습니다!"

그 순간, 선임의 눈빛이 변했다.

"그럼 서울 놈이네? 요즘 애들은 버릇이 없단 말이야."

그날 저녁, 내무반 생활이 어떤 것인지 깨닫는 데는 오랜 시간이 필요하지 않았다. 밤이 깊어질수록 분위기는 더욱 험악해졌다. 선임들이 모여 앉아 이야기를 나누다가 심심하다는 이유로 신병을 불러내기 시작했다.

"야, 만수. 나와 봐."

"이병 김만수!"

그는 숨을 깊게 들이마시고 자리에서 일어났다.

"운동 좀 시켜 줘야겠지?"

무릎 꿇고 엎드려뻗쳐를 하라는 말이 떨어지기 무섭게, 그는 곧장 자세를 취했다. 그런데 그걸로 끝이 아니었다. 주먹이 날아왔다. 등과 어깨, 갈비뼈 쪽으로 연이어 충격이 전해졌다. 참아야 했다. 소리를 내면 더 심해질 것이 분명했다. 이를 악물고 버텼다.

훈련소에서는 정해진 훈련을 받았지만, 여기서는 하루하루가 전쟁이었다. 일과 시간은 지옥이었고, 일과 후는 더한 지옥이었다. 군기가 세다는 건 알고 있었지만, 이 정도일 줄은 몰랐다.

아침 기상 나팔이 울리면 이미 온몸이 욱신거렸다. 하루하루가 끝없이 반복되는 악몽 같았다. 훈련 강도는 훈련소와 비교할 수도 없었다. 몸을 혹사시키는 건 기본이었고, 정신적으로도 버텨야 했다. 작은 실수 하나에도 가혹한 얼차려가 이어졌다.

그러나 그 속에서도 만수는 버티기로 했다. 자신에게 주어진 시간을 어떻게든 이겨 내야 했다. 전역이란 단어는 아직 멀었고, 이곳에서 살아남는 것이 최우선이었다. 그는 이를 악물고 다짐했다.

'버티자. 살아서 나가자.'

만수는 군 생활을 시작한 지 1년이 지나, 마침내 이병 계급장을 떼고 일병이 되었다. 그동안 그는 수많은 훈련과 작업, 그리고 구타, 상명하복의 질서 속에서 버텨 왔다. 몸은 적응했지만 마음은 여전히 벗어나고 싶었다. 그리고 마침내 주어진 15일간의 첫 휴가. 이 순간만을 기다려 왔다.

휴가 첫날, 만수는 집으로 향하는 기차 안에서 창밖을 바라보며 생각했다.

'돌아가지 않는다면 어떻게 될까?'

그동안 그는 군대 생활이 지옥 같다고 느꼈다.

엄격한 규율, 선임들의 강압적인 태도, 끝없는 반복과 같은 하루하루. 그는 자유를 원했다. 그리고 그 자유가 지금 손에 닿을 듯 가까이 있었다.

집으로 돌아온 만수는 형님 내외와 모친의 따뜻한 환대를 받았다. 오랜만에 집밥을 먹으며 어머니의 얼굴을 바라보니 마음 한구석이 저려 왔다.

하지만 이 행복이 15일 후면 사라질 것을 생각하니 견딜 수 없었다. 그날 밤, 만수는 조용히 짐을 꾸렸다. 그리고 새벽이 되자 집을 나섰다.

그는 서울로 향했다. 익명성이 보장되는 도시, 그곳에 숨어든다면 잡히지 않을 수도 있을 것이라 생각했다. 현실은 쉽지 않았지만, 그는 필사적으로 숨어 지냈다. 신분증 없이 생활하는 것은 어려웠고, 돈이 바닥나자 허름한 여관을 전전하며 건설현장에서 막일을 찾아 헤맸다. 하지만 그는 철저하게 자신의 흔적을 감추었다.

시간이 흐르면서 그는 점점 새로운 삶에 적응해 갔다. 처음에는 불안과 두려움이 컸지만, 차츰 익숙해지면서 그는 스스로를 새로운 사람으로 만들었다. 작은 공장에서 일을 하며 돈을 모았고, 서류가 필요 없는 일자리를 전전하며 생계를 유지했다.

만수는 이제는 잡히지 않을 것이라는 생각에 마음이 느슨해졌다. 그러던 차에 설이 다가왔고, 그는 문득 고향의 어머니와 형제들이 보고 싶어졌다. 오랜 그리움을 안고 만수는 조심스럽게 사정리에 있는 형님의 집으로 내려갔다.

오랜만에 형제들과 재회하는 순간, 그의 마음은 따뜻해졌다. 어머니의 주름진 손길, 형제들의 반가운 얼굴이 그의 가슴을 적셨다. 그러나 마음 한편에는 여전히 불안이 자리하고 있었다. 그는 이 행복이 오래 지속되기를 바랐다.

설날 아침, 가족들은 괴항골에 있는 아버지의 산소를 찾아가기로 했다. 오래전 떠나보낸 아버지를 향한 그리움을 안고, 말 구르마에 몸을 실었다. 고즈넉한 겨울 들판을 지나며 가족들은 지난날의 추억을 나누었다. 하지만 그 순간, 저 멀리서 자전거를 탄 법수지서 순경이 다가오는 것이 보였다. 순간적으로 등골이 서늘해졌다.

만수는 재빨리 주위를 살폈다. 가족들의 표정은 굳어 있었고, 그의 심장 박동은 점점 빨라졌다. 본능적으로 그는 몸을 돌려 산을 향해 달리기 시작했다. 숨이 차오르고 땀이 흐르는 것도 느낄 겨를이 없었다. 그는 있는 힘껏 산길을 헤치며 올라갔다.

한참을 달려 도착한 곳은 아버지의 산소였다. 거친 숨을 몰아쉬며 그는 허리를 숙였다. 가족들은 아직 도착하지 않았다. 하늘을 올려다보니 회색빛 구름이 드리워져 있었다. 한동안 그는 조용히 서서 아버지의 묘비를 바라보았다. 어린 시절 아버지와 함께했던 기억이 주마등처럼 스쳐 지나갔다.

잠시 후, 가족들이 말 구르마를 타고 도착했다. 형제들은 숨을 고르고 있는 만수를 보고 안도하며 조용히 다가왔다. 아무도 아무 말을 하지 않았지만, 그들의 눈빛만으로도 모든 것이 전해졌다. 만수는 천천히 무릎을 꿇고 아버지께 인사를 올렸다.

짧은 순간의 재회였지만, 그의 마음속에는 다시 한 번 가족에 대한 깊은 애정이 자리 잡았다. 그는 언제까지 도망쳐야 할지 알 수 없었지만, 이날만큼은 가족들과 함께할 수 있어 다행이라 생각했다. 만수는 눈을 감고 속삭였다.

"아버지, 저 다녀갑니다."

60. 탈영의 끝

만수가 탈영한 지 3년이 되었다.

그저 충동적인 선택이었다. 군 생활이 너무 힘들었고, 억울한 일도 많았다. 군대에서의 1년은 끝없는 가혹행위와 부당한 명령의 연속이었다. 아무리 참으려 해도 참을 수 없는 순간이 있었다. 그러나 자유는 생각보다 가혹한 것이었다.

제대하고도 남을 시간 동안 그는 경찰과 헌병대를 피해 숨어 지냈다. 가족과 연락을 끊은 지 오래였고, 고향으로 돌아가는 것은 불가능했다. 친한 친구들조차도 그를 돕기 힘들어했다. 도시에서 허드렛일을 하며 겨우 목숨을 부지했지만, 항상 불안 속에서 살아야 했다.

탈영병을 신고하면 포상금이 나온다는 사실은 그의 삶을 더욱 위태롭게 만들었다. 한번은 공사장에서 일하던 중 신분증을 요구받았고, 얼버무리며 도망쳐야 했다.

또 한번은 허름한 여관에서 쉬고 있는데, 복도에서 군복을 입은 헌병이 지나가는 소리에 심장이 멎을 것 같았다. 그는 옷도 제대로 챙기지 못한 채 창문으로 뛰어내려야 했다.

그는 점점 사람이기를 포기한 듯한 삶을 살게 되었다. 이름을 바꿔 불렀고, 사람들과 눈을 마주치지 않으려 했다.

밤이 되면 폐가나 공사장 한구석에서 잠을 청했다. 가끔은 꿈을 꾸었다. 제대를 하고 가족들과 함께하는 꿈. 하지만 깨어나면 언제나 차가운 현실뿐이었다.

그렇게 3년.

이제 만수는 더 이상 도망칠 힘도, 숨을 곳도 남아 있지 않다는 것을 깨달았다. 몇 번이고 경찰서 문 앞까지 갔다가 돌아서기를 반복했다. 그러나 여전히 결정을 내리지 못했다.

그날도 그는 경찰서 앞을 서성였다. 문을 열 것인가, 다시 도망칠 것인가.

만수는 경수가 마산에 집을 구해 살림을 시작했다는 소식을 들었을 때, 어떤 여자와 살림을 하고 있다는 것도 알았다. 따지고 보면 아직 결혼은 하지 않았지만 신혼의 형수인데, 만수는 물불을 가릴 처지가 되지 않았다.

만수는 그동안 숨어 지내던 그의 삶이 이제는 더 이상 지속될 수 없음을 직감했다. 그러나 갈 곳이 없었다. 결국, 그는 조용히 경수의 집 다락방으로 숨어들었다.

"행님, 여서 며칠만 있다가 다른 데로 갈깨예."

"니는 우짤라 쿠노? 나이는 점점 들어 가고 계속 도망자 신세로 있을끼가?"

"지도 이리될 줄 알고 탈영했습미꺼. 우짜다 보이 이리된 기지예. 영가이 사람을 괴롭히야 그서 있지예."

"니 말대로라면 군대 간 사람 전부 탈영하것네. 다른 사람은 아무 일

없이 3년 있다가 나오는데 니는 와 이 지랄이고."

옛날 같으면 형님의 잔소리에 박차고 나갈 것인데 만수는 이제 기가 많이 죽었다. 하지만 여전히 자기의 잘못은 전혀 없고 오로지 다른 사람 핑계만 대고 있다.

다락방은 어둡고 비좁았지만, 만수에게는 그것조차 사치였다. 좁은 공간에 몸을 웅크리고 누워 있으면 과거의 기억들이 밀려왔다. 한때는 꿈도 있었고, 희망도 있었다. 하지만 이제 그는 그저 하루하루를 버텨 낼 뿐이었다.

경수는 퇴근하여 돌아와도 그가 다락에 있는 것을 알면서도 모른 척했다. 형수는 아무 말 없이 음식 몇 조각을 올려 두고 가곤 했다. 만수는 그런 경수와 형수가 고마우면서도 미웠다.

어느 날 밤, 빗소리가 처량하게 창을 두드렸다. 만수는 다락방의 작은 창을 열어 흐린 하늘을 바라보았다. 이제 이곳에서도 오래 버틸 수 없을 것이다. 문득 경수의 낮은 목소리가 떠올랐다.

"만수야, 언제까지 이렇게 있을끼고? 니가 여기 있는 것은 평생 있어도 되지만 앞날을 생각해 봐라."

그는 대답하지 못했다. 사실, 그는 스스로도 그 답을 몰랐다. 다만 아득한 어둠 속에서 빠져나올 힘이 없었다.

만수는 다락에서의 생활이 길어지자 점점 대담해졌다. 처음에는 혹시나 하는 불안감에 숨을 죽이고 지냈지만, 일주일이 지나도록 아무 일도 일어나지 않자 자신감을 가지게 되었다. 그는 밤이 되면 몰래 밖으로 나가 바닷바람을 쐬었고, 동네 상점에 들러 담배를 사고, 때때로 소주 한

병을 사서 바닷가에서 홀로 잔을 기울이기도 했다.

그날도 만수는 바닷가에 다녀온 뒤 다락에 올라 몸을 뉘었다. 잔잔한 파도 소리가 여전히 귀에 맴돌았고, 적당히 취기가 올라 눈이 감길 즈음이었다.

그런데 갑자기 아래층에서 쿵쾅거리는 소리가 들렸다. 그는 가슴이 철렁 내려앉았다. 누군가가 문을 거칠게 두드리는 소리, 그리고 낮지 않은 목소리들이 섞여 들려왔다. 곧이어 쿵, 하고 문이 열리는 소리가 났.

헌병대였다.

"김만수, 여기 있는 줄 알고 있다. 순순히 나와라."

거친 목소리가 울려 퍼졌다.

만수는 본능적으로 숨을 죽였다. 심장이 미친 듯이 뛰었다. 다락문을 걸어 잠그지도 않은 것이 떠올랐다. 그는 몸을 움츠리며 귀를 기울였다. 바닥을 짓누르는 무거운 발소리들이 거실을 가로질렀고, 방을 하나씩 뒤지는 소리가 들려왔다.

'이대로 들키는 건가….'

숨이 턱 막혔다. 어쩌면 저 아래로 뛰어내려 바깥으로 달아나야 할지도 몰랐다. 그러나 문득, 지금까지의 날들이 스쳐 지나갔다. 바닷가에서 홀로 마셨던 소주의 쓴맛, 상점 주인의 무심한 눈빛, 그리고 무엇보다 이곳에서의 마지막 밤이 될지도 모른다는 두려움.

발소리가 점점 다락 쪽으로 다가왔다. 문고리를 잡는 소리가 들렸다. 만수는 이를 악물었다. 이제 선택할 시간이 얼마 남지 않았다.

만수는 숨을 헐떡이며 어두운 다락방을 살폈다. 바깥에서는 헌병들의 발소리가 가까워지고 있었다. 그의 심장은 마치 터질 듯이 뛰었고, 손끝은 차가운 땀으로 젖어 있었다. 더 이상 머뭇거릴 시간이 없었다.

그는 이를 악물고 다락의 낡은 슬레이트 지붕을 힘껏 걷어찼다. 금이 가 있던 지붕은 순식간에 산산이 부서졌고, 차가운 밤공기가 밀려들었다. 만수는 망설임 없이 그 틈으로 몸을 날렸다. 날카로운 조각들이 맨발을 할퀴었지만, 그는 아픔을 느낄 겨를도 없이 어둠 속으로 뛰어들었다.

산을 향해 미친 듯이 달렸다. 발바닥이 거친 흙과 자갈을 스치며 찢어졌지만, 그는 계속 달렸다. 거친 숨소리와 함께 헌병들의 고함이 뒤를 쫓아왔다.

"저기다! 잡아라!"

몸을 낮추고 수풀 사이로 몸을 숨겼지만, 흩어진 낙엽 위로 떨어져 있는 만수의 핏방울이 그의 움직임을 노출시켰다.

이윽고 사방에서 빛이 쏟아졌다. 총부리가 그를 겨누고 있었다. 만수는 숨을 헐떡이며 멈춰 섰다.

헌병대장이 천천히 다가오더니 비릿한 미소를 지었다.

"도망칠 수 있을 거라 생각했나?"

만수는 이를 악물며 주먹을 쥐었다. 하지만 이제는 더 이상 도망칠 힘조차 남아 있지 않았다. 차갑고 거친 밧줄이 그의 손목을 조여 왔다. 산 너머에서 아침 해가 희미하게 떠오르고 있었다.

만수는 스물네 살 봄날, 군 교도소로 끌려갔다. 그의 죄목은 탈영. 하지만 그는 근무를 서다 도망친 것도, 총기를 휴대하거나 군 장비를 들고 나온 것도 아니었다. 그는 휴가를 나왔다가 복귀하지 않았다.

처음엔 단순한 외출처럼 보였다. 하지만 그의 발길은 점점 부대에서 멀어졌고, 그는 삼 년간 숨어 살았다. 그동안 이름을 바꾸고 여기저기 떠돌며 살았지만, 결국 헌병대에 의해 붙잡혔을 때 그는 이미 '탈영병'이 되어 있었다.

조사 과정에서 그가 군장 하나 없이 몸만 빠져나온 사실이 밝혀졌고, 군법회의는 비교적 가벼운 형량인 1년 6개월을 선고했다. 만약 총기를 들고나왔거나 장비를 빼돌렸다면 10년 형도 각오해야 했을 터였다.

군 교도소의 삶은 혹독했다. 새벽 네 시, 철문이 열리며 하루가 시작됐다. 행군보다 더 고된 노동, 짧은 식사 시간, 그리고 조용히 내리누르는 죄수들의 눈빛. 전과자도 아니고, 범죄를 저질러 본 적도 없는 만수에게 그곳은 군대보다 더 비인간적인 공간이었다. 그는 매일 같은 질문을 스스로에게 던졌다.

'나는 왜 도망쳤을까?'

어쩌면 단순한 권태였을지도 모른다. 지루한 반복, 끝없는 훈련, 그리고 상관들의 고함 소리. 그 모든 것에서 벗어나고 싶었다. 하지만 철창 안에서야 그는 깨달았다. 자유를 갈망했던 자신이 오히려 가장 좁은 감옥에 갇혀 버렸다는 사실을.

시간이 흘러 만수는 형기를 마쳤다. 밖으로 나오는 순간, 그는 깊은 숨을 들이쉬었다. 1년 6개월 만의 자유였다. 하지만 그는 알았다. 과거로 돌아갈 수 없다는 것을. 군 교도소에서의 시간은 그의 삶을 바꿔 놓았다.

만수는 군인 신분인 이상 남은 복무 기간을 채워야 했다. 그가 이미 1년을 복무했으니, 이제 남은 24개월을 다시 군 생활로 채워야 했다.

그가 새로 배치된 곳은 해병대에서도 가장 오지로 소문난 백령도였다. 백령도는 대한민국 서해 최북단의 섬으로, 육지와 멀리 떨어져 있어 도망칠 길이 막막한 곳이었다.

배를 타지 않고는 탈영이 불가능한 섬. 그곳은 탈영을 꿈꾸는 자들에게는 악몽 같은 장소였다.

만수는 다시 군복을 입고 백령도행 배에 올랐다. 바닷바람이 그의 얼굴을 스치며 거친 파도가 배를 흔들었다.

육지를 떠나면서 그는 현실을 깨달았다. 이제부터 그는 철저한 감시 속에서, 혹독한 생활을 견뎌야 한다. 백령도는 자연도, 인간도 모두 가혹한 곳이었다.

도착하자마자 그를 기다리고 있던 것은 선임들의 날카로운 시선과, 무거운 군장, 그리고 끝없는 훈련이었다. 군 교도소 출신이라는 낙인은 그에게 더욱 혹독한 대우를 가져왔다.

"죄짓고 온 놈이 편할 줄 알았냐?"

선임들의 말에 그는 대꾸할 수 없었다. 만수는 사병들보다 5~6살이 많아 상사들과 비슷한 나이였지만 오직 견디는 것만이 살길이었다.

밤이 되자, 백령도의 하늘은 별이 총총했지만 그의 마음은 한없이 무거웠다. 이곳에서의 24개월. 그것은 끝없는 인내와 싸움의 시간이 될 것이 분명했다. 하지만 그는 결심했다. 이번에는 무슨 일이 있어도 끝까지 버텨 내겠다고. 그가 갈 수 있는 길은 오직 앞으로 나아가는 것뿐이었다.

'이제 도망갈 데도 없네. 고마 여서 죽어삐까.'

하루에도 수십 번 이런저런 마음이 들었지만 그는 어쩔 수 없이 견디어 내어야 했다. 잠깐의 고통을 참지 못하고 잘못된 선택을 한 대가는 너무나 혹독했다.

61. 만수의 제대

만수는 결국 말년 휴가를 받았다. 남들은 늦어도 한두 달 전에 나오는 걸 당연하게 여겼지만, 그는 사정이 달랐다.

탈영이라는 씻을 수 없는 과오를 저질렀던 탓에, 그 모든 시간을 다시 채워야 했다. 2년 동안 외출, 외박도 없이 이제야 말년 휴가를 나가게 되었으니, 사실상 전역과 다름없었다.

부대 정문을 나서는 순간, 만수는 몇 년 만에 느끼는 자유로움을 실감했다. 하지만 그 자유는 마냥 달콤하지 않았다. 다시 군대로 돌아와야 한다는 사실이 마음 한구석을 무겁게 눌렀다.

백령도를 떠나는 날, 바다는 잔잔했지만 마음은 들뜬 듯 무거웠다. 혼자서 말년 휴가를 나와 큰형님이 계신 사정리로 가기 위해 배에 올랐다. 선실에 자리 잡고 앉아 창밖을 바라보았다.

'예전보다 배가 좋아지긴 했어도, 이 길은 여전히 멀고 험하네.'

스스로 중얼거렸다.

'죽을 고비도 많이 넘기고 남들보다 곱빼기로 군대 생활 했는데 여기를 나갈 수가 있구나.'

백령도를 떠난 배는 인천항을 향해 천천히 나아갔다.

바다의 짠내가 코끝을 스쳤고, 인천항에 도착해서 짐을 챙겨 서울로 향하는 버스를 탔다. 창밖으로 스쳐 가는 빌딩 숲이 익숙하면서도 낯설었다.

서울에서 마산으로 가는 고속버스를 타기까지 기다리는 시간도 만만치 않았다. 터미널에서 잠시 허기를 달래고, 사람들의 분주한 발걸음을 바라보며 긴 여정의 중간 지점에 서 있음을 실감했다.

서울에서 마산까지는 다시 5시간이 걸렸다. 버스 안에서 이런저런 생각을 하다 보니, 오랜 시간 떨어져 있던 형제의 정이 떠올랐다. 하지만 피로가 몰려오자 말없이 창밖을 바라보며 조용히 시간을 보냈다.

마산에 도착했을 때는 이미 늦은 밤이었다. 어쩔 수 없이 터미널 앞의 여인숙에 자고 다음 날 첫 완행버스를 타고 사정리로 향하는 길, 시골 길을 따라 버스는 덜컹거리며 나아갔다. 창밖으로 익숙한 들판과 산자락이 모습을 드러낼 때쯤, 비로소 집에 다 왔다는 실감이 났다.

버스에서 내리자, 차가운 공기가 피부를 스쳤다. 어머니가 기다리고 계시는 집이었다.

"편지도 없이 우찌 왔노."

또 탈영을 했나 싶어서 어머니는 가슴이 철렁 내려앉는다.

"오메요, 걱정 마이소. 언자 군대 생활 다 했다고 마지막으로 휴가 보내 주는 김미더."

"맞나, 욕봤다."

어머니는 놀랠 만하다. 만수가 군 교도소에 갇혀 있을 때 이런 전보가 온 적이 있었다.

'김만수 사망 가족인계 요망.'

어머니는 집에 있고 형님인 철수 혼자 아침 일찍 갔다가 막차 타고 온

적이 있었다.

만석은 그때 할머니가 저녁에 아궁이에 불을 때며 울고 계시는 것을 보았다. 밤늦게 도착한 철수는

"어머이, 전보를 잘못 보냈다 쿠네예. 간 짐에 만수 면회를 했는데 아주 건강하게 잘 있떼예. 걱정 마이소."

"세상에 사람 죽은 것을 우찌 잘못 보낼 수 있노?"

"지도 따자 볼라 캤는데 내 동생이 건강히 잘 있는 것만 해도 감사하다 생각했습미더."

그런 일이 있고 난 뒤 처음으로 보는 아들 모습을 놀라는 것은 당연하다.

"군대서 잘 견디고 왔다. 고상 많았제?"

"옴마, 오데에 내가 나이가 많으깨네 얼라들이 함부로 못 하데예. 형님, 형수님 잘 계시는기요?"

"그래. 만수야, 고생했제? 인제 휴가 끝내고 들어가면 전역이가?"

"예, 형님. 저 때문에 고상 마이 했지예."

"아이다. 니가 나한데 울메나 잘해 주었는데. 니 아이모 방앗간을 꿈이라도 꾸겠나. 항상 고맙게 생각한다이."

"아입미더. 지가 한 게 뭐 있다고."

"만석이는 오데 갔노? 아까 보이더만은."

만석은 해병대에 간 삼촌을 두려워했다. 삼촌이 걸음을 옮길 때마다 철렁철렁 울리는 쇠구슬 소리가 어린 만석의 귀에 거슬렸다.

그 소리는 마치 어디선가 쇠사슬이 끌리는 듯한 음산함을 띠고 있었다. 더욱이 단단하게 다려진 군복은 지서 순사의 모습과 겹쳐 보였다.

어린 시절,

"울모 순사 잡아간다이."

하는 할머니와 어머니의 소리에 어린 만석에게 순사는 공포의 대상이었다.

삼촌이 마당 한가운데 서서 한 손으로 허리를 짚고 다른 손으로 군모를 벗어 흔들었다.

"만석아! 삼촌 왔다!"

호탕한 목소리가 마당을 울릴 때마다 만석은 본능적으로 뒤로 물러섰다.

식사 자리에서 삼촌은 전투 훈련과 해병대 생활에 대해 이야기하곤 했다. 불침번을 서며 바닷바람을 맞던 이야기, 야전 훈련 중 바위틈에서 잠들었던 이야기, 철모를 베개 삼아 쓰러져 잠든 동기들의 이야기를 들려줄 때마다 만석은 몸을 움츠렸다. 무뚝뚝한 말투와 군기가 서린 태도 속에서 그는 삼촌을 더욱 어렵게 느꼈다.

그러나 시간이 지나면서 만석은 삼촌이 무서운 사람이 아니라 강인한 사람이라는 것을 깨닫게 되었다. 삼촌은 군 생활을 통해 단단해진 몸과 정신력을 가지고 있었지만, 가족들에게는 따뜻한 사람이었.

만석이 마당에서 미끄러져 넘어졌을 때, 삼촌은 말없이 손을 내밀어 그를 일으켜 세웠다. 철렁거리던 쇠구슬 소리가 더 이상 무섭지 않았다.

어느새 삼촌의 군복도 순사의 모습이 아닌, 가족을 지켜 주는 든든한 보호자의 옷처럼 느껴졌다.

"만수야, 제대하면 뭐 할끼고. 계획이 있나?"

"서울에 있던 친구들도 세월이 너무 오래되가 전부 어디 있는지 모르겠고 아직은 뭐를 해야 할지 모르겠습미더."

"니 고마 내하고 방앗간에서 같이 일하자. 몸은 좀 고되도 나락 사서 방아 찧어서 가야장에 팔모 돈이 좀 된다."

"지금 일하는 성만이는 우짜고예?"

"너거 둘째 누 있다 아이가. 새로 시집갔다. 자형이 유원연탄 다닌다 카네. 그 부탁해서 취직시켜 주모 된다."

"형님 알겠심미더. 제대하면 열심히 해 볼께예."

"그라모 니도 인제 마음 잡고 지대로 해 보자이."

만수는 가벼운 가방 하나만 들고 인천 부대 정문을 나섰다. 하늘은 흐릿했고, 도시의 아침 공기는 차가웠다. 말년 휴가를 나올 때만 해도 다시 백령도로 돌아갈 줄 알았지만, 부대에서 전역 신고를 하고 나니 모든 게 달라졌다. 바다 건너 섬으로 돌아가지 않아도 된다는 사실이 실감 나지 않았다.

"휴, 이제 끝난 기가."

스스로에게 대견스럽게 여기고 있다. 군대생활 3년에 도피 3년, 교도소 1년 6개월, 남들은 3년만 하면 되는 군대 생활을 7년째 하고 그는 부대 정문에서 천천히 걸음을 옮겼다.

한때 몸담았던 군복을 벗고 민간인이 된 기분은 묘했다. 부대 근처에서 버스를 타고 인천 터미널로 향했다. 창밖으로 스쳐 가는 풍경을 바라보며 그는 지난 시간을 떠올렸다.

백령도에서의 군 생활은 고된 나날의 연속이었다. 차가운 바람이 부는 초소에서 동틀 녘을 맞이하고, 밀려오는 파도를 바라보며 밤을 지새우던 순간들이 주마등처럼 스쳐 갔다. 하지만 이제는 그 모든 것에서 벗어났다.

　사정리에 도착한 것은 다음 날 오후 늦은 시간이었다. 버스에서 내리자 익숙한 흙냄새가 코끝을 스쳤다.

　시골길을 따라 천천히 걸으며 앞으로 어떻게 살아가야 하나 고민하고 있었다.

　"만수야!"

　익숙한 목소리가 들렸다. 고개를 돌리자 마을 어귀에서 어머니가 서 있었다. 그녀의 얼굴에는 반가움과 안도감이 동시에 묻어났다. 만수는 천천히 미소를 지으며 다가갔다.

62. 철수의 누나, 영애

만석의 아버지 철수는 8남매 중 둘째다. 철수 위로는 한 살 차이의 누나가 있었다. 철수의 가족은 대가족의 전형으로, 시끌벅적한 분위기 속에서 자라났다. 철수의 누나는 17살의 어린 나이에 하사관으로 복무 중이던 군인과 결혼했다. 그녀는 남편이 강원도 화천에서 근무하고 있었기 때문에 그곳에서 생활하며 가정을 꾸렸다. 강원도 화천은 도로나 철도가 발달하지 않아 이동이 어려웠다. 이러한 이유로 군인들의 형편없는 월급과 더불어 철수의 누나는 명절조차 친정인 새터에 오지 못하는 상황이었다.

철수의 누나는 결혼 후 비교적 이른 시기에 아이를 낳기 시작했다. 만석이 태어나기 전, 이미 그녀는 두 아들과 한 딸, 총 3명의 자녀를 두고 있었다. 만석의 아버지인 철수가 결혼을 하고 가정을 이루기 전에 그의 조카들은 이미 어린아이에서 소년, 소녀로 성장하고 있었다. 특히 만석이 태어나기 전, 철수의 누나가 낳은 딸 중 한 명은 만석과 같은 해에 태어난 동갑내기였다.

철수의 누나는 강인하고 부지런한 여성이었다. 그녀는 강원도의 험난한 환경 속에서도 결코 주저하지 않고 자신만의 삶을 개척해 나갔다.

힘든 여건 속에서도 그녀는 아이를 들쳐 업고 산에 가서 나무를 했다. 해가 지기 전에 나무를 한 아름씩 머리에 이고 오는 길은 고단했지만, 그녀는 그 시간을 통해 자신의 책임감을 되새기곤 했다.

셋방살이를 하며 공터 옆에 빌린 작은 땅은 그녀의 또 다른 삶의 무대였다. 텃밭에서 기른 야채로 반찬값을 절약하며 살림을 알뜰히 꾸려 갔다. 배추와 무, 고추와 상추가 자라는 그 땅은 그녀의 땀과 정성으로 가득했다. 땅을 일구고 씨를 뿌리며, 그녀는 마치 자신의 미래를 가꾸는 듯한 마음으로 채소를 키웠다. 시집오기 전 매일 보고 농사일을 했던 것이다 보니 야채를 기르는 것은 그렇게 어려운 일이 아니었다.

비록 그녀의 삶은 친정식구도 보지 못하고 고향 동무들도 보지 못하는 험난하고 때로는 외로운 싸움의 연속이었지만, 철수의 누나는 결코 포기하지 않았다. 그녀의 눈빛 속에는 언제나 강인한 의지가 담겨 있었고, 그녀의 손길이 닿는 곳마다 생명력이 움트곤 했다.

강원도의 차가운 바람 속에서도, 그녀의 온기는 늘 주변 사람들에게 전해졌다. 그녀의 부지런함과 강인함은 이웃들에게도 깊은 감명을 주었고, 그녀의 존재는 작은 마을에 큰 울림을 주는 등불과도 같았다.

철수의 누나의 4명의 자녀 중 세 명은 친정의 어린 동생들과 흥미로운 나이 차이를 가지고 있었다. 첫째 딸은 친정의 여동생과 동갑이었다. 둘째 아들은 친정의 막내보다 두 살 많았고, 셋째 아들은 친정의 막내보다 두 살 어렸다.

외삼촌은 조카들보다 나이가 두 살과 네 살이 더 많았다. 나이로 보면 외삼촌은 동생처럼 보이기도 했고, 조카들과의 관계에서는 친구처럼 지내기도 했다.

6.25 전쟁이 끝난 후 미국의 원조가 들어오면서 사람들은 굶거나 병들어 죽지 않고 기적적으로 살아남을 수 있었다. 의약품과 의료 기기, 심지어는 식량까지 지원을 받으면서 많은 사람들이 살아났다. 그중에서도 가장 눈에 띄었던 변화는 신생아 사망률이 현저히 낮아졌다는 점이었다. 전쟁의 참화 속에서 태어난 아이들은 많은 경우, 건강을 잃고 일찍 세상을 떠나곤 했으나, 원조 덕분에 그 죽음을 피할 수 있었다.

그 시절, 많은 가정에서는 아이를 많이 낳고 그중 생존하는 아이만 키우는 것이 보편적인 일이었다. 이유는 간단했다. 당시의 보건 환경과 의학 기술은 미비하여 신생아 사망률이 높았고, 부모들은 몇 명의 자녀가 살아남을지 알 수 없었다. 그래서 한 가정에서 여러 아이를 낳고, 그중에서 몇 명이라도 건강하게 자라기를 바라며 기대했다. 그러한 관습이 바뀌지 않는 중에 미국의 의약품으로 아이들의 생존율은 높아져 집집마다 삼촌이 조카보다 나이가 어린 집이 많았다.

옛 우리 조상들이 아이를 많이 낳는 문화는 단순한 선택이 아니었다. 그것은 살아남기 위한 본능과도 같았다. 도시보다는 시골에서 그런 현상이 두드러졌다. 가난한 농촌에서는 자식을 많이 낳는 것이 가족을 부양하는 방법이었고, 사회적인 안정감을 찾는 길이기도 했다. 그래서 한 가정에서 아이들이 열 명이 되는 경우도 드물지 않았다.

그 시절, 아직 조혼의 풍습이 남아 있어서 딸이 시집가고 나면, 한두 해 지나지 않아 그 집의 엄마와 딸이 함께 임신을 하게 되는 경우가 종종 있었다. 이런 상황은 그 당시 사회에서는 흔한 일이었고, 특히 농촌에서는 더욱 눈에 띄었다.

엄마와 딸이 함께 아이를 출산하는 그 모습은, 한편으로는 과거의 가난과 절망을 이겨 내고, 미래를 향해 나아가는 한 가족의 힘겨운 여정이자, 희망의 상징이었다.

63. 경수의 월남전 참전

경수는 스무 살이 되던 해, 머슴살이하다가 운전병으로 입대했다. 그는 트럭과 지프를 몰며 부대 곳곳을 누비는 일이 익숙해질 무렵, 상병 계급장을 달게 되었다. 그해, 우리나라가 베트남전에 참전한다는 소식이 들려왔다.

젊은 병사들은 술렁였고, 누구는 애국을 외쳤으며, 누구는 두려움을 감추지 못했다. 그 당시 참전 수당이 사병의 경우 1만 원 정도 되었는데 그 당시 소 한 마리가 3만 원 정도 했으니 가난한 농민의 아들인 경수는 망설일 이유가 없었다.

마침내 그는 1966년 베트남전에 지원하게 되었고, 주월한국군사원조단, 일명 '비둘기' 부대로 배속되었다. 푸른 군복을 단정히 여미고, 부대원들과 함께 배에 올랐다. 창문 밖으로 바라본 익숙한 조국의 풍경이 점점 멀어지며, 그의 가슴 한구석이 묵직해졌다.

베트남의 첫인상은 숨이 턱 막히는 더위와 습기였다. 그리고 코를 찌르는 낯선 냄새들. 경수는 적응해야 했다. 그의 임무는 주로 물자 수송과 부대원 이동이었다. 전투병이 아니라 운전병이라 전쟁 중에 죽는 것을 걱정하지 않아도 될 것 같았다.

그러나 전쟁터에서는 어느 것도 예측할 수 없었다. 길가의 무심한 덤

불 하나가 언제 지뢰가 될지, 길모퉁이의 아이들이 손에 쥔 것이 과연 평범한 과일인지, 모든 것이 불안 요소였다.

어느 날, 경수는 몇 명의 전우들과 함께 시골 마을로 구호 물자를 운반하는 임무를 맡았다. 도로는 울퉁불퉁했고, 곳곳에 파인 구덩이가 불안하게 입을 벌리고 있었다.

"조심해라. 어제 저 앞길에서 우리 측 수송 트럭이 매복 공격을 받았다더라."

동승한 하사가 낮은 목소리로 경고했다. 경수는 핸들을 꽉 쥐고, 이마에 맺힌 땀을 손등으로 훔쳤다.

마을에 도착했을 때, 주민들은 경계를 풀지 못한 채 멀찍이 서 있었다. 아이들은 낡은 옷을 입고 호기심 어린 눈으로 그들을 바라봤다.

군복을 입은 손으로 초콜릿을 건네주자, 조심스럽게 받아들며 조그맣게 웃음을 보였다. 순간, 경수의 머릿속에는 한국에서 동생들에게 사탕을 쥐어 주던 기억이 스쳐 갔다.

그러나 전쟁은 그들에게 쉽게 따뜻한 순간을 허락하지 않았다. 복귀하던 길, 도로 한가운데 의심스러운 통나무가 놓여 있었다.

"멈춰!"

동승한 하사가 소리쳤다. 경수는 급히 브레이크를 밟았다. 동시에, 어디선가 총성이 울렸다. 이어지는 아수라장이었다. 경수는 본능적으로 트럭 아래로 몸을 날렸다.

몇 분이 몇 시간처럼 흘렀다. 교신을 통해 지원군이 온다는 소식이 전해졌고, 마침내 반격 끝에 적의 공격이 잦아들었다.

숨을 몰아쉬며 몸을 일으킨 경수는 주위를 둘러보았다. 함께 있던 전우 한 명이 쓰러져 있었다. 피가 흙 위로 스며들고 있었다.

그날 밤, 그는 쉽게 잠들 수 없었다. 적의 공격보다도, 그 피의 색과 마지막까지 손을 뻗던 전우의 눈빛이 마음을 무겁게 짓눌렀다.

그렇게 날이 가고 달이 지났다. 전쟁은 그에게 많은 것을 빼앗아 갔고, 또 많은 것을 새겨 주었다. 그는 무사히 조국으로 돌아올 수 있을까? 그리고 돌아간다 해도, 과연 예전의 자신으로 남아 있을 수 있을까?

경수는 하늘을 올려다보았다. 밤하늘엔 별이 총총했지만, 그가 바라보는 별빛은 베트남의 것이었다. 그의 마음 한구석에선 이미 전쟁이 끝날 수 없음을 어렴풋이 느끼고 있었다.

경수는 베트남의 뜨거운 태양 아래서 하늘을 올려다보았다. 푸른 하늘과 대비되는 오렌지색 가루가 비행기에서 뿌려지고 있었다.

그는 그 광경을 바라보며 그것이 단순한 방제용 가루라고 믿었다. 부대원들은 그것이 뿌려진 후 모기가 사라지고, 울창했던 밀림이 점차 사라지는 것을 보며 안도했다. 전선 주변에 개활지가 생기면서 베트콩들의 접근이 어려워졌고, 작전 수행이 한결 수월해졌다.

그러나 경수는 알지 못했다. 그 가루가 단순한 방제제가 아니라는 것을. 시간이 지나면서 월남을 다녀와서 부대원들 사이에서 이상한 증세가 나타나기 시작했다. 기침이 멈추지 않고, 피부에 이상한 반점이 돋아났다. 몇몇 동료들은 원인을 알 수 없는 통증을 호소했다. 하지만 누구도 그것이 하늘에서 내려온 죽음의 가루 때문이라는 생각을 하지 못했다.

전쟁이 끝나고 몇 년이 흘렀다. 부대원들은 한국으로 돌아왔지만, 그들의 몸은 점점 쇠약해졌다. 병원을 찾아가도 의사들은 정확한 원인을 알지 못했다.

고통스러운 나날이 이어지던 어느 날, 그들은 신문에서 한 기사를 읽게 되었다. 베트남전에서 사용된 고엽제, 에이전트 오렌지가 인간과 환경에 끼친 영향을 다룬 기사였다. 그는 문장을 읽을 때마다 심장이 조여드는 듯한 기분이 들었다.

"설마… 저게 우리가 뿌렸던 그 가루란 말인가?"

그제야 그는 깨달았다. 동료들이 겪고 있는 고통의 근원이 무엇인지. 하지만 이미 너무 늦어 버렸다. 그들은 주먹을 쥐고 흐르는 눈물을 닦았다. 누구에게도 알리지 못했던 그때의 기억이, 이제는 지울 수 없는 악몽이 되어 그를 괴롭히고 있었다.

경수는 다행인지 불행인지 빨리 발병되지 않았다. 그가 65살이 되던 해에 고엽제 후유증으로 간암이 발병하게 된다. 그것이 고엽제와 연관성이 있다고 판명이 되어 정부의 지원으로 치료를 받았다.

전쟁은 끝났지만, 그들의 싸움은 끝나지 않았다. 전장에서 살아남아 돌아온 이들은 평생 지워지지 않는 트라우마를 안고 살아갔다.

지뢰 폭발로 한쪽 다리를 잃었고, 고엽제에 노출된 장병들은 시간이 흐를수록 고통이 더해졌다. 병원에 가도 명확한 치료법이 없었고, 국가의 보상은 미비했다.

월남전 참전 용사들은 하나둘씩 세상을 떠나갔다. 정부는 그들의 희생을 충분히 기리지 못했고, 많은 이들이 고통 속에서 홀로 죽음을 맞이했다.

"우린 너희를 잊지 않아."

하지만 세상은 그들을 서서히 잊어 갔다.

경수의 매형 이진호는 강원도 화천의 어느 부대에서 근무하고 있다. 쥐꼬리만 한 중사 월급으로는 가정형편은 그리 좋지 않았다.

하지만 그에게는 한 가지 고민이 있었다. 어린 자녀들, 아내, 그리고 힘든 살림살이를 보살펴야 했던 그의 가정에서 가장으로서의 책임감은 여전히 그를 짓눌렀다.

"베트남에 가면 지금의 월급의 몇 배나 받을 것인데 내도 자원할까?"

아내에게 물어본다.

"오데예 지금도 조금 아끼며 살면 됩미더. 잘못되면 우짤라꼬 그런 소리 합미꺼. 함부래 그런 소리 마이소."

"그냥 물어본기다. 그라고 내가 그래도 간부인데 전선에 나가지 않고 부대 내에서만 있어서 아무 이상 없다."

"그래도 안 됩미더. 절대로 월남 가면 안 됩미더."

그러나 어릴 때부터 가난했던 이진호는 하사관이라 3만 5천 원이나 하는 월급의 유혹을 떨칠 수가 없었다. 결국 그는 아내 몰래 참전하겠다는 자원서에 서명하고 말았다.

100군수사령부 '십자성' 부대에서 통신 주특기로 배속되었다. 그는 가정을 떠날 결심을 한다. 아내는 걱정스러운 표정으로 그를 바라봤지만, 그의 마음은 이미 결단을 내린 상태였다. 가족의 삶을 지켜 줄 수 있다면, 자신의 임무를 다하고 싶었던 것이다.

강원도 화천의 관사에 남겨 둔 아내와 두 아들, 두 딸. 그들은 어려운 시절에도 서로를 의지하며 살아왔고, 앞으로도 어떠한 어려움이 있어도 헤쳐 나갈 수 있었다.

베트남에서의 생활은 힘든 순간들이 많았다. 처음에는 모든 것이 낯설고 불안했지만, 이진호는 차츰 적응했다. 통신의 중요성을 몸소 느끼며, 매 순간이 긴장감 속에서 지나갔다. 그곳에서의 생활은, 전쟁터의 현실과 마주하면서도 그가 무엇을 위해 싸우고 있는지 깨닫게 해 주었다.

통신부대 상사는 전쟁의 소용돌이에서 가장 멀리 떨어진 곳에서 일하고 있다. 그는 전투의 한복판에서는 결코 볼 수 없는 사무실의 불빛 속에서 하루를 보내고 있었다. 그의 임무는 전선의 명령을 받는 것, 그리고 그것을 수많은 서류와 절차를 통해 반영하고 처리하는 것이었다. 그가 위치한 곳은 전방에서 수백 킬로미터 떨어진, 전쟁의 실제적인 전투와는 아무런 관련이 없는 후방의 구석이었다.

그러나 베트남 전쟁은 게릴라전으로 예전의 전쟁들과는 달리, 후방마저 안전하지 않았다. 전선은 점점 더 복잡해지고, 전쟁의 양상은 완전히 달라졌다.

그래서 정해진 전장이 없다. 어디에서 폭탄이 터질지, 어디서 총알이 날아들지 모르는 상황이었다. 적은 눈에 보이지 않았다. 그들이 언제나 기습할 준비가 되어 있었다. 병사들은 항상 불안에 떨며, 무기 하나만을 의지하며 살아갔다.

어느 날, 갑자기 부대 내 유선 전화가 끊어졌다. 통신선이 차단된 것이다. 다른 부대로 전달되어야 할 중요한 정보가 사라졌다. 무전은 적들이 항상 감청하고 있어서 중요한 전달 상황은 유선으로 하게 되어 있었다. 통신이 끊어지면 마치 벽에 갇힌 듯하다. 적이 유선 통신망을 방해한 것인지, 아니면 단순한 기술적 문제인지도 알 수 없었다. 그러나 중요한 것은 지금의 상황을 다른 곳으로 전파할 방법이 없다는 것이었다.

"빨리 복구해야 해."

한 장교가 말했다. 그의 목소리에는 긴박함이 묻어났다.

이진호는 통신병들을 집합시켰다.

"우리가 해결해야 할 상황이야. 다른 곳에서도 통신망을 되살려야 한다. 이게 전쟁에서 살아남는 길이야."

병사들은 흩어져서 각자의 역할을 맡았다.

"만약 복구되지 않으면, 지금 우리가 알고 있는 것들을 다른 부대나 상급자들에게 알릴 수 없다. 그럼 우리가 얼마나 위험한 상황에 처했는지 알리지 못하고, 전쟁은 더 혼란스러워질 거야."

긴장감이 감돌았다.

그들은 단지 통신망 복구가 아닌, 전쟁의 운명을 걸고 싸우고 있었다. 바로 그 순간, 가장 중요한 것은 다시 연결되는 것이었다.

병사들은 분주히 움직이고 있다. 한 명은 전선을 확인하고, 다른 한 명은 필요한 부품들을 가져오며 시간을 다투어야 했다. 다들 한 마음으로 그것을 해결하려 했다.

"모두 집중해! 이 순간을 넘기면, 다시 연락이 가능해질 거야."

그러나 통신은 복구되지 않았다. 이진호는 누군가가 전선을 자르지 않으면 이런 일이 일어나지 않는다는 생각에 부대 외곽의 통신주를 살펴보았다. 그중 한곳의 전화선 수십 가닥이 잘린 것을 확인했다.

그는 무전기를 손에 쥐고 무수히 반복된 호출을 이어 갔다.

"여기 본부, 본부! 통신병들, 응답하라!"

그러나 기다림은 길어졌고, 대답은 없었다. 한 번 더, 두 번 더, 그의 목소리는 점점 더 간절하게 울려 퍼졌다. 하지만 그 누구도 반응하지 않았다. 무전 속 정적은 점점 더 그의 마음을 갉아먹었다.

부대 내에 있는 통신실은 고요한 상태였다. 그의 마음은 점차 혼란스러워지고, 더 이상 기다릴 수 없는 상황이었다.

그는 결단을 내렸다. 통신선을 연결해야 했다. 이를 해결 할 수 있는 방법은 오직 하나, 대나무 사다리를 타고 전주로 올라가 직접 연결을 다시 해야 했다.

이진호는 높은 곳에 올라가거나 몸이 노출될 때는 전투모를 쓰고 몸을 엄폐를 해야 한다는 수칙을 지키지 않고 서둘러 사다리를 붙잡고 올라갔다. 대나무는 나무 특유의 미세한 흔들림을 안겨 주었고, 바람은 그의 얼굴을 스치며 날카로운 소리를 냈다.

그는 다리를 벌리며 조심스럽게 한 발 한 발 올라갔다. 전주 꼭대기에서 바람은 더 거세게 불어왔지만, 그는 그저 묵묵히 올라갔다.

위에 도달하자 그는 긴장감에 휩싸여, 그동안 경험한 위험들을 떠올리며 연결 작업을 시작했다. 하지만 그 순간, 적의 총탄이 어디선가 날아왔다. 총성도, 경고도 없이, 총알은 그의 머리를 꿰뚫고 지나갔.

그의 몸은 일순간 충격에 휘청였고, 사다리에서 떨어지는 순간, 세상이 점점 어두워졌다.

운전병인 경수는 아침마다 전우신문을 빠짐없이 챙겨 본다. 전우들의 소식이 담긴 그 작은 신문 속에서 다른 부대의 동료들, 그리고 자신에게는 먼 사람들까지도 연결된 느낌을 받기 때문이다. 어느 날, 그는 평소처럼 신문을 펼쳐 들고 눈을 가볍게 훑어보았다. 작은 글씨 속에서 갑자기 그의 눈이 멈췄다. 전사자 명단에 적혀 있는 이름은, 바로 그의 매형, 이진호의 이름이었다.

경수의 심장은 멈추는 듯했다. 매형은 그와 전혀 다른 부대에서 복무하고 있었고, 일반 사병으로서 특별히 지위나 특권을 가진 것도 아니었다. 그래서 그가 죽었을 때 어떤 공식적인 조치도 없었을 것이다. 그저 짧은 기사 속에 담긴 사실이 그에게 무겁게 다가올 뿐이었다.

'장례 절차가 이미 끝났겠지…'

라는 생각이 그의 마음을 더욱 억누르며 무겁게 깔려 왔다.

그는 그저 진호가 남긴 흔적들, 함께 했던 시간이 떠오를 뿐이었다. 군인인 매형은 항상 차분하고, 정직했으며, 자신에게 작은 조언을 아끼지 않던 사람이었다.

하지만 이제 그 모든 것이 지나가 버린 후, 경수는 그저 지나간 시간에 묻혀 버릴 것 같다는 생각이 들었다. 마음속에서 매형의 죽음을 받아들이는 것처럼 보였지만, 결국 그와의 마지막 만남이 없는 현실이 그를 더욱 아프게 했다. 매형이 마지막으로 남긴 것이라곤 그리움과, 그리워할 수밖에 없는 무기력한 현실뿐이었다.

신문 속 단 한 줄의 기사로 그가 떠난 것을 알게 된 경수는, 타국에서 그저 침묵 속에서 눈물을 흘릴 수밖에 없었다.

64. 전쟁미망인의 삶

영애는 남편의 전사 소식을 들었을 때 눈앞이 캄캄해졌다. 국가는 그를 영웅으로 칭송했지만, 남겨진 가족에게는 냉혹했다. 영애는 네 명의 자녀를 데리고 관사에서 짐을 정리해야 했다. 더 이상 머물 곳이 없었고, 앞길이 막막했다.

관사에서 나오던 날, 아이들과 함께 울음을 삼키며 가방을 둘러맸다. 막내는 아직 사태를 온전히 이해하지 못한 듯했다. 큰애는 억지로 어른스러운 척하며 동생들의 손을 잡았다. 영애는 마지막으로 비워진 방을 돌아보았다. 남편의 흔적이 남아 있는 공간이었다. 그의 군복이 걸려 있던 벽, 침대 맡에 놓인 낡은 손목시계, 아이들과 함께 찍었던 사진들이 아직도 그곳에 있었다.

"엄마, 우린 어디로 가요?"

둘째가 조심스럽게 물었다. 영애는 대답하지 못했다.

"그래도 부모님이 계시는 새터로 내려가야것다."

정부에서는 지원금이 나올 거라고 했지만 베트남전쟁으로 죽은 이가 한둘이 아니고 쥐꼬리만 한 보상금으로 아이들과 살아가기란 쉬운 일이 아니었다.

네 명의 아이를 키우고 생활을 유지하기엔 국가에서 주는 보상금은 턱없이 부족했다. 친정에 몸을 의탁할 수도 있었지만, 오래 머물 수는 없었다. 아이들에게 아버지가 없다는 이유로 세상의 시선이 달라질 것이라는 사실을 뼈저리게 느꼈다.

영애는 남편의 장례식 날에 시부모님과 시댁 식구들의 행패를 잊을 수가 없다.

남편의 영정 앞에서 눈물을 흘리던 그녀는 끝내 울부짖으며 주저앉았다. 남편이 떠난 뒤, 세상이 한순간에 무너져 내린 듯한 절망감이 그녀를 짓눌렀다. 그러나 더욱 가혹한 일이 기다리고 있었다.

"메늘아가, 스물아홉밖에 되지 않았는데 니가 앞으로 살아갈 인생은 아주 길다. 재혼해라. 그래야 너도 살고, 아이들도 제대로 클 수 있어."

그녀의 시부모와 형제들이 차갑고 단호한 목소리로 말했다. 그들의 시선에는 연민보다는 결정된 의지가 서려 있었다. 그들의 입에서 나온 말은 너무나도 잔인했다. 아이들을 두고 재혼을 하라는 것, 그리고 아이들은 남편의 집안에서 거두겠다는 것이었다.

영애는 눈물을 닦을 새도 없이 그들의 말을 듣고 몸을 부들부들 떨었다. 마른 손으로 아이들을 꼭 감싸안으며 외쳤다.

"안 되미더! 전 절대 아이들과 떨어질 수 없어예! 제가 이 아이들을 어떻게 키웠는데, 어떻게 두고 가라고 하시는 겁미꺼?"

그녀의 목소리는 비통함과 두려움으로 가득 차 있었다. 아이들은 어머니의 품에 매달려 그녀의 옷자락을 붙잡았다. 어린 가슴에도 이 상황이 무엇을 의미하는지 본능적으로 감지한 듯했다.

시댁의 가족들은 한숨을 쉬며 서로 눈짓을 주고받았다.

"우리도 네 마음 모르는 거 아니다. 하지만 혼자서 네 아이를 키우는 게 얼마나 힘든 일인지 생각해 봐라. 네가 좋은 사람 만나 다시 가정을 이루고 살아라. 아이들은 걱정 말고."

영애는 고개를 세차게 저으며 흐느꼈다.

"지는 아이들 없이는 살 수 없습미더. 신랑 없이도 견디겠지만, 아이들이 없으면 지는 숨도 쉬어지지 않습미더. 제발, 제발 우리 얼라들을 떼어 놓아라 하지 말이소."

그녀의 절규에도 불구하고 시댁의 가족들은 쉽게 물러서지 않았다. 영애의 입장은 안중에도 없다는 듯, 그들은 아이들의 미래를 위해서라며 논리를 세워 갔다.

그날 밤, 영애는 아이들을 꼭 끌어안고 잠들지 못했다. 눈물만이 베갯잇을 적실 뿐이었다. 그녀는 깊이 다짐했다. 어떤 일이 있어도 아이들을 지키리라고. 비록 힘들고 가혹한 삶이 기다리고 있을지라도, 아이들과 함께라면 버터 내리라고.

그녀는 아이들을 위해서 넋 놓고 있을 수가 없었다. 뭐든 해야 했지만 공부를 많이 한 것도 아니고 기술이 있는 것도 아니었다. 자신이 할 수 있는 것이라고는 농사 아니면 반찬 만드는 일밖에 몰랐다.

영애는 남편의 보상금으로 고향마을 옆 신개부락에 작은 집 한 칸과 농토를 마련했다. 그녀는 아이들과 함께 새 출발을 결심했다.

새벽이면 땅을 일구고 씨를 뿌리며 하루를 시작했다. 그녀의 손길이 닿은 밭에서는 싱싱한 채소들이 자라났다. 햇빛을 듬뿍 머금은 배추와 고추, 정성스럽게 가꾼 콩들이 줄지어 피어났다. 흙냄새를 맡으며 일하는 순간, 고단한 삶을 잊고 새로운 희망을 꿈꾸었다.

시간이 흐르면서 그녀의 밭농사는 점점 자리를 잡아갔다. 남는 채소들은 소금에 절여 김치를 담그고, 콩으로는 직접 된장과 고추장을 빚었다. 어머니에게 배운 손맛을 살려 정성껏 만든 장류는 깊은 맛을 자랑했다.

마침내 그녀는 신마산 번개시장에서 장사를 시작했다. 오전에만 잠깐 서는 시장이라 나머지 시간은 농사도 할 수 있고 아이들도 돌볼 수 있었다.

무거운 바구니를 이고 시장 골목을 걸을 때마다 아이들의 밝은 미소가 떠올랐다. 새벽부터 첫차를 타고 부지런히 나가 장터 한쪽에 자리를 잡았다. 손님들은 그녀의 채소와 정갈한 된장과 윤기 나는 고추장을 보며 발걸음을 멈추었다.

"아짐애, 이 된장 어디서 만든 기요?"

"맛보이소. 이거 내가 직접 농사지어서 집에서 만들어 온 거 아잉기요."

신마산은 화력발전소가 있었고 마산에 공장들이 막 들어서고 있던 때라 바쁜 직장인들이 아침 일찍 열리는 번개시장에 장보러 많이 왔었다.

손님들은 한 숟가락 떠 맛보더니 감탄하며 지갑을 열었다. 그녀의 장맛은 시장에서도 입소문이 나며 점점 더 많은 사람들이 찾기 시작했다.

그렇게 그녀는 자신의 손으로 일구는 삶을 시작했다. 어렵고 고된 날도 있었지만, 아이들과 함께 따뜻한 밥을 나눠 먹으며 하루를 마무리할 때면 마음 깊이 흐뭇함이 차올랐다.

아이들은 건사해야 했기에 그녀는 삶은 아주 긴장되어 있었다.

주변 사람들은 영애를 안타깝게 바라보았지만, 그녀는 결코 자신을 불쌍하게 여기지 않았다. 오히려 아이들을 위해 더 강해져야 한다고 다짐하며 하루하루를 버텨 냈다.

하지만 세상은 그녀의 의지와는 상관없이 그녀를 바라보았다. 남편 없이 사는 여자라는 이유만으로, 몇몇 남자들은 가벼운 말과 행동으로 그녀에게 다가왔다.

때로는 동정심을 가장한 친절로, 때로는 대놓고 구애하는 태도로. 그녀는 그런 시선을 받을 때마다 속으로 한숨을 쉬었다.

그녀는 사랑에 마음을 닫은 것이 아니었다. 다만, 지금은 아이들을 지켜야 한다는 생각이 가장 컸다.

그녀는 새벽부터 일어나 하루가 어떻게 지나가는지도 모르게 바쁜 나날이었다. 그렇게 사는 동안, 그녀의 삶에서 '여자로서의 자신'은 점점 뒷전이 되었다.

그러던 어느 날, 아이들의 학교에서 열린 학부모 모임에서 그녀는 한 남자를 만났다. 그는 아이의 담임선생님이었고, 부드러운 미소와 따뜻한 말투를 지닌 사람이었다. 그는 아이들에 대해 깊은 관심을 보였고, 자연스럽게 그녀와 대화를 나누게 되었다. 그러나 그녀는 여전히 경계를 늦추지 않았다.

"아이들에게 좋은 선생님이면 충분합미더. 저한테는 너무 친절하지 않으셔도 괴안습미더."

그녀의 단호한 말에 그는 당황하지 않고 부드럽게 웃으며 대답했다.

"저는 그저 당신이 조금 덜 외로웠으면 좋겠습미더. 아이들을 위해 살아가는 것도 중요하지만, 당신 자신의 삶도 중요하다는 걸 잊지 않으셨으면 함미더."

그녀는 그 말을 듣고 처음으로 자신의 마음을 돌아보았다. 아이들을 위해 모든 걸 희생하며 살아온 지난 세월. 하지만 그녀 자신은 언제 행복했던가? 그동안 외로움을 애써 무시하며 살았던 것은 아닐까?

  그날 밤, 오래도록 잠을 이루지 못했다. 그녀의 삶은 여전히 아이들이 최우선이었다. 하지만 그녀의 가슴 한편에서 아주 작은 변화가 시작되고 있었다.

65. 경수의 귀국

경수는 어느덧 월남전에 참전한 지 일 년이 되어 가고 있었다. 처음 낯선 땅에 발을 디뎠을 때의 불안감과 긴장감은 이제 희미한 기억이 되었고, 그는 주어진 임무를 묵묵히 수행하며 하루하루를 버텨 왔다. 하지만 그의 마음속에는 늘 고향이 자리하고 있었다.

전장에서는 총성과 폭음이 일상이었지만, 경수는 부모님과 형제들을 생각하며 이를 악물었다. 매달 지급되는 월급은 단 한 푼도 허투루 쓰지 않고 고스란히 부모님께 보내 드렸다. 그 돈으로 부모님은 조금씩 농토를 구입했고, 경수는 그것이 자신이 가족에게 할 수 있는 최선의 효도라 믿었다.

귀국이 점점 가까워지자, 경수는 남은 기간 동안 가족들에게 줄 선물을 준비하기로 했다. 군에서 지급된 개인 물품들은 되도록 아껴 쓰고, 미군과의 교류를 통해 얻은 몇 가지 물품도 따로 모아 두었다. 물품이 쌓여 갈수록 마음은 더 애틋해졌다. 그의 손으로 차곡차곡 정리된 물품들은 곧 가족의 기쁨이 될 터였다.

경수가 개인보급품을 모을 수 있었던 것은 전투병과가 아닌 운전병이라 보급품을 다 소진하지 않았기 때문이었다.

마침내 그는 가로 1.5미터, 세로 1.5미터, 높이 1.5미터 크기의 커다란 나무상자를 마련했다. 상자 안에는 속옷, 내의, 비누, 치약에서부터 미군 전투식량인 c-레이션 그리고 군용 모포와 전투복, 방수천, 휴대용 식기, 그리고 약간의 미군 물품들이 가득 담겼다. 무엇보다도 부모님께 드릴 튼튼한 군화 한 켤레와 형제들을 위한 미군 커피와 과자 등이 소중히 자리 잡고 있었다. 경수는 상자를 단단히 포장하여 고향으로 향하는 배편에 실었다.

그날 밤, 그는 모처럼 평온한 잠을 청했다. 전장의 소음도, 군화가 흙길을 밟는 소리도 희미하게 들려오는 듯했다. 이제 얼마 남지 않은 시간, 고향으로 돌아갈 날을 손꼽아 기다리며 경수는 조용히 미소를 지었다.

경수를 무엇보다도 괴롭히는 것은 한국에 남아 있을 가족들이었다. 전쟁이 끝난 것이 아니라, 전쟁이 그의 삶에 깊이 스며든 채로 끝나지 않은 기분이었다.

가장 마음에 걸리는 건 미망인이 된 영애 누나였다. 그의 매형은 월남전에서 전사했고, 영애 누나는 한순간에 남편을 잃고 슬픔 속에 살아가고 있을 것이다. 그는 참전했다가 살아 돌아온 자신을 어떻게 받아들일지 두려웠다.

귀국하기 전, 그는 편지를 쓸지 고민했다.

'미리 위로의 말을 전하는 것이 맞을까? 아니면 직접 가서 얼굴을 보고 이야기해야 할까?'

펜을 들었다 놓기를 반복하다가 결국 종이를 접어 넣었다. 글로는 전할 수 없는 감정들이 많았다.

부산항에 도착한 날, 집으로 향하는 길에서 그의 마음은 무겁기만 했다. 영애 누나 집 대문 앞에서 한참을 서성이다가 문을 두드렸다.

문이 열리자, 영애 누나가 서 있었다. 그녀의 얼굴에는 말할 수 없는 감정이 스쳐 지나갔다. 그를 보자마자 그녀는 조용히 눈물을 흘렸다.

"누야, 미안타."

"와 니만 살아 왔노. 너거 자형 데리고 온나."

영애는 복받치는 슬픔으로 더 이상 울지도 못하고 기절하고 말았다.

놀란 경수는 쓰러진 누나 옆에서 몸을 흔들며,

"누야, 정신 차리소!"

급히 우물가에 가서 물을 떠 와 얼굴에도 뿌리고 손발을 주물렀다. 영애는 겨우 정신을 차렸다.

그녀의 목소리는 떨렸지만, 따뜻함이 묻어 있었다.

"니가 무신 죄고. 경수야, 미안타. 나는 우야면 좋노. 어린 얼라들 데리고 나는 우찌 살꼬."

영애는 경수를 부둥켜안고 펑펑 울었다.

"누야, 고종하이소. 지가 자형 꺼까지 잘할께에."

영애는 조금 진정이 되었다.

"전쟁이 많은 걸 빼앗아 갔비다이. 그래도 네가 돌아와서 다행이다. 니마저 죽었으모 우찌 될 뻔했노. 그래도 너거 자형한데 왔다고 인사는 해야지. 서울에 동작동까지는 못 갈끼고."

두 사람은 매형의 사진이 놓인 제단 앞에 나란히 앉았다. 그때만 해도 3년상을 하는 곳이 많아 제단이 만들어져 있었다.

"보소, 당신 처남 월남서 돌아왔어에."

"자형요, 지 왔습미더."

경수는 그제야 참았던 눈물을 흘렸다.

군사 소포가 집에 도착한 날, 온 가족이 흥분했다. 나무 박스는 단단하게 포장되어 있었고, 군에서 보낸 것이니만큼 묵직했다. 철수가 망치를 들어 조심스럽게 못을 빼내자, 뚜껑이 삐걱이며 열렸다.
순간 형제들의 눈이 휘둥그레졌다. 박스 안에는 각종 군용 장비와 함께 익숙하지 않은 물건들이 가득했다. 군용 식량, 낯선 글자가 새겨진 작은 철제 상자, 심지어 정체를 알 수 없는 기계 부품들까지. 마치 영화 속 보물 상자를 연 듯한 기분이었다.
"이기 뭐꼬?"
둘째 형이 작은 철제 상자를 들어 올렸다. 상자는 묵직했고, 표면에는 군번과 함께 희미한 각인이 새겨져 있었다.
셋째 여동생은 포장지에 싸인 군용 초콜릿을 뜯어 맛을 보며 눈을 반짝였다.
"이거 억수로 맛있다야."
"이거는 뭔데 와 이리 씁노."
그것은 커피였다.
그 말에 막내까지 달려들어 하나씩 손에 쥐었다.
어머니는 팔짱을 낀 채 걱정스러운 표정으로 박스를 내려다보았다.
"마이 묵지 마라. 배탈 난다."
큰형 철수가 동봉된 편지를 집어 들었다.
"아버지, 이건 경수가 보낸 기네예. 월남에서 모아 둔 것이라 까네예."
당시 5살이었던 만석은 지금도 기억하고 있다. 미군 버터를 한 숟갈

입에 넣었을 때 그 맛. 고모가 어떻게 먹는지 몰라 눈과 비벼서 주었던 기억이 지금도 잊히지 않고 있다.

월남에서 온 나무상자는 사정리 방앗간에서도 한참 동안 자리를 차지하고 있었다. 난생처음 보는 귀한 물건들은 그 뒤 어떻게 하였는지 정확히는 기억이 없으나 시골에서 한 번도 보지 못한 신기한 물건들은 그 뒤 두 번 다시 볼 수 없었다.

66. 영애가 사랑을 하게 된다

영애는 아침 일찍 일어나 밭으로 향했다. 아직 해가 뜨지 않은 새벽, 하늘은 어두웠고, 바람은 차가웠지만, 그녀의 발걸음은 이미 가볍고 익숙했다. 이 작은 밭에서 자란 채소와 그녀가 손수 만든 된장, 고추장은 그녀의 생활을 지탱하는 가장 중요한 원천이었다.

어두운 새벽, 그녀는 벌써 하루를 시작하고 있었다. 눈꺼풀이 천근만근이었지만, 아이들을 위해 그녀는 한순간도 나약해질 수 없었다.

남편이 월남전에 참전 후 전사하여 그의 이름은 국가유공자의 명단에 올랐지만, 그녀와 아이들에게 남겨진 것은 쥐꼬리만 한 보상금뿐이었다. 그 돈으로는 생활을 유지하기는커녕, 기본적인 생계조차 해결하기 어려웠다.

영애는 남편이 떠난 후 남겨진 현실은 그녀를 옥죄었다. 하지만 주저앉을 수는 없었다.

시간이 지나면서 그녀는 점점 더 강해졌다. 손끝이 터져 피가 나고 허리가 쑤셔도 하루하루를 버텨 냈다. 그 영애는 결코 무너지지 않았다. 세상은 그녀에게 가혹했지만, 아이들이 그녀의 희망이었고, 삶을 이어 나가는 이유였다.

그래서 영애의 삶은 엄청난 긴장의 연속이었다. 밭일과 시장을 오가며 지쳐 가던 그녀에게 김 선생님과의 짧은 대화는 마치 사막 한가운데서 만난 오아시스 같았다. 누군가 자신을 이해하고, 자신이 해 온 노력이 헛되지 않았다고 인정해 주는 것만으로도 큰 위로가 되었다.

영애는 처음 김 선생님을 만났을 때, 그의 온화한 미소와 부드러운 목소리에 가슴이 두근거렸다. 그녀는 학부형으로서 아이의 담임교사인 김 선생님을 만나게 되었지만, 그와 나누는 대화 속에서 묘한 감정을 느끼기 시작했다.

그의 눈빛은 언제나 따뜻했고, 조용히 다가와 아이의 상황을 설명해 줄 때마다 마음이 설레었다. 그녀의 마음속에 스며든 감정은 처음에는 존경이었지만, 어느새 그것이 선망과 애틋함으로 바뀌고 있음을 깨달았다.

한편 김 선생님도 영애를 처음 보았을 때 강렬한 인상을 받았다. 늘씬한 키에 또렷한 이목구비, 그리고 단정한 옷차림을 한 그녀의 모습은 도시적인 세련됨을 풍겼다.

'이런 분이 시골에 있을 사람이 아닌데.'

그는 그렇게 생각하면서도 그녀의 눈빛에서 맑고 진실한 무언가를 발견했다. 교사로서 학부형을 대하는 마음이었지만, 그녀와 대화할 때면 설명할 수 없는 묘한 감정이 스며들곤 했다.

영애는 밭일을 하다가도, 시장에서 장사를 할 때도 자꾸만 김 선생님의 모습을 떠올렸다.

김 선생님도 마찬가지였다. 학부형을 향한 관심과 사적인 감정은 분명 선을 그어야 할 것이었다. 그러나 때때로 창가에 서서 깊은 생각에 잠긴다. 영애의 모습을 생각할 때면, 그의 가슴속에서 알 수 없는 파문이 일었다.

김 선생은 더 이상 기다릴 수 없었다. 오늘, 그가 내린 결정은 어느 때보다도 중요했다. 영애를 만나기로 한 것이었다. 그동안 학부모로서 만난 영애의 모습은 항상 차분하고 단정했지만, 오늘은 다른 감정이 그를 이끌고 있었다.

학교를 마친 김 선생은 자전거를 타고 학부모인 영애의 집으로 향했다. 한 여름의 더위 속에서 바람은 조금씩 얼굴을 스치며, 그의 마음을 더욱 조급하게 만들었다.

자전거 페달을 밟으며, 오늘 만남에 대해 여러 가지 생각을 했다.

드디어 영애의 집이 보였다. 평범한 시골 집, 그러나 그에게는 무언가 다르게 다가왔다. 문 앞에 서서 잠시 숨을 고른 후, 손을 들어 문을 두드렸다. 몇 초가 지난 후, 문이 열리며 영애가 모습을 드러냈다. 그녀는 조금 놀란 듯 보였지만, 금세 미소를 지으며 그를 맞이했다.

"선생님, 이렇게 오시다니… 들어오시소."

영애의 목소리에는 반가움이 묻어 있었다. 김 선생은 미소를 지으며 대답했다.

"지나는 길에 한번 들러 보았습미더. 그 전에 가정방문도 하지 않아가."

"미리 말씀을 하시지예. 지저분해서 우짜노."

"아입미더. 너무 신경 쓰지 마이소. 괴안습미더."

"뭐 드릴 꺼도 없고 우찌해야 되노?"

"고마 물 주이소. 더버가 다른 것은 필요 없고에 지 물 좋아합미더."

"그래도 선상님이 오신는데 우찌 물만 드리미꺼?"

"괴안심미더. 물 주이소."

"그라모 참말로 물만 드리미더."

"예예, 그라모 됩미더."

처음에는 서먹서먹했던 분위기도 시간이 흐르면서 점차 부드럽게 풀렸다. 김 선생은 영애와 함께 있는 이 순간이 어쩐지 편안하고 따뜻하게 느껴졌다.

그녀와 나누는 대화 속에서, 그가 느낀 작은 설렘이 더욱 커져만 갔다.

"혼자서 얼라들 건사한다고 고생이 많지예."

"오데예, 괴안심미더."

"그래도 씩씩하게 사시는 거 본깨 훌륭하십미더."

"과찬이심미더. 지가 뭐 하는 게 있다고예. 그거 얼라들 밥 세끼 안 굶기고 육성회비 제때 주는 거 말고는 지가 하는 거 없어예."

"그기 오데미꺼. 요새 밴또 안 싸오는 애들이 울메나 많은데예."

영애는 김 선생의 칭찬에 얼굴이 빨개진다. 그날, 김 선생은 오랜만에 마음속에 피어오르는 감정을 인정하며, 한 걸음 더 다가가고 싶다는 생각을 하게 되었다. 영애가, 이제는 그에게 있어 중요한 사람이 되어 가고 있었다.

1970년대의 시골 마을은 언제나 평온해 보였지만, 그 안에는 삶의 애환이 깃들어 있었다. 특히 마을 곳곳을 떠돌며 동냥을 구하는 거지들의 모습은 어린 아이들의 기억 속에 깊이 새겨졌다.

첫 버스가 들어오면 마을 어귀에는 낡은 군복을 걸친 사내가 모습을 드러냈다. 그는 한쪽 다리를 잃었고, 허름한 나무로 만든 의족을 의지하며 힘겹게 움직였다. 그의 눈빛에는 깊은 고통과 지친 삶의 흔적이 서려 있었다.

"밥 좀 주이소."

허스키한 목소리로 읍소하던 그는 사실 월남전에 참전했던 군인이었다. 나라를 위해 싸웠지만 돌아온 것은 영광이 아니라 몸의 일부를 잃은 상처뿐이었다.

그의 뒤를 따라오는 다른 사람들 역시 비슷한 처지였다. 어떤 이는 팔이 없었고, 어떤 이는 손 대신 집게를 달고 있었다. 아이들은 손 대신에 달고 있는 집게가 너무 무서웠다.

심지어 양손이 없는 채로 몸을 숙여 동냥을 구하는 사람도 있었다.

마을 사람들은 가난했지만, 그런 이들을 외면할 수 없었다. 좁은 부엌에서 끓인 보리죽 한 사발이라도 내어 주며 그들의 아픔을 위로하고자 했다. 마당 한편에서 장작을 패던 할아버지는 조용히 담배 한 개비를 건네기도 했다.

"이런 세상에 태어나서 참 고생이 많소. 젊은이를 데리고 가서 빙신을 만들어 놓았으면 나라가 책임지야 될 거 아이가."

"아재, 지는 그래도 장개를 안 가서 딸린 식구가 없어서 괴안심더."

"그랑깨 불구자라고 오데 일도 시키 주지도 않고 동냥을 다니게 하노."

"나라가 애렵어서 그렇것지예. 좀 잘 살모 우리한데 굶어 죽구로 하겠습미꺼."

"배고프모 우리 집에 오소. 다른 것은 몰라도 밥은 챙기 주꾸마."

"아입미더. 자꾸 폐를 끼치모 됩미꺼."

짧은 위로의 말이었지만, 그것만으로도 그들에게는 잠시나마 인간으로서의 온기를 느낄 수 있는 순간이었다.

그러나 그런 시간도 잠시, 해가 저물면 그들은 다시 버스를 타고 떠났다. 따뜻한 밥 한 끼를 얻기 위해, 혹은 조금이라도 덜 춥기 위해 그들은 집집마다 동냥을 다녔다.

그 시절, 마을 사람들은 매일 힘겹게 살아가면서도 자신보다 더 어려운 사람들을 외면하지 않았다.

그리고 어린아이들은 그런 모습을 보며 집게 달린 팔이나 목발이 무섭기만 했다. 이게 전국적으로 월남전에 참전하여 상처를 입은 사람은 또 얼마나 많겠는가?

세월이 흘러 이제는 그런 모습이 기억 속에만 남았지만, 그때 만났던 한 사람 한 사람의 얼굴은 여전히 가슴 한편에 깊이 새겨져 있다. 그들은 모두 어딘가에서, 저마다의 방식으로 삶을 이어 갔을까?

그들의 목소리와 걸음이 사라진 지 오래지만, 그들이 남긴 이야기는 결코 잊히지 않는다.

그들의 희생 때문에 우리가 이렇게 편안한 삶을 살고 있는 것이다.

67. 마산에 살고 싶다

경수는 전역한 후, 새로운 삶을 준비했다. 군에서 익힌 운전 실력 덕분에 그는 자신감을 갖고 취업 시장에 뛰어들었다. 여러 가지 직업이 눈앞에 펼쳐졌지만, 결국 그는 대한통운의 화물차 기사로 첫발을 내디뎠다.

그 당시 화물차 기사들은 조수를 한 명씩 데리고 다녔다. 운전이 주된 임무였고, 물건을 상하차하는 일, 밧줄을 매는 것은 조수가 도맡았다.

그래서 운전사들은 운전만 하면 되는 시절이었다. 그는 월남전 시절 수없이 거친 도로를 달렸던 경험을 살려, 도로 위를 자유롭게 질주했다.

처음에는 낯선 환경에 긴장도 했지만, 곧 익숙해졌다. 무거운 화물을 싣고 전국을 돌아다니는 일은 고되었지만, 군 생활에 비하면 아무것도 아니었다.

오히려 단순한 일상이 반복되는 것이 마음을 편하게 했다. 경수는 새벽부터 밤늦게까지 도로 위를 달렸고, 트럭의 엔진 소리와 함께 하루를 마감하는 것이 자연스러워졌다.

그 당시 대한통운은 정부미 운송이나 비료공장에서 농협창고로 보내는 것이나 군수품 이동 등 정부 물자 수송을 주로 했다.

그러던 어느 날, 경수는 예상치 못한 상황을 마주했다. 군부대 보급품 이송을 위해 강원도의 한 산길을 달리던 중이었다.

평소처럼 운전하던 중 갑자기 빗방울이 떨어지기 시작하더니, 순식간에 폭우로 변했다. 도로는 미끄러웠고, 시야는 점점 흐려졌다.

그는 집중력을 잃지 않으려 핸들을 단단히 잡았다. 하지만 갑작스럽게 도로 위에 쓰러진 나무가 나타났고, 급히 브레이크를 밟았지만 트럭은 미끄러지며 옆으로 쏠렸다.

조수는 놀라 비명을 질렀다. 경수는 순간적인 판단으로 핸들을 반대로 틀어 트럭이 전복되는 것을 막았다. 가까스로 멈춘 트럭에서 내려 도로를 살폈다.

"우와, 십년감수했네. 큰일 날 뻔했다이. 다친 데는 없나?"

"괴안습미더. 기사님은 괴안습미꺼?"

"나는 괴안타."

"비도 마이 오고 우리 둘이서 나무를 치아는 것은 애럽다. 고마 차에 있다가 지나는 차가 있으므 같이 어불러 치아 보자."

"알겠습미더. 우짤 수 없다 아이미꺼."

비는 여전히 쏟아지고 있었고, 도로를 지나는 차는 단 한 대도 없었다. 자는 둥 마는 둥 그렇게 아침이 밝아오고 있었다.

다행히 비는 그쳤다.

"가민히 있으므 언제 갈랑가 모르것다. 조수니 여서 살살 걸어 가 봐라. 지도를 본께 부대가 이 근방인 것 같다. 나는 혹시 다른 차가 올 수 있을깨네 차에서 기다릴꾸마."

"알겠습미더. 후딱 다녀올깨예. 그라고 먹을 것도 좀 얻어 올깨예."

그렇게 간 조수는 해가 중천에 떠 있어도 오지 않고 있다. 경수는 초조해지기 시작한다.

'이 자석이 혼자 내빼 뻔 거 아이가. 아이다. 부대가 생각보다 멀리 있는갑다.'

이런 생각 저런 생각 하다가 보니 군인들 30여 명과 조수가 보이기 시작한다.

"기사님 마이 기다리 잇지예. 부대장이 오늘따라 늦게 출근해서 부대장 승낙받고 온다고 그랬어예. 배고프지예. 이거 좀 드시소."

"뭐꼬. 주먹밥이가?"

"취사장에 가서 사정사정해서 만들어 도라 했습미더."

"고맙다. 내는 주먹밥 먹고 있을깨 니는 군인들하고 나무 좀 치아라."

군인들과 합심하여 톱으로 자르고 큰 것은 여러 명이 도로 밖으로 밀어내었다.

도로가 개통되기까지 꼬박 하루가 걸렸다. 경부고속도로는 개통이 되었지만 국도나 지방도는 아직도 예전의 모습을 그대로 하고 있어서 비가 오거나 눈이 내리면 꼼짝없이 며칠씩 갇혀야 했다.

경수가 월남에서 번 돈을 전부 부모님께 주어서 그는 빈털터리였다. 운전수로 취직을 했지만 달셋방에 살아야 했다. 다행히 아는 먼 친척분 독채에 있었는데 그 집에서 수십 년을 살게 된다. 달세에서 전세로, 전세에서 자기 집으로 만들었다.

경수는 도시로 나가 운전사 일자리를 잡은 후 사정리 방앗간에 계신 어머니를 오라고 했다.

어머니는 경수와 함께 살게 되면서 밥을 짓고 빨래를 하며 집안일을 도맡아 했다. 경수는 오랜만에 어머니의 손맛이 담긴 따뜻한 밥을 먹을 수 있어 행복했다. 출근할 때마다 어머니가 싸 준 도시락을 들고 나서는 그의 발걸음은 한결 가벼웠다.

그때 다섯 살이던 만석도 할머니를 따라 마산으로 가게 되었다. 만석은 아직 어린 나이였지만, 할머니를 의지하며 새로운 환경에 적응해 나갔다. 마산에서의 생활은 사정리와는 사뭇 달랐다. 낯선 골목과 사람들 속에서 만석은 할머니의 손을 꼭 붙잡고 다니며 서서히 새로운 생활에 적응해 갔다.

시골에서 흙밭에 뒹굴며 살았던 만석은 그때 도시의 삶이 참 좋았다. 가게가 바로 옆에 있어서 할머니가 과자도 사 주고, 한 번씩 작은아버지가 커다란 과자봉지도 사 주어서 나름 즐겁고 행복했다.

지금은 흔적도 없이 사라진 골목이지만 아주 긴 골목을 걸어갈 때는 길을 잊어버리지 않을까 두려웠다.

아직은 산업화가 본격적으로 되지 않았던 마산은 하수구를 따라 올라온 게가 부엌 바닥에 기어 다닐 정도로 환경은 너무나 깨끗했다.

어느 날 할머니와 함께 냇가에 빨래를 하러 갔다.

"만석아, 니 여서 똥 누라."

"할매, 안 누고 싶은데."

"그래도 억지로 누 봐라."

만석은 아직 5살이라 냇가 옆에서 할머니가 시키는 대로 변을 보고 있었다.

"할매 나왔다."

"가만있거라."

할머니는 입가에 부스럼이 난 곳에 만석이의 똥을 발랐다.

"할매, 더럽구로. 와 이라노."

"이리해야 입가 솔이 다 낫는다."

약이란 것이 없었던 시절 누군가가 뭐가 좋다고 하면 앞뒤 가리지 않고 해야 했다.

할머니는 도시에 살고 있었지만 약국에 가서 아이 입술 연고를 살 줄 모르고 남들이 하는 이야기만 듣고 아이에게 똥을 발라 주었다.

만약 지금 시대에 아이 입술에 똥을 바른다면 정신병원이나 아마 치매라고 요양원으로 직행했을 것이다.

그 당시 만석은 아직 어린아이이니 그렇게 해야만 낫는 줄 알았다.

만석이의 마산 생활은 작은아버지 경수가 한 여자를 집으로 데리고 오면서 끝이 났다. 그 여자는 곧바로 집안 살림을 도맡아 하게 되었고, 그 순간부터 집안의 분위기는 전과 달라졌다.

만석은 묵묵히 상황을 받아들이려 했지만, 결국 마음속 깊은 곳에서부터 밀려오는 서운함을 감출 수 없었다. 할머니는 손자 만석과 함께 다시 사정리로 내려가기로 결심했다.

마산을 떠나는 날, 집 앞에서 한동안 발을 떼지 못했다. 도시에서의 짧은 생활이었지만, 그곳에서의 시간들은 나름대로 소중한 기억으로 남아 있었다.

서성동 시외버스 주차장에서 본 마산의 풍경은 이전과 다르게 보였다. 사람들의 북적임, 가게 앞에서 오가는 손님들, 멀리 보이는 바닷가의 흔들리는 돛배들. 만석은 자신이 이제 이곳을 떠난다는 사실이 실감이 나지 않았다. 그러나 할머니의 손을 잡고 버스에 올라타는 순간, 그는 더 이상 뒤를 돌아보지 않았다.

　사정리에 도착한 만석과 할머니는 다시 시골 사람이 되어서 할머니는 고된 노동을 하게 되고 만석은 예전처럼 흙밭에서 뒹굴고 있었다. 마당에서는 불 때는 연가 냄새가 피어올랐다. 만석은 조용히 마당에 서서, 저 멀리 펼쳐진 들판을 바라보았다.

　비록 마산을 떠났지만, 이제 이곳에서의 새로운 삶이 시작될 터였다. 만석은 다시 한번 마음을 다잡았다. 사정리의 바람이 그의 뺨을 스치며 속삭였다.

　그러나 만석은 '마산에 살고 싶다.' 생각하며 도시가 그리워 눈물을 짓는다. 어른이 되면 마산서 살 것이라고 다짐한다.

68. 경운기의 등장

철수와 숙자 그리고 일꾼 성만이는 항상 바쁘게 움직였다.

말이 죽고 난 뒤 방아거리를 직접 손수레로 날아야 해서 저녁이면 모두 녹초가 되었다.

"행님요, 말은 언제 살낀데예. 힘들어서 쇠가 빠질라 합미더."

성만이가 철수에게 물어본다.

"아이고, 고집 센 말은 인자 안 살란다. 헐짝은 경운기를 하나 살라쿠는데 가야는 없고 진주 농기계센터 가모 중고로 파는게 있다카네."

"그라모 운제 갈라꼬예?"

"지금은 방아 찧으러 사람들이 많이 와서 설날 지내고 정월 보름 날 놀 때 그때 갈라쿤다."

진주로 가는 버스는 함안에서 가는 게 없어서 강 건너 의령으로 가야만 했다. 겨울이라 강물이 없어서 배를 타지 않고 그냥 걸어가면 되었다.

청년들이 땔감을 할 때도 지게를 지고 의령으로 강을 건너가서 나무를 해 오곤 해서 어디로 가면 강을 건널 수 있는지 알 수 있었다.

강 건너 성덕골에는 방앗간을 수리하면서 친하게 지내게 된 박만복이 살고 있었다. 새벽 5시경 집에서 출발하여 성덕골에 도착했다.

"복아! 진주에 가서 경운기를 한 대 살라쿠는데 니 좀 따라가자. 내가 진주 지리를 잘 모른다 아이가."

"운제 갈라꼬?"

"지금 갈라꼬 강 건너왔다 아이가."

"올 보름이라 깬차치고 놀아야 하는데. 그라모 있어 봐라. 버스 시간이 좀 남았다. 아침 묵고 살살 나가도 된다."

"제수씨 귀찮다. 고마 가자."

그렇게 두 사람은 집에서 나왔다. 강가에는 용왕님에게 음식을 올리는 의식을 군데군데 하고 있었다. 강가에 촛불을 밝히고 음식을 강가에 두었다.

"배도 고픈데 용왕 미는 거 저거 우리 가서 무을까?"

"니는 부정 타면 우짤라꼬 그리 샀노."

"괴안타. 가서 우리 주워 묵자. 어차피 저거 짐승들이 와서 다 먹는다."

그들은 정월보름 날 하는 나물과 오곡밥이 짚 위에 놓여 있는 것을 아직 식지 않은 것을 강가에 있는 몇 군데를 주워 먹었다.

강가에서 배를 채운 둘은 산중턱에 버스가 지나는 자갈길까지 걸어가 버스를 타고 진주를 향했다. 진주에 대동공업이 아직 만들어지기 전이지만 진주는 농업이 발달해서 일본에서 들어온 경운기가 몇 대 있었다. 그중 제일 낡고 작은 경운기 앞에 가서 물었다.

"이 경운기는 얼마기요?"

"아, 그 경운기 6마력짜리인데 크기는 작아서 그렇지 힘도 좋고 잘 돌아갑미더. 3만 원 주이소."

"6마력이라면 예전에 말 한 마리가 구르마를 끌었는데 그라모 6마리가 끄는 것과 힘이 같다는 말인기요?"

"하모예. 기름도 석유 먹어예. 뿌라꾸 소지만 잘하면 큰 문제 없이 오래 쓸끼미더."

등유로 작동되는 엔진은 휘발유 엔진과 동일하여 디젤유의 압축착화식이 아니라서 고장이 별로 없는 것이 장점이다. 단지 겨울철 시동이 잘 안 걸리는 단점이 있는데 그때는 휘발유를 처음에 흡입구에 조금 부어서 시동을 걸면 갈 걸렸다.

"아이고야, 뭐시 이리 비싼기요 좀 깎아 주이소."

"올 보름이라서 쉴라 했는데 정초부터 너무 깎지는 말고예. 이만칠천 원 주이소."

"고마 이만오천 원 해가 주이소. 함안서 왔어예."

"멀리서 왔네예. 그라모 그리하이소."

경운기를 끌고 진주에서 사정리까지 오는 것이 문제였다. 진주에서 문산을 거쳐서 의령 읍내에서 정암철교를 건너 월촌둑방을 타고 내려오는 길을 택해서 진주에서 출발하였다.

경운기는 자전거만큼 빠르지 않지만 그래도 제법 잘 달렸다. 진주에서 출발하여 거의 세 시간 만에 사정리에 도착하였다.

그때 마을주민은 경운기를 처음 보게 된다.

"저기 뭐꼬. 말구르마 맨치로 생긴는데 앞에 발동기가 있네."

"경운기라 쿠네."

"경운기? 그라모 저기 소 맨치로 밭을 간다 말이가?"

"방앗간 집에는 밭 가는 것은 없고 짐만 싣는다 카네."

"세상 참 살기 좋아졌네. 저런 기계도 다 나오고. 오래 살고 볼 일이다이."

경운기는 생각보다 고장이 없어서 그 뒤에도 오랫동안 만석의 집에서 사용되어 왔다. 그러나 발동기는 계속 고장이 나고 겨울이면 시동이 안 걸려 상당히 고생을 했다.

"만석아, 니 이리 와서 코 좀 잡아라. 나라카모 코를 반대로 제치면 된다이."

"네."

철수는 힘껏 발동기를 돌렸다. 그러다가 어느 정도 속도가 나면

"나라!"

외친다. 그러나 시동이 걸리지 않는다.

"만석이 옴마, 발동기 시동 좀 같이 걸자."

그럼 경운기 V벨트를 시동 거는 스타킹에 끼워서 앞쪽에서 당긴다.

"나라."

역시 시동이 걸리지 않는다. 그러다가 성만이가 방아거리를 가지고 오면,

"성만아, 하카가 안 걸린다. 니도 좀 오이라."

그럼 성만이와 철수가 스타킹을 돌리고 숙자는 횃불을 들고 공기흡입구에 갖다 대고 만석은 밸브를 열어 있다가 속도가 올라가면 밸브를 닫는다.

횃불이 공기흡입구에 빨아 당기는 소리가 괴물이 숨 쉬는 소리와 흡사했다.

'씨익씨익' 하며 횃불을 빨아 당기고 두 사람은 있는 힘껏 스타킹을 돌리게 된다. 그러다가

"코 나라!"

소리와 함께 '땡땡땡' 하며 발동기는 검은 연기를 뿜으며 다시 살아나게 된다. 어느 정도 돈이 모였을 때 철수는 가장 먼저 발동기를 새로 구입하게 되는 것은 한번 시동을 걸려면 너무 고생하기 때문이다.

사정리의 방앗간은 언제나 분주했다. 그래서 할머니는 쉴 새 없이 움직였다. 새벽이면 부지런히 밥을 지었고, 개울가에 나가 빨래를 했다. 낮에는 산에 올라 마른 나뭇가지를 모아 머리에 이고 내려왔다.

그러나 할머니는 한 번도 그것이 고생이라고 말한 적이 없었다. 만석이 엄마 숙자는 방앗간에서 일을 해야 해서 엄마의 따뜻함이나 포근함은 느낄 수가 없었다.

그래서 만석이는 할머니를 졸졸 따라다녔다. 때로는 방앗간 한쪽에서 쌀겨를 손으로 휘휘 저어 놀다가도, 할머니가 개울에서 빨래할 때 돌멩이를 물에 던지며 시간을 보냈다.

"만석아, 여기 와서 밥 좀 먹우라."

할머니가 부르면 만석이는 신이 나서 뛰어왔다. 김이 모락모락 나는 쌀밥 위에 된장을 슥슥 비벼 한입 넣으면, 입안 가득 구수한 맛이 퍼졌다. 방앗간을 하고 있으니 남들은 보리밥도 제대로 먹지 못하던 시절 만석은 항상 쌀밥을 먹었다.

하지만 시골 생활이 늘 재미있는 것만은 아니었다. 추운 겨울날, 만석이는 나무하러 가는 할머니를 따라가겠다고 졸랐다.

"니는 집에 있거라. 밖은 억수로 춥다."

만석이는 고집을 부렸고, 결국 할머니 손을 꼭 잡고 산길을 올랐다. 하지만 조금 걷기도 전에 산길이라 넘어지고, 차가운 바람에 코끝이 빨개졌다.

"할매, 집에 갈란다."

결국 만석이는 눈물을 글썽이며 투정을 부렸다. 할머니는 빙그레 웃으며 만석이를 등에 업었다.

"우리 만석이, 그래도 끝까지 따라왔네."

할머니의 등에 기대니 따뜻했다. 그렇게 만석이는 눈을 깜빡이다가 그만 잠이 들고 말았다.

그날 밤, 할머니는 불을 지핀 아궁이 앞에서 만석이의 작은 손을 꼭 잡아 주었다. 바깥바람은 차가웠지만, 방 안은 따뜻하고 포근했다.

할머니도 만석도 마산을 그리워하고 있다. 그러나 이제는 만석이 숙모가 들어와서 그곳에 갈 수가 없다.

69. 경운기가 가져온 변화

 마을 사람들은 처음 보는 경운기에 신기한 듯 눈을 반짝였다. 철마처럼 웡웡거리는 소리를 내며 다가오는 기계에 아이들은 환호성을 질렀고, 어른들은 두 손을 허리에 올린 채 머리를 갸웃거렸다.
 "저게 뭐꼬?"
 "경운기라 카더라. 소구르마보다 훨씬 짐을 많이 싣고 갈 수 있다네."
 "말 6마리 하는 것을 저 기계가 지 혼자 한다쿠네."
 "얄구지라. 그라모 짐을 엄청시리 싣고 가도 되것네."
 경운기가 한창 전성기일 때는 10마력이었다. 고작 6마력의 경운기는 요즈음 보면 장난감처럼 보일 것이다. 이제는 경운기조차도 사라지고 그 자리에 트랙터가 차지하고 있었지만 경운기를 처음 보는 사람들은 정말 신기하고 이상한 물건이었다.
 "그라모 가실에 타작하고 가마니를 몇 번 왔다 갔다 할 것 없이 한 참에 싣고 오것다이."
 이전까지 마을 사람들은 추수가 끝나면 소구르마에 곡식을 싣고 먼 길을 걸어 정미소까지 갔다. 그러나 구르마에 실을 수 있는 짐의 양이 한정적이었고, 길도 험해 자주 멈춰 서곤 했다.
 하지만 경운기가 등장하면서 상황이 달라졌다. 철제 타이어 바퀴가 튼튼한 흙길을 밟으며 앞으로 나아갔고, 엔진 소리는 마을 한복판에 울려 퍼졌다. 동네 사람들은 신기한 듯 경운기를 만져 보며 무게를 가늠해 보았다.

"한 번에 이렇게나 많이 실을 수 있다니, 천지개벽이다이."

"그랑께 말이야. 이제 소한테도 좀 덜 미안하것다."

경운기의 등장은 단순한 기계의 변화가 아니었다. 그것은 마을의 풍경을 바꾸었고, 사람들의 일상을 변화시켰다. 정미소에는 점점 더 많은 사람들이 몰려들었고, 곡식을 빻기 위한 줄이 길어졌다.

그날 저녁, 마을 어귀에서 경운기의 엔진 소리가 다시 한 번 울려 퍼졌다. 달빛 아래에서 번쩍이는 철마는 이제 마을 사람들의 새로운 동반자가 되어 있었다.

쌀을 장날에 팔려면 작은 쌀포대도 무게는 상당히 무거워서 아무리 많이 가져간다고 해도 40kg 이상 들고 갈 수가 없다. 동네 아낙들이 40kg 포대 하나를 머리에 이고 미전까지 가려고 하면 거의 불가능한 일이다. 그래서 버스를 타면 편할 것 같지만, 쌀을 팔기 위해서는 소구르마를 끌고 가야장을 향해 길을 나섰어야 했다.

장날 아직 어둠이 완전히 걷히지 않은 하늘 아래, 먼지가 이는 흙길을 따라 덜컹거리며 움직이는 구르마는 길고 긴 하루를 예고했다. 가야장까지 가는 길은 결코 쉽지 않았다. 오르막길에선 땀을 뻘뻘 흘리며 소를 이끌었고, 내리막길에선 조심조심 속도를 줄이며 내려가야 했다.

낮이 되어 장터에 도착하면 사람들은 북적거렸고, 쌀을 사려는 사람들과 팔려는 사람들이 어우러졌다. 가장 좋은 가격을 받기 위해 여기저기 돌아다니며 상인들과 흥정을 했다. 그렇게 하루를 보내고 나면, 다시 돌아가는 길이 남아 있었다. 해가 뉘엿뉘엿 질 무렵, 소구르마를 끌고 돌아오는 길은 더욱 길게 느껴졌다. 피곤한 몸을 이끌고 집에 도착하면 깜깜한 밤이 되었다. 그게 경운기가 등장하기 전 사정리 사람들의 장에 가는 풍경이었다.

그러나 시간이 흐르면서 변화가 찾아왔다. 방앗간에 경운기가 들어오면서 쌀을 운반하는 일이 한결 쉬워졌다. 소구르마 대신 경운기를 타고 가야장까지 쌀을 실어 나르니, 하루가 훨씬 덜 고단했다. 이 변화는 마을 사람들의 삶도 바꿔 놓았다. 이제는 많은 사람들이 정미소를 이용하여 쌀을 도정한 후 소구르마가 실을 수 있는 양의 2~3배를 싣고 가야장으로 가져갔다.

마을 사람들은 한동안 변화를 조용히 지켜보았다. 손수 소를 몰아 장터에 가던 시절을 떠올리며 경운기를 타고 가야장을 가는 일이 어색하기도 했지만, 결국 시대의 흐름을 받아들이기로 했다.

이제는 먼 길을 걷고 밤늦게 돌아오지 않아도 되었고, 모두가 조금 더 편안한 하루를 보낼 수 있었다.

만석의 아버지 철수는 어린 시절부터 생선 장사하는 어머니를 따라다니며 장날마다 펼쳐지는 시장 풍경을 보며 자랐다. 농민들이 손수 키운 벼를 가져와 쌀로 바꾸고, 다시 소비자들에게 팔리는 과정이 마치 한 편의 드라마처럼 느껴졌다.

어른이 된 철수는 본격적으로 방앗간을 하고 있다. 처음에는 단순히 농민들의 벼를 도정하여 쌀이 한 말이면 반 되의 품삯을 받았다. 하지만 그는 곧 깨달았다.

남의 벼를 도정해 일정량의 쌀을 받는 것보다, 직접 벼를 사들여 도정을 한 뒤 시장에 내다 파는 것이 훨씬 더 큰 이익을 남길 수 있다는 사실을 말이다.

그리고 아랫동네 방앗간과 서로 쌀을 많이 도정하려고 경쟁을 하지 않아도 되어 안정적인 수입을 올릴 수 있었다.

그것은 모두 경운기가 있어서 할 수 있는 일이다. 철수는 경운기의 등장으로 다시 한 번 도약의 발판을 마련하였다.

자갈길 위로 경운기가 덜컹거리며 지나갔다. 먼지가 풀풀 날리고, 쇳소리가 귀를 울렸다. 평소처럼 털털거리며 마을을 오가던 어느 날, 기름 냄새가 심상치 않았다.

고개를 숙여 확인하니 경운기의 기름 마개가 감쪽같이 사라지고 없었다. 어디에서 떨어졌는지 알 길이 없었다.

마개를 구하려면 진주 경운기 센터까지 가야 했다. 하지만 그곳에 가도 일본에서 들여온 경운기의 부속이 있을 거란 보장은 없었다.

당장 기름이 새지 않도록 해야 했다. 할 수 없이 헝겊을 돌돌 말아 대강 구멍을 틀어막고 다녔다.

그 모습을 본 만석은 곰곰이 생각에 잠겼다. 여섯 살의 작은 머리로도 이건 임시방편에 불과했다. 더 단단히 막아야 했다. 그는 땅을 유심히 살폈다. 그러다 길가 한쪽에 버려진 화장품 뚜껑이 눈에 들어왔다. 손에 쥐어 보고 크기를 가늠했다. 딱 맞을 것 같았다.

만석은 나무 꼬챙이를 주워 뚜껑을 조심스럽게 파냈다. 먼지를 털어 내고 도랑에서 정성껏 씻었다. 그리곤 기름 마개의 빈자리에 돌려 끼웠다.

"됐다!"

철수는 웃음을 터뜨렸다.

"우리 만석이가 천재네. 우찌 이런 걸 생각했노?"

"본깨 딱 맞을 것 같데예."

만석은 아버지에게 칭찬을 들은 후 그때부터 기계에 대한 관심을 더욱 많아지게 되었다. 그리고 고장이 나면 먼저 자신이 풀어 보고 고치려고 해서 아예 못 쓰게 만드는 일도 많았다.

기름이 새지 않는 걸 확인한 뒤, 만석은 작은 가슴을 쭉 펴고 경운기를 바라보았다. 그날 이후, 철수가 마을 사람들에게 자랑을 해서 만석의 이름은 마을에서 '꾀돌이'로 불리기 시작했다.

어느 날 철수가 드럼통에 꽂은 호스를 입에 물고 힘껏 빨아 당겨 기름을 말통에 옮겼다.

기름이 호스로 타고 나오는 것이 어린 만석은 너무 신기했다. 대체 어떻게 저렇게 하는 걸까? 그저 입으로 빨아들이기만 하면 되는 걸까? 어린 마음에 궁금증이 피어올랐다.

저녁이 되어 마당 한켠에서 할머니가 동네 어른들과 이야기를 나누는 동안, 만석은 혼자서 드럼통 앞으로 다가갔다. 그리고 아까 아버지가 하던 대로 호스를 집어 들어 드럼통에 깊숙이 꽂았다. 입을 크게 벌리고 힘껏 빨아 당겼다. 순간, 목구멍으로 뜨거운 액체가 쏟아져 들어왔다. 순식간에 입안이 쓰리고 가슴이 타들어 가는 것 같았다.

"콜록, 콜록!"

독한 냄새가 코를 찔렀다. 눈물과 함께 기침이 쏟아져 나왔다. 만석은 두 손으로 입을 막았지만, 기침은 멈추지 않았다. 숨을 쉬는 것도 힘들었다. 그제야 자신이 커다란 실수를 했다는 걸 깨달았다.

할머니가 놀라서 달려왔다.

"아이고, 우리 새끼! 무슨 일이고?"

할머니는 허둥지둥 만석을 품에 안고 등을 토닥였다. 하지만 어떻게 해야 할지 몰랐다. 손수건으로 만석의 입을 닦아 주고, 손발을 어루만졌지만 기침은 좀처럼 멎지 않았다. 만석은 계속해서 숨을 헐떡였고, 몸이 축 늘어졌다.

밤이 깊어졌다. 기침 소리는 멈추지 않았다. 만석은 저녁도 먹지 못한 채 이불 속에서 힘겹게 몸을 뒤척였다.

할머니는 안타까운 눈빛으로 바라보다가, 부엌으로 가서 흰죽을 끓였다. 하지만 숟가락을 입에 가져가기도 전에 다시 기침이 터졌다. 목이 타는 듯 아팠고, 속이 뒤틀렸다.

할머니는 밤새 만석의 머리를 쓰다듬으며 작은 한숨을 내쉬었다.

"아이고, 우리 새끼 우짜면 좋노…"

창밖으로 가을밤의 쓸쓸한 바람이 불어왔다. 먼 곳에서 개 짖는 소리가 들렸다. 만석은 눈을 감고 숨을 고르려 했지만, 끝없는 기침 속에서 점점 더 깊은 어둠 속으로 빨려 들어가는 기분이었다. 얼마나 고통이 심하면 어릴 때 기억이 아직도 생생히 남아 있다.

만석은 호기심이 많아서 무엇이든 궁금하면 해 봐야 하는 성격이 그때부터 만들어진 모양이다.

70. 만수와 방앗간

만수는 제대 후 형님과 함께 방앗간 일을 시작했다. 군대 탈영 후 바닥까지 추락했던 인생이었지만, 이제는 무엇이든 할 수 있을 것 같았다. 힘들고 거친 일이었지만, 몸을 움직이고 나면 잡생각이 들지 않아 오히려 마음이 편했다.

"우리 집에 방아거리 가지러 오라 카는데예."

라고 아이들이 오면

"너거 집이 오데고? 내가 여 잘 모린다."

"새미골인데예."

"새미골이 오데고? 그라지 말고 니 내하고 경운기 타고 같이 가자."

아이는 처음 타보는 경운기에 신이 나서

"앗싸, 예."

만수는 한 개에 80kg이 넘는 가마니를 경운기에 실었다가 내리는 일을 하루에도 수십 번 반복해야 했다.

어깨와 허리가 쑤시고 손바닥이 갈라졌지만, 그는 묵묵히 일했다. 힘든 노동이야말로 그를 현실에 붙잡아 두는 유일한 방법이었다.

어느 날, 철수가 말했다.

"만수야! 니 힘들면 다른 일을 찾아보는 것은 어떤노? 예전에 하든 일

수 수금하는 것도 다시 해도 되고."

하지만 만수는 고개를 저었다.

"아입미더. 형님 일수 수금하는 것은 사람이 할 짓이 아임미더. 그라고 아직은 견딜 만합미더."

그의 마음속엔 여전히 과거의 그림자가 어른거렸다. 탈영 후 떠돌이 생활을 하며 굶주렸던 나날들, 몸을 숨기느라 지쳐 쓰러졌던 순간들, 다시는 그런 삶으로 돌아가고 싶지 않았다.

방앗간에서 흘리는 땀과 굳은살 박인 손이 그를 정상적인 삶으로 붙잡아 주는 것 같았다.

해가 지고, 하루의 일이 끝난 뒤 만수는 창고에 기대어 앉아 담배를 피웠다. 거칠어진 손끝으로 불빛을 바라보며 생각했다.

언젠가 이곳을 떠날 날이 오겠지만, 지금은 아니었다. 적어도 지금은, 땀 흘리며 일하는 이 순간만큼은, 그는 살아 있었다.

만수는 형님을 대신하여 아침 일찍 정미소 문을 열었다. 아직 해가 떠오르기 전, 싸늘한 공기가 그의 뺨을 스쳤다.

나무로 된 문을 밀어 열자, 오래된 기계들의 금속성 기름 냄새가 그의 코를 찔렀다.

제대 이후 정미소에서 일해 온 만수에게 이곳은 이제 익숙한 곳이었다. 그러나 익숙함이 곧 편안함을 의미하지는 않았다.

그의 몸은 예전처럼 거뜬하지 않았다. 아침부터 쌀자루를 나르고, 발동기를 돌리고, 기계를 손보는 일이 어느 순간부터 버거워졌다. 땀방울이 이마에 맺히고, 등줄기를 타고 흘러내리는 것이 예전보다 훨씬 빨랐다.

무거운 가마니를 들 때마다 그는 자신의 몸이 한계에 다다르고 있음을 느꼈다. 팔과 허리는 저릿했고, 다리는 쉽게 풀려 버렸다.

하루에도 몇 번씩, 그는 하는 일을 멈추고 벽에 기대어 숨을 골라야 했다. 한때는 거뜬히 옮기던 쌀자루가 이제는 몇 걸음 옮기는 것만으로도 숨이 찼다.

'이제 그만해야 하는 기가…?'

만수는 속으로 생각했다. 하지만 이곳을 떠난다는 것은 아무것도 할 줄 모르는 그에게 다시 생계를 포기한다는 뜻이었다.

정미소는 그의 삶이었고, 그가 살아온 모든 시간의 증거였다. 그러니 쉽게 손을 놓을 수 없었다.

그는 천천히 다시 몸을 일으켜 가마니를 진다. 온몸이 삐걱거리는 듯한 느낌이 들었지만, 그는 이를 악물고 버텼다. 그래도 언젠가는 이 일을 내려놓아야 할 날이 올 것이다. 하지만 그날이 오늘은 아니었다.

정미소의 기계 소리가 다시 울려 퍼졌다. 그것은 마치 그의 고단한 삶을 대변하는 소리 같았다.

방앗간은 장날이 되면 더욱 바빠졌다. 5일마다 찾아오는 장날 앞날이면 인근 마을의 사람들이 새벽부터 줄을 서서 기다려야 했다.

그때마다 만수는 경운기를 몰고 마을 곳곳을 돌며 사람들의 쌀가마니를 실어 날랐다. 그의 방앗간은 이 일 덕분에 단골이 끊이지 않았다.

당시만 해도 다른 경쟁 정미소에는 경운기가 아직 없었다. 사람들은 무거운 쌀가마니를 지게에 지고 오거나, 손수레를 끌고 힘겹게 방앗간까지 와야 했다.

하지만 철수는 직접 경운기를 몰고 나락을 실어 날랐고, 그 덕에 손님들은 훨씬 편하게 방앗간을 찾을 수 있었다.

"아재요, 우리 집에 방아거리 좀 가지러 오이소."

얼마 전 결혼한 새댁의 청아한 목소리에 철수는 귀가 번쩍 뜨인다.

"걱정 마이소. 우리 만수가 페내기 갈끼미더. 아이다, 오데인기요. 내가 갈깨예."

"저어기."

새댁은 손가락으로 가리킨다.

"아~ 얼마 전에 시집온 새댁인가배예. 저하고 같이 가입시더."

"괴안은데."

"아입임더. 타이소."

새댁은 마지 못해 경운기에 올랐다. 철수는 오랜만에 청아한 새댁의 모습에 정신이 없다. 그녀의 분 냄새가 솔솔 날아와 그의 가슴을 방망이질하게 만든다.

그녀와 우연한 만남이 지금 시작되고 있다.

사정리는 아직 수박 농사가 본격적으로 이루어지지 않고 있어서, 돈을 할 수 있는 것은 쌀 이외에는 소를 파는 것이었다.

그래서 장날마다 쌀을 팔아서 아이들 육성회비도 주고 집안에 소소한 돈으로 사용했다.

언제까지 경쟁 방앗간에서 경운기를 사지 않으리라는 보장은 없었다. 만약 그들이 경운기를 들여오면, 사정리 방앗간이 계속 독점할 수 없을 것이다. 마을 사람들은 똑같이 경운기로 갖다준다면 양쪽을 이용하는 것은 뻔했다.

철수는 방앗간을 운영하며 늘 느끼던 고민을 되새겼다. 특히 만수가 힘들어하는 모습을 보면 마음이 아팠다.

만수는 농사일을 해 본 적이 없었다. 그는 학창 시절부터 문제아로 집안일을 별로 하지 않았다. 실제 방앗간 일은 그의 예상보다 훨씬 고된 노동이었다.

쌀가마를 들어 옮기고, 하루에도 몇 번씩 경운기를 운전하는 일은 만수의 몸을 지치게 했다.

얼굴에는 늘 피로한 기색이 역력했고, 손에는 굳은살이 박였다.

"만수야, 괴안나?"

철수가 물었다.

만수는 헛웃음을 지으며 손을 털었다.

"괜찮긴 한데, 쉽지가 않네. 생각보다 더 힘드네예."

철수는 그런 만수를 보며 깊은 한숨을 내쉬었다.

그날 밤, 철수는 오랫동안 천장을 바라보며 뒤척였다. 경쟁 방앗간이 경운기를 들여오면, 이곳도 변해야 하는 걸까? 하지만 그렇게 되면 자신이 지켜 온 방앗간의 의미는 무엇이 될까?

아침이 밝아 오자, 그는 결심했다. 변화는 피할 수 없지만, 자신이 할 수 있는 방식으로 지켜 나가야 한다는 생각을 하게 된다.

철수는 방앗간을 운영하며, 도정 과정에서 나오는 쌀겨가 무용지물이 되는 것을 보고 고민에 빠졌다.

물론 방아를 찧어서 얼마만큼 수고비를 받을 때는 전부 가지고 가지만 자신이 나락을 사서 도정을 하여 미전에 낼 때는 고스란히 쌀겨와 왕겨가 남았다. 그것을 옆집에 그냥 주고 있었다.

철수는 방앗간에서 나오는 쌀겨를 활용하는 방법을 찾기 시작했다. 그러던 중에 쌀겨가 돼지 사료로 적합하다는 사실을 알게 되었다.

마침 동네에서 돼지를 몇 마리 키우는 최만영에게 찾아가 조언을 구했다.

"최 씨, 나락 딩기로 돼지를 키우면 어떤기요?"

만영은 한참 생각하더니 고개를 끄덕였다.

"잘만 쓰면 괴안소. 하지만 단순히 딩기만 미모 영양이 부족할 낀데. 보리나 콩 다른 사료도 섞어 미 보소."

철수는 곧바로 계획을 세웠다. 방앗간에서 나오는 쌀겨를 모아 돼지를 키우고, 어느 정도 자라면 시장에 내다 팔기로 했다. 그는 정미소 옆의 작은 땅을 정리하고 돼지우리부터 만들었다. 돼지 몇 마리를 들여놓고는 매일 정성을 다해 돌봤다. 쌀겨와 다양한 영양소를 고려한 사료를 섞어 먹이며 돼지들이 건강하게 자라도록 신경 썼다.

시간이 흐르면서 철수의 돼지들은 무럭무럭 자랐다. 몇 달 뒤, 장날이 되자 철수는 첫 출하를 하기로 결심했다.

돼지들을 시장에 내놓자마자 많은 사람들이 관심을 보였고, 예상보다 빠르게 모두 팔려 나갔다.

"이 정도면 꽤 괜찮은데?"

철수는 자신감을 얻었다. 그는 점점 돼지 사육 규모를 늘려갔고, 방앗간에서 나오는 쌀겨를 더욱 효과적으로 활용할 방안을 모색했다.

남는 쌀겨로는 직접 사료를 만들어 비용을 절감했고, 시간이 지나면서 그의 양돈업은 점점 성장했다.

"만수야, 니 돼지 잡는 거 좀 배아라."

"형님, 돼지 잡는 게 뭐 법이 있는기요. 고마 뚜드리 잡고 멱을 따면 되지예."

"그 말이 아이고 니가 정육점을 한번 해 봐라. 돼지는 내가 우짜든둥 여서 잡아 보내 줄꾸마. 니는 가야서 그것을 팔아라."

"형님, 지는 고마 방앗간에 있을랍미더."

"아이다, 니 억수로 힘들어하는 거 안다. 형님이 시키는 대로 해라 니 아이모 내가 방앗간을 하겄나. 다 니 덕분에 이리 살고 있는데, 니가 너무 고상한다."

"알겠습미더. 제가 한번 해 볼께예."

만수는 식육점에 대해 전혀 아는 것이 없었다. 그가 알고 있는 것이라곤, 좋은 고기는 붉고 윤기가 흐른다는 것뿐이었다.

그러나 그것만으로는 장사를 할 수 없었다. 그는 칼을 잡아본 적도, 돼지를 손질해 본 적도 없었다.

그가 가야읍에서 처음 식육점을 열려고 생각했을 때, 주위 사람들은 하나같이 고개를 저었다.

"사람이 있어야 괴기를 먹을 거 아이가."

"그라고 촌이라 집에서 잡아무모 되지, 뭐 할라꼬 식육점 갈끼고?"

심지어 친구들마저도 말렸다.

하지만 만수는 쉽게 포기할 사람이 아니었다. 그는 좀 더 넓은 곳으로 가야겠다고 결심했다.

　마산이었다. 가야읍보다 사람들이 많고, 더 다양한 식문화가 있는 곳. 시장이 활발한 그곳이라면 기회가 있을 것 같았다.

　"형님, 가야에는 점빵이 안 되것네예."

　"맞다, 마산서 해야 될 낀데 문제는 사정서 돼지 잡아가 마산까지 괴기를 가지고 가면 다른 계절은 괴안은데 여름에는 썩어 문드러질낀데?"

　아직은 냉장이나 냉동의 개념이 없던 1970년대에 마산까지 가지고 가는 게 문제였다.

　"만수야! 고마 가야에 해야것다. 괴기가 상하는 것도 있지만 약삭빠른 도시 사람을 우리가 우찌 상대하것노?"

　"형님 지가에 그라도 서울서 몇 년 살아서 압미더. 도시 사람 별거 아이라예."

　"그래? 그라모 조금 무리해서라도 마산서 해 보자. 너거 누야하고 가차번데 점빵을 구해 보자."

　"그리하입시더. 누야가 좀 도와주고 안 하겠습미꺼."

　"맞다, 연탄공장 옆에 고마 하자. 먼지 마이 먹는다고 돼지고기 억수로 먹는다 카네."

　"아… 그래예. 은옥이 누야한데 지가 한번 가 볼께예."

　"그래, 너거 누야 같으면 아마 손님들도 마이 꼬시 올끼다."

　철수 동생 은옥이는 결혼을 한 번 실패하고 다시 강원도 남자와 결혼을 했는데 연탄공장에서 반장을 하고 있었다.

　그 당시 연탄공장은 부두와 가까운 곳에 위치해 있었다. 강원도 탄광에서 배로 들어오기도 했고, 마산역 철길 끝에 연탄공장이 있었다. 그래서 부두노동자와 작은 규모의 철공소가 주변에 있었다.

철수는 가진 돈을 모으고, 빚을 조금 내어 작은 가게를 하나 얻었다. 그리고 마산까지 버스로 숙자가 고기를 갖다주기로 했다.

당장은 가을철에 장사를 시작했으니 아직 여름이 되면 다른 방법을 강구하기로 했다. 가게 문을 열던 날, 그는 돼지머리에 돈을 꼽고 손을 모아 기도했다.

'천지신명님, 제발 장사가 잘되게 해 주시소.'

만수가 운영하는 정육점은 처음엔 손님이 드물었다. 하지만 그는 포기하지 않았다. 정육점을 운영하는 법을 배우기 위해 새벽마다 큰 도매시장으로 나가 고기 손질법을 익혔다.

사정리에서 올라오는 큰 고깃덩어리를 지방과 살코기를 적절히 분리하고 손님들이 원하는 부위를 빠르게 써는 법을 배웠다. 하루하루 실력이 늘어 갔다.

어느 날, 한 손님이 들어왔다.

"고기가 참 신선하네. 어디서 가져오는 거요?"

만수는 미소 지으며 대답했다.

"법수 사정에 있는 농장에서 잡아서 새복에 가지고 온다 아입미꺼."

"아… 그래서 고기가 싱싱하구나. 앞으로 자주 올께예."

그 손님이 단골이 되었고, 단골이 또 다른 손님을 데려왔다. 그렇게 만수의 가게는 조금씩 자리를 잡아 가기 시작했다.

은옥이가 어느 날 가게로 왔다.

"누야, 우짠 일이고? 옷 짠 거 넘가야 된다고 올 시간 없다 쿠더만은."

은옥은 수동으로 된 옷 짜는 기계로 스웨터의 몸통을 짜서 납품하는 부업을 하고 있었다. 이 기계는 1m 50cm 정도 되는 기다란 레일에 다리미처럼 생긴 몸통을 좌우로 움직이면 옷이 짜이는 기계였다.

"동상아, 니 옆에 점빵 얻어서 내하고 고기 굽는 집 한번 해 볼래."

"누야, 그기 장사 되나?"

"니는 아직 세상 돌아가는 거 모리네. 댓거리에 한 군데 있는데 장사가 잘된다 카네. 그라고 낮에는 괴기 팔고 밤에는 고기 꾸버 팔모 안 되겠나? 여 연탄공장 사람들하고 부일 철공소 그리고 부두가 뱃사람들도 마이 올끼다."

"누야가 비미 알아봤것나. 한번 해 보자."

"그라모 세타 짜는 거 하루 종일 해 보았자 울메 못 벌이고 힘만 드는데 니하고 한번 해 보자."

"누야가 알아봐라. 나는 장사해서 짬이 안 난다."

그리하여 은옥은 본격적으로 가게 준비를 하게 된다.

71. 돼지 구이 집 탄생

1970년대의 도시는 여전히 성장과 변화를 거듭하고 있었다. 거리를 가득 메운 자동차와 버스, 시장 골목에서 들려오는 왁자지껄한 소리, 그리고 어디에서나 느껴지는 석탄 냄새. 연탄은 겨울을 나는 필수적인 연료였고, 도시 곳곳에는 크고 작은 연탄공장이 가동되고 있었다.

마산에도 경남연탄과 유원연탄이 가동되고 있었다.

은옥이 집은 연탄공장 사택에서 살고 있었다. 그래서 창문을 닫아도 방 안에 검은 먼지가 쌓이는 일이 잦았다. 아침 마다 세수를 하면 세면대에는 희미한 검댕이가 남았고, 밖에서 뛰어놀던 아이들의 손과 얼굴도 늘 거뭇거뭇했다.

하지만 아무도 그것이 건강에 해롭다고 깊이 생각하지 않았다. 연탄 가루가 날리는 것은 어쩔 수 없는 일이었고, 도시의 사람들은 그보다 당장 따뜻한 방과 따뜻한 밥을 원했다.

은옥이의 남편은 매일 검은 탄가루가 잔뜩 묻은 작업복을 입고 새벽 같이 나가 밤늦게 들어왔다.

은옥은 남편의 얼굴을 정성껏 닦아 주며,

"몸 좀 아끼시지… 반장인데 와 자꾸 작업을 하요."

"작업 안 한다. 옆에 서 있어도 이리 시커먼데 우짜노. 그라고 가만히 서 있으모 뭐 할기고. 좀 거들어 주고 해야지."

공장에서 일하는 사람들 대부분이 기침을 했고, 목이 칼칼하다고 호소했지만, 그 누구도 병원을 찾지 않았다. 그저 탄가루가 조금 목에 걸려 가려운 정도로 여길 뿐이었다.

가끔 공장 앞을 지나갈 때면 커다란 굴뚝에서 쉼 없이 뿜어져 나오는 검은 연기가 나온다. 연기 속에는 무수한 탄가루가 섞여 있었지만, 사람들은 대수롭지 않게 여기며 공장을 지나쳤다.

그곳에서 일하는 사람들은 모두 가족을 부양해야 했고, 다른 선택지는 없었다. 연탄이 없다면 겨울을 나는 것이 어려운 시절이었으니까.

연탄을 찍어 내는 기계 소리는 하루 종일 끊이지 않았다. 쿵, 쿵, 쿵. 기계가 연탄을 찍어 낼 때마다 바닥으로 떨어지는 진동이 몸까지 전해졌다.

은옥은 만수가 장사하는 가게 옆을 정리하고 있었다. 아직은 텅 빈 가게였지만, 그녀의 눈에는 이미 사람들로 북적이는 모습이 그려지고 있었다.

남편이 연탄공장 반장으로 일하고 있어 연탄을 언제든지 가져올 수 있다는 것은 큰 장점이었다. 겨울철에도 따뜻한 연탄불 위에서 지글지글 고기를 구울 수 있으니, 손님들이 모일 것이 분명했다.

만수의 정육점에서 고기를 팔고 남은 것을 저녁에 팔 생각이었다.

"누야, 장사가 되것나?"

"연탄 공장 사람들은 옛날부터 목이 컬컬할 때는 돼지비계로 목구멍에 탄가루를 없애야 한다는 말이 있다 카네."

"아, 그런 말이 있는가베. 집에서 괴기를 꾸버 묵지, 누가 점빵에 앉아서 묵것노."

"니 모리나. 공장에는 한 달에 한 번씩 회식한다 아이가. 그때 우리 점빵에 오라 쿠모 된다. 그라고 괴기 다듬으면 비계 마이 나온다 아이가. 그런 거 주면 된다."

"누야, 비계는 싸게 팔고 있는데 그거 잘되었다."

은옥이는 이른 아침부터 서성동 뒷길의 시장을 돌며 고기 구이 집에 필요한 물품을 하나둘씩 준비하고 있었다. 가게를 열기로 결심한 후, 하루하루가 빠르게 지나갔다. 연탄 화덕이 들어가는 튼튼한 탁자와 의자를 고르기 위해 몇 군데 들렀지만, 마음에 꼭 드는 것을 찾기는 쉽지 않았다.

"사장님, 이거 얼마나 하는데예?"

화덕이 중간에 들어가고 함석으로 만들어진 둥근 원형 탁자를 보며 물어본다.

"우리 집에서 만들어서 싸게 줍미더. 몇 개나 할낀데예."

"4개는 있어야 되는데예."

"그라모 한 개 오천 원만 주이소."

"뭐시 그리 비싸는데예? 다른 것도 여서 살긴깨 잘해 주이소."

"앗따, 새댁이 야무치네. 싸게 해 줄깨예."

"배달은 우찌 되는데예? 집은 월남동입미더."

"당연히 해 주어야지요."

탁자와 의자 그리고 주방 집기를 손수레에 가득 실어 보니 다 실리지 않는다.

"사장님, 고마 말 구르마 불러 주이소. 다 실리지도 않것만은."
"그러네. 집이 오덴기요? 주소 적어 놓고 가이소. 말 구르마로 실어 줄 깨예."

은옥은 물건이 잘못 배달되거나 돈을 받고 물건이 오지 않을까 같이 가기로 한다.

"아이라예. 구르마하고 같이 갈깨예."
"그리하이소. 쪼매만 기다리모 됩미더. 데리러 갔어예."

얼마 지나지 않아 마부가 도착했다. 짐을 실어 보니 공간이 많이 남았다. 은옥은 마부와 나란히 마차에 걸터앉아 월남동으로 향했다.

시내버스는 간간이 있었으나 아직은 물건 배달은 마차로 물건을 실어 날랐다. 마차는 도로에 똥을 누는 것을 방지하기 위해서 마대 자루 같은 것으로 길게 만들어 엉덩이 뒤에 받쳐서 다니고 있었다.

마차는 생각보다 빨리 달려서 조금 무서웠으나 금방 도착했다. 마차에서 짐을 내리며 한숨을 내쉬었다. 먼 길을 달려온 탓에 어깨는 뻐근했고 손바닥엔 땀이 배어 있었다. 그러나 그녀는 피곤한 기색을 내비치지 않고 신중하게 짐을 하나하나 옮겼다.

가게 안은 아직 휑했다. 낡은 나무 선반과 먼지가 쌓인 바닥이 그녀를 기다리고 있었다. 은옥은 소매를 걷어붙이고 집기를 하나씩 배치하기 시작했다. 그릇은 가지런히 진열대에 놓고, 나무 숟가락과 젓가락은 크기에 따라 정리했다.

벽장에 걸린 작은 거울을 닦으며 그녀는 자신을 비춰 보았다. 피곤한 얼굴이었지만, 그 안에는 작은 기대감이 스며들어 있었다.

주방으로 들어서자 더욱 많은 정리할 것들이 눈에 들어왔다. 조리대 위에는 덜 마른 행주가 널려 있었고, 오래된 찬장은 삐걱거리는 소리를 냈다.

은옥은 먼저 주전자에 물을 끓이며 정리를 시작했다. 설거지를 하고 나무 도마를 닦으며, 그녀는 곧 이곳에서 손님들에게 따뜻한 음식을 대접할 날을 떠올렸다.

모든 정리가 끝났을 때, 은옥은 가게 한가운데 서서 한 바퀴 둘러보았다. 허름했던 공간이 조금은 아늑한 분위기로 바뀌었다.

만수가 가게를 들어오며

"내 부르지, 와 혼자서 이리삿노?"

"니는 장사해야 될 거 아이가. 인제 다 했다."

"누야 덕분에 괴기가 처지는 것 없이 다 팔리것다."

"뭐, 해 봐야 알지. 너무 기대 하모 안 된다."

"누야는 그라모 기대도 못 하나."

은옥과 만수는 마침내 오랜 꿈을 이루었다. 골목 어귀에 '사정식당'이라는 큼지막한 간판을 내걸고 돼지고기 구이 집을 열었다.

간판의 글씨는 단순하면서도 힘이 있었고, 그 자체로 이곳이 맛있는 고기 집이라는 것을 알리는 듯했다.

그때까지 대부분의 사람들은 고기를 먹을 때, 고기의 양을 늘리기 위해 국을 끓여서 먹었다. 하지만 이제 그 시대는 끝나고, 새로운 방식이 도래한 것이다. 불에 구워서 먹는 돼지고기, 그것은 단순한 음식이 아니라 사람들의 삶의 질이 나아졌다는 상징이 되었다.

식탁에서 구워지는 고기의 향기는 그 자체로 시대의 변화를 상징했다. 나무를 불태워 난방이나 요리를 하던 집들은 이제 연탄을 쓰고, 그 연탄으로 음식을 만들며 사람들의 삶은 점차 풍요로워지고 있었다.

사람들은 이제 단순히 끓이는 것이 아니라, 구워서 맛을 낸다는 사실에서 더 많은 즐거움을 찾았다.

72. 철수가 오토바이를 사다

철수의 방앗간은 하루가 다르게 번창하고 있었다. 나락을 사서 직접 도정하여 미전에 팔면 동네 주민에게 도정을 해 주어 일정량의 쌀을 받는 것보다 이익이 더 많이 남았다. 물론 주민들이 방아를 찧어 달라고 하면 감사하게 생각하며 그 일도 충실히 하고 있었다.

이러한 번창함의 배경에는 만수와 은옥의 돼지고기 장사가 있었다. 일 년 전부터 시작한 돼지고기 장사는 입소문을 타고 점점 커졌고, 이제는 '사정식당'은 월남동 근처에서 꽤나 이름이 알려질 정도였다. 고기의 품질이 좋고 가격도 적당해 단골손님들이 많았다.

"요즘 어떤노? 돼지괴기 장사가 잘되제?"

철수가 만수에게 물었다.

"형님 촌에서 잡아온다 했더만은 더 맛있다고 하데예."

"은옥야, 니는 얼라들하고 이 서방 뒷바라지 함시롱 장사할라카모 힘들낀데 우짜노? 사람을 한 명 더 들이라."

"오데예 괴안습미더. 저녁에 장사를 해서 만수가 마이 도와 줍미더."

"그라고 술 묵고 꼬장 부리는 손님들도 만수가 있으니 조용히 술 묵고 갑미더. 만수가 없으모 이 장사도 못 할 끼라예."

"그랬나? 만수가 우리 집 기둥이네."

"형님 별말씀을예. 다 장남인 형님이 있어서 이리하고 있지예."

형제자매들은 서로를 위안을 삼으며 모두가 굶주리고 어려운 시기를 잘 극복하고 있었다.

철수는 방앗간을 한 지도 어느덧 4년이 되어 간다. 그는 여전히 방앗간을 운영하며 바쁜 나날을 보내고 있었다. 방앗간의 기계가 돌아가는 소리는 그의 삶의 일부였고, 마을 사람들은 여전히 그의 방앗간을 찾아 왔다.

그는 방앗간을 운영하면서 틈틈이 키우던 돼지들에게 점점 더 많은 시간을 들이기 시작했다. 처음에는 취미처럼 시작한 일이었지만, 돼지들이 건강하게 자라고 점점 숫자가 늘어나면서 그의 생각도 변했다. 돼지 울음소리는 이제 기계음과 함께 그의 일상에서 자연스러운 소리가 되었다.

철수는 방앗간 옆의 돼지 농장을 확장하며, 사료와 돼지 관리에 대한 공부도 게을리하지 않았다.

그가 정성껏 키운 돼지들은 건강했고, 그 돼지를 마산으로 보내 만수와 은옥이가 잘 소비해 주고 있었다.

돼지를 키우는 일이 쉬운 것은 아니었다. 계절이 바뀌면서 전염병의 위험도 있었고, 쌀겨나 보릿겨로는 사료가 감당이 되지 않을 정도로 숫자가 점점 불기 시작했다.

동네 사람들은 주택가에서 돼지를 기르고 있는 것에 아무 소리 하지 않았다. 연탄 공장이 시내에 있어도 무슨 소리 하지 않았듯이 환경에 대한 인식은 아주 낮았다.

만석은 아직 7살이었지만 아버지가 돼지 교미를 할 때마다 암돼지를 잡으라고 했다.

돼지의 송곳니가 퇴화는 되었지만 멧돼지처럼 있어서 그곳을 밧줄로 걸어서 돼지우리 밖에서 나무에 묶어서 발로 밟고 있어야 했다. 수돼지가 올라타면 아버지는 교미가 잘되도록 맞추어 주었다.

만석은 그때부터 돼지 교미하는 것을 한 달이면 3~4회 이상 아버지를 도와서 암돼지를 잡아 주어야 했다.

"아부지, 이거 지 안 하면 안 됩미꺼."

"와? 추집어서 그라나?"

"아니예, 돼지가 물땔라 캐서예 무서버예."

"니는 마구 뒤에서 밧줄을 발로 딱 밟고 있으면 되는데 뭐시 무섭노?"

"돼지가 교미할 때 이상한 내미도 나고예 다른 사람 시키면 안 됩미꺼?"

"씰때없는 소리 한다. 이기 나 혼자 잘살라꼬 하나. 나중에 전부 니 줄 낀데."

만석은 더 이상 아무 소리 못 한다. 왜 돼지 교미를 할 때마다 자신이 해야 하는지 불만이었다. 그리고 어린아이에게 왜 돼지 교미하는 모습을 보여 주는지 만석은 이해할 수가 없었다.

교미를 시킬 때 낮에는 방앗간에 일을 하고 항상 저녁 먹고 밤중에 했다. 그럼 만석이는 잠을 자야 하는 시간에도 교미를 시켜야 한다.

철수는 방앗간과 돼지 농장을 동시에 운영하며 바쁘게 일하면서도 자신이 선택한 길에 대한 후회는 없었다. 비록 두 가지 일을 병행하는 것이 쉽지는 않았지만, 그는 두 가지 모두 자신이 진정으로 원하는 일이라고 느꼈다.

그러나 일손이 부족하면 돼지 마구 똥 치우기, 사료 주기, 교미할 때 등 점점 아이들이 자라면서 모두 해야 했다.

만석은 돼지와 인연은 중학생이 되어서까지 이어진다. 그래서 동물을 정말 싫어하는 어른이 되는 데 돼지가 큰 역할을 하게 된다.

철수는 돼지고기를 버스로 이동하는 것이 이제 한계가 왔다.

"100근짜리 한 마리 잡으모 창자하고 대가리를 빼도 60근은 될낀데 너거 형수가 들고 가기가 벅찰끼다."

"형님 저도 그 생각을 하고 있으미더. 형수가 버스 타고 정육점까지 도착하면 항상 땀이 범벅입미더."

"그래서 말인데 오토바이를 한 대 사서 내가 가지고 올 와야 것다. 그라모 내장하고 대갈빼이도 같이 가지고 올 수 있다 아이가."

"형님, 그기 낫겠습니다. 언자 여름이 되면 버스로 가지고 오면 괴기 상할 수도 있어예."

"오빠예, 싸이카 얄구진 거 사지 말고 새거 사이소. 마산까지 먼 데 오다가 고장 나면 우짠미꺼."

"내가 돈이 오데 있노. 돈벌이는 쪽쪽 마구 지어야제, 발동기나 경운기도 한 번씩 고장 나제."

"형님, 그래도 너무 험한 거는 사지 마이소."

"알것다. 석무에 가모 오토바이 센타 있다. 젊은 친구가 야무지게 잘한다 카네."

72. 철수가 오토바이를 사다 419

철수는 백산 가는 버스를 타고 가다가 석무에 내려 거리를 따라 천천히 걸었다. 그의 눈앞에 '재일 오토바이센터'라는 간판이 보였다. 문을 밀고 들어가자 기름 냄새와 쇠 냄새가 섞인 공기가 코끝을 찔렀다.

벽에는 각종 오토바이 부품과 액세서리가 진열되어 있었고, 바닥에는 몇 대의 중고 오토바이가 가지런히 놓여 있었다.

"어서 오이소!"

재일이가 환한 미소로 철수를 맞았다. 그는 기름 묻은 작업복을 입고 있었지만, 얼굴에는 친근한 인상이 깃들어 있었다.

"욕봅미더. 좀 괴안은 오토바이 볼라꼬에."

철수가 말했다.

"아, 중고 싸이카 찾는 가베에. 울메짜리를 생각하시는데예?"

재일이 손에 들고 있던 렌치를 내려놓으며 물었다.

"30만 원에서 50만 원 사이로 정도에. 처음 타는 거라서 너무 좋은 거는 필요 없고, 적당히 튼튼한 걸로 주이소."

재일은 고개를 끄덕이며 한쪽으로 철수를 안내했다. 그곳에는 몇 대의 중고 오토바이가 깔끔하게 정리되어 있었다.

"이기 괴안습미더. 울메 전에 수리도 끝났고 힘도 좋습미더. 저쪽에 있는 빨간색은 조금 더 빠른 걸 원하시면 저걸로 하면 됩미더."

철수는 두 대를 번갈아 바라보았다. 50cc 혼다는 실용적이고 무난해 보였지만, 빨간색 90cc 스즈키는 강렬한 느낌을 주었다.

"이 빨간색은 탄 지가 오래되었는기요?"

철수가 물었다.

"한 3년 정도 되었고, 관리가 잘돼서 큰 문제는 없을 겁미더. 한 번 시동 걸어 보이소."

철수는 긴장된 손으로 핸들을 잡고 시동 페달을 밟아 봤다. 부드러운 엔진 소리가 들려왔다. 가슴이 두근거렸다. 드디어 오토바이를 가질 수도 있겠다는 생각에 설랬다.

"괴안네예. 가격은 우찌 되는기요?"

"이 90cc짜리 저거예 사실 지가 탈라꼬 안 팔고 있는 긴데예. 힘도 좋고 짐도 마이 실어도 아무 문제 없어예. 사신다면 55만 원 주이소."

철수는 잠시 고민했다. 돈은 조금 부족했지만 디자인은 마음에 들었다. 그는 잠시 생각하더니 결심한 듯 고개를 끄덕였다.

"그라모. 이걸로 하겠습미더. 좀 깎아 주이소."

"어데 사시는데 예?"

"사정 산다 아이요. 아~ 사정 그기 경운기 있다 쿠던데 혹시 그 집 모르미꺼? 내가 그 집 아잉기요."

"아, 그렇습미꺼. 사장님을 몰라봤네, 예."

"사장은 무슨 사장."

철수는 사장 소리에 미소를 짓는다.

"그라모 만 원 깎아 드릴께예."

"그리 하입시더. 내가 방앗간을 해서 앤간한 기계는 손보는데 오토바이는 처음이라 대신에 고장 나면 일 년은 그냥 고치 주이소."

"걱정 말고 지나다가 운제든지 들리시소. 씨번 커피는 드릴 수 있습미더."

철수는 가슴이 설렌다. 그의 새로운 모험이 이제 시작되고 있었다.

사정 인근 부락에서 오토바이는 철수가 가장 먼저 사게 된다.

73. 철수와 영희

철수는 오토바이를 샀다. 인근 다섯 개 마을 중에서 가장 먼저 오토바이를 가지게 된 사람이었다.

그가 오토바이를 산 이유는 표면적으로는 마산에 있는 만수의 고깃집에 고기를 배달하기 위해서였다. 버스로 두 시간 넘게 걸리던 길을 이제는 오토바이를 타고 한 시간 이내로 갈 수 있었다.

그 시절, 오토바이를 타는 것은 마치 지금의 일억이 넘는 자동차를 소유하는 것과도 같았다. 누구나 선망했지만 아무나 가질 수 없는 고가의 재산이었다.

그가 붉은색 오토바이를 타고 달릴 때면 아이들은 물론이고 어른들까지도 부러운 눈길을 보내곤 했다.

어느 날 아침, 철수는 마산으로 가기 위해 오토바이에 고기를 싣고 길을 나섰다. 이른 새벽이었지만 하늘은 이미 서서히 푸른빛을 띠며 밝아지고 있었다. 차가운 공기를 가르며 길을 달리던 철수는 저 멀리 논두렁길을 따라 허겁지겁 뛰어가는 새댁을 발견했다. 그녀는 첫차를 놓치지 않으려고 숨을 헐떡이며 달리고 있었다.

철수는 오토바이를 세우고 새댁을 향해 소리쳤다.

"안녕하심미꺼! 새벽부터 오데로 그리 바삐 가시는데예?"

숨을 돌리던 새댁이 이마의 땀을 닦으며 대답했다.

"마산 가는 첫차 탈라꼬예."

철수는 그녀를 한동안 바라보다가 씩 웃으며 말했다.

"첫차는 지금 둘구 뛰도 못 탈낀데, 고마 내가 태야 줄깨에 타이소."

새댁은 놀란 눈으로 철수를 바라보았다. 마을에서 오토바이를 타 본 사람이 거의 없었고, 여자가 오토바이를 타는 건 더욱 드문 일이었다. 그러나 머뭇거릴 시간도 없었다. 새댁은 고개를 끄덕이고 조심스럽게 철수의 오토바이에 올라탔다.

"그라모 신세 좀 지겠심미더."

"꽉 잡으소! 그라고 궁딩를 딱 붙이야 띵기 안 나갑미더."

새댁은 엉거주춤 뒤에 탔다.

"더 붙이야 됩미더. 댓구바꾸가 많아가 잘못하면 널지미더."

새댁은 그제서야 엉덩이를 철수에게 밀착하고 허리를 꼭 감쌌다.

오토바이는 시원한 바람을 가르며 시골길을 달려 나갔다. 새댁은 처음 느껴 보는 속도에 깜짝 놀라 철수의 허리를 꼭 잡았다. 철수는 그런 그녀를 힐끗 바라보며 미소 지었다.

마산까지의 길은 평소보다 훨씬 빠르게 느껴졌다. 얼마 지나지 않아 그녀는 오토바이 타는 것에 적응이 되었다. 그래서 조금 느슨하게 철수의 허리를 잡고 엉덩이도 뒤로 살짝 물렸다.

철수는 그런 그녀가 눈치를 채지 못하게 브레이크 잡았다.

"꽉 잡으시소. 잘못하면 구불어집미더."

"예! 오토바이가 언자 안 무섭고 재미있네예."

"다음에도 오데 갈 때 있으모 태야 드릴깨예."

"아이고, 오데예. 괴안심미더."

"이름이 뭐잉기요? 몇 살이나 되었습미꺼?"

"지예, 영희고예 25살입미더."

"성씨는 뭔데예."

"조가입미더."

"오데서 시집왔어예."

"창녕서 왔어예."

"그래예. 오늘 다시 사정 갈끼미꺼?"

"예, 일 보고 막차 타고 내려갈끼미더."

"볼일 보시고 사정 갈 때 같이 가입시더."

"아입미더. 동네 소문나면 큰일 납미더."

"걱정 마이소. 동네 다 되어 가모 잠바 덮고 가모 됩미더. 정 걱정되모 백산 종점에서 내리가 걸어가면 되고예."

"그라모 버스시간 비슷하게 들어가모 되겠네예."

"예, 나중에 6시 30분에 일로 올깨예."

새댁은 창동 입구 불종거리에서 내렸다. 새댁은 오토바이에서 내리며 철수에게 깊이 인사했다.

"정말 고맙습미더. 나중에도 신세 질깨예."

철수는 머리를 긁적이며 멋쩍게 웃었다. 새댁은 수줍게 미소를 지으며 손을 흔들고 바삐 걸음을 옮겼다.

철수는 만수의 가게로 가면서 고민에 빠진다.

'아, 맞다. 아침에 방아 찧어 주야 되는데. 그라고 돼지죽도 주어야 하고'

그녀와의 만남은 오후 6시 30분, 마산에서 예정인데, 정미소 일과 돼지 먹이를 챙겨야 하는 것을 잊고 그녀와 덜렁 약속을 하였다. 게다가 사정에서 마산까지 왕복하려면 오토바이를 타고 2시간은 족히 걸린다. 철수는 고민에 빠졌다. 마산에서 기다리는 것이 나을지, 아니면 모든 일을 마친 후 급히 달려가는 것이 나을지 확신이 서지 않았다.

정미소에서는 쌀을 찧으려는 마을 사람들이 이미 기다리고 있었다. 그들의 기대를 저버릴 수는 없었다.

'그냥 내려가서 방아도 찧고 돼지도 돌보고 폐내기 다시 마산 올라오자.'

만수의 가게에 도착한 철수는

"동상 괴기 퍼득 좀 내리자."

"형님 와 이리 바쁘미꺼."

"아이다, 촌에 방아 돌리야 된다이. 여 올라온다고 지달리라 캐고 왔다 아이가."

그는 급히 사정리로 오토바이를 타고 내려갔다. 서둘러 기계를 점검하고 작업을 시작했다. 기계가 경쾌한 소리를 내며 돌아가기 시작하자, 철수는 안도의 한숨을 내쉬었다. 다음은 돼지들이었다. 며칠 전부터 돼지 한 마리가 시름시름 앓고 있었는데, 오늘은 상태를 좀 더 살펴봐야 했다. 돼지우리로 향하는 철수의 발걸음이 바빴다.

시간이 흘러 해가 중천에 떴다. 돼지들에게 먹이를 주고 상태를 살핀 뒤에야 철수는 시계를 보았다. 어느덧 오후 4시. 마산으로 가려면 이제 곧 출발해야 할 시간이었다. 하지만 아직도 남은 일들이 있었다. 어쩌면 그녀를 만나는 것이 어려울지도 모른다는 생각이 들었다.

철수는 깊은 한숨을 내쉬었다. 일을 마치고 급히 마산으로 향할 것인가, 아니면 그녀를 위해 모든 것을 미루고 먼저 마산에서 기다릴 것인가. 그의 마음은 갈팡질팡했다. 하지만 결정을 내려야 했다. 철수는 마지막으로 돼지우리 문을 닫고, 길을 나설 준비를 했다.

철수는 시계를 보며 한숨을 쉬었다. 마산 창동에 6시 30분까지 가려면 적어도 5시에는 출발해야 하지만, 막 일을 마친 시각이 정확히 5시였다.

그는 곧바로 장독대를 달려가 대충 세수를 하고, 젖은 얼굴을 손으로 훑으며 옷을 갈아입었다. 바쁘게 움직였지만 어느새 5시 30분.

'망했다.'

철수는 속으로 중얼거리며 오토바이 열쇠를 움켜쥐었다.

"보소! 오데 갔다고 그리 바쁘요?"

숙자가 바쁘게 설치는 철수를 보며 이야기한다. 그러나 철수는 무엇이라 변명을 해야 하는데 무슨 말을 해야 할지 몰라 허둥지둥 바쁘게만 움직이고 있다.

"아니, 일도 제대로 마치지도 안 하고 와 이리 샷소예?"

"가야에 잠시 갔다올꾸마. 경운기 부속이 하나 문제가 있네."

"그라모 와 그리 끼미가 나가는데예?"

"끼미기는 뭐가 끼미노? 그라모 어디 나가는데 허연이 문지 무치가 나가나? 그라고 나도 어디 나갈 때는 깔끔게 나가 보자. 만날 문지 무치가 살아야 되겠나? 점빵 문 닫는다. 부속 살라카모 빨리 가야 한다."

밖으로 뛰쳐나와 오토바이에 올라타자마자 시동을 걸었다. 엔진이 굉음을 내며 깨어나자 그는 곧장 출발했다. 거리의 바람이 얼굴을 스치고, 울퉁불퉁한 길을 달릴 때마다 오토바이는 로데오하는 말처럼 울렁거리며 달렸다. 그의 묘기 수준으로 오토바이는 달려갔다.

'어떻게든 6시 30분까지 가야 한다.'

마산을 도착하니 도로 위의 차들을 피해 빠르게 이동했고, 바퀴는 거칠게 아스팔트를 갈아 댔다. 시간은 야속하게도 빠르게 흘렀고, 그는 신호를 기다릴 때마다 헬멧 안에서 이를 악물었다.

마산이 가까워질수록 시계는 6시 20분을 가리키고 있었다. 그는 마지막 힘을 짜내듯 속도를 올렸다. 이대로라면 간신히 도착할 수 있을 것 같았다.

과연, 철수는 시간 안에 도착할 수 있을까?

74. 철수는 그때부터였다

철수는 숨을 몰아쉬며 불종거리에 도착했다. 손목시계를 보니 약속 시간에 간신히 맞춘 셈이었다. 이마에 송골송골 맺힌 땀을 손등으로 닦으며 주변을 둘러보았다. 다행히 영희는 아직 도착하지 않은 것 같다. 철수는 가슴을 쓸어내렸다. 오토바이 경기를 하듯이 자갈길을 달려왔더니 입안에는 모래 알갱이가 버석거린다.

불종거리는 여느 때처럼 분주했다. 사람들은 저마다의 방향으로 바삐 움직였고, 거리에는 네온사인이 하나둘 켜지고 라디오 파는 가게에서 음악 소리가 흘러나왔다. 철수는 잠시 벤치에 앉아 숨을 고르며, 주변에 지나는 사람들을 초점 없는 시선으로 쳐다보고 있었다. 40분이 다 되어 갈 무렵, 저 멀리서 미자와 비슷한 여자가 보였다.

긴 생머리를 한 여자가 길을 건너오고 있었다. 회색 코트를 휘날리며 성큼성큼 걸어오는 그녀는 바로 영희였다.

철수의 입가에 자연스레 미소가 번졌다. 영희도 그를 발견한 듯, 얼굴에 환한 빛을 띠며 손을 흔들었다.

"오래 기다렸지예? 일이 빨리 안 끝나가."

"아입미더, 지도 방금 도착했습미더."

철수는 자리에서 일어나 그녀에게 다가갔다.

"그라모 이제 출발할까예? 가다가 좋은 데 있으모 잠시 바람 좀 쐬고 가입시더. 막차시간 맞추려면 시간이 어중간하네예."

"그리할깨예."

영희는 가방을 매만지며 고개를 끄덕였다. 두 사람은 사정리를 향해 출발을 하였다.

회성동을 지나 두척이 가까워질 때

"여서 시간 마차 가입시더. 함안에서 서 있으면 혹시 보는 눈이 있을 수 있었깨네예."

둘은 도로에서 조금 떨어진 계곡 입구에 평평한 곳에 자리를 잡았다.

"영희 씨, 뭐 물어봐도 됩미꺼?"

"물어보이소."

"창동에는 와 오는데예."

"아, 지가 시집가기 전에 의상실에서 일을 했는데 저번주 우연히 의상실에 인사하러 갔더만은 일이 너무 많이 밀려서 좀 도와도라 해서 왔다 아입미꺼."

"아… 그래예. 그라모 매일 일하러 와야 합미꺼?"

"오데예. 오늘 하루 하고 4일 뒤에 오라 카네예. 그리고 매일 가모 신랑이 가만히 있겠습미꺼. 생난리를 칠낀데예."

밤공기가 한결 서늘해졌다. 영희는 팔짱을 끼고 어깨를 오므리며 살짝 몸을 웅크렸다.

"밤이 된깨네 좀 쌀쌀하네예."

그녀가 조심스럽게 말하며 입김을 불었다. 얇은 숨결이 차가운 공기 속으로 하얗게 퍼졌다.

"그라모 좀 가찬게 오이소. 나중에 오토바이 타모 딱 붙어 있을낀데."

미자는 그 말에 잠시 망설였다. 그의 말은 따뜻했지만, 그에게 더 가까이 다가가는 것이 쑥스러웠다. 그녀의 볼이 살짝 붉어졌다.

"아이, 됐심더."

영희는 고개를 저었지만, 철수의 눈빛은 여전히 따스했다.

철수는 천천히 다가와 그녀의 어깨를 감싸안았다. 그의 팔에서 전해지는 온기에 영희는 긴장을 풀었다. 차가웠던 공기가 그 순간 사라지는 듯했다.

"이래야 안 춥지예."

그의 저음이 귀에 닿았다.

영희는 말없이 고개를 끄덕였다. 둘 사이에 흐르는 묵직한 공기가 어딘가 포근했다. 밤하늘엔 별들이 조용히 빛나고, 그들은 잠시 그대로 서 있었다.

철수는 조심스럽게 손을 뻗어 영희의 손등을 감쌌다. 그녀는 오토바이를 타고 오며 둘이 몸이 밀착되어 왔으니 작은 스킨십에는 피하지 않았다. 그 작은 용기에 고무된 철수는 그녀의 얼굴을 바라보았다. 영희의 눈동자는 잔잔한 호수 같았다.

그는 천천히 다가가 그녀의 입술에 살짝 입맞춤을 했다. 가볍게, 바람에 흔들리는 꽃잎이 잠시 내려앉는 것처럼. 영희는 가만히 있었다.

철수의 심장은 빠르게 뛰었고, 그는 잠시 머뭇거리다 다시 용기를 냈다. 이번엔 조금 더 진하게, 따스함이 전해지는 키스를 했다. 그녀의 눈이 천천히 감겼다.

강렬한 키스가 끝난 후, 그들은 서로의 숨결을 느끼며 잠시 멈춰 섰다. 눈동자가 교차하고, 공기 중에는 아직 뜨거운 열기가 남아 있었다.

그의 손이 그녀의 허리를 감싸 안았다. 그녀의 피부에 닿는 그의 손끝이 따뜻했다. 그녀는 그의 가슴에 손을 얹었고, 심장이 두근거리는 진동이 손바닥을 통해 전해졌다. 그들의 눈빛은 말없이 대화를 나누었고, 그 속에는 욕망과 애정이 뒤섞여 있었다.

천천히, 그러나 망설임 없이 그들은 서로의 옷을 벗겨 냈다. 옷이 바닥에 떨어지는 소리마저도 그들에겐 음악처럼 들렸다. 피부가 맞닿을 때마다, 작은 전율이 온몸을 감쌌다. 그의 입술은 그녀의 목선을 따라 내려갔다. 그녀는 그의 손길에 몸을 맡기며 긴 숨을 내쉬었다.

그들의 움직임은 자연스러웠다. 서로를 탐닉하며, 그들은 마치 오래 전부터 맞춰 온 것처럼 완벽하게 조화를 이루었다. 계곡에는 부드러운 신음과 억누를 수 없는 열망이 가득 찼다. 그들은 서로의 온도를 나누며, 그 순간에 완전히 몰입했다.

시간은 의미를 잃었다. 그들의 세계에는 오직 서로만이 존재했다. 촛불의 흔들림처럼, 그들은 불꽃처럼 타올랐다가 서서히 고요해졌다. 숨이 가라앉고, 그들은 여전히 서로를 품에 안은 채 남아 있었다.

그녀는 그의 가슴에 머리를 기댔고, 그의 손은 여전히 그녀의 등을 쓰다듬고 있었다. 그들의 체온이 서서히 식어 가며, 차분한 평화로 가득 찼다. 하지만 그들의 눈빛은 여전히 깊고 진한 감정으로 물들어 있었다.

"몇 시미꺼? 막차시간 지난 거 아이미꺼?"
철수는 옷을 주섬주섬 챙기며 라이터를 켜 시계를 본다.

74. 철수는 그때부터였다

"지금 출발하모 얼추 시간 맞겠네예."

탁한 담배 연기가 가라앉기도 전에 철수와 미자는 몸을 일으켰다. 차가운 바람이 살갗을 스치며 계곡의 물소리가 잔잔히 귀에 들어왔다. 둘은 서로의 시선을 피하며 허둥지둥 옷을 챙겨 입고는, 헬멧을 집어 들었다.

"오토바이 키 챙겼습미꺼?"

"아, 예, 이기 오데갔노? 여 있네예."

철수는 주머니에서 오토바이 키를 꺼내 흔들었다. 미자는 고개를 끄덕이며 물가에 세워 둔 오토바이로 향했다.

엔진을 걸자 툭툭거리는 소리와 함께 진동이 전해졌다. 철수와 미자는 올라탔다.

"사정리까지 몇 분 걸리까예?"

"여서는 한 40분 하모 가지 싶어예."

좁은 길을 빠져나와 넓은 도로에 올라서자 바람이 얼굴을 때렸다. 차가운 공기가 비집고 들어왔지만, 그들은 아랑곳하지 않았.

철수의 시선은 오직 앞만을 향했고, 영희는 가끔씩 손목의 시계를 들여다보았다. 초침이 무심하게 흘러가고 있었다.

"시간 괜찮습미더. 서두르지 말고 천천히 가입시더."

"그래도 근처 가서 지달려도 조금 빨리 가야 되예."

바퀴가 도로 위를 스칠 때마다 작은 진동이 전해졌다. 둘은 더 이상 말이 없었다. 사정리로 향하는 길은 멀고도 고요했다.

버스 종점인 백산에 도착했을 때는 막차가 오기 전이었다. 예상보다 조금 일찍 도착한 터라, 그들은 동네 입구에 멈춰 서서 주변을 둘러보았다. 백산리는 작고 한적했다. 낡은 간판과 사람 하나 없는 종점은 마치 시간이 멈춘 것처럼 보였다.

"지는예 막차 시간 맞추어서 지달리다가 차오모 갈깨예. 고마 먼저 들어 가시소."

"아입미더. 어둡사리가 있어서 사람들 못 알아볼끼미더. 그라고 질에 사람들도 없어예. 고마 타고 가입시더."

영희는 혼자서 걸어서 20분을 가야 하는데 그냥 오토바이를 타고 갈까 갈등을 한다.

"아입미더. 시간 맞추어서 걸어가는 게 맞을 것 같네예."

"그라모 편할 대로 하이소. 4일 뒤에도 같이 마산 갈까예?"

"언지예 불안해서 안되예."

철수는 더 이상 말을 하지 않는다.

"예."

둘 다 가정이 있는 사람이고 같은 동네 살고 있어서 서로 조심을 해야만 했다. 그 뒤 영희를 마을에서 만나도 아는 체를 할 수 없었다.

그리고 만나지도 안 했다.

75. 만석이 아버지의 무관심

만석이 아홉 살이 되었을 때도 국민학교에 가지 않았다. 아이들은 아침이면 만석의 집 앞으로 하나둘씩 학교로 향했지만, 만석이는 여전히 집과 방앗간을 오가며 시간을 보냈다.

철수는 방앗간 일을 돌보고, 돼지를 기르는 데 온 신경을 쏟았다. 새벽이면 찧어야 할 쌀과 보리를 정리하고, 낮이면 돼지들에게 먹일 사료를 준비한다. 하루하루 바쁘게 살다 보니, 만석이의 입학을 챙기는 것을 그만 깜빡하고 말았다.

어느 날, 이웃집 최만영이 물었다.

"철수야, 만석이 야가 몇 살고? 얼라가 좀 큰 거 본께 학교 갈 나이 아이가?"

그제야 철수는 뜨끔했다. 손에 들고 있던 멍석을 내려놓고 머리를 긁적였다.

"아, 우리 장남… 내가 학교 보내야 하는 것도 잊어삐고, 내 정신 봐라."

최 씨 아저씨는 혀를 끌끌 차며 말했다.

"육이오 사변 난 것도 아닌데 얼라 학교는 보내야지. 벌써 아홉 살인데."

그날 밤, 철수는 부엌에서 국밥을 떠먹다가 문득 만석이를 바라보았다. 아이는 방바닥에 벌렁 드러누워 돼지우리에서 주워 온 짚을 꼬아 장난을 치고 있었다. 철수는 한숨을 내쉬었다.

"만석아, 내일부터 학교 가야것다. 학교에 내가 아는 선상이 있는데 고마 2학년부터 댕기라 카네."

"처음부터 안 가고 2학년예?"

벌써 봄 방학이 끝나고 4월 중순이라 2학년 진도도 제법 나간 상태였다. 만석은 아버지가 시키면 시키는 대로 해야 했다. 술만 먹으면 술주정이 심하고 아이들에게 무섭게 해서 아무런 대꾸도 할 수가 없었다.

"선상이 아버지 친구 아이가. 일학년은 그냥 책 보따리 들고 왔다 갔다 하는 긴께 배우는 것도 없다쿠네. 집에서 조금만 가르치면 금방 2학년 따라간단다."

만석은 풀이 죽은 목소리로

"예."

철수는 피식 웃으며 아이의 머리를 쓰다듬었다. 그러나 집에서 아무도 가르쳐 주는 이는 없었다.

"학교 가면, 공부도 하고 친구들도 사귄다. 이제 아버지가 니를 학교에 보낼 낀게 잘 다녀야 한다이."

그러나 그때부터 만석의 인생은 잘못되어 갔다. 아이가 학교 갈 나이인데도 잊어버렸다고 하는 부모가 그럼 1학년부터 다니게 해야만 아이도 학교에 적응을 할 것인데, 만석은 주눅이 들어서 학교에서는 말 한마디 하지 않은 아이였고 집에서 한글을 가르쳐 주는 사람이 없으니 당연히 학교 공부가 제대로 될 리가 없었다.

만석은 학교 가는 날 아침, 일찍 눈을 떴다. 그의 집에는 그를 따라 학교까지 가 줄 가족이 없었다. 만석의 입학은 갑작스럽게 결정된 터라, 부모님은 방앗간 일로 바빴고 만석이가 장남이라서 형제 중 누군가가 챙겨 주는 이도 있지 않았다.

학교까지 가는 길은 멀었다. 마을 어귀에서 아이들과 합류한 그는 낯선 얼굴들 사이에서 조용히 걸음을 옮겼다.

십 리 길을 걸어가야 했지만, 어린 만석에게 그 거리는 마냥 끝없이 느껴졌다. 아직은 4월의 아침의 공기는 차가웠고, 아이들은 조금이라도 학교 가는 길을 줄이기 위해서 산길과 들길을 가고 작은 개울도 건너가야 했다. 아이들은 신이 나서 이야기꽃을 피웠지만, 만석은 어색한 침묵 속에서 묵묵히 걸었다.

"니 올 처음 학교 가나?"

옆에서 한 아이가 말을 걸어왔다.

만석은 머뭇거리다 고개를 끄덕였다. 아이는 활짝 웃으며 말했다.

"나는 맹이다. 우리 같이 가자!"

그제야 만석의 마음이 조금 놓였다. 처음 가는 학교에 대한 두려움이 여전했지만, 옆에서 함께 걸어 주는 친구가 생겼다는 사실에 묘한 안도감이 들었다.

한참을 걸어 도착한 학교는 생각보다 컸다. 넓은 운동장과 낡은 교실 건물이 낯설었지만, 어디선가 들려오는 아이들의 웃음소리가 마치 오래전부터 알던 곳처럼 느껴지게 했다.

그렇게 만석의 첫 학교생활이 시작되었다.

만석은 첫날부터 바로 2학년으로 편입되다 보니 익숙한 환경도, 아는 친구도 없는 낯선 교실에서 그는 불안한 마음을 애써 감추려 했다. 하지만 가장 큰 문제는 따로 있었다. 담임 선생님의 말씀을 전혀 알아들을 수 없었던 것이다.

교실에 들어선 순간, 선생님의 낮고 단호한 목소리가 귀에 스쳤지만, 그의 머릿속에는 아무런 의미도 남지 않았다. 단어들은 공중에서 흩어지는 안개처럼 희미하게 사라져 버렸다. 만석은 당황스러웠다. 주변 학생들이 선생님의 말을 듣고 고개를 끄덕이는 동안, 그는 한마디도 이해할 수 없었다.

게다가 그의 담임인 배수자 선생님은 학생들 사이에서 성격이 좋지 않기로 악명이 높았다. 작은 실수에도 엄격하게 꾸짖고, 회초리로 아이들의 손바닥을 때렸다.

"자, 만석이 너는 앞으로 더 열심히 따라와야겠구나. 니도 우리 반이 되었으니 공부 잘해서 2반보다 점수가 높아야 한다이."

배수자 선생님은 냉정한 표정으로 말했다.

만석은 어색하게 기어들어가는 목소리로 "예" 했지만, 속으로는 걱정이 앞섰다.

'이대로 괜찮을까?'

낯선 교실, 어려운 말들, 그리고 엄한 선생님. 그는 스스로를 다잡으려 했지만, 왠지 모르게 마음이 무거워졌다.

첫날부터 이렇게 힘들 줄은 몰랐다. 하지만 포기할 수는 없었다. 그는 이를 악물었다. 이해하지 못하더라도 끝까지 버텨 내기로 다짐했다.

1972년 주민등록 등본은 복사기가 없던 시절이라 면사무소에서 수기로 작성하여 발행하였다. 그리고 이름은 한글이 아닌 한자로만 기록되었다.

입학 며칠 후, 만석은 학교에서 이름표를 받았다. 그런데 놀랍게도 그의 이름은 '서규'로 적혀 있었다. 담임 선생님이 한자로 적힌 이름을 한글로 옮기는 과정에서 실수가 있었던 것이다.

"만석아, 니 이름이 서규가 뭐꼬?"

"선상님이 이름표를 주서 달아 왔는데예."

"다른 얼라하고 바뀐 것 아이가?"

철수는 그렇게 말하고 일이 바빠서 방앗간으로 들어간다. 집에서 글을 아는 사람은 만석의 아버지가 유일했다.

이름이 잘못 기록된 것을 알면 학교를 찾아가 정정을 요구해야 하지만, 철수는 그러지 않았다. 중학교까지 마친 철수였으나, 바빠서 차일피일 미루고 있었다.

만석의 할머니는

"만석아, 학교 가서 니 이름이 '서규가 아이고 만석이입미더'라고 선상님한데 캐라이."

만석은 다음 날 학교에 가서 손을 들고

"선상님, 할매가예 지 이름이 서규가 아이고 만석이로 바까 달라캐라 쿠던데예."

선생님이 뭐라 답변을 했지만 어린 만석은 무슨 말인지 알아들을 수가 없었다.

만석이 어른이 된 뒤 생각해 보니 아마 그 당시에는 호적에 올라간 이름과 집에서 부르는 이름이 달라서 학교에서는 호적에 올라 있는 이름으로 사용해야 한다고 했을 것이라 유추했다.

그 뒤 철수는 학교에 가서 아이의 이름을 정정하지 않았다. 그렇게 만석은 학교에서는 서규로, 마을에서는 만석으로 불리며 성장했다. 공식 문서와 성적표에는 늘 '서규'가 적혀 있었지만, 아이들에게 그건 아무런 문제가 되지 않았다.

6학년이 되었을 때 담임 선생님이 이름이 잘못된 것을 발견하고는 그때 서규에서 똑바로 만석으로 불리게 되었다.

이러니 만석이 아버지를 좋아할 수 있겠는가?

76. 배수자 선생님

만석의 담임인 배수자 선생님은 엄격하기로 소문난 분이었다. 키는 크지 않았지만, 회초리를 쥔 손끝에서 뿜어져 나오는 기운은 어느 누구도 쉽게 넘볼 수 없는 위엄이 있었다. 그 시절 학교에는 남자 선생님이 대부분이었고, 여자 선생님이 담임을 맡으면 대개 아이들은 좋아했다. 그러나 배수자 선생님은 달랐다. 그녀가 담임이 된 반은 오히려 남자 선생님보다 더 긴장감이 감돌았다.

그녀의 수업은 정적 속에서 진행되었다. 아이들은 숨소리마저 조심스러웠고, 연필을 떨어뜨리는 소리라도 나면 등줄기가 서늘해졌다.

배수자 선생님의 눈빛은 매섭고 예리했다. 한번 눈이 마주치면 그 안에서 질책을 읽을 수 있었다. 그녀는 교실을 천천히 거닐며 학생들의 태도를 살폈고, 교과서 위에 고개를 푹 숙이지 않으면 언제든지 회초리가 날아들 수 있었다.

"뒤에 먼 산 보고 있는 사람. 니 일어나 봐라."

태봉이는 잠깐 창가를 쳐다보았는데 그 상황을 그냥 넘기지 않는다.

"방금 내가 설명한 거 니가 다시 말해 봐라. 내가 뭐라 쿠드노?"

"……."

"손바닥 내라. 니 공부하기 싫으모 지금 보따리 싸서 집에 가라."

그녀는 성적이 떨어지는 것보다 태도가 불량한 것을 더 참지 못했다. 숙제를 해 오지 않은 학생이 있으면, 이유를 묻기 전에 손바닥을 내밀라고 했다.

"숙제 안 해 온 사람 검사하기 전에 자리에서 일어나라."

남자아이 다섯 명이 자리에서 일어났고, 그중에는 태봉이와 만석이가 항상 포함되었다.

아이들의 얼굴에는 두려움이 스쳤다. 일부는 입술을 깨물었고, 어떤 아이는 손을 뒤로 감추려 했다가 선생님의 날카로운 시선에 움찔하며 손을 앞으로 내밀었다. 교실은 숨소리조차 조심스러웠다.

"너거 이리 말을 안 들어모 소 된다이. 맨날 소처럼 일만 하고 풀만 먹어모 좋을끼다."

선생님의 목소리가 차갑게 울려 퍼지는 순간, 회초리가 공기를 가르며 날아왔다. 첫 번째 매질이 손바닥에 내려앉자, 아이들의 얼굴이 순간적으로 일그러졌다.

그러나 울음을 터뜨리는 건 금기였다. 참고 또 참았다. 손끝이 얼얼해질 정도로 내려치는 매질이 이어졌다. 피하려고 하면, 다섯 대로 끝날 벌이 열 대, 스무 대까지 이어질 각오를 해야 했다.

손바닥이 붉어지고 뜨거워지며 따가운 통증이 퍼져 갔다. 몇몇 아이들은 무의식적으로 눈을 질끈 감았다.

벌이 끝나면, 선생님은 덤덤하게 말했다.

"숙제 안 해 온 다섯 명은 마치고 화장실 청소하고, 선생님한테 검사 받고 가라."

배수자 선생님은 언제나 엄격하고 무서운 존재만은 아니었다. 그런 선생님이 한없이 다정한 모습으로 변하는 순간이 있었다.

3교시 수업이 끝나갈 무렵이면, 배수자 선생님은 여자아이들을 한 명씩 선생님 책상 앞으로 불렀다. 창가로 자리를 옮겨 햇빛이 따스하게 비추는 곳에서 아이들의 머리카락을 조심스레 정리해 주었다. 잔머리를 가지런히 빗겨 주고는 가만히 머리카락을 헤쳐 손끝으로 이를 찾아내었다. 그렇게 한 아이, 한 아이를 돌보며 정성스레 머리를 다듬었다.

그 시절 일 년에 한두 번 목욕을 하고 아침에 일어나 세수도 하지도 않고 학교를 가는 아이들도 많았는데, 선생님 입장에서는 거지 소굴에 있는 아이들과 진배가 없던 아이들에게 손수 할 수 있었던 것은 사랑이 아니면 설명하기 어렵다.

하지만 이보다 더 놀라운 일은 따로 있었다. 선생님은 작은 통을 열어 조심스럽게 귀이개를 꺼내 들었다. 성냥개비로만 귀를 팠던 아이들은 그 이상은 물건이 무엇인지 몰랐다. 그것을 가지고 차례로 모든 학생들의 귀지를 파 주기 시작했다. 조그마한 손으로 머리를 잡고 귀를 살며시 기울이며, 한결같이 세심한 손길로 귀 안을 들여다보았다. 아이들 중에는 귀지가 가득 막혀 얼굴을 찡그리는 아이도 있었지만, 이상하게도 울거나 싫어하는 아이는 없었다.

오히려 대부분은 가만히 앉아 눈을 감고 선생님의 손길을 느꼈다.

"삼규야, 니는 귀에 염증이 있다. 귓구멍이 잘 안 보인다. 부모님한테 이야기하고 꼭 병원에 가 봐라이."

"그라고 희자야, 니는 향수 뿌리고 왔나. 와 이리 좋은 냄새가 나노?"

"아니예, 옴마 구르분 좀 바르고 왔는데예."

"아… 그랬나. 친구들도 회자 맨쿠로 칼끗게 하고 댕기라."

"예~"

"아침에 세수는 하고 좀 오고, 알것나! 그리고 옴마 구르분 있으모 좀 발라라. 손도 트고 볼태기도 다 튼다 아이가."

"알겠습미더."

아이들에게 머리를 손질하고 귀지를 파는 장면은 마치 특별한 의식 같았다. 부모님조차 해 주지 않았던 정성 어린 돌봄. 만석은 살아오면서 귀지를 파 준 사람은 부모님을 제외하고 배수자 선생님이 유일했다.

엄격하면서도 자애로운 그녀의 손길은 어린 마음속에 오랫동안 잊히지 않는 기억으로 남았다. 무섭다고만 여겼던 선생님의 손길에서, 아이들은 또 다른 형태의 사랑을 배웠다.

방과 후, 대봉과 만석이를 포함한 다섯 명의 아이들은 학교 화장실 청소를 하러 갔다. 아이들은 저마다 걸레와 빗자루, 그리고 양동이를 들고 있었다.

학교 뒤편에 위치한 재래식 화장실은 오래된 나무문이 덜컹거리며 달려 있었고, 안에서는 특유의 퀴퀴한 냄새가 풍겨 나왔다. 아이들은 서로 얼굴을 찡그리며 숨을 참으려 애썼다.

"에이, 또 우리가 청소해야 되나?"

대봉이가 투덜거렸다.

"우짜끼고, 빨리 끝내고 가자."

만석이는 한숨을 내쉬며 말했다.

아이들은 하나씩 문을 열어 상태를 확인하기 시작했다. 재래식 화장실은 어린 아이들에게는 사용하기 쉽지 않아, 종종 변기 구멍에 맞추지 못한 흔적들이 남아 있었다. 대봉과 만석이는 차례로 문을 열며 확인했다.

"여는 없다. 앗싸, 재수."

만석이 문을 닫으며 말했다.

"여는 있다. 에이."

대봉이 코를 막으며 인상을 찌푸렸다.

"여도 있다. 아, 더러버라."

옆에서 함께 보던 녹수가 얼굴을 찡그렸다.

아이들은 하나씩 확인하며 남은 화장실 칸도 살펴보았다. 열 개의 칸 중 깨끗한 곳은 한두 개뿐이었다.

"우짜노, 결국 다 치워야겠다이."

대봉이 체념한 듯 말했다.

"에휴, 어픈 끝내자."

만석이 팔을 걷어붙이며 빗자루로 대변을 치웠다.

그렇게 아이들은 눈살을 찌푸리며 하나둘 청소를 시작했다. 코를 막고 구역질을 참아 가며 더러운 부분을 닦아내고 물을 뿌렸다.

하지만 어느새 장난기가 발동한 만석이, 물을 뿌리는 척하며 대봉의 등에 튀게 만들었다.

"야씨! 이 자식아!"

대봉이 화들짝 놀라며 뒤돌아봤다.

"하하! 어차피 씻고 갈 끼다 아이가."

만석이 낄낄대며 도망쳤다.

결국 장난을 치면서도 아이들은 힘을 합쳐 화장실을 깨끗이 닦아 냈다.

시간이 지나자 악취도 조금씩 사라지고, 바닥도 말끔해졌다. 마침내 청소를 끝낸 아이들은 만족스러운 얼굴로 서로를 바라보았다.

"아이다, 마지막 칸 아직 안 했다."

오래된 나무문이 달린 칸들은 세월의 흔적을 고스란히 간직한 채 반쯤 열린 상태였다. 하지만 맨 끝 칸만은 유독 단단히 닫혀 있었다.

그래서 아이들이 청소를 하지 않고 지나쳐 갔다.

'다른 칸들은 문이 제대로 닫히지도 않는데, 여긴 왜 이렇게 닫혀 있지?'

별다른 생각 없이 만석은 문을 힘껏 당겼다.

순간, 그의 눈앞에 예상치 못한 광경이 펼쳐졌다.

배수자 선생님이 변기에 앉아 있었다.

"노크를 해야지!"

선생님의 놀란 외침이 화장실에 울려 퍼졌다. 하지만 그 보다 더 충격적인 것은 그의 시야에 가득 찬 하얀 엉덩이였다.

만석은 입을 다물지 못한 채 굳어버렸다. 머릿속이 하얘졌고, 몸이 반응하기도 전에 두 볼이 뜨겁게 달아올랐다. 그의 다리는 얼어붙은 듯 움직이지 않았고, 숨조차 삼키기 어려웠다.

배수자 선생님은 황급히 몸을 돌리며 문을 닫으려 했지만, 만석이 당긴 힘이 너무 강했던 탓에 문은 제대로 닫히지 않았다. 두 사람 사이에 흐르는 어색한 정적.

"어서 나가!"

그제야 정신이 번쩍 든 만석은 허둥지둥 화장실 밖으로 뛰쳐나왔다.

심장이 미친 듯이 뛰었고, 등줄기에 식은땀이 흘렀다.

"선생님한테 화장실 검사 맞아야 한다."

태붕이가 말을 했지만

"아이다, 고마 가자. 선생님이 가라 했다이."

"참말가? 언제 그랬는데?"

"변소에 선생님이 있더라. 나는 내일 좆 된다."

만석은 친구들에게 변소에서 본 배수자 선생님의 엉덩이에 대해 이야기했다. 처음에는 다들 반신반의했지만, 만석이 진지한 얼굴로 힘 주어 말하자 하나둘씩 관심을 보이기 시작했다.

아이들은 만석이 본 것을 상세히 들으려고 귀를 기울였다. 결국, 그는 변소 문을 열고 본 배수자 선생님의 엉덩이에 대해 전부 이야기하고 말았다. 아이들 중 한 명이 장난스럽게 말했다.

"이야, 니 완전 좋았것다."

만석은 발끈하며 소리쳤다.

"뭐라 씨부리 샀노! 선생님이 내보고 가만히 놓아두것나. 내일 매 타작할끼다."

그날 밤, 만석은 불안한 마음으로 잠을 이루지 못했다. 눈을 감으면 어김없이 변소에서 본 장면이 떠올랐다.

만석은 선생님의 성격상 내일 아침 조회 시간에 채찍으로 맞을 게 분명했다.

다음 날, 교실에 들어선 배수자 선생님은 평소와 다름없이 수업을 시작했다. 만석은 혹시라도 자신을 째려보지는 않을까 걱정하며 눈을 피했다.

하지만 선생님은 아무런 내색도 하지 않았다. 그제야 만석은 안도의 한숨을 내쉬며 속으로 다짐했다.

'다음부터는 화장실은 노크해야지.'

그러나 그날 이후로도 변소 문을 열고 본 장면이 그의 머릿속을 떠나지 않았다. 마치 선생님의 눈빛이 등 뒤에서 계속 그를 쳐다보는 것만 같았다.

시간이 흐르면서 아이들 사이에서도 그 이야기는 점점 잊혀 갔다. 하지만 만석에게는 그날의 기억이 어린 시절의 한 조각으로 깊숙이 자리 잡았다. 호기심과 두려움이 섞인 그 순간은, 시간이 흘러도 쉽게 지워지지 않는 추억으로 남게 되었다.

77. 미자와 재일이의 첫 만남

재일이는 아침부터 들뜬 마음으로 분주히 준비하고 있었다. 오늘은 처음으로 소개받는 여성을 만나기로 한 날이다. 마산 창동의 거북다방에 늦지 않기 위해 시계를 몇 번이나 확인하며 옷매무새를 가다듬었다.

버스를 탈 생각은 애초에 없었다. 마산까지 가는 길이 조금 멀긴 하지만, 오토바이를 타고 가기로 했다. 바람을 가르며 달리면 긴장도 덜하고 마음도 차분해질 것 같았다.

게다가 버스를 타면 혹시라도 연착이 되거나 버스가 오지는 않는 경우가 있어서 오토바이라면 그런 걱정 없이 자유롭게 움직일 수 있었다.

10시에 약속이지만 8시에 집에서 나와 오토바이 센터에서 혹시나 모를 고장이 있는 정비를 하고 오토바이를 출발시켰다.

도로 위에 올라서자 차가운 바람이 볼을 스치며 지나갔다. 마산까지 가는 길은 익숙했지만, 오늘따라 설레는 마음 때문인지 주변 풍경이 조금 다르게 보였다.

'어떤 여자일까?'

선을 보는 것이 아니라서 사진도 받지 않아서 궁금함은 더 많았다.

헬멧 속에서 혼잣말을 중얼거리며 속도를 조절했다. 약속 시간보다 1시간 먼저 도착할 생각이었다. 거북다방 앞에서 여유롭게 커피 한 잔을 마시며 상대를 기다리는 모습이 더 자연스러울 것 같았다.

마산에 가까워질수록 거리는 점점 활기를 띠었다. 창동 거리로 접어들자 익숙한 간판들이 하나둘 눈에 들어왔다. 그리고 드디어 도착한 거북다방. 엔진을 끄고 오토바이에서 내리자, 심장이 더 빠르게 뛰기 시작했다.

깊게 숨을 들이마시고 다방 안으로 들어섰다. 커피 향이 코끝을 스치며 긴장된 마음을 조금이나마 달래 주었다. 창가 자리에 앉아 그녀를 기다리며, 재일이는 두 손을 꼭 모았다.

오늘이 어떻게 흘러갈지는 알 수 없었지만, 한 가지는 확실했다. 지금 이 순간, 그의 마음은 오랜만에 설렘으로 가득 차 있었다.

노란 조명이 은은하게 비치는 실내에는 은은한 클래식 음악이 흐르고 있었다. 창가 자리에는 이미 여러 명의 손님이 차를 마시며 담소를 나누고 있었고, 종업원들은 주문받은 커피를 나르느라 분주했다.

검정색 정장을 차려입은 재일이는 다소 긴장된 표정으로 앉아 있었다. 앞에 놓인 커피잔에서는 김이 피어오르고 있었지만, 그는 거의 손을 대지 않았다.

오늘 이 자리에서 처음 만날 여인을 떠올리며 은근한 기대와 불안이 교차하고 있었다. 그녀의 친척이 적극적으로 주선한 자리였지만, 그는 아직 결혼에 대한 확신이 없었다.

그때, 다방 문이 열리며 가을바람이 살짝 실내로 스며들었다. 갈색 코트를 걸친 여인이 조심스러운 걸음으로 다방 안으로 들어섰다.

단정한 단발머리에 진주 귀걸이를 한 그녀는 고운 베이지색 원피스를 입고 있었다. 그녀의 이름은 차미자였다.

미자는 살짝 긴장된 듯하지만 억지웃음을 지으려 하지 않았다. 그녀 또한 부모님의 권유로 이 자리에 나왔지만, 아직 결혼이란 단어가 현실처럼 다가오지는 않았다.

"혹시?"

"예?"

그는 단번에 소개받을 여자인 것을 직감하고 용수철처럼 자리에서 벌떡 일어나 90도로 인사를 하였다.

"아, 예! 이재일입미더."

그녀는 쑥스러운 듯 약간 얼굴을 붉히며 자리에 앉는다.

"오늘 공장에는 안 가는갑지예."

"예, 일요일이라 안 갑미더."

재일이는 그녀를 처음 본 순간 '우와, 이쁘다' 생각했다.

"제가 기다리게 했는가예?"

"아닙미더. 지도 방금 왔심더."

사실 한 시간 전에 도착해 있었다.

종업원을 불러 커피를 주문했다. 두 사람 사이에는 잠시 어색한 침묵이 흘렀다. 그러나 차츰 조심스러운 대화가 이어졌다.

미자는 한일합섬에서 여공으로 일하며, 하루 종일 기계를 다루고 있다고 했다. 재일이 역시 오토바이 수리를 하며, 기계를 다루는 일이 힘들지만 재미있다고 말했다.

"공장에서 일하시려면 힘드겠네예."

"네, 기계 소음이 크고 손이 거칠어지긴 하지만, 동료들과 함께 일하는 게 재미있어예."

그녀는 조용한 목소리로 대답했다.

"지도 비슷합미더. 수리하는 일이 손에 기름때도 묻고 힘들지만, 엔진 소리가 제대로 날 때면 기분이 좋아예."

두 사람은 서로의 일과에 대한 공감과 이해를 나누며 조금씩 편안해졌다. 미자는 재일이의 성실한 태도와 따뜻한 미소가 마음에 들었다.

재일도 미자의 진솔한 이야기 속에서 그가 믿음직한 사람일 것 같다는 생각이 들었다.

시간이 흐르고, 커피 잔이 비워질 무렵, 다방에서 이야기를 하다 보니 그의 점심시간이 되었다.

"점심 무로 가입시더."

"언지예, 고마 집에 갈랍미더."

"와예? 집에 가도 밥 무야 될낀데 고마 한 그릇하고 가입시더."

미자는 처음 만나는 남자와 같이 밥을 먹는다는 것이 어쩐지 불편했다.

"다음에 묵지예."

그렇게 말하고 쑥스러워 고개를 숙인다.

"예. 그라모 다음 주 일요일에 또 볼까예?"

미자는 살짝 머뭇거리다가 고개를 끄덕였다.

"네, 올 멀리 오신다고 욕봤심미더."

"뭐예. 오토바이 타모 울메 안 걸리미더."

다음 주 일요일에 다시 만나기로 하고 다방에서 둘은 나왔다.

"오데까지 가십미꺼. 태야 드릴깨예."

"아입미더. 시내버스 타고 양덕동까지 금방 갑미더."

"그라모 버스 타는 데까지 같이 가입시더."

"괴안는데예. 그라모 그기까지 같이 갈까예."

재일이는 불종거리에 있는 버스 정류장에까지 걸어갔다. 금방 버스가 온다.

"역시 시내네예. 우리 동네는 3시간에 한 대 버스 있는데 여는 금방금방 오네예."

"그래도 우리 동네보다는 괴안네예. 우리 동네는 하루에 한 대 들어오는데예."

"그라모 일요일 날 거북다방에서 뵙겠습미더."

미자가 버스를 타고 사라질 때까지 그 자리를 벗어나지 못한다.

가슴이 두근거리는 것을 멈출 수 없었다. 그녀와의 다시 약속을 잡은 순간부터 그의 머릿속은 온통 그녀의 미소와 목소리로 가득 찼다.

손에 쥐고 있던 헬멧을 천천히 눌러 쓰고 오토바이에 올라탔다. 시동을 거는 순간, 심장이 다시 한 번 빠르게 뛰었다.

도로에 나서는 순간부터 그는 마치 구름 속을 날아가는 듯한 기분이었다. 주변 풍경은 흐릿하게 스쳐 지나갔고, 차들이 옆을 지나가는 소음조차 멀게만 느껴졌다. 그의 마음은 이미 다른 곳에 가 있었다. 그녀를 만나기로 한 그날, 그녀와 나눌 이야기들, 그녀가 어떤 표정을 지을지에 대한 상상들이 마치 꿈처럼 머릿속을 맴돌았다.

언제 신호를 지났는지, 언제 길을 틀었는지조차 기억나지 않았다. 오토바이는 익숙한 길을 따라 달렸지만, 재일의 의식은 그곳에 있지 않았다.

가슴속에서 터질 듯한 기대감과 들뜬 감정이 그를 감싸고 있었다. 바람이 헬멧을 스쳐 지나가면서 그의 귀를 간지럽혔다. 그 순간, 그는 깨달왔다. 지금 이 순간이야말로 살아 있다는 것을 실감하는 순간이라고.

문득 정신을 차렸을 때, 그는 이미 집 앞에 도착해 있었다. 엔진을 끄고 헬멧을 벗자, 차가운 공기가 뜨거워진 얼굴을 스쳤다. 그는 피식 웃으며 속으로 되뇌었다.

'정말, 어떻게 온 건지 하나도 기억이 안 난다이.'

하지만 그것은 중요하지 않았다. 중요한 것은, 다음 주면 그녀를 만날 수 있다는 사실이었다.

"재일아, 니 무슨 일 있나?"

사실 어떻게 될지 몰라서 어머니한데는 비밀로 하고 갔다.

"아입미더. 괴안습미더."

"그란데 혼이 빠진 사람 맨구로 정신이 없어 보이노?"

"오빠야! 니 가서나 만나고 온 거 아이가? 와 가다마이 입고 갔노?"

"쪼깨는 게 못 하는 말이 없노. 일요일이라서 예배당 갔다 왔다, 와."

"오빠 니 예수재이 아이다 아이가?"

"와. 오늘부터 할라꼬 갔다, 와."

"구리스마스도 아인데 와 가노? 그때 가야 과자도 주고 빵도 주지."

"말숙아! 예수님은 구리스마스 때만 보는 게 아이란다. 일요일마다 가야 된다이."

"뺑치네. 우리 친구들은 아무도 매일 가는 아 없던데."

"알것다. 얼라 보는데 맹물도 한 그릇 못 먹는다 쿠더만는 니가 딱 그 짝이네."

"오빠 니 가서나 만나고 온 거 맞제. 이쁘더나?"

"가서나 눈치는 빨라 가지고. 그래, 이쁘더라. 말숙이 니보다는 못하지만."
"그라모 나보다 이쁜 가서나는 애렵제."
"아이고, 이노무 가서나. 운제 철들꼬."
"오빠야, 니 그 가서나하고 장개갈 끼가?"
"뭐라샀노. 언자 처음 만나고 왔다이."

미자를 만나는 것을 말숙이 때문에 어쩔 수 없이 어머니에게 전부 말해야 했다.
"내봉촌의 차씨들은 집성촌 양반들인데 우리 집하고 사돈 할라 하것나?"
"옴마 우찌될랑가 모린미더. 인제 한 번 만나고 왔어예. 그라고 우리 집이 어때서예. 양반이 밥 미주는가예. 우리 집은 경주 이씨 아닌가예."
"그래도 그 동네는 타성바지는 없고 딱 차씨만 살고 있다이."
"양반 행세 해사모 안 하모 됩미더."

1970년대의 농촌은 여전히 신분의 그림자가 짙게 드리워진 곳이었다. 조선 시대가 끝난 지 오래였지만, 양반과 상놈의 구별은 여전히 사람들의 말과 행동 속에 남아 있었다. 그 시대를 살아간 사람들은 누구나 알았다. 마을 어귀에 자리 잡은 기와집의 주인은 양반 가문의 후손이었고, 마을 끝의 초가집 사람들은 대대로 머슴이거나 소작농이었다는 것을.
세월이 흐르고, 시대는 변해 갔다.
1970년대 후반, 정부에서는 농촌 근대화 사업을 추진하며 신분을 따지던 사회적 인식도 희미해져 갔다.

　마을의 초가집들은 슬레이트 지붕으로 바뀌었고, 전기도 들어왔다. 그러나 사람들의 마음속 깊은 곳에 남아 있던 양반과 상놈의 경계는 쉽게 사라지지 않았다.

　우리는 그런 시대를 살아왔다.

78. 재일이 양식을 먹다

　재일이는 일요일 아침부터 들뜬 마음을 감출 수 없었다. 지난주에 처음 만난 미자와 두 번째 만남을 약속한 날이기 때문이다. 그날은 짧은 인사만 나누었지만, 오늘은 점심 식사를 함께하기로 했다.

　마찬가지로 검정색 양복을 입고 오토바이를 타고 창동 거북다방으로 향했다. 30분 정도 일찍 도착했는데, 미자는 이미 와 있었다. 단정한 옷차림에 부드러운 미소를 띠고 있는 그녀를 보자 재일이는 왠지 모르게 긴장되었다.

　"아이고, 먼저 와 계시네예?"
　"저번 주에 일찍이 오시는 것 같아서 일부러 일찍 나왔습미더."
　"아입미더. 제가 미리 온 긴데 지달리도 내가 지달리야지예. 미자 씨가 기다리면 지가 부담시럽습미더."
　"지도 일요일이라 별로 할 일도 없고 해서 일찍이 나왔습미더. 지금은 오토바이 타기 괴안치예?"
　"아침에 나올 때는 쌀랑하지만 나중에 집에 갈 때는 시원해서 좋아예."
　서로 어색한 듯 웃음을 주고받으며 커피를 마시고
　"식사하러 갈까예? 혹시 좋아하시는 거 있어예."
　"언지예. 지는 아무거나 잘 무예."

이제 문제는 점심 메뉴였다. 친구들이라면 고민 없이 중국집에서 자장면을 시켰을 것이다. 하지만 오늘은 달랐다. 미자가 어떤 음식을 좋아하는지, 혹시 싫어하는 음식은 없는지 알지 못했다. 메뉴 선택은 생각보다 어려운 문제였다.

"그래도 좋아하는 것이 있을 거 아이미꺼?"

미자가 물었다.

"그짝은 뭐 좋아하는데예? 먹고 싶은 걸로 하시소."

"사실 저도 별로 가리는 음식이 없습미더."

재일이는 더 고민이 되었다. 한식, 양식, 일식… 선택지는 많았지만 어느 것도 선뜻 정하기 어려웠다.

그때 길 모퉁이에 있는 아담한 경양식집이 눈에 들어왔다. 이름이 '비오리'라는 소박한 간판, 창가 자리마다 놓인 작은 화분들이 편안한 분위기를 자아냈다.

"저 갈까예?"

"그리하입시더."

두 사람은 식당으로 들어섰다. 자리를 잡고 메뉴를 살폈다. 오므라이스, 돈가스, 함박스테이크… 어느 하나 나쁘지 않았다.

둘은 사실 경양식 집이 처음이고 그때는 아직 텔레비전이 보급되기 전이라 어떻게 먹는지는 잘 몰랐다.

그래도 미자는 양식을 먹을 때 고기 자르는 것이나 어떻게 한다는 것을 가정 시간에 학교에서 배운 적이 있고 친구들이 남자를 만날 때 양식을 먹고 어떻게 했다는 이야기를 들어서 아주 생소하지는 않았다.

반면 재일이는 중학교 과정에 남학생은 기술과 농업을 배우지 가정을 배우지 않아서 난생처음 접하는 양식이었다.

메뉴판을 받아든 재일이는 영어로 쓰여 있는 것을 보고 눈앞이 캄캄했다.

"미자 씨부터 먼저 시키시소."

"지는예 돈까스 주이소."

"지도 같은 거 주이소."

그렇게 두 사람은 음식을 주문하고 스프부터 나왔다.

'아이고, 뭐시 이리 쪼매 묵고 우짜노. 고마 짜장면 무로 갈구로.'

재일이는 몇 숟가락 먹고 나니 없는 스프를 먹고 자리에서 일어나 카운터에 계산하러 간다.

"아가씨, 울메기요."

"식사 다 하셨나요?"

급하게 미자가 카운터로 왔어 귓속말로 말한다.

"재일 씨, 아직 다 안 나왔어예."

재일이는 얼굴이 밝아졌다. 식당에 가면 차려 주는 것만 먹으면 끝나는 것인 줄 알았는데 양식은 그게 아니었다.

머쓱하게 다시 자리에 돌아왔다. 그다음은 더 문제였다. 접시에 고구마튀김 같은 것 하나와 한 숟갈도 안 되는 밥 그리고 야채 조금 주는 것이 흡사 아이들 소꿉장난하는 것 같았다.

'이게 어른이 먹는 거 맞나?'

속으로 생각했다.

미자가 포크와 나이프를 사용하여 고기를 썰어서 입으로 넣는 것을 보며 재일도 따라 해 본다.

왼손으로 포크를 잡고 음식을 먹는다는 것이 여간 어려운 것이 아니었다. 그 당시 사회 분위기는 왼손으로 음식을 먹으면 복이 달아난다는 속설 때문에 손을 때리고, 절대 못 쓰게 했었다. 그래서 왼손으로 음식을 먹는다는 것이 재일이는 서툴 수밖에 없다.

음식을 먹으며 즐겁게 대화를 하면서 먹어야 하는데 둘 다 서툰 양식 문화에 어쩔 모르고 먹어서 코로 들어가는지 입으로 들어가는지 모르고 돈가스를 먹었다.

1970년대의 식사 시간은 단순한 식사가 아니라, 엄격한 규칙과 예절이 깃든 하나의 의식이었다.

해가 저물고 하루의 일이 마무리되면 가족들은 하나둘 상 앞에 모였다. 하지만 아무나 먼저 식사를 시작할 수 있는 것이 아니었다.

조용한 저녁, 아버지가 자리하자 어머니와 아이들은 그의 눈치를 살폈다. 아버지가 숟가락을 들지 않으면 아무도 밥을 뜨지 못했다.

아이들이 재촉하는 기색을 보이면 어머니가 조용히 눈짓으로 타일렀다. 어른이 먼저 숟가락을 들어 식사를 시작해야만 가족들이 함께 먹을 수 있는 것이 그 시대의 불문율이었다.

또한, 밥을 먹으며 대화를 나누는 것도 허용되지 않았다. 어린아이가 말이라도 꺼내면 곧장 따가운 시선이 쏟아졌다.

"밥 먹을 땐 말하는 게 아니다."

라는 말이 무겁게 내려앉았다. 조용히 숟가락과 젓가락 소리 만 울리는 식탁은 오히려 단정한 질서를 만들어 냈다.

가족 구성원 간에도 남녀는 따로 식사를 해야 했다. 남자들은 안방에서, 여자들은 부엌에서 식사를 하거나, 손님이 오면 여자들은 아예 자리를 피해 뒷방에서 먹는 경우도 많았다.

어린 딸이 아버지 옆에 앉아 밥을 먹겠다고 조르기라도 하면, 어머니는 단호한 목소리로 제지했다.

이러한 예절은 한식뿐만 아니라 양식에서도 엄격하게 적용되었다. 서양 요리를 먹을 때는 포크와 나이프를 어느 손에 들어야 하는지, 수프를 마실 때는 소리를 내지 말아야 한다는 등의 규칙이 강조되었다. 비록 가정마다 차이는 있었지만, 그 시절 식사 예절은 단순한 형식이 아니라 삶의 태도와도 같았다.

그러나 시대는 변했다. 오늘날은 식탁에서 웃음이 오가고, 남녀노소 함께 둘러앉아 자유롭게 대화를 나눈다. 하지만 여전히 일부 가정에서는 부모님 세대의 옛 습관이 남아 있다. 오랜 전통과 변화 사이에서, 우리는 과거의 질서와 현재의 자유로움을 함께 맞이하며 식사를 한다.

그 시절 엄격한 식사 예절이 다소 불편할 수 있지만, 어쩌면 그 안에는 가족을 존중하는 마음과 공동체의 질서를 지키려는 노력이 스며 있었던 것은 아닐까?

재일과 미자는 디저트로 커피를 마시며 이제 조금 긴장이 풀려 대화를 하게 된다.

"돈까스는 맛이 있었는지예?"

"괴안네예."

둘은 처음 접한 돈가스 때문에 이제 두 번 다시 경양식집을 가지 않겠다고 마음속으로 다짐한다.

"시민극장에 이소룡이 나오는 당산대행 한다 카던데 영화 보러 갈래예."
"지는 싸우는 영화보다 강남극장에 하는 러브스토리가 보고 싶어예."
"그라모 두 군데 다 가 보고 영화 시간이 맞는 영화를 보입시더."

시민극장이나 강남극장 모두다 극장 밖에는 사람들이 너무 많이 모여 있다. 시간을 보니 강남극장의 러브스토리를 볼 수 있었지만 자리는 없고 입석하여 보는 것만 남아 있었다.

"미자 씨 서서 영화 볼라미꺼."
"지는 괴안나예."
"그라모 서서 영화 보입시더."

영화관 뒤편 계단에 두 사람은 겨우 자리를 잡고 서서 영화를 보고 있다. 미자는 영화를 보면서 눈물을 흘린다.

재일이는 미자가 영화를 보며 울고 있어서 자신이 무엇을 잘못했나 싶어 깜짝 놀랐다.

"미자 씨, 제가 뭐 잘못한 것 있어예?"
"아입미더. 영화가 너무 슬퍼예."

그러나 재일이는 이소룡의 화끈한 액션 영화를 보고 싶었기에 전혀 감흥이 없다. 그렇게 두 시간 동안 서서 영화를 보고 미자가 사는 양덕동으로 가는 버스 정류장까지 걸어간다.

"다음 주는 볼 수 있을까예."

재일이가 미자에게 물어본다.

"언지예? 언자 촌에 보리타작도 하고 모내기 철이라 가서 일해야 함미더."
"그레예. 그라모 내봉촌으로 저녁에 갈깨예. 그리해도 되지예?"
"안 되예. 아버지한데 혼나예. 그리고 시집도 안 간기 남자가 찾아오

사모 동네 소문나예."

"그라모 아버지 주무실 때 밤 10시쯤 오토바이로 빵빵 할께예. 그때 나오면 동네사람들도 다 자고 안 괴안겠습미꺼."

"장담은 못 해예. 못 나갈 수도 있어예."

그렇게 둘은 헤어졌다. 재일이는 다시 석무의 오토바이 센터로 저녁이 넘어서 캄캄할 때 도착했다.

가게를 대강 둘러보고 다시 집으로 들어간다.

"재일아, 올은 저물게 왔네. 밥은 무었나?"

"아니예. 저녁 안 묵어심더."

"빨리 차리고 올꾸마. 세수하고 발 씻거라."

어머니는 밥상을 차리고 아랫목에 이불 속에 넣어 둔 따뜻한 밥그릇을 밥상 위에 올린다.

'이 밥이 돈까스보다 백번 낫다.'

속으로 생각하며 아침도 대강 먹고 점심도 먹는 둥 마는 둥 했더니 밥 한 그릇을 순식간에 비운다.

"재일아, 니는 밥 굶고 다니나? 와 이리 허둥지둥하노."

"어머이, 심밥 더 없는기요?"

"앗따, 우리 아들 마이 묵네. 지달려 봐라. 있다."

어머니는 가마솥에 넣어 둔 밥을 꺼내 온다.

"찬밥은 천천이 무라. 급하게 묵다가 언친다이."

"예."

그렇게 재일의 하루가 저물어 가고 있다.

79. 까만 밤의 미자

 토요일이 다가왔다. 바람이 서늘하게 불어오는 5월의, 하늘은 유난히 맑았다. 재일이는 오늘 하루 종일 마음이 복잡했다. 마산에서 미자가 내려오는 날이었기 때문이다. 그녀는 부모님의 농사일을 돕기 위해 내봉촌으로 온다고 했다. 두 번밖에 보지 않았지만 그녀를 다시 만나야 하겠다는 강렬함과 설렘이 앞섰다. 하지만 한 가지 걱정이 떠올랐다.
 '밤늦게 다른 동네를 가는 게 괴안을까?'
 만약 들키면 미자가 부모님에게도 꾸지람을 들을 것이고 자신 또한 어떤 봉변을 당할지 몰랐다.
 그래서 곰곰이 생각해 본다. 차라리 모두가 잠든 밤 10시쯤 가면 문제없을 것 같았다. 오토바이센터 문을 닫고 집에서 저녁을 먹고 트랜지스터 라디오의 주파수를 이리저리 돌렸다. 지직거리는 소음 사이로 흐릿한 음악이 들려왔고, 그는 그 소리에 기대어 밤이 깊어지기를 기다렸다. 그의 머릿속은 온통 한 사람뿐이었다. 미자.
 그녀는 오지 말라고 했지만, 재일은 그녀의 말이 진심이 아닐 거라고 생각했다. 아니, 그렇게 믿고 싶었다. 미자 역시 조용히 그를 기다리고 있을 거라고, 속으로는 재일이 오기를 바라고 있을 거라고 말이다.
 시계는 어느덧 밤 아홉 시를 가리키고 있었다. 이제 가야 할 시간이었다. 그는 헬멧을 휙 집어 들고 오토바이에 올라탔다. 시동을 걸자 낮게 윙윙거리는 엔진 소리가 밤공기를 가르며 퍼져 나갔다. 어둠을 뚫고 그녀에게로 가는 길, 재일은 가슴이 두근거리는 것을 느꼈다. 어쩌면 그녀가 정말 반갑게 맞아 줄지도 모른다는 희망이 그를 들뜨게 했다.

한편, 미자는 창가에 서서 살며시 커튼을 젖히고 있었다. 어둠 속 골목을 바라보며, 혹시라도 오토바이 소리가 들려오지 않을까 귀를 기울였다. 오지 말라고 했지만, 그래도 그가 올 것 같았다. 아니, 오기를 바라고 있었다.

그리고 마침내 멀리서 익숙한 엔진 소리가 들려왔다. 미자는 자신도 모르게 미소를 지었다.

재일이는 어두운 밤길을 산 고개를 몇 개를 넘어서 내봉촌까지 왔다. 한밤중 아무도 다니지 않은 산길을 홀로 넘어온다는 것은 머리가 쭈뼛 설 정도로 두려웠다. 미자의 집을 찾기 위해 온 길이었지만, 그는 미자에게 집이 어디냐고 물어보지 않았다. 단지 마을 회관 옆에 있다는 말만 듣고 찾아왔을 뿐, 정확한 위치는 알지 못했다.

회관 앞에서 멈춰 선 그는 주위를 둘러보았다. 마을은 고요했다. 전기가 들어오지 않는 시절이라 정말 깜깜한 암흑천지였다.

한참을 그렇게 서 있던 재일이는 한숨을 내쉬며 하늘을 올려다보았다. 별이 총총 떠 있는 밤하늘이 낯설었다. 마음속에는 반가움과 설렘이 교차했지만, 동시에 막막함이 밀려왔다.

'이대로 돌아가야 하나?'

오토바이의 시동을 켜고 잠시 서 있던 그때였다. 저 멀리서 검은 그림자가 천천히 다가오는 것이 보였다.

재일이는 순간 긴장했다. 낯선 곳에서 만나는 사람, 그것도 이 늦은 밤에 다가오는 존재는 조금은 두렵게 느껴졌다. 그러나 이내 그림자가 점점 선명해지자 그의 심장이 빠르게 뛰기 시작했다.

그녀였다. 미자였다.

"참말로 오면 우짜는데예?"

"집에 있으모 촌에서 뭐 합미꺼. 미자 씨 왔는데 와 보아야지예."

"집 옆이라 여 있으모 안 되고 다른 데로 가입시더."

미자는 재일이의 오토바이 뒤에 타고 동네에서 조금 떨어진 곳으로 갔다. 그녀의 긴 머리카락이 밤바람에 살짝 흔들리며, 은은한 다이얼 비누 냄새가 재일의 코끝을 스쳤다. 순간, 재일은 가슴이 두근거리는 것을 느꼈다.

"안 올 줄 알았는데 진짜로 왔네예."

미자가 나지막이 속삭이며 오토바이에서 내려섰다.

"이리 본께 참 좋다. 그지예."

"이 세상에 우리 둘만 있는 거 같애예."

달빛 아래 그녀의 얼굴은 한층 더 희미하고 부드럽게 빛났다. 재일은 그녀를 바라보며 숨을 삼켰다. 어쩌면 그녀는 이 밤의 천사가 아닐까?

멀리서 들려오는 개구리 울음소리가 논두렁을 가득 메웠다. 모내기 철을 앞두고 개구리들은 더욱 힘차게 울어 댔고, 그 소리는 두 사람 사이의 어색한 정적을 감춰 주었다. 재일은 한 걸음 다가서며 조심스럽게 말했다.

"미자 씨, 혹시…예."

재일이는 키스를 하고 싶었지만 용기가 없어서 미적거리고 있었다.

그러나 그의 말이 끝나기도 전에 미자가 살짝 미소를 지으며 말했다.

"달이 참 예쁘네예."

"그렇치예. 달 참…"

미자는 용기 없는 재일이가 야속하다. 그녀도 이런 분위기 있는 밤에 남자와 키스를 하는 상상을 하곤 했는데 재일이는 더 이상 진도가 나가지 않는다.

재일은 그 말에 다시 한 번 미자의 얼굴을 바라보았다. 달빛에 비친 그녀의 모습이 너무나 아름다워 한동안 아무 말도 할 수 없었다. 그렇게 두 사람은 말없이 서서 조용한 밤공기를 들이마셨다.

어느새 바람이 살랑이며 두 사람 사이를 스쳐 지나갔다.

"재일 씨는 앞으로 어떤 계획이 있는데예."

"지는 오토바이센터 열심히 해서 결혼하고 얼라 되는 대로 낳아서 사는 게 꿈입니다."

"그래예. 오토바이 센타 하모 돈 마이 벌지예."

"오데예. 밥 묵을 정도는 벌미더."

"그라고 앞으로 경운기가 많이 보급될낑데 경운기센터도 같이 한번 해 볼까 생각하고 있습미더."

"그라모 도시에서는 살지 않겠네예."

"도시는 지하고 안 맞는 거 같데예."

미자는 시골이 너무 싫었다. 그녀는 어릴 때부터 늘 가난과 불편함 속에서 살아왔다. 도시로 나가면 모든 것이 달라질 것이라고 믿었다.

아직도 내봉촌에서는 보리쌀을 삶아 먹는 사람들이 대부분이었다. 쌀밥은 명절이나 되어야 겨우 한두 번 맛볼 수 있는 귀한 음식이었다. 가난이 몸에 밴 마을 사람들은 작은 것에도 만족하며 살아갔지만, 미자는 그럴 수 없었다. 그녀는 시골을 떠나 더 넓은 세상에서 살아가리라 다짐했다.

반면, 재일이는 시골이 편안하고 좋았다. 그는 부유한 집안에서 태어나 가난한 삶을 경험해 본 적이 없었다.

그의 집은 다른 집들과는 달리 장포의 큰 마당과 기와지붕을 갖춘 넉넉한 가옥이었다. 어린 시절부터 친구들과 들판을 뛰어다니며 놀았고, 도시에서의 화려한 생활도 좋았지만, 그는 고향이 주는 정겨움과 따뜻함을 더욱 소중하게 여겼다.

미자는 여공으로 한일합섭에서 일을 하고 있었지만, 그녀는 변화한 거리, 반짝이는 네온사인, 넘쳐나는 사람들 속에서 자신이 원하던 삶을 찾아가고 있다고 생각했다.

재일은 미자의 말을 듣고 깜짝 놀랐다. 그녀가 더 말을 이어 가면 분명히 그만 만나자는 말이 나올 것 같았다. 가슴이 덜컥 내려앉았지만, 그는 애써 태연한 척하며 물었다.

"다음 주는 촌에 안 오지에?"

미자는 한숨을 쉬듯 조용히 웃었다. 재일이는 자신이 돈이 없어서 시골에 있는 것이 아니라는 것을 말해야 했다.

"지도 도시에서 오토바이 센터 할 능력 됩미더. 미자 씨가 원하면 석전동에 점빵 하나 내지 뭐."

그녀는 고개를 살짝 기울이며 재일을 바라보았다.

"아직은 그런 말 할 단계는 아닌데예?"

"아… 맞지예. 그래도 미자 씨가 원하면 시골의 생활 언제든 정리할 수 있습미더."

"그 정도의 각오라면 지도 이 문제에 대해 더 이상 말을 하지 않을께예."

"너무 진지한 이야기하네예. 우리 언제 얼라들 맨쿠로 소풍한번 갈까예?"

"지는예 다음 주에도 촌에 계속 와야 되예. 움마가 혼자서 밭일하고 동생들하고 아버지 밥까지 챙겨야 해서 도와드려야 합미더."

"그래예. 그라모 다음 기회에 소풍은 가지예. 벚꽃도 다 지고 사실 소풍 갈 만한 데가 없기는 없어예."

재일은 머쓱하게 웃었지만, 마음 한구석이 묘하게 저려 왔다. 미자는 확신을 주지 않았다. 그것이 더 마음을 불안하게 했다. 하지만 더 이상 밀어붙일 용기도 나지 않았다.

그들은 밤하늘을 올려다보았다. 손을 서로 잡을 수도 있었지만, 그러지 못했다. 대신 말없이 흐르는 시간만 바라보았다. 반짝이는 별들이 속삭이듯 깜빡이고 있었다. 서로를 향한 마음도 저 별빛처럼 닿을 듯 말 듯 아득했다.

"너무 늦었네예. 노인네들 혹시 일어나서 내 없는거 알면 또 찾아서 난리 납미더."

"아, 인자 들어 가시소. 그라고 다음 주 토욜도 또 올께예."

미자는 미소를 지우며

"언지예. 다음에 봅시더. 다음 주는 동상들도 있고 해서 못 나옵미더."

재일이는 풀이 죽어서

"알겠습미더."

재일이는 다시 한 번 말해 본다.

"미자 씨, 내가 오토바이가 있어서 페내기 온다 아입미꺼."

"그래도 안 되예."

재일이는 더 이상 말을 하지 못한다. 미자는 자신이 너무했나 싶어서

"재일 씨 내 주변에 오토바이 가지고 있는 남자는 재일 씨 밖에 없어예."

미자는 다시 한 번

"재일씨가 제일 부자라예."

"미자 씨도 빨리 면허증 따이소. 우찌 알미꺼. 남자 친구가 오토바이 한 대 사 줄랑가."

"아이고, 큰일납미더. 지는 무서버서 안 되고예. 그라고 여자들이 오토바이를 우찌 타미꺼."

그 시대는 그랬다. 남자가 하는 일이 따로 있고 여자가 하는 일이 따로 있었다. 그리고 특히 여성이 하지 말아야 할 것들이 너무나 많았다.

아직은 유교의 그늘에서 완전히 벗어나지 못한 때였으니 여자가 오토바이를 탄다는 것은 파격도 엄청난 파격이었다.

"농담입미더. 내 말은 마음에 담지 마이소."

"알고 있어예. 나도 그리 속 좁은 여자 아니라예."

그렇게 밤이 깊어 가고 있었다.

80. 말숙이의 입학

1971년, 겨울이 지나고 따뜻한 봄바람이 불어오는 3월, 말숙이는 국민학교 1학년에 입학했다. 석무 도로변에서 조금 떨어져 있던 국민학교는, 아직도 많은 아이들에게 꿈과 희망을 심어 주는 곳이다.

말숙이는 장포에서 이사를 와서 별로 아는 친구들이 없었지만 그녀의 특유의 어울림으로 친구들과 큰 문제는 없었다.

"말숙아, 내일 학교 입학하는데 움마하고 같이 가자."

"움마, 고마 옆동네 시집간 큰언니하고 갈란다. 움마는 집에 있거라."

"와? 움마가 나이가 많아서 부끄럽나?"

"움마 그기 아이고…"

말숙은 말을 하지 못한다. 사실 엄마의 나이는 50살이다. 막둥이 입학식에 가고 싶은 마음은 굴뚝 같지만 어린 말숙이가 상처를 받을까 봐 더 이상 말을 하지 않는다.

"그라모 너거 언니하고 같이 가라. 움마는 밭일하던 거 마저 할란다."

다음 날 아침, 말숙이는 큰언니와 함께 학교로 가는 길을 걸었다. 아직은 조금 쌀쌀해서 콧물이 흘러내린다.

"말숙아, 콧물이 나면 앞에 손수건 옷핀으로 달아 놓은 거 있제. 이것으로 닦아라. 소매로 닦지 말고."

"엉가 나도 숙녀다. 소매로 콧물이나 딱는 가서나 아이다."

"맞다, 우리 말숙이 이제 다 컸네."

새로 사 준 옷을 입은 말숙이는 소매 끝이 조금 길어, 자꾸만 손목을 쳐다보며 걷곤 했다. 언니는 말숙이의 손을 잡고,

"학교에 가면 친구들이랑 재밌게 놀고, 선생님 말씀도 잘 들으라이."

"엉가 엉가이 걱정해라. 잘할꾸마!"

학교에 도착하자, 여느 때와는 다른 분위기가 감돌았다. 많은 아이들이 부모님 손을 잡고 학교 마당으로 들어갔다.

아직도 수줍어하는 표정을 짓고 있는 아이들이 많았고, 말숙이 역시 그중 하나였다. 하지만 그 순간, 교문 앞에서 선생님이 환한 미소로 맞이해 주셨다.

선생님은 밝은 목소리로

"안녕, 말숙아. 너도 이제 1학년이 되었구나!"

"선상님, 아침 잡사습미꺼."

말숙은 늘상 아침인사는 그렇게 해 와서 모두들 그렇게 인사하는 줄 알았다.

"그래, 말숙아. 아침은 먹었고, 학교에서는 '안녕하세요'라고 인사해야 된다."

"예, 안녕하이십미꺼."

"말숙이 어머니가 아주 미인이시네."

"아입미더."

말숙이가 언니의 옆구리를 쿡쿡 찌른다. 그래서 대답을 하려다 멈추

고 눈인사만 선생님에게 한다.

"말숙아, 니 거짓말하모 안 된다."

"엉가 내가 거짓말했나. 물어보는 거 대답을 안 했지."

"하여튼 우리 말숙이 못 말린다. 1학년들 저 다 모여 있네. 니는 저리 가라. 나는 뒤에 서 있을꾸마."

"엉가, 집에 먼저 토끼모 안 된다이."

말숙이 언니는 웃으며

"알것다. 반 배정받고 선생님하고 인사하고 천천히 오이라."

그 말에 말숙이는 조금 안심한 듯, 고개를 끄덕였다.

상급생 언니 오빠들이 교실까지 데려다주었다. 그 당시 아이들은 글자도 전혀 모르고 숫자도 전혀 배운 적이 없이 1학년에 입학하여 글자를 모르니 아이들을 전부 손을 잡고 교실에 데리고 들어가야 했다.

교실에는 낯선 얼굴들이 하나둘씩 말숙이의 시선을 사로잡았다. 다들 나름 깨끗한 옷을 입고 왔지만 형님, 언니들에게 내려 입어서 옷이 큰 것이 많았다. 설사 새 옷을 입더라도 한 치수 크게 사 입어야 했다. 그때는 그것이 당연했다.

교실에 있는 친구들 표정과 분위기는 제각각이었다. 어떤 친구들은 벌써 친해져 깔깔거리며 이야기를 나누고 있었고, 어떤 친구들은 말숙이처럼 어색하게 자리를 찾아가고 있었다.

담임 선생님이 들어오시자 교실 안은 조용해졌다.

선생님은 따뜻한 미소를 지으며 한 명씩 이름을 불러 출석을 확인하셨다. 그리고는 아이들에게 "이제 옆 친구와 인사해 보세요."라고 말씀하셨다.

말숙은 옆자리에 앉은 친구를 바라보았다. 짧은 머리에 선한 인상을 가진 아이였다.

"나는 말숙이다. 니 이름은 뭐꼬? 오데 사는데?"

그 아이들 기어들어가는 소리로

"봉…헌이…물…이."

더듬거리며 말을 한다.

"뭐라샀노. 크게 이야기해라. 하나도 안 들린다."

짝꿍은 말숙이의 말에 기가 죽어서 대답도 하지 못했다. 그저 눈을 깜빡이며 책상 모서리를 만지작거릴 뿐이었다.

말숙이는 그런 짝꿍을 한심하다는 듯 쳐다보았다가 이내 흥미를 잃은 듯 고개를 돌렸다. 그렇게 둘은 짝꿍이 되었다.

반 배정이 끝나고 선생님은 화장실과 교무실을 알려 주고 나서,

"올은 부모님이 기다린께 집에 가라. 내일부터 공부하자이."

선생님에게 인사를 하고 밖에서 기다리던 언니를 만나서 집으로 돌아갔다.

학교에서 독산까지는 10여 리가 되었지만 1학년이라고 학교까지 데려다주는 것도 없이 모든 아이들이 걸어서 다녔다. 물론 형제자매가 많아서 고학년인 형제들이 데리고 다녔다.

새 학기가 시작된 지 일주일이 지나도록 짝꿍은 말숙이와 제대로 된 대화를 나누지 못했다. 사실, 교실의 대부분 아이들이 비슷했다.

그들은 배운 것이라곤 부모님이나 형제자매가 알려 주는 단편적인 지식뿐이었다. 텔레비전을 보거나 유치원을 다녔던 아이가 없다 보니 대

부분 아이들은 숙맥이었다.

그러나 말숙이는 달랐다. 그녀는 집에서 책을 읽고, 오빠들에게서 이런저런 이야기를 들으며 자랐다. 그래서인지 또래 아이들보다 훨씬 똑똑해 보였다.

선생님이 질문을 하면 말숙이는 언제나 당당하게 손을 들고 대답했다. 짝꿍은 그런 말숙이를 보며 감탄하면서도 왠지 모르게 위축되었다.

"니는 와 이리 말이 없노?"

어느 날, 말숙이가 물었다.

짝꿍은 머뭇거리며 대답을 찾으려 했지만, 마땅한 말이 떠오르지 않았다. 말숙이는 한숨을 쉬며 책을 펼쳤다.

"뭐, 좋다이. 내가 많이 말하면 되지 뭐."

그날 이후, 말숙이는 짝꿍에게 많은 이야기를 들려주었다. 집에서 본 신기한 꿈 이야기, 오빠들이 말해 준 세상 돌아가는 이야기, 책에서 읽은 모험담까지. 짝꿍은 가만히 듣기만 했지만, 어느 순간부터 말숙이의 이야기를 기다리게 되었다.

"봉헌아! 왜 나랑 짝꿍이 된 게 싫나? 계속 내 얘기를 듣고 있노."

말숙이가 짓궂게 물었다.

짝꿍은 잠시 망설이다가 조용히 입을 열었다.

"니하고 있으모… 새로운 걸 많이 알게 된다이. 재미있다."

말숙이는 그제야 미소를 지었다.

"그라모 앞으로도 내가 많이 알려 주꾸마. 니도 언젠간 나한테 뭔가 알려 줄 날이 오겠제?"

"나는 아는 게 없어가꼬…."

"뭐라샀노. 니도 니가 잘하는 거 있을끼다. 그거 이야기하모 되지."

그렇게 두 아이는 조금씩 서로에게 익숙해져 갔다. 어색하고 서툴렀지만, 그들의 우정은 천천히 자라나고 있었다.

81. 말숙의 1학년 생활

말숙이는 국민학교에 입학한 후, 어쩐지 자유를 빼앗긴 듯한 기분이 들었다. 입학 전까지는 해가 중천에 떠오를 때까지 이불 속에서 뒹굴 수도 있었고, 마음 내키는 대로 마당에서 뛰놀거나, 방 안에서 그림을 그리며 시간을 보낼 수도 있었다. 그러나 학교라는 곳은 그런 여유를 허락하지 않았다.

매일 아침, 어머니는 어김없이 말숙이를 깨웠다.

"말숙아, 일어나야지. 학교 갈 시간이다."

"옴마, 쪼매만 더…"

"오빠들은 벌시로 일어나서 책보 싸고 있다. 얼렁 일나라."

"학교 안 가면 안 되나. 가기 싫다."

"야가 크서 뭐 될라꼬 이라노? 어푼 페내기 일나라!"

"아이고, 내 팔자야! 이래 가꼬 못 산다."

"쪼매는 얼라가 못 하는 말이 없네. 너거 할매 있었으모 니 늦잠 자는 거 봐시모 니는 물벼락 맞는다이."

"옴마, 할매는 와 들미삿노. 내 보기 싫다고 마산으로 토끼삔데."

"할매는 잘 계시는지 모르것다. 밥은 챙겨 드시는지."

"옴마, 그리 걱정되모 빠스 타고 한번 가 보자. 종점에서 걸어가도 된다 쿠더만은."

"반갱일 날 니 학교 마치모 한번 가 볼까? 니 빨리 일어나서 세수해라. 눈꼽재이 끼가 학교 갈래?"

말숙은 어쩔 수 없이 겨우 일어나서 세수하고 가방을 챙겼다. 처음 며칠은 신기한 마음에 눈을 비비며 일어나기도 했지만, 일주일이 지나자 몸이 천근만근처럼 무거워졌다. 아직 꿈속에서 놀고 싶은데, 억지로 눈을 떠야 한다는 것이 힘겨웠다.

겨우겨우 세수를 하고 옷을 입고 나서도, 학교까지 가는 길은 여전히 멀고도 험난하게 느껴졌다. 8살밖에 되지 않은 어린 말숙에게는 십 리 길을 걸어간다는 것은 매일매일 고난의 행군과도 같았다.

학교에 도착하면 또 다른 고난이 기다리고 있었다. 정해진 시간에 종이 울리면 자리에 앉아야 했고, 떠들고 싶어도 참아야 했다.

쉬는 시간이 되면 친구들과 노는 즐거움도 있었지만, 그것도 잠깐일 뿐이었다. 다시 종이 울리면 선생님의 말씀을 따라 조용히 앉아 있어야 했다.

어느 날, 말숙이는 문득 생각했다.

'왜 나는 이토록 힘든 생활을 해야 할까?'

그날 저녁, 저녁상을 물리고 마루에 앉아 있던 말숙이는 어머니에게 물었다.

"옴마, 난 왜 꼭 학교를 가야 하노? 집에서 놀면 안 되나?"

어머니는 웃으며 말숙이의 머리를 쓰다듬었다.

"학교에 가야 니도 똑똑해지고, 좋은 사람들과 친구가 되고, 나중에 훌륭한 어른이 될 수 있다이."

"가만히 앉아 있어야 하는기 너무 힘들다."

"쪼매만 참아라. 습관이 되모 괴안타. 언니, 오빠들도 전시네 학교 당깃다 아이가. 니 혼자 학교 안 가모 글도 모르고 살끼가."

"옴마 내 글은 안다. 그라모 학교 안 가도 되것네."

"우리 똑띠 글도 알고 대단타."

어머니가 머리를 쓰다듬는다.

말숙이는 입을 삐죽 내밀었다. 그보다 지금 당장 다시 자유롭게 살고 싶은 마음이 더 컸다. 그러나 어머니의 말 속에는 어딘가 피할 수 없는 현실이 담겨 있었다.

그날 밤, 이불을 덮고 누운 말숙이는 창밖을 바라보았다.

저 멀리 반짝이는 별을 보며, 학교에 가지 않아도 되는 세상이 있다면 얼마나 좋을까 하고 상상했다. 하지만 어쩐지 마음 한구석에서는 또 내일이면 친구들과 다시 만나고, 선생님의 이야기를 들으며 하루를 보내게 될 것을 알기에, 천천히 눈을 감았다.

토요일 아침, 해가 떠오르기도 전에 엄마는 부지런히 움직였다. 마루에 나와 허리를 쭉 펴고 기지개를 켜더니 곧장 부엌으로 가 쌀을 씻고 밥을 안쳤다. 오늘은 바쁜 날이었다. 말숙이가 학교에서 돌아오기 전에 밭일을 마치고, 마산으로 이사 간 시어머니 댁에 하룻밤 자고 올 작정이다.

엄마는 장독대 옆에 놓인 참기름 병을 조심스럽게 집어 들었다. 노릇한 향이 가득한 참기름과 콩과 잡곡 등을 조금씩 담아 한 보자기가 되었다.

'어머니께서 좋아하시겠지.'

엄마는 곡식을 자루에 담고 참기름 병을 보자기에 싸며 속으로 중얼거렸다.

해가 중천에 떠오를 무렵, 말숙이가 학교에서 돌아왔다. 교문을 나서면서부터 신이 나 달려온 듯, 볼이 발그레했다. 엄마는 말숙이의 가방을 받아 들고 말했다.

"어서 가자. 백산서 나오는 버스 시간 다 되었다. 후차 가자. 떨가면 안 된다이."

말숙이는 숨을 고르며 신발을 갈아 신었다. 엄마와 함께 집을 나선 그녀의 마음도 기대감으로 부풀어 올랐다. 마산으로 가는 길은 설레는 여정이었다.

버스에 오르자, 차창 밖으로 익숙한 시골 풍경이 스쳐 지나갔다. 들판을 누비던 바람이 어느새 도시의 바삐 움직이는 인파 속으로 스며드는 듯했다. 말숙이는 엄마 옆에 바짝 붙어 앉아 물었다.

"할매가 우리 보고 많이 반갑다 하시것제?"

엄마는 살며시 미소를 지었다.

"아이고, 그기 말이라꼬 하나. 막내 손녀가 오는데 울매나 좋것노. 물고 빨끼다."

버스는 덜컹거리며 도로를 달려갔다. 엄마와 말숙이는 창밖을 바라보며, 할머니와 따뜻한 재회의 순간을 그려 보았다.

말숙은 버스에서 내리자마자 서성동 분수 로터리를 바라보았다. 거대한 분수대 한가운데, 검은 동상이 서 있었다. 그 모습이 어쩐지 낯설고도 기묘했다.

남녀 한 쌍이 하늘을 향해 손짓하는 형상이었고, 그들의 몸을 감싼 옷은 마치 수건 한 장 걸친 것처럼 보였다.

'저건 무슨 의미일까?'

그 동상은 3.15의거를 기념하여 만들어진 동상이었다.

말숙은 동상을 올려다보며 잠시 생각에 잠겼다. 예전에도 본 적이 있을 텐데, 그때는 별 관심이 없었던 것 같다. 이제 와서 보니, 그 동상은 무언가 말을 걸어 오는 듯한 느낌을 주었다. 사람들은 무심히 분수대를 지나치고 차들이 엄청나게 많이 다니고 있었다. 말숙도 더 이상 궁금증을 품지 않고 로터리를 따라 걸음을 옮겼다.

차는 분수대를 지나자 곧 버스 종점이 나왔다. 이곳에서부터 할머니 집까지는 골목길을 따라 30분 정도 걸어가야 했다.

말숙은 가방을 고쳐 메고 엄마 손을 잡고 천천히 걸었다. 바람이 살짝 불어와 머리카락을 흔들었다.

드디어 할머니 집에 도착하였다. 말숙은 가끔 할머니를 보며 어린 시절의 기억을 떠올렸다. 장포에서 넓은 논밭과 머슴들을 거느리며 부리던 기세등등한 모습은 이제 사라지고, 큰집이지만 전부 세를 주고 작은 방에 앉아 조용히 창밖을 내다보는 노인네로 변해 있었다.

어릴 적, 할머니는 커다란 삿갓을 눌러쓰고 손에 호미를 쥔 채 논둑을 걸었다. 머슴들은 그녀의 지시에 따라 바삐 움직였고, 가을이면 곡식이 가득 찬 광이 열리는 소리가 집 안을 가득 메웠다. 장포의 들판은 할머니의 왕국이었다. 그러나 지금 그녀의 손에는 작은 단지 하나뿐이었다. 약탕기에 끓인 한약을 따라 마시며 말숙에게 말했다.

"말숙아, 조혼 시절은 다 갔다."

할머니는 더 이상 머슴들을 거느린 농장주가 아니었고, 장포의 들판도 그녀의 것이 아니었다. 이제는 골목 어귀의 점빵에서 반찬을 사고 밥을 짓고, 손주들이 찾아오기를 기다리는 나날이었다. 세월이 흐르며 거칠던 손마저 마른 낙엽처럼 주름져 갔다.

할머니가 깊은 한숨을 내쉬었다. 말숙은 그 한숨 속에서 과거를 들었다. 장포에서 살아온 세월, 흙과 바람과 비를 맞으며 지었던 삶의 흔적들. 할머니는 창밖을 바라보며 말했다.

"거기서 벗어나 온 게 다행인지, 불행인지 모르겠다."

"어머이, 촌에 있으모 고상이지예. 여는 한 달 되모 방세가 딱딱 들어온다 아입미꺼."

"재일이 옴마야, 니 말도 맞는데 이기 사람 사는기가. 니 말대로 고상은 하나도 안 한다. 그란데 하루 종일 내가 여서 뭐 하고 있는지 아나? 노인들이 모이는 데 가 본게 전시네 술판 아니모 노름판인데 몇 번 갔더마는 더척이 없어서 인자 그도 안 간다."

"밑에 쌀가게 하는 고모도 계시는데 고모집에 놀러도 가고 하지예?"

"아이고, 말도 마라. 강 서방은 자잔구로 배달 댕기고 지미는 봉지 쌀 판다고 정신없다."

"어머이, 갑갑하모 장포는 아이지만 우리 집에 내려오시소."

"내 정신 봐라. 얼라 배고프것다. 어서 밥할꾸마. 말숙이 왔는디 돼지고깃국 끼리 주야것다."

"어머이, 지가 할께예."

"얼런없다이. 니는 우리 집 손님인기라. 가만있거라. 후딱 가서 괴기 사 올꾸마."

할머니는 성호동 철길 옆에 있는 작은 난장에서 여러 가지 반찬을 사고 있었다. 철길 건널 목전에 작은 골목은 예전에는 산이었던 곳에 이제는 산꼭대기까지 빽빽이 주택이 들어서 있어서 자연스럽게 시장이 형성되었다. 할머니는 항상 그곳을 찾았다. 매일같이 다른 사람들과 어울리며 기분 좋게 시장을 보고, 고소한 향기를 맡으며 걷는 길이었다.

오늘도 할머니는 부지런히 반찬을 고르고 있었다.

'김치, 된장, 나물들은 촌에서 마이 무웠을끼고. 바다에서 나는 것을 해 주어야것다.'

"아지매, 파래 얼마인기요?"

"한 뭉태기 오백 원입미더."

"무시라, 와 이리 비싸노? 파래하고 돌미역 좀 낑가 주이소. 그라모 살꾸마."

"아이고, 할매. 이거 팔아서 울매 남는다고."

"그라모 다른 데 가서 살란다. 엉가이 받고 좀 더 주소."

"파래하고 돌미역 낑가 줄께예. 미더덕, 멍게도 좀 사이소."

"파래하고 돌미역은 끝물인데."

요즈음 3월이면 미역과 파래는 생산이 되지 않지만 자연산이라 3월까지는 채취가 가능했다.

"미더덕 싱싱해예?"

"하모예. 아까 전에 다 팔고 새로 잡아왔다 아입미꺼."

"멍게하고 미더덕도 좀 주이소."

그리고 고기의 향기를 맡으며, 할머니는 한참을 고민했다.

'말숙이 이아는 마른 멸치 맹구로 저리 빼빼해서 고기 좀 미이야것다.'

그리곤 식육점에 들러 돼지고기 반 근을 샀다. 기름이 조금 있는 부분을 골라내는 데 시간이 걸렸지만, 할머니는 늘 신중하게 고르셨다. 할머니는 만족스러운 미소를 지으며 돼지고기 반 근을 들고 집으로 향했다.

"어머이 욕봤지예?"

말숙이 엄마도 함께 부엌에서 움직이며 식사 준비를 같이 하고 있다. 할머니 돼지고기를 손질하고, 반찬을 하나하나 정리했다.

"파래도 무치고 돌미역도 쩌라 봐라."

할머니는 능숙하게 손을 놀리며 반찬을 만들어 갔다.

"할매, 괴기 냄새가 직인다. 정말 맛있어 보인다!"

"말숙아, 마이 지달릿제. 쬐매만 더 있거라이."

저녁 식사는 금세 준비되었다. 할머니의 손끝에서 나온 정성 가득한 밥상은, 무엇보다도 그들의 마음을 풍요롭게 했다. 소소한 대화가 오고 가며 웃음소리가 들려왔다.

말숙이는 그날 저녁, 오랜만에 고기를 먹었다. 한 해에 한두 번밖에 먹지 못하는 고기와 함께 해산물까지 곁들여 먹어서 너무 좋았다.

하지만 그녀가 그렇게 한꺼번에 많은 양을 먹은 것이 문제였다. 평소에는 고기나 해산물을 자주 먹지 않았기에, 몸이 그 맛에 익숙하지 않았던 것이다.

저녁을 먹은 후, 몇 시간이 지나지 않아 말숙이는 속이 불편해졌다. 처음엔 그저 조금 무겁고 부풀어 오른 느낌이었지만, 곧 그 불편함이 극에 달했다. 배가 아파 오기 시작했고, 점점 심해졌다. 그녀는 한동안 그저 눕고 싶었지만, 몸을 제대로 가누지 못할 정도로 배가 아팠다. 급기야

속이 쓰려 오고, 온몸이 떨리기까지 했다.

말숙은 화장실을 벌써 몇 번째 왔다 갔다 했는지 모른다. 말숙이 엄마와 할머니는 밤새 잠 한숨 자지 못하고 뜬눈으로 밤을 새어야 했다.

아무리 도시라도 1970년대에 밤에 사람이 아프면 꼼짝 없이 아침까지 기다리는 수밖에 없었다.

아침이 되어 할머니는 약국으로 달려가,

"보소. 문 좀 열어 주이소."

셔터 문을 사정없이 두드린다. 약사는 허겁지겁 문을 열고,

"무슨 일입미꺼?"

"8살 먹은 얼라가 배탈이 났어예. 약 좀 빨리 주이소."

약사는 할머니에게 증상을 듣고 검정 약, 노란 약 가루약을 종이에 싸서 준다.

"하루 세 번 얼라 미이소."

"고맙습미더."

할머니는 약을 들고 집으로 달려가 말숙이한데 약을 먹인다.

다행인지 불행인지 마산서 배탈 나서 약이라도 챙겨 먹을 수 있었다. 만약 독산서 배탈 났다면 염소 똥이나 토끼 똥을 설사 약이라고 먹었을 것이다.

고기를 많이 먹지 못하던 시절, 그들에게 고깃국 한 그릇은 그야말로 특별한 대접이었다. 말숙이처럼 어린아이나 면역력이 약한 사람들에게 몸보신용의 고깃국을 먹였다. 아침부터 땀을 흘리며 끓여 낸 고깃국. 국물은 진하고 기름이 둥둥 떠 있었으며, 그 맛은 그 어떤 요리와도 비교할

수 없었다.

　시골 사람들 대부분은 고기를 자주 먹지 못했다. 농사와 가축을 키우며 겨우 살던 시절, 고깃국 한 그릇은 그저 축복과도 같았다.

　하지만 고깃국을 한 숟가락 떠먹을 때마다 느껴지는 그 기름의 풍미는 동시에 사람들을 걱정스럽게 만들었다.

　'오늘 저녁, 혹시 설사하지 않을까?'

　하는 불안감이 스며들었다. 그날 저녁, 어쩌면 아무렇지도 않을 수도 있었지만, 대개 그런 날은 기름진 국물 덕분에 결국 저녁에는 헛간에서 시간을 보내게 된다.

　그렇지만 사람들은 웃으며 그 상황을 받아들였다. 어머니의 손맛을, 아버지의 정성을 아는 사람들에게 그런 작은 고통은 감내할 수 있는 일이었다. 그 고깃국을 먹고 설사를 하면서도 그들은 행복했다.

　기름이 끼고 속이 울렁거리며, 마치 시간이 멈춘 듯 배를 움켜잡고 앉아 있을 때면, 그때 그 고깃국이 준 따뜻한 기억들이 떠오르곤 했다.

　그 고깃국은 단순히 먹는 음식이 아니었다. 그것은 한 가정의 사랑과 그 시절의 삶의 흔적, 그리고 모두가 함께 나누는 희망의 끈이었다.

　설사나 기름의 끼임 따위는 그들에게 중요한 문제가 아니었다. 그날 저녁, 고깃국 한 그릇은 언제나 그들을 웃게 만들었고, 그들의 삶을 더욱 풍성하게 만들어 주었다.

　말숙의 배탈로 마산 나들이는 재미는커녕 고생만 하고 내려왔다.

82. 말숙이 짝꿍 봉헌이

봉헌은 이물이에 살고 있다. 아침이면 가방을 둘러메고 서둘러 집을 나섰다. 그의 목적지는 독산, 말숙이네 집 근처였다.

매일같이 말숙이와 함께 학교에 가기 위해서 집 근처에서 서성이고 있다. 하지만 말숙이는 4학년 오빠와 함께 학교에 가고 있다.

봉헌은 혹시나 말숙이가 오늘은 혼자 나올까 기대하면서. 그러나 늘 그렇듯 말숙이는 오빠와 함께 나왔다. 그녀는 봉헌을 힐끗 바라보았지만, 별다른 말 없이 오빠의 뒤를 따랐다.

봉헌은 그런 말숙이의 뒤를 조용히 따랐다. 말숙이가 그의 짝꿍이었지만, 학교 가는 길에서는 함께 걸을 수 없는 사이였다.

"말숙이! 저아 누고? 와 자꾸 우리 따라 오노?"
"오빠야, 내 짝지인데 내하고 같이 갈라꼬 그라는갑다."
"그라모 이리 오이라 캐라. 뒤에서 따라오지 말고."
"고마 지 알아서 하구로. 나 나라."

봉헌이는 뒤를 돌아보는 말숙이와 눈이 마주치니 걸음을 멈추고 시선을 다른 곳으로 본다.

같이 걸어가지 않아도 봉헌은 개의치 않았다. 그저 그녀와 같은 방향으로 걸을 수 있다는 사실만으로도 충분했다.

학교에 도착할 때까지 봉헌은 한 걸음 뒤에서 말숙이를 따라갔다. 그리고 교문을 들어서는 순간, 마치 아무 일도 없었던 듯 자연스럽게 그녀 옆으로 다가가 말을 걸었다.

"어머니, 아버지 백 번 쓰오라는 숙제 했나?"

말숙이는 빙긋 웃으며 대답했다.

"글 모르는 너거는 해야 하겠지만, 나는 그런 거 시시해서 안한다."

"선상님이 회초리로 손바닥 때릴 낀데?"

"니는 마이 맞아 봤제? 아프더나, 빙시야. 선상님 시키는 대로 숙제 좀 해 가라."

"그란데 니는 와 선상님이 안 때리는데?"

"나는 이쁘다 아이가. 니 그것도 모리나?"

말숙은 사실 초등학교 들어가기 전 한글을 다 배우고 갔다. 그래서 어려운 받침을 빼고는 대부분 한글을 읽고 쓸 수 있었다.

그러니 선생님이 글을 아는 말숙이를 당연히 좋아한다.

"내는 집에 가모 소 미로 둑방에 가야 한다. 소 미고 오모 소죽 솥에 불 때야 하고 그라모 저녁 묵고 나고 호롱불 켜고 숙제 해야 하는데 잠이 억수로 온다."

"그라모 니는 고마 한 대 맞는기 좋것다. 그리 일을 마이 해가 얼라 잡것다."

"맞제. 고마 한 대 뚜디리 맞고 잠 좀 자는 게 낫다."

"올도 니 손바닥 맞것네?"

"맨날 천날 맞다가 볼일 다 본다."

"그라모 내일부터 내가 대신 숙제해 줄꾸마."

"참말가?"

"아이다. 고마 한 대 맞는 기 낫다. 나중애 들키모 니도 뚜디리 맞는다."

봉헌은 자기 때문에 말숙이가 맞을까 봐 걱정하고 있다 차라리 자신이 한 대 더 맞는 게 낫지 자기 때문에 말숙이가 맞는 것은 자신의 마음이 더 아플 것 같았다.

"학교 올 때 와 졸짜 맨구로 내 뒤에 따라오노?"

"니 따라간 적 없다. 나도 학교 간다 아이가."

"니 공갈치면 궁디 터레기 난다이."

"맞다, 보여 줄까?"

"알것다, 우리 오빠야하고 같이 간깨 니 내한데 못 오재?"

"그 형님 무섭다이."

"뭐가. 우리 오빠야 울메나 순디데."

"그래도 내보다 키도 크고 어른 같아서…."

말숙과 봉헌이는 비슷한 동네에서 자라면서 자연스럽게 친구가 되었다. 학교 갈 때는 말숙이가 오빠와 함께 갔지만, 4학년인 말숙이 오빠가 늦게 마쳐 돌아오는 길에는 둘은 늘 함께였다.

어느 날이었다. 가을바람이 교실 창문 틈으로 솔솔 들어오던 날, 봉헌이는 장난 삼아 말했다.

"말숙아, 나 니 좋아하는 것 같다이."

말숙이는 눈을 동그랗게 뜨고 고개를 갸웃했다.

"좋아한다는 게 무슨 말이고. 그라모 서로 결혼해야 되는기가?"

봉헌이는 한참을 고민하다가 대답했다.

"그냥… 집에 가도 자꾸 니 생각이 난다. 그라고 니하고 같이 있고 싶다이."

말숙이는 정색을 하며

"머슴마가 뭐라꼬 씨불리노. 니 오빠야한데 일러 바친다이."

"아이다. 말숙아, 취소다, 취소!"

"아이고야, 별꼬라지를 다 보것네. 니 씰 때 없는 소리 할라카모 선상님한데 자리 바까 도라 한다이. 그라고 학교 갈 때도 따라오지 말고 갈 때도 니는 멀리 떨어저 가라이 알것나."

봉헌이는 쥐구멍에 들어가는 소리로

"알것다. 언자 그런 말 안 할꾸마."

봉헌이는 속으로

'아이고, 십급했다이.'

봉헌이는 지금의 감정이 그게 정확히 무슨 감정인지 설명할 수는 없었지만, 마치 도토리를 찾아서 꼭꼭 숨기는 다람쥐처럼 말숙과의 순간을 소중하게 간직하고 싶었다.

학교에서의 하루는 언제나 비슷하게 흘러갔다. 아침에 종이 울리면 줄을 맞춰 교실로 들어가고, 담임 선생님의 말씀을 들은 후 수업이 시작되었다.

봉헌이는 수업이 시작되면 선생님의 말이 수면제처럼 언제나 꾸벅꾸벅 졸고 있었다. 말숙이는 창밖을 바라보거나 종종 선생님의 질문에 활발하게 대답하곤 했다.

쉬는 시간이 되면 아이들은 운동장으로 몰려 나갔다. 봉헌이는 보통 운동장 한쪽에서 딱지를 접거나 구슬을 손으로 굴리며 놀았고, 말숙이는 고무줄놀이를 하거나 아이들과 술래잡기를 하며 뛰어다녔다.

그러다 말숙이가 봉헌이에게 다가와 "같이 놀자!" 하고 손을 잡아끌면, 그는 마지못해 따라나서곤 했다.

그렇게 소꿉친구처럼 붙어 다니던 어느 날, 석무장이 서는 날이었다. 국민학교가 끝나자 말숙이는 봉헌이에게

"우리 장에 가자!"

"소 미로 집에 빨리 가야 되는데…. 안 그라모 움마가 멀컨다."

"쪼매만 귀경하고 가자. 니 도나스 사 주꾸마."

"뭐… 그기 뭔데?"

"안 무 봤는가베. 억수로 맛있다."

봉헌이는 기죽은 목소리로

"나 돈 없다."

"걱정 마라. 이십 원 있다. 실컷 무도 된다."

두 아이는 집으로 향하는 길을 살짝 벗어나 장터로 발길을 돌렸다.

장터는 활기찼다. 여러 가지 파는 노점이 즐비했다. 생선을 파는 아저씨, 신기한 물건을 늘어놓은 좌판이 빼곡히 들어차 있었다. 말숙이는 사탕을 사서 봉헌이에게 반을 나누어 주었다. 그리고 눈을 반짝이며 말했다.

"우리도 저기 가 보자!"

그녀가 손가락으로 가리킨 곳은 작은 뽑기 가게였다. 주머니 속에서

동전을 만지작거리다 뽑기 하나를 집어 들었다.

종이를 살살 벗기자, 작은 별 모양이 보였다. 주인아저씨가 활짝 웃으며 작은 딱지를 하나 내밀었다.

"축하한다! 이건 특별한 때기다이."

말숙이는 박수를 치며 봉헌이를 축하해 주었다. 그날 이후로 봉헌이는 말숙이 덕분에 더 많은 놀이를 접하게 되었다.

그렇게 두 아이의 국민학교 시절은 장날처럼 소란스럽고도 따스하게 흘러가고 있었다.

83. 2학년 말숙

말숙은 국민학교 2학년이 되었다. 작년까지만 해도 오빠가 학교를 데리고 가는 아이였지만, 이제는 씩씩하게 혼자 등교할 줄도 알고, 받아쓰기 시험에서 항상 높은 점수를 받을 만큼 똑똑해졌다. 선생님은 칭찬을 아끼지 않았고, 친구들도 말숙이의 똑 부러지는 모습을 좋아했다.

말숙이는 학교에 가기 전 엄마가 집에서 가르쳐 준 덕분에 책을 읽는 것도 좋아했고, 글씨를 쓰는 것도 즐거워했다.

그래서 학교 수업도 어렵지 않았고, 선생님이 내주는 숙제도 척척 해냈다.

집에서는 늦둥이 막내였기에 온 가족의 사랑을 독차지했다. 오빠와 언니들은 말숙을 귀여워하며 갖고 싶은 것이 있으면 사 주었고, 부모님도 작은 일이라도 말숙의 의견을 물어보곤 했다.

이물리의 봉헌이는 2학년이 되면서 말숙과 다른 반이 되었다. 말숙이는 여전히 학교생활이 즐거웠지만, 봉헌이와 나누었던 친밀한 순간들이 사라지는 것이 아쉬웠다.

봉헌이 역시 마찬가지였다. 비록 같은 반은 아니었지만, 그는 말숙과 여전히 함께 학교에 가고 싶었다. 다행히도 말숙이의 오빠가 5학년이 되어 이제는 친구들과 함께 학교에 가게 되어서 말숙이는 더 이상 오빠와 함께 학교에 가지 않았고, 그 덕분에 봉헌이는 말숙이 집 앞에서 기다려 함께 학교에 갈 수 있게 되었다.

아침이면 봉헌이는 말숙이네 집 근처 골목에서 기다렸다. 문을 열고 나오는 순간, 봉헌이는 반갑게 손을 흔들었다.

"니 자꾸 우리 집 앞에 있으모 우짜노. 다른 아들이 니하고 사귄다고 소문내모 우짤라 쿠노?"

봉헌은 말숙의 눈을 피하며

"괴안타. 내가 니 뒤에 멀리서 따라갈꾸마."

"옆에 붙지 마래이. 봉숙이하고 성자, 정자 그런 가서나들이 자꾸 물어본다이."

"알것다. 멀리 떨어지가 갈꾸마."

아직은 유교 봉건 사회의 잔재가 남아 있어서 남녀 간은 서로 붙어 있는 것조차도 용납되지 않았던 시대였다.

그래서 봉헌이는 항상 백 미터 떨어져 걸어가고 있었다. 학교를 같이 가고 있는 정자가

"저 머슴마는 동네 친구도 없나. 와 자꾸 우리 뒤에 따라 오노?"

말숙이는

"정자 니 좋아하는가베. 니 뒤에만 따라 당기고. 니 짝지 아이가?"

"가서나, 못 하는 말도 없네. 우리 옴마 알모 매타작 된다이."

"봉헌이 머슴마 저거 친구들보다 우리가 좋은갑다, 그자?"

"고무줄 할 때 같이 하자 쿠까?"

"호호호."

아이들은 한바탕 소리 내어 웃는다.

봉헌이는 여자아이들이 자기를 쳐다보며 이야기를 하고 웃어서 자기를 칭찬하는 줄 알고 입가에 미소를 짓는다.

학교에 도착하면 봉헌과 말숙은 각자의 반으로 흩어졌지만, 쉬는 시간에는 우연을 가장해 복도에서 마주쳤다.

그러나 그냥 서로 쳐다만 보고 각자의 교실로 들어가는 것이 전부였다. 봉헌은 어떻게 해서든 같이 있는 시간을 만들어 보려고 해도 같은 반이 아니라서 만나기 어려웠다.

학교를 마치고 집으로 십 리 길을 걸어 갈 때도 다른 친구들이 같이 가서 함께 걸어가는 것이 어려웠다.

"봉헌아, 니 독산에 와 자꾸 가는데?"

같은 동네 친구들이 봉헌에게 물어본다.

"움마 심부름으로 고모 집에 간다 아이가."

"만날 심부름하모 니 귀찮것네."

"그래도 움마 말 잘 들어야지. 나는 괴안타."

봉헌이 동네 친구들도 말숙이 집에 가는 것을 몰랐다. 봉헌은 언젠가는 말숙과 함께 할 시간이 있을 것이라 생각하며 말숙이 주위를 맴돌고 있다.

어느 날, 선생님이 '지구는 둥글다'라는 선생님의 말씀을 듣고 한참을 생각하다가 손을 번쩍 들었다.

"그라모 우리가 걸어가는 땅도 둥근 긴가예? 와 평평해 보이는데예?"

교실 안이 순간 조용해졌다.

친구들은 말숙이를 쳐다보며 그녀의 질문을 곱씹었다. 선생님은 부드럽게 미소를 지으며 말숙이의 눈을 바라보았다.

"말숙아. 자, 다 같이 창문을 한번 볼까?"

아이들은 창문 쪽으로 고개를 돌렸다. 푸른 하늘 아래 뻗은 운동장이 눈에 들어왔다. 선생님은 손바닥을 펴서 책상 위에 올려놓았다.

"이 손바닥을 땅이라고 생각해 보자. 우리가 아주 가까이에서 보면 이 손바닥은 평평해 보이겠지? 하지만 만약 우리가 저 멀리 위로 날아올라서 이 손바닥을 내려다본다면 어떨까?"

"높은 데서 보모 작게 보일 낀데예?"

아이들은 고개를 갸웃거렸다. 선생님은 걸음을 옮겨 칠판 앞으로 가더니, 분필을 들어 커다란 원을 그렸다.

"이게 바로 지구야. 우리가 살고 있는 곳이지. 지구는 아주아주 크기 때문에 우리가 가까이에서 보면 마치 평평한 것처럼 보일 수밖에 없다이. 마치 개미가 커다란 공 위를 기어 다닐 때, 공이 둥글다는 걸 모르는 것처럼 말이야."

말숙이는 눈을 반짝이며 다시 물었다.

"그라모, 진짜로 지구가 둥글다는 걸 어떻게 알 수 있는데예?"

"바다를 본 적 있나? 아주 멀리 있는 배를 보면, 처음엔 배의 꼭대기 부분만 보이다가 점점 가까이 오면서 배 전체가 보이게 되지. 그건 배가 둥근 지구를 따라 움직이기 때문이야. 그리고 옛날 뱃사람들도 먼 바다를 여행하며 지구가 둥글다는 걸 알게 되었지."

"선상님 우리 동네에는 강뿌이 없는데예. 바다는 한 번도 못 보았습미더."

선생님은 난감하다. 아직 텔레비전이 없는 시대라 더 이상 설명이 곤란해진다. 실제로 바다를 보려면 마산을 가야 볼 수 있는데 마산 앞바다는 동해안처럼 넓은 바다가 아니라서 배를 관찰하여 지구가 둥글다는 것을 증명할 수 있는 곳도 아니었다.

대부분의 아이들은 선생님이 무슨 말을 하고 있는지 이해를 하지 못했으나, 말숙이는 입을 삐죽 내밀고 한참을 생각하더니 다시 손을 번쩍 들었다.

"그라모, 지구가 동그란 하모 우리도 계속 걸어가면 언젠가는 같은 자리로 돌아오겠네예?"

선생님은 빙긋 웃으며 말했다.

"그렇지, 아주 먼 길을 걸어간다면 결국 원래 자리로 돌아올 거야. 그것이 바로 둥근 지구의 신비란다."

그날 이후, 말숙이는 하늘을 올려다보며 지구의 둥근 모습을 상상하곤 했다. 평범한 길도, 익숙한 교실도, 사실은 커다란 둥근 지구 위에 놓여 있다는 사실이 마냥 신기하게만 느껴졌다.

봉헌은 석무에 있는 약방으로 심부름을 가게 되었다. 아버지가 감기에 걸려 몸져누우셨고, 어머니는 집안일에 바빠 봉헌에게 약을 사 오라고 하셨다. 봉헌은 마지못해 심부름 길에 나섰지만, 가는 길에 무언가 설레는 기분이 들었다.

약방이 있는 석무에 들어설 무렵, 봉헌은 오토바이센터 앞에서 놀고 있는 말숙이를 발견했다. 그녀는 재일 오빠의 오토바이센터 앞에서 친구들과 웃으며 장난을 치고 있었다.

봉헌의 발걸음이 갑자기 느려졌다. 마치 시간이 멈춘 것처럼, 그의 눈은 오직 말숙이에게만 고정되었다.

그녀가 머리를 쓸어넘기며 웃는 모습에 봉헌의 가슴이 쿵쾅거리기 시작했다. 순간 그는 심부름은 잊고, 그녀에게 다가가 말을 걸고 싶은 충동을 느꼈다. 하지만 막상 다가가려니 다리가 움직이지 않았다. 바보처럼 서 있기만 했다.

그때 말숙이가 봉헌을 발견했다. 그녀는 환한 미소를 지으며 손을 흔들었다.

"봉헌아, 니 어디 가노?"

그 순간 봉헌의 얼굴이 화끈 달아올랐다. 아무렇지도 않은 척하며 헛기침을 한 뒤, 애써 담담한 목소리로 대답했다.

"어… 아버지 감기 약 사러 가안다."

말숙이는 고개를 끄덕이며 말했다.

"맞나, 내하고 이바구 좀 할래?"

봉헌은 순간 멍해졌다. 심부름을 가야 한다는 사실은 희미하게 사라지고, 그의 가슴은 더 세차게 뛰었다. 말숙이와 함께 시간을 보낼 수 있다는 생각만으로도 그의 하루는 이미 특별해지고 있었다.

"니 있다 아이가. 반갱일 날 뭐 할끼고?"

"벼, 별로 할 일 없는데."

"그라모 니 우리 집서 숙제 할래? 오빠는 놀러 가고 우리 옴마도 가야장에 가고 없다."

봉헌은 대답을 하지 못하고 한참 동안 가만히 서 있다.

"와, 니 오기 싫나?"

"아이다, 가꾸마. 너무 가악중에 니가 그리쿤깨 그라지."

"그라모 학교 마치고 반갱일날 집에서 밥 묵고 우리 집으로 오이라."

봉헌은 그날부터 토요일만 기다리고 있었다.

84. 한글 배우기

　토요일, 봉헌이 말숙이 집에 숙제하러 가기로 한 날이다. 하지만 그냥 갈 수는 없었다. 함께 먹을 간식거리를 준비하고 싶었다.
　'뭐 가져가면 말숙이가 좋아하것노?'
　그는 부엌을 둘러보며 찬장 안에 먹을 만한 것이 있는지 찾기 시작했다. 하지만 집안에는 간식거리가 있을 리 만무하다.
　그 당시는 사탕도 아주 특별한 날 장에 간 어머니가 선심 쓰듯 사 와야만 하나 먹을 수 있었던 시대였다. 봉헌은 혹시나 고구마 삶은 거라도 있나 싶어서 찬장을 뒤지고 있다.
　잠시 고민하던 봉헌은 솥에 고구마와 땅콩을 삶아 가야겠다고 생각한다. 말숙이도 좋아할 거라는 생각이 들었다.
　그는 뒷마당 창고로 가서 고구마와 땅콩을 찾았다. 다행히도 조금 남아 있어 얼른 그것들을 한 소쿠리 집어 들었다. 부엌으로 돌아와 솥에 물을 붓고 불을 지폈다.
　그때는 초등학교 2학년이면 어느 정도 집안일을 다 해야만 했다. 그래서 불을 지피는 일이나 밭에 가서 밭일을 하는 것들은 대부분 할 수가 있었다.
　고구마와 땅콩을 넣고 뚜껑을 덮고 불을 지피니, 곧 따뜻한 김이 모락

모락 피어오르기 시작했다. 달콤한 고구마 향과 고소한 땅콩 향이 부엌을 가득 채웠다.

봉헌은 간식을 준비하는 동안 말숙이가 좋아할 모습을 상상하며 흐뭇한 미소를 지었다

그러나 고구마를 얼마 동안 삶아야 하는지를 몰랐다. 봉헌은 아궁이에 계속 나무를 집어넣고 있었고 엄청난 김이 나고 난 뒤 갑자기 솥에서 탄 냄새가 나기 시작한다.

'아이고야! 좆 된다. 타빗타. 아씨, 우짜노?'

얼른 솥뚜껑을 열어 보니 다행히 제일 아래쪽의 고구마만 타고 나머지는 한 소꾸리를 넣어서 중간 부분에 있는 것은 괜찮았다.

탄 것은 엄마가 오기 전에 거름에 버리고 괜찮은 것만 골라서 담아서 바구니를 들고 말숙이네 집으로 향했다.

말숙이 집에 도착하자, 그녀는 숙제를 펼쳐 놓고 있었지만 봉헌이 들고 온 바구니를 보며 눈을 반짝였다.

"이기 다 뭐꼬?"

"집에 있는 거 좀 갖고 왔다. 니 싫어하지는 않체."

"싫어하기는 내 땅콩 좋아한다이. 그라고 고메도 자주 안 무서 무 본 깨 맛있데."

그 시절 아이들은 점심을 밥 대신 고구마로 때우는 아이들이 많아서 대부분의 아이들은 어른이 된 뒤에도 고구마만 보면 옛날 배고픈 시절이 생각나 먹지 않는 사람들이 많았지만, 말숙이는 부유하다 보니 밥 먹고 출출할 때 먹는 간식으로도 잘 먹지 않는 것이 고구마나 땅콩이었다.

말숙이는 기쁜 듯 웃으며 한입 베어 물었다.

"와, 달다!"

말숙은 봉헌이가 맛이 없다고 하면 상처 받을까 봐 일부러 맛이 있는 척했다.

"맞나, 맛있제? 있다 아이가 이거 내가 솥에 불 때가 삶아 왔다 아이가."

"맞나, 참말로 니가 끼리 왔나. 니 대단하네. 우짠지 따시더라."

"아이다, 니가 배가 고픈가 싶어가… 식는다. 따땃할 때 페내기 무라."

"니 욕봤네."

봉헌은 말숙이가 칭찬하는 소리에 기분이 좋아 입가에는 미소를 보이고 기분은 하늘을 날아가는 것 같았다.

말숙은 땅콩을 하나 까서 입에 넣으며 미소를 지었다.

"땅콩은 뽐았거 맨구로 억시로 꼬시내. 우찌 삶았는데 물기도 하나 없이 이리 맛싯노?"

"물로 넣어가 불을 때서 쫄았뻔다 아이가."

"니는 그런 거를 오대서 배앗노? 대단타."

"배아기는 우짜다 본깨 이리 된기지."

봉헌은 말숙의 칭찬으로 한층 고무되었다. 그가 요식업을 평생업으로 살아가게 된 것도 그때 말숙이의 칭찬으로부터 시작되었다.

봉헌이는 작은 책상을 말숙이와 마주한 채 멍하니 앉아 있었다. 손에는 연필을 쥐고 있었지만, 공책 위에는 단 한 글자도 적히지 않았다.

"니 숙제 안 하고 뭐 하노?"

"……."

말숙이의 다그치는 목소리가 방 안을 가득 채웠다. 봉헌이는 움찔했지만 아무 말도 하지 않았다. 사실 봉헌은 숙제가 무엇인지조차 몰랐다. 한글을 제대로 익히지 못한 그는 선생님이 내어 준 숙제를 이해하지 못했다.

"너거 반아가 그라는데 국어 책 쓰기 하고 산수도 더하기 빼기 해 보라 캤는데, 니 선상님이 칠판에 쓸 때 안 쓰고 뭐 했더노?"

"……."

말숙이는 두 팔을 허리에 올리고는 눈을 부라렸다. 봉헌이는 고개를 푹 숙였다. 칠판에 적힌 글자들은 그에게 그저 기이한 기호에 불과했다.

선생님의 말을 이해하려 애썼지만, 결국 따라 적을 수 없었다. 봉헌은 이 자리에 붙박인 듯 꼼짝도 하지 못하고 있었다.

말숙이는 한숨을 내쉬며 봉헌의 공책을 들여다보았다. 빈 페이지가 쓸쓸하게 그녀를 맞이했다. 그녀는 한동안 아무 말도 하지 않다가, 천천히 연필을 들어 봉헌이의 손을 잡아 주었다.

"자, 내가 갈차 줄 낀께 같이 해 보자. 지금부터 살살 하모 된다."

"……."

"한글 그거 별거 아이다. 한글을 알아야 후제 뭐를 해도 할 거 아이가?"

봉헌은 아무 말도 하지 못하고 고개를 숙이고 있다.

"하기사 너거 선생님이 잘못 가르치 주더라. 얼라들이 처음 배우는데 무조건 때리모 우짜노."

봉헌이는 조심스레 고개를 들었다.

"봉헌아! 내가 니 가리치 주꾸마. 니 1학년 책 있제? 아이다, 내 거 깨끗한 게 내 것 찾아볼꾸마."

"아이다, 내 책도 깔끗다. 뭐 알아야 황칠을 하지."

"그래도 니 집에 갔다가 올라 쿠모 시간 마이 걸린다. 내 책 찾아볼꾸마."

말숙은 1학년 교과서를 창고에서 가지고 나왔다.

그리고 본격적으로 한글을 가르치기 시작했다. 그녀는 한글을 가르칠 때 늘 차분하고 인내심이 많았다.

봉헌은 처음에는 글자를 보는 것만으로도 머리가 아파했다. 선생님이 칠판에 적으며 설명할 때는 그저 낯설고 어려운 기호처럼 보였다. 하지만 말숙이 가르쳐 줄 때는 이상하게도 머릿속에 쏙쏙 들어왔다.

"자, 봉헌아. 이건 'ㄱ'이야. 혀끝을 살짝 들어서 소리를 내면 '그' 소리가 나제?"

봉헌은 따라 해 보았다.

"그."

말숙은 고개를 끄덕이며 활짝 웃었다.

"맞다. 그라모 이거는 뭐꼬?"

말숙이 'ㄴ'을 손가락으로 가리켰다.

봉헌은 눈을 찡그리며 입을 열었다.

"ㄴ… 느?"

"그래, 아주 잘했다이! 이제 이 두 개를 합치면 '근' 소리가 나제?"

봉헌은 신기하다는 듯 눈을 반짝였다

"진짜네? 우와, 얄궂다!"

그렇게 하나둘 배우기 시작하니, 봉헌은 글자가 단순한 기호가 아니라 소리를 담고 있다는 것을 깨달았다.

글자들이 어떻게 조합되어 소리가 되는지 이해하는 순간, 그의 얼굴에는 환한 미소가 번졌다. 이제껏 선생님이 설명할 때는 도무지 감이 잡히지 않았는데, 말숙이 옆에서 하나하나 가르쳐 주니 그 원리가 쉽게 느껴졌다.

말숙은 봉헌이 한 글자씩 읽어 나가는 모습을 흐뭇하게 바라보았다.

"우리 봉헌이, 한글 배우는 재미가 생긴가베?"

봉헌은 고개를 힘차게 끄덕였다.

"응! 나도 이제 글 읽을 수 있을 것 같다이!"

말숙은 그런 봉헌의 머리를 쓰다듬으며 속삭였다.

"우리, 천천히 하나씩 해 보자. 곧 책도 읽을 수 있을 끼다."

봉헌은 마음이 두근거렸다. 그동안 자신과는 먼 세상이라 생각했던 글자가 이제는 조금씩 자신의 것이 되어 가고 있었다.

"말숙아, 다음 반갱일도 내 좀 가르치 도라."

"머슴마가 공짜가 오데 있노. 공짜 좋아 하모 니 나중에 나이 들모 대가리 벗겨진다이."

"알것다. 내가 니 해도라는 거 다 해 주꾸마."

"니 입 박치기 해 봤나."

"입 박치기? 그기 뭔데?"

"니 그것도 모리나. 코쟁이들이 하는 거 있다. 모리모 된다마 알것다."

봉헌이는 말숙이가 무슨 말을 하는지 도저히 이해가 되지 않는다.

"다음 반갱일 때 보자. 니한데 바라는 거 없다."

"와, 니 삐낏나."

"아이다, 공부하자. 니 숙제는 하지 마라. 어차피 글도 모르는데 가서 손바닥 맞아라."
　봉헌은 기죽은 소리로
"…알것다."

　말숙이는 자신이 누군가를 가르칠 수 있다는 생각을 한 번도 해 본 적이 없었다. 그녀에게 가르침이란, 교사나 전문가들만이 할 수 있는 영역이라 여겨졌고, 자신은 늘 배우는 입장이 익숙했다. 그러나 봉헌이를 가르치게 되면서, 그녀는 예상치 못한 감정을 경험하게 되었다.
　처음 봉헌이가 그녀에게 찾아왔을 때, 그는 몹시 난감해하며 자신이 해야 할 과제에 대해 설명했다. 말숙이는 잠시 망설였지만, 차근차근 개념을 설명하기 시작했다. 처음엔 서툴렀다. 봉헌이의 표정을 살피며 이해했는지를 확인해야 했고, 자신의 말이 너무 어려운 것은 아닌지 조심스러웠다. 하지만 시간이 흐르며 그녀는 점점 자연스럽게 설명을 이어갔고, 봉헌이 역시 차츰 이해하는 기색을 보였다.
　봉헌이가 문제를 해결하고 환하게 웃는 모습을 보았을 때, 말숙이는 묘한 뿌듯함을 느꼈다.
　'남을 가르친다는 것이 이렇게 보람찬 일일 줄이야!'
　그녀는 봉헌이의 눈빛에서 자신이 누군가에게 도움이 될 수 있다는 사실을 깨달았다.
　단순히 아는 것을 전달하는 것이 아니라, 상대의 이해를 돕고 성장하는 모습을 지켜보는 일에 큰 기쁨이 따랐다.
　그날 이후, 말숙이는 자신이 가르치는 일에 적성이 맞을지도 모른다는 생각을 하기 시작했다. 단순히 봉헌이를 돕는 것이 아니라, 더 많은 사람들에게 도움을 줄 수 있는 방법을 고민하게 되었다. 가르치는 일은 단순한 지식 전달이 아니라, 누군가의 가능성을 키워 주는 일이라는 사실을 깨닫게 된 순간이었다.

   그녀는 성장 후에 선생님이 된다.

85. 말숙이 소풍 준비

말숙이는 아침부터 마음이 설렜다. 소풍날이 코앞으로 다가왔기 때문이다. 그녀는 벌써 일주일 전부터 이번 소풍에 무엇을 준비할지 고민해 왔다.

1학년 때의 소풍은 어머니가 준비해 준 도시락 가방을 들고 갔다. 어머니가 싸준 작은 도시락의 밥과 계란 삶은 것, 떫은 감을 소금과 함께 넣어 단지에 삭힌 것 등 가지고 갔다. 그러나 친구들과 나눠 먹을 때, 대부분의 아이들 도시락이 비슷비슷한 걸 깨닫고는 조금 시무룩해졌었다.

2학년이 된 말숙이는 달랐다. 그녀는 이번에는 색다른 도시락을 준비하고 싶었다. 어머니의 도움을 받지 않고, 스스로 계획하고 만들어 보는 것이다. 그녀는 일주일 전부터 어떤 음식을 준비할지 고민했다.

학교 가는 길에 여전히 봉헌이는 말숙이 집 앞으로 왔다.

"봉헌아! 너거 집에 땅콩 심나?"

"아니, 안 심는다. 와?"

"아이다, 안 심어모."

"와, 와 그라노? 말해 봐라."

말숙은 망설이다 말을 한다.

"소풍 갈 때 좀 삶아 갈라꼬. 없으모 된다."

"아이다. 우리 잔집에 심었다. 그거 캐가면 된다. 울메나 캐 줄꼬?"
"얄구진 거 말고 좋은 거로 한 줌 치모 된다. 땅콩 캘 때 같이 가자."
"그라모 학교 마치고 우리 집한데로 오이라."

말숙은 학교를 마치고 봉헌이 집이 있는 이무리로 걸어갔다. 이무리에도 강물이 자주 드는 둑방 밖의 밭에는 다른 작물보다는 땅콩을 많이 심었다. 넓게 펼쳐진 푸른 땅콩 밭을 봉헌이와 둘이서 걸어가고 있었다.
"오늘 학교 괴안더나?"
말숙이가 물었다.
"그냥 뭐, 평소와 같다."
"니 요새도 숙제 안 해 가나?"
"아이다, 국어숙제는 잘해 간다. 그란데 산수는 뭐가 뭔지 잘 모르것다."
"그만하면 잘하는기다. 그라모 산수 때문에 니 또 뚜디리 맞나?"
"2학년 선생님은 책상에 올라가라 해 갖고 꿇어앉아라 하더만 발다박을 때리네. 더럽게 아프다."
"우짜노, 산수는 나도 잘 모린다. 니갈카 줄 정도는 안 된다."
"말숙아, 마이 아프다. 니가 좀 갈카주라."
"엄디손 나도 잘 모르는데 남을 우찌 갈키노?"
이런저런 이야기를 하며 두 사람은 시원한 바람을 맞으며 천천히 걸었다. 초록빛 땅콩잎이 햇빛을 받아 반짝였다. 그들의 발밑에서는 촉촉한 흙냄새가 올라왔다.
"저보레, 벌이 꽃에 앉았다이."
말숙이 손가락으로 가리켰다. 작은 노란 꽃 위에 벌 한 마리가 부지런히 날개를 흔들고 있었다.

"벌도 바쁘네. 우리처럼."

그들은 잠시 웃음을 터뜨렸다. 바람이 지나가며 잎들을 살랑이게 만들었다. 멀리서 강물 소리가 들려왔다. 이무리의 평화로운 오후였다.

"오늘 우리 집에서 밥 먹고 갈래?"

봉헌이가 물었다.

"좋아. 근데 너거 옴마 괴안나?"

"뭐라꾸노? 너 오면 좋아한다."

그들은 발걸음을 조금 더 빠르게 했다. 땅콩 밭의 끝자락에 다다를 때쯤, 노을이 천천히 내려앉고 있었다. 붉게 물든 하늘은 그들의 하루를 부드럽게 감싸주었다.

"빨리 캐가지고 가자 좀 있으면 어둑사리 지겠다."

봉헌이는 사방을 두리번거리며 손에 든 호미로 땅을 팠다. 촉촉한 흙을 헤집자 노란 땅콩이 얼굴을 내밀었다. 봉헌이는 눈을 반짝이며 땅콩을 하나둘 캐내었다.

그때였다.

"어떤 놈이 남의 밭에 콩을 캐고 있노!"

굵직한 목소리가 울려 퍼졌다. 봉헌이는 깜짝 놀라 몸을 움츠렸다. 하지만 옆에 서 있던 말숙이는 태연하게 서 있었다. 그녀의 손에는 땅콩 몇 알이 들려 있었다.

"말숙아, 도망가자!"

봉헌이는 속삭이듯 말했지만 목소리는 떨려 있었다.

"뭐라쿠노. 와 도망가노?"

말숙이는 눈을 찡그리며 물었다.

"이거… 잔집 밭 아이다. 빨리 토끼라."

"엄디손아! 잔집 밭이라메."

말숙이는 어이없다는 표정으로 봉헌이를 바라보았다.

"빨리 튀끼라, 말숙아!"

봉헌이는 손을 잡아끌며 재촉했다.

말숙이는 여전히 느긋했다. 그녀는 봉헌이의 손을 뿌리치고 다시 땅콩을 줍기 시작했다. 멀리서 다가오는 발소리가 점점 가까워지고 있었다.

"저기, 도망쳐야 한데이! 들키면 큰일 난 데이!"

봉헌이는 거의 울먹이는 소리를 냈다.

말숙이와 봉헌이는 호미와 바구니를 밭둑에 던져 놓고 '걸음아 나 살려라' 하며 허겁지겁 도망쳤다. 맨발에 튀는 흙이 따가웠지만, 멈출 수 없었다. 숨이 차오르고, 심장이 터질 듯 뛰었다.

"말숙아! 더 빨리!"

봉헌이가 말숙이의 손을 잡아끌었다. 말숙이의 작은 다리는 갈대처럼 휘청거렸지만, 그도 두려움을 이겨 내고 힘껏 뛰었다.

잠시 후, 뒤에서 거친 말소리가 들렸다. 밭 주인은 영철이 아버지였다.

"니 봉헌이제!"

그의 목소리가 산울림처럼 퍼졌다. 말숙이는 눈물을 글썽이며 봉헌이 손을 놓았다.

"봉헌아, 나 그냥 갈래…"

"뭐라샀노! 잡히면 디진다!"

겨우 도망쳐 영철이 아버지 소리는 이제 들리지 않았다.

"말숙아, 미안타…"

말숙이는 거친 숨을 몰아쉬며

"니 와 그랬더노?"

풀이 죽은 목소리로

"니한데 잘 보일라꼬 그런 거 아이가."

"앞으로 우리 집에도 오지 말고 니하고 말 안 한다."

봉헌이는 깜짝 놀라며

"니 내하고 적구 거는기가?"

"그래, 니하고는 적구다."

"말숙아, 그래도 우리 집에서 밥은 묵고 가라."

"씨끄럽다, 엄디손아. 니 때문에 도둑질하다가 맞아 죽을 뻔했는데 니는 밥이 목구정에 들어가나, 머슴마야!"

말숙이는 삐져서 독산으로 뛰어갔다.

봉헌이는 이제 큰일났다. 영철이 아버지가 아버지한테 이야기할 것이고 그럼 아버지한데 매 타작을 할 게 뻔했다.

그러나 맞는 것은 아무것도 아닌데 말숙이가 이제 자신과 말을 하지 않겠다고 '적구'를 걸었기 때문에 그게 더 걱정이었다.

말숙이를 그렇게 집에 보내고 봉헌이는 배수장 근처에서 집에도 들어가지 않고 혼자서 울고 있다.

'나는 와 이리 뭐가 안 풀리노, 시바.'

그렇게 한참을 있다가 배가 고파서 축 늘어져 집으로 들어갔다. 어머니와 가족들은 아직도 밥을 먹지 않고 봉헌이를 기다리고 있었다.

어머니는 봉헌이를 보며

"헌아! 니 오데 갔다 왔노? 영철이 아버지."

어머니의 말이 끝나기도 전에 봉헌이는 눈물을 흘리며

"옴마, 내가 잘못했다."

"야가 와 이라노? 영철이 아버지가 니 소풍 갈 때 무라꼬 땅콩 갔다 주고 갔다 할라 캐구만은."

"영철이 아버지가 아무 말 안 하더나?"

"무슨 말? 아무 말 안 하든데. 우리 소쿠리하고 호미는 와 그 아재가 들고 오노?"

"움마, 아무것도 아이다. 영철이 아버지 참 고맙네."

"그랑깨 니 소풍 가는 거 우찌 알고 땅콩도 주고."

봉헌이는 땅콩을 들고 말숙이 집으로 뛰어갔다.

"봉헌아 니 밥 안 먹고 오데 가노? 땅콩은 와 들고 가노?"

"퍼뜩 갔다올꾸마. 밥은 먼지 무라, 움마."

1km 정도 되는 거리를 달려간 봉헌은 말숙이 집 앞에서 그의 숨이 넘어갈 정도였다.

"말…말숙아!"

숨을 헐떡거리며 말숙이를 부른다.

대답이 없다. 한 번 더

"말숙아!"

크게 불렀다. 말숙이 어머니가 대문 밖으로 나온다.

"누고?"

"안녕하십미꺼, 봉헌입미더."

"아, 이무리 봉헌이가 들어온나. 말숙아! 너거 친구 왔다."

85. 말숙이 소풍 준비   511

말숙이는 아무 대답도 없다.

"야가 벌시로 잠이 들었나? 말숙아!"

"부르지 마이소. 이것만 주고 가모 됩미더."

"이기 뭐꼬? 땅콩이네. 알것다."

"말숙이가 소풍 갈 때 가갈라꼬 좀 도라캐서예. 안녕히 계시소."

봉헌이는 그 말만 하고 뛰어 나왔다.

말숙이는 봉헌이가 부르는 소리를 다 들었다. 하지만 화가 나서 이불을 둘러쓰고 나가지 않았다. 앞으로 오랫동안 봉헌이를 보지 않을 작정이다.

86. 봉헌과 말숙이의 소풍

　봉헌은 말숙이를 좋아했다. 말숙이도 이제 어느 정도 호감을 가지고 있었다. 그녀는 학교에서 가장 예쁘다는 소문이 자자했지만, 봉헌에게는 그보다 더 특별한 사람이었다.
　언제나 단정한 머리카락에 맑은 눈을 가진 말숙이를 볼 때마다 봉헌의 가슴은 두근거렸다. 하지만 말숙이는 봉헌에게 늘 무심하게 대했으며, 심지어는 다른 친구들과 있을 때면 더욱 차갑게 굴었다.
　그러던 어느 날, 말숙이가 봉헌에게 땅콩이 있는지 물었고 봉헌은 순간적으로 머리를 굴렸다. 말숙이에게 잘 보일 좋은 기회라고 생각한 것이다. 하지만 이 작은 거짓말은 오래가지 않았다. 그 이후 말숙이의 시선은 차가웠고, 그의 실망이 그대로 전해졌다.
　'거짓말하는 놈하고는 가까이하면 안 되는 기라.'
　'저런 인간은 언제가는 또 나에게 거짓말한다.'
　말숙이는 속으로 단단히 각오를 다졌다.
　그날 이후로 봉헌과 말숙이의 사이에는 더 큰 벽이 생겼다. 봉헌은 말숙이에게 잘 보이려 했던 행동이 오히려 그녀에게 더 큰 미움을 사게 만들었다.

아침 공기가 싸늘하게 스며드는 등굣길, 그녀는 한 번도 뒤를 돌아보지 않는다. 마치 뒤돌아보는 것이 큰 잘못이라도 되는 듯, 무심한 걸음으로 앞만 보며 걸어간다.

봉헌은 몇 걸음 뒤에서 그녀의 뒷모습을 바라보며 한참을 서 있었다. 어쩌면 단 한 번이라도, 아주 잠시라도, 돌아볼지도 모른다는 작은 기대를 품고 있었다. 하지만 그녀는 끝내 뒤를 보지 않았다.

학교가 끝나고 집으로 돌아가는 길 학교 앞에서 우연히 말숙이를 마주쳤다. 그녀가 저 멀리에서 걸어오는 것이 보였다. 봉헌은 순간 가슴이 뛰었다. 이번에는 내 눈을 마주칠까? 혹시라도 미소를 지어 줄까?

하지만 그녀의 표정은 싸늘했다. 봉헌이를 존재조차 모르는 사람처럼, 스쳐 지나가면서 단 한 번도 쳐다보지 않았다.

그 순간, 가슴 깊숙한 곳에서 서늘한 바람이 불어오는 듯한 기분이 들었다. 봉헌은 멍하니 그녀의 뒷모습을 바라보았다. 아침에도, 지금도, 그녀는 한 번도 뒤돌아보지 않았다.

봉헌은 이무리 나루터에 앉아 흐르는 강물을 바라보았다. 햇살이 부서지듯 반짝이는 물결 위로 봄바람이 스치고 있었다. 그녀와 말을 안 하고 지낸 지 어느덧 일주일이 흘렀다. 처음엔 믿을 수 없었다. 다시 잘될 것이라는 기대를 버리지 못하고 매일 그녀를 생각했다. 그러나 이제는 알아버렸다. 그녀는 다시는 자기와 함께하지 않을 것이라는 것이 점점 다가오고 있었다.

그녀가 마지막으로 남긴 말이 귓가에 맴돌았다.

'나는 평상 네 니 적구 걸 끼다이.'

그 말은 이별의 미련을 덜어 내기 위한 위로였을 것이다. 봉헌은 천천히 눈을 감았다. 그리고 다시 떴을 때, 그는 결심했다. 그녀를 마음에서 놓아주기로.

남강 물은 멈추지 않고 흐르고 있었다. 봉헌은 마치 자신이 남강 저편으로 떠밀려가는 듯한 기분이 들었다. 그는 자리에서 일어나 조용히 집으로 걸어갔다. 이제 그녀는 과거 속의 한 조각으로 남을 것이다. 하지만 기억은 사라지지 않는다. 시간이 지나면 아픈 기억도 부드러운 향수를 머금게 될 것이다.

그렇게 봉헌은 그녀를 마음속에서 떠나보냈다. 남강 저편에는 이제 다른 바람이 불고 있을 것이었다.

봉헌이 집에는 소풍 갈 준비가 한창이다.
"헌아! 달걀 삶아 줄까? 아이모 땅콩 좀 삶아 줄까?"
"옴마, 땅콩 이야기 꺼내지도 마라. 난 언자 땅콩 안 묵는다."
"니 땅콩 엄청시리 좋아하더만은 와 그라노?"
"고마 밥만 싸 주이소."
봉헌은 어머니가 싸 주신 도시락만 딸랑 들고 갔다. 반찬은 달걀프라이, 그리고 볶음멸치였다.
말숙이는 소풍을 앞두고 봉헌이가 건네준 땅콩을 삶아 왔다. 아침 일찍부터 삶아 온 계란과 함께 소풍 가방 속에 조심스레 넣었다.
'내도 미쳤지. 봉헌이도 안 보는데 지가 준 땅콩은 뫄 가지고 가는지 모르것다.'
봉헌과 말숙은 국민학교에 입학한 이후 두 번째로 맞는 소풍날을 맞이했다. 아침부터 설렘이 가득한 얼굴로 학교에 모인 아이들은 선생님의 인솔 아래 소풍 장소로 향했다. 목적지는 학교에서 멀지 않은 악양둑방. 가을의 완연한 들판을 지나며 아이들은 재잘거리며 걸어갔다.

악양둑방에 도착한 아이들은 신나게 뛰어놀았다. 강가에는 살랑이는 바람이 불었고, 햇살은 부드럽게 대지를 감쌌다.

숨이 차도록 뛰어놀던 아이들은 커다란 나무 아래 앉았다.

말숙이는 삶아 온 계란을 까기 시작했다. 하얀 속살이 드러나자, 그녀는 익숙한 손놀림으로 소금을 조금 뿌려 한 입 베어 물었다. 계란 노른자가 입안에서 부드럽게 퍼졌다.

봉헌은 도시락 이외에 아무것도 가지고 오지 않아서, 다른 친구들이 간식을 먹을 때 그는 조용히 강물을 바라보며 먼 산을 응시하고 있었다.

바람이 잔잔하게 불어 강물이 찰랑이는 소리가 들려왔다. 배고픔을 잊으려는 듯, 그는 풍경에 집중하려 애썼다.

말숙이는 계란을 다 먹고 난 뒤, 작은 손으로 땅콩을 까기 시작했다. 껍질을 벗긴 땅콩을 하나씩 자기 입에 넣으며, 여유롭게 씹었다. 그 모습을 힐끗 바라보던 봉헌은 순간 눈썹을 찌푸렸다.

'어, 저거 내가 준 땅콩 아이가?'

그는 속으로 중얼거리며 말숙이를 바라보았다. 자기가 준 땅콩을 말숙이가 아무렇지도 않게 먹고 있는 모습이 어쩐지 얄미웠다. 그는 다시 한 번 속으로 투덜거렸다.

'내하고는 적구 걸었십시롱, 내가 준 땅콩은 뭐 하러 묵노?'

하지만 말숙이는 봉헌의 시선을 전혀 의식하지 않은 채, 여전히 땅콩을 까먹고 있었다.

마치 그것이 당연하다는 듯이, 아무 일도 없다는 듯이. 봉헌은 헛웃음을 지으며 고개를 돌렸다. 강물은 여전히 잔잔하게 흐르고 있었다.

점심을 마친 뒤, 왁자지껄한 분위기가 감돌았다. 아이들은 삼삼오오 모여 보물찾기에 열중했고, 장기자랑 무대에서는 한 명씩 나와 자신의 끼를 뽐냈다.

그러나 봉헌은 그런 소란스러움에 전혀 관심이 없었다. 그는 한구석에 앉아 주변의 떠들썩한 분위기와는 동떨어진 표정을 지었다.

한편, 말숙은 장기자랑 무대에 올라가 있었다. 그녀는 환한 얼굴로 꾀꼬리 같은 목소리로 '월남에서 돌아온 김 상사'를 부르기 시작했다.

그녀의 목소리는 맑고도 청아하여, 순간 아이들의 떠드는 소리가 잦아들었다. 손짓을 곁들인 그녀의 노래는 흥겨웠고, 심사위원으로 나선 선생님들도 미소를 지었다.

노래가 끝나자, 환호성이 터져 나왔다. 선생님은 흐뭇한 표정으로 말숙에게 공책 한 권을 내밀었다.

말숙은 공책을 받아 들고 활짝 웃었다. 그러나 그 모든 순간에도, 봉헌에게는 여전히 무대 위에서 벌어지는 일은 관심사가 아니었다.

악양둑방에서의 소풍은 해가 기울어 갈 무렵 끝이 났다. 선생님은 아이들을 모아 마지막 당부를 전했다.

"여기서 모두 집으로 돌아가라. 조심해서 가고."

그 말에 아이들은 아쉬운 표정을 지으면서도 하나둘 짐을 챙기기 시작했다. 대부분의 아이들은 소풍지에서 집까지 걸어서 돌아가야 했다.

친구들과 손을 잡고 도란도란 이야기를 나누며 길을 나섰다.

논두렁을 따라 이어진 길 위로 아이들의 작은 발소리가 규칙적으로 울려 퍼졌다. 황금빛 노을이 강물에 비치고, 멀리서 들려오는 새들의 지저귐이 마치 소풍의 끝을 알리는 듯했다. 바람에 실려 오는 풀 내음이 싱그러움을 더하며, 아이들은 소풍의 여운을 간직한 채 각자의 집으로 향했다.

말숙이는 친구들과 함께 길을 걷고 있었다. 바람이 서늘하게 불어오는 늦가을 오후, 낙엽이 발밑에서 바스락거리는 소리를 냈다. 친구들과 소소한 이야기를 나누며 가던 중, 말숙이는 갑자기 발을 헛디뎌 그만 앞으로 넘어지고 말았다.

"말숙아!"

친구들이 놀라서 외쳤다. 말숙이는 손바닥을 바닥에 짚은 채 잠시 멈춰 있다가 천천히 몸을 일으켰다. 하지만 막상 일어나 보니 발목이 심하게 아파 왔다. 한 발 내딛어 보려 했지만 통증이 너무 심해 제대로 걸을 수가 없었다.

그때, 봉헌이가 뛰어왔다.

"말숙아, 괴안나?"

말숙이는 아픈 발목을 부여잡으며 아무 말도 하지 않았다. 얼굴에는 고통이 서려 있었지만 애써 괜찮은 척하려 했다. 친구들은 걱정스러운 눈빛으로 그녀를 바라보았다.

봉헌이는 말숙이의 상태를 살피더니, 단호하게 말했다.

"업혀라. 내가 업어 주꾸마."

말숙이는 고개를 저었다.

"괴안타. 걸을 수 있다이."

그러나 그녀의 말과는 다르게, 몇 걸음도 떼지 못하고 결국 주저앉고 말았다. 발목이 지탱해 주지 못하는 듯했다. 봉헌이는 더 이상 말숙이의 고집을 두고 볼 수 없었다.

"아이고, 그만 좀 버텨라. 업히라 안 카나."

봉헌이는 등을 내밀며 다시 말했다.

말숙이는 잠시 망설였다. 하지만 결국 봉헌이의 등을 살며시 잡고 몸을 기대었다.

봉헌이는 단단한 팔로 그녀를 받쳐 올리며 말했다.

"됐제? 이제 걱정 마라. 천천히 갈꾸마."

말숙이는 부끄러움 반, 안도감 반의 표정을 지었다. 그렇게 친구들은 천천히 발걸음을 옮겼고, 늦가을 바람 속에서 서로의 온기를 느끼며 길을 걸어갔다.

87. 봉헌과 말숙의 첫 키스

말숙은 봉헌의 등에 업혔다. 친구들이 보고 있어 부끄러웠지만, 다리를 다쳐 걸을 수 없었기에 어쩔 수 없었다. 처음에는 얼굴이 화끈거리고 몸 둘 바를 몰랐지만, 친구들이 하나둘씩 집으로 돌아가자 조금씩 마음이 진정되었다.

봉헌은 말숙을 조심스럽게 업고 천천히 걸었다. 그의 걸음은 일정했고, 따뜻한 등이 말숙을 안정감 있게 감싸 주었다.

봉헌은 말없이 길을 걸었다. 저녁노을이 하늘을 붉게 물들이고 있었고, 살랑이는 바람이 가을의 향기를 실어 나르고 있었다.

"많이 아프나? 놀랬제?"

봉헌이 조용히 물었다.

"응… 쪼개이."

말숙이 작게 대답했다.

"있다 아이가. 말숙아, 땅콩밭이 잔집 꺼라 거짓말 한 거 미안타."

말숙은 아무 말도 하지 않는다. 봉헌이 미안하다고 했지만, 말숙은 그 말조차 제대로 들리지 않았다.

말숙의 입장에서는 남의 집 것을 훔친다는 것이 너무나 어이없고 생각지도 못했던 일이었기 때문이다. 그러나 봉헌에게는 그것이 낯선 일이 아니었다.

　봉헌은 형님들과 함께 '서리'를 자주 했다. 봄이면 밀밭에서 밀을 베어 구워 먹었고, 여름이면 남의 수박과 참외를 따 먹었으며, 가을이면 감 홍시를 따먹고, 겨울에는 남의 닭장에서 닭을 훔치기도 했다.

　그런 일들은 당시 시골에서 흔히 있는 일이었다. 아이들이 배고프면 밭에서 먹을 것을 조금씩 가져가는 것쯤은 주인들도 눈감아 주곤 했다. 오랜 세월 내려온 일종의 전통 같은 것이 '서리'였다.

　영철이 아버지도 마찬가지였다. 그도 어릴 적에 서리를 하며 자랐다. 그래서 봉헌과 말숙이가 자신의 땅콩밭에서 땅콩을 캐는 모습을 보고 처음에는 소리를 질렀지만

　'이놈들, 얼마나 배가 고프면 저럴까.'

　싶어서 영철이 아버지는 아이들이 캐어 간 흔적을 살펴보며 그는 조용히 땅콩을 몇 줌 더 캤었다. 그리고 그것을 바구니에 담아 봉헌이 집으로 갖다준 것이다.

　그러나 말숙이는 '서리'란 여전히 낯설고 받아들이기 어려운 일이었다. 그 당시 여자들은 그런 일을 하지 않았기 때문이다. 하지만 봉헌이의 등에 업혀 가면서

　'저아가 나쁜 마음으로 그러지 않았을 끼라.'

　한편으로는 봉헌이의 마음이 이해되었다.

　"말숙아, 좀만 더 가면 너거 집이다. 아파도 쪼매만 참아라."

　말숙은 고개를 끄덕였다. 봉헌의 등은 넓고 든든했다. 부끄러움도 잠시, 말숙은 그가 있어 다행이라는 생각이 들었다. 만약 봉헌이 없었다면, 어떻게 집까지 갔을까?

봉헌은 천천히 걸음을 멈추고 잠시 숨을 골랐다. 그러더니 작은 목소리로 말했다.

"니가 다쳐서 그런 건 아니지만… 가느다란 다리로 학교 가는 것을 봄시롱 난 가끔 네가 내 등에 업혀 있으면 좋겠다고 생각했다이."

말숙은 얼굴이 다시 뜨거워졌고, 가슴은 살짝 두근거렸다. 바람이 머리카락을 살짝 흩뜨리고 지나갔다.

"…그게 무슨 말이고?"

봉헌은 웃으며 다시 걸음을 옮겼다.

"아이다, 그냥 그렇다고."

말숙은 봉헌의 등에 얼굴을 묻었다. 그리고 작게 속삭였다.

"나도… 니가 있어서 너무 좋다."

그들의 그림자가 길게 늘어지며 길을 따라 흔들렸다. 어느새 말숙의 집이 가까워지고 있었다.

"봉헌아 집 앞에까지 가지 말고 여 잠시 내라 봐라."

"와? 다리가 많이 아프나?"

"아이다, 담장 옆에 구시에 내 좀 새아 주 봐라."

봉헌은 영문도 모른 채 말숙을 남의 집 대문 옆 움푹 들어간 곳에 조심스럽게 내려 주었다. 여느 때와는 다른 분위기에 봉헌은 어쩐지 가슴이 두근거렸다. 그리고 그 순간, 예상치 못한 일이 벌어졌다.

말숙이가 가만히 봉헌을 바라보더니, 망설임 없이 그의 입술에 살짝 입을 맞췄다. 너무나 짧은 순간이었지만, 봉헌의 심장은 마치 커다란 북이라도 된 듯 요란하게 뛰기 시작했다.

얼어붙은 듯한 봉헌은 눈만 깜빡이며 말숙을 바라보았다. 그의 얼굴은 순식간에 달아올라 홍당무처럼 붉어졌다. 손은 갈 곳을 몰라 허공을 떠돌았고, 입술은 굳어 버려 아무 말도 나오지 않았다.

말숙은 그런 봉헌을 보고 장난스럽게 웃었다.

"뭐 그리 놀라노? 니 안 좋나? 머슴마야."

"아, 아… 아이라… 그…게…"

봉헌은 말을 더듬으며 우왕좌왕했다. 머릿속이 새하얘진 채로, 이게 꿈인지 현실인지조차 분간이 안 됐다. 분명 몇 초 전까지는 아무렇지도 않던 순간이었는데, 지금은 세상이 온통 뒤죽박죽이 된 것만 같았다.

말숙은 봉헌의 당황한 모습을 보며 더 장난스러운 표정을 지었다.

"언자 집에 가자…"

그 말에 봉헌은 마치 꿈에서 깨어난 듯 정신이 번쩍 들었다. 그는 어색한 손짓을 하며 돌아서려 했지만, 여전히 심장이 두근거려 발걸음이 엉성했다. 말숙이를 업고 한 걸음, 두 걸음 걸어가다가도 자꾸만 담벼락 뒤를 돌아보고 싶었다.

말숙이를 업고 집 앞에 도착했을 때, 이미 해는 서쪽 하늘로 기울어 가고 있었다. 봉헌은 땀에 젖은 옷이 등에 달라붙어 불쾌했지만, 말숙이의 가는 숨소리가 느껴질 때마다 그는 야릇한 기분이 들었다.

문 앞에서 인기척을 느낀 말숙이 엄마가 문을 열고 나오더니, 딸이 업혀 있는 모습을 보고는 순간 얼어붙었다.

"옴마야, 이기 무슨 일이고! 말숙아!"

그녀는 허둥지둥 뛰어나와 말숙이를 받아 들었다. 놀란 얼굴에는 걱정과 두려움이 가득했다. 봉헌이는 숨을 몰아쉬며 조심스럽게 말했다.

"괜찮을 낌미더, 소풍 마치고 집에 오다가 풀에 걸리가 넘어지서예."

하지만 말숙이 엄마의 표정은 여전히 풀리지 않았다. 그녀는 말숙이의 얼굴을 쓰다듬으며 떨리는 목소리로 말했다.

"말숙아, 괴안나? 다리 말고 다른 데 아픈 데는 없나?"

말숙이는,

"옴마, 괴안타. 별거 아닌 거 갖고 와 이리 삿노."

그제야 말숙이 엄마는 안도의 한숨을 내쉬었지만, 여전히 불안한 눈빛을 거두지 못했다. 봉헌이는 뒤돌아 문을 나서면서 말했다.

"지는 가 볼깨예. 계시소예."

"아이고, 내 정신 좀 보래. 봉헌아! 니 욕봤다."

"옴마, 봉헌이 아이모 내 길바닥에서 잘 뿐했다이. 억수로 욕봤다."

"맞나… 멀리 업고 온다고 시겁했네. 봉헌아 니 저녁 묵고 가라."

"아임미더. 지도 움마가 지달리예, 그라모 지는 갈깨예."

봉헌은 말숙이 어머니의 연신 감사 인사를 들으며 천천히 고개를 숙였다. 문이 닫히는 순간, 봉헌은 마치 그 집 안에 자신의 일부가 남겨진 듯한 기분에 사로잡혔다.

그러나 정작 말숙은 가벼운 미소를 머금은 채 장난스럽게 손을 흔들었을 뿐이었다. 그녀의 눈빛은 다정했지만, 그 이상의 깊은 감정을 드러내지는 않았다.

봉헌은 그녀의 얼굴을 마지막으로 한 번 더 바라보려 했지만, 문이 닫히고 난 후의 적막함만이 그를 감쌌다.

천천히 발걸음을 돌려 집으로 향하는 길, 어느새 거리는 땅거미가 내려앉아 어둑해지고 있었다. 바람은 싸늘한 기운을 몰고 왔다. 봉헌은 깊이 숨을 들이마시며 생각에 잠겼다.

말숙과 뽀뽀한 것이 자꾸만 떠올랐다. 그것이 단순한 인사였는지, 아니면 그 안에 숨겨진 의미가 있었는지 알 수 없었다. 하지만 봉헌의 마음 한편에서는 조용한 설렘이 싹트고 있었다.

'혹시… 나만 이런 기가?'

그는 혼잣말처럼 중얼거리며 하늘을 올려다보았다. 별이 하나둘 떠오르고 있었다. 밤이 깊어질수록 봉헌의 마음도 더욱 깊어져 갔다.

남강 가계도

1. 만석이네

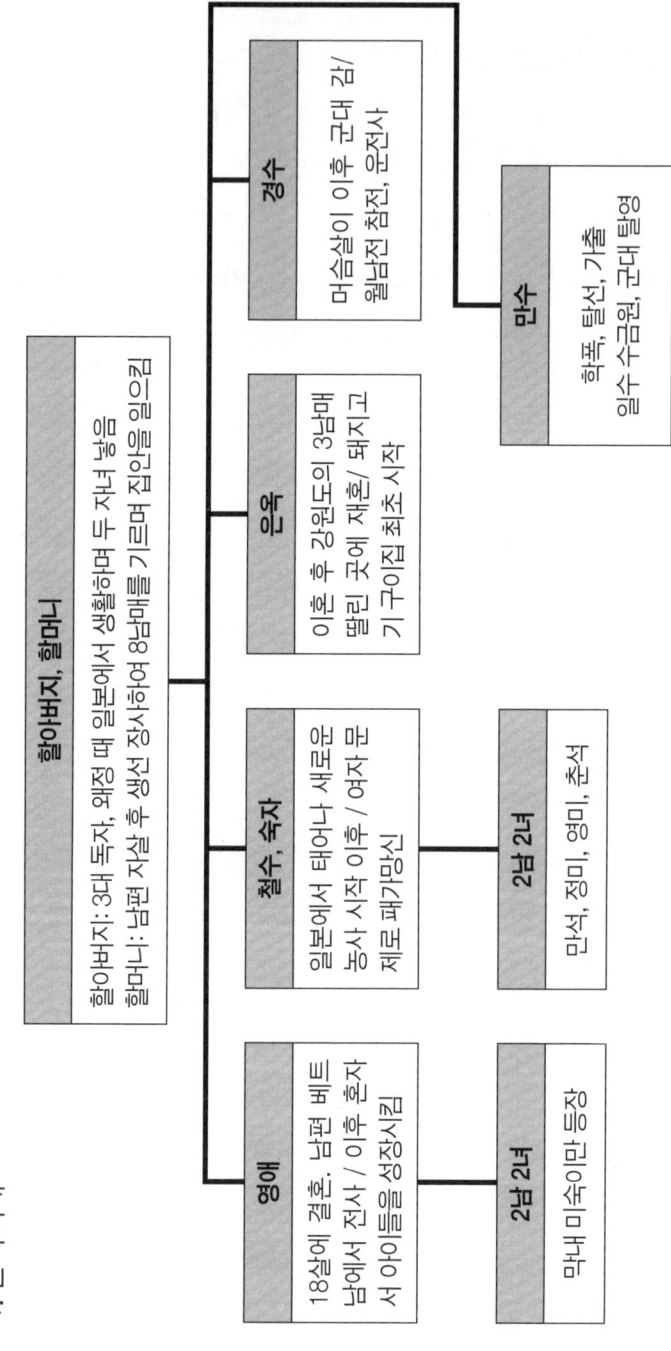

2. 말숙이네

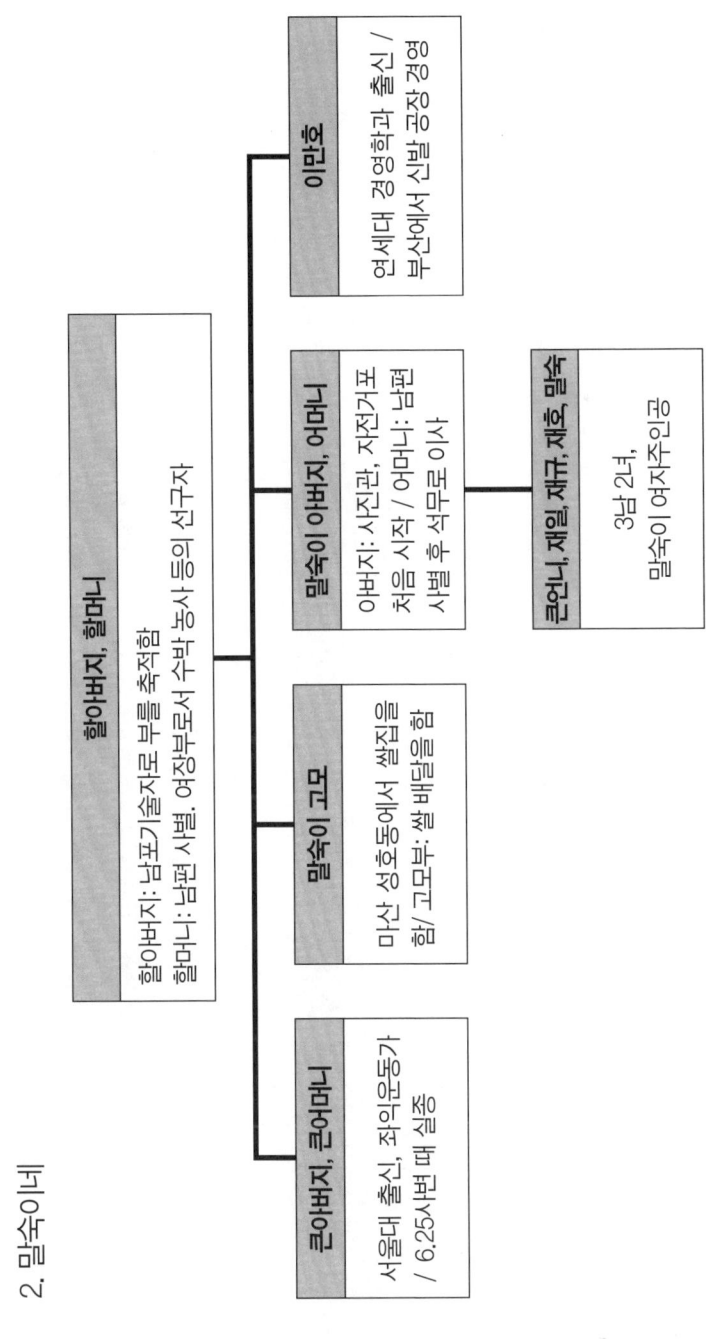

남강 가계도 527